U0017307

南島語言 II

白樂思（Robert Blust）——著

李壬癸、張永利、李佩容
葉美利、黃慧娟、鄧芳青——譯

目次

南島語言

第 3 章 社會中的語言

第 6 章 **構詞**

第 9 章 音變

第 11 章 南島語研究學界

表

XX

第
4
章

語音系統

4.0 介紹

　　南島語系當龐大、地理分布也極為廣闊，因此可預期的是，在語言各層面會有相當大的類型差異。距今約 5,500 年到 6,000 年之時，原始南島語在台灣島上大概就開始形成不同的方言區域。在現今的台灣南島語言當中，即使各個語言的地理位置接近、且直到近幾個世紀才跟其他語系的語言有所接觸，可是在類型上仍然差異很大。在台灣島以外的南島語言區域廣闊，與各個不同的語系有所接觸，例如南亞語系、壯侗語系、漢藏語系、尼日-剛果語系、「巴布亞」語等等，為南島語言的類型差異增添了色彩。

　　正因如此，若要詳細呈現南島語言的音韻類型，需要相當大的篇幅。本章節選擇了討論以下的議題：1）音位庫，2）詞素結構（音段組合限制），3）音韻規律，4）換位[①]，5）共謀現象，6）偶然互補，7）雙重互補，8）自由變異。雖然僅觸及了幾個主題，但是本章透過涵括了廣泛的語言分布、分群、及類型呈現，盡可能避免由取樣產生的偏誤。由於希望能在通論性及特定性的主題上取得一些平衡，在組織架構上，本書兼以區域性和主題性的角度出發，首先檢視某一區域內的音位庫，繼而跨區探討整個語系的構詞結構和音韻規則。在討論語音系統時，共時音韻與歷時音韻的界線有時不容易區分，因此會同時介紹其歷史緣由，但是大部分有關於歷時音韻的議題將在後面幾章處理。

4.1 音位庫（Phoneme inventories）

　　南島語言的音位，一般而言，平均總數比世界上其他語言要來得小。Maddieson（1984: 7）根據美國加州洛杉磯大學音段資料庫中，分布在全球各地 320 個語言的採樣所得的結論是，一個語言所含的音位，一般介於 20 個至 37 個之間，而資料庫中 70% 的語言都在這個範圍內。對比之下，大概 90% 的南島語言只有 15-20 個輔音以及 4-5 個元音，因此音位總數介於 19 個到 25 個之間。Maddieson（1984: 6 頁起）認為，音位總數有多少，端看對於複雜語音的假設為何，例如將塞擦音以及前鼻化塞音視為單一個單位或音串、以及超音段音徵如重音或元音鼻化的分析方式（單獨音段、或是個別音段的內部組成成份）。他在決定這些語言的音位庫時，綜合了各種不同的考量，但是無論考慮的因素為何，他並未將超音段音徵例如重音或長度視為音位庫的一部分。夏威夷語被分析為含 13 個音位，包括八個輔音及五個短元音，但其實夏威夷語還有五個長元音。

　　我只將輔音和元音計入音位庫當中。原始南島語中的詞尾雙元音 *-ay、*-aw、*-uy、及 *iw，也出現在許多現今的南島語中，這些雙元音在歷時音變上常變為單元音，因此傳統上將其納入音位庫。本書討論音變時，將這些 -VC 視為另一類音段，而不計算在音位庫當中。重音、音長、以及元音鼻化在適當處也會一併提及，但是並不計入音段的總數。借詞當中才會出現的音位處於音韻系統的邊緣，因此放在括弧當中。在上述前提之下，文獻紀錄中南島語的音位總數最多的是內米語（Nemi）（新喀里多尼亞東北部）所含的 48 個音位，有 43 個輔音及五個元音（可以是口部元音或鼻化元音）。

音位數量相仿的語言，也出現在新喀里多尼亞的其他地區以及忠誠群島（Loyalty Islands）、以及東南亞大陸（mainland Southeast Asia）的部份占語（Chamic languages）當中。音位總數最少的語言則有些爭議性，可能是新幾內亞東南部的美幾歐語西北方言（Northwest Mekeo）有七個輔音及五個元音 *i u e o a*、元音音長沒有對比（Jones 1988）。音位總數次少的語言包括了五個東波里尼西亞語（Eastern Polynesian），各有八個輔音及五個元音，元音可長可短（*i u e o a，ī ū ē ō ā*）。表 4.1 列出了這六個語言的輔音音位庫，在細節上有些許差異。

表 **4.1** 南島語言中最小的輔音音位庫

美幾歐語西北方言	p	b	k	g	m	n	ŋ	
南島毛利語	p	t	k		m	n	h	w	r
Rurutu 語（南方群島）	p	t	ʔ		m	n	ŋ	v	r
南馬貴斯語	p	t	ʔ		m	n	f	h	v
北馬貴斯語	p	t	k	ʔ	m	n	h	v
夏威夷語	p	k	ʔ		m	n	h	w	l

這幾個大幅縮減的音位庫的共通之處，其一是包括了 *p* 和 *m*、這兩個音在這六個語言對應至單一來源，其二是包括了 *n*，在南島毛利語（South Island Maori）、Rurutu 語、及北馬貴斯語（North Marquesan）是衍生自原始東波里尼西亞語（PEP）*n，在南馬貴斯語（South Marquesan）及夏威夷語當中則來自原始東波里尼西亞語 *n 及 *ŋ 的合流（在南島毛利語及北馬貴斯語中，原始波里尼西亞語（PPN）的 *ŋ 變為 *k*）。另外，所有的波里尼西亞語言都包含了原始東波里

尼西亞語 *w 的衍生音，語音上為滑音或濁擦音外、並未合流。除了上述少數幾個相似點，這些音位庫有許多不同：夏威夷語 *t 變為 k，Rurutu 語是唯一含軟顎鼻音的語言，南馬貴斯語以外的其他語言都將 *f 變為 h 或喉塞音，而南北馬貴斯語都將原始東波里尼西亞語 *r 變為喉塞音（在南馬貴斯語當中與 *k 合流，在北馬貴斯語則未合流）。Maddieson（1984: 7 頁起）的調查中，只有兩個語言的音位總數更少：Rotokas 語（在東巴布亞、布干維爾島、索羅門群島西部）有六個輔音及五個元音，及木拉語（Mura）、或可說是皮拉罕語（Pirahã；孤立語言，在巴西的西北部），有八個輔音及三個元音。Maddieson 描述夏威夷語有 13 個音段，但正如上面所說的，夏威夷語元音長短具音位性，因此音位庫的大小端看長度是否計入音位。不管如何計算，值得一提的是，波里尼西亞東部的語言很少有同位音的變化。舉例而言，在標準夏威夷語中，唯一含有不只一個同位音的輔音是 w，有[w]及[v]兩種變體（在 Ni'ihau 方言中，l 有[l]及[ɾ]兩種變體）。相比之下，Rotokas 語有許多同位音，所含的語音總數遠超過表 4.1 當中任何一個語言。

有關於這些音位庫極小的波里尼西亞語言，最費解的一點是，它們所呈現的是史前人類遷移至這些未知的太平洋島嶼的過程中，音位總數持續減少的最終樣貌（這一觀察導致有些專家嘲諷，若是夏威夷之東有其他島嶼，這些波里尼西亞定居者大概會默不作聲吧！）。包括斐濟語（Fijian）、羅圖曼語（Rotuman）、及波里尼西亞語的中太平洋語群，呈現出由西而東音位減少的趨勢，如表 4.2 所示：

表 4.2　中太平洋語群音位庫由西向東減少

語言	輔音	元音	總數
斐濟語	17	5（+音長）	22
羅圖曼語	14	10	24
東加語	11	5（+音長）	16
薩摩亞語	10	5（+音長）	15
拉羅湯加語	9	5（+音長）	14
大溪地語	9	5（+音長）	14
夏威夷語	8	5（+音長）	13
Rurutu 語	8	5（+音長）	13

為何會有這樣的縮減並不清楚，別的語系也未有證據說明遷徙距離增加和音位庫縮減的關聯。然而，上述的關聯形態相當清楚，值得注意。

4.1.1　台灣

台灣南島語言的音位庫彼此之間有相當的差異。音位總數最多的是大南魯凱語，有 23 個輔音（其中兩個很少出現）及四個元音，元音可長可短。[②] 音位庫最小的是卡那卡那富語及拉阿魯哇語，各有 13 個輔音及四個元音（前者另加上重音音位），但 Tsuchida（1976: 59）提到拉阿魯哇語的借詞中另有四個輔音及兩個元音。其他的台灣南島語言，根據文獻描述，音位總數在 19-25 之間，大體說來和其他南島語言一致。大南魯凱語和拉阿魯哇語的音位庫列於表 4.3：

表 **4.3** 台灣南島語言中最大及最小的音位庫

大南魯凱語（**Li 1977b**)					拉阿魯哇語（**Tsuchida 1976**)				
(p)	t	(ţ)	k	ʔ	p	t	c	k	ʔ
b	d	ḍ	g		m	n		ŋ	
m	n		ŋ			s			
	c					ɬ			
	θ, s			h	v				
v	ð						l		
	l	ḷ				r			
	r								
w	y								
元音：i、o、ə、a 加上音長					元音：i、u、ə、a				
23 + 4 = 27					13 + 4 = 17				

　　在南島語言當中，一般而言清塞音不送氣，*t*：*d* 之間的對比主要是由[清濁]（[voice]）這個音徵的不同值來表示，在許多語言中也同時有發音部位的差異：*t* 是齒後音、而 *d*（和 *n* 及 *l* 一樣）是齒齦音。在許多台灣南島語言中發現的兩個顯著特徵是：1）含小舌塞音 *q*，在大多數語言中與 *k* 形成對比，在某些語言與 *k* 和喉塞音同時形成對比，以及 2）大量摩擦音（比起只有 *s* 和 *h*、或者僅有 *s* 的大多數菲律賓語言）。台灣中部日月潭附近的邵語，仍然有十四或十五名老年語者（Blust 2003a），邵語這兩種特徵都有（在書寫符號中，ʔ、θ、ʃ、ð 和 ɬ 分別寫成'、c、sh、z、和 lh）：

表4.4　邵語輔音音位庫

		唇音	齒音	硬顎	軟顎	小舌	喉音
塞音：	清	p	t		k	q	ʔ
	濁	b	d				
鼻音：		m	n		(ŋ)		
擦音：	清	f	θ、s	ʃ			h
	濁		ð				
邊音：	清		ɬ				
	濁		l				
閃音：			r				
滑音：		w		y			

　　再加上/i u a/元音，一共有 23 個音位（/ŋ/僅在人名和一些布農語借詞中出現）。[3] 邵語濁塞音為前喉塞化，布農語及鄒語也是如此，為一區域性特徵（可能是由布農語擴散）。七個摩擦音佔輔音總數的 35%，在南島語中大概絕無僅有。摩擦音/θ/、/ð/在台灣以外罕見，也出現在魯凱語中[4]；布農語和卑南語有/ð/；/ʃ/在台灣以外極少見，賽夏語也有此音；/ɬ/也出現在拉阿魯哇語[5]，但在台灣以外幾乎沒有。其他台灣南島語言有、但在別的南島語言少見的語音，還包括了軟顎清擦音（巴宰語）[6]、阿美語中的咽擦音及僅出現於詞尾位置的會厭-咽塞音（Edmondson, Esling, Harris & Huang 2005）、捲舌音（魯凱語及排灣語/ɖ/，卑南語/ʈ/和/ɖ/）、捲舌邊音（魯凱語）、顎化邊音（排灣語）、以及由後而前拍打的兒化閃音（卑南語）。因此，台灣南島語言的輔音包含了許多在其他南島語中非常罕見的音，相當引人注目。

許多台灣南島語言（阿美語、卑南語、排灣語、大部分魯凱語方言、拉阿魯哇語、卡那卡那富語、巴宰語）保留了原始南島語四元音系統 *i, *u, *a, *e（央中元音）。有些泰雅語方言將這個系統縮減為三元音，正如布農語及邵語。另外一些泰雅語方言及賽德克語則呈現五元音系統/i u e o a/。鄒語發展出了一個六元音系統/i u e o ə a/，茂林魯凱語和賽夏語據報導有七個對比元音，茂林魯凱語/i u ɨ e o ə a/，以及賽夏語的不對稱元音系統/i (e) œ ə o æ a/。卡那卡那富語重音具音位性，除了萬山魯凱語的所有其他魯凱方言重音也具音位性，同源詞之間的重音對比相當明顯，但是 Li（1977b）在建構原始魯凱語時將對比的重音省略了。在邵語中，重音並無太大的辨義功能（大約 98% 的詞素重音落在倒數第二音節，剩下的 2% 在最後一個音節上）。在這語言中，重音顯然是後來發展出來的。

4.1.2　菲律賓

與台灣南島語言相比，菲律賓語言的音位變異要小得多。Reid（1971）羅列了菲律賓 43 個少數語言（包括蘇拉威西島北部的桑伊爾語）的音位庫，從 21 個輔音和四個元音（伊巴亞頓語（Itbayaten））、到 14 個輔音和四個元音（Kayapa Kallahan 語）的系統都有。菲律賓主要語言的音位庫都沒有超出這個範圍。台灣南島語言音位庫有 17-27 個音段，而菲律賓語言的音位庫則有 18-25 個（不計入重音或音長）。表 4.5 按音位庫大小降序排列了 Reid（1971）中 43 個語言的音位分布。L =元音長度（vowel length），S =重音（stress），符號+表示若計入具有音位性的超音段特徵，音位總數會再增加。文獻上所記錄的菲律賓語言，幾乎重音都伴隨著長元音，因此 Mansaka 語

的短元音標記，應該只是由不同的角度標示長度這個超音段特徵。

表 4.5　菲律賓 43 個少數語言的音位庫大小

輔音	元音	其他	總數	語言數目
21	4		25	1
20	4	S	24+	1
18	6	S	24+	1
16	8	S	24+	1
19	4		23	2
17	6		23	1
17	5	L	22+	1
16	6	S	22+	1
15	7	S	22+	1
16	6		22	1
15	7		22	3
17	4	S	21+	1
16	5	L	21+	1
15	6	L	21+	1
18	3		21	1
17	4		21	2
15	6		21	2
16	4	S	20+	2
15	5	L	20+	1
14	6	L	20+	1
16	4		20	1
15	5		20	2
15	4	S	19+	2

輔音	元音	其他	總數	語言數目
15	4	L	19+	2
14	5	S	19+	1
14	5	L	19+	1
15	4		19	2
14	4	S	18+	5
14	4		18	1

　　儘管菲律賓語言的音位庫僅略小於台灣語言，菲律賓語言在輔音類型上的變異範圍比台灣語言的範圍要小得多。幾乎所有菲律賓語言都有清塞音 p、t、k、ʔ，濁塞音 b、d、g，鼻音 m、n、ŋ，摩擦音 s、s̆ 和 h，或者少數情形僅有 h，以及滑音 w 和 y。此外，呂宋島北部的幾種語言，以及呂宋島南部的 Rinconada 比可語（Rinconada Bikol），以及菲律賓南部的 Mansaka 語、Tausug 語和 Samalan 語，都有具音位性的的疊輔音（geminated consonants），它們可被視為音段或音串，端看如何分析。跨語言來說，型態較為不一致的是流音和硬顎音。關於前者，Reid（1971）的 43 個語言中有 23 個只含一個邊流音（偶爾會在某些環境中是兒音（ㄦ, rhotic）或其他同位音），18 個語言同時具有邊音和兒音，有兩個語言沒有任何流音。有兒音的語言，沒有任何一個缺乏邊音。有些語言，如塔加洛語（Tagalog），l：r 對比曾經是同位音（r 曾經是 d 音位在元音之間的一個同位音，直到受西班牙語借詞的影響變為具對比性）。與印尼西部的許多語言不同，菲律賓語言很少有一系列的硬顎音。北方的 Bashiic 語言（伊巴亞頓語、Ivatan 語）已經發展出硬顎音 c、j 和 ñ。這些音一開始是 k、g、n 和 ŋ 在前高元音旁的同位音，但歷史音變和借詞等因素使它

們變成了音位。加班邦安語（Kapampangan）有三個硬顎音音位，c（寫成 tc）、j（寫成 dy）和 ñ。硬顎鼻音在古音中就有，但硬顎塞擦音是創新的、或者是借入的音位，誘發借入的因素可能是不同發音部位的鼻音在一個語言中的數目不會多於塞音的數目⑦，這是跨語言的一個普遍定律。菲律賓其他有硬顎音的語言包括班乃島（Panay）的 Inati 語，以及撒馬八搖語（Sama-Bajaw）和菲律賓南部的 Tausug 語。其他一些有趣的特徵包括呂宋島北部（例如 Bontok 語）某些語言的濁塞音有相當豐富的同位音，以及民答那峨島（Mindanao）西部的 Sindangan Subanon 語有前喉塞化的 b 和 d（但不包括 g）。

和台灣南島語言一樣，大約一半的菲律賓語言都保留了原始南島語（PAN）四元音系統。若有改變，一般是元音音位增加，最多可如 Casiguran Dumagat 語增加為八個元音音位（i e ε ɨ a u o ɔ）。在某些系統中，音位庫擴展是由於原來的同位音被重新詮釋為音位。塔加洛語的 o 便是一個例子，o 原來是 u 的同位音，出現在詞尾的開音節或閉音節（即使是重疊式單音節中，例如 kuykóy「用赤手或爪子挖的行為」，或者 tuktók「敲擊的行為，例如敲門」）。西班牙語借詞的引入打破了這種同位音的互補模式，導致[o]現在必須被視為一個單獨的音位。

菲律賓語的語音系統最獨特的類型特徵是重音具音位性，在許多菲律賓語言都是如此。由於此一特徵在南島語言中相當不尋常，對古音構擬常造成問題，因此菲律賓語的重音系統特別值得特別關注。雖然對比重音在 Bashiic 語、及比薩亞島以南的所有地方都不存在，但在大多數科迪勒語（Cordilleran）、呂宋島中部的加班邦安語和 Botolan 撒姆巴爾語（Botolan Sambal）、幾乎所有的中菲律賓語

言、Hanunóo 語等屬於南 Mangyan 的語言、以及巴拉灣巴達克語（Palawan Batak）當中，都有對比重音。像伊洛卡諾語（Ilokano）或塔加洛語這樣的語言有不少對比重音的例子，包括許多最小對偶詞，例如伊洛卡諾語 ádas「收集（收穫時）」: adás「因失血而暈倒」, símut「有翼的螞蟻」: simút「以浸入醬汁的方式吃」，或塔加洛語 búlak「木棉樹」: bulák「泡騰（液體開始沸騰）」, síloŋ「底層；樓下」: silóŋ「自卑感」。在下面的討論中，伊洛卡諾語或塔加洛語這樣的語言將被稱為「重音語言」。

　　菲律賓語言中的重音和音長之間的關係比許多其他語言稍微複雜。圖 4.1 總結了塔加洛語詞基（lexical bases）中的這種關係，應該也代表了該地區其他語言的型態（1 = 最後，2 = 倒數第二，3 = 倒數第三）：

圖 4.1　塔加洛語重音和音長的關係

	3	2	1
重音	--	--	--
長音	--	--	--
重音		+	+
長音		+	--

　　沒帶重音的音節韻核絕不會是長音。然而，帶重音的音節韻核，若在倒數第二音節會是長音、在最後音節卻不是長音。Daniel Kaufman（個人通訊）認為，在塔加洛語中，末音節帶重音是預設模式，而倒數第二音節重音應是由元音長度引發的。該分析的前提是需要假設重音（末音節）和音長（倒數第二音節）都具有音位性。然而，傳統上認為只有重音具音位性、需標示於個別詞彙，雖然有

些證據似乎支持在加綴詞彙中重音和音長是獨立的單位，但這兩個節律上的特性在詞基中卻不具對比性。

　　菲律賓大多數重音不具音位性的語言將重音置於倒數第二位置，附帶情況將在後面說明。然而，即使在像是伊洛卡諾語、塔加洛語或宿霧語（Cebuano）這樣的重音語言中，重音在某些情況下也有規則可循。Rubino（2000: xxix 頁起）列出了許多可以預測伊洛卡諾語重音落點的語境，其中一些與中菲律賓語言相當一致。或許最可靠的預測重音的因素，是輔音串前面的元音不帶重音（借詞有例外）。重疊式單音節詞如伊洛卡諾語的 *bakbák*「褪色、失去顏色」、*buŋbóŋ*「爆炸」、*giwgíw*「蜘蛛網」，或塔加洛語 *liklík*「離題」、*palpál*「阻塞或填充（帶有泥土或雜草）」、*tuktók*「敲（如敲門）」，重音都落在最後一個元音上，正如伊洛卡諾語有詞中疊輔音的語詞的重音型態一樣。在塔加洛語中，不具重疊型態的詞基只要是含有詞中輔音串，重音規則也相同，無論這些音段是不同發音部位（*agtá*「矮黑人」、*gitlá*「驚嚇、恐懼、震驚」、*suklay*「梳子」）、或相同發音部位（*aŋkán*「家族世系」、*kumpís*「氣餒」、*pandóŋ*「蓋頭物」）。然而，並非所有菲律賓重音語言都遵循上述這些條件。例如，Aklanon 語和宿霧語等比薩亞語言通常將重音放在輔音串之前的元音，在重疊式單音節詞或其他型態皆如此（*búkbuk*「竹筍象鼻蟲」、*dáŋdaŋ*「熱身、靠近火」、*hámpak*「打、拍」、*sílʔot*「推進、擠進」、*tágsik*「濺」）。重音語言大多數可預測的型態是詞尾音節重音（oxytone），但在某些特定情形下，有時會出現可預測的倒數第二音節重音（paroxytone）。

　　表 4.6 總結了 10 種菲律賓重音語言中重音落點可預測的條件，如下所示：

1 = 重疊的 CVC 單音節（伊洛卡諾語的 *bakbák*），

2 = 非重疊型態的詞基帶有詞中發音部位不同的輔音串（塔加洛語 *sukláy*），

3 = 詞基帶有相同發音部位的詞中前鼻化塞音（塔加洛語 *kumpís*），

4 = 詞基帶有詞中疊輔音（伊洛卡諾語 *baggák*「晨星」），

5 = 詞基帶有輔音後接高元音，這個高元音在詞尾元音之前變為半元音、導致詞尾元音前的輔音串（伊洛卡諾語 *sadiá*「著名」、*bituén*「星星」）[20]，

6 = 詞基帶有以喉塞音隔開的相同元音（塔加洛語 *baʔák*「分裂、減半」），

7 = 詞基包含音串 *aʔa*、*eʔe*、*iʔe* 或 *uʔo*，且至少有兩個輔音在音串前（伊洛卡諾語 *arináʔar*「月光」、*manabsúʔok*「濺」），

8 = 詞基中含有一個元音分隔了兩個相同的 CVC 音串（伊洛卡諾語 *arimasámas*「月亮升起時的紅色天空」、*ŋurúŋor*「割喉」）。

　　在下表中，微群（microgroups）的縮寫是 C = 科迪勒語群（Cordilleran），CL = 中部呂宋島群（Central Luzon），CP = 中部菲律賓群（Central Philippines），SM = 南 Mangyan 語群（South Mangyan），P = 巴拉灣語群（Palawanic）；其他縮寫是 O = 末音節重音（oxytone），P = 倒數第二音節重音（paroxytone），U = 不可預測（unpredictable），N = 不適用（not applicable）。

---

20 從歷史上看，是末音節重音誘發了半元音化，但從共時角度來看，較為簡單的分析是將末音節重音歸因於詞中輔音串，包括那些詞中輔音串的第二個音段為衍生滑音的情形。

表 4.6　十個菲律賓重音語言中可預測重音的條件[21]

	1	2	3	4	5	6	7	8
伊洛卡諾語（C）	O	O	O	O	O	U	P	P
Itawis 語（C）	U	U	U	U	?	N	N	N
巴雅西南語（C）	U	U	U	N	?	U	?	N
加班邦安語（CL）	O	U	U	N	U	N	N	N
塔加洛語（CP）	O	O	O	N	O	O	U	U
比可語（CP）	O	O	O	N	O	U	?	P
Hanunóo 語（SM）	U	U	U	N	U	U	?	N
巴拉灣巴塔克語（P）	U	U	U	N	?	U	?	N
宿霧語（CP）	P	P	P	N	P	U	?	?
Aklanon 語（CP）	P	P	P	N	P	U	?	?

　　條件 1：這裡使用的數據樣本不考慮所謂的高爾頓統計問題（Galton's Problem，要求比較基準在歷史上是獨立的單位），但大約一半的語言都將重音置於單音節重疊形態中的末音節。如上所述，Aklanon 語和比薩亞語群的其他一些語言已經改變了這種重音型態。Itawis 語的情況更複雜。原始的單音節重疊形態 CVCCVC 中，若是詞中輔音串的第一個輔音為阻音，這個阻音會丟失或完全同化，而重音在這種型式中總是落在倒數第二音節：*bábak*「剝掉的」< *bakbak、*ŋáŋat*「嚼煙」< *ŋatŋat「啃」、*kúkud*「動物腳踝」< *kudkud「蹄」、*sússuk*「隱藏的地方」< *suksuk「插入」。在原來

---

21 Jason Lobel（個人通訊，2007 年 8 月 3 日）指出，條件 6 僅適用於馬尼拉塔加洛語（相反條件適用於南部塔加洛語、以及十六世紀塔加洛語的書面資料）。據說條件 8 通常適用於菲律賓中部語言。

CVCCVC 的重疊型式中，響音與其後的輔音在發音部位同化，重音落點無法預測：*dandám*「情緒」< *demdem「想、仔細考慮」，*zínziŋ* < *diŋdiŋ「牆」。

條件 2：這種情況通常符合條件 1。唯一已知的例外是加班邦安語，單音節重疊形態似乎帶末音節重音，但是有詞中輔音串的非重疊形態的詞基則是重音落點無法預測。然而能獲得的語料有限，因為唯一一個標有重音的加班邦安語詞典（Forman 1971）並未在所有型式上都標記重音。

條件 3：儘管所有採樣的語言在條件 2 和 3 下明顯地有相同的重音指派規則，但伊洛卡諾語帶有詞中前鼻化塞與塞音發音部位相同的前鼻化塞音的單詞有一些不確定性。Rubino（2000: xxx）指出，如果倒數第二個音節為閉音節，通常為末音節帶重音（[bas.nót]「鞭子」、[tak.kí]「排泄物」等），但是在外來詞或在最後一個元音之前包含 -ŋk- 的本土詞彙中，則為倒數第二音節重音，例如 *láŋka*「菠蘿蜜」、*bibíŋka*「米糕」、或 *súŋka*「一種本族的遊戲」。然而，這個陳述有很多例外，例如 *aŋkít*「哮喘」、*baŋkág*「高地區域」、或者 *tiŋkáb*「撬開」，規律似乎應該是在本族詞彙中倒數第二音節為閉音節的詞彙帶末音節重音，而在借詞中，不論是從西班牙語或其他南島語言借入的詞彙，重音落在倒數第二音節。

條件 4：在此處討論的語言中，此條件僅適用於伊洛卡諾語和 Itawis 語。重音與疊輔音的關係將在下面詳細討論。

條件 5：Rubino（2000: xxx）為伊洛卡諾語訂定了此一條件，並指出此條件僅適用於本土詞彙，但不適用於來自漢語或西班牙語的借詞。比可語似乎將重音置於衍生的輔音串之右的元音，不論這個元

音是在最後或倒數第二個音節，例如 *banwá*「鎮、國家」（*banua），*sadyá?*「按特殊要求製作」（馬來語 *sədia*「準備好」），*patyának*「自然流產的胎兒和某種動物之間的超自然關聯」（馬來語 *puntianak*）。不像伊洛卡諾語中的借詞不受影響，在比可語中，西班牙語硬顎鼻音被詮釋為 *n + y* 音串，因此重音落在最後音節，對比西班牙語原詞彙為倒數第二音節重音：*banyó*（西班牙語 *báño*）「浴室」。

條件 6-8：相同元音之間由喉塞音分開的話必然帶末音節重音，這一點似乎是塔加洛語獨有的，因為即使是關係密切的語言如比可語，宿霧語和 Aklanon 語，也不存在這種情況。在採樣的大多數語言中，最後兩個條件不適用或尚未知實際情況。

以上關於可預測的重音特定環境，以絕對的方式陳述，但更細緻的分析可彰顯出的相對趨勢是上述條件所無法呈現的。總括來說，借詞當中的重音位置常常和所預測的型態呈現出相反的趨勢，尤其是來自（但不僅限於）西班牙語的借詞。此外，值得注意的是，在三音節的詞基中，重音通常落在閉音節之後，即使這個位置是倒數第二音節，例如伊洛卡諾語 *biŋkúlog*「土塊」、*taŋkira*「老年結實健壯」、*taŋkúloŋ*「一種孩童的推車」。或許較為精確陳述重音的方式不是末音節或倒數第二音節，而是是否緊隨在主導重音因素的位置之後。

三音節詞遠比雙音節少見，而且重音很少落在三音節詞基的第一個音節上。因此，重音位置通常從倒數第二個或最後音節兩個位置擇其一。上述提到重音傾向避開非詞尾的閉音節，因此在大多數菲律賓語言中，最後音節重音比倒數第二音節重音更常出現。表 4.7 顯示了上面採樣的十種語言中倒數第二音節重音與末音節重音的分

布。計算是根據相關詞典的 *a*-、*b*-、*k*-、*l*- 和 *s*- 部分的前 20 個和後 20 個單詞，共有 200 個詞彙的資料庫。型態明確的借詞和同個詞根的不同衍生詞不列入計算，以倒數第二音節重音的百分比由高而低排序語言。

表 4.7　菲律賓語言倒數第二音節重音與末音節重音的相對頻率

語言	倒數第二	%	最後	%
Hanunóo 語（SM）	128	64	72	36
宿霧語（CP）	124	62	76	38
Aklanon 語（CP）	121	60.5	79	39.5
Itawis 語（C）	107	53.5	93	46.5
伊洛卡諾語（C）	97	48.5	103	51.5
加班邦安語（CL）	96	48	104	52
巴拉灣巴塔克語（P）	93	46.5	107	53.5
巴雅西南語（C）	81	40.5	119	59.5
塔加洛語（CP）	81	40.5	119	59.5
比可語（CP）	80	40	120	60

　　雖然是初步調查，這些型態顯示出中菲律賓（Central Philippine）語言傾向帶末音節重音，這個趨勢源於它們含有較多產生末音節重音的語音環境。比薩亞語言例如 Aklanon 語或宿霧語是人為的例外，因為早期閉音節之後的重音節元音位置被轉為倒數第二音節重音，從而膨脹了倒數第二音節重音的數量。

　　表 4.7 中最異常的語言是 Hanunóo，重音多為倒數第二音節，沒有像比薩亞語言中那種因為倒數第二閉音節引起的重音位置反轉。由於幾乎所有無對比重音的菲律賓語言將重音置於倒數第二音節，

因此在 Hanunóo 語有可能重音完全失去了音位性。這個推論的假設是當失去重音對比時，重音並不完全消失，而是逐漸偏好其中一個落點而非另一個。要說 Hanunóo 語對比重音消失的情況就是如此雖然有些言之過早，但比薩亞南部的語言對比重音消失的趨勢是越來越清楚了。在幾乎所有民答那峨島語言中，重音均為倒數第二音節（Subanen 語、馬諾玻語、Danaw 語）、或末音節重音（Bilic 語）。南部比可語（Jason Lobel 個人通訊）和 Tausug 語的大多數情況也是如此。由於 Tausug 語一直與非重音語言撒馬八搖語（Sama-Bajaw）密集接觸長達約七個世紀之久（Pallesen 1985），對比重音在這種情況下可能因為與非重音語言長時間接觸而導致丟失。

位於民答那峨島東南的 Mansaka 語，似乎正處於丟失對比重音的階段，文獻上描述它有具對比性的「短」元音，以銳音符號表示，例如 *baga?*「肺」：*bága?*「腫脹」（Svelmoe & Svelmoe 1990）。短元音在 Mansaka 語相當罕見，並且對應至例如塔加洛語的不帶重音的元音（比較：塔加洛語 *bága?*「肺」：*bagá?*「腫脹」，其中在倒數第二音節的銳音符號與在 Mansaka 語中的銳音符號意義相反）。若將 Mansaka 語倒數第二音節的短元音解釋為末音節帶重音，並重新計算末音節重音與倒數第二音節重音的數目，會得到 184 個倒數第二重音與 16 個末音節重音，這個採樣資料的大小近似於表 4.7 中的十個語言。雖然 Mansaka 語仍然有對比重音，它所負荷的功能已大幅減少，因為約百分之九十二的詞基均為倒數第二重音，看起來 Mansaka 語正朝著移除末音節重音的方向發展。

這些觀察所引發的後續問題，現在我們仍然沒有完整答案。如果大多數菲律賓重音語言多數的詞基為末音節重音，為什麼在菲律

賓非重音語言的發展方向幾乎是由末音節重音發展為倒數第二重音？一種可能性是原始菲律賓語是一個大多數詞基為倒數第二重音的重音語言，而現今所看到的末音節重音詞基是後續變化所產生的。然而，根據科迪勒語（Cordilleran）和中菲律賓（Central Philippine）語言同源詞帶音位性重音的一致性來推斷，原始菲律賓語末音節重音詞基比起倒數第二重音至少多出百分之五十。這引發了進一步的問題，即末音節重音詞基數目上的優勢是如何產生的。倒數第二音節的央中元音可能在這個過程中扮演了關鍵角色。

下文將更詳細地討論這點，原始南島語（PAN）*e（央中元音）在倒數第二的開音節比其他元音來得短，許多預設為倒數第二音節重音的語言在這種條件下轉為末音節重音。與原始南島語不同的是，原始菲律賓語在詞中位置有許多發音部位不同的輔音串，其中大多數是央中元音刪除的結果。在原始菲律賓語形成的某個階段，顯然有兩個創新：1）當倒數第二個元音是央中元音時，重音自動向右移轉；2）在 VC_CV 的環境中，央中元音刪除，因此產生了許多帶末音節重音的詞基在詞中含有發音部位不同的輔音串，例如原始南島語 *qapedu > 伊洛卡諾語 apró、塔加洛語 apdú「膽汁；膽量」。輔音串和最後重音的這種相關性，使得許多語言將該型態擴展到重疊式單音節（reduplicated monosyllables）、以及詞中帶有同部位前鼻化音的阻音。然而，這些變化不可能在主要為倒數第二重音的語言中將其大多數詞基轉為末音節重音，因為絕大多數原始南島語詞基是雙音節且缺乏詞中輔音串。

菲律賓有對比重音的語言現今分布區域大致相連，從呂宋島北部到比薩亞群島南部，但並未在呂宋島北方的島嶼，在民答那峨島

及蘇祿群島（Sulu Archipelago）也幾乎沒有。這樣的分布可以通過兩種歷史演變的方式解釋：1）在菲律賓的中部或北部，某個時間點出現了創新的帶音位性重音，而後透過語言接觸擴散，或是 2）重音語言原就遍佈菲律賓，而在地理位置極南或極北的區域，逐漸發展出固定重音的型態。比較語言學的證據強烈支持了第二個假設。儘管有細節上的差異，一般而言菲律賓語言的同源詞重音型態是一致的，由此構擬出原始菲律賓語的詞彙重音，例如原始菲律賓語的 *matá「眼」（伊洛卡諾語、伊斯那格語、塔加洛語、比可語的 *matá*「眼」），或是原始菲律賓語 *lánit「天空」（伊洛卡諾語、伊斯那格語、塔加洛語、比可語的 *lánit「天空」）。由此幾乎可以確定原始菲律賓語的重音具音位性，而對應詞彙的重音差異來自於個別語言的重音位置在不同特定條件下變為可預測，例如伊洛卡諾語、伊斯那格語、比可語的 *dálan*、但塔加洛語為 *daʔán*「路」（*1 丟失後重音移至最後音節、並在兩相同元音之間插入喉塞音）。順帶一提，巴雅西南語丟失音位性重音之後又透過語言接觸重拾對比重音（Zorc 1979），還有一些中菲律賓語言或許也是如此。

　　菲律賓語言詞幹起始的喉塞音，也有些不尋常的行為。雖然大多數的南島語言在元音起始的詞基前不會自動加入喉塞音，菲律賓語言卻常常如此。儘管在詞首以外的其他位置喉塞音具音位性，詞首的喉塞音因為在表層並無 V- 和 ʔV- 的對比，一般而言不寫出來。然而，當前綴附加於元音起始的詞基時，喉塞音就會保留，例如塔加洛語 *áral* [ʔáral]「告誡、勸告」：*paŋ-áral* [paŋʔáral]「講道、勸告」（比較：馬來語 *ajar* [ʔádʒar]「指令」：*pəŋ-ájar* [pəŋádʒar]（或者，較少見的發音 [pəŋʔádʒar]）「講師」，塔加洛語借入此型式）。在元音起

始位置沒有自動加入喉塞音的非菲律賓語言，例如馬來語，喉塞音在加綴型式不出現，但在菲律賓語言是存在的。有鑑於此，一些學者認為詞首喉塞音在塔加洛語及其他菲律賓語言中是具有音位性的。

儘管 Maranao 語至少從 McKaughan（1958）開始已有許多語言學方面的研究，最近 Lobel & Riwarung（2009, 2011）關於 Maranao 語有不尋常的「發現」，認為此語言有四個前人未記載的輔音（稱為「重輔音」（heavy consonants），有待進一步語音描述），而這四個輔音從濁阻音+清阻音衍生而來。正如這兩個研究的作者指出，本土 Maranao 語寫作人士已經--- 並不令人驚訝--- 意識到這個區別很多年了，而且至少有一些（但不是全部）的本土作家在相當多為 Maranao 族群所寫的文獻中（大部分是宗教方面的）以特別的書寫符號標示了這些輔音。此研究的重要性除了指出並非所有的菲律賓語言輔音系統很「簡單」，它也凸顯了研究者因文化不同而產生的盲點。Maranao 是穆斯林教徒，而相關研究主要來自於暑期語言學研究所（Summer Institute of Linguistics）的基督教傳教士，如果他們也參考了伊斯蘭教文本材料，這個錯誤便能及早糾正了。

Lobel & Hall（2010）對於修正菲律賓語言音韻研究做出了第二個重要貢獻，指出南 Subanen 語（Southern Subanen）已經發展出一組對比的送氣輔音，可以追溯到「原始 Subanen 語 *kp、*kt、*gk（經由 *kk 而來）或 *ks，演變為前期南 Subanen 語（pre-Southern Subanen）的疊輔音」（Lobel & Hall 2010: 329）。早期關於這個語言的材料，例如 Reid（1971）中的單詞列表，則是完全忽略了這種區別。

4.1.3　婆羅洲（及馬達加斯加）

　　婆羅洲（Borneo）的音韻類型相當多樣化，某些特徵在廣闊分散的區域中重複出現。先不論將在本節末尾分開討論的馬拉加斯語（Malagasy），婆羅洲語言大部分的音位庫落在 19-25 個音段的一般範圍內，但平均來說它們比典型的菲律賓語言大一些，因為許多語言都有單獨一套硬顎音，包括 *j*、*ñ*，某些語言有 *c*，另有些語言通過雙元音的單元音化 *-ay 和 *-aw> -*e* 和 -*o* 發展出六元音系統。許多婆羅洲中部及西部的語言音位庫和加燕語（Kayan）類似，有 19 個輔音和六個元音/p t k ʔ b d j g m n ñ ŋ s h v l r w y; i u e ə o a/，或類似高地 Kenyah 語（Highland Kenyah），有 18 個輔音和六個元音/p t c k ʔ b d j g m n ñ ŋ s l r w y；i u e ə o a/。已知音位庫最大的婆羅洲語言大概是撒班語（Sa'ban）（砂勞越北部 Baram 河的源頭），有 22 個輔音（其中許多可以是長音或短音）和十個元音。不計入長短差別的話，撒班語可以分析為含 32 個音位。諸如此類高度創新的語言系統，計算它們音段多寡的問題在於有些音段可詮釋為帶音位性的獨立音段或是音串。像是撒班語的清鼻音和清流音（*hm*、*hn*、*hŋ*、*hl*、*hr*），以及 Narum 語的詞中後爆鼻音（*mᵇ*、*nᵈ*、*ñʲ*、*ŋᵍ*）都是如此，Narum 語的音位庫僅略小一些（24 個輔音、6 個元音）。由於文獻描述不足，有關於最小音位庫的情況並不清楚。然而，已知沙巴（Sabah）的大多數語言音位庫都相當小，因為他們合併了硬顎音和齒音、未增加元音音位，而且合併了某些濁塞音及響音。根據可查證的語料，沙巴語言含 15-18 個輔音和四個元音。Okolod Murut 語有 14 個輔音和四個元音/p t k ʔ b g m n ŋ s；i u o a/，或許可能是婆羅洲音位庫最小的語言。一般來說，大多數婆羅洲語的音位庫與菲律賓語言

的 19-25 個音位範圍相仿，但菲律賓語言的音位總數大多在這個範圍的底端，而婆羅洲語言、特別是沙巴以南的語言傾向於落在此範圍的頂端。

婆羅洲語言音位庫內音段的多變，比起音位庫本身大小的差異更引人注目，其中一些在類型上是非常不尋常的。婆羅洲語言音韻類型的多樣性，主要源於一個單一的分群（北砂勞越群），所佔的地理區域相當有限，稍後一章將探究其中的歷史成因。如果這個區域不存在，那麼婆羅洲島的語言類型會一致許多。表 4.8 顯示了砂勞越北部撒班語、Bario 格拉比語（Bario Kelabit）、Narum 語和民都魯語（Bintulu）各語言的音位庫：

表 **4.8**　北砂勞越四個語言的音位庫

撒班語（**Blust 2001e**）					Bario 格拉比語（**Blust 1993a**）				
p	t	c	k	ʔ	p	t		k	ʔ
b	d	j			b	d	（j）	g	
m	n		ŋ		bʰ	dʰ		gʰ	
hm	hn		hŋ		m	n		ŋ	
	s			h		s			h
	l					l			
	hl					r			
	r				w		y		
	hr								
w		y							
元音：i、ɪ、e、ɛ、ə、ʌ、a、u、ʊ、o、ɔ					元音：i、u、e、ə、o、a				
22 + 10 = 32					20 + 6 = 26				

Narum 語 (Blust 無出版年（a）)				
p	t	c	k	ʔ
b	d	j	g	
m	n	ñ	ŋ	
mᵇ	nᵈ	ñʲ	ŋᵍ	
f	s			h
	l			
w	r	y		
元音：i、u、e、ə、o、a				
24 + 6 = 30				

民都魯語 (Blust 無出版年（a）)[8]				
p	t		k	ʔ
b	d	j	g	
ɓ	ɗ			
m	n	ñ	ŋ	
	s			
v	z			
	l			
	r			
w		y		
元音：i、u、ə、a				
21 + 4 = 25				

撒班語是一個高度創新的格拉比語方言，發展出一些在婆羅洲其他地方未曾被報導過的音位。輔音當中的鼻音和流音都有清濁對比。由於撒班語允許詞首和詞中輔音串，因此清鼻音和清流音可以被詮釋為 h 加上響音的音串，如果採用這個分析，則撒班語音位總數將降至 27 個。從區域類型學的角度來看，令人驚訝的另一點是撒班語與 Bario 格拉比語這類語言相比起來元音庫很大，儘管這兩個語言從詞彙統計學的角度來看是同一種語言的方言。撒班語元音增加主要是因為發展出與高元音和中元音對應的鬆元音或舌位下降元音。這些變化一開始可能有語音環境可循，但隨後的創新變化掩蔽了這些條件，這些音現在無疑地已成為新的音位。

雖然從地區類型學的角度來看，撒班語的音位系統有些奇特，但至少大致吻合了普遍類型學的預測。另一方面，Bario 格拉比語的音位包含了一系列在任何語言中都極少出現的塞音（Blust 1969, 1993a, 2006a）。除了一般的濁阻音 *b*、*d*、*g*（以及一個功能負荷很低的硬顎濁阻音，主要出現在借詞），Bario 格拉比語另有一套濁阻音 *b*ʰ、*d*ʰ、*g*ʰ，以濁音起始但以清音收尾，連接至下個元音的發音時型態多變，例如 *təb*ʰ*uh* [təbpʰuh]「甘蔗」、*id*ʰ*uŋ* [ʔídtʰʊŋ]「鼻子」、或是 *ug*ʰ*əŋ* [ʔúgkʰəŋ]「陀螺沒有晃動地旋轉」。[22] 因此，這些音段不同於 Hindi 語或是其他 Indo Aryan 語言當中有時被稱為「濁送氣」（voiced aspirates）的音。在發音上，格拉比語的濁送氣音僅在詞中重音節元音之後出現。它們出現在詞基末音節的聲母位置時具音位性，如上述例子，但若是在加後綴型式的末音節的聲母位置，則發音幾乎完全可預測，例如 *kətəd*「背部」：*kətəd*ʰ*-ən*「被遺落，例如成縱隊行走時」，或是 *arəg*「碎片、破碎的小東西」：*rəg*ʰ*-ən*「把物品打碎成片」。類似的一系列音段出現在格拉比語的 Long Lellang 方言，也出現在一個型態特別但具親緣關係、被稱作 Lun Dayeh、Lun Bawang、或 Southern Murut 的語言，以及在沙巴東部的 Ida'an Begak 語。與格拉比語或 Lun Dayeh 語不同的是，Ida'an Begak 語這一類的音分析為兩個音段似乎更理想（Goudswaard 2005）。稍後將更詳細地呈現 Bario 格拉比語的濁送氣音對應至原始馬來-波里尼西亞語（PMP）單一濁阻音，以及對應至其他格拉比語方言不同類型的單

---

22 在格拉比語和印尼西部的許多其他語言，/e /和/ə/呈現互補分佈，但這種互補被認為是偶然的。因此，實際拼寫法將/e /使用於兩個音位。

音、例如 Pa' Dalih 語（$b^h : p, d^h : s, g^h : k$），或對應至其他語言不同的單音，例如民都魯語（$b^h : ɓ, d^h : ɗ, d^h : j, g^h : g$）。

　　民都魯語的 ɓ 和 ɗ 發音含強烈的內爆。不像有些語言的舌冠內爆音（coronal implosive）發音部位後退至齒齦後或甚至硬顎前，民都魯語的 ɗ 應該是齒齦音。與世界上其他很多語言一樣，民都魯語只有唇部及齒齦的內爆音。內爆音也存在於低地 Kenyah（Lowland Kenyah）的部分方言，例如 Long San 語、Long Sela'an 語、及 Long Ikang 語，這些語言有唇部、齒齦、硬顎、及軟顎部位的內爆音。在這些語言中，引文型式（citation forms）的末音節帶重音，音位庫包括至少 17 個輔音和六個元音/p t k ʔ b d j g m n ñ ŋ s l r w y; i u e ə o a/。目前尚不清楚的是一般阻音與其相對應的內爆音之間的音位關係。在 Long Ikang 語帶重音的元音之前，濁阻音發為很強的內爆音，但在其他位置之前則為一般的濁阻音：ba? [ɓaʔ]「聲音」（但 baa? [baáʔ]「腫」）、pədəw [pədəw]「膽」、jo [ɗʲoː]「一」、kələja [kələɗʲáː]「工作」（但 jalan [dʲalán]「路徑、道路」）、gəm [ɠəm]「腳、腿」、saga? [saɠǎʔ]「跳舞」（但 gatən [gatən]「癢」）。硬顎內爆音（palatal implosive）曾被認為在語音上是不可能的，即使有也應該相當罕見。Long Ikang 語的硬顎內爆音實際上是硬顎化的齒齦音（所以是[ɗʲ]）。在 Long San 語和 Long Sela'an 語的方言中，一般濁阻音與內爆音的分布環境類似。在 1970 年代初期，這些方言的鼻音-塞音串丟失了鼻音、產生弱化，例如 Long Sela'an 語 təŋgan ~ təgan「地板」，或 ŋgaŋ ~ gaŋ「手的跨度」。這個音變導致了一般的濁阻音可出現於重音節的聲母位置，在重音節聲母的內爆音原本僅是濁阻音的同位音，因為此一改變而形成帶音位性。然而，因為 *mb 和 *nd

在 Long Sela'an 語已變為 *v* 及 *r*，具對比性的內爆音僅限於硬顎和軟顎塞音。這結果成為一種異常的類型：濁阻音系統/b、d、j、g、ɗ、ɠ/當中，帶音位性的內爆音僅限於口腔後部，和語言普遍將這類對比置於口腔前部的傾向（Maddieson 1984: 111 頁起）相反。不過語音上的內爆音依舊是四個發音部位均有，只不過侷限於帶重音的元音之前。

　　Narum 語的音位庫涉及了類型學上另一有趣的重點。除了出現在詞首、詞中和詞尾的一般鼻音之外，Narum 語還有一套僅在詞中位置出現的後爆鼻音。這些音段來自早期的鼻音+濁阻音，因此這類音段的口腔除阻都是帶音的（voiced）。正如鼻音+濁阻音音串，後爆鼻音以口腔閉合及軟顎下降起始，在口腔除阻之前軟顎上升。這些發音之間的差異取決於軟顎閉合和口腔除阻之間的時間差。在諸如 -mb- 的音串，軟顎下降的時間佔整個音串音長約一半，但在 -mb- 軟顎下降的音長佔大部份，給予一種鼻音發音為主而口腔除阻極為短促的印象。這與 Cohn（1990: 199）的觀察結果一致，即在一般語言中，當 -NC- 音串的鼻音其後的阻音為清音，鼻音長度佔據音串音長的一半左右，但若是濁音，鼻音音長便會超過一半。換句話說，鼻音的發音普遍會延伸到其後的濁阻音、但不會傳佈至其後的清阻音，擁有後爆鼻音的語言，只不過是將尋常的同位音變化更推進一步。由於後爆鼻音的氣流由口腔釋放，緊隨其後的元音不會鼻化。

　　後爆鼻音已知僅限於印尼西部。在婆羅洲，它們出現在砂勞越（Sarawak）北部的 Narum 語和其他 Lower Baram 地區的語言、在砂勞越西部的加里曼丹（Kalimantan）南部的 Land 達亞克語（Land Dayak）和伊班語（Iban）、以及在加里曼丹東南部的 Tunjung 語。

除了婆羅洲之外，已證實它們出現在越南和中國南方的占語群當中、或經由推論得知出現於早期的這些語言中，在泰國半島的 Urak Lawoi' 語，在一些非標準腔的半島馬來語（如 Ulu Muar 方言），在蘇門答臘（Sumatra）的亞齊語（Acehnese）和 Rejang 語，在婆羅洲和蘇門答臘島之間 Bangka 島的 Lom 語，以及西爪哇的異它語（Sundanese）。這種分布令人費解，因為分布的侷限性顯示可能是與區域接觸或分群有關，但地理上卻又不連續、而且與已建立的分群邊界不一致。

　　婆羅洲的一些語言也有詞尾位置的前爆鼻音，這些鼻音是由詞尾鼻音出現在含有非鼻音聲母的音節所形成的。最著名的例子可能是砂勞越南部的 Land 達亞克至 Kendayan（[kənᵈájaˈn]）達亞克地區、以及印尼的西加里曼丹的鄰近區域，但它們的地理分布與詞中後爆鼻音的分布非常類似。「鼻音前爆」一詞是由 Court（1967）在關於 Mentu Land 達亞克語的一篇音韻短文中創造的。在這個語言中，幾乎所有的詞尾鼻音都緊隨一個短促的口腔清音，如 əsiᵖm「酸」、burəˈn「月亮」、或 turaᵏŋ「骨」。例外情況分為兩類：個人姓名，以及末音節以鼻輔音開頭的詞基。雖然第一類例外顯然是特意為了標記語意場（semantic fields）而操弄語音的結果，第二類純粹是語音的因素。大多數南島語言關於元音鼻化的語音細節著墨很少，但是婆羅洲語言有相對較多的參考資料，在這些語言中，元音前面的主要鼻輔音很明顯地可使元音產生強烈的鼻化，這個過程可以被描述為「聲母驅動」（onset-driven）的鼻音和諧（Blust 1997c）。韻尾驅動的鼻音和諧通常不存在，但是在大多數語言中，詞尾鼻音會使前面的元音輕微鼻化，否則詞尾鼻音就該一律是口腔音起始了（前

爆）。詞尾鼻音的前爆可被視為阻止鼻化向「錯誤」方向擴散的策略。如果末音節以鼻輔音開始，詞尾鼻音前爆是不可能的，例如 Mentu Land 達亞克語的 *inəm*「六」。前爆鼻音的起始部份，在某些語言中是清化的口腔音，例如 Mentu Land 達亞克語，但在其他語言（如 Bau / Senggi Land 達亞克語）是濁音，在沙巴以北的邦吉島（Banggi Island）的 Bonggi 語則是混合形態，Boutin（1993: 111）指出 Bonggi 語有 -*ᵇm*、-*ᵈn*，但是 -*ᵏŋ* 含清音。

　　鼻輔音有另一個特點值得注意。在高地 Kenyah 語中，例如 Lepo' Sawa 語（Long Anap 地區的語言），帶音節性的鼻音可在元音前及輔音前的位置出現；它們僅出現在元音或濁阻音之前的詞首位置，而且是出現在原來僅為單音節的詞基中。因此，帶音節性的鼻音似乎是不帶音節性鼻音的同位音，這種解釋通過對 Long Anap 語言變異的進一步觀察得到印證，不帶音節性的鼻音和帶音節性的鼻音在元音之前都可以出現，例如 *nəm*「六」，在前鼻化塞音之前的 CV- 音串可丟失的單詞當中，這個變異也會出現，例如 *məndəm ~ ndəm*「黑暗」。

　　婆羅洲語的輔音有其他細節值得注意，包括砂勞越北部的幾種語言如 Berawan 語、吉布語（Kiput）、和 Narum 語當中的疊輔音（geminate consonants），以及唇軟顎濁塞音 *gʷ* 出現在砂勞越中南部的 Rejang 河（或拼為「Rajang」）上游的 Kejaman 語和 Bekatan 語，以及 1900 年左右所記錄的民都魯語（Ray 1913），還有砂勞越北部吉布語圓唇的唇齒擦音 *fʷ*。

　　婆羅洲語言中的元音庫通常很小。許多語言保留了原始南島語的四元音系統（*i、*u、*a、*e，其中 *e 代表央中元音），或在此

系統將央中元音轉為後圓唇元音或圓唇央中元音（*i u a o*），而加里曼丹東南部的馬辰語（Banjarese）則一律合併了原始南島語 *e 和 *a，將系統縮小為基本元音三角形態（*i u a*）。然而，沙巴以南的許多語言在大多數或所有位置均保留了央中元音，並進一步發展出 *e* 和 *o*，透過高元音下降以及之後移除了導致高元音下降的語音條件、或透過 *-ay 及 *-aw 的單元音化。

如上所述，婆羅洲語言的元音鼻化通常是由聲母驅動的，而由韻尾輔音引發的鼻音擴散很少見。有關於台灣南島語或菲律賓語言當中元音鼻化的同位音描述很少，但是僅有的資料顯示的型態是相同的。某些輔音不會阻礙元音鼻化的向右擴散。這些輔音總是包括了喉塞音和 *h*，通常也包括了半元音 *w* 和 *y*，在某些語言中包括 *l*，但不一定含 *r*。

在南島語言中，元音鼻化很少具音位性，鼻化元音即使出現，分布也非常有限。鼻化元音的分布通常由語音環境決定，但在砂勞越北部的兩種語言中，帶音位性的鼻化元音出現在一個單一的詞素中。在民都魯語，一般的否定標記是 *ã* [ʔã]。由於其他單詞以 *a* 開頭的均為口部元音，否定標記中的鼻元音無法以語音環境預測。然而，在田野調查採集而來的近 800 詞的語料庫中，沒有其他類似的、無法以語音環境預測元音鼻化的例子。有些人或許認為口語的否定標記在許多語言（例如英語）可具有不同的語音屬性，像是專屬於特定詞素的鼻化元音等，但是北部砂勞越有另一個元音鼻化的例子並不能用這種方式解釋。在 Baram 河的河口附近的美里語（Miri）有最小對偶詞 *haaw*「橡子」：*hããw*「第二人稱單數」。在這裡，元音鼻化可能是經由「鼻喉親緣性」（rhinoglottophilia; Matisoff

1975）的過程產生的，喉部和咽部發音會降低軟顎位置，因此誘發了元音鼻化。但在這個例子中，產生鼻化的構音條件只影響了個別詞素，因為 h 在這兩個單詞都反映了 *k（原始馬來-波里尼西亞語 *kasaw「橡子」、*kahu「第二人稱單數」）。這種型式的元音鼻化似乎也是獨一無二的，當如何看待它的音位性是一大問題。[23]

除了元音之外，砂勞越中部和北部的一些語言還有豐富的雙元音系統，甚至是三元音。在 Baram 河和 Tutoh 河交界處的吉布語（Kiput），有十個響度持平或下降的雙元音以高元音結尾（-iw, -ew, -uy, -oy, -əy, -əw, -ay, -aay, -aw, -aaw），至少有四個雙元音以中元音結尾（-iə, -eə, -uə, -oə）以及兩個三元音（-iəy, -iəw）。這四個雙元音顯示了吉布語在類型學上很特別，含有央中滑音，這種滑音基本上是一個不帶音節性的央中元音（Ladefoged & Maddieson 1996: 323）。

與菲律賓不同的是，婆羅洲的任何一個語言重音都不具音位性。然而，與大部分南島語重音可預測地落在倒數第二位置的情形不同，砂勞越沿海的許多語言和一些內陸語言在引用型式的末音節帶重音，但在詞組呈現倒數第二重音。因此，在沒有前後語境的情況下，最後音節重音似乎可作為判定詞彙的依據。大多數關於南島語言的描述沒有音節劃分相關的陳述，但是筆者蒐集的田野調查筆記顯示了一個有趣的事實，即在高地 Kenyah 語中，例如 ləkoʔ「手鐲」，其中包含一個在語音上疊化的詞中單輔音，音節劃分為 lək.

---

23 Adelaar（2005a: 20）列出砂勞越南部 Salako 語的音位/ð/和/ũ/，但他引用的所有例子都來自於鼻音擴散。然而，第二人稱單數所有格後綴是/ũ/（< *-mu），例如 beber「嘴唇」: beber-ũ「你的嘴唇」，或 nasiʔ「煮熟的米飯」: nasiʔ-ũ「你的米飯」。

ko?，而像 *lundo?*「睡」這樣含詞中輔音串的詞，則被音節劃分為 *lu.ndo?*。

馬拉加斯語與婆羅洲的語言屬於同一分群，但是由於它與婆羅洲的其他語言距離遙遠，在類型學上呈現明顯的分歧。一般來說，馬拉加斯語的音韻是高度創新的，也許部分是因為來自班圖語（Bantu）基底層（substratum）的影響（Dahl 1954）。然而，正如將於第七章所討論的，馬拉加斯語的語態標記系統非常保守。因此，馬拉加斯語和它屬同一分群的巴里托語（Barito）之間的類型差異，主要是因為馬拉加斯語在音韻方面的創新發展，而不是婆羅洲南部語言在句法方面的創新變化。表 4.9 提供了 Dahl 所描述的標準馬拉加斯語的音位庫（1951: 32 頁起；注意/u/傳統上寫為 *o*）。

馬拉加斯語的音位庫含豐富的擦音，但與婆羅洲語言差別最大的地方，在於含四個寫為 *ts*、*tr*、*dz*、和 *dr* 的塞擦音。Dahl（1951: 33）將所有這些描述為齒齦音，並進一步指出 *tr* 的兒音除阻是清化的。然而，Dyen（1971b: 213）將 *ts* 和 *tr* 及其對應的濁音分別區分為齒齦和齒齦捲舌（alveolar retroflex）等不同的發音部位。

有關於前鼻化阻音（prenasalised obstruent）在馬拉加斯語是否為音位，不同的學者對此的看法分歧，將在之後一併探討南島語言中的這個議題，在此不再進一步關注。馬拉加斯語在節律上相當有趣，因為它呈現了歷史發展後期產生的重音對比，這一對比是由詞尾添加了支持元音 *-a* 而來的。大多數研究馬拉加斯語的學者，至少自 Richardson（1885）開始，均認為雖然重音一般而言落在倒數第二位置，仍有一些詞彙呈現對比重音。Richardson 的詞典中包括了一個經常被引用的對比 *tánana*「手」: *tanána*「村莊」，也被 Dyen

（1971b: 214）所引用。同樣地，儘管重音大多數落在倒數第二位置，Beaujard（1998）在他豐富的馬拉加斯語 Tañala 方言詞典中逐一標記了重音所在。

表 4.9　標準馬拉加斯語的音位庫（美利那（**Merina**）方言）

p	t	k	
b	d	g	
	ts、tr		
	dz、dr		
m		n	
f	s		h
v	z		
	l		
	r		
元音：i、u、e、a			
19 + 4 = 23			

4.1.4　東南亞大陸（**Mainland Southeast Asia**）

　　在東南亞大陸，南島語言的音韻類型在很多情況下是由語言接觸所引起的變化而定的。這一點在 Thurgood（1999）對於越南和中國南方的占語已有詳細的敘述。

　　大多數東南亞大陸的南島語言音位庫相當大，記錄上含最多音位的大概是越南沿海的 Phan Rang 占語，Thurgood（1999）指出有 31 個輔音和 11 個基本元音。馬來語是印尼西部許多語言的典型代

表，也是占語在孟高棉語（Mon-Khmer）接觸影響之前的直接祖先，在本土詞彙中有 18 個輔音和六個元音，另有其他輔音來自於阿拉伯語和歐洲語言借詞。雖然這對於東南亞島嶼（insular Southeast Asia）來說已算是大型音位庫，但對於東南亞大陸的南島語言來說可能是最小的（在下面的表 4.10 中，斜線後面的數字包括了借用詞彙當中的音位）。

　　大多數占語區分清晰音和氣息音兩種發聲態（clear register, breathy register）。氣息聲態的輔音在 Phan Rang 占語有 *bh*、*dh*、*jh*、*gh*。在其他占語中，這些音段寫為清塞音，關鍵的區分方式在於後接元音是否帶氣息特徵，而非本身的清濁。另一方面，*ph*、*th*、*ch*、*kh* 這一系列是送氣音，儘管有一些作者注意到因為占語允許多種詞首輔音串、認為 *ph* 等音是可以被分析為音串而非單個音位。在許多孟高棉語言中就是這種情況，中綴可以加插於詞首清塞音與隨後的 *h* 之間。在爪來語（Jarai）中，*ph*、*th*、*ch*、*kh* 仔細發音時在送氣音之前的除阻會有一個短的央中元音，也顯示了這些是音串而不是單一的音段。因此在書寫上，*ph*、*th*、*ch*、*kh* 和 *bh*、*dh*、*jh*、*gh* 的對稱具有誤導性，因為第一系列中的送氣符號是一個真正的輔音，而在第二系列中僅表示氣息音的聲門狀態影響緊隨的元音。傳統上以 Brahmi 語為基礎的占語音節文字以這種方式將元音間的區別標示在輔音上，除此之外，Phan Rang 占語和其他各種占語語言有一系列喉聲化濁輔音（voiced glottalic consonant）。Thurgood（1999: 268）一部分依循早期的文獻，將這系列的前兩個音寫為內爆音，但第三個寫為前喉塞化。在爪來語中，這三個音均為前喉塞化，但沒有明顯的內爆。在這方面，它們更像是邵語或布農語等中南部

台灣語言的前喉塞化塞音，而不同於民都魯語或低地 Kenyah 語等婆羅洲語言的內爆音帶有因顯著的喉部降低而產生的強烈內吸氣流。

表 4.10　西占語（Western Cham）及馬來語的音位庫

Phan Rang 占語（Thurgood 1999: 268 頁起）					馬來語（Wilkinson 1959）				
p	t	c	k	ʔ	p	t	c	k	
ph	th	ch	kh		b	d	j	g	
b	d	j	g			（dz）			
bh	dh	jh	gh		m	n	ñ	ŋ	
ɓ	ɗ	ʔj			（f）	s	（ʃ）	（x）	h
m	n	ñ	ŋ			（z）			
s			h			l			
	l					r			
	r								
w	y				w		y		
元音：i、ɨ、u、e、ɛ、ə、o、ɔ、ɛ̣、ɔ̣、a					元音：i、u、e、ə、o、a				
31 + 11 = 42					18/23 + 6 = 24/29				

　　占語的元音庫比原始南島語的四元音系統擴展了許多。這有一部分歸因於與孟高棉語（Mon-Khmer）的接觸，因為這些語言有極為豐富的元音系統。Thurgood（1999）認為占語的類型轉變主要是因為接觸了孟高棉語的 Bahnaric 分群，但是 Sidwell（2005）闡述此分析的問題，認為一個尚未證實的孟高棉語基底層才是許多占語創新的源泉。正如 Thurgood（1999）的詳細敘述所言，占語中的一些元音創新是區分發聲態（register）的結果，因為發聲態會影響元音

的發音。雖然大多數占語在地理上或多或少形成連續的區塊，但其中三個與其他語言分開。第一個是西占語（Western Cham），位於柬埔寨中部的大型 Tonle Sap 湖的周圍，當公元 1471 年因南部占族首府 Vijaya 併入越南時而分開。與許多孟高棉語一樣，西占語有氣息音及清晰音兩種發聲態。根據一些學者，例如 Thurgood（1993b, 1999），東占語（Eastern Cham）因為與越南語接觸產生了初期聲調，但是 Brunelle（2005, 2009）不同意這樣的說法。第二個地理分離的是在蘇門答臘北部的亞齊語（Acehnese），將在下一章節處理。第三個地理上分離的占語是回輝話（Tsat），在中國南部海南島南端附近約有 4,500 人使用。Thurgood（1999）已經證明回輝話與越南的北 Roglai 語屬同一分群，在西元 982 年越南征服北部占族首都 Indrapura 之後，亞齊人和回輝人作為難民移居當地。由於回輝話被聲調語言 Tai-Kadai 和漢語所包圍，它發展出具音位性的聲調或許也就不足為奇了。Thurgood（1999: 215）仔細記錄了這個語言歷時演變上形成五種對比聲調的不同階段。

　　除了回輝話之外，從緬甸南部到泰國半島的 Mergui 群島上，有一個莫肯語（Moken）的方言也發展出聲調。早先的報導顯示，幾乎所有莫肯語者均為海上游牧民族、避免與外界接觸、剛開始定居於一些沿海地區，但是 Larish（1999）發現泰國普吉島地區的莫肯語明顯有兩種，船民說一種方言（莫肯（Moken）方言），而與其有密切關聯的陸地人口說另一種方言（莫克倫（Moklen）方言）。莫克倫方言由於與南部泰語（southern Thai）頻繁接觸，已經開始發展出莫肯方言中不存在的聲調區別。另一個在泰國與馬來西亞邊境以北的 Pattani 馬來語（Pattani Malay），也通過與南部泰語的接觸而產

生了類似的聲調變化（Tadmor 1995）。

　　這地區的南島語言音位庫的其他特徵，包括大多數語言含一系列硬顎音，半島馬來語的一些非標準方言有詞首疊音，其他當地馬來方言詞尾有咽擦音或小舌塞音，以及莫肯方言／莫克倫方言的元音長度具音位性。馬來語有一系列來自古語的硬顎音，包括清濁塞擦音 *c* 和 *j*，以及硬顎鼻音 *ñ*。正式標準馬來語也有不尋常的大量的摩擦音（六個），除了其中兩種，其他僅出現於阿拉伯語或歐洲語言的借詞當中。在口語型式中，這些音大多數都被本族語中的塞音或塞擦音所取代，例如阿拉伯語借詞 *fikir*（正式語）：*pikir*（口語）「思考」，*xabar*（正式語，寫為 *khabar*）：*kabar*（口語）「新聞」，以及 *zaman*（正式語）：*jaman*（口語）「時代、一段時間」。詞首疊音出現在大多數的馬來語東部半島方言。其他馬來方言有一些音韻特徵對標準語來說明顯是外來的。例如，馬來亞（Malaya）東北部 Trengganu 河上游的方言發展出加插於詞尾的塞擦音 *-kx*，出現在早期的高元音之後（Collins 1983b: 48），蘇門答臘島東南部的 Besemah 方言和 Seraway 方言有齒齦及小舌兒音（uvular rhotic）的對比，Pattani 馬來語有十二個元音音位，其中四個為鼻化元音。

4.1.5　蘇門答臘島（Sumatra）、爪哇島（Java）、馬都拉島（Madura）、峇里島（Bali）和龍目島（Lombok）

　　這裡所代表的地區不是單一區塊，不像在菲律賓（一個單一的、相當緊密的群島）、婆羅洲（單個島嶼）、或甚至東南亞大陸的南島語、大多數歷經過區域性的類型調整。將這些地區一併討論僅是為了方便標出印尼西部的許多島嶼。

該地區最大的音位庫顯然是馬都拉語（Madurese），Stevens（1968: 16 頁起）指出有 26 個輔音和九個元音。爪哇語有 26 個輔音和八個元音（Nothofer 1975: 8），而亞齊語有 20 個輔音和十個口部元音（Durie 1985: 10 頁起）也相去不遠。然而，爪哇語的這個總數包括五個被認為是音串的前鼻化阻音，而亞齊語的總數排除了七個鼻元音和十個雙元音，因此，端看如何計算音段個數，亞齊語的音位總數極可能居冠。最小的音位庫當然是位於蘇門答臘南部西海岸外的應加諾語（Enggano），有十個輔音和六個元音，所有元音都另有對應的鼻元音。

表 4.11 馬都拉語和應加諾語的音位庫

馬都拉語（Stevens 1968: 16 頁起）						應加諾語（Kähler 1987）				
p	t	ṭ	c	k	ʔ	p	(t)	(c)	k	ʔ
b	d	ḍ	z	g		b	(j)			
bh	dh	ḍh	zh	gh		m	n	ñ		
m	n	ñ	ŋ			(f)			x	h
s	h									
l							(l)			
r							(r)			
w	y								y	
元音：i、ə、u、e、ʌ、o、ɔ、a、ɛ						元音：i、ə、u、e、o、a 加上鼻化				
26 + 9 = 35						10/16 + 6 = 16/22				

這一區域的語言表現出幾個在南島語言中相當罕見的音韻特徵。從蘇門答臘島的北端開始，自十九世紀末以來就已注意到，儘

管亞齊語似乎與馬來語密切相關，但它具有許多孟高棉語系獨有的類型特徵，而這大多數的特徵占語群也都有。到二十世紀中葉，亞齊語與占語的密切關係已被廣泛接受。Thurgood（1999）進一步認為，亞齊語不是占語群的姐妹語（sister language），而是地理位置偏移的占語語言之一，儘管 Sidwell（2005）對這一主張提出質疑。在亞齊人抵達蘇門答臘島幾個世紀後，他們被馬來文化和語言影響所吞沒，進一步增加了兩種語言之間的詞彙相似度，無論如何，這兩個語言之間的關係非常密切。儘管亞齊語和馬來語之間有大量的詞彙借用，它們之間的音韻和語法差異明顯，即使大部分音韻上的差異都僅限於語音層次上。Durie（1985: 10）描述了亞齊語中的兩個塞音系列：/p t c k/和/b d j g/。然而，它們因位置不同而產生的同位音包括送氣清塞音和「嘀咕聲」濁塞音（murmured voiced stops），與一般發聲的對應音相比，差別在於它們具有「一個低聲的嗓音起始」。Durie（1985: 10）指出術語「嘀咕聲」（murmur）在語言描述中的使用方式不一致，但是他根據頻譜資料，認為亞齊語的嘀咕塞音在聲學上類似於 Gujarati 語的氣息輔音（breathy consonants）。除了這些之外，亞齊語還另有許多從一般的南島語觀點來看都是不尋常的輔音，包括後爆詞中鼻音（稱為「滑稽鼻音」）（funny nasals）、詞尾自動喉化的唇塞音和齒塞音、喉擦音 h 的同位濁音，以及舌葉齦齒擦音，其摩擦範圍大，沒有可適用的國際語音符號（IPA）。

爪哇語也有幾種在類型上不尋常的音韻特徵。第一個是濁阻音 /b、d、ɖ、j、g/ 的部分清化，以及隨後的元音帶有 Ladefoged & Maddieson（1996: 63）所謂的「弛聲」（slack voice）（聲帶狀態比模態聲（modal voice）更為鬆弛）。印尼的爪哇語者有時在說官方語言

時會「導入」他們母語中的這個語音特徵，對蘇門答臘的馬來語／印尼語語者來說覺得很有趣（而有時令人惱怒）。雖然 Ladefoged & Maddieson（1996）在描述爪哇語這些塞音的聲門狀態時，認為和孟高棉語及占語的氣息音並不相同，但相似之處卻很驚人。儘管如此，由於在任何已知的馬來方言中都沒有類似的發音方式，因此，以語言接觸來解釋爪哇語氣息音的形成似乎不太可能。

另一個爪哇語與大多數其他南島語言的不同之處在於有兩個捲舌塞音（還有一個捲舌鼻音出現在這些音之前，但這僅是 *n* 的位置變體）。雖然在爪哇語的文獻中使用了「捲舌」一詞，但這是用詞不當，因為爪哇語 *ʈ-* 和 *ɖ-* 幾乎不像 Dravidian 語或 Indo-Aryan 語言的舌尖後音（apico-domal）那樣往後縮。在南島語言中，*t* 通常是齒後（postdental）不送氣的清塞音，而 *d* 是齒齦音。爪哇語保留了這種對比，但在音位庫中另外增加了齒齦清音和齒後濁塞音。因此，現今的對比是清濁塞音在齒後及齒齦（或齒齦偏後）兩個位置。Dahl（1981a: 23）認為，由於捲舌音在印度語（Indic）和爪哇語只出現在音節首位置，因此爪哇語的捲舌塞音是因為與印度語接觸而產生的。但是，捲舌塞音普遍而言大概均出現在音節起始位置。鑑於兩種語言中「捲舌」的發音方式完全不同、而且在爪哇語中有諸如 *ʈɛk*「敲擊竹筒產生的聲音」等單詞中的「捲舌」塞音，爪哇語 *ʈ* 和 *ɖ* 起源於印度語的假設是沒有說服力的。反對爪哇語捲舌音來自印度語的另一個論證，是觀察到捲舌濁輔音遠比相對應的捲舌清輔音更常見。雖然沒有可用的統計數據可以說明這一點，但建構一個樣本並不難。Horne（1974）的「爪哇語－英語詞典」沒有以字母順序將齒後塞音和捲舌塞音區分開來。表 4.12 顯示了詞典的 *d* 和 *t* 部分前

100 個單詞的捲舌塞音與齒塞音（dental stops）的相對比例。這提供了詞首位置相對頻率的樣貌。為了也提供詞中位置的相對頻率，從詞典 a 部分開始的前 100 個齒塞音與捲舌塞音被挑選出來。詞典中因交叉引用產生的重複已被剔除：

表 **4.12**　爪哇語中齒塞音與捲舌塞音的相對頻率

d-	ḍ-	t-	ṭ-	-d-	-ḍ-	-t-	ṭ-
33	67	93	7	40	60	67	33

雖然是初步性的統計，但這些數字清楚說明了清濁塞音的不對稱性和捲舌的關係。以濁塞音來看，捲舌音在詞首位置差不多是齒音的兩倍，在詞中位置則是 1.5 倍。清塞音的型態則是相反的，最明顯的是在詞首位置，只有大約 7% 的舌冠清塞音是捲舌。如果爪哇語的「捲舌」音是從文學梵語（literary Sanskrit）或口說的俗語（Prakrit）借來的，很難理解為什麼捲舌現象沒有擴展到鼻音，像在印度語一樣，以及為什麼捲舌化只發生在濁塞音而非清塞音，這些不對稱形態在梵語並未出現。[24]

爪哇語有著複雜的語言接觸史，從其他南島語言借入的詞彙很可能對於捲舌在這個語言的塞音系統成為對比音徵扮演了重要的角色。Dempwolff（1937）指出馬來語 d 被借入成為爪哇語的捲舌塞音，例如詞對（doublets）ḍalam「內部的」（<馬來語 dalam）、daləm「內部、裡面；房子的內部房間」（本族語詞）。從歐洲語言借入的

24　Turner（1966）在他的 Indo-Aryan 語言比較詞典中，列出了 98 個帶有詞首捲舌清塞音的形式，以及 106 個帶有捲舌濁塞音形式。隨機採樣在 a-、u-、ka-、ki-、ku- 和 ga- 之後的元音間位置，顯示有 95 個捲舌清塞音和 51 個捲舌濁塞音。

詞彙中可以看到類似的情形，例如借自荷蘭語的 *definisi*「定義」、*dinamit*「炸藥」、或 *dobəl*「成雙（的）、重複」。這種語音調整的原因很簡單：正如在大多數有足夠的語音描述的南島語言中一樣，馬來語 *t* 的發音部位是齒後，但 *d* 是齒齦，因此馬來語的 *d* 在語音上更接近爪哇語的 *d-* 而不是爪哇語的 *d*。同樣地，我們預期包含 *t* 的馬來語借詞被借入為爪哇語的齒音 *t*，而不是對應的捲舌音。

　　爪哇語在其歷史上不同時期從馬來語那裡借來了相當多的詞彙，因此我們預期在濁音方面，捲舌塞音的數目相對於齒塞音會大為增加，但是在清音方面則呈現相反的型態。在荷蘭殖民時期，爪哇語也從荷蘭語大量借入，因為爪哇是殖民地官方所在，這會使得捲舌濁塞音相對於齒濁塞音的比例更為增加。奇怪的是，儘管 *t* 和 *d* 在荷蘭語和英語中都是齒齦音，但 *t* 被借入時皆為齒後塞音，例如 *tabɛl*「表格（數字、事實）」、*taksi*「計程車」或 *tɛkstil*「紡織品」。基於這些觀察，爪哇語齒音：捲舌音的對比幾乎可以確定源於歷史上的借用，是借自其他南島語言（後來也從歐洲語言借入）而不是來自印度語的借詞。

　　除了借用其他語言，爪哇語本身也是借詞的來源。由於爪哇語在不同時期都具有相當大的地方影響力和聲望，其捲舌塞音被借至馬都拉語和峇里語（Balinese）。馬都拉語的「濁送氣」音有唇部、齒部、齒齦、硬顎和軟顎各發音部位，很可能也是與爪哇語接觸而後產生的（Stevens 1968: 16）。Cohn（1994）堅持認為這些音段是當代馬都拉語的清送氣音，但是，歷史上它們從一般的濁塞音演變而來的這一事實，強烈暗示了這些音在演變的某個階段，其他喉部機制疊加在原本振動的聲帶上。

馬都拉語和爪哇語的元音音位庫都擴展了許多。至少在馬都拉語當中，有些元音分裂因濁塞音和送氣塞音而產生（Cohn 1993b）。此外，蘇門答臘南部 Rejang 語的一些方言有多達十個雙元音（McGinn 2005），在東南亞島嶼中，只有一些在砂勞越北部的 Lower Baram 語言、例如吉布語，有總數相近的元音（Blust 2002c）。這一區語言其他類型學上較值得一提之處包括疊輔音、雙唇顫音、詞尾前爆鼻音，以及相對來說較常見的軟顎清擦音。疊輔音在蘇門答臘北部的 Toba Batak 語和馬都拉語是具有音位性的。在 Toba Batak 語當中，它源於早期的鼻音加上清塞音，在印度語衍生出的 Toba Batak 語音節文字裡，仍然以這種方式呈現。軟顎清擦音 x 在蘇門答臘語言中很常見，據報導在西馬盧爾語（Simalur）、Sichule 語、Nias 語、應加諾語、Lampung 語和「中馬來語」（Middle Malay）（Besemah 方言和 Seraway 方言）裡都有。這個常見的音來自幾個不同的詞源（西馬盧爾語的 *p 和 *k、Sichule 語和 Nias 語的 *j、Lampung 語和中馬來語的 *R），因此讓人更為驚訝。Catford（1988）報導 Nias 語有三種顫音，發音部位為：雙唇、齒齦、和齒齦後（些微捲舌）。這一組音當中的齒齦音是出現在許多語言當中的一般的顫音 r，但另外兩個在世界各地都很罕見。這兩個音有時帶前鼻化，最常見是在詞中位置，而雙唇顫音被描述為「嘴唇稍微外翻並輕輕地合在一起、使嘴唇的內面接觸」（endolabial）（Catford 1988: 153）。根據 Catford 的說法，三個顫音都很短，通常只拍動一至三次。此外，根據 Kähler（1959）的描述，Sichule 語單一個元音有長度對比。令人驚訝的是，這個元音是央中元音，幾乎所有其他東南亞島嶼的南島語言的央中元音在本質上都比其他任何元音來得短。

4.1.6　蘇拉威西（**Sulawesi**）

　　Sneddon（1993）將蘇拉威西語言分為十個微群：1）桑伊爾群（Sangiric），2）Minahasan 群，3）Gorontalo-Mongondow 群，4）Tomini 群，5）Saluan 群，6）Banggai 群，7）Kaili-Pamona 群，8）Bungku-Tolaki 群，9）Muna-Buton 群，和 10）南蘇拉威西群。Mead（2003a, b）認為有另一個叫做 Wotu-Wolio 的蘇拉威西微群，（由先前未分類的 Wotu 語言，加上從 Sneddon 的 Muna-Buton 群抽出的 Wolio 語所形成）。在此同時，他也證明了 Banggai 語應該被包括在 Saluan 群之內，並且有一些證據顯示應有一個西里伯斯超群（Celebic supergroup）包含了他認可的除了 1-3 和 10 以外的所有微群。

　　蘇拉威西微群 1-3 中的語言屬於菲律賓分群，在許多方面類型也相似。越往南部的語言與菲律賓語言類型的分歧越大。總括來說，蘇拉威西語言各個微群內部的音位庫差異很小，但不同微群之間可能會出現相當大的差異。中部和北部的蘇拉威西語音段總數大約在 18 至 23 之間。Sangil 語是民答那峨島南部的一種蘇拉威西的語言，應該是幾個世紀前從桑伊爾語（Sangir）分出，蘇拉威西中部和西南部的一些語言音位庫較大（桑伊爾語 18 + 6 = 24，布吉語（Buginese）18 + 6 = 24，Barang-Barang 語 20 + 5 = 25，Bada / Besoa 語 21 + 6 = 27），但最大的音位庫在蘇拉威西島東南部，如 Muna 語（25 + 5 = 30），Tukang Besi 語（27 + 5 = 32），Kulisusu 語（29 + 5 = 34），或在 Buton 島的 Wolio 語，其音位總數超過其他語言，含 31 個輔音和五個元音，共 36 個音段。蘇拉威西語音位庫最小的語言大概有好幾個，包括島上中央山區的 Sa'dan Toraja 語，以及若干 Tomini 語言，其中以 Lauje 語為代表。Sa'dan Toraja 和 Lauje 這兩種語言的本土詞

彙中都有 13 個輔音和五個元音，共 18 個音段。

　　蘇拉威西島大多數語言的音位庫給人的第一印象並無特別之處。然而，相對於東南亞島嶼的大多數其他語言而言，有一些值得注意的差異。和目前為止所討論的語言相異的一個特徵是，詞首的前鼻化阻音在該地區廣泛存在。這些音在島嶼的北部很少見（迄今為止僅出現在桑伊爾語群的 Ratahan 語、也稱為 Toratán 語），在西南部顯然不存在，但在蘇拉威西中部和東南部的語言中相對常見，並且這是島上這一區域的語言音位庫較大的主要原因。這組語料的分析問題將在下面討論。

　　音位庫中其他獨特的類型特徵包括了捲舌側邊閃音（retroflexed lateral flap），這個音出現在大多數桑伊爾群的語言、幾種 Gorontalo-Mongondic 語言、和 Tonsawang 語言；Talaud 語有捲舌濁擦音；Muna 語的濁塞音（而不是清塞音）當中，有齒音及齒齦音的對比；除了南蘇拉威西語以外，幾乎都缺少硬顎音系列。然而，蘇拉威西語言中最引人注目的類型特徵，是雙元音和央中元音相當罕見，特別是在「西里伯斯超群」（Celebic supergroup）的語言中。蘇拉威西語言的元音音位庫幾乎沒有太大的不同。在每一個已檢視的語言中，元音系統均為 *i*、*u*、*e*、*o*、*a*，或這五個元音加上央中元音。據了解，蘇拉威西語中沒有任何一種語言的元音數目少於五個，或者超過六個。

　　除了這些顯著特徵之外，在東南部語言（Wolio 語、Muna 語、Tukang Besi 語）中，內爆音（implosivee consonants）也相當常見。Anceaux（1952: 4 頁起）描述了 Wolio 語在唇部和齒齦部位的內爆音。他指出，齒齦內爆音略微捲舌，並強調對應的非內爆的唇塞音和齒齦

塞音發音時帶有「高度的肌肉張力」。Muna 語只有單一個唇部內爆音，但 Tukang Besi 語有 ɓ 和 ɗ。有一些描述注意到 t 是齒後音，但 d 是齒齦音；Selayarese 語（Mithun & Basri 1986: 214）和 Barang-Barang 語（Laidig & Maingak 1999: 80）也是一樣的情形。最後，如下面將更詳細地看到的，在 Talaud 語以及許多南蘇拉威西語裡有疊輔音。

4.1.7　小巽它群島（The Lesser Sundas）

　　這裡定義的小巽它群島包括從松巴瓦島到帝汶的所有島嶼（但不包括 Wetar 島）。帝汶的語言形成了一個相當明確的分群，羅地語（Rotinese）也屬於這一群，在類型上相當一致。然而，在帝汶以西，似乎存在相當大的多樣性，承襲自較早期的語言，並且類型上也有相當多的變異。

　　小巽它群島中音位總數最多的是 Waima'a 語（在帝汶），有 31 個輔音和 5 個元音。其他相對而言音位總數較多的語言集中在小巽它群島鏈的西端附近，如 Komodo 語（29 個輔音、6 個元音），弗羅里斯（Flores）島西部的 Manggarai 語（26 個輔音、6 個元音）和松巴瓦島東部的比馬語（24 個輔音、5 個元音）。這些語言與 Komodo 語一樣，音位多的一部分原因在於含一系列的前鼻化阻音，下面會討論將這些音視為音位的證據。音位庫最小的是在帝汶西端的 Dawan 語，也稱為帝汶語（Timorese）或 Atoni 語，有 12 個輔音和 7 個元音（硬顎濁塞擦音 j 很少見，其音位性尚不清楚）。帝汶的大多數語言包括 19-21 個音位。有些只從簡短的詞表中得知似乎有五個元音，但可能尚有音位未分析出來。如果這分析是對的，那麼帝汶的一些語言可能只有 17 個音位。

表 4.13　**Waima'a 語及 Dawan 語的音位庫**

Waima'a 語（Belo, Bowden, Hajek & Himmelmann 2005）				Dawan 語（Steinhauer 1993）				
(p)	t	k	ʔ	p	t		k	ʔ
(pʰ)	tʰ	kʰ		b		(j)		
p'	t'	k'		m	n			
b	d	g		f	s			h
(f)	s		h	l				
	s'							
m	n							
mʰ	nʰ							
m'	n'							
	l							
	lʰ							
	l'							
	r							
	r'							
w								
wʰ								
w'								
元音：i、u、e、o、a				元音：i、u、e、ɛ、o、ɔ、a				
28/31 + 5 = 33/36				11/12 + 7 = 18/19				

　　Dawan 語缺乏 *d* 音，Steinhauer（1993: 131）指出 *t* 是齒音，而 *n* 和 *l* 在所有位置都是齒齦音。Steinhaure 認為 Atoni 語有七個元音，

但是筆者（有限的）Molo 方言田野調查筆記顯示，緊、鬆元音 e /ɛ 和 o /ɔ 出現的差異是可預測的，在經歷換位的元音之前、或是在可換位的輔音之前為緊元音，例如 *mese* [mésɛʔ]「一」與 *tenu* [ténu]（但語速快的時候讀為[téun]）「三」。小異它群島語言大多數的類型特徵在東南亞島嶼的其他地方也有。有個語言有兩個明顯的例外。Belo, Bowden, Hajek & Himmelmann（2005）的報告指出，東帝汶東北海岸的 Waima'a 語有四個系列的阻音：不送氣清音/p t k ʔ/、送氣清音/pʰ tʰ kʰ/、外爆（ejective）清音/p' t' k'/、和一般濁音/b d g/。這四個最小對比詞 *kama*「牀」（來自葡萄牙語）：*kʰama*「已經吃」：*k'ama*「刮」：*gama*「鯊魚」可為佐例。對比送氣音在南島語言中很少見，而有對比性的喉化也僅麥克羅尼西亞西部的雅浦語（Yapese）曾有記錄，因此，這個最近有關於帝汶的其中一個語言有一系列外爆音的報導令人相當意外。Belo, Bowden, Hajek & Himmelmann（2005）描述 Waima'a 語的外爆音，發音時口腔完全閉合、並同時抬起閉合的聲門。根據相關描述，這些音只出現在元音之前的詞首位置。筆者在 1970 年代早期研究西帝汶的 Dawan 語或 Atoni 語時，還記錄到了一般輔音和喉化輔音的對比，例如 *mak*「說」與 *m'iʔ*「尿」、*neʔ*「六」與 *n'eʔu*「右側」、*neke*「野生木棉樹」與 *n'uku-n*「整個手臂」，最引人注目的例子是含最小對比的 *l'iʔ*「左側」與 *liʔ*「折；彎曲膝蓋」。與 Waima'a 語一樣，這些音段僅出現在元音之前的詞首位置。但是，這些似乎僅限於響音。在[ʔnanan] ~ [tnanan]「內」中，喉化鼻音與鼻音前帶 t 的變體說明了 Atoni 語當中的喉化鼻音可能來自於語法上的前依附詞與後接名詞低層次語音融合。Hajek & Bowden（2002：223、註 3）另外也特別指出帝汶大部分語言的 *t* 都是齒音，但 *d* 是齒齦音。

內爆音在小巽它群島西部很常見，例如在比馬語（Bimanese）、Komodo 語、雅達語（Ngadha）、和 Hawu 語。因此，它們似乎是這裡（以及在該區域以北的蘇拉威西島的東南部）的一個區域特徵。在弗羅里斯島西部的 Manggarai 語的主要方言中，Verheijen（1967-70）並未記錄到內爆音，但注意到在西 Manggarai 語（West Manggarai）和其他一些方言中，除了標準語的輔音之外還有唇部和齒齦部位的內爆音（頁 xii）。如果是這樣的話，這些方言可能會有 28 個輔音和 6 個元音，使得他們的音位庫幾乎和 Komodo 語的一樣大。在比馬語和雅達語中，對應到齒齦系列的內爆音都有發音部位後移的情形。Djawanai（1977: 10）將雅達語的這個音描述為捲舌音（retroflex），在比馬語中，筆者將其記錄為舌尖後（apico-domal）音。Hawu 語與砂勞越北部的低地 Kenyah 方言一樣，在唇部、齒齦、硬顎和軟顎位置都有類似的內爆音，類型相當不尋常。在比馬語，內爆音永遠不會出現在鼻音之後，毫無疑問地，這種分布特徵在其他語言也很常見。

　　至於非內爆的塞音（non-implosive stops），在這裡所定義的小巽它群島鏈西端附近的幾個語言，包括比馬語、Komodo 語、和 Manggarai 語，都有一個含清濁塞擦音的硬顎音系列。Djawanai（1977: 10）描述雅達語 t 和 d 的位置不同，令人驚訝的是 d 是齒音，而 t 是齒齦音，羅地語也有這種非典型的情況（Fox & Grimes 1995：613）。

　　小巽它群島的大多數語言似乎都有三個鼻音（唇部、齒齦、及軟顎部位）。然而，帝汶的幾種語言，包括 Atoni 語、得頓語和 Kemak 語等，只有 m 和 n，而 Hawu 語有 m、n、$ñ$ 和 $ŋ$。Klamer（1998: 10）將松巴島東部的 Kambera 語描述為帶有鼻音 m、n、$ŋ$ 和一個「前鼻化的半元音」ny。然而，如果是這樣的話，這個特徵在南島語言中

是獨一無二的，因為通常只有塞音、擦音和塞擦音有前鼻化。由於該分析沒有給出論證，並且由於語音層次上硬顎鼻音和 *y* 及 *j* 屬於同一系列（原作者記為「齒齦音」），似乎將這三個音均視為硬顎音較為妥當。

　　一般來說，這個區域的語言有五個元音系統，比如 Dawan 語（我的分析），或者像 Komodo 語那樣的六個元音系統。雙元音是罕見的，但是一些語言已經發展出超音段的元音特徵，例如 Lamaholot 語的鼻化，根據 Pampus（1999: 25）報導，所有六個元音均可為口部音或鼻音，又例如 Kambera 語高元音及低元音的長度（/i u e o a i: u: a:/），或是 Sawu 語[9]中的重音，通常在倒數第二位置，但有時在末音節（*méla*「蹤跡」：*melá:*「金、銀」）。有關於後者的例子，Walker（1982: 7）提出了 *mela* 和 *melaa* 的底層型式，如此一來避免了倒數第二重音的例外。

　　最後，東帝汶首都所說的得頓語的 Tetun Dili 方言，長期以來被用作殖民地精英的語言，儘管元音沒有變化，其輔音音位庫比其他任何帝汶的語言都要大得多。這是因為葡萄牙語借詞已被完全納入這個社會語言學上非常獨特的方言，而這些借詞改變了這個語言的音韻。

4.1.8　摩鹿加群島（The Moluccas）

　　摩鹿加群島的大多數語言人口數很少，而且相關的研究不多。因此，有關該地區語言音位庫的任何敘述僅供參考。大致而言，這地區語言的音位總數不多，而且音位庫大小變化有限。

　　迄今為止，所有摩鹿加語言中最大的音位庫是哈馬黑拉（Halmahera）

島南部的布力語（Buli）（19 個輔音、5 個元音）。Maan（1951）指出布力語的 *j* 只能在借詞中出現。然而，借詞數量不少，這個輔音似乎已完全融入這個語言的音韻系統，填補了本土詞彙中輔音系統的空缺。摩鹿加群島的其他幾種語言有 23 個音位（Babar 群島的北 Babar 語，Ambon 島的 Larike 語，哈馬黑拉島南部的 Taba 語），這些語言大多數的音位數目略有不同，具體取決於借詞音位是否被視為完全整合至音韻系統。最小的音位庫顯然是斯蘭島的 Nuaulu 語（11 個輔音、5 個元音）。一般來說，哈馬黑拉島南部的語言比摩鹿加群島中部和南部的語言音位庫更大，部分原因是它們有一系列硬顎音、比該地區大多數其他語言有更多的摩擦音。

表 4.14　布力語和 Nuaulu 語的音位庫

布力語（Maan 1951）					Nuaulu 語（Bolton 1989）				
p	t	c	k		p	t		k	
b	d	(j)	g		m	n			
m	n	ñ	ŋ				s		h
f	s			h			l		
	l						r		
	r				w	y			
w		y							
元音：i、u、e、o、a					元音：i、u、e、o、a				
19 + 5 = 24					11 + 5 = 16				

　　關於摩鹿加群島語言的音位庫，以下幾點值得注意。首先，哈馬黑拉島南部的數種語言有一系列硬顎音，不過有幾個空缺（Taba

語有 c 和 j，但沒有硬顎鼻音；布力語在本土詞彙有 c 和 ñ，在外來詞彙中增加了 j）。其次，摩鹿加群島好幾個語言都有一個唇軟顎音 kʷ。在 Dobel 語是如此，或許在阿魯（Aru）群島（在摩鹿加群島南部）的其他語言也是如此，以及在 Alune 語，或許斯蘭島（摩鹿加群島中部）的其他語言也是類似情況。位於摩鹿加群島南部的 Yamdena 語有一個非典型的塞音系統，帶有/p t k b d/和一個軟顎濁塞音（voiced velar stop）。然而，和預期不同的是，此軟顎濁塞音不是/g/，而是/gb/，描述上是「兩個發音部位的塞音」—顯然是含唇部與軟顎部位的共構發音（Mettler &Mettler 1990）。Yamdena 語輔音系統中的第二個不對稱性是「鼻化塞音」/mp/和/nd/。這個系列的音很奇特，因為它有兩個空缺：一是沒有軟顎音、二是軟顎部位前的這兩個塞音，一個為濁音（/nd/）而另一個是清音（/mp/）。最後，摩鹿加群島南部阿魯群島的數種語言都有一個雙唇清擦音[ɸ]，在南島語言中是一個非常罕見的音。

幾乎所有摩鹿加群島的語言都有五個元音。已知的例外情況主要發生在摩鹿加群島西南部，像是雷地語（Letinese）/i u e o ɛ ɔ a/或北 Babar 語（North Babar）的/i u e ə o ɛ a/。對比重音、音長、和鼻化很罕見，但至少有兩種語言是聲調語言。根據 Remijsen（2001），在 Raja Ampat 群島中，Misool 島上的 Maʾya 語和 Matbat 語具有真正的詞彙聲調，而不是高低重音，如同一些新幾內亞鄰近地區的巴布亞語言一樣。他描述 Maʾya 語具有三種對比聲調（揚調、降調、平調），而 Matbat 語具有五種（超高降、高平、低升、低平、降調）。在 Matbat 語中，大多數詞基都是單音節。Maʾya 語的超音段音韻具有詞彙重音和三種聲調，非常地不尋常。

4.1.9　新幾內亞（New Guinea）

　　關於新幾內亞的南島語言很難概括陳述，因為對於該島的大部份地區仍然知之甚少。幸好 Ross（1988）填補了以前許多描述上的空缺，現在可以取得該島東部（巴布亞新幾內亞（Papua New Guinea））大多數語言的基本類型和歷史資料。有關伊里安查亞（Irian Jaya）[10] 的南島語言，描述仍然嚴重不足。

　　關於這區域的語言，許多必須從比較單詞列表或歷史發展陳述中了解有哪些音位。這是一個繁瑣的過程，疏忽難以避免。儘管如此，到目前為止所發現的新幾內亞最大的南島語言音位庫是在該島東北海岸的休恩灣（Huon Gulf）所使用的 Bukawa 語，Ross（1993）將其描述為具有 30 個輔音、7 個元音和兩個對比聲調。它的近親語言 Yabem 語（也帶聲調）的音位庫僅略小。含最少音位的語言很難確定。最可能是美幾歐語（Mekeo）（在巴布亞灣東岸、新幾內亞東南部），但這個語言的音韻分析仍不清楚。與新幾內亞地區的幾乎所有南島語言一樣，美幾歐語有五個元音系統/i u e o a/。然而，文獻顯示輔音數量存在分歧。Pawley（1975）主要關注比較研究問題，對於所比較的語言並未提供明確的共時音韻描述，但是他的語料顯示美幾歐語有十個輔音/p k ʔ g m n ŋ f v l/，總共 15 個音位。Ross（1988）同樣關注比較研究問題。因此，有關於他所比較的語言的共時音韻必須從原始大洋洲語音位的反映值中歸納出來。由此方法得知美幾歐語有七個輔音音位：/p k ʔ f m n l/。Pawley（1975）與 Ross（1988）研究裡可歸納出的美幾歐語的輔音音位，主要區別似乎是 *f*/*v*、*k*/*g* 和 *n*/*ŋ*，在 Ross（1988）被視為是屬於相同音位的同位音。

　　Jones（1998）提供了四種被認定的美幾歐語方言的詳細說明。

他堅持認為（1998: 14）「它們的輔音音位不超過八個……而且，其中兩個方言只有七個。」然而，在他的輔音音位列表中，美幾歐語西北方言有九個音段（/p（t）k β g m ŋ w y/），西部美幾歐語有十個（/p（t）k b d g m ŋ l w/），東部美幾歐語有九個（/p（t）k ʔ/Ø f s̱ m ŋ l/），而北部美幾歐語有八個（/b（t）g m ŋ v ẕ l/）。為了說明為何數字與敘述有出入，他將括弧中的齒清塞音視為在系統之外。儘管如此，在西部美幾歐語中仍有九個輔音，而且北部美幾歐語中確實有好些含有 t 的例子（在 i 之前變為[ts]）無法解釋。劃底線的音段是經由某些語者將語音上過渡的滑音硬化發音所形成，被描述為是「闖入」（intrusive）音，但被計算成一個完整的音位。Jones 在他的書的附錄中，提供了四種美幾歐語方言的 200 個詞彙對照，不幸的是，所使用的拼寫法與他之前對這個語言的音位分析的描述不一致。鑑於這各種的不確定性，我們應謹慎看待美幾歐語的語料，但似乎可以肯定地推斷出美幾歐語的北部方言只有八個輔音和五個元音音位。這使得它與較為人熟知的夏威夷語一樣，含八個輔音和五個元音，不同之處在於夏威夷語元音長度帶音位性，而美幾歐語不是如此。長期以來，夏威夷語和其他幾種東波里尼西亞語言（比較：表 4.1）被認為擁有南島語言的最小音位庫，如果 Jones 從北部美幾歐語音位庫排除/t/的這個分析可被接受，北部美幾歐語便會取而代之，並且是世界上三個最小的音位庫之一。表 4.15 列出了 Bukawa 語和北部美幾歐語的音位庫。Jones（1998: 14）將 p、（t）、k 寫為 b、（t）、g，但在其他地方（第 559 頁），他將這系列的最後一個音寫為 k。b 被描述為「一個不送氣的雙唇塞音、嗓音起始（voice onset）延遲」，而 k 被描述為「一個不送氣的軟顎塞音、嗓音起始時間早」

（Jones 1998: 559）。我採用 Ross（1988）清塞音的寫法：[25]

表 4.15　Bukawa 語和北部美幾歐語的音位庫

Bukawa 語（Ross 1993）					北部美幾歐語（Jones 1998，符號做了修改）			
p	t		k	ʔ	p	(t)	k	
pʷ			kʷ		m		ŋ	
b	d		g		v	z		
bʷ			gʷ			l		
ᵐb	ⁿd		ᵑg					
ᵐbʷ			ᵑgʷ					
m	n	ñ	ŋ					
mʷ								
	s		h					
	ⁿs							
	l							
	lʰ							
w	y							
wʰ		yʰ						
元音：i、u、e、o、ɛ、ɔ、a					元音：i、u、e、o、a			
30 + 7 = 37					8 + 5 = 13			

25　正如 Blevins（2009）所指出，Jones 描述的美幾歐語西北方言有 9 個輔音，在類型上並不尋常，因為在主流詞彙中這個語言缺乏明確的舌冠音音位（雖然有舌冠的同位音）。這個解釋須將 Jones（1996: 16）描述的/t/視為「特別的嬰兒兒語和『異國』塞音的一部分，在某些詞中有，不限於借詞」，不屬於系統的一部份，並須將 Jones（1996: 14）所描述的 y/e 視為非舌冠音。

新幾內亞是一個龐大的島嶼，擁有大量的巴布亞語和南島語言，因此該地區存在相當大的類型變異。南哈馬黑拉-西新幾內亞語言（South Halmahera-West New Guinea）與大洋洲語言之間的界線，落在伊里安查亞的 Mamberamo 河口，由那個點向東移動，某些類型特徵開始出現、或是在音韻系統中更常出現。其中最明顯的是唇軟顎（labiovelar）輔音，在美拉尼西亞西部的大洋洲語言中很常見，但在其他地方相當罕見。上面已提過，g^w 偶爾會出現在婆羅洲的語言中，摩鹿加群島中部和南部的幾種語言中則有 k^w。然而，所有這些非大洋洲語言僅有一個唇軟顎音位。相比之下，美拉尼西亞西部的許多大洋洲語言有三個唇軟顎音，有些有四個，還有一些有五個，例如 Trobriand 島使用的 Kilivila 語（Senft 1986）。如上所述，Yabem 語和 Bukawa 語擴增了唇軟顎音系列，有前鼻化音：

表 4.16　**Kilivila 語的音位庫有五個唇軟顎輔音**

p	t	k
p^w		k^w
b	d	g
b^w		g^w
m	n	
m^w		
	s	
v		
	l	
	r	
w		y
元音：i、u、e、o、a		

大多數南島語言的元音系統非常穩定，與彼此密切相關的印歐語言相比，如英語、荷蘭語和德語，也是如此。新幾內亞的南島語言極為穩定：除了少數例外，元音系統就是/i u e o a/。超音段特徵很少具音位性。唯一值得注意的例外是，聲調出現在兩個不相鄰的區域。在伊里安查亞的南哈馬黑拉—西新幾內亞的 Moor 語[11]，據報導有兩個聲調（高與低），並且可能有重音對比（Laycock 1978: 290）。如果是這樣的話，它與 Raja Ampat 群島 Ma'ya 語的音韻發展相似，就像 Remijsen（2001）所報導的那樣。如前所述，在新幾內亞東北海岸的 Yabem 語和 Bukawa 語也有兩個聲調對比。在 Moor 語和 Yabem-Bukawa 語中，聲調的發展與單音節詞基的發展有關。

4.1.10　俾斯麥群島（The Bismarck Archipelago）

俾斯麥群島的語言分布在幾個島嶼或島嶼群，雖然分布並未相隔遙遠，但它們的語言發展卻相當孤立。這一說法最值得注意的例外是新愛爾蘭（New Ireland）島南部-新不列顛（New Britain）島東北部，這兩個島嶼的相鄰區域有明顯的語言遷移和擴散。由於三個主要島嶼群（海軍部群島、新愛爾蘭 -St. Matthias 群島、新不列顛-法屬群島）之間的分隔，從一個島嶼群到另一個島嶼群的音韻類型在某些方面存在顯著差異。該地區所知最大音位庫是 Lindrou 語，在海軍部群島的馬努斯（Manus）島的西端，有 21 個輔音和 5 個元音。新不列顛島西部的 Kilenge 語和 Amara 語同樣含最小音位庫，有 11 個輔音和 5 個元音。這裡以 Kilenge 語為代表。

表 4.17　**Lindrou 語和 Kilenge/Amara 語的音位庫**

Lindrou 語（Blust 無出版年（b））					Kilenge 語（Goulden 1996）			
p	t		k	ʔ		p	t	k
b	d	j	g			m	n	ŋ
bʷ			gʷ			s		
	dr					v		ɣ
m	n	ñ				l		
mʷ						r		
	s			h				
	l							
	r							
w		y						
元音：i、u、e、o、a					元音：i、u、e、o、a			
21 + 5 = 26					11 + 5 = 16			

雖然 Maddieson（1984）記錄了一些有唇部、齒齦、和硬顎部位的鼻音卻缺少軟顎鼻音的語言（例如西班牙語），南島語當中若有/m n ñ/幾乎一定會有軟顎鼻音，因此 Lindrou 語的鼻音系統在南島語中非常不尋常。

　　俾斯麥群島的語言有幾個罕見的語言類型特徵。馬努斯島的許多語言，尤其是島嶼中部和東部的語言，都有前鼻化的雙唇和齒齦顫音，這裡寫成 *br* 和 *dr*。Maddieson（1989a）描述了這些語音產生的機制。齒齦顫音可出現於任何元音之前，但雙唇顫音僅在圓唇元音之前、特別是 *u*，例如在 Nali 語（馬努斯島東部）*draye-n*「他／

她的血液」、*dret*「綠色青蛙」、*drihow*「第一胎孩子」、*drow*「硬木樹：太平洋鐵木（*Intsia bijuga*）」，*drui-n*「它的骨頭（魚）」，但是 *brupa-n*「他／她的大腿」、*brusas*「泡沫」、*kabrow*「蜘蛛、蜘蛛網」，Ahus 語的 *bro-n*「他的陰莖／她的外陰」，*brokop*「寄居蟹」。在某些語言中，兩個顫音可出現在同一個詞素，例如 Leipon 語 *brudr*「香蕉」，而在其他語言中，前鼻化顫音可出現在另一個鼻輔音之後，例如 Nali 語 *dromdriw*「劍草（*Imperata cylindrica*）」。在少數情況下，雙唇顫音出現在前元音之前，如 Leipon 語 *bri-n*「她的外陰」、或 *brekop*「寄居蟹」，但是由詞源可知，這些元音來自於 *u（原始海軍部群島語 *bui-「外陰、陰道」，*bua-kobV「寄居蟹」）。這一觀察顯示，雙唇顫音僅在有語音動機的環境中出現，但一旦存在，即使環境改變也可以存留。在萬那杜（Vanuatu）的某些語言中，雙唇顫音具音位性（Blust 2007a; Crowley 2006a），而在諸如 Galeya 語（在 Ferguson 島）之類的語言中不是音位，而是 *b* 在後高圓唇元音之前的一種發音。

　　另外有四種罕見的類型特徵，出現在海軍部群島（Admiralty Islands）的各別語言中。第一是元音鼻化具音位性，它出現在賽馬特語（Seimat），位於馬努斯主島以西廣闊的 Ninigo 礁湖。賽馬特語的所有五個元音均可鼻化，但是鼻元音僅在 *h* 和 *w* 之後出現，有些跡象顯示產生鼻化的主要是輔音而不是其後的元音（Blust 1998a）。第二個在海軍部群島單一語言的不尋常特徵似乎是具音位性的送氣。在馬努斯島西部的 Drehet 語，阻音系統/p t c k k^h p^w dr/很不尋常，送氣塞音只有一個。這個音是從 *dr* 發展而來，之後 *dr* 又從別的語言借入，可能是來自鄰近關係密切的雷非語（Levei）。第三個

海軍部群島語言非典型音韻特徵是部分塞擦化的捲舌清塞音，出現在海軍部群島東南部的 Rambutjo 島的 Lenkau 語當中。這個音段（此處寫為 *tr*）可出現在音節起始及音節結尾的位置，對應至馬努斯語言中的 *dr* 或 *t*：Nali 語 *dria-n*、Lenkau 語 *tria-n*「他／她的腹部」，Nali 語 *draye-n*、Lenkau 語 *troh-i*「他／她的血」，Nali 語 *dras*、Lenkau 語 *tres*「海、鹽水」，Nali 語 *drow*、Lenkau 語 *troh*「硬木樹：太平洋鐵木（Intsia bijuga）」，Nali 語 *nayat*、Lenkau 語 *lalatr*「刺蕁麻」，Nali 語 *ma-saŋat*，Lenkau 語 *soŋotr*「百」，Nali 語 *kut*，Lenkau 語 *kutr*「蝨子」。第四，在馬努斯主島西部的環礁上的 Wuvulu 語，有一個齒間邊音，二十世紀初的德語資料寫成 *dl*。這個音與英語的齒間濁擦音相似，但是發音時氣流由側邊釋放。此外，Hajek（1995）引用了早期的文獻，引起了人們對新愛爾蘭幾種語言中雙聲調系統的關注，包括 Kara 語、Barok 語、以及 Patpatar 語的一些方言，而他所引用的這些文獻在近年來的討論中被忽略了。迄今為止，人們都不知道這個現象在歷史上是如何發展形成的。

　　這個地區其他值得注意的音韻特徵是硬顎塞音和鼻音，出現在馬努斯島和一些海軍部群島東南部的部分語言、如 Nauna 語，以及缺少唇軟顎音，在新愛爾蘭和新不列顛島、俾斯麥群島的西部島嶼（Wuvulu-Aua 語、Kaniet 語、賽馬特語）、以及海軍部群島東南部的語言皆是如此。在馬努斯島的許多語言中，疊輔音具音位性，但是尚未有足夠的已發表的文獻描述可為佐證。海軍部群島的一些語言，如 Loniu 語（Hamel 1994）有七個元音音位，新愛爾蘭島的一些語言、如 Madak 語，可能有多達八個。最後，在 Wuvulu 語和 Lindrou 語這兩個語言中，重音似乎呈現對比，但或許有其他更好的

解釋。Wuvulu 語的發音裡有重音對比，如[gúfu]「島」：[gufú]「男性親屬」，但是仔細分析構詞之後可以得知後者是/kufu-u/「我的親屬」，加綴後重音向右移轉規律以及衍生詞中相鄰的相同元音縮減導致了在表面的對比。在 Lindrou 語的描述中，有些單詞是倒數第二重音、有些則為最後重音，如[kápak]「我的臉頰」與[madák]「我的眼睛」。然而，在許多例子中，帶重音的倒數第二個元音似乎後面接一個疊輔音，因此重音的差異可能是輔音長度的附帶現象。

4.1.11　索羅門群島（The Solomon Islands）

　　索羅門群島的南島語言少有類型上特別值得注意的音韻特徵。Tryon & Hackman（1983）進行了索羅門群島的一項國內語言調查，未涵蓋索羅門群島鏈西端的布干維爾-布卡島（Bougainville-Buka），提供了 324 個語言詞彙和原始大洋洲語的音位在 111 個語言的反映。雖然從被引用的文獻來源中可以更準確地得知有關於音位庫本身的訊息，但是從這個調查可以獲取有關於最大和最小音位庫的資訊。

　　索羅門群島語言包括聖克魯斯群島至索羅門群島主鏈東南部這一區，其中最大音位庫是 Cheke Holo 語（Santa Isabel 島，在索羅門群島中部），有 32 個輔音和 5 個元音。最小的音位庫較難確定，極可能是'Āre'āre（Malaita 島，索羅門群島東南部），有 10 個輔音和 5 個元音。

表 4.18　Cheke Holo 語及'Āre'āre 語的音位庫

Cheke Holo 語（White et al 1988）					'Āre'āre 語（Geerts 1970）			
p	t	c	k	?		p	t	k	?
pʰ	tʰ		kʰ			m	n	
b	d	j	g				s	h
m	n	ñ	ŋ				r	
hm	hn	hñ	hŋ			w		
f	s			h				
v	z		ɣ					
			ɣʰ					
	l							
	lʰ							
	r							
	rʰ							
w								
元音：i、u、e、o、a					元音：i、u、e、o、a			
32 + 5 = 37					10 + 5 = 15			

　　Cheke Holo（= Maringe）語的音位庫不僅很大，而且還包含一些在索羅門群島語言中不尋常的語音。絕大多數索羅門群島語言都有 15-17 個輔音和穩定的五元音系統，正如上表的兩個語言。大多數較大的輔音音位庫、以及那些具有最不尋常語音的音位庫都在 Santa Isabel 島、或許也在 Choiseul 島上的語言（能取得的可靠語料很少）。在以下的討論將會看到，最複雜的元音系統出現在聖克魯斯群島的語言中。

索羅門群島的大多數語言在唇部、齒齦、和軟顎發音部位都有相匹配的清濁塞音。在某些語言中，缺少唇部的清音，而且另有喉塞音（例如 Lau 語、Kwaio 語/t k ʔ b d g/。Cheke Holo 語、Bugotu 語、以及索羅門群島中西部的一些語言都有硬顎音，但是 Cheke Holo 語很不尋常，清塞音發展出送氣對比、鼻音和流音有清濁之分。此外，更特別的是有送氣軟顎濁擦音。這些複雜的語音是否應該如 White, Kokhonigita & Pulomana（1988）所主張將其分析為音位，或者應視為輔音串，仍是一個懸而未決的問題，因為這個語言的詞首和詞中位置都允許輔音串。

　　索羅門群島中部和西部的幾個語言比一般的大洋洲語言具有較多的擦音。例如，新喬治亞群島（New Georgia Archipelago）的 Roviana 語有/s h v z ɣ/，而 Santa Isabel 島的 Bugotu 語有/f s h v ɣ/，另有[ð]是/l/在非高（non-high）元音前的同位音。Sa'a 語除了 d 之外沒有其他的濁塞音音位，Ivens（1929: 43）將 d 描述為一個顫音，認為它「相當於 dr」。在 1920 年代，這個音在/i/元音之前為清音[ʧ]，但是半個世紀之後，Tryon & Hackman（1983）在所有環境中都將它記錄為[ʧ]。因此，這個音顯然與海軍部群島語言 dr 音變的軌跡相同，例如在雷非語、Likum 語和 Pelipowai 語，也產生了 *dr > [ʧ]的變化。最後一點，雖然唇軟顎音在索羅門群島東南部很常見，但在 Malaita 島北部語言它們主要是軟顎音，而在 Malaita 島南部語言主要是唇音，例如在 Malaita 島北部 Kwaio 語的/kʷ gʷ ŋʷ/，Malaita 島南部 Sa'a 語的/pʷ mʷ/、或 San Cristobal（Makira）島的 Arosi 語有/pʷ bʷ mʷ/。

　　聖克魯斯群島的 Pileni 語是一個波里尼西亞大三角外圍語言（Polynesian Outlier language），鑑於大多數波里尼西亞語言的音位庫很小，令人驚訝的是 Pileni 語和其他波里尼西亞語言不同，在索羅

門群島中算是音位庫較大的語言。Elbert（1965）提供了有關該語言的初步語料，但現在有了更詳細的資料。Hovdhaugen, Næss & Hoëm（2002）指出 Pileni 語有波里尼西亞語典型的五元音系統，但是輔音數目較多，因為清塞音增加了送氣與非送氣的對比，而響音也產生了清濁對立。這些音位的增加幾乎確定是由於與聖克魯斯群島上類型歧異的非波里尼西亞語言的接觸而產生。然而，由於 Pileni 語的一些詞也有輔音串，所以問題在於這些送氣塞音和清響音應該分析為輔音串或是單個音位：

表 4.19　**Pileni 語的輔音音位庫（聖克魯斯群島）**

p	t		k	
p^h		t^h	k^h	
（b）		（d）	g	
m	n			
m^h		n^h		
f	（s）			h
	l			
	l^h			
v				

　　如前所述，索羅門群島的大多數語言保留了原始大洋洲語的五元音系統。即使是在像是 Cheke Holo 語這種輔音總數大為增加的語言也是如此。相比之下，Lincoln（1978）描述的聖克魯斯群島的 Lödai 語有十個元音，可為口部元音或是鼻元音。然而，這個語言在其他方面相當異常，幾乎沒有與南島語相關的詞彙證據，因此學界對於將其分類為南島語或巴布亞（Papuan）語言存有分歧（Wurm 1978）。

4.1.12　萬那杜（Vanuatu）

　　萬那杜的語言，傳統上將位於遙遠南端類型「異常」的語言（Erromango 語、Tanna 語、Anejom 語）與其他語言區隔開。關於這些語言的大部分資料自 1980 年以來就已出版，主要有賴於澳洲語言學家 John Lynch 和 Terry Crowley 的努力。但是，大多數語言的資料仍然需要參考 Tryon（1976）的調查，該研究為 179 個語言社群提供了 292 個單詞的詞彙表。

　　萬那杜的大多數語言都有 17 到 21 個音位。迄今為止確定的最大音位庫是在 Ambrym 島上使用的 Lonwolwol 語，有 25 個輔音和 13 個元音。最小的音位庫應該是在 Espiritu Santo 島上使用的 Matae/Navut 語，有 11 個輔音和 5 個元音：

表 4.20　Lonwolwol 語和 Matae 語的音位庫

Lonwolwol 語（Paton 1973）					Matae 語（Tryon 1976）		
p	t		k	ʔ	p	t	k
	tˢ	c				ts	
b	d		g		m	n	
bᵛ	dᶻ					s	
bʷ					v		
m	n		ŋ			l	
f	s	ʃ		h		r	
v					w		
		l					
		ɾ					
		r					
	w		y				
元音：i、ɪ、e、ɛ、a、ɑ、u、ʊ、o、ɔ、 ø、ə、ʌ、œ					元音：i、u、e、o、a		
25 + 13 = 38					11 + 5 = 16		

Paton 是一個在 Ambrym 島上傳教十五年的人，他僅在離開島嶼後接受了語言學方面的正規訓練。根據他的描述，這個語言的元音遠多於該區域的典型元音數目。此處幾個可能需要特別說明的是：ɪ =「前高偏低（lower-high front）展唇元音」，ɛ =「前中稍開（open, mide-front）展唇元音」，a =「前低（low-front）展唇元音」，ɑ =「後低展唇元音」（寫作/a/、右上角帶一個圓點），ʊ =「後高偏低（lower-high back）圓唇元音」，ɔ =「後中偏低（lower-mid back）圓唇元音」，ø =「央中偏高（higher-mid central）展唇元音」，ə =「央中展唇元音」，ʌ =「後中偏低（lower-mid back）展唇元音」。他原有 ʊ 和 ɔ: 符號、兩個元音的定義相同，我在這裡將兩者合而為一。儘管此處的分析不可避免地會有一些需再探討的問題，或許可順帶一提 Guy（1974）報導了位於 Espiritu Santo 島東北沿海 Sakao 島上的 Sakao 語[12]，有十二個元音。因此，萬那杜中部若干語言看起來確實具有特別大的元音庫。萬那杜中部其他語言的音位庫幾乎和 Matae 語的一樣小。在大部分這些語言中，*n 和 *ŋ 合併為 n，而 *m 和 *mʷ 合併為 m，只留下兩個鼻音 m 和 n。

　　從一般大洋洲語言的角度來看，萬那杜語言中的許多音韻特徵都是熟悉的，但有些特徵非常獨特。毫無疑問地，萬那杜的語言最顯著的語音特徵是在萬那杜中北部的一些語言中存在一系列的舌尖唇音（apicolabial）或舌唇音（linguo-labial）。這些音包括一個塞音、一個鼻音、和一個濁擦音，Tryon（1976）寫為/p̼ m̼ ṽ/，如 Mafea 語中的單詞/ap̈a/-「翅膀」、/m̈em̈e/-「舌頭」、或/ṽitu/「月亮」。在幾乎所有這些語言中，這些獨特的音似乎都是/p m v/的同位音[13]，一般唇音出現在圓唇元音之前、舌唇音則出現在其他語境。François（2002:

15）將 Araki 語的舌唇音描述為「舌尖觸及上唇中間的發音」，這個發音容易學習，但在世界語言中卻極為罕見。Maddieson（1989b）詳細描述了萬那杜中北部語言中這些不尋常的發音，他使用了「舌唇音」而不是「舌尖唇音」這個詞。據報導，在巴西中西部的 Mato Grosso 地區的 Macro-Ge 語群的 Umotina 語也有類似的音，但在萬那杜中北部以外的地方卻未曾聽聞（Ladefoged & Maddieson 1996: 18）。萬那杜的八種語言有舌唇音，這些語言分布在 Espiritu Santo 島的南部海岸、以及 Malakula 島的北部海岸，顯然這是一個區域特徵（Lynch & Brotchie 2010）。由歷史音韻的發展也可清楚看出，舌唇音曾經有更廣闊的地域分布。至少有十三種語言，包括 Espiritu Santo 島北部的一些語言（Tolomako 語和 Sakao 語），將 *m 在非圓唇元音之前反映為 n，但在其他語音環境反映為 m，並且 *p 在非圓唇元音之前為 δ 或 θ，但是在其他環境則為 v，顯示舌唇的鼻音和擦音由唇音演化而來，進一步演變成齒齦音或齒間音。

　　前面有關音變的討論反映了萬那杜部分語言的另一種類型特徵：齒間擦音有清濁之分。第三個在類型學上不尋常的南島語言特徵是有兩個兒音，一個是閃音（flap）而另一個是顫音。這種對比可以在 Espiritu Santo 島的 Sakao 語和 Araki 語以及 Ambrym 島中部的 Lonwolwol 語找到。在美拉尼西亞西部的許多語言，唇軟顎音/m^w/、/p^w/、/k^w/似乎主要是唇音、或是唇化的軟顎音—也就是說，它們帶有明顯的圓唇。在某些或甚至是大多數的萬那杜語言中，相對應的音段都是軟顎化帶有兩個部位發音的鼻音或塞音/ηm^w/, /kp^w/—也就是發音為展唇。Schütz（1969b: 15）將 Nguna 語的 $\tilde{p}$ 描述為「帶有不同唇化程度的雙唇軟化內爆音」（bilabial lenis implosive stop）。Ladefoged

& Maddieson（1996: 82 頁起）指出，內爆音可以是濁音或清音，但是內爆清音非常罕見，一直被認為是不存在的。因此，Nguna 語 $\tilde{p}$ 是真正的內爆音的機率相當低。像是 ηm^w 或 kp^w 有兩個發音部位的輔音有時被描述為「抽吸塞音」（suction stops），因為它們似乎伴有微弱的吸入氣流，但是並非和真正的內爆音一樣以喉部降低的動作產生吸入氣流。

其他值得注意的語音或音韻特點是 Torres 群島的 Hiw 語當中的前爆軟顎邊音（preploded velar lateral）（François 2010），位於「Espiritu Santo 島東南部到 Tutuba 島北部沿海」上一個同名的小島上（Lynch & Crowley 2001: 47）的 Mafea 語裡有 *d（[nd]）發展而來的捲舌音 t，數個語言有雙唇及軟顎擦音、以及一系列至少在 Lonwolwol 語和 Anejom 語出現的硬顎音。Lonwolwol 語有硬顎清擦音，這個音雖然在世界上許多地方都很常見，但在南島語言中少見。最後，Tryon（1976: 11 頁起）將 *dr*、*nr* 和 *ndr* 列為原始大洋洲語 *nt 和 *d 在 30 多種萬那杜語言中的反映，雖然他沒有提供語音描述，但是這些音顯然都代表一種前鼻化的齒齦顫音。Crowley（2006a: 25）證實了這一點，他指出在 Malakula 島中部的 Avava 語有發音部位為雙唇及齒齦的前鼻化顫音。

4.1.13　新喀里多尼亞和忠誠群島（New Caledonia & the Loyalty Islands）

Nemi 語有 43 個輔音和 5 個元音（口部元音和鼻元音都有），是新喀里多尼亞和忠誠群島最大的音位庫。如前所述，這也是已知的南島語言中最大的音位庫。這個地區最小的音位庫是 Cèmuhî 語，有

19 個輔音和 7 個元音，有口部元音和鼻化元音，並且可帶三種對比聲調。這兩種語言的使用地區在新喀里多尼亞中北部東海岸幾乎相鄰，中間僅有 Pije 語者隔開：

表 4.21　Nemi 語及 Cèmuhî 語的音位庫

Nemi 語（Haudricourt 1971）					Cèmuhî 語（Rivierre 1994）				
p	t	c	k		p	t	c	k	
pʰ	tʰ		kʰ		pʷ				
pʷ					b	d	j	g	
pʷʰ					bʷ				
b	d	j	g		m	n	ñ	ŋ	
bʷ					mʷ				
m	n	ñ	ŋ			l			
hm	hn	hñ	hŋ						h̃
hmʷ					h̃				
pm	tn	cñ	kŋ		hw̃				
pmʷ									
mʷ									
f	s		x	h					
v			ɣ						
	l								
	hl								
	r								
	rh								
w		y							
hw	hy								
元音：i、u、e、o、a＋鼻化					元音：i、e、ɛ、u、o、ɔ、a＋聲調				
43 + 5 = 48					19 + 7 = 26				

這個區域的語言不尋常的一點是送氣具有對比性，在 Nemi 語中甚至唇軟顎清塞音也有此對比，並且有清響音和後鼻化塞音（pm、tn 等；後者見 Haudricourt 1964 以及 Ozanne-Rivierre 1975, 1995）。[26] 與大多數其他大洋洲語言一樣，濁阻音一定帶有前鼻化。例如，Nemi 語的所有濁塞音（/b d j g bʷ/）都是如此。迄今為止所記錄的新喀里多尼亞語言最小的音位庫大於整個南島語言的平均值（通常平均為 19-25 個音位），顯然新喀里多尼亞和忠誠群島的音位庫特別大。表 4.22 呈現了這個論述（僅在晚近的借詞中出現的音位不計算在內）：

表 4.22　新喀里多尼亞和忠誠群島的音位庫大小

語言	輔音	元音	總數
Nemi 語	43	5（+鼻化）	48
Gomen 語	38	7	45
Nêlêmwa 語	35	7（+5 鼻化）	42
Iaai 語	32	10	42
Jawe 語	34	7（+長 +5 鼻化）	41
Pije 語	36	5（+5 鼻化）	41
Nyelâyu 語	35	5（+長 +鼻化）	40
Tinrin 語	30	8（+6 鼻化）	38
Xârâcùù 語	26	10（+7 鼻化）	36
Nengone 語	29	7（+長）	36
Goro 語	25	10（+短 +鼻化 +2 聲調）	35

---

26 新喀里多尼亞北部語言的後鼻化塞音，儘管與印尼西部的詞尾前爆鼻音在表面上很相似，但是起源完全不同，是由於位在詞首塞音與後面音節的鼻音聲母之中的非重音元音刪除所形成，以致產生了像是輔音串，而非音位（或某個音位的同位音）。

語言	輔音	元音	總數
Dehu 語	27	7（+長）	34
Unya 語	25	7（+長+ 5 鼻化+ 2 聲調）	32
Paicî 語	18	10（+7 鼻化）	28
Cèmuhî 語	19	7（+鼻化 + 3 聲調）	26

上述清單未涵蓋所有語言，但也非經過特別挑選。多數是可獲得足夠資料的語言，這顯然是隨機的採樣。新喀里多尼亞和忠誠群島的語言的音位庫，按照南島語標準來說非常地大。在這 15 個語言樣本中，有 564 個音位，或者每個語言平均為 37.6 個。然而，許多這些語言的元音具有音位性的鼻化、音長、或兩者都有，從而允許更大的對比音位。正如 Rivierre（1973: 89）所述，位於新喀里多尼亞最南端的 Goro 語在類型上是不尋常的，因為長的口部元音（10個）多於短的口部元音（7 個），並且長的鼻元音（7 個）也比短的鼻元音（5 個）多。然而，儘管長元音佔多數，Goro 語的元音系統並沒有違反由 Ferguson（1963）首先提出的語言通律，即鼻元音的數目永遠不會超過口部元音的數目。

最引人注目的是，新喀里多尼亞的幾種語言都是聲調語言。遙遠南端的 Unya 語和 Goro 語都有對比的高調和低調（這些聲調也出現在松島（Isle of Pines）的語言中，據說這是 Goro 語的一種方言）。在新喀里多尼亞東北海岸的 Cèmuhî 語被描述為有高、中、低三個聲調對比。相較於其他南島語聲調語言通過與其他聲調語言的接觸而產生音高對比，新喀里多尼亞的聲調演變似乎純粹來自於系統內部。

4.1.14　麥克羅尼西亞（Micronesia）

　　相較於波里尼西亞具有高度的語言和文化同質性，美拉尼西亞和麥克羅尼西亞的情形不同。這些地區的語言在幾個基本方面有所差異。美拉尼西亞包含南島語和非南島語言（「巴布亞語言」），而麥克羅尼西亞的所有語言都是南島語。從這個意義上講，它比美拉尼西亞更為一致。但是，如果我們只考慮南島語言，情況就會相反。美拉尼西亞的所有南島語言都是大洋洲語言或南哈馬黑拉-西新幾內亞（South Halmahera-West New Guinea）語言，因此屬於東部的馬來波里尼西亞語言（Eastern Malayo-Polynesian），是南島語者向東和向南連續擴展進入太平洋的一部分。相比之下，麥克羅尼西亞語言是一個異構的集合，由幾次非常不同的遷移而到達了它們的歷史位置。其中最大的一群，有時被稱為「核心麥克羅尼西亞」（NMC），包含許多明顯屬於同一分群的大洋洲語言，這些語言擴展到麥克羅尼西亞東部，源自於美拉尼西亞的某個地方、很可能是東南部的索羅門群島。這些語言當中歧異性最大、文獻描述最為不足的是諾魯語（Nauruan），但幾乎可以肯定它屬於核心麥克羅尼西亞分群。在麥克羅尼西亞西部使用的雅浦語也是一種大洋洲語，但是沒有與之親緣關係密切的語言（Ross 1996c）。查莫洛語（Chamorro）和帛琉語（Palauan）不是大洋洲語言，彼此之間或與任何其他語言均無密切關係。鑑於麥克羅尼西亞語言的異質性來源，我們並不期待這個區域的語言類型一致，事實也並非如此。

　　具有最大音位庫的麥克羅尼西亞語言是 Kosraean 語（35 個輔音、12 個元音）。最小的音位庫語言似乎是吉里巴斯語（Gilbertese 語、或稱 I-Kiribati 語），有 10 個輔音和 5 個元音。（Kosraean 語的

sr 是硬顎擦音；上標 *w* 代表軟顎化，上標 *o* 代表圓唇）：

表 4.23　Kosraean 語和吉里巴斯語的音位庫

Kosraean 語（Lee 1975）				吉里巴斯語（Sabatier 1971）			
p	t		k			t	k
p^w	t^w		k^w	b			
	t^o		k^o	b^w			
m	n		ŋ	m	n	ŋ	
m^w	n^w		ŋ^w	m^w			
	n^o		ŋ^o	w	r		
f	s	sr					
f^w	s^w	sr^w					
	s^o	sr^o					
	l	r					
	l^w	r^w					
	l^o	r^o					
	y						
w^w	y^w						
w^o	y^o						
元音：i、ɨ、u、e、ə、o、ɛ、ʌ、ɔ、æ、ɑ、oa				元音：i、u、e、o、a			
35 + 12 = 47				10 + 5 = 15			

　　Kosraean 語是一個適合的、討論核心麥克羅尼西亞語音位庫的起點。輔音的發音部位有雙唇音、唇齒、齒音、捲舌和軟顎，而塞音、鼻音、擦音、和流音均有一般型、軟顎化（展唇）和唇化（圓唇）

三種。所有輔音都可以軟顎化，但只有非唇部輔音才有唇化音。這麼一來唇輔音就有一般型及軟顎化兩種對比，但是其他輔音便有一般型、軟顎化、和唇化三種對比。Bender（1968）認為在馬紹爾語（Marshallese）有類似的分類，輔音有一般型、硬顎化、軟顎化、和唇化。Kosraean 語的另一個特點是一系列捲舌輔音（/sr sr^w sr^o r r^w r^o/），這在麥克羅尼西亞其他地方也出現但在其他南島語言中很少見。至少有一個捲舌輔音的其他核心麥克羅尼西亞語言，包括 Pohnpeian 語、Puluwat 語和 Woleaian 語。大多數核心麥克羅尼西亞語言都允許輔音在詞首和詞中位置變為疊音。有一些語言，例如 Pohnpeian 語、Puluwat 語或 Woleaian 語在底層也有詞尾疊音。在 Chuukic 語及其他語言中，這些底層詞尾疊音變為單輔音，但是在元音起始的後綴之前是疊音，如同 Puluwat 語 *kacc*「好」（[kats]），但是 *kacc-ún ŕaán*「美好的一天」（[*kats:-in ræ:n*]）。

　　核心麥克羅尼西亞語言在類型上最顯著的音韻特徵之一，是元音與相鄰輔音的特徵普遍相互依存。從歷史上看，元音特徵已經「塗抹」在相鄰的輔音上，例如原始大洋洲語（POC）*Rumaq > 原始馬來-占語（PMC）*im^{w}a/um^{w}a「房子」，其中元音的圓唇在大多數語言已經轉移至唇輔音。雖然圓唇從元音轉移到輔音也出現在其他大洋洲語言（例如萬那杜的語言），但這通常是一種孤立的現象。在麥克羅尼西亞，元音和輔音音徵的相互滲透更為普遍，並且經歷了音位重整，因此在共時音韻上，有時將音徵視為不是從元音到輔音、而是由輔音轉移到元音，反而是較簡單的分析。

　　核心麥克羅尼西亞語的元音系統通常大於大洋洲語標準的五元音系統，但必須區分表層元音與底層元音。例如，馬紹爾語（Marshallese）

有 12 個表層元音，但 Bender（1968）已經證明了這些元音可縮減為以舌位高度來區分的四個底層元音，其他帶有硬顎化與軟顎化的發音則來自於相鄰的輔音。在其他核心麥克羅尼西亞語言中，表層元音相對而言較多、似乎也對應至相同數量的底層音位，例如 Chuukese 語或 Puluwat 語的九元音系統。Lee & Wang（1984）指出，Kosraean 語的 12 個表層元音幾乎都不是音位，但是他們無法決定元音音位，因此暫時將這些表層元音視為音位。然而，即使 Kosraean 語元音音位減少至四個，考慮到其輔音庫的大小，這個語言的音位庫仍可能是麥克羅尼西亞語言當中最大的。核心麥克羅尼西亞語言表層元音數目最多的可能是 Sonsorol 語的 14 個元音。Capell（1969）暗示這些元音可能是音位，但並未提供相關論證。

　　核心麥克羅尼西亞語言其他值得注意的特點包括一系列的硬顎音（Mokilese 語、Woleaian 語）、以及有的語言有兩個兒音（Puluwat 語有雙擊顫音和捲舌連續音的對比，以及諾魯語當中由重音誘發的齒齦閃音或顫音、與部分清化的硬音化兒音之間的對比。）此外，核心麥克羅尼西亞語言有一些在其他地區少有的發音，例如 Woleaian 語的軟顎化雙唇清擦音，Sohn & Tawerilmang（1976: xiii）將其描述為藉由縮回舌頭的同時產生雙唇擦音的「吹蠟燭的聲音」。

　　核心麥克羅尼西亞語除外，雅浦語擁有所有麥克羅尼西亞語最大的音位庫，共有 31 個輔音和 8 個元音。雅浦語的清塞音、鼻音、擦音、邊音、及滑音皆區分是否為喉塞化，從而產生了十一個喉塞化的輔音音位/p' t' k' m' n' ŋ' f' θ' l' w' y'/，這在南島語言中幾乎是獨一無二的。雅浦語元音可以是長音或短音，而且分為兩組，Jensen（1977a）將這兩類描述為「輕短型」或「硬顎化」、以及「一般型」。

查莫洛語有一個硬顎音系列，包括了硬顎鼻音、以及寫為 *y* [dz]和 *ch* [ts]的齒齦塞擦音；它也有單一個唇軟顎塞音 *gʷ*。帛琉語（Palauan）通常分析為只有十個輔音/t k ʔ b d [ð] m ŋ s l r/和六個元音。然而，這種分析武斷地移除了滑音 *w* 和 *y*，將其寫為元音，如 *e-uíd*「七」、*eánged*「天空」（音位可分析為 *e-wid*、*yaŋd*）。增加兩個滑音後，帛琉語的音位庫有 12 個輔音和 6 個元音。最後，由於歷史上的變化 *n > l*，帛琉語沒有齒齦鼻音，這在類型學上相當罕見。

對於諾魯語（Nauruan）的音位庫目前所知有限，其相對於麥克羅尼西亞的其他大洋洲語言，它的地位仍不清楚。Lynch, Ross & Crowley（2002: 890）將諾魯語和核心麥克羅尼西亞語群同樣視為麥克羅尼西亞語群的分群，因此暗示諾魯語不屬於核心麥克羅尼西亞語言，而是該群最密切的外部親屬。Nathan（1973）提出了一個由 24 個輔音和 6 個元音組成的系統，元音可為短或長，但他強調這僅為初步分析。Kayser（1993）提出了一組實用的拼寫系統，有 13 個輔音和 5 個元音，但沒有提供音位分析，而且只給出了粗略的語音描述。

4.1.15　波里尼西亞、斐濟、和羅圖曼 （Polynesia, Fiji & Rotuma）

波里尼西亞語言形成了一個定義明確的分群，一般普遍認為它與斐濟語和羅圖曼語的關係最為密切。在中太平洋與東太平洋這一區的語言，音位庫小於一般的南島語言。波里尼西亞大三角（Triangle Polynesia）內的語言音位庫差異不大，主要是越往太平洋東部、音

位的數目越少。然而，正如之前在討論聖克魯斯群島的 Pileni 語所說的，語言接觸導致一些在三角區內與三角區外的波里尼西亞語言有相當大的分歧，無論是音位庫的大小還是所允許的音段類型皆是如此。索羅門群島的 Luangiua 語，或稱為 Ontong Java 語，是一個純粹經由系統內部變化形成了不尋常類型的一個波里尼西亞大三角外圍語言（Polynesia Outlier languages），輔音有/p k ʔ m ŋ v s h l/，因此與帛琉語同為缺少齒齦鼻音的兩種南島語言之一。帛琉語透過 *n > l 的改變將其鼻音系統減少到只含 m 和 ŋ，而 Luangiua 語則是通過 *n > ŋ 發展出一個相同的鼻輔音系統。

波里尼西亞大三角-斐濟-羅圖曼這一區最大的音位庫應該是 Wayan 語、或稱為西斐濟語，有 19 個輔音和 5 個元音（另加上長度）。羅圖曼語有 14 個輔音和 10 個表層元音，但後者的元音在底層其實只有五個，透過複雜的換位與元音融合等共時音韻規則衍生出同位音。如前所述，除了新幾內亞東南部的美幾歐語之外，最小的南島語音位庫見於五種波里尼西亞東部語言（南島毛利語、Rurutu 語、南馬貴斯語、北馬貴斯語、夏威夷語），所有這些語言都有八個輔音，和五個元音、另加上區分長度。其中最為人所知的夏威夷語列於下：

表 4.24　Wayan 語和夏威夷語的音位庫

Wayan 語（Pawley & Sayaba 2003）[27]					夏威夷語（Elbert & Pukui 1979）				
		t	k		p		k	ʔ	
			kʷ		m	n			
b		d	g					h	
			gʷ			l			
		dr			w				
m		n	ŋ						
m̃									
			ŋʷ						
		s							
v	ð								
		l							
		r							
w									
元音:i、u、e、o、a（＋長度）					元音:i、u、e、o、a（＋長度）				
19 + 5 = 24					8 + 5 = 13				

　　西斐濟語（以及一些東斐濟語）與該地區的所有其他語言不同，有一系列的唇軟顎輔音。主要是這個特徵使得 Wayan 語的音位數較標準斐濟語多，k^w、g^w、$ŋ^w$ 在斐濟語分別為 k、g、m/ŋ。另一個區分這些音位庫的特徵是 Pawley & Sayaba（2003）寫為 m̃ 的一個音段，

---

27 斐濟語的書寫系統以 q 代表前鼻化軟顎濁塞音，dr 代表前鼻化齒齦顫音，g 為軟顎鼻音，以及 c 代表齒間濁擦音。為了方便互相比較，我將 q 和 qʷ 改為 g 和 gʷ，g 和 gʷ 改為 ŋ 和 ŋʷ，c 改為 ð。

他們將其描述為一個長的雙唇鼻音，除此之外的輔音均不區分長短，因此這個長輔音視為音位庫的一部分。

　　事實上，所有斐濟方言都有一個前鼻化的齒齦顫音，從全世界或從所有南島語言的角度來看都極具特色，但在海軍部群島和萬那杜的語言中也有這種特徵。沒有另外需要補充的，但可能要注意羅圖曼語是這地區唯一一個有硬顎音「系列」的語言，這系列僅含單一個塞擦音，通常寫成 *j*。

4.2　詞素結構（音段組合限制 phonotactics）

　　南島語言由古語繼承而來的詞素結構典型形態為 CVCVC 和 CVCCVC。後者詞中相鄰的輔音是發音部位相同的前鼻化阻音（*tumbuq「行列」、*punti「香蕉」）、或是僵化重疊詞（fossilized reduplication）裡發音部位相異的音段（*butbut「採摘、拔出」、*pakpak「拍手、拍翅膀」）。超過 90% 的原始南島語或原始馬來-波里尼西亞語的詞基（base）都是雙音節，其他都是三音節、只有少數幾個例外。許多後代語言（daughter languages），特別是台灣、菲律賓和印尼的語言，都保留了這種典型的型式，變化很少（不過台灣的語言幾乎沒有相同發音部位的前鼻化阻音）。

4.2.1　輔音分布的限制

　　南島語言裡輔音分布的限制可分為繼承自原始南島語或其他早期原始語言、以及後期產生兩大類。前一種類型在現代語言中廣泛

可見，有一些歷史上後來才產生的限制-例如缺少 CVC 音節-也出現在相當廣的區域中。

Chrétien（1965）對於 Dempwolff（1938）的研究裡詞素的音韻結構提出了綜合的統計概述。雖然 Dempwolff 的比較詞典現在已經過時了，但 Chrétien 提出的大多數通則只要型式稍加改變均仍成立。這裡將一一提到那些已經傳布於許多後代語言的分布限制。

第一個要談的原始南島語音位的分布限制是有關於硬顎音。Dempwolff 重建了六個硬顎音，現在通常寫成 *s、*c、*z、*j、*ñ、和 *y。*c、*z 和 *ñ 永遠不會出現在詞尾位置。*c、*z 和 *ñ 這幾個音若未與另一個音位合併，在現代語言中經常反映為硬顎音[ʧ]、[ʤ]和[n]。在具有一個或多個硬顎塞音或鼻音的大多數後代語言裡，這些音段不會出現在詞尾位置，這是從原始南島語繼承而來的限制。此通則有兩類例外情況：1）有些語言早期的詞尾位置的非硬顎音發展為硬顎音，以及 2）被保留的詞尾位置的硬顎音是因為丟失詞尾元音或 -VC 而產生的。在砂勞越北部的 Berawan 語的 Long Jegan 方言中可以看到第一類型的例子，其中詞尾的齒齦和軟顎的塞音和鼻音在 *i（這是前期 Berawan 語（pre-Berawan）的重構型式）之後顎化：*kulit > kolaic「皮膚」、*tumid > toməñ「腳跟」、*lamin > lamaiñ「房子」、*betik > bətiəic「刺青」、*kabiŋ > kakəiñ「左邊」。第二個類型的例子可以在馬努斯島的語言中看到，*-VC 丟失導致一些詞中位置的硬顎塞音或鼻音出現在詞尾：*laje > Loniu 語 lac「珊瑚石灰石」、*poñu > Loniu 語 poñ「綠海龜」。這種情況下的詞尾 -ñ 明顯地很不穩定，因為與其關係密切的含 ñ : ñ 對應的語言（Bipi 語）區分 -ñ 與 -y：Loniu 語、Bipi 語 ñaman「脂肪、油脂」，Loniu 語、Bipi 語 ñamon

「蚊子」，但是 Loniu 語 *moñ*、Bipi 語 *moy*「林投樹種（pandanus species）」、Loniu 語 *poñ*、Bipi 語 *puy*「綠海龜」）。

　　第二個由古語繼承而來的、普遍存在的音位分布限制，是缺乏元音前及詞尾的央中元音。央中元音與 *a* 的對比在喉塞音及 *h* 之前常常中和為 *a*，除此之外，所有其他元音序列及所有其他元音皆可出現在任一位置。

　　另一個較為微妙的限制是不允許連續音節帶有不相似的唇音。Chrétien（1965）提供了有關於在不同位置的音位頻率和組合頻率的資料。他觀察下列在不同位置的唇音-元音-唇音的頻率（C 代表輔音、而 V 代表元音；在 CVCVC 詞基中，唇音出現在詞首、詞中、詞尾位置的頻率分別為：*p = 185-159-56，*b = 237-180-10，*m = 40-60-50）：

表 4.25　**Dempwolff（1938）唇音-元音-唇音的頻率**

	-p-	-b-	-m-	-p	-b	-m
p-	8	0	0	0		5
b-	1	4	0	0	0	0
m-	3	1	0	0	1	3
-p	1		0	0		
-b	0		0	0		
-m		0	0	0		

　　表 4.25 中依各別音位的位置頻率計算出呈現並存與否的傾向。顯而易見的是，相同的唇音沒有不能並存的傾向，但連續音節中的不相似唇音是強烈不受歡迎的（這個限制對於詞首 *p 和詞尾 *m 似

乎力道較弱）。在許多現代語言中都存在著同樣的限制，以下討論將會看到這個限制在「偽鼻音替換」（pseudo nasal substitution）現象中有關鍵作用。

　　基於修改 Chrétien 計數所得到的其他結論是，詞尾 *b 和 *g 是罕見的，而詞首的鼻音也很少見（Dempwolff（1938）中幾個「詞素首」的 *m- 已被證明是在大多數後代語言裡固化的前綴），而 *k 和 *ŋ 在詞尾位置極其頻繁。詞素的這些結構上的特性在東南亞島嶼的許多南島語言相當忠實地反映出來，但在大洋洲語言中則沒有，大洋洲語言整體而言表現出更多的音韻消蝕。歷史上，在各別後代語言的演變中出現了另外的限制。在某些情況下，這些限制來自某一共同的古語，在其他情況則是後代語言趨同發展的結果。

4.2.1.1　流音的音段組合限制（The phonotactics of liquids）

　　當音段在相鄰音節中彼此有影響，我們可以說是「干擾效應」。大多數南島語言都有邊音和兒音，就像在其他語系中一樣，這些音段在某些語言中會有干擾效應。雖然諸如避免 *bVp 等一些來自古語的制約沒有辦法為其重建歷史變化的軌跡，但是流音的干擾效應顯然是歷史同化或異化的產物，造成連續音節中所允許的流音序列有所限制。毫無疑問地，流音的干擾效應最令人困惑的特徵是在不同的語言中變化的方向相反，連續音節中相異的流音有時會消除、有時卻又被引進。同樣令人意外的一點是，流音的干擾效應常出現在東南亞島嶼的南島語言中，但在大洋洲語言中卻很少或不存在。若一個語言的流音有一個邊音和一個兒音，在流音-元音-流音序列有四種邏輯上可能的迴避模式：1）無 lVl，2）無 rVr，3）無 lVr，4）無 rVl。[14]

無 lVl：沒有任何南島語言在其音位庫中具有 *l*、卻不允許序列 *lVl*。

　　無 rVr：爪哇語（Javanese）允許 *lVl*（*lalər*「家蠅」），*lVr*（*larik*「行、列」）和 *rVl*（*rila*「全心全意」）。它也允許 *rVr*，但常被捨棄，具有這種音段組成的單詞通常有 *lVr* 的變體發音（Horne 1974）。從可獲得詞源訊息的語料可得知早期的 *rVr* 已經異化為 *lVr*：原始馬來-波里尼西亞語 *duha > dua > rua > 古爪哇語（Old Javanese）*ro/roro*，現代爪哇語 *loro*「二」，*daRa > da > ra > 古爪哇語 *rara* > 現代爪哇語 *lara*「處女」。

　　無 lVr：避免使用 *lVr* 的語言包括菲律賓南部的 Maranao 語，砂勞越北部的格拉比語以及蘇門答臘北部的巴達克語。在這三種語言中，都不存在干擾效應時 *l 發展為 *l*。這些語言中，Maranao 語允許 *lV1*、*rV1* 和 *rVr*，而後兩種語言僅允許 *lV1* 和 *rVr*。然而，Maranao 語的 *rV1* 序列很少見，主要出現在借詞中。當不相似的流音經由一般變化而同時出現時會因同化而消除：在 Maranao 語中，*alud「一種船」> alor > *aror*「筏」、*laja > lara > *rara*「編織墊子或籃子」、*lujan> loran > *roran*「貨物」、*zalan > dalan > ralan > *lalan*「路」、*zuluŋ > duluŋ > ruluŋ > *loloŋ*「船的船首」，在格拉比語中，*salaR > alar > *arar*「巢」、*qaluR > alur > *arur*「小溪」、*qateluR > telur > *terur*「蛋」，在 Toba Batak 語中，*saluR「流」> *sarur*「腹瀉」，*raraŋ*「禁止」（馬來語 *laraŋ*），*rura*「溪谷、山谷」（馬來語 *lurah*）。在 Maranao 語，早期的 *lVr* 變為 *rVr*，而早期 *rV1* 變為 *lV1*，透過逆向同化（regressive assimilation）移除了不同序列的流音組合。其他語言缺乏早期 *rV1* 的例子，因此不清楚它們是否會變成 *rVr* 或 *lV1*。

無 rVl：雖然有些同時有音位 *l* 和 *r* 的語言不允許 *rVl*，但這似乎僅在 *lVr* 也被排除時才會發生，如 Maranao 語、格拉比語和巴達克語。因此，似乎很少有語言能夠區分（或者更好的說法是切分）第 3 和第 4（無 lVr 和無 rVl 4）兩類。

4.2.1.2 嘶嘯音的音段組合限制（The phonotactics of sibilants）

在一般的語音學文獻中，術語「嘶嘯音」指的是發音部位在牙齒後及硬顎的齒槽區域的擦音（Ladefoged & Maddieson 1996: 145-64）。南島語言中有幾個一再出現的現象，牽涉到標準嘶嘯音以及一些在發音或聲學上類似嘶嘯音的其他語音。對於這一較大類的輔音，沒有現成的術語，因此為了簡單起見，在此處將「嘶嘯音」一詞擴展到包含這些音。

比起流音，嘶嘯音產生干擾的情況較為少見，但是婆羅洲南部的一系列語言，西部至少包括伊班語、以及東部的雅就達亞克語，不允許 *sVs*、*cVc*、*sVc* 和 *cVs*。如果這些序列曾存在於較早時期，會因為第一個音段異化為 *t* 而消失，例如在伊班語中，*tacat*「不完整、瑕疵」（馬來語 *cacat*「缺陷、缺點」），伊班語 *tasak*「編製」（馬來語 *sasak*「編條；編製物」），伊班語 *təsal*（馬來語 *səsal*）「後悔」，伊班語 *ticak*（馬來語 *cicak*）「壁虎」，伊班語 *tisir*（馬來語 *sisir*）「梳子」，伊班語 *tucok*（馬來語 *cucok*）「刺穿、刺」，或 *seseD >雅就達亞克語 *təsər*「潛水、淹沒」，*sisik >雅就達亞克語 *tisik*「魚鱗」，*susu >雅就達亞克語 *tuso*「乳房」。濁嘶嘯音（voiced sibilant）方面，在連續音節中的限制不那麼明顯，但是伊班語顯示了一些 *jVj* 異化的例子：*dajaʔ*（馬來語 *jaja*）「兜售、叫賣」、*dəjal*（馬來語 *jəjal*）「停

下來、堵塞」，*dujul*（馬來語 *jujul*）「探出、投射」。

　　在三種台灣南島語言中發現了相鄰音節中的嗞嘶音之間有不同類型的干擾效應。由於此效應仍然活躍於不只一種語言，因此將留至下面的「音韻規律」（phonological processes）小節中討論。

4.2.1.3　輔音串

　　許多南島語言不允許輔音串，而有輔音串的大多數語言僅允許它們在詞中位置。表 4.26 列出了按地理位置排列的 39 種語言的詞中輔音串類型。RM = 重疊式單音節中的輔音串（cluster in reduplicated monosyllable），PO = 前鼻化阻音（prenasalized obstruent），G = 疊音（geminate），HC = 非重疊詞基中發音部位不同的輔音串（heterorganic cluster in a non-reduplicated base）。這裡的「前鼻化阻音」排除了由發音部位不同的輔音串並列而產生的同發音部位鼻音+阻音。前鼻化通常是指同發音部位鼻音-阻音序列，但在某些語言中包括 *-ŋs-*。所有這些陳述都不包括明顯是借詞的詞彙在內：

表 4.26　南島語言詞中輔音串的類型

	RM	PO	G	HC
台灣				
邵語	+	−	−	+
排灣語	+	−	−	−
卑南語	+	−	−	+
布農語	+	−	−	+
噶瑪蘭語	+	−	+	−
阿美語	+	−	−	+

	RM	PO	G	HC
菲律賓				
伊洛卡諾語	+	+	+	+
Bontok 語	+	−	+	+
塔加洛語	+	+	−	+
婆羅洲				
Kadazan 都孫語	−	+	−	−
格拉比語	−	−	−	−
吉布語	−	−	+	−
馬鞍煙語	−	+	−	−
蘇門答臘-爪哇-峇里				
Toba Batak 語	+	+	+	+
Rejang 語	−	+	−	−
峇里語	+	+	−	−
蘇拉威西				
桑伊爾語	−	+	−	−
Banggai 語	−	+	−	−
望加錫語	−	+	+	−
印尼東部				
Manggarai 語	−	+	−	−
雅達語	−	−	−	−
Wetan 語	−	−	−	+
Soboyo 語	−	+	−	−
新幾內亞-俾斯麥群島				
莫度語	−	−	−	−
Kuruti 語	−	−	−	+
Tigak 語	+	−	−	+

	RM	PO	G	HC
索羅門群島				
Roviana 語	−	−	−	−
Nggela 語	−	−	−	−
Arosi 語	−	−	−	−
萬那杜-新喀里多尼亞				
Nguna 語				
Paamese 語	+	−	−	+
Lenakel 語	−	−	−	+
Xârâcùù 語				
麥克羅尼西亞				
查莫洛語	+	+	+	+
Mokilese 語	+	+	+	+
Kosraean 語	−	−	+	+
波里尼西亞-斐濟				
斐濟語	−	−	−	−
東加語	−	−	−	−
夏威夷語	−	−	−	−

　　在一些情況下，前鼻化阻音和和發音部位相異的輔音串之間的界限不容易劃分。例如，婆羅洲東南部的馬鞍煙語（Ma'anyan）和蘇拉威西島西南部的望加錫語（Makassarese）只允許同發音部位的前鼻化塞音和 -nr-，後者反映 *nd。由於在這兩個語言中都沒有其他發音部位相異的輔音串，將這種輔音的組合（指 -nr-）視為常見的前鼻化阻音似乎是最好的分析。有些語言，例如格拉比語，不允許

詞素內的輔音串，但允許在衍生詞中的輔音串：*tə-bakaŋ*「張開、例如腿」：*simbakaŋ* < /t<in>ə-bakaŋ/「被某人張開、例如腿」。其他語言，如 Rejang 語，允許前鼻化濁阻音，但沒有前鼻化清阻音。最後一點，關於南島語言中輔音串的任何陳述都必須處理前鼻化阻音的音位性，將在下面分開討論這個議題。

　　儘管表 4.26 中的數據可能不完全具有代表性，但也有一些規律出現。首先，不允許輔音串的語言大多出現在印尼東部和太平洋地區。其次，重疊式單音節中的詞中輔音串在台灣和菲律賓語言中極為普遍，它們來自於原始南島語，但在其他地方分布則是零星而分散。第三，同發音部位的鼻音-塞音輔音串在台灣南島語言中很少或不存在[15]，但在菲律賓和印尼西部很常見，並且在印尼東部的某些語言中也出現。大多數大洋洲語言缺乏真正的鼻音+阻音音串，因為濁阻音的前面會自動帶有鼻化音。第四，南島語言裡，疊輔音（geminate consonant）的分布是廣泛而分散的，反映出這些音段由許多各自獨立的歷史變化發展而來。最後，不同發音部位的詞中輔音串出現在台灣，印尼和太平洋地區，但很少見。相比之下，這種輔音串在菲律賓語言中很常見，它們通常是因為在 VC_CV 環境中產生了元音刪略。表 4.27 顯示了在塔加洛語本土詞彙中找到的詞中輔音串類型（排除了重疊式單音節，下標線標註了僅出現一次的情況）：

表 4.27　塔加洛語本土詞彙中排除了重疊式的詞中輔音串

	p	t	k	ʔ	b	d	g	m	n	ŋ	s	h	l	w	y
p						pd			pn		ps	ph	pl	pw	py
t					tb	td			tn			th	tl		ty
k	kp	kt			kb	kd		km	kn		ks	kh	kl	kw	ky
ʔ															
b		bt							bn		bs		bl	bw	by
d	dp											dh	dl	dw	dy
g	gp	gt	gk		gb	gd		gm	gn		gs	gh	gl	gw	gy
m	mp				mb						ms		ml		my
n		nt									ns	nh	nl	nw	ny
ŋ		ŋt	ŋk			ŋg		ŋm			ŋs	ŋh	ŋl	ŋw	ŋy
s	sp	st	sk		sb	sd	sg	sm		sŋ			sl	sw	sy
h															
l	lp	lt			lb	ld					ls	lh		lw	ly
w															
y															

　　表 4.27 必須做更詳細的說明。首先，雖然呈現了已證實存在的輔音串，但除了存在的類型之外，此處並無提供有關於各輔音串的頻率，而它們的頻率可能差別很大（例如 -pC- 很少見，而 -Cl- 很常見）。其次，該表僅顯示了詞素內的輔音串，儘管有其他的輔音串因為元音刪略而出現在詞素界線上（*atíp* : *apt-án*「屋頂」）。第三，它省略了常見的、僅限於借詞的輔音串，例如 -*ts*-。話雖如此，但從這個表中仍可以看出某些通則。可明顯看到的是，並沒有疊輔音，也

沒有帶喉塞音的輔音串。有關於後面這一點，塔加洛語與大多數菲律賓中部語言不同的是，多數菲律賓中部語言允許喉塞音與其他輔音成串，但通常只出現一種順序（-ʔC- 或 -Cʔ-，取決於語言）。塔加洛語像許多菲律賓語言一樣，不允許 *h* 或滑音出現在輔音串的第一個位置。其他看起來並非偶然的空缺是沒有 -Cŋ-，以及軟顎塞音很少在輔音串的第二個位置。

塔加洛語允許各種詞中輔音串，而像是 Kadazan 都孫語（Kadazan Dusun）之類的語言只允許同發音部位的前鼻化阻音或是濁-清塞音串，這兩種類型之間有一些語言允許的是詞中位置的前鼻化阻音、以及流音後接輔音，例如標準馬來語有 *-mb-*、*-mp-*、*-nd-*、*-nt-*、*-nj-*、*-nc-*、*-ŋs-*、*-ŋg-*、*-ŋk-*、*-rC-*，以及 Toba Batak 語有 *-mb-*、*-nd-*、*-nj-*、*-ŋg-*、*-ts-*、*-lC-*、*-rC-*，和分別反映古語 *-mp-、*-nt-、和 *-ŋk- 的清疊音（voiceless geminate）*-pp-, -tt-, -kk-*，這些在以印度語為基礎的巴達克語音節文字仍然寫為前鼻化塞音。

詞中輔音串是迄今為止最常見的類型，也因此是最難作概括陳述的，有一些語言在詞首位置具有輔音串，另一些則是有詞尾輔音串。大多數允許詞首輔音串的南島語言也允許詞中輔音串，例如台灣中部的邵語、印尼西部的爪哇語、摩鹿加群島中部的 Alune 語、索羅門群島的 Cheke Holo 語以及萬那杜中部的 Lonwolwol 語。詞首和詞中的輔音串幾乎總是不超過兩個。例外情況包括邵語，清邊音加上兩個輔音的三音串可出現在詞首但不在詞中，如 *lhckis-in*「完成、完全消耗」（[ɬθk]），或 *lhqnis-i*「推壓，例如在生產時」（命令式）（詞首的[ɬqn]），以及爪哇語當中，同發音部位的前鼻化阻音後接流音或滑音，可出現在詞中位置、但絕不會在詞首，如 *luŋkrah*「衰

弱、虛弱」、*sampyuk*「飛濺、潑濺」、或 *timblis*「木槌」，帛琉語中，阻音-流音-阻音的音串出現在詞首，但這些輔音串在發音上多了央中元音，如 *b<l>deŋ*「（液體的）停滯狀態」、*k<l>dols*「肥胖、厚度」、或 *k<l>suk*「帛琉錢」。大多數詞首的三輔音串是由名物化標記 *-l-* 中綴引起的。有一些語言，如羅地語、得頓語和雅浦語，只有詞首輔音串。在這方面，重要的是要注意到某些來源的拼寫方式可能會誤導有詞首輔音串。例如，Fey（1986）呈現的阿美語詞首輔音串，像是 *cka*「刺」、*croh*「加添水量」、*dfak*「種菜用的菜圃」或 *hci*「果實」，這是因為她選擇不將此語言的倒數第二個央中元音寫出來的結果。

　　詞尾輔音串在南島語言中是最少見的類型。在馬克姆家族群（Markham Family）的語言中，相同發音部位的前鼻化塞音出現在詞尾位置，如 Wagau 語 *mbɛyomp*「雲」、*palɛŷk*「藤蔓」、*muŋg*「老」，或是 Mapos 語 *ŋgʷimb*「食火雞」、*βund*「香蕉」（Hooley 1971）。蘇拉威西島東部的 Saluan 語也有類似的輔音串，但相關的研究沒有提供語料（Busenitz & Busenitz 1991: 註 8）。馬克姆語言中大多數的輔音串都出現在詞素內部，但是在諸如 Zenag 語 *miaŋk*「口」、*nuluŋk*「鼻」、*kʷaŋk*「脖子」、或 *nəmaŋk*「手」等型式中，詞尾的輔音串幾乎確定是第一人稱單數所有格代名詞 *-ŋk*。鑑於南島語言的詞尾輔音串相當罕見，這些詞尾輔音串反映的可能是來自鄰近巴布亞語言音韻型態的擴散。在南島語言裡可以找到的少數其他詞尾輔音串的例子中，有許多是帛琉語發音部位相異的音串，這些音串—就像非詞尾音串一樣—通常被多出來的央中元音分開：*bsibs* [bsíbəs] ~ [bsíbəsə]「白蟻」、*yaŋd*（寫成 *eánged*）[jáŋəð]～[jáŋəðə]「天空」，*durs* [ðúrəs]

～[ðúrəsə]「睡覺」。略去相關資料極少的 Saluan 語不談，帛琉語允許詞首、詞中和詞尾輔音串，這在南島語言中似乎是獨一無二的。

4.2.1.3.1　輔音串的響度層級（the sonority hierarchy）

　　Hajek & Bowden（2002）指出，許多音韻學家都認同所謂的普遍響度層級，指的是元音>滑音>流音>鼻音>阻音的響度高低差別，「此層級決定了哪些輔音串組合是被允許的。」輔音的順序越接近音節韻核時響度會增加，而遠離韻核時響度會降低。Greenberg（1978a: 260）將這一原則納入他所提議的普遍規律，進一步區分濁阻音與清阻音：「撇開濁鼻音後接同發音部位的清化阻音（unvoiced obstruent）不談，在起始位置的單個或多個後接元音的清化輔音，在它們之前不會另出現一個或多個濁輔音。」Hajek & Bowden 指出摩鹿加群島的某些語言違反了這個原則：Roma 語當中有 *mt-*、*ms-*、*np-*、*nk-*、*lp-*、*rp-*、*rt-*、*rk-*、*rs-*，在雷地語中有 *mt-*、*mk-*、*rs-* 和 *ms-*，以及 Taba 語的 *mt-*、*mk-*、*ms-*、*np-*、*nk-*、*ns-*、*lp-*、*lk-*、*lt-* 和 *ls-*。他們注意到 Roma 語的輔音串和雷地語的前兩個輔音組合（*mt-*、*mk-*）屬於不同音節，並且這些輔音串的中間有構詞邊界。其他數個南島語言也違反了這種普遍排序原則，例如萬那杜北部的 Dorig 語（François 2010）。Hajek & Bowden 引用的詞首輔音串均包含了一個鼻音或流音後接阻音。帛琉語有這種類型的輔音音串，但也有濁塞音後接清塞音或清擦音的組合，如 *bk-*、*bs-*、*bt-*、*lk-*、*ls-*、*lt-*、*mk-*、*ms-*、*mt-*、*rs-*、*rt-*。所有這些音串都出現在詞基當中，並且許多似乎屬於同一音節：*bkáu*「薔薇科的大樹」、*bsibs*「白蟻」、*btuch*「星」、*lkes*「沙洲」、*lsal*「非常」、*ltúkel*「（某人）要被記住」、*mkar*「給藥」、*msur*

「彎下」、*mtab*「發現（里程碑）」、*rsáol*「深海和淺海之間的邊界」、*rtáŋel*「要被砸」。

雅浦語與帛琉語關係很遠，但從其借入大量的語彙，有數個詞首輔音串不吻合 Greenberg 所提出的類型學上的預測。對於這些有問題的音節聲母，Jensen（1977a: 48）給的例子有 *rch-*（*rchaq*「血」）和 *bp-*（*bpiin*「女人」），在他的雅浦語-英語詞典中，Jensen（1977b）也列出了 *b* 加上喉化 *p*，例如 *bp'aŋiin/p'aŋiin*「頂部、被切割了的用以刺激生長的植物頂部」。他指出「血」這個詞也可發音為 *rachaq*，但暗示 *rchaq* 的發音更常見。

在 Hajek & Bowden 引用的語言中，Taba 語是南哈馬黑拉-西新幾內亞語群的一員，該群的許多其他語言也有一個或多個詞首輔音串，而較為接近音節韻核的輔音響度較低。新幾內亞西部的 Numfor-Biak 語是一個例子，其中許多詞以 *ms-* 開頭，還有幾個詞是 *rm-*：*msāf*「分叉」、*msirən*「魚種」、*msor*「憤怒」、*msun*「成熟的水果落下」、*rmonen*「渴求、尋求報復」。在帛琉語、雅浦語和 Numfor 語的異常類型輔音串的大多數例子都位於詞素內部。若是尋找跨詞素邊界的異類輔音串無疑地會在其他語言中找到更多的例子。

4.2.1.4　詞尾輔音

在南島語言中最引人注意的音段組合限制（phonotactics）差異在於所允許的詞尾輔音。表 4.28 說明了六種語言中詞尾輔音（F）相對於全部輔音（T）的比例差異。X =在詞尾位置的輔音，0 =僅存在非詞尾位置的輔音。空白表示在本族詞彙中不存在的輔音。MAR = Maranao 語（菲律賓南部），MAL=馬來語，MIN = Minangkabau 語

（蘇門答臘西南部），LgT = Long Terawan Berawan 語（砂勞越北部），
BGS = 布吉語（蘇拉威西西南部），BIM = 比馬語（小巽它群島西
部）。

表 **4.28** 六種南島語言裡詞尾輔音（**F**）相對於全部輔音（**T**）的比例

	MAR	MAL	MIN	LgT	BGS	BIM
p	X	X	0	0	0	0
t	X	X	0	0	0	0
c		0	0	0	0	0
k	X	X	0	0	0	0
ʔ	X		X	X	X	0
b	X	0	0	0	0	0
d	X	0	0	0	0	0
j		0	0	0	0	0
g	X	0	0	0	0	0
ɓ						0
ɗ						0
m	X	X	X	X	0	0
n	X	X	X	X	0	0
ñ		0	0	0	0	
ŋ	X	X	X	X	X	0
f						0
s	X	X	0	0	0	0
h		X	X	X		0
v						0
l	X	X	0	0	0	0

	MAR	MAL	MIN	LgT	BGS	BIM
r	X	X	0	0	0	0
w	X	X	X	X	0	0
y	X	X	X	X	0	
F/T	15/15	12/18	7/19	7/19	2/18	0/20
%	100	66.7	36.8	36.8	11.1	零

　　表 4.28 以六種語言為例，說明詞尾輔音系統崩壞的幾個階段。Maranao 語沒有呈現這個傾向，因為語言中所有輔音音位均可出現在詞尾位置。在這方面，它類似於台灣和菲律賓的大多數南島語言。印尼西部的一些語言的輔音分布也很自由，但正如上文已經指出，有幾個硬顎音幾乎總是被禁止出現在詞尾位置。馬來語呈現的是根除閉音節的第一步：在詞尾位置的濁輔音與清輔音已經合併。下一個階段的變化可在 Minangkabau 語看到，所有詞尾塞音都變為 -ʔ，早先的 s 和 h 已經成為 -h，且流音已經消失，只留下三個鼻音、兩個喉音和兩個滑音在詞尾位置。Long Terawan Berawan 語的詞尾輔音對比大幅減少，但是歷時發展的路線明顯不同。雖然詞尾清塞音合併為 -ʔ 而詞尾 *s 弱化為 -h，詞尾濁塞音與流音則是與相對應的鼻音合併。此外，另一個歷時變化在原詞尾元音之後添加 -h，抵消了音節結尾的弱化：*mata > *mattəh*「眼睛」，*laki > *lakkeh*「男性」，*batu > *bittoh*「石頭」。布吉語呈現詞尾輔音發展的最後一個階段，所有的阻音和流音都合併為 -ʔ，全部的鼻音合併為 -ŋ，而詞尾滑音通過單元音化消失了：*-ay > -e, *-aw > -o。

　　台灣、菲律賓和婆羅洲的所有南島語言都允許閉音節，在其他

地方，缺乏閉音節的語言很罕見，而且集中在某些地域。在印尼西部，唯一排除閉音節的語言似乎是 Nias 語和應加諾語，都在蘇門答臘以西的堰洲群島（Barrier Islands），但兩者關係並不密切。在這兩個語言中，缺少閉音節是詞尾輔音丟失的歷史產物。相比之下，在馬拉加斯語中，缺少閉音節是因為原本以輔音結尾的詞彙後加了一個支持元音（supporting vowel）-a。詞尾輔音丟失和元音增添加兩者都是導致許多大洋洲語言閉音節消失的原因。（原始馬來-波里尼西亞語 *zalan > 薩摩亞語 ala、Mussau 語 salana「小路、路」，原始馬來-波里尼西亞語 *ma-takut > 薩摩亞語 mata?u、Mussau 語 matautu「怕」）。許多通過輔音丟失或元音增添而消除了閉音節的大洋洲語言，隨後丟失了詞尾元音，因此返回到它們早期的音節狀態，詞基縮減為 CVC 型態。海軍部群島東部的所有語言、萬那杜的大多數語言、以及幾乎所有的核心麥克羅尼西亞的語言都是如此。最後一點，許多大洋洲語言僅在 *m 之後的環境失去了詞尾 *u，因此產生了少量的 m- 結尾型式，否則這些語言均為元音結尾。在 Kilivila 語的詞首或詞中位置，帶音節性的 m 是能與另一輔音成串的唯一輔音，而不帶音節性的 m 是唯一能在音節尾出現的輔音，如 kabitam「智慧」，或 kukwam「你吃」（Senft 1986: 18）。在 Wuvulu 語也可以看到類似的不對稱分布，所有的詞素都以元音或者 -m 結尾，後者出現在後綴為 -m「第二人稱單數」的名詞中，若不是僅出現在此一環境、也是最常出現在這環境的，例如 pani-u「我的手」、pani-m「你的手」、pani-na「他／她的手」。Manam 語允許詞尾輔音稍大的自由度。根據 Lichtenberk（1983: 21），「在音位層次上，Manam 語的音節結構是（C）V（N）」。能出現在這個位置的鼻音是 -n 和 -ŋ，歷

史上這些型式在早期以高元音結尾：POC *pani > *an*「給」、*kani > *ʔan*「吃」、*punuq > *un*「打」、*danum > *daŋ*「水」、*manuk > *maŋ*「雞」、*poñu > *poŋ*「綠海龜」。

比起詞尾輔音存在與否的差異，較不明顯的差異是倒數第二音節不同的音段組合限制。原始南島語允許在重疊式單音節的詞中位置含發音部位的相異輔音串，例如 *buCbuC*「拔出、拉出」、*kiskis*「刮」、或 *tuktuk*「敲、敲擊、打」。這種型式保留在許多語言中，在一些台灣南島語言中，它們甚至是唯一被允許的輔音串類型。所有中部-東部馬來波里尼西亞語言、和印尼西部的一些語言，都削減了這樣的輔音串，例外情況是有時保留了鼻音-阻音的序列：*seksek > Manggarai 語 *cəcək*「填塞、塞入」、*bejbej > Kambera 語 *búburu*「捆綁」、*bukbuk > 得頓語 *fuhuk*「木象鼻蟲」、*sepsep > 爪哇語 *səsəp*「吮吸」、*buŋbuŋ > *wuwuŋ*「屋脊」、*bukbuk > 馬來語 *bubok*「木象鼻蟲」、但是 *diŋdiŋ > *dindiŋ*「牆」。這些例子所說明了在詞中位置的音節尾輔音丟失和詞尾輔音的丟失無連帶關係。

4.2.2 元音分布的限制

在南島語言中，元音分布的限制並不常見。最明顯的一個限制來自原始南島語：央中元音不能出現在元音前或詞尾位置。有些語言，例如民答那峨島南部的比拉安語（Bilaan）、峇里語或半島馬來語的非標準方言，詞尾不帶重音的 *a 發展為央中元音，但是在元音前的位置，沒有任何已知語言由早期的元音發展為央中元音。

涉及央中元音（通常寫為/e/）的第二個限制，出現在印尼西部

和菲律賓南部部分地區的許多語言。某些語言的低元音 *a*、以及在其他語言中的所有元音，會在倒數第二個音節之前中和（neutralise）為央中元音。這個制約影響了多音節詞基的元音以及許多詞綴的元音。像在西部 Bukidnon 馬諾玻語（Western Bukidnon Manobo）這樣的菲律賓語言，透過在詞綴元音及詞基元音之間加插喉塞音的方式，保留了元音起始的詞基和前綴的形態：西部 Bukidnon 馬諾玻語 *amur*「聚集」：*kə-ʔəmur-an*「任何型式的慶祝」，*itəm* : *mə-ʔitəm*「黑」，*upiya*「做得好」：*mə-ʔupiya*「好」。在可取得相關語料的沙巴以南的所有婆羅洲語言、以及印尼西部的一些其他語言中，這類前綴在元音前的央中元音會丟失：Lun Dayeh 語 *mə-lauʔ*「熱」、*mə-bərat*「重」、*mə-ditaʔ*「高」，但是 *m-abuh*「塵土飛揚」、*m-itəm*「黑色」、*m-ulaʔ*「很多、許多」，爪哇語 *banjir*「洪水」：*kə-banjir-an*「陷入洪水」，*kilap*「閃電」：*kə-kilap-an*「忘記、忽視」，*turu*「睡覺」：*kə-turu-n*「意外入睡」，但是 *amuk*「憤怒、暴力」：*k-amuk*「成為非理性或瘋狂攻擊的對象」，*ijɛn*「獨自」：*k-ijɛn-an/k-ijɛn-ən*「孤獨」，*undur*「向後移動」：*k-undur-an*「被推後」。

在大多數南島語言中，元音序列（vowel sequences）僅限於兩個元音，但在一些波里尼西亞語言中，三個元音的序列並不少見，甚至有四個或更多：薩摩亞語 *sōia*「勸誘助詞」、*taeao*「早上、一早」，夏威夷語 *pueo*「貓頭鷹」、*ʔaiea*「*Nothocestrum* 屬的灌木」等。在蘇門答臘以西的堰洲群島（Barrier Islands）的應加諾語當中，元音聚串的自由度類似但較不那麼高：*búai*「分散」、*eʔiau*「一種鳥：*Garrulus javanicus*」。

4.2.3　前鼻化阻音的問題

　　台灣以外的大多數南島語言允許鼻音+同發音部位阻音序列出現在詞素內或跨詞素邊界。在菲律賓和印尼西部的大部分語言，其中塔加洛語和馬來語可以作為典型例子，這些序列總是被解釋為輔音串，是否該視為單一音位從未是一個問題。另一方面，在諸如斐濟語等大洋洲語言中，毫無疑問地[mb]、[nd]或[ŋg]是帶有自發性鼻化的濁塞音音位。這兩種極端類型的例子是沒有爭議性的。然而，有些語言具有塔加洛語或馬來語等語言的一些音韻特徵、也帶有諸如斐濟語等大洋洲語言的一些特徵，在討論這些語言時，前鼻化阻音是輔音串抑或單個音位的問題就會不斷出現。

　　語音上的鼻音-阻音序列在音韻上該如何解釋，是蘇拉威西語語言學中一個經常出現的問題，但如何判斷歸屬於同一音節或同一音位的標準不甚明確，導致了一些混淆。正如 Quick（無出版年）所指出，研究不同語言當中相似語料的學者採用了相反的分析，有些認為是單個音位、有些則認為是輔音串，沒有一致的理論準則。正因學者們彼此沒有意識到相同的分析問題出現在分布廣闊的南島語言中，結果就是相似的語料有了不同的分析、或不同性質的語料有相似的分析，本書以宏觀的角度對這個議題作一個整體的探討。表4.29 針對南島語言中鼻音-阻音序列現有的音韻分析提供了一覽表，以及一些被認為與分析相關的準則：PNO = 前鼻化阻音，I（initial）= 前鼻化阻音出現在詞首，M（medial）= 前鼻化阻音出現在詞中位置，CC- =語言允許其他詞首輔音串，UO（unvoiced obstruents）=前鼻化影響了清化（不帶音的）阻音，VO（voiced obstruents）= 前鼻化影響濁阻音，MB（morpheme boundary）= 前鼻化阻音橫跨詞素邊

界，FC（final consonants）= 有詞尾輔音，UP（unit phoneme）=（在至少一些分析中）前鼻化阻音被視為單個音位：

表 4.29　南島語言前鼻化阻音的分布特徵

語言	I	M	CC-	UO	VO	MB	FC	UP
塔加洛語	--	+	--	+	+	+	+	否
馬拉加斯語	(+)	+	--	+	+	+	--	是
Karo Batak 語	+	+	--	+	+	+	+	否
爪哇語	+	+	+	+	+	+	+	是
Ratahan 語	+	+	--	+	+	+	+	否
Pendau 語	+	+	--	+	+	+	+	否
Uma 語	+	+	--	+	--	--	+	是
Balantak 語	+	+	--	+	+	+	+	否
Muna 語	+	+	--	+	+	+	--	是
Manggarai 語	+	+	--	+	+	--	+	是
比馬語	+	+	--	+	+	+	--	是
羅地語	+	--	--	+	+	--	+	是
Kambera 語	+	+	--	--	+	--	--	是
Yamdena 語	+	+	+	--	+	+	+	是
斐濟語	+	+	--	--	+	--	--	是

Van den Berg（1989: 19）對該問題有清楚的討論，列出了 Muna 語當中鼻音-阻音序列應視為單個音位的原因：1）該語言中沒有明確的輔音串，2）沒有詞尾輔音，3）前鼻化輔音在完全重疊過程中被視為個別單位，因此 *lambu*「房子」：*ka-lambu-lambu*「小房子」，但是在另一個重疊型式 *pulaŋku*「樓梯」：*ka-pula-pulaŋku*「小樓梯」，

小稱詞由 *ka-* 加上複製詞基的前兩個音節所形成，顯示音節劃分為 *pu.la.ŋku*，4）此語言之前未有書寫系統，母語使用者在音節劃分上看法一致為 *la.mbu* 和 *pu.la.ŋku*。這些論點是有說服力的，但是它們支持的是將鼻音-阻音序列分析為單個音位或單個音節？

從邏輯上來看，語音上的前鼻化阻音（NC）相對於詞素、音節、和音位，有八種可能的分析。呈現這些關係的最簡單方法可能是採用數字代碼，其中 2 =屬於兩個（詞素、音節、音位），1 =僅屬於這些單位中的一個，如表 4.30 所示：

表 **4.30**　前鼻化阻音相對於詞素、音節、和音位的關係

類型	1	2	3	4	5	6	7	8
詞素	2	2	2	2	1	1	1	1
音節	2	2	1	1	2	2	1	1
音位	2	1	2	1	2	1	2	1

在類型 1-4 中，前鼻化阻音序列屬於兩個詞素，而在類型 1-2 和 5-6 中，它屬於兩個音節。如果在鼻音和阻音中間有一個詞素邊界，很明顯地這個序列不能是單個音位。[28] 同樣清楚的是，如果一個音節邊界介入鼻音和阻音之間，這個語音序列不能是單個音位。如此

28 分布廣泛的鼻音替換規律創造了一種加綴形式，在某種意義上而言，此鼻音的中間有一個構詞邊界，例如馬來語 *pukul*「擊中」：*mə-mukul*「擊中」（其中第二個 *m* 包含前綴鼻音的發音方式和詞基起始輔音的發音部位）。同樣，在爪哇語中，前綴 *ke-*（< *ka-*）會導致高-低或低-高元音序列融合為中元音，例如在 *udan*「雨」：*k-odan-an*「被困在雨中」，使得詞素邊界被「擱」在第一音節元音內。這種情況最好被描述為詞素邊界的位置模稜兩可，而不是單個音位橫跨兩個詞素的實例。

一來僅剩下 7 和 8 有可能解釋為單個音位。如表 4.30 所示，如果前鼻化阻音序列同時在同一個詞素內、也在同音節內，它可能是也可能不是單個音位，選擇採用哪種分析須取決於其他標準。在南島語文獻中反覆出現有關於前鼻化輔音的錯誤，來自於將假設音位成立的必要條件同時也視為充分條件。

在斐濟語和大多數其他大洋洲語言中，前鼻化阻音序列的音位性是無爭議的，因為雙向均可預測：濁阻音永遠帶有前鼻化、而前鼻化阻音都是濁音。在斐濟語中，分析為輔音串並不理想，因為：1）[nd]寫為/nd/包括了冗餘的語音訊息，2）如果[nd] 寫為/nt/，可以由前鼻化來預測濁音的存在，但同樣的邏輯不適用於前鼻化齒齦顫音[ndr]，因為 *ndr* 在此語言沒有相對應的清音，也不能用來解釋[mb]，因為斐濟語/p/僅出現在幾個借詞當中，3）在這些情況下，修改音節結構為的只是納入語音層次上的音串，而獨立的證據顯示這些音串應視為音位。

上述論證的 1）和 2）在 Muna 語中不成立，因為 Muna 語的清濁和前鼻化互為獨立。斐濟語濁音可以用單個符號寫成 *b* = [mb]、*d* = [nd]、和 *q* = [ŋg]，Muna 語的濁音卻不能，因為[p]與[mp]呈現對比、而且[b]與[mb]對比。學者 van den Berg 提出的論點與決定是否為同音節有關，但它們不能用於判定是音位或是輔音串。由於同樣的論證方法也用於蘇拉威西中部和南部其他語言裡對於前鼻化阻音的分析，因此對於此類語料的論述必須持保留態度。在 Manggarai 語的研究中，並未看到所採用的分析論證為何（Verheijen 1967: xii; Verheijen & Grimes 1995），如表 4.30 所示，Muna 語和蘇拉威西其他語言的分析也應持保留態度。若不將前鼻化阻音視為單個音位，

表示在不允許韻尾輔音的那些語言中也存在著 CCV 音節。然而，由於前鼻化阻音可能是最為無標的輔音串，若是語言僅允許這一類的音出現在音節首位置，並不足為奇。

Dempwolff（1937: 72）和 Dahl（1951: 33）都將 /mp nt nts ntr ŋk mb nd ndz ndr ŋg/ 列為馬拉加斯語音位庫的一部分，而 Beaujard（1998: 9）對馬達加斯加東南部的 Tañala（= Tangala）方言也採用了類似的分析。另一方面，Dyen（1971b: 213）認為僅濁阻音有對應的前鼻化阻音（因此包括五個額外的音位而不是十個），但並未解釋為什麼他的分析與其他學者不同。雖然馬拉加斯語音節聲母通常只包含單個輔音，但馬拉加斯語的所有主要詞典，包括 Richardson（1885）、Abinal & Malzac（1970）以及 Beaujard（1998）都提供了一些以 mb-、mp-、nd-、ndr-、nt- 之類起始的詞基，這顯然是馬拉加斯語有一獨立系列的前鼻化阻音的有力證據。然而，以這種序列開頭的詞很少見。Richardson（1885）的詞典有超過 10,000 個詞基，但只有 11 個 mb- 的例子、6 個 mp- 的例子、3 個 nd-、6 個 ndr-、以及兩個 nt-。Beaujard（1998）所描述的 Tañala 方言裡，詞首（word-initial）的前鼻化阻音出現的頻率同樣有限。此外，這些例子中的一部分顯然是因為詞首元音丟失導致詞中位置的前鼻化阻音出現在詞首。例如，Richardson（1885）提供了例子 mba「也、以及、為了使」，但是交叉指涉至 omba「跟隨、陪伴、關聯」（也見於 mbamy < (o)mba amy「與、一起、包括」），類似的關係也存在於其他數個例子，例如 mbávy/ambávy「作為火炬的樹或灌木」、mbazáha/ambazáha「木薯」、mbe/ombe「公牛、母牛」、mby/omby「到達（過去式）」、njía/jía「路徑」等。在某些情況，含有鼻音+阻音的起始音可能是來

自 Bantu 語的借詞。總而言之，認為馬拉加斯語有一系列前鼻化阻音的論述似乎不太可信。Dyen 根據像是斐濟語這樣的語言當中濁阻音與清阻音的關係，認為馬拉加斯語的濁阻音有一系列對應的前鼻化音，這種觀點顯然是錯誤的，因為在斐濟語前鼻化與阻音帶音（obstruent voicing）是相互可預測的關係，但在馬拉加斯語並非如此。

像是 Horne（1974）和 Nothofer（1975）這樣的學者也認為在爪哇語中有類似的一系列前鼻化阻音音位，但是同樣沒有實質性的理由。爪哇語的語料在兩個關鍵方面與馬拉加斯語不同。首先，有別於馬拉加斯語，爪哇語沒有定義明確的詞首鼻音+阻音音串。爪哇語的詞首音串不能被解釋成透過丟失詞首音段而由詞中音串變化得來。其次，與絕大多數南島語言不同，爪哇語允許在單詞初始位置含額外的輔音。Horne（1974）列出了數百個詞基以口部塞音或鼻音起始、後接 *l* 或 *r*，並且她經常將這些與中間被央中元音隔開的類似輔音串區分開來，例如 *bələt*「泥、糞肥」與 *bləs*「進入」、*jələh*「無聊、厭倦」與 *jləg*「快速向下的動作」，或 *mərəŋ*「乾稻草」與 *mraŋgi*「kris 刀製造者」。既然典型型式（canonical form）的限制已有所放寬，沒有理由不能將詞首鼻音+塞音序列分析為輔音串。不採用單個元音音位分析的另一論點，在於幾乎所有詞首前鼻化塞音的例子都包含了一個構詞邊界，例如 *m-bayar*「支付」、*n-dələŋ*「看」、*n-jəmblaŋ*「臃腫（指肚子）」、或 *ŋ-gawa*「攜帶」。

詮釋鼻音-阻音音串最困難的情況是在小巽它群島的語言。松巴島東部的 Kambera 語只允許開音節，只有濁阻音才可能有前鼻化：

表 4.31　**Kambera** 語（松巴島東部）的輔音音位

p	t		k	
ɓ	ɗ	j		
m	n	ñ	ŋ	
mb	nd	nj	ŋg	
				h
	l			
	r			
w		y		

　　Klamer（1998: 10 頁起）對於 Kambera 語的前鼻化阻音提出了一個單一音位的分析，理由如下：1）不論是詞首還是詞中位置，它們均可出現在音節聲母，2）鼻音 *n* 和 *m* 不能是韻尾輔音，3）這個語言缺乏明確的複雜聲母，如 *tr-*、*pl-* 或 *st-*，帶有這些音串的借詞被詮釋為兩個開音節，4）詞首濁阻音起始的借詞一定帶有前鼻化（因此借入馬來語 *baca*「讀」變為 *mbaca*）。這些論證的前三個就像 van den Berg 為 Muna 語列出的論證一樣，雖有說服力但卻使用錯誤，因為它們只能用於證明出現在相同音節，但不能作為支持音位的證據。第四個觀察較為有趣，引發的研究問題是 Kambera 語者對於當 *b-* 或 *d-* 與本土詞彙中的濁阻音的語音屬性不匹配時，聽覺上如何感知。由於只有唇音和齒齦塞音有對應的內爆音，我們不會期望同樣的語音調整會出現在含 *j-* 的借詞，這種型式在借入時應不會產生前鼻化。確實如此，就像 Kambera 語 *jala*「佈網」（<馬來語 *jala*，來自梵語），*jara*「鑽頭」（<馬來語 *jara*），或 *jàriku*「柑橘類水果」（<馬來語 *jəruk*）。

由於在 Kambera 語中，只有濁阻音可帶前鼻化，所以在這個語言中一般阻音與前鼻化阻音之間的關係類似於大洋洲語言，而非類似於迄今為止已經檢視過的蘇拉威西島或小巽它群島的任何一個語言。然而，即使在 Kambera 語，也不能認為前鼻化就是可預測的，因為另有一系列濁阻音不帶前鼻化。單純的濁阻音系列在兩個方面與前鼻化系列不同。首先，單純的濁阻音有空缺，缺少軟顎音。這允許推論[ŋg]來自於/g/，但是如此一來可預測的前鼻化將僅侷限於濁阻音系列其中之一，其他三個音須分析為音串。由於唇部和齒齦的濁阻音帶有內爆，或許可以由此推斷這些塞音與普通的前鼻化唇音和齒齦阻音不相同。然而在 Kambera 語中，將內爆視為是可預測的（predictable）音徵顯然是較為簡單的分析。同樣地，證據顯示鼻音-阻音序列必須被視為音位的提議並不可行：雖然 Kambera 語中，阻音的清濁可由前鼻化推知，但是不能透過阻音是否帶音（voicing）來預測前鼻化。

　　羅地語中也有類似的語音關係。這個語言有清塞音 *p*、*t*、*k*、*ʔ*，單純濁塞音 *b*、*d*，和前鼻化塞音 *nd*、*ŋg*（Fox & Grimes 1995）。和 Kambera 語一樣，由前鼻化可預測帶音與否，但帶音與否無法預測前鼻化。因此，在羅地語中，前鼻化的結構性角色更像是 Kambera 語或蘇拉威西的各種語言，而不像斐濟語或其他大洋洲語言中那樣。其他語言則在細節上有所不同，如蘇拉威西中部的 Uma 語，所有的前鼻化塞音都是清音（Martens 1995），或者在摩鹿加群島南部的 Yamdena 語，除了普通濁音與清塞音之外還有[mp]、[nd]、[ndʒ]（Mettler & Mettler 1990），但在大洋洲語言之外，沒有任何已知的南島語言顯示出前鼻化與阻音帶音與否有雙向可預測性，這種雙向預

測在斐濟語這類語言中明確顯示出前鼻化阻音的音位性。

最後，Mithun & Basri（1986: 218 頁起）認為蘇拉威西西南部的 Selayarese 語在元音間位置有前鼻化塞音與鼻音+阻音（N+S）音串的對比，如[bó:ᵐbaŋ]「波」（名詞）與[bóm:baŋ]「用於裝訂的竹皮」。由於[b]和[mp]都出現在此語言中，清濁和前鼻化很清楚地不是雙向可預測。鑑於[ᵐb]與[m:b]的音節劃分不同，一個隨之而來的問題是 Selayarese 語的「前鼻化濁塞音」是否可能不是後爆鼻音（通常寫成[ᵐb]等，如 4.1.3 所述），因為在其他語言中這些音段 1）來自鼻音加上濁塞音音串，2）被限制於詞中位置，3）總是在同一音節中。

4.2.4　疊輔音的特殊情況

疊輔音的地位介於單輔音與輔音串兩者之間。有別於長元音和相鄰的相同元音往往可以透過反覆發音加以區辨，長輔音和相鄰的同輔音通常在語音上難以區分，儘管它們在音韻上或許可以分別。鑑於疊輔音分布廣泛且其地位時有爭議，值得在此特別討論。在東南亞島嶼的許多語言中，央中元音之後的輔音會變為疊輔音。從歷史上看，這導致了疊輔音音位出現在分布廣闊的許多語言中，這些語言的央中元音與其他元音合併。這裡的討論僅限於帶音位性的疊化（phonemic gemination）。

正如輔音串在詞中位置較常見且變化較多，疊輔音最常出現於詞中位置（Thurgood 1993a）。然而，疊輔音也會出現在詞首，而很少出現在詞尾位置。詞首疊輔音出現在許多大洋洲語言中，它們源自 CV- 重疊式。這一類別包括一些核心麥克羅尼西亞語言，這些語言的疊輔音音位的歷時變化似乎已經完成，另有一些波里尼西亞大

三角外圍語言，如索羅門群島的 Takuu 語，以及美拉尼西亞西北部的 Mussau 語，疊輔音音位在這些語言似乎正在形成當中，世代之間存在著較長型式與較短型式的差異（Blust 2001a）。這些語言大多數在詞首和詞中位置都有疊輔音，例如 Mussau 語 *kikiau*（老一代）：*kkiau*（年輕一代）「塚雉」、或 *kukuku*：*kukku*「一種鴿子」。然而，砂勞越北部的撒班語和砂勞越西南部的伊班語在類型上較特殊，疊輔音只出現在詞首（Blust 2007b）。

所有已知的詞尾疊輔音都出現在麥克羅尼西亞。Rehg（1981: 36）注意到 Pohnpeian 語的 *-l* 和 *-m*ʷ 產生疊加型式，例如 *mall*「在森林裡清理」、*m*ʷ*ell*「貝類」、*kull*「蟑螂」、*lemm*ʷ「怕鬼」和 *romm*ʷ「平靜」。雖然 Pohnpeian 語限制詞尾疊輔音須為響音，但是 Puluwat 語詞尾疊輔音可為響音或阻音：*haakk*「剖半的椰子殼」、*m*ʷ*ónn*「胃口或喜歡」、*rall*「光滑，如海或布」、*rapp*「翻船」、*wutt*「船屋」、*wúttútt*「選擇、挑選」（比較 *wútúút*「摩擦枝棒以升火」），以及 *yááhh*「飛行」（Elbert 1972）。Elbert（1974: 2）另外指出，詞尾疊輔音只出現在言談的中間位置、後面接著元音時；當出現在言談的終了位置，它們會合併為單輔音。Sohn（1975）提供了 Woleaian 語濁聲和清聲詞尾疊輔音的例子，但是註記這些音後面接著一個通常省略不寫的清元音：*tapp*[tap:ḁ]「氏族、氏族成員」、*tapp* [tap:i̥]「種類」、*yaff* [jaf:i̥]「椰子蟹」、*faŋŋ*[faŋ:i̥]「發癢」。總而言之，在諸如 Woleaian 語或 Puluwat 語等 Chuukic 語言中，詞尾疊輔音存在於底層（underlying），並且只有在後面接元音時才會形成疊音，無論是在交替型式（alternations）或是審慎語式（careful speech）的發音。另一方面，在 Pohnpeian 語裡，言談終了位置的疊輔音在語音上仍為疊音，這是由於它們均為

響音，因此即使沒有後接元音的支持、本身在語音上也能延展疊音。最後，由於不帶重音的元音在某些語境丟失，帛琉語因而含有許多輔音串在詞首、詞中、和詞尾位置。這其中包括 -ll 序列，例如 *biáll* [bijál:ə]「一種鯊魚」、*chull* [ʔúl:ə]「雨」、或者 *ketit-all* [kətitál:ə]「將被挑選出來」。

　　表 4.32 顯示了幾個主要地理區域中具有疊輔音音位的大致語言數目。括號中的數字代表僅在構詞邊界出現的詞首疊輔音的數目：

表 4.32　已知含疊輔音的南島語言

地區	總數	詞首	詞中	詞尾
台灣	4[16]	1	4	1
菲律賓	21	1	21	
婆羅洲	6	2	4	
東南亞大陸	1	1		
蘇門答臘-龍目島	4		4	
蘇拉威西	14	(2)	14	
小巽它群島	5		5	
摩鹿加群島	13		13	
新幾內亞	0			
俾斯麥群島	10	1	10	
索羅門群島	4	1	4	
萬那杜	7	4	7	
新喀里多尼亞	0			
麥克羅尼西亞	15	10	15	4
太平洋中部	0			
總數	93	18	90	4

台灣：Li & Tsuchida（2006: 5）注意到「噶瑪蘭語是具有疊輔音的兩種台灣語言之一。」他們聲稱疊輔音在噶瑪蘭語中可出現在詞首、詞中、或詞尾位置，如 *llut*「鳥喙」（比較：*luq*「大眼睛」）、*babbar*「用拳打」（比較：*babuy*「豬」），或 *qan-*、*qann-*「吃」。然而，詞尾疊輔音只會出現在加後綴型式，因此 *qan pa iku*（吃　**未來 1 單.主格**）「我要吃」，但是 *qann-i ka zau*（吃-命令 命令 這個）「吃這個」！。此外，他們還注意到，疊輔音似乎有標記強度的構詞功能，如 *sukaw*「壞」：*sukkaw*「非常壞」，或 *kikia*「一點點、片刻」：*kikkia*「非常短暫的時刻」。這兩位作者注意到的另一個有疊輔音的台灣南島語言是現已滅絕的法佛朗語（Favorlang）（Ogawa 2003），只出現在詞中位置。Tsuchida, Yamada & Moriguchi（1991）重新發表了現在已經滅絕的一些在日本殖民時期收集的台灣原住民語言詞彙。這些資料顯示巴賽語（Basai）和 Trobiawan 語書寫系統中有疊輔音。由於相關資料是由淺井惠倫（Erin Asai）蒐集的，他既是一位著名的語言學家而且母語中有音位性的疊輔音，因此在巴賽語和 Trobiawan 語中，疊輔音（只被標註於詞中位置）很可能是音位。

菲律賓：在呂宋島北部很常見（Agta 語、Atta 語、Bontok 語、Gaddang 語、Ibanag 語、伊富高語（Ifugaw）、伊洛卡諾語、Isinay 語、伊斯那格語（Isneg）、Itawis 語、Itneg 語、Kalinga 語、Kallahan 語、Kankanaey 語、Yogad 語）。在菲律賓中部罕見，僅知有 Rinconada 比可語（Jason Lobel，個人通訊）、Sama Abaknon 語和 Kagayanen 語，以及位於巴拉灣（Palawan）和內格羅斯群島（Negros）之間的 Cagayancillo 島上、地理位置與其他語言分開的馬諾玻語（Manobo）。出現在數個 Samalan 語言（Central Samal 語、Mapun 語、Yakan 語）

和菲律賓南部的 Tausug 語。大多數 Mansakan 語言（Kamayo 語除外）允許一小部分輔音可發成疊輔音，但這些很少見。詞首疊輔音也見於 Mapun 語（Collins, Collins & Hashim 2001），但這些音也可分析為是以央中元音起始的音。

婆羅洲：出現在 Berawan 語的所有四種方言（Long Terawan、Long Teru、Long Jegan、Batu Belah），並有充分的語音資料顯示也出現在三種 Lower Beram 語言的其中兩種（吉布語、Narum 語），以及砂勞越北部的撒班語。雖然疊輔音顯然未出現在美里語（Miri），但是很可能它們也出現在其他 Lower Beram 語言中，例如汶萊（Brunei）的 Belait 語，這是吉布語的近親語言。Berawan-Lower Baram 語言的疊輔音可能反映了一項創新，但撒班語裡僅在詞首位置的那些疊輔音來自歷史上獨立的發展。詞中位置的疊輔音也出現在婆羅洲的一些非標準馬來方言中，如 Berau 馬來語（Collins 1992）。除此之外，Scott（1956: vii）報導了伊班語的變異發音（variable pronunciations），例如形態為 C1əC1VCVC 的詞基可發音為 C1C1VCVC，這是由於在快速語式（rapid speech）時相同輔音之間的央中元音被刪除的結果，如 *tətawak ~ ttawak*「大鑼」或者 *gəgudi ~ ggudi*「風箏」。

東南亞大陸：僅知疊輔音出現在馬來語的非標準方言中，例如在撒班語和伊班語中，很不尋常的是它們只能在詞首位置。Collins（1983b: 53）指出，在東部半島馬來語大多數的方言裡，詞首疊輔音衍生自部分重疊和元音略略。此外，斯里蘭卡馬來語（Adelaar 1991）有詞中疊輔音，來自於在央中元音之後輔音的自發性延長及元音逆向同化：斯里蘭卡馬來語 *kiccil*「小」（標準馬來語 *kəcil*）、斯里蘭卡馬來語 *punnu*「充滿」（標準馬來語 *pənuh*）、斯里蘭卡馬來語 *tubbu*

「甘蔗」（標準馬來語 *təbu*）。

蘇門答臘-爪哇-峇里島-龍目島：在蘇門答臘北部的 Karo 語、Toba Batak 語和 Angkola Batak 語、以及馬都拉語，都發現了疊輔音。Toba Batak 語和 Angkola Batak 語的疊輔音僅有 *-pp-*、*-tt-* 和 *-kk-*，在傳統印度語為基礎的音節文字中一直被寫成前鼻化塞音。相比之下，馬都拉語除了喉塞音之外，所有的輔音都可以是疊輔音（Cohn, Ham & Podesva 1999）。

蘇拉威西：出現在遙遠的北端（Talaud 語）、Tomini 海灣的 Totoli 語和 Boano 語（Himmelmann 2001: 71），以及西南半島地區（大多數蘇拉威西南部語言，包括 Barang-Barang 語、布吉語、Duri 語、望加錫語、Mamuju 語、Mandar 語、Massenrempulu 語、Pitu Ulunna Salo 語、Sa'dan 語、Seko 語和 Selayarese 語）。在其中一些語言，例如 Talaud 語（Sneddon 1984: 22）或 Massenrempulu 語（Mills 1975: 1: 112），音韻上的疊輔音在語音上發為前喉塞化的單輔音。這種情形尤其出現在濁塞音，清塞音較不會如此，而響音則絕不會有此情形。在一些其他語言，例如 Konjo 語，疊輔音出現在央中元音之後、或音質介於央中元音及 *a* 之間的元音之後，但不帶音位性（Friberg & Friberg 1991）。Selayarese 語（Mithun & Basri 1986）和 Barang-Barang 語（Laidig & Maingak 1999: 57）有詞首和詞中的疊輔音，但詞首輔音只出現在橫跨構詞邊界時。大多數其他南蘇拉威西語似乎只允許元音間的疊輔音，但相關的描述並不總是很明確。

小巽它群島：這一區的例子很少。可能的例子包括松巴島西部的 Kodi 語、Lamboya 語和 Weyewa 語，Dhao 語（位於 Roti 島以西的一個同名小島、即 Dhao 島上），以及 Lamaholot 語的 Alor Kalabahi

方言。這些語言都沒有可靠的語料描述，必須從簡短的初步單詞表來作推論疊輔音是否存在。這些語言中所觀察到的疊輔音例子，到目前為止均位於詞中位置。

摩鹿加群島：在摩鹿加西南部的幾種語言中發現了疊輔音。Taber（1993）所調查的 193 個詞彙顯示了疊輔音出現在 Kisar 語、Luang 語（=雷地語）、西 Damar 語、Dawera-Daweloor 語、Dai 語、Iliun 語、Roma 語、北 Babar 語、中部 Masela 語、Emplawas 語、Tela-Masbuar 語和 Imroing 語這些語言的詞中位置。其中，僅 Kisar 語和 Luang 語有相當好的語言描述。van Engelenhoven（2004: 49）描述了雷地語裡詞首和元音間的真正的疊輔音（true geminate）、以及位置在元音間、與異發音部位輔音串交替的「偽疊輔音」（pseudo geminate）。

在這個密集分布的區域之外，摩鹿加群島的語言很少有疊輔音。Coward（1989: 20）描述 Tanimbar 群島的 Selaru 語有 *-tt-*、*-mm^w-* 和 *-kk-*，但她給的例子中，只有一個不是跨詞素邊界。

俾斯麥群島：語音資料普遍不足，但很明顯的是海軍部群島的馬努斯島的幾種語言都有具對比性的詞中疊輔音。這些語言至少包括了 Nali 語、Pelipowai 語、Mondropolon 語、Kele 語、Drehet 語、雷非語、Likum 語、Lindrou 語和 Penchal 語。此外，如前面所述，大約在 1930 年之後出生的 Mussau 語的語者，已經有詞首和詞中的疊輔音；年長的語者在兩個相同輔音之間發出元音，例如 *kkiau/kikiau*「塚雉」、*mmuko/mumuko*「海參」、*rrana/rarana*「紅樹」、*gorru/goruru*「海藻種類」、*mamma/mamama*「打哈欠」、或 *makkile/makikile*「酸」（Blust 2001a）。至於在新愛爾蘭、新不列顛島、或新

幾內亞及其外圍島嶼的南島語言，根據文獻並無疊輔音的存在。

　　索羅門群島：罕見，但 Tryon & Hackman（1983）記錄了 Choiseul 島的幾種語言，包括 Sengga 語、Lömaumbi 語和 Avasö 語。其中一些是由於歷史上位在較晚期產生的央中元音（不是原始南島語央中元音 *e 的反映）之後而引發的自動延長，例如同 Avasö 語 *pəssa*「三」、*ləmma*「五」、*təkka*「芋頭」、*tənne*「說」、*rərri*「飛」，但其他疊輔音則有對比性，如 *vittu*「七」：*vati*「四」，或 *ummi-na*「他的鬍子」：*ulumu*「鈍」。詞首疊輔音也存在於波里尼西亞大三角外圍語言 Takuu 語、以及 Bellona 語，是由於部分重疊和元音刪略而出現。根據 Elbert（1965: 429）的初步調查顯示，在聖克魯斯群島的波里尼西亞大三角外圍語言 Pileni 語中，以疊輔音表示強調。如果正確的話，這可說是一種構詞手段。然而，Hovdhaugen, Næss & Hoëm（2002）更完整的描述中沒有提到類似的用法。

　　麥克羅尼西亞：所有麥克羅尼西亞語言都有對比的疊輔音。大多數都有詞首和詞中疊輔音（吉里巴斯語、馬紹爾語、Pohnpeian 語、Mokilese 語、Chuukese 語、Puluwat 語、Woleaian 語、Ulithian 語、Sonsorol-Tobi 語、Carolinian 等語言）。查莫洛語、帛琉語、雅浦語、諾魯語（Nauruan）和 Kosraean 語似乎缺乏詞首疊輔音。如上所述，Pohnpeian 語、Puluwat 語和 Woleaian 語另有詞尾疊輔音。疊輔音在雅浦語和 Kosraean 語很少出現，而在帛琉語中，這些輔音是音位或音串仍有疑問。

　　有些語言只允許部分輔音產生疊加。例如，雖然清塞音在許多語言很常見，但是喉塞音很少是疊音。在某些情況下，歷時背景可能有助於解釋這些限制。表 4.33 按自然音類（natural classes）列出

輔音，並指出哪些自然音類可在哪些語言產生疊加（＋）。如果某個自然音類只有其中部分音可以是疊音，則標記為+/-。許多語言因為可參考的語料不足無法歸納出通則，因此下表僅涵蓋那些有詞典或語法明確列出音位的語言：（1）=不含喉塞音的清塞音，（2）=喉塞音，（3）=濁塞音，（4）=擦音，（5）=鼻音，（6）=流音，（7）=滑音。空白表示這個音不在此語言的音位庫中：

表 4.33　疊輔音在南島語言是否為音位

語言	（1）	（2）	（3）	（4）	（5）	（6）	（7）
Bontok 語	+	--	+	+	+	+	+
伊富高語	+	+	+	+	+	+	+
伊洛卡諾語	+		+	+/-	+	+	+
伊斯那格語	+	--		+	+	+	+
Itawis 語	+	--	+	+	+	+	+
Kankanaey 語	+	--	+	+	+	+	+
Mapun 語	+/-	--	+/-	+/-	+	+/-	+
Yakan 語	+/-	--	+/-	+/-	+	+/-	+
Tausug 語	+/-	--	+/-	+/-	+	+	+
Mansaka 語	--	--	--	--	+	+/-	--
Berawan 語	+	--	+	--	+	+	--
吉布語	+	--	--	+/-	+	+	--
撒班語	+	--	+	+/-	+	+	--

伊洛卡諾語除了 *h* 之外的所有輔音都有疊音（Rubino 2000: xxxiv）。在伊富高語中，*h* 可以疊加（*bahhó*「做、達成、執行」），可能是因為 *h* < *s，早期的疊音可能在 *s* 弱化為 *h* 的過程中倖存下

來。在 Itawis 語 h 和 r 不能有疊音；在 Tharp & Natividad（1976）中沒有出現 -ww- 的例子，但這可能只是一個偶然空缺（accidental gap），因為 y 在 arayyú「遠、遙遠的」有疊加的情形。在 Mapun 語中發現類似的限制，這個語言的 j、r、h 和 ʔ 沒有疊音，而滑音疊加的例子只有一個（awwal，借自馬來語 awal「早期」）。在 Yakan 語，幾乎所有的疊輔音都位在 *e（以前為央中元音，現為[ɛ]）的反映之後，這個語音環境也可出現非疊加的輔音。除此之外，對於哪些音位可疊加的限制與 Mapun 語相同。對於 Tausug 語來說也是如此，除了 r 都可以被疊加。

　　Mansaka 語在疊輔音方面有不尋常的限制。這個語言的音位是/p t k ʔ b d g m n ŋ s l r w y; a i ə u/，但只有 l 和鼻音可以是長音。而且，疊輔音出現的頻率相當不平衡。Svelmoe & Svelmoe（1990）列出了 99 個 -ll- 的例子，3 個 -mm-，13 個 -nn- 和 3 個 -ŋŋ- 的例子。此外，前面的元音會導致 -ll- 出現頻率大為不同：50 個 -all- 的例子、8 個 -ill-、31 個 -ull-、10 個 -əll-。[29] Mansakan 語與許多其他南島語言疊輔音出現在央中元音之後的情形不同，Mansakan 語大多數（如果不是全部）疊輔音的例子似乎是因為元音刪略導致詞中音串、音串中的 d 完全同化於 l 所造成的：allaw「日子」（早期 *adlaw），tulluʔ「手指」（早期 *tudluʔ）。

　　數種語言允許清塞音為疊音，但濁塞音不能疊加。例如在吉布語，清塞音、鼻音、l 和 r 以及 s 可有疊音，但是沒有疊加濁塞音、f 或滑音的例子（Blust 2003b）。類似的情況出現在 Toba Batak 語，

---

29 有點令人困惑的是，Svelmoe & Svelmoe（1990）將央中元音寫為 u，而將後高元音/u/寫為 o。

p、t、k 有疊音，但 b、d、j、g 沒有。吉布語的塞音和 s 疊輔音是經由鼻音在鼻音-阻音序列完全同化而形成的，應該也有其他音變導致響音產生疊加。在 Toba Batak 語，*mp > pp、*nt > tt、*ŋk > kk、和 *ns > ts。因此，在這兩種語言中，鼻音在發音方式上同化於緊接著的清阻音的傾向遠高於濁阻音。有別於吉布語，Berawan 方言獨立發展出的疊輔音則缺乏這種限制：在詞尾開音節的聲母位置，所有輔音均變為疊音（Blust 1995a）。在撒班語，疊輔音只出現在詞首位置、限制很少，觀察到的疊輔音包括 pp-、tt-、kk-、ss-、bb-、dd-、jj-、mm-、nn-、ll- 和 rr-。唯一的非偶然空缺（non-accidental gap）是滑音、清鼻音、和清流音，它們永遠不會是長音。

其他有明顯的疊輔音限制的語言包括位於摩鹿加西南部的 Luang 語和 Kisar 語，只有 n 和 l 可為長音。這些疊音中的 n 通常出現在帶有第三人稱所有格後綴 -ne 的構詞邊界上，但是這兩個疊輔音也可出現在詞素內部位置。在某些情況下，這些來自於歷史上 *d 或 *n 與相鄰的 *1 產生同化。

4.2.5　詞素和單詞的大小

Chrétien（1965）指出，在 Dempwolff（1938）的 2,216 個詞彙重建中，有近 2,081 個（近 94%）是雙音節。這個數字可能略有膨脹，因為 Dempwolff 的一些雙音節詞後來被證明是三音節。但是，需要調整之處有限，明顯地絕大多數未加詞綴的單詞詞基是由兩個音節組成。許多後代語言（daughter languages）保持這種型式，幾乎沒有變化。表 4.34 提供了十種南島語言中未加詞綴的單詞詞基的音節計數，根據的是 Swadesh 200 詞彙列表的一個版本，選擇這些

語言為的是涵蓋廣闊的地理範圍，並舉例說明已知的變異：排灣語（台灣）、塔加洛語、Tboli 語（菲律賓）、馬來語（印尼西部）、得頓語（小巽它群島）、Hitu 語（摩鹿加群島）、Tigak 語（俾斯麥群島）、Dehu 語（忠誠群島）、Chuukese 語（麥克羅尼西亞）、和夏威夷語（波里尼西亞）。由於某些詞項對應至多個型式而某些有空缺，該列表的長度每個語言都不相同。已知的借詞被排除，重疊型式的詞基若無其他相關變化則被視為未加綴單詞，例如排灣語 *kuma-kuma*「蜘蛛」（和 *qaya-qayam*「鳥」、*qayam*「任何一種預兆鳥」不同）。四音節的類別還包括超過四個音節的單詞，不過這些很罕見，並且幾乎總是包含兩個自由詞素。對於一些描述較少的語言，例如 Ambon 島的 Hitu 語，因為尚未能辨識所有詞素邊界，三音節詞基的數字可能會比實際來得多。括號中顯示的是百分比：

表 4.34　十個南島語言的音節數

語言	1-音節	2-音節	3-音節	4-音節
排灣語	13 (6.4)	156 (76.5)	31 (15.2)	4 (2.0)
塔加洛語 (45.5)	3 (1.5)	184 (92.5)	12 (6.0)	
Tboli 語 (37.4)	55 (26.7)	148 (71.8)	3 (1.5)	
馬來語 (58.0)	2 (1.0)	186 (93.0)	10 (5.0)	2 (1.0)
得頓語 (45.5)	17 (8.1)	177 (84.7)	13 (6.2)	2 (1.0)
Hitu 語 (39.7)	5 (2.5)	153 (77.7)	30 (15.2)	9 (4.6)
Tigak 語 (19.3)	38 (20.8)	108 (59.0)	31 (16.9)	6 (3.3)
Dehu 語 (9.8)	72 (27.5)	121 (46.2)	56 (21.4)	13 (5.0)
Chuukese 語 (37.8)	122 (51.3)	100 (42.2)	12 (5.0)	4 (1.7)
夏威夷語 (32.5)	12 (5.7)	131 (61.8)	58 (27.4)	11 (5.2)

儘管有時無法直接判定詞基為何，但表 4.34 中採樣的資料顯示了一個有趣的形態。語料庫中對每個音節類型的頻率給出百分比，除了排灣語之外，所有語言名稱之後還有一個數字。這個數字代表的是從原始馬來-波里尼西亞語保留的基本詞彙的百分比（Blust 無出版年（d））。由於排灣語不是馬來波里尼西亞語言，因此不能直接計算相似的百分比，但排灣語與原始馬來-波里尼西亞語（PMP）重構的基本詞彙的同源詞百分比是 40.2。詞彙上較保守的語言傾向於顯示更高的雙音節百分比。最值得注意的例外是 Chuukese 語，它經歷的音變很多，包括非加後綴型式中丟失了 *-VC。我們可以說大多數南島語言的詞基主要是雙音節，這種形態在詞彙或音韻（或是兩者）具有高度創新性的語言中往往會丟失。

這個觀察對於檢視歷史變化很重要，因為許多創新顯然受到高頻率詞主要為雙音節的影響。表 4.34 中語言的平均詞素長度為：排灣語（2.13）、塔加洛語（2.05）、Tboli 語（1.75）、馬來語（2.06）、得頓語（2.0）、Hitu 語（2.22）、Tigak 語（2.03）、Dehu 語（2.04）、Chuukese 語（1.57）、夏威夷語（2.32）。這一計算方式顯然不如呈現特定類型的優勢來得重要，心理層次顯著性的主因是實際的類型頻率、而非抽象表徵。毋庸置疑的是，雖然雙音節詞的心理層次顯著性在原始南島語、原始馬來-波里尼西亞語、甚至原始大洋洲語（POC）可能對詞的形態產生規範力，但是這些規範在諸如 Chuukese 語或 Dehu 語等基本單詞不到一半是雙音節的語言中，已失去作用。雖然此處無法充分探討這個議題，已知的是複雜加綴（complex affixation）明顯改變了雙音節詞（相對於詞素）的頻率，但採樣文本中的初步計數仍顯示接近 2.0 的平均頻率，而不是任何其他整數。

相對於南島語言的雙音節型態，已發展出單音節的語言包括：1）砂勞越北部的撒班語，2）加里曼丹東北部的 Modang 語，3）東南亞大陸的占語群，4）摩鹿加群島南部的阿魯群島的一些語言，5）摩鹿加群島北部 Raja Ampat 群島的語言，6）海軍部群島的大部分語言，7）新幾內亞北海岸的 Yabem 語和 Bukawa 語，8）萬那杜的多種語言，9）新喀里多尼亞的一些語言，以及 10）大多數核心麥克羅尼西亞語言。在大洋洲語言中，單音節往往是表層假象，因為對於名詞和動詞來說，表面上的單音節通常在底層都是雙音節，就像賽馬特語 *min*「手」：*mina-k*「我的手」，*put*「肚臍」：*puto-m*「你的肚臍」，*sus*「乳房」：*susu-n*「她的乳房」，或者 *hoŋ*「聽到」：*hoŋo-hoŋ*「聽到」，*taŋ*「哭」：*taŋi-taŋ*「正在哭」，*un*「喝」：*unu-un*「正在喝」。特別是在占語群中，單音節典型型式已經更深入地滲透到語言的結構中，相當程度上在婆羅洲的撒班語和 Modang 語也是如此，以及阿魯群島和 Raja Ampat 群島的語言中均是。

已發展出比例極高的多音節詞基的語言包括：1）馬拉加斯語，2）應加諾語，3）從 St. Matthias 群島的 Mussau 語、新愛爾蘭、到索羅門群島西部，以及 4）新幾內亞東南部的 D'Entrecasteaux 群島和 Louisiade 群島的許多語言，包括 Sudest 語、Dobuan 語、Molima 語和 Kilivila 語。正如大洋洲語言的單音節形態主要存在於表層，馬拉加斯語的多音節也是如此，例如 *láhatra*「順序、排、等級」：*lahàr-ana*「被安排、按順序排列」，*lalóna*「樹木、其木材主要用於房屋建築」：*lalom-bavy*「灌木或樹木」，*mi-tànika*「煮沸、煮」，但是 *tanèh-ina*「煮沸的、煮了的」，或 *póitra*「幻影、視覺」：*poìr-ina*「被驅使出現，被帶到視線中」，表面上帶詞尾 *-a* 的三音節被視為在底層為雙音節，因為詞尾輔音之後添加了一個低元音。

4.2.6　音節劃分

　　在大多數南島語言中，音節界線似乎符合普遍形態：CVCVC 典型型式（canonical shape）的音節劃分為 CV.CVC，而 CVCCVC 的音節劃分為 CVC.CVC。音節界線和詞素界線通常不一致。例如，邵語的短語 *i-zay a azazak*（那 LIG 孩子）「那個孩子」被音節劃分為 *i.za.ya.a.za.zak*，音節界線將詞素斷開，或者將一個詞素的一部分與另一個詞素連接起來（*i.-za.ya*）。此外，加上後綴時，音節界線位移以確保輔音出現在元音前的聲母位置，如在塔加洛語 *sulat* [sú.lat]「寫作」：*ka-sulat-an* [ka.su.lá.tan]「文件、文章」、*saksák* [sak.sák]「刺」：*saksak-in* [sak.sa.kín]「被刺」。這個規律很少有例外。即使在像邵語這樣允許一系列詞首輔音串的特殊語言中，音節界線似乎也會斷開詞中輔音串：*qtilha* [qtí.ɬa]「鹽」、*aqtalha* [aq.tá.ɬa]「豬肉」。若詞素尾輔音不能出現在音節起始位置，在加上後綴時音節劃分將會如何進行，目前沒有足夠的語料可為論證。

4.3　音韻規律（Phonological processes）

　　上一節檢視了音位庫和分布限制，以及音段構成（前鼻化阻音、疊輔音）的主要議題。本節涉及音韻規律。我將使用「規律」一詞來描述同位音現象（allophony）和交替現象（alternation），與任何音韻理論中的使用無特定關聯。雖然同位音現象在共時音韻中是基於分布的「靜態」關係，而交替是基於語音替換的「動態」關係，兩者都是有條件音變（conditioned sound change）的產物，並且

可能來自相同的音韻創新（如同 *h/k* 在 Toba Batak 語的關係，如下所述）。我將在後面的章節中討論歷史音韻學的大多數議題，但由於許多共時規律是歷史變化的殘餘，因此有時很難在歷時和共時之間劃清界限。由於篇幅長度的原因，在單個語言中出現但不是大區域特徵的許多規律在此省略。但若是某個語言廣為人知的音韻特徵則會加以討論。若同位音現象和交替現象反映了相同的歷史音變，兩者會一起討論，若主題相關時，其他語族中常見但此處未觀察到的音韻規律將一併指出。這裡分為主要涉及輔音或元音兩類規律來討論。

4.3.1　影響輔音的規律

因為南島語言中的元音往往比輔音更穩定，所以歷時音變在共時音韻中大多數的殘留影響的是輔音。比起在分布互補方面，這一點似乎在交替方面更是如此，可能是由於兩個因素的交集：1）大多數音韻交替發生在詞素邊界，2）大多數南島語言標準的 CVCVC 典型型式至少帶有一個輔音在詞的邊緣。元音交替似乎不如輔音交替那麼常見，但元音的同位音變體可能並非如此，因為同位音變化不會特別出現在邊界。從歷時的角度來看，共時交替有兩種類型：1）詞素的創新型式發生在加綴時，如西部 Bukidnon 馬諾玻語的 *baləy*「房屋」：*bə-valəy*「建造房屋」（< *balay），2）加綴型式保留原本的型式，例如在松巴瓦語 *ratis*「百」：*ratus-an*「數百」（< *Ratus）。

4.3.1.1　顎化和擦音化

顎化是許多世界語言中常見的規律。Bhat（1978）區分舌位前移和舌位提升兩種顎化，並指出軟顎輔音前移最常見於前元音之

前，而舌尖輔音最常在硬顎滑音之前被抬起（因此被顎化）。基本上，這似乎意味著起始輔音在 *kiCV 或 *keCV 序列通常會顎化，而在 *tiCV 或 *teCV 則不會。舌尖塞音若是要顎化，必須後面接著一個前元音帶頭的元音序列（*tiVC 或 *teVC），重音因素決定了前元音是否失去其音節性並成為硬顎滑音。

在印歐語系例如梵語（Sanskrit）、日耳曼語（Germanic）和拉丁語（Romance）等多種語言中，軟顎音經常會顎化。斯拉夫語言歷史上經歷了多次顎化，受影響的輔音每一次有所不同。然而，即使顎化影響的音有限制，也會包括軟顎音。在許多其他語言中，例如日語或韓語，s 在前高元音之前被顎化。南島語言背離了這些普遍趨勢，相當一致地並且未經歷最常見的顎化。儘管有許多重構的 *ki- 和 *si- 的例子，k 和 s 在南島語言很少顎化，即使在音韻上非常創新的語言中也是如此。相同的情形也出現在 *d 和 *n，除了序列 *diV 或 *niV 之外。正如前面已描述的，硬顎清擦音在南島語言的音位庫中並不常見，其中一個原因沒有任何顎化規律來衍生出這類的音。[30]

與 Finnic 語言一樣，許多南島語言呈現擦音化（assibilation）（/t/ > [s]）、較少有顎化出現在前高元音之前、在任何前元音（莫度語）之前、或在任何高元音之前（Arosi 語和索羅門群島東南部的其他語言）。在東加語（Tongan），t 與 s 形成對比是由於英語借詞中引入 s 在除了 i 以外的元音之前，（sāmani「鮭魚」、same/sāme「詩篇」），或前高元音之前的 t 或 d（tī「茶；高爾夫球座」）、tia「鹿」、

---

30 在萬那杜南部的波利尼西亞大三角外圍語言 West Futunan 語，* t > ʃ/ _i。雖然這種發展可能是 *t > s / _i 之後發生嚓音的顎化，但更可能的是路徑是 *t > č/ _ i，Aniwa 方言保留了此音 č，塞擦音再進一步弱化為硬顎擦音。

tikite「票」等），但在本土詞彙中，[s]是 *t* 在前高元音之前的同位音。Arosi 語和索羅門群島東南部的一些其他語言都失去了 *t，而 *s 變成了 *t*。這個新的 *t* 在高元音之前發展出了一個新的同位音 *s*。隨後的音變和詞彙借入導致 *t* 又出現在此相同的環境，但這些音曾經處於互補分布的事實仍然可見，[s]在高元音之前，而[t]在其他語境。雖然 *t > s / _i,（u）是一個歷時音變，但在許多語言的共時音韻中，前高元音之前 *t/s* 的對比以同位音、交替、或中和的型式殘留下來。有這種變化的語言包括菲律賓北部的 Agta 語、Atta 語和伊斯那格語（Isneg），砂勞越北部的格拉比語，蘇拉威西北部的 Bolaang Mongondow 語，新幾內亞東南部的莫度語（Motu）、Suau 語和 Dobuan 語，新不列顛島的 Bulu 語、Uvol 語和 Kilenge 語，新愛爾蘭的 Lihir 語、Sursurunga 語和 Tanga 語，索羅門群島西部的 Varisi 語和 Ririo 語，聖克魯斯群島的波里尼西亞大三角外圍語言 Pileni 語，萬那杜的 Mota 語、Raga 語、Litzlitz 語和 Anejom 語，以及波里尼西亞西部的東加語。需要呈現這些語言詳細的分群概貌以確定有多少例子是歷史上獨立的發展、有多少是在一個直接共同的古語之下被保留下來的單一變化。然而，數個語言的例子顯示這種變化是相對晚近的，因為它發生在格拉比語、但不在關係密切的 Lun Dayeh 語，出現在 Bolaang Mongondow 語、但不在其他 Gorontalo-Mongondic 語言中，出現在 Pileni 語以及東加 -Niue 語（Tongan-Niue），而這兩者只是波里尼西亞語族的遠親。

至少在伊斯那格語、格拉比語和 Bolaang Mongondow 語中，*t > s / _i 變化導致了交替現象。在這三個語言當中原因是相同的：詞基可以加上中綴 *-in-*，這個詞綴標記了動詞的完成貌並形成去動化名

詞（deverbal nouns）。在這種情況下，以 t- 開頭的詞基滿足了擦音化的條件，例如在伊斯那格語 *tabbāg*「答案」：*t<um>bāg*「回答」：*s<in><um>bāg*「回答了」，*totón*「以頭部承載」：*mag-totón*，*toton-án*「承載於頭部」：*s<in>otón*「被以頭部承載」，*tupáʔ*「切斷」：*mag-tupáʔ*「要切斷」：*s<in>upáʔ*「肉切成塊」，或者 Bario 格拉比語 *tabun*「堆、堆積」：*nabun*「堆、堆起」：*s<in>abun*「被堆積或堆起」，*tudo*「坐」：*nudo*「設置一些東西」：*s<in>udo*「被某人設置」，以及 Bolaang Mongondow 語 *taboy*「魚、肉等的燻製」：*mo-taboy*「燻製魚、肉」：*s<in>aboy*「燻魚或肉」，或 *tobut*「卸載的動作」：*mo-tobut*「卸載；買通」：*s<in>obut*「卸載；被卸載物」。

　　顎化（palatalization）發生時幾乎總是影響 *t*，而不是 *k* 或 *s*，和其他語言中的擦音化（assibilation）規律有類似之處，如 Halia 語（索羅門群島西部）、Aniwa 語（萬那杜的波里尼西亞大三角外圍語言）*t* → [ʧ] / _ *i*、但在其他環境是 *t* → [t]，或 Wuvulu 語（海軍部群島西部）、Banoni 語（索羅門群島西部）*t* → [ʧ] / _ *i*、*u*，但是 *t* → [t]。在高元音之前的所有 *t > s* 實例可能都以 *t > ʧ* 開始，隨後合併 *ʧ* 和 *s*，因為擦音化現象不出現在任何具有一系列硬顎音的語言。雖然這個有關於南島語言輔音對相鄰高元音的反應方式的假設，可以與語言的普遍傾向吻合，但 *k* 和 *s* 不顎化仍然無法解釋。如果顎化只是由普遍的語音因素驅動，為什麼在某些語系中影響軟顎音而在其他語系中針對舌尖音？[31][17] 有關於普遍動機的變化出現在某些語群而

---

31 南島語中罕見的例外是在蘇拉威西島東南部的 Moronene 語（Mead 1998: 113）中，*k*、*ŋ* 和 *l* 在 *i* 之後顎化，以及在台灣東部的阿美語，元音 *i* 之前的 *ts* 顎化為[č]和 *s* 變為[ʃ]。

非其他，在以下討論將會看到同樣的疑問也出現在同個語系不同分群的差異。

最後一點，在好幾個南島語言的共時音韻中，s 在 n 之後顎化。Adelaar（1981: 8）指出，在 Mandailing Batak 語中，s 在 ns 音串中變為[ʧ]。在蘇拉威西島中部的 Pamona 語發現幾乎相同的同位音現象，[ʧ]僅出現在緊跟著 n 的詞素中，而且當添加了鼻音結尾的前綴時，詞基起始的 s 替換為[ʧ]（寫成 c），例如 siku「肘」：san-ciku「從中指尖到肘關節的測量單位」。比馬語顯示了更多的例子，例如在重疊型式的詞基（reduplicated base）sinci「指環」，或 saŋa「叉、分枝」：n-caŋa「分叉、分枝」的交替型式中。正如 Ross（1988: 71 頁起）所指出的，類似的過程可能決定了從原始馬來-波里尼西亞語 *ns 到原始大洋洲語言 *j（[ndʒ]或[nɟ]）的轉變。似乎在南島語言歷史中反復出現的是前後兩個過程。首先，軟顎下降和口腔成阻的相對時間在鼻音-嘶嘯音序列中出錯，從而產生[nts]類型的發音。這些被聽成是鼻音+齒齦塞擦音的組合，而後塞擦音[ts]被重新詮釋為硬顎音，可能是因為這種發音的有標性不是那麼高（less highly marked）（Maddieson 1984: 38）。

4.3.1.2　台灣南島語中的嘶嘯音（Sibilant）同化

如前所述，為了解釋各種南島語言某些輔音的歸類，「嘶嘯音」一詞指涉的音段必須比一般的範圍更為廣泛。

三種台灣南島語言顯示出「嘶嘯音同化」的歷史證據。在這個過程中，相鄰音節中的嘶嘯音出現干擾效應，類似於英語繞口令 she sells shells by the sea shore。然而，這個規律的細節有一些有趣的相

異之處。在賽夏語中，原始南島語 *s 和 *C 通常分別成為 h 和 s，而 *S 變為 ʃ。然而，如果在詞中較後面的位置有硬顎擦音，*s 和 *C 反映為 ʃ：*liseqeS > liʔʃiʃ「蝨卵、蝨子蛋」、*CiŋaS > ʃiŋaʃ「夾在牙齒之間的食物殘渣」。另一方面，*j 變為 z，如果 *S 在此音段之前或之後，則會變為 s 而不是 ʃ：*Sajek > sazək「氣味」、*qajiS > œzis「田地的邊界」。排灣語中的正常變化包括 *s > t，*S > s 和 *C > ts。然而，在詞源學中觀察到干擾效應，例如 *Sasaq > tataq「磨、銳化」（在 *s > t 之前 *S 就已同化為 *s）、*Caŋis > tsaŋits「泣、哭」（*s 同化為 *C），或 *liseqeS > lisəqəs「蝨卵、蝨子蛋」（*s 同化為 *S）。

台灣南島語裡嘶嘶音同化現象最豐富的是邵語，一般的變化包括 *C > θ，*d 和 *z > s，*S > ʃ 和 *R > ɬ。然而，在同化影響下，出現了以下變化（Blust 1995b）：

表 4.35　邵語嘶嘶音同化的形態

原始南島語音段	無特定環境的反映	嘶嘶音同化
C	θ	ʃ 在 ʃ 之前
		ɬ 在 ɬ 之後
d	s	ʃ 在 ʃ 之前
		ɬ 在 ɬ 之前
z	s	ɬ 在 ɬ 之前或之後
b	f	ɬ 在 ɬ 之前
S	ʃ	s 在 s 之前

嘶嘶音同化在當代語言仍在進行中，導致不同變體的發音，如 fiɬaq ~ ɬiɬaq「吐痰」、ɬaθkað 或 ɬaɬkað「熊蜂」、或 ʃmauɬin ~ ʃmauʃin ~ ɬmauɬin「盪鞦韆」。

4.3.1.3 鼻音擴散

　　大多數關於南島語言的描述都沒有提及同位音鼻化的現象。根據已有的資料顯示，鼻化通常不像許多印歐語言那樣從音節韻尾擴展，而是從音節聲母。支持這一主張的田野語料於包括台灣、菲律賓、婆羅洲、蘇門答臘和爪哇的語言。[32] 除了緊鄰主要鼻輔音之右的元音產生鼻化，聲母驅動的元音鼻化通常穿透某些輔音進一步影響更多的元音。鼻化擴散中哪些輔音可為透明各不相同，但通常包括 ʔ、h、w、y，有時還包括 l，如表 4.36 所示（+ =透明，- =不透明，Ø =在此語言中未找到此輔音）：

表 4.36　鼻化擴散中透明的輔音

語言	w	y	ʔ	h	l	r
吉布語	-	-	-	-	-	-
Rejang 語（蘇門答臘）	+	+	-	-	-	-
Long Anap Kenyah 語	+	+	+	Ø	-	-
Mukah Melanau 語	+	+	+	+	-	-
巽它語	-	-	+	+	-	-
Uma Juman 加燕語	+	+	+	+	+	-

　　加燕語（砂勞越中部）的 Uma Juman 方言可以用來說明：ñaʔuy [ñãʔũj]「尖叫」、ñuhuʔ [ñũhõʔ]「漲水（河流）」、ñiwaŋ [ñĩwãŋ]「瘦（人和動物）」、ŋuyuʔ [ŋũjõʔ]「供給品、旅途中的食物」、m-alit [mãłɪt]

---

32 Schachter & Otanes（1972: 8, 21）的報告有不同的描述：「正如在美式英語一樣，塔加洛鼻化元音經常出現在鼻輔音之前或之後…」和「鼻輔音之前的元音通常是鼻化的。」這個陳述似乎僅憑印象，並且有待商榷。

「治癒」。在某些語言中，橫跨口部輔音的鼻化很完全，以至於在鼻化環境中，口部輔音與具有相似發音部位的鼻輔音無法區分開來。例如，在婆羅洲東南部的雅就達亞克語，在詞基的第一個元音之前添加一個鼻音前綴會觸發向右鼻化擴散。輔音 w 和 y 不會阻擋鼻化擴散、呈現透明行為，在鼻化環境中 w 仍然是滑音，但是 y 與 ñ 交替，例如 kayu「木柴、柴火」：ma-ŋañu「收集木柴」、uyah「鹽」：m-uñah「給某些東西加鹽」、或者 payoŋ「雨傘」：ma-mañoŋ「用雨傘遮」。在砂勞越北部的 Narum 語，有一個類似的規律影響 l，例如 alaut「船」：ŋ-anaut「划船」，pilai?「選擇」：minai?「選」，或 hulet「皮膚」：m-unet「去皮」。值得注意的是，雖然 y 在雅就達亞克語中與 ñ 交替出現，但這並未發生在 Narum 語中，Narum 語有硬顎鼻音、也允許鼻化擴散穿過滑音。另外，l 在 Narum 語中與 n 交替，但是在雅就達亞克語中並非如此，儘管目前還不清楚 l 在這個語言對於鼻化擴散是否透明。其次，在雅就達亞克語和 Narum 語中看到的這種語音交替應該是獨立的規律（這兩個語言在婆羅洲島上位置是隔開的，並且沒有歷史上的接觸），在南島語系的其他地方未有類似的規律，因此它們在地理位置上的侷限性令人好奇。

在諸如法語這樣的語言中，已經消失的詞尾鼻音透過將前一個元音鼻化留下了它們曾經存在的痕跡。許多南島語言都失去了原始的詞尾輔音，但已知的只有一個語言導致了詞尾對比性的鼻化元音。在小巽它群島東部（弗羅里斯島東部、Adonara 島、Solor 島、Lembata 島）的 Lamaholot 方言中，有一些方言保留了最後的輔音，但在其他方言中則丟失了。在丟失的這些方言中，曾經是詞尾鼻音之前的元音現在呈現對比性的鼻化，如原始馬來-波里尼西亞語

*zalan > Ile Ape 語 *laran*、Lamalera 語 *larã*「小路、路」，原始馬來-波里尼西亞語 *hikan > Ile Ape 語 *ikan*、Lamalera 語 *ikã*「魚」，原始馬來-波里尼西亞語 *quzan > Ile Ape 語 *uran*、Lamalera 語 *urã*「雨」（比較：原始馬來-波里尼西亞語 *anak > Ile Ape 語、Lamalera 語 *ana*「孩子」，*taneq > Ile Ape 語、Lamalera 語 *tana*「土壤、陸地」，*deŋeR > Ile Ape 語、Lamalera 語 *dəŋa*「聽」）。從現有語料中，無法判斷逆向鼻化是否仍為共時語法的一部分。這些發展顯示在南島語言中很少見、有語音動機的這種左向鼻音擴散。Keraf（1978）提供的語料有一些不一致性，如原始馬來-波里尼西亞語 *wanan > Ile Ape 語 *wanan*、Lamalera 語 *fana*「右側」（無鼻化），或原始馬來-波里尼西亞語 *mata > Ile Ape 語 *mata-k*、Lamalera 語 *matã*「眼睛」（出現不在預期中的鼻化），但在大多數情況下是有合理的解釋的。例如，Lamalera 語 *fana* 而非預期中的 *fanã*，可能是因為用來記錄書寫的印尼語具有向右擴展鼻化的規律，所以雖然含有詞尾鼻元音卻被前面的鼻音「掩蓋」了。同樣地，Ile Ape 語 *mata-k* 帶有強制性所有格代名詞（「我的眼睛」），帶有常見的第三人稱單數所有格標記 *-n*，例如原始馬來-波里尼西亞語 *buaq > Ile Ape 語 *wua-n*、Lamalera 語 *fuã*「果實」（兩者都是 < *fua-n「它的果實」）。有鑑於這種廣泛的形態，Lamalera 語 *matã*「眼睛」應該是反映了早期 *mata-n「他／她／它的眼睛」。至於 Lewolema 語的 Lamaholot 方言，Pampus（1999: 29 頁起）報導了他所描述的「構詞音位學上」詞尾元音鼻化規律，但他給的例子顯示鼻音實際上是一個詞素，因為至少在數個含口部元音與鼻元音對比的詞基裡，鼻音似乎是承載語意差異的唯一元素：*dikəʔ*「真實、真的」：*dikə̃ʔ*「真相」，*goʔe*「我」：*goʔẽ*「我

的」，*pəlate*「溫暖」：*pəlatĩ*「溫暖的東西」，*gike*「辣」：*k<ən>ikĩ*「辛辣的食物」，*laŋoʔ*「房子」：*laŋũʔ*「他／她的房子」，*aho*「狗」+ *anaʔ*「後代」> *aho anãʔ*「小狗」。

如同在其他語系一樣，當元音與喉音相鄰時，元音也可能因為「鼻喉親緣性（rhinoglottophilia）」而鼻化（Matisoff 1975）。例如，在索羅門群島南部 Rennell 島的波里尼西亞大三角外圍語言中，*hahine*「女性、女人」[hãhĩne] 當中的低元音為清晰的鼻音 [ã]，而高元音的鼻化 [ĩ] 則不那麼明顯。在 Kedah 馬來語方言中，非詞尾的 *r* 是 [ʁ]，詞尾的 /r/ 為 [q]。在 [q] 之前的高元音發音帶有央中滑出音（mid-central offglide）（因為舌頭向下拉以產生小舌塞音），並且鼻音化，如 [ʔaljəq]「流動」，但是 [ʔaliʁán]「水流」。在幾種語言中，鼻喉親緣性導致了對比性的鼻音，但成因尚不清楚，例如 Narum 語（砂勞越北部）*hããw*「第二人稱單數」（< *kahu）、但 *haaw*「橡木」（< *kasaw）。

最後，Robins（1957）報導了在巽它語一種令人費解的鼻音擴散模式，引發了數十年來音韻學者嘗試解釋此種語料的爭議。根據波動曲線記錄儀（kymograph）的資料，Robins 堅持認為，巽它語的元音在鼻音之後被鼻化，並且鼻化向右擴散直到被喉塞音及 *h* 以外的音段中斷。這形態本身就是出乎意料的，因為如果喉塞音和 *h* 對鼻腔擴散是透明的，那麼滑音通常也會如此（表 4.36）。然而，最出乎意料的是聲稱鼻化擴展會跳過複數中綴 -al- 和 -ar- 並將中綴之後的第二個元音鼻化，例如 *niʔir* [nĩʔĩr]「刺穿」：*n<al>iʔir* [nãliʔĩr]「刺（複數）」，*miak* [mĩãk]「站在一邊」：*m<ar>iak* [mãriãk]「站在一邊（複數）」，但是 *marios* [mãrios]「檢視」（其中 [o] 沒有鼻化）。有關

於這個形態出現了幾個可能的解釋，Anderson（1972）認為 -ar- 在底層是前綴，在鼻音擴展後透過換位變成中綴。然而，由於中綴 -um- 和 -in- 遵循一般的鼻化規律，因此必須假設在鼻化擴展之前插入具有鼻音的中綴、但在鼻化擴展之後加上帶有口部輔音的中綴。令人生疑的是這種情況沒有來自歷時發展的論證，因為原始南島語 *-ar- 必須重構為中綴。一些後來的研究者質疑 Robins 對他的語料的解釋。根據 Latta（1977）的看法，原始的波動曲線記錄儀顯示在某些情況下鼻化擴散跨過詞綴 -al- 和 -ar-，因此並未完全支持 Robins 的主張。此外，記音[mĩãk]顯然應該是[mĩ ãk]、自帶一個過渡的鼻化滑音，與原先滑音阻止鼻音擴展的看法有矛盾。Cohn（1993a）對該語言錄製了聲學資料，大致支持了 Robins 波動曲線記錄儀的正確性，主要不同之處在於她聲稱 l 對鼻音擴展是透明的、但 r 則不然。

4.3.1.4　鼻音的前爆與後爆（Nasal preplosion and postplosion）

　　印尼西部和東南亞大陸的一些南島語言有前爆鼻音。這些音段只出現詞尾位置，反映了歷史上單純的鼻輔音，如 Selako 語[tadʒapm]（馬來語 tajam）「尖銳」、Selako 語[ba-dʒaatn]（馬來語 bər-jalan）「走路」、或 Selako 語[tuwakŋ]（馬來語 tulaŋ）「骨頭」。在大多數語言中，一般的鼻音和前爆鼻音呈現互補分布，一般的鼻音出現在非詞尾位置，或者在以鼻輔音開頭的音節的結尾位置，例如 Selako 語 aŋan（馬來語 taŋan）「手」、或 Selako 語 aŋin（馬來語 aŋin）「風」。前爆鼻音出現在沙巴北部 Banggi 島和 Balembangan 島上所使用的 Bonggi 語、婆羅洲西南部的大部分 Land 達亞克語言、婆羅洲東南部的 Tunjung 語、婆羅洲與蘇門答臘之間的 Bangka 島和 Belitung 島

上的 Lom 語、蘇門答臘南部的 Rejang 語的某些語體（register）中，以及在蘇門答臘以西的堰洲群島（Barrier Islands）Mentawai 語的一些方言。在其他語言中，現今沒有前爆鼻音的語言曾經有前爆鼻音，支持這一點的理由，是鼻輔音與同發音部位清塞音合流的語音環境與前爆鼻音的語音環境（詞尾、以鼻音開頭的音節除外）相同。現在沒有、但歷史上曾有前爆鼻音的語言，包括在泰國半島西南部的一種馬來語方言 Urak Lawoi'語、越南北部的 Roglai 語、中國南方海南島的回輝話、Mentawai 語大多數方言、以及一些 Land 達亞克語言。例子可見於 Urak Lawoi'語 *asap*「苦澀；羅望子樹」（馬來語 *asam*）、*hujat*「雨」（馬來語 *hujan*）、或 *tulak*「骨頭」（馬來語 *tulaŋ*），只有詞尾鼻音變為同發音部位清塞音，對照其他例子像是 *tanam*「種植、埋葬」（馬來語 *tanam*）、*aŋɛn*「風、空氣」（馬來語 *aŋin*）、或 *kuniŋ*「黃色」（馬來語 *kuniŋ*），顯示因為詞尾音節聲母有鼻音，所以沒有前爆。

　　這種創新廣泛出現在許多語言並且是獨立的發展，但它主要集中在婆羅洲、蘇門答臘和東南亞大陸，在南島語系其他地方均無。[33] 語言接觸和分群都無法為這種分布提供合理的解釋，它們的分布即使在婆羅洲島上也是極為不連續（遠在北方的 Bonggi 語、遙遠西南

---

33 儘管表面上有相似之處，新喀里多尼亞北部語言的後鼻化輔音（Haudricourt 1964; Ozanne-Rivierre 1975, 1995）在結構和歷史上與東南亞島嶼的前爆鼻音完全不同。雖然後者僅發生在詞尾，並且從不出現在含鼻音聲母的音節中，新喀里多尼亞的後鼻化輔音通常出現在音節起始位置。同樣地，詞尾後爆鼻音在歷史上是從一般的鼻音發展而來，而後鼻化輔音（postnasaled consonants）是由於一個塞音和它後面的鼻音之間的元音丟失而產生的，從而產生了被重新分析為音位的詞首輔音串。

方的 Selako 語和 Land 達亞克語、東南部的 Tunjung 語），而且出現在被明確劃分為不同分群的個別語言中，但不包括同一分群內的其他語言。因此，鼻音前爆似乎是一種漂移（drift）現象，其動機與地理限制的問題是：如果這種變化是由西部馬來-波里尼西亞（WMP）語言的一些基本屬性所驅動的，為什麼它只限於它們區域中的一部份？正如以下將要呈現的，這個問題在整個南島語系中以各種型式出現——一些共有的特性誘發的某些變化僅在某些地理區域常見。

前爆鼻音的動機似乎與這些語言中的元音如何產生鼻化同位音的模式有關。詞尾的鼻音在以鼻輔音開頭的音節不能前爆，因為鼻化向右擴展確保了詞尾鼻音前的元音完全鼻化。音節若以口部輔音起始，則詞尾鼻音之前為口部元音，但是在缺少前爆鼻音的語言中，詞尾鼻音之前的元音可能會產生鼻化，正如在英語這一類鼻化向左擴散的語言中，在鼻音之後的元音會有些許自然的鼻化。在這種情況下，鼻腔前爆似乎是對鼻化擴展的一種反應，試圖阻止從詞尾鼻音向左擴散任何鼻化。

如 4.1.3 所述，印尼西部的一些語言也有詞中後爆鼻音，就像在砂勞越北部的 Narum 語（重音在最後音節）[tumbán]「砍樹」、[məndáwʔ]「洗澡」、[miñdʒám]「借」或[əŋgáp]「蝎子」。這些音段反映了歷史上的前鼻化濁阻音，軟顎部位的閉合和口腔除阻之間的時間縮短，直到幾乎察覺不到阻音的程度。在某些語言中，詞中後爆鼻音被描述為是單純的鼻音，後接的元音是完全的口部發音，就像是出現在 -mb-、-nd-、-nj-、或 -ŋg- 之後一樣，但是這些鼻音的長度比出現在鼻化元音之前的單純鼻音來得長，在亞齊語（Acehnese）中，它們被描述為弱化的鼻腔氣流（Durie 1985: 15）。由於某些語言

具有這兩種類型的音段，並且它們的地理分布幾乎是毗鄰的，因此很容易將這些發音視為有內在關聯性。然而，鼻音前爆和鼻音後爆的機制似乎根本不相同。

4.3.1.5 鼻音替換和偽鼻音替換

鼻音替換是幾乎所有西部馬來-波里尼西亞語言（WMP）和一些其他南島語言中都有的規律。它通常由原始馬來-波里尼西亞語 *maŋ-「主動動詞」和 *paŋ-「主事／工具」的反映觸發產生，具有幾個音韻上的詞素變體。例如，在馬來語中，前綴尾輔音在元音起始的詞基之前沒有變化，例如 *məŋ-ukur*「測量」（詞基：*ukur*），但在濁阻音前有發音部位同化，例如 *məm-bantu*「幫助」（詞基：*bantu*），在鼻音、流音或滑音之前被刪除，如 *mə-makan*「吃」（詞基：*makan*）、*mə-lukis*「畫」（詞基：*lukis*），或 *mə-waris-i*「繼承、作為財產」（詞基：*waris*）。在清阻音前，前綴尾輔音產生發音部位同化、然後取代詞基首輔音，例如 *mə-milih*「選擇」（詞基：*pilih*）、*mə-nulis*「寫」（詞基：*tulis*）、*mə-ŋulit*「去皮、痛斥」（詞基：*kulit*），或 *mə-ñurat-i*「寫信給某人」（詞基：*surat*）。Dempwolff（1934）使用術語「鼻音增生」（nasal accretion）和「鼻音替換」（nasal substitution）來描述馬來語 *məm-bantu* 與 *mə-milih* 所代表的類型。從這些例子中可以看出，替換的鼻音通常與詞基首的阻音發音部位相同，但是在具有 *n*：*ñ* 區別的語言中，詞基首為 *s-* 的情況下替換為硬顎鼻音 *ñ*。

雖然鼻音替換基本上是跨語言相似的，但從語言重構和一般音韻理論的角度來看，個別語言的細節差異使這一現象在分析上具有挑戰性。較為顯著的一點是，受鼻音替換影響的輔音類別在不同語

言中有所不同。一些語言（例如馬來語）僅允許清阻音產生鼻音替換，而在其他語言，例如 Tausug 語，影響 *p-*、*t-*、*k-*、*s-*、和 *b-* 但不影響以 *d* 或 *g-* 起始的詞基。比可語允許鼻音替換在 *p-*、*t-*、*k-*、*s-*、*b-* 和 *d* 但不包括 *g-* 起始的詞基，而在 Bontok 語鼻音替換影響所有阻音開始的詞基。在其他語言中，例如塔加洛語，鼻音替換會影響所有清阻音起始的詞基、以及一些以 *b-* 開頭的詞，但不影響其他。第二個變因是觸發鼻音替換的前綴大小。在馬來語等語言中，觸發鼻音替換的前綴具有 *məŋ-* 形態。在其他語言中，例如砂勞越北部的格拉比語或爪哇語中，「前綴」就是鼻音替換本身，如例如格拉比語 *mətad*「分離」（詞基：*pətad*）、*munuʔ*「去打仗」（詞基：*bunuʔ*）、*nələn*「吞下」（詞基：*tələn*）、*niŋər*「聽」（詞基：*diŋər*）、*ŋulit*「去皮；苛責」（詞基：*kulit*）、*ŋətəp*「咬」（詞基：*gətəp*）或 *niri*「拉直」（詞基：siri）。婆羅洲中部的大多數 Kenyah 方言以及其他一些語言，前綴有鼻音替換的長短型式，它們顯然是由於偏好雙音節詞而從長型式轉變為短型式的過渡期。鼻音替換的第三個變因不太常見，但出現在幾個相距遙遠的語言中。如果詞基內部具有前鼻化輔音，這將影響前綴的型態。例如，在婆羅洲東南部的雅就達亞克語，鼻音替換通常會影響詞基首的清阻音，但不會影響詞基首的濁阻音（*batal*「沸騰、膿腫」：*mam-batal*「膨脹」）。但是如果詞基首的濁阻音後面有一個前鼻化阻音，則會產生鼻音替換，例如 *buŋkus*「包裹」：*ma-muŋkus*「包裝、裝成包裹」。在 Prentice（1971）所描述的沙巴的 Timugon Murut 語，同一個詞基加上不同詞綴可能呈現鼻音替換和鼻音增生的語法對比，例如 *ma-nutu*「主詞將重擊受詞」與 *man-tutu*「主詞將重擊（受詞）」（詞基：*tutu*）。詞基內部若

另有前鼻化阻音，第一個會產生異化，如 *ma-numbuk*「主詞將重擊（受詞）」對比 *ma-tumbuk*「主詞將互相重擊」（詞基：*tumbuk*）。其他的變異型態不常見，我們這裡不予以討論（更全面的討論參見 Blust 2004a、2012b）。

除了這些跨語言的變化之外，有些鼻音替換的例子在一開始的時候在語音上是透明的，由於音變（sound change）而變得不透明。這種類型的例子分為兩類：1）音變改變了詞基首阻音的發音部位，2）音變將鼻音轉變為口部輔音。大多數詞基首輔音在那些盛行鼻音替換的語言中非常穩定，但也有一些例外。菲律賓和印尼西部的幾個語言經歷了音變 *s> h，這些語言的共時音韻因而具有 *n* 或 *ñ* 與 *h* 的交替，如伊富高語（呂宋島北部）*ma-náaŋ-ka*「開始烹飪」（詞基：*háaŋ*）、*ma-nígid*「掃某物的人」（詞基：*hígid*）、*ma-nukáp*「蓋籃子」（詞基：*hukáp*），或加燕語（婆羅洲中部）*ñatuŋ*「游泳」（詞基：*hatuŋ*）、*ñərut*「啜飲」（詞基：*hərut*）、*ñigəm*「握住」（詞基：*higəm*）。馬拉加斯語的主動動詞也顯示了 *h/n* 交替，但是來源不同，*k > h 以及 *ŋ > n。這些變化將早期的 *k/ŋ* 交替變為 *h/n* 交替，如 *huditra*「皮膚、樹皮」：*ma-nuditra*「剝皮、去除皮膚」（< *kulit：*ma-ŋulit），或者 *havitra*「鉤」：*ma-navitra*「勾住某物」（< *kawit：*ma-ŋawit）。其他音變使得鼻音替換在語音上變得不透明。例如，在蘇拉威西島北部的 Gorontalo 語，*b 在 *u* 之前變為 *h*，早期因鼻音替換而產生的 *b* 與 *m* 交替因而轉變為 *h* 與 *m* 交替，但僅在後高圓唇元音之前，例如 *huluto：mo-muluto*「去水果殼」（< *bunut：*ma-munut）、*huwato：mo-muwato*「抬升」（< *buhat：*ma-muhat），或 *huwoŋo：mo-muwoŋo*「分裂」。此外，Gorontalo 語有一些以 *bu*-（可

能是借詞）開頭的詞基，這些詞基在相同的前綴條件下也與 *m-* 交替。因此，在共時音韻上，Gorontalo 語 *h/m* 交替完全掩藏了原本的詞基型態。

儘管前面的例子涉及語音不透明的音韻交替，但它們仍可視為鼻音替換的例子，因為口部輔音在加上前綴時被鼻輔音代替。在帛琉語，音變導致了音韻關係的重整，在某些方面甚為劇烈。音變 *n > *l* 導致了一個類型異常的輔音系統，鼻音僅剩下 *m* 和 *ŋ*，而原本鼻音替換產生的 *t/n* 交替，變為語音環境不透明的 *d*（[ð]）與 *l* 交替：*dáləm*：*mə-láləm*「種植」（< *tanem：*ma-nanem）、*dúb*「炸藥樹（用於獲取魚藤[18]）」：*mə-lúb*「炸、炸藥」（< *tuba：*ma-nuba），對照 *káud*「壩」：*mə-ŋáud*「堵塞」（< *kapet：*ma-ŋapet），或 *kárd*：*mə-ŋárd*「蠶食、咬」（<*karat：*ma-ŋaRat）。顯然，帛琉語的 *d/l* 交替不再是「鼻音替換」，但它的模式與鼻音替換詞首的軟顎塞音完全相同。

第二種類型的鼻音替換顯然僅限於麥克羅尼西亞語的 Ponapeic 語群，其中的 Pohnpeian 語和 Mokilese 語是最為人知的語言。在這些語言中出現的鼻音替換類型可以被描述為異化：口部疊音透過重疊異化將前半部改為發音部位相同的鼻音，例如 *pap*「游泳」、*pampap*（< *pap* + *pap*）、*sas*「錯開」、*sansas*（< *sas* + *sas*），或者 *did*「建一座牆」、*dindid*（< *did* + *did*）。Pohnpeian 語當中的另一個鼻音替換規律會影響兩個鄰近的、發音相同的非舌冠輔音，這些輔音在語流中湊巧並列、和重疊無關。因此，Ponapeic 語群的鼻音替換與菲律賓和印尼西部的南島語言中分布較為廣泛的鼻音替換，在本質上截然不同。

最後，還有一種可稱為「偽鼻音替換」（pseudo nasal substitution；PNS）的現象。與透過前綴 *maŋ- 或 *paŋ- 觸發的鼻音替換不同，偽鼻音替換因加插中綴 *-um- 而誘發。正如 Chrétien（1965）所指出，偽鼻音替換強烈排斥連續音節中不相同的唇音。*p <um> VCVC、*b-um-VCVC 或兩者的反映，在許多南島語言中均失去 CV-，例如邵語 *patash*「寫」：（*p<um>atash* >）：*matash*「寫」，或者 *pulhbuz*「使某物下沉」：（*p<um> ulhbuz* >）：*mulhbuz*「沉沒」。鼻音替換和偽鼻音替換可以透過分布來區分：偽鼻音替換僅影響以唇輔音起始的詞基，而真正的鼻音替換不受這種限制。此外，台灣的南島語言中沒有鼻音替換，而偽鼻音替換出現在台灣的南島語言以及馬來語-波里尼西亞的語言中。

4.3.1.6 詞首輔音的其他交替

其他詞首輔音交替可以分類為軟音化（lenition）或硬音化（fortition）。元音結尾的前綴使得詞首輔音出現在元音間的環境，在此環境中產生了輔音的軟化。西部 Bukidnon 馬諾玻語經歷了歷史性的變化 *b > *-v-*、*d > *-z-* 和 *g > *-ɣ-*。在共時音韻中，這變化對於詞素內部的音沒有影響，但是對於在詞素邊界加上 CV- 前綴或 -VC 後綴、或者重疊的詞基，則有差別：*basuk*「翻鬆土壤」：*mə-vasuk*「勤於農務」，*bulawan*「金」：*kə-vuləwan-an*「財富、輝煌」，*dukiləm*「變為夜晚」：*mə-zukiləm*「晚上」，*duwa*「二」：*ikə-zuwa*「第二」，*gəvuʔ*「弱點、脆弱」：*mə-ɣəvuʔ*「弱的、脆弱」，*guraŋ*「老」：*mə-ɣuraŋ*「老人；老舊」，*bunsud*「在末端設置一些長的物體」：*bunsuz-an*「在梯子下端的區域」，*buwad*「生殖」：*ke-vuwaz-an*「後代」，

basa「讀」：*basa-vasa*「用古老語言表述的諺語」，*duwa*「兩個」：*duwa-zuwa*「懷疑」等等。

在詞基首阻音之前的鼻音增生（nasal accretion）通常會影響鼻音的發音部位，但對於非鼻輔音則沒有影響。然而，在一些語言中，詞基首阻音在加前綴時出現交替，像是 Pamona 語 *salili*「側邊」：*mon-calili*「帶在一邊」，*sindu*「勺子」：*man-cindu*「用勺子舀起」，*ma-repe*「平的」：*mon-depe-gi*「打平」或比馬語的 *saŋa*「樹枝的分叉」：*n-caŋa*「以枝分岔」，*raʔa*「血」：*n-daʔa*「流血」。在共時音韻裡，這些交替應該分析為硬音化，因為詞基首輔音在以鼻音結尾的前綴之後比起在未加綴形式中的成阻程度更大。然而，從歷史上看，這些交替的詞基是以 *s 或 *d 起始，*s/c*（[s]/[ʧ]）交替是硬音化，而 *r/d* 交替是軟音化。馬拉加斯語在與鼻音增生相關的變化中顯示出類似的複雜歷史：*v-*：*mb-*，*r-*：*ndr-*，*z-*：*ndz-* 和 *h-*：*ŋg-* 在歷史上源自原始馬來-波里尼西亞語不出現在鼻輔音之後的 *b、*d、*z 和 *g（其中 *z 是硬顎濁塞擦音），但 *l-*：*d-* 來自 *d 的軟音化和 *l 在特定條件下的硬音化，例如 *lalina*「深、深刻」：*man-dalina*「加深」（原始馬來-波里尼西亞語 *dalem「深」），但 *lua*「嘔吐」：*man-dua*「嘔吐」（原始馬來-波里尼西亞語 *luaq「吐出食物」）。

印尼東部的許多語言都表現出詞首輔音的清濁變化，這些變化與動詞中的人稱標記有關。Stresemann（1927: 119-125）描述了摩鹿加群島中部和小異它群島語言中「動詞變化」（verbal conjugation; *Flexion*）的幾種模式。從歷史上看，這些來自於融合詞首輔音與前置的人稱標記（有時稱為「協同標記」）*ku-「第一人稱單數」、*mu-「第二人稱單數」、*na-「第三人稱單數」、*ta-「第一人稱複數

包括式」、*ma-「第一人稱複數排除式」，*mi-「第二人稱複數」和
*da-「第三人稱複數」。弗羅里斯（Flores）島東部的西卡語（Sika）
呈現了該地區大部分的典型形態：（下表中「原馬波」（PMP）表示
「原始馬來-波里尼西亞語」）

表 4.37　西卡語以詞首輔音交替標示人稱與單複數

原馬波		*butbut「採摘」	*taŋis「泣、哭」	*kita「看」
1 單	aʔu	pupu	tani	ita
2 單	ʔau	bupu	dani	gita
3 單	nimu	bupu	dani	gita
1 複／包括	ita	pupu	tani	ita
1 複／排除	ami	bupu	dani	gita
2 複	miu	bupu	dani	gita
3 複	rimu	pupu	tani	ita

　　實際上，經由添加前依附代名詞和刪除前綴元音而產生的前鼻
化塞音，有濁音反映，例如前期西卡語（pre-Sika）*kau mu-pupu（>
*kau m-pupu > ʔau bupu），那些沒有前鼻化的則產生清音反映，例如
前期西卡語 *aku ku-pupu（> *ʔau k-pupu）> ʔau pupu。
　　有一種在表面上類似於此形態的詞首輔音「突變」也廣泛出現
在萬那杜中部的語言中。Crowley（1991: 180）指出，這些語言有許
多都有兩個系列的動詞詞首輔音，按照 Schütz（1968）的說法，他
稱之為「主要」和「次要」兩類。在 Efate 島北部的 Nakanamanga
語言中，主要類包括 v-、w-、k-、r-，而次要類相對應的有 p-、pʷ-、
ŋ-、t-。根據文獻，主要類的輔音出現在動詞前的助詞（particle）pʷa

「命令」、*ŋa*「未來、虛擬語氣」、*pe*「條件」之後，以及在其他一些語法環境中，因此 *e pe vano*「如果他／她去」，但是 *e pano*「他／她 去／去過」。這種交替的細節因語言而異，但是動詞詞首輔音的選擇都是依循語法條件限制，通常是時態或語氣的差異。從歷史上看，這些語法限制的差異源於口部輔音和鼻輔音對比的音韻條件。

4.3.1.7　次音位交替（Subphonemic alternation）

上面提到的 *s/c* 交替的例子引出了另一重點：使用「構詞音位交替」（morphophonemic alternation）來描述這些變化有所誤導，因為交替的音段並非屬於不同的音位。在 Pamona 語和比馬語中，[ʧ]都是/s/在鼻音後的同位音，但是這種交替在型式上與 *r* 和 *d* 交替完全相同，而 *r* 和 *d* 是不同的音位。為了保持術語的一致性，應該稱為「構詞語音交替」（morphophonetic alternation），因此，放棄舊術語、將這類加綴引發的音段變化稱為「音韻交替」（phonological alternation）較為理想。在蘇門答臘北部的 Toba Batak 語中可以看到類似的關係，[h]出現在元音之前，而[k]出現在其他語境，但是加上 *-an* 或 *-on* 後綴時，詞基尾[k]與[h]交替出現，例如 *anak*「孩子」：*par-anah-on*「父子關係」，或者 *lapuk*「黴菌」：*lapuh-on*「發黴的」。在這個例子，互補和交替都是單個語音變化 *k > h/_V 的結果。

4.3.1.8　詞尾輔音的交替

除了罕見的例外情況、例如在 Narum 語或雅就達亞克語（Ngaju Dayak）詞中流音或滑音與鼻音交替，音段的交替通常發生在詞素的邊緣，特別是當它們影響的是輔音而非元音的情況下。目前所討論的大部分交替都與詞基首輔音有關。許多南島語言也有影響詞尾輔

音、詞尾元音或兩者的音韻交替。大多數詞尾輔音交替的語言可以分為兩種類型：一種是小部分有侷限性的詞尾輔音與較為多樣的詞素尾輔音交替出現，另一種是主題輔音（thematic consonant）[19]出現或消失。一部分語言的詞尾交替無法依此歸類。

　　從第一種類型開始談起。Mills（1975）報導的大多數蘇拉威西南部語言都顯示出詞尾輔音對比的弱化。Mandar 語只允許/ʔ n~ŋ r l s/，Sa'dan Toraja 語只有/ʔ k n ŋ/，而布吉語（Buginese）和望加錫語（Makassarese）只有 -ʔ 和 -ŋ，歷史上 -r、-l 和 -s 在布吉語中合併為 -ʔ，但它們在望加錫語中因為添加了一個迴聲元音而保留下來。由於所有這些語言都有豐富的後綴，因此詞基尾的輔音可能出現在詞尾或詞中位置。根據 Mills（1975: 451），布吉語的 -ʔ 可以在後綴型式中與 -r、-s 或 -k 交替、雖然只有零星數例，然而歷史上 *m、*n 和 *ŋ 在詞尾的反映為 -ŋ，在後綴型式中完全沒有變化：inuŋ「喝」：aŋ-inuŋ-ən「飲酒的地方」（< *inum）。蘇拉威西島北部的桑伊爾語的語料更清楚，小部分詞尾輔音和較完整系列的詞尾輔音之間呈現交替，這些詞尾輔音存在於歷史上，在共時語法中以底層的型式存在。在 Sneddon（1984）所描述的桑伊爾語中，詞尾 *p、*t 和 *k 合併為喉塞音，而詞尾 *m、*n 和 *ŋ 合併為 -ŋ。在加後綴型式中，中和為 -ʔ 或 -ŋ 的底層輔音以各自獨特型式出現在表層，例外的情況是 *-t 和 *-n 在表層變為 -k 和 -ŋ：ma-nədaʔ「太陽落下」：sədap-əŋ「西邊」（原始馬來-波里尼西亞語 *sejep），m-awiʔ「攀登」：la-awik-aŋ「爬上去的地方」（原始馬來-波里尼西亞語 *abit），baluʔ「賣」：palahəm-baluk-aŋ「市場」（原始桑伊爾語 *baluk），maŋ-inuŋ「喝」：inum-aŋ「一杯飲料」（原始馬來-波里尼西亞語 *inum），maŋ-ambuŋ

「以泥土、沙子或樹葉覆蓋」：*ambuŋ-aŋ*「填滿、堆起來」（原始馬來-波里尼西亞語 *ambun），*ma-niruŋ*「庇護」：*siruŋ-aŋ*（在詩中為 *sirum-aŋ*）「尋求庇護的地方」（原始桑伊爾語 *siduŋ）。表 4.38 簡要呈現了這些關係：

表 **4.38** 　桑伊爾語 *-ʔ*、*-ŋ* 在加後綴型式與其他音段的交替

*-p > -ʔ ~ p	*-m > -ŋ ~ m
*-t > -ʔ ~ k	*-n > -ŋ ~ ŋ
*-k > -ʔ ~ k	*-ŋ > -ŋ ~ ŋ ~ m（在詩中）

　　桑伊爾語展現了一些看似返還（back-formation）的構詞手段，原始的詞尾軟顎鼻音與詞中雙唇音交替出現、特別是在比喻或詩意的語體中，例如 *sirum-aŋ*（為 *siruŋ-aŋ* 的詩意型式）「尋求庇護的地方」，或者 *mə-tuluŋ*「幫助」：*tuluŋ-aŋ*（詩意型式：*tulum-aŋ*）「幫助」（原始馬來-波里尼西亞語 *tuluŋ）。這種交替的起源尚不清楚。*-ʔ* 和 *-ŋ* 的三個底層型式源自於歷時音韻變化，但前者有兩個交替音、而後者只有一個。詞尾 *-ŋ* 只與詞中 *-m* 的獨特交替提供了返還構詞的環境、進一步產生二次語義重塑。雖然語料樣本太小而無法建立統計學意義，如果在 *-n 的反映仍然是齒齦音的時期發生了返還構詞，則可以解釋為什麼目前為止由返還構詞產生的 *-m-* 的唯一例子來自於 *ŋ，而不是 *n。

　　另一個小部分詞尾輔音與一組更完整的非詞尾輔音交替出現的例子在蘇門答臘西南部的一些馬來語中。在 Minangkabau 語中，正如 Adelaar（1992: 13）所描述的那樣，以 *-a*、*-iə* 或 *-uə* 結尾的詞基含一個主題流音（thematic liquid），當後綴為及物標記 *-i* 或名物化

-an 時會出現：*kapuə*「粉筆」：*ma-ŋapuər-i*「塗抹、粉刷」、*badiə*「槍」：*sa-pam-badiəl-an/sa-pam-badiər-an*「槍擊的距離」。如果詞基以喉塞音結尾，則後接或交替為 *p* 或 *t*：*rambuyʔ*「頭髮」：*rambuyʔt-an*「表皮多毛的水果，紅毛丹」、*sakiʔ*「生病」：*pa-sakit-an*「困難、阻撓」、*tutuyʔ*「關閉」：*tutuyʔp-an*「監獄」。如果詞基以 *-h* 結尾，則有時會被 *-s* 取代：*manih*「甜」：*manis-an labah/manih-an labah*「蜂蜜」（*labah* =「蜜蜂」）。[20]

　　南島語言中最著名的詞尾輔音交替無疑是那些有時被稱為 -Cia 後綴相關的變化。絕大多數大洋洲語言都失去了原始的詞尾輔音，但在後綴型式中，這些音經常以「主題」（thematic）輔音的型式重新出現。這些輔音最常出現在原始大洋洲語被動／命令標記 *-ia 後綴的反映。表 4.39 提供了來自海軍部群島的 Wuvulu 語和薩摩亞語的 -Cia 後綴的例子：

表 4.39　Wuvulu 語和薩摩亞語加後綴的動詞中的主題輔音

原始大洋洲語	Wuvulu 語	薩摩亞語	詞義
*qutup	uʔu/uʔu-f-ia	utu/utu-f-ia	浸滿
*inum	inu/inu-m-ia	inu/inu-m-ia	喝
*ranum		faʔa-lanu-m-ia	淡水
*tanom		tanu/tanu-m-ia	埋
*tasim	ʔati/ʔati-m-ia		磨、削
*apaRat		afã/afã-t-ia	暴雨
*kabit	api-ʔ-ia		捏、擠
*kulit	uli/uli-ʔ-ia		去皮（薯類）
*puput	fufu-ʔ-ia	futi	採摘、拉出

原始大洋洲語	Wuvulu 語	薩摩亞語	詞義
*aŋin		aŋi/aŋi-na	風
*paŋan		fafaŋa/faŋa-ina	餵
*paŋun		faŋu/fa-faŋu-ina	醒
*qusan		ua/ua-ina	雨
*salan		faʔa-ala-ina	小路、路
*taŋis	ʔai/fa-ʔai-k-ia	taŋi/taŋi-s-ia	泣、哭

　　如原始大洋洲語的構擬所顯示，在後綴 -ia 之前的主題輔音廣泛出現在彼此距離遙遠的大洋洲語言中，例如 Wuvulu 語和薩摩亞語，反映的通常是歷史上的詞尾輔音。在薩摩亞語，這一規律被換位規律掩蔽了，預期的 -nia 序列變為 -ina。這種變體（也見於 aŋi-na < *aŋi-ina）而後取得了獨特的句法特性，擴展到原始型式中不包含 *-n 的詞基。然而，並非後綴動詞中的所有主題輔音都在詞源上保持不變。Arms（1973）認為，斐濟語的主題輔音通常在詞源上有偏差，在動詞後綴 -i 和 -aki 之前的主題輔音已經有延伸的語意功能。他的語意功能的分析僅基於印象，並且從那時起對於其他大洋洲語言就沒有任何類似的分析。正如以下將討論的，令人驚訝的是，大洋洲語言中 -Cia 後綴的主題輔音從未出現軟音化，不像蘇拉威西語言那樣有階段性的詞尾輔音對比弱化。

　　在某些語言中，主題輔音的類別受到嚴格限制。例如，在台灣中部的邵語，一些詞基在以元音開頭的後綴之前出現主題輔音 -h，如 bizu「鬍鬚」：tan-bizu-h-an「有鬍鬚的」，或 t<m>ala「割草叢或木柴」：tala-h-an「以橫掃動作切割」。在塔加洛語（Tagalog）中，

相似的元音之間插入一個主題喉塞音而在不同的元音之間出現主題輔音 h，如 abó「灰燼」：abu-h-án「灰坑」、tubó「甘蔗」：tubu-h-án「甘蔗種植」。有些詞在不同加綴式中允許兩種不同型式，例如 matá「眼睛」：ma-mata-ʔ-án「偶然看到」：mata-h-án、mata-h-in「眼睛大」。

其他相當特別的詞尾輔音交替包括 Li（1977a, 1980a）注意到的幾個台灣南島語言，難以歸類到一般類別。Yang（1976）所描述的賽德克語霧社方言中，在命令性後綴之前，詞尾 k 與 p 和 b 交替出現：kayak：kiyap-i「切肉」、atak：tap-i「用剪刀剪」、cəhak：cəhəp-i「舔」、rubəruk：ruburub-i「烤」、或 əluk：ləb-i「關」。[21] 這些單詞的底層型式必須含唇音，有兩個理由：1）如果是軟顎音：唇音交替若由底層的軟顎音衍生出來，那麼就沒有辦法預測此處的清濁對比，而且 2）在詞基中：另外的命令型式例如 piyuk：puyuk-i「吹氣」和 gəmuk：gumuk-i「蓋」，底層型式必須包含 -k。Li（1980a: 379）報導了泰雅語四季方言中類似的 -m 與 -ŋ 交替，並指出在 1950 年左右出生的發音人中，詞尾的唇音正在變為軟顎音，而在 1900 年左右出生的發音人中完全沒有變化，在 1930 年左右出生的兩位發音人中，有些詞改變但有些詞則沒有改變。

Li（1980a）與 Egerod（1966）看法一致，認為在 i 元音之前，泰雅語賽考利克方言 t 變為[ʧ]。然而，賽德克語霧社方言顯示了這種自然過程的逆轉，如下面的詞基與命令式的對比：qiyuc：quyut-i「咬」，rəŋac：ruŋat-i「嘰嘰喳喳、咆哮」，haŋuc：huŋəd-i「煮」，tugakac：tugukad-i「跪」。賽德克語霧社方言中的顎化究竟是類似賽考利克泰雅語從早期過程發展而來、還是歷史上獨立的發展，尚不

清楚。比較清楚的是，這個變化在共時音韻中是出乎意料的，因為前元音之前顎化是自然的，但在詞邊界之前不是。

　　最後，詞尾阻音在歷史上變為清化是某些語言中清濁交替的來源（如德語）。由於詞尾清化發生在許多南島語言中，我們預期類似的交替在後綴型式會相當普遍。然而，令人驚訝的是，並非如此。Li（1977a: 387）報導了台灣南島語言中的兩個例子，一個在泰雅-賽德克語，另一個是巴宰語。然而，Blust（1999a: 326）認為，將巴宰語的變化描述為元音間濁聲化較為理想。如此一來，可能只剩下泰雅語呈現由詞尾清化導致的清濁交替 *hgup*：*hbg-an*「占卜」，*hop*：*hab-an*「刺」和 *m-gop*：*gob-un*「共享一杯」。根據 Li（1980a: 357 頁起），泰雅語的清濁交替僅限於唇部塞音，而且很少見（-*g*- 與 -*w* 交替、沒有 *d*）。在其他已經歷過歷史上詞尾輔音清化的語言、例如馬來語，在後綴之前並沒有觀察到這樣的變化：馬來語 *uŋkap*「開」：*məŋ-uŋkap-i*「打開東西以使它們變得清楚」（原始馬來-波里尼西亞語 *uŋkab），*laut*「海」：*laut-an*「海洋」（原始馬來-波里尼西亞語 *lahud），*surut*「退潮」：*mə-ñurut-i*「減少或減低」（早期為 *surud），*məŋ-udut*「抽煙草」：*udut-an*「煙斗」（早期為 *udud）。

4.3.1.9　輔音變換（Consonantal sandhi）

　　到目前為止討論的所有語音規律都是透過加綴來觸發的，至少在歷史音變上是如此。然而，有一些語言的規律只發生在詞素邊界，這裡稱為「變換（sandhi）」。最著名的例子之一是在蘇門答臘北部的 Toba Batak 語，詞尾鼻音和塞音在一般語體中完全同化或部

分同化於隨後的詞首輔音。[34] 表 4.40 描述了詞尾鼻音和單一塞音 *t* 同化於其後輔音的模式。因此 -m + p- > pp、-m + b- > bb、-t + h- > tt 等：

表 4.40　Toba Batak 語的語詞變換

	-m	-n	-ŋ	-t
p-	pp	pp	kp	pp
b-	bb	bb	ŋb	bb
m-	mm	mm	ŋm	bm
t-	mt	tt	ŋt	tt
d-	md	dd	ŋd	dd
n-	mn	nn	ŋn	dn
s-	ms	ss	ks	ts
l-	ml	ll	ŋl	dl/ʔl
r-	mr	rr	ŋr	tr/ʔr
j-	mj	jj	ŋj	jj
k-	pp	ŋk	kk	kk
g-	mg	ŋg	ŋg	gg/ʔg
ŋ-	mm	ŋŋ	ŋŋ	kŋ
h-	pp	kk	kk	tt

34　van der Tuuk（1971）對這一現象的描述很少，儘管他最初出版於 1864-67 年
　　的 Toba Batak 語經典語法非常詳盡。Percival（1981: 28 頁起）在「構詞音位
　　學」的標題下討論了這些類型的變化，Nababan（1981: 57 頁起）將它們稱為
　　「外部變異」似是較為恰當。我在這裡引用的材料來自 Tapanuli 北部方言，於
　　1968 年採集自 Mangantar Simanjuntak。

以下例詞顯示了動詞 *m-inum*「飲用」接各種受詞的變化型式。其中一些是從英語中挑選的、或者是由發音人造句，以便讓單個動詞搭配一整組可能的受詞：p：*purik*「米水」= *minup purik*「喝米水」，b：*bir*「啤酒」= *minub bir*「喝啤酒」，m：*milk*「牛奶」= *minum milk*「喝牛奶」，t：*tuak*「米酒」= *minum tuak*「喝米酒」，d：*Diet Cola*「低卡可樂」= *minum diet cola*「喝低卡可樂」，n：*noodle*「麵」= *minum noodle*「喝（湯）麵」，s：*susu*「牛奶」= *minum susu*「喝牛奶」，l：*Lipton tea*「立頓茶」= *minum Lipton tea*「飲用立頓茶」，r：*rujak*「一種柔軟的水果沙拉」= *minum rujak*「喝 rujak」，j：*jamu*「用來保持苗條的飲料」= *minum jamu*「喝 jamu」，k：*Cola*「可樂」= *minup pola*「喝可樂」，g：*gula*「糖（水）」= *minum gula*「喝糖水」，ŋ：*ŋudik*（隨機造詞）= *minum mudik*「喝 ŋudik」，h：*hopi*「咖啡」= *minup popi*「喝咖啡」。在以元音開始的單詞之前不會有同化（因此，*minum aek*「喝水」等）。

　　解釋這些以及類似的變換在理論上具有挑戰性。儘管有標準的拼寫法，應該注意的是[h]是/k/在元音前的同位音，在音韻行為上像是軟顎塞音。以雙唇鼻音結尾的單詞產生的唯一的型態是完全同化，這發生在後面接著的詞以唇輔音或 *k/h*（但不包括 *g*）開頭。另一方面，以軟顎鼻音結尾的單詞呈現發音方式和清濁的同化（在清輔音之前變為 *k*），但發音部位不同化。因此，詞尾唇音和軟顎音的變換型式似乎表現出以發音部位區分的互補性（唇音 +發音部位，軟顎音 - 發音部位）。正如在一般理論所預期的那樣，詞尾舌冠音的同化行為較為多樣。舌冠鼻音會完全同化於其後的輔音，除非它所接的是軟顎塞音，在軟顎塞音之前它們僅同化發音部位。舌冠清塞

音完全同化於其後的塞音（還包括 *h*），若後接的是 *l*、*m* 和 *n* 則同化發音部位和清濁（但不會同化發音方式），若後接 *ŋ* 則同化發音部位（但不同化發音方式或清濁）。輔音串 *dl*、*tr* 和 *gg* 被記錄為 *ʔl*、*ʔr* 和 *ʔg*。一般來說，這裡描述的變換與 Nababan（1981）所報導的一致，但與 Percival（1981）的有些不同，Percival（1981）的描述根據的方言是在 Medan 城，是一個多民族的主要人口中心。

南蘇門答臘 Kerinci 語所顯示的詞尾輔音變換無法適切地歸入上述的任何一種類型。根據 Steinhauer（2002）的說法，Kerinci 語的許多單詞在短語末尾和短語中間展現了獨特的型式，這些型式同時涉及了元音和輔音的交替。-*ŋ/n* 和 *e/ɔ* 交替的例子有 *bateŋ*「樹」、對比 *batɔn ño*「他／她／它的樹」，*batɔn pinaŋ*「檳榔樹」，*batɔn pinan licayn*「光滑的檳榔樹」，*batɔn pinan*（*licen*）*itoh*「那（光滑的）檳榔樹」。在 Kerinci 語中涉及這些變化的條件很複雜，這裡不再詳細描述。需要注意的重要一點是，正如印尼東部或萬那杜中部語言的詞首輔音交替一樣，這些音韻規律現在是由語法條件所驅動，但在所知的每個語言案例中，它們一開始都是由音韻條件誘發的。

4.3.2　影響元音和超音段的音韻規律

到目前為止，關於音韻規律的討論都集中在輔音上。雖然元音的同位音變化也相當多樣，例如元音鼻化及對其輔音的影響，一般來說南島語言中的元音交替不如輔音交替那麼豐富。這種差異可能至少有一部分歸因於大多數語言的元音數目相對較少，以及元音不常出現在詞素邊界。在元音經常出現在邊界的語言中，例如在音節

典型為 CV 的大洋洲語言，音韻變化通常涉及添加主題輔音而不是影響元音本身。在東南亞島嶼的語言中，以及在太平洋一些描述較完整的語言，例如在索羅門群島東南部、波里尼西亞和斐濟，一般來說元音交替很少而且很簡單。複雜的元音交替出現在一些台灣南島語言、帛琉語、許多核心麥克羅尼西亞語言、以及海軍部群島的一些語言當中。

元音交替對重音和語調感應（sensitive），與輔音不同，這些方面的研究在南島語言中一直是最少的，語調而言尤其如此。儘管如此，重音的某些特徵分布廣泛，值得在此討論相關的影響元音的規律。

4.3.2.1　重音規則

如前所述，菲律賓大多數語言的重音都帶有音位性。菲律賓的北部和中部地區尤其如此，但在巴拉灣島、民答那峨島和蘇祿群島的大部分地區並非如此。在這些區域以及南島語言其他大部分地區，大多數語言都將主要重音放在單詞的倒數第二個元音上，無論是單詞素或是複雜的構詞型式。然而，仔細觀察文獻可以發現，南島語言的重音系統有許多顯著特徵。以下調查並非詳盡無遺，也並未處理次重音的議題。

馬來語類型：大多數馬來語單詞的重音在倒數第二個元音上。然而，如果這個元音是央中元音、後接單個輔音，重音會向右移動到最後一個音節，所以是 *barat* [bárat]「西」，但 *bərat* [bərát]「重」。馬來語本土詞彙允許兩種類型的詞中輔音串：-NC- 和 -rC-，-NC- 是任何發音部位相同的前鼻化阻音（/mp/、/mb/、/nt/、/nd/、/nc/、

/nj/、/ŋk/、/ŋg/、/ŋs/），而 -rC- 是由輕拍或顫音的/r/加上輔音組成的音串。如果倒數第二的央中元音後面跟著 -NC-，重音不會改變，例如 *mpat* [əmpat]「四」，*bənci* [bənʧi]「恨」、或 *gəŋgam* [gəŋgam]「抓住」一樣，都是倒數第二重音。如果倒數第二個央中元音之後是 -rC-，重音似乎不一定：*kərbaw*「水牛」通常聽到末尾重音，而 *pərnah*「曾經」經常聽到倒數第二重音，雖然重音在這樣的環境中從來不具對比性。

一些學者，例如 Odé（1997）[22]和 Tadmor（2003: 30）聲稱馬來語沒有單詞重音，但這與幾乎所有其他學者的立場相反，如 Kähler（1965: 39）、Macdonald & Darjowidjojo（1967: 31）、Halim（1974: 70 頁起）、Adelaar（1992: 9）、Moeliono & Grimes（1995: 449）、Mintz（1998: 30-31）、或 Sneddon, Adelaar, Djenar & Ewing（2010）。[23]

Tiruray 語類型：Post（1966）描述了菲律賓南部 Tiruray 語的重音，主要落在「多音節詞幹的倒數第二或第三，但是若這些音節的元音縮短，重音會落在最後。若是未加後綴的雙音節詞幹具有相同的閉音節，主要重音在兩個音節上都會出現。」她的例子顯示重音實際上落在詞基的第一個音節上，除非該音節的韻核是央中元音後接單輔音，在這種情況下重音會轉移向右。在三音節詞例如 *darabay* [dárabaj]「幫助」，重音落在倒數第三，而在諸如 *dogot* [dógot]「海」之類的雙音節中，重音在倒數第二。正如在馬來語一樣，央中元音（或高中元音）在 -NC- 之前可以帶重音，例如 *bayiŋkig*「腮腺炎」，重音在倒數第二音節。與此型態相反的是，詞基為 CVVC 帶最後重音，例如 *siuk* [sijúk]「魚陷阱」，*uit* [ʔuwít]「拿」，或 *ŋiaw* [ŋijáw]「喵」（比較：*duyuy* [dújuj]「一種歌」，其中由底層滑音分開的兩個

元音保持了主要的首重音（initial stress）型態）。在東南亞島嶼的許多南島語言中，重疊的 CVCCVC 如 gisgis [gísgís]「摩擦」一樣給人有兩個主重音的印象，但儀器測量有可能呈現第一個音節在正常語速中帶有更強的重音。

夏威夷語類型：Elbert & Pukui（1979）繼 Albert J. Schütz 先前的研究，用所謂的「重音群」（stress groups）（改自 Schütz 的「重讀群（accent groups）」）來描述夏威夷語的重音。他們認為（1979: 16）在夏威夷語中「重音群中的重音總是落在末音節前面、或者在有長音符號的長元音上。」他們進一步指出夏威夷語的重音群「最常包括兩個音節，常常是一個或三個音節，但除了專有名稱之外，從不超過三個。」他們提供的單詞包含單個重音群的有 akaaka「清楚」、hale「房子」、Hanauma「一個地名」、kanaka「人」和 malama「光」。雖然第一個例子好像與他們的定義不一致，但是似乎很清楚，這些型式的重音是[aká:ka]、[hále]、[hanáwma]、[kanáka]和[maláma]。重音前的相同元音合併成單個長元音，不同元音串如果第一個是非高元音而第二個為高元音、且位於相同重音群的倒數第二位置，則音節重整為元音+滑音。包含兩個重音群的單詞有 Hana.lei「一個地名」、hei.au「古代神廟」和 kā.naka「人」（句號標示重音群邊界）。包含三個重音群的單詞可以用像是 ho?o.lau.le?a「慶祝」的例子來說明，其中每個重音群的倒數第二個元音帶主要重音。沒有提到次重音，因此暗示有多少重音群就有幾個主重音（這可能有待商榷）。

毛利語類型：與大多數波里尼西亞語言不同，毛利語將主重音放在詞基的第一個音節，如 manawa [mánawa]「肚子」、或 taŋata [táŋata]「人、人類」（比較：例如薩摩亞語同源詞 taŋata [taŋáta]）。

至少在地名中、因詞素的分界線削弱，主重音也可能落在多詞素的第一個音節上，如著名的地名 Waikato [wájkato]（＝ wai「水」＋ kato「流動、洪水」）。

亞齊語類型：Durie（1985: 30 頁起）區分亞齊語中的詞組重音（phrase stress）與單詞重音（word stress），並指出「詞組重音落在詞組中的帶重音單詞（通常是最後或倒數第二個單詞）。詞重音落在單詞的末音節上。」他注意到這個規則適用於引用型式和詞組內帶重音的詞，但詞組內未帶重音的單詞依附於鄰近的詞、不帶重音。

Uma Juman 類型：對於砂勞越中南部加燕語的 Uma Juman 方言，Blust（1977c）記錄了一種感應句法語境的可變重音：在引用型式中，重音在末音節，但在詞組中為倒數第二，如/mataʔ/ [matáʔ]「眼睛」，但/mata–n do/ [mátan do:]「太陽」（「天的眼睛」），或/udik/ [udíjək]「河流的源頭」，但是/haʔ udik/ [haʔ údijək]～[húdijək]「上游」（＝地方＋河流源頭）。末音節重音似乎用來標示引用型式，相似的形態在砂勞越的沿海和下游地區普遍存在。

Kokota 語類型：Palmer（2009）以左重韻步（trochaic feet）描述了索羅門群島中部 Santa Isabel 島上的 Kokota 語的重音形態。他指出（2009: 31）「韻步與單詞的左緣對齊。重音落在韻步最左邊的音節或音拍。這意味著重音被指派至每個單詞的第一個音節或音拍，以及之後的每個奇數音節或音拍。」因此雙音節含起始重音，例如 kame [káme]「手、手臂」，和三音節如 makasi [mákasi]「鰹魚」（因為這些單詞的前兩個音節形成了一個左重韻步，makasi 的最後一個音節未分派至韻步），但是在 dihunare 中，次重音在首音節而主重音在倒數第二[dìhunáre]「驚滔駭浪」（因為 dihu 形成一個左重

韻步、*nare* 是另一個左重韻步）。

　　也有許多其他型式的重音指派，其中一些相當奇特，例如 Sawai 語（南哈馬黑拉）重音落在倒數第二位置，除非元音是[ɛ]且最後的元音不是[ɛ]：*baŋa* [báŋa]「森林」、*ɣeɡet* [jéɡɛt]「油」、*lɛɡae* [lɛɡáɛ]「男人」，但是 *musɛla* [musɛlá]「編織墊」、*lɛlit* [lɛlít]「芒果」、或 *dɛlut* [dɛlút]「父母」（Whisler & Whisler 1995）。

4.3.2.2　重音誘發的交替（Stress-dependent alternations）

　　除了一些明顯的例外（例如 Rehg 1993），對於大多數南島語言而言，關於同位重音（allophonic stress）、長度、音高、語調和其他超音段現象的語料並不充分或甚至完全缺乏。儘管如此，在刻劃這些語言中的韻律現象的某些問題仍然相當清楚。舉一個特別清楚的例子，許多南島語言似乎很難將其描述為音節計拍（syllable-timed）或重音計拍（stress-timed），因為這些術語通常用於印歐語言。在西班牙語這樣的音節計拍的語言中，據研究顯示所有音節的音長大致相等。另一方面，在諸如英語這樣的重音計拍語言中，重音之間的兩個或多個音節可能被壓縮成單個重音節的音長。菲律賓南部和印尼西部的許多語言，都顯示出在倒數第二位置之前元音弱化和刪除，元音呈現央化、縮短、如果在單詞起始位置則常常丟失。民答那峨島的西部 Bukidnon 馬諾玻語（WBM; Western Bukidnon Manobo）有這類的例子，在這個語言裡，*a* 和 *ə* 的對比在倒數第二個音節之前被中和，在後綴型式產生了交替，如：*apuʔ*「祖父母、孫子」：*əpuʔ-an*「血統」，*panuŋ*「被囚禁，例如魚、鰻魚或螃蟹」：*pənuŋ-an*「一種將魚、鰻魚或螃蟹置於水中的編織容器」，或者 *mə-tazəy*「直的

（小徑）」：*pəkə-təzay-ən*「使某事清楚或明白」。在砂勞越北部的 Bario 格拉比語，其中自由詞素的倒數第二個元音與央中元音交替，或者在後綴型式刪去，如 *dalan*「路徑、路」：*dəlan-an*「反覆行走而走出來的小路」，*guta*「涉水過河」：*gəta-an*「涉水的地方」，*taban*「綁架、私奔」：*təban-ən*「被綁架或私奔」，*aduŋ*「採納」：*ŋ-aduŋ*「採納」：*duŋ-ən*「被採納」，*irup*「被喝的」：*m-irup*「喝酒」：*rup-an*「叢林中動物喝水處」，或者 *itun*「問題」：*ŋ-itun*「問一個問題」：*tun-ən*「被問到」。當元音位於倒數第二位置之前時，西部 Bukidnon 馬諾玻語僅顯示 *a* 和央中元音之間的交替，但是，在相同環境下，Bario 格拉比語則顯示 *a*、*i*、*u* 和央中元音之間的交替或刪除。[35] 由於這些語言的三音節或更多音節的未加綴詞基也表現出相同類型的元音中和，很明顯地這種因重音而異的交替導因於歷時音變元音軟化的層級：*a 元音首先在倒數第二音節之前與央中元音中和，而後是高元音。即使是關係密切的語言在細節上也有所不同，例如 Lun Dayeh 語對比 Bario 格拉比語，或是 Minangkabau 語與馬來語，每組的第一個語言僅弱化 *a，而第二個語言弱化了所有倒數第二以前的元音。Li（1980a）報導了在泰雅語（台灣北部）各種方言中有完整元音與央中元音的交替，他將此類似的交替寫成音位轉換為零。泰雅

---

35 至少在西部 Bukidnon 馬諾玻語言中，這個規律在重疊形式中不適用，例如 *alaŋʔalaŋ*「虛偽欺騙」、*basavasa*「以古老的語言表達的諺語」，或者 *kalaŋkalaŋ*「旅途中有時差」。按理，音韻規律可作用於詞基重疊的部分而使之產生不同型式，但一般的觀察是，重疊形式常常不受普通音韻規律的影響。然而，由於音韻規律影響了諸如 *basavasa* 或 *duwazuwa*「懷疑」（來自 *duwa*「二」）之類的元音間的塞音，因此比較可能的分析是，西部 Bukidnon 馬諾玻語重疊形式因為帶兩個主重音而缺乏重音誘發的元音交替。

語中所有五個元音都會受到影響，如下面的詞幹和加後綴的被動型式：*kihuy*：*khoy-un*「挖」，*suliŋ*：*sliŋ-un*「燒」，*leliq*：*lliq-un*「舉起」，*hobiŋ*：*hbeŋ- un*「切肉」，*paqut*：*pqut-un*「問」。

菲律賓所有具音位性重音的語言都沒有重音誘發的元音交替。由於在後綴型式呈現元音交替的語言通常具有固定的倒數第二重音，因此倒數第二之前的位置就是重音前的位置。這種語言裡不帶重音的元音引發了一般類型學上的有趣議題。如果所有語言都必須是音節計拍（syllable-timed）或重音計拍（stress-typed），那麼此處所討論的重音誘發元音弱化的語言應該歸類在哪個類別？在具有音位性重音的菲律賓語言、例如塔加洛語當中，倒數第二位置帶重音的元音比不帶重音的元音長，在一些分析中，長度被認為是重音主要的特徵（Schachter & Otanes 1972: 8）。因此，像塔加洛語這樣的語言不能歸類為音節計拍。但它們也並非重音計拍，因為不帶重音的元音並未弱化。相反地，所有不帶重音的音節長度大致相等，如同音節計拍語言，但是重音音節特別長。具有重音誘發元音交替的語言幾乎都顯示出這種模式的鏡像：除了下面另須說明的幾個要點，在倒數第三之後的所有元音音長大致相等，無論是否有重音，但是，重音前音節都特別短。實際上，塔加洛語的單詞是音節計拍，倒數第二個的重音元音特別長，但是西部 Bukidnon 馬諾玻語或格拉比語的單詞雖是音節計拍，只有其中一個元音特別短。這種描述過於簡化了事實，但是它可以凸顯出將一種語系（印歐語系）衍生出的語言行為應用於其他語系時所產生的困難。

在重音位置之前的、歷史上較晚產生的央中元音的發展，使我們觀察到在東南亞島嶼許多南島語言的重音形態中，原始南島語 *e

的反映所扮演的角色。與這個元音的行為有關的特殊問題將在下面與重音轉移和輔音疊加現象一併討論。這裡只須提一下的是，央中元音特別短，而且如果後接的輔音（在元音之前）沒有抵補延長（compensatory lengthening），就無法承載重音。南島語言重音之前的元音交替，顯示長度、重音和央化是相互關聯的，但是因果關係的方向是相反的：相較於歷史上最早期的央中元音因為特別短而不能承受重音，重音之前的元音是因為不帶重音，變得格外短促、或甚至丟失。

一些南島語言似乎符合所提出的音節計拍和重音計拍的普遍模式。例如，麥克羅尼西亞西部的帛琉語（Palauan）類似於美式英語，許多具有四個或更多音節的單詞具有單一的主要重音，大多數或所有不帶重音的元音都被縮減為央中元音，如 *məŋ-chəsóls* [məŋʔəsóləsə]「詠嘆」，*bləkərádəl* [bləgəráðələ]「舉止、行為方式」，或者 *kləŋəréŋər* [kləŋəréŋərə]「飢餓」。像美式英語一樣，帛琉語不帶重音的音節比重音音節短得多，並且五個音節的單詞中，這些聽起來長度大致相等：1）重音前以兩音節作為一個單位、2）重音音節、以及 3）重音後的兩個音節作為一個單位。正如預期會出現在這種韻律系統中，帛琉語有許多與重音有關的元音交替：*búsəʔ*「羽毛；毛皮；體毛」：*bsəʔé-l*「他／她的陰毛」，*kar*「藥」：*kərú-l a sokəl*「癬藥」，*mə-lik*「以葉子鋪墊鍋或籃子的底部」：*lkə-l*「它的襯裡」。

表 **4.41** 　在後綴型式中向右移轉重音

	詞基	後綴型式	
邵語	paru [páɾo] furaz [fóɾað] pilhnac [píłnaθ] saran [sáɾan] iup [íjup]	paru-an [paɾówan] furaz-in [foɾáðin] pilhnac-an [pińáθan] s\<in\>aran-an [sinaɾánan] iyup-i [júpi]	「錘子」 「月亮」 「霹靂」 「路」 「吹」
馬來語	məŋ-aŋkat [məŋáŋkat] batu [bátu] məŋ-gigit [məŋgígit] surat [súrat] məŋ-ukur [məŋúkuɾ]	aŋkat-an [aŋkátan] məm-batu-i [məmbatúwi] gigit-an [gigítan] mə-ñurat-i [məñuráti] ukur-an [ukúɾan]	「提高」 「石頭」 「咬」 「寫」 「測量」
Wuvulu 語	ake [áxe] uko [úgo] uli [úli] pepea [pɛpéja] upu [úpu]	ake-u [axéw] uko-u [ugów] uli-na [ulína] pepea-u [pɛpejáw] upu-u [upú]	「下巴、下顎」 「頭髮」 「樹皮」 「腸子」 「祖父」

4.3.2.3 重音向右移轉

　　雖然相關報導不多，但是許多南島語言的後綴型式呈現出重音移轉的現象。大多數南島語言都有倒數第二的詞重音。雖然重音落在未加綴的詞基的倒數第二位置，在後綴型式中，它會移轉到詞基的最後一個音節。表 4.41 顯示了三個距離遙遠的語言中重音向右移轉的例子，台灣中部的邵語，印尼西部的馬來語、和美拉尼西亞西部的海軍部群島的 Wuvulu 語。

　　在這些語言中，以及在許多其他行為方式大致相同的語言中，重音在倒數第二位置，無論是單詞素還是多詞素裡。前綴和中綴對重音指派沒有影響，但是後綴有，因為它改變了重音音節與它所屬的較大單詞的關係。在具有音位性重音的語言中通常有這同樣的規

律，因此帶最後重音的詞基將重音轉移到後綴，這種模式在菲律賓北部和中部的許多語言中都很常見，例如比可語 *hákot*「運輸」：*hakót-on*「運輸」，但是 *apód*「打電話」：*apod-ón*「打電話」。然而，在一些菲律賓中部語言，後綴型式的重音是不可預測的，如塔加洛語 *apúy* [apój]「火」，但是 *ápuy-an* [ápojan]「壁爐」（原來的預期是末重音）。類似的情況，具有固定倒數第二重音的語言似乎有少數單詞的重音為例外，如馬來語 *minum* [mínum]「喝」，但 *minum-an*「飲料」的重音通常在第一個音節：[mínuman]。

4.3.2.4　音拍（The mora）

在大多數南島語言中，重音在倒數第二位置，但在東南亞島嶼情況往往較複雜。馬來語本土詞彙的元音有六個，寫成 *i*、*u*、*e*（寫為 *é*）、*o*、*ə*（寫為 *e*）、和 *a*。其中，*e* 和 *o* 不常見且分布有限制，而央中元音雖然很常見，但不出現在元音、*h* 或詞邊界的前面。重音落在倒數第二個元音上，例外情況是央中元音後接單個輔音，在這種情況下，重音向右移轉，如 *barat* [bárat]「溪」，但 *bərat* [bərát]「重」。這可以被稱為「詞彙重音轉移」（lexical stress shift），以區別於在許多語言後綴型式中的構詞重音轉移（morphological stress shift），指的是加後綴產生的重音移位。如果央中元音之後是輔音串，則重音不會發生變化，如 *əmpat* [əmpat]「四」，或 *pərlu* [pərlu]「必要」。此行為源自原始南島語的元音長度不具音位性、及其元音在許多後代語言中的反映，這些後代語言裡的央中元音似乎超短。音拍被認為是最小的長度單位。然而，在大多數具有央中元音的南島語言，很難運用這種解釋，因為在延長環境中的大多數元音很長

（因此是兩個音拍），不帶重音的音節大部分元音很短（因此是一個音拍），而央中元音是格外的短、不到一個音拍。如果央中元音是單音拍，短元音必須有兩個音拍而長元音有三個[24]，但對於缺少超短元音的語言則不然，採用這種解釋會使跨語言的語音比較不一致。

　　無論採用何種解釋，很清楚的一點是，央中元音的長度過短使其抗拒重音。然而，央中元音後接輔音串時卻能帶重音，這點衍生出另一個觀察：在許多語言中，輔音在央中元音之後產生疊加、而沒有重音移轉（Blust 1995a: 127）。例如，在砂勞越北部的格拉比語，重音固定落在倒數第二個元音上，但如果這個元音是央中元音，後接的輔音大多會自動疊加，如 bəkən [bək:ən]「其他、不同」，bəŋəl [bəŋ:əl]「聾」，əluŋ [ʔəl:ʊŋ]「河口」，əpit [ʔəp:ɪt]「竹鉗」，kətəd [kət:əd]「背」，pəman [pəm:an]「餵」，或 tənəb [tən:əb]「涼爽、冷」。格拉比語央中元音之後的疊加有兩種例外類型。首先，單一的格拉比語兒音[ɾ]在央中元音之後仍然是一個閃音，而非變成顫音，並且重音向右偏轉，例如 bəra [bərá:]「米」，ərət [ʔəɾət]「皮帶」，或 tərur [tərúɾ]「蛋」。第二，由於格拉比語的濁送氣音在發音上比其他濁塞音長，它們不會因為前面的央中元音再進一步延長。因此，在 təbʰuh [təbpʰuh]「甘蔗」或 bədʰuk [bədtʰʊk]「短尾猴」中的送氣塞音，似乎沒有明顯長於 ubʰo [ʔúbpʰo:]「停止、休息、暫停」，或者 idʰuŋ [ʔídtʰʊŋ]「鼻子」當中的送氣塞音。馬來語和格拉比語重音與央中元音的關係，最簡單的解釋是音節必須包含至少一個完整的音拍才能承載重音，Cə- 音節並沒有達到這個基本要求。

　　南島語言中的一些其他音韻規律也感應音拍（mora-sensitive）。在大多數南島語言中，單音節詞素必須是雙音拍。同一詞素的單音

拍和雙音拍的發音交替，例如在邵語 *ma-raʔin nak a taun*「我的房子很大」（[nak]），與 *i-zay a taun nak*「那房子是我的」（[naːk]）顯示單音節雙音拍的條件作用於韻律詞而不是實詞詞素，因為在 *nak a taun* 當中，詞素 *nak*「我的」是較大的韻律詞[náka]的一部分，帶有連接詞的結構。

在砂勞越北部的吉布語，詞中輔音和最後一個音節的元音有對比性長音，如 *mataay*「死、死的」：*mattay*「翠鳥」：*lattaay*「鏈」，*lay*「乾旱季」：*laay*「男性」，*tot*「放屁」：*toot*「針」（Blust 2003b）。此外，單音節詞例如 *lay* 或 *laay*，如果韻核是短音，則聲母會自動延長，反之亦然。這顯示一個帶重音的 CV 序列必須保持恆定的音長，馬都拉語中也有這種現象（Cohn & Ham 1999），這一點讓人想起其他語言的央中元音與重音的關聯性。然而，在吉布語中，不論元音是長或短，僅單音節詞有帶重音的 CV 序列須保持恆定音長的限制，雙音節詞不受影響，例如 *pana* [pánaː]「煮」，帶重音的第一個音節含一個短輔音和一個短元音。如果 *lay* [lːaj]這樣的型式中，語音上出現疊輔音的成因與像是邵語當中 *nak* [naːk]的長元音一樣，是由於雙音拍制約所引發的話，吉布語則會是文獻報導上為數不多的語言之一，聲母帶音拍且有助於音節重量。

央中元音在東南亞島嶼的南島語言中的行為顯示這個元音可能不到一個音拍、因此超短，另一個相對的情形是 Blevins & Harrison（1999）研究的麥克羅尼西亞東部的吉里巴斯語（Gilbertese），有一些韻律成分特別長。根據他們的說法，「吉里巴斯語的典型韻步包含三個音拍」。三音拍結構是重音單位、也是最小的韻律詞大小。在其他的南島語言沒有任何類似的報導。

4.3.2.5　和諧交替（**Harmonic alternations**）

　　元音和諧在南島語言中很少見，儘管一些和諧音徵在音段組合限制或交替當中扮演某種角色。在蘇拉威西島東部的一些語言中可以找到元音和諧的例子，其中元音的音徵完全或幾乎完全和諧。有關於蘇拉威西島東北部的 Banggai 語，Van den Bergh（1953: 126）描述了一種帶 *a-*、*-e-* 或 *o-* 標記的使動結構，根據描述，這種結構是由 *pa-*、*pe-* 和 *po-* 弱化所致（原始南島語 *pa-「使動」）。這種變化的本質是同化：如果第一個詞基的元音是央元音的話，使動標記是 *a-*，如果是前元音的話是 *e-*，如果是後元音則為 *o-*：*a-lakit*「裝載貨物」，*e-teleŋen*「使某物向後彎曲」，*o-kolo*「躺在搖籃裡」，*o-sukup*「使充分或完整」。前綴元音同化發生在後綴引發的交替之後。例如，van den Bergh 引用了頻繁使用的型式 *o-lokit-i* 可對照 *a-lakit* 一詞：添加後綴 *-i* 使得 *lakit* 的 *a* 變為 *o*（來自早期央中元音），然後前綴元音同化於此衍生出來的詞基元音。在蘇拉威西島東北半島使用的 Saluan 語群之一的 Balantak 語，當中的詞綴元音和諧可能是南島語言中已知的最顯著的情形。Busenitz & Busenitz（1991）指出，Balantak 語的動詞前綴 *mVŋ-*、*nVŋ-* 和 *pVŋ-* 的韻核與詞幹的第一個元音完全和諧，如 *maŋa-wawau*「要做」，*meŋe-memeli*「冷卻」、*miŋi-limbaʔ*「移動」、*moŋo-roŋor*「聽到」、或 *muŋu-yuŋot*「搖動」。由於不允許鼻音後接響音的輔音序列，所以前綴和詞基之間會插入一個新的元音，並且這兩個前綴元音完全同化於第一個詞基元音。除了在這些前綴交替中看到的逆向同化之外，Balantak 語還有一個向右的順向同化系統，影響所有格第二人稱單數後綴的表面型式，如 *tama-am*「你的父親」，*tambue-em*「你的綠豆」、*kopi-im*「你

的咖啡」、*tigo-om*「你的煙草」、或 *apu-um*「你的火」。

　　除了蘇拉威西島東部的 Saluan 語群，這種徹底的詞綴元音和諧系統很少見。Busenitz & Busenitz（1991: 46, 註 17）指出，即使在 Balantak 語元音中，並非所有方言中都有完整的元音和諧，其中一些似乎限制了前綴元音只能交替為 *a* 和 *o*。詞綴元音和諧的兩個清楚的例子，出現在呂宋島中部的加班邦安語和北台灣的賽德克語。在加班邦安語中，動詞前綴 *mVm-* 的韻核與詞基的第一個元音相呼應：*áŋin*「風」：*mam-áŋin*「風吹」，*ikat*「一條辮子」：*mim-ikat*「編織」、*urán*「雨」、*mum-urán*「下雨」。加班邦安語有一個五元音系統，但由於倒數第二位置的 *e* 和 *o* 一般僅限於借詞，*mVm-* 只有三個同位詞（allomorph）。Li（1977a: 402）描述了 Yang（1976）的早期研究，他指出賽德克語有一個五元音系統，幾個前綴包括 *mu-*、*pu-* 和 *ku-* 在內，元音與詞基的第一個（帶重音的）元音完全同化。然而，元音同化有兩種限制。首先，只有當詞基以元音或 *h* 開頭時才會發生同化，所有其他以輔音起始的詞基會阻斷前綴元音和諧。其次，由於在賽德克語中沒有 *h* + *o*，並且 *o* 從不出現在元音串中，因此前綴元音和諧不會作用於倒數第二位置包含後中元音 *o* 的詞基。於是有四類的元音和諧交替：*ma-adis*「帶來」、*me-eyah*「來」，*mi-imah*「喝」、*mu-uyas*「唱」、*mi-hido*「曬」等。[36]

　　前面的例子說明了詞綴元音和諧，其中和諧的元音若非完全同化於最近的詞基元音（Balantak 語、加班邦安語、賽德克語），就是

---

36 Li 在他的記錄中標示了重音，但在賽德克語中重音不具音位性，從他所提供的語料中很難看出重音在前綴元音的和諧交替中扮演了什麼角色。

在前後向度（frontness）的同化（Banggai 語）。在區分次類型時，這些可稱為廣泛（global）和諧交替。其他在詞素邊界或單詞邊界上發生的和諧，受到的限制較多。例如，在蘇拉威西島中北部的 Bolaang Mongondow 語，主事者語態中綴 *-um-* 在詞基的倒數第二位置包含一個前高元音時，變為 *-im-*：*dompaʔ*：*d<um>ompaʔ*「鳥類的俯衝」，*kutad*：*k<um>utad*「膨脹、例如屍體」，*takoy*：*t<um>akoy*「騎（馬、交通工具等）」，但是 *kilat*「閃電」：*k<im>ilat*「閃電」，*siup*「房子下面的空間」：*s<im>iup*「進入房屋下面的空間」。由於同化不會發生在像是 *kuliliŋ*「環境」：*k<um>uliliŋ*「圍繞一個區域」，*kulit*「皮膚」：*kulit-an*（**kilit-an）「痛斥」，或 *kumi*「小鬍子」：*kumi-an*（**kimi-an）「留著小鬍子」這類的詞，因此這個語言的前後和諧是一個受制於構詞結構的音韻規律。一個看似限制更多的和諧規律出現在菲律賓中部巴拉灣島上的中部 Tagbanwa 語，Scebold（2003: 35）指出「具有後高元音的曲折前綴會以下列方式影響後面接著的衍生前綴：在衍生前綴內/a/→/u/。」他給出了兩個例子：*pa-tabas*「修剪」+ *pug-* → *pug-pu-tabas*「已修剪」，和 *paŋ-aral*「演講」+ *pu-* → *pu-puŋ-aral*「訓斥某人」。此處的元音和諧顯然只是由前面的詞綴元音誘發，並且僅影響後接詞綴的元音、不包括所有詞幹元音。

查莫洛語有一個元音前置（fronting）和諧規律是由包含前元音 *i*、*e* 或 *æ* 的介詞或詞綴所誘發。當起始音節含後元音的詞基出現在包含前元音的詞綴或介詞之後，詞基的第一個元音會前置，沒有舌位高度的變化：*gumaʔ*「房子」：*i-gimaʔ*「這房子」，*foggon*「爐子」：*ni feggon*「這爐子」，*lagu*「北」：*sæn-lægu*「朝北」。查莫洛語的元

音和諧，有三點是獨特的。首先，元音和諧是單向的─所有和諧都涉及前置。其次，與上述和諧音徵由詞基擴展到詞綴的例子不同，查莫洛語和諧音徵從詞綴或介詞擴展到詞基的第一個元音。第三，正如 *ni feggon* 這個例子所顯示，查莫洛語元音和諧僅影響局部音徵，而不像土耳其語這類語言完全和諧，查莫洛語不要求一個詞中的所有元音都具有相同的和諧音徵。

查莫洛語的元音和諧可以稱之為「前置和諧」。也有其他南島語言表現出單向、可以稱之為「後置和諧」或「圓唇和諧」的類型。例如，在海軍部群島的馬努斯島上使用的 Loniu 語中，圓唇元音在某些條件下觸發了後接的元音和輔音的圓唇。一個引人注目的例子是 *kaman*「單身漢的房子」、*lo kaman* > [lo komʷan]「在單身漢的房子裡」，這個例子中，方位前置詞（locative preposition）的元音對於後面緊鄰的軟顎塞音沒有明顯的影響，但是導致詞基的第一個元音和其後的唇鼻音圓唇化。最不常見的單向元音和諧是由非圓唇的央中、央高元音誘發同化。這出現在兩種台灣語言當中。Li（1977a: 403）引用了 Ting（1976）的早期作品，指出在台灣中南部的拉阿魯哇語（Saaroa），當第一個詞基元音是 ɨ（央高元音）時，詞綴 (-)ɨm- 交替為 (-)ɨm-：*um-ala*「拿」、*um-usal(ɨ)*「下雨」、*t<um>aŋi*「哭」，但是 *ɨm-ɨtɨcɨ*「觸摸」、*l-ɨm-ɨtɨkɨ*「種植」。類似的情況出現在台灣中部的巴宰語，當詞基第一個元音是 ə 時，主事者動詞前綴 *mu-*（< *-um- ）變為 *mə-*：*mu-laŋuy*「游泳」、*mu-bisu*「寫」、*mu-bulax*「分裂」，但是 *mə-bəxəs*「從口中噴水」、*mə-dəsək*「打嗝／嗚咽」（Blust 1999a）。這些案例是特殊的，因為在大多數南島語言中，央中元音是典型的中性元音，因此往往是被同化而不會誘發音韻變化。

一些詞素結構的限制和元音和諧類似，但兩者並不相同。Kroeger（1992）描述了沙巴的三種語言中他認為是「元音和諧」的規律。這個規律的細節因語言社群而異，但與幾個都孫語和 Murut 語相關的重要觀察是，它們通常避免序列 *oCa*，在同一音韻詞內會將 *o* 一個個地改變為 *a*。歷史上，都孫語的非詞尾 *o* 來自央中元音，但是不清楚此音變出現在 *oCa* 限制之前或之後。Kota Beled 地區使用的 Tindal 都孫語（Tindal Dusun）可用來說明，它有四元音系統 *i, u, a, o*（以及在少數型式浮現的第五元音 *e*）。在這個方言中，修飾式前綴 *o-* 可能出現在任何 CV- 詞基之前，除非第一個詞基元音是 *a*：*o-nibaʔ*「長度短」、*o-kuguy*「狹窄」、*o-somok*「靠近」。然而，當第一個詞基元音是 *a*、則前綴元音也是 *a*：*a-naru*「長」、*a-laab*「寬」，*a-lasuʔ*「熱」、*a-ralom*「深」、*a-taraŋ*「亮」。相同類型的交替影響語言中所有的詞綴和加綴型式。因此，*mog-onsok*「烹調、炒」的前綴元音不同於 *pag-ansak-an*「爐床」，因為方位後綴 *-an* 引發了變化。如 Kroeger（1992）所描述的 Kimaragang 都孫語（Kimaragang Dusun）的過去時詞綴 *noko-*，如果詞基的第一個元音是 *a*，會變為 *naka-*，否則不會改變：*noko-dagaŋ > naka-dagaŋ*「賣了」。將 *o* 轉換為 *a* 可進一步影響多個音，例如 *mog-ogom*「放下某物」，但是 *pa-agam-an*「放置某物的地方」（< *po-ogom-an*），或者 *ma-nanam*「種植」，*pa-nanam-an*「種植的時間／地點」（< *poŋ-tanom-an*）。值得注意的是，這種同化過程並不適用於 *aCo* 序列：*dagaŋ*：*dagaŋ-on*「買」，*lapak*：> *lapak-on*「分裂」，*tanay*「白蟻」：*tanay-on*「被白蟻侵襲的」，*rataʔ*「平」：*pa-rataʔ-on*「被壓平」，*suaŋ*「進入」：*po-suaŋ-on*「被允許進入」。

在真正的元音和諧當中，某些音徵的值在整個定義的音韻範疇中都是一致的。通常，這個音徵的值是[後]、[高]、或[圓唇]。例如，在典型的土耳其語或蒙古語中，音韻詞中的所有元音舌位的前後必須一致。另一方面，在查莫洛語，跨越詞素邊界或靠近詞邊界的相鄰元音在舌位前後是一致的，但不相鄰的元音不受這個限制。這類仍是真正的元音和諧，只是侷限在一個較小的領域內。與這些或其他已知的例子不同，都孫語中的 *a/o* 交替不是和諧，因為是依音段排序而定，避開 *oCa*、而不是 *aCo*。在一些特定的詞綴-詞基組合中，避免這個序列的方式是透過 *a > o* 而不是 *o > a*：*a-gayo*「大」：*mama-gayo*「放大」：*po-goyo-on*「被放大」（**pa-gayo-on），*a-maluʔ*「害羞、尷尬」：*po-moluʔ-on*「讓某人感到尷尬」（**pa-maluʔ-on），*panaw*「走路、去」：*ka-panaw*「能夠走路」：*po-ponow*「離開」（**pa-panaw）。比起前一個機制，後者較難理解，但它們產生相同的效果，即避免序列 *oCa*。因此，都孫語中的 *a/o* 交替似乎介於兩個相對明確的類別之間：元音和諧、和語言特定的共謀。避免 *oCa* 序列要看順序，因此不符合真正的元音和諧的標準特徵。因為 *o > a* 和 *a > o* 都是同化，避免 *oCa* 的這個限制也缺乏真正的共謀標準特徵，意即用不同的策略達到相同的功能目的。

最後，由於南島語言學對於元音和諧的討論通常是關於和諧交替（harmonic alternations），因此很容易忽略少數結構上的元音和諧的例子（意即詞基內的和諧）。Winstedt（1927: 48-49）指出在馬來語裡，中元音的下一個音節不能含高元音。然而，高元音後面可以接中元音，Wilkinson（1959）列出了這兩種類型的某些型式。馬來語的元音在舌位高低的和諧似乎是一種傾向，也許最好的表達方式

是將其視為序列制約（sequence constraint），就像都孫語群中的 *a/o* 交替。然而，詞基內真正的高低和諧確實出現在砂勞越北部的一些語言中。Long Labid 語、Long Lamai 語和 Long Merigam 語是在 Baram 河的 Tinjar 和 Tutoh 支流上使用的三種密切相關的 Penan 方言。所有三種語言都有六個對比元音，即 *i*、*u*、*e*、*ə*、*o* 和 *a*，也都限制須為前後向度相同的元音才有高低方面的和諧。當末音節出現前中或後中元音時，元音 *e*（前中）和 *o*（後中）才會出現在倒數第二位置。在一個單詞之內，元音的任何組合都可以出現在連續的音節中，而根據比較歷史方法預期出現的 *uCo*、*iCe* 或 *uCe*，高元音均下降了，因此並無實際出現的 *uCo*、*iCe* 或 *uCe* 組合。這點可用 Long Labid 語的語料加以說明。在這個方言中，*u 在詞尾喉塞音（來自原始南島語小舌塞音 *q）之前、在 *h*（< *s）之前、和偶爾在 *k 和 *ŋ 之前，會下降為 *o*。在之後某階段，倒數第二位置的高元音如果後面跟著一個前後向度相同的中元音，舌位會下降：*puluq > *poloʔ*「十」、*tuzuq > *tojoʔ*「食指」、*pusuq > *posoʔ*「心」、*nipis > nipih > nipeh > nepeh > *nepe*「薄（材料）」、*titis > titih > titeh > teteh > *tete*「一滴水」、*itiq > itiʔ > iteʔ > *eteʔ*「乳房」。高元音和中元音、端看是前元音或後元音，處理的方式有所不同。序列 *uCe* 明顯變為 *oCe*，如在 Long Labid 語的 *ŋoreh*「搔抓（例如貓）」（*kuris）、*mosen*「老鼠」、*loʔen*「青蛙」或 *ŋe-romek*「粉碎」。然而，序列 *iCo* 在所有三種語言中都很常見。雖然語料樣本太小、推論出的這些規律可能還有待商榷，但值得注意的是，所有已知的南島語言中，結構元音和諧（structural vowel harmony）的例子都是高低和諧（height harmony），與和諧交替的例子不同。

由於輔音和諧遠不如元音和諧常見，因此最好在此一併處理、而非另闢章節討論。如上所述，一些原始南島語的音段組成限制已被傳遞到許多後代語言中。一般來說，這些制約不利於某些音串或音段出現在某些位置，以否定方式陳述為：不允許連續音節中出現不相似的唇音，但對於能出現的序列並沒有肯定陳述的制約（positive requirement）。輔音和諧系統進一步要求在某個音韻範疇內的所有輔音在某些音徵值上達成一致。包括 Dempwolff（1939）、Bradshaw（1979）和 Ross（2002b）在內的一些學者已經注意到在新幾內亞的休恩（Huon）半島上使用的 Yabem（Jabêm）語的這種發展。正如在許多語言中一樣，Yabem 語的元音在濁阻音之後音高（pitch）較低、而在清阻音之後音高較高。這些語音差異在很大程度上仍然可以預測，但在某些環境中已經形成對比，從而使得 Yabem 語成為南島語言為數不多的聲調語言之一。在同一個詞素內，濁阻音和清阻音、或高低聲調的音不能同時出現。響音和 s 被視為是中立的，這裡某些細節可以忽略不提。除了 s 之外，範疇內的所有阻音必須同為濁音或清音。由此可見，Yabem 語具有基於[清濁]音徵的阻音和諧系統，與音高有緊密關聯。這種和諧關係維持在一個詞素之中，但也會觸發清濁交替，例如在實現動詞 ka-puŋ「我種植」、ka-taŋ「我發出聲音」、ka-ko「我站立」，對比 ga-bu「我侮辱」、ga-duc「我鞠躬」、ga-guŋ「我投矛」。

繼 Fokker（1895）的早期工作之後，Adelaar（1983: 57）認為，在馬來語的歷史中，「雙音節詞語中存在一個限制，不允許詞中塞音或鼻音與發音部位相同、但是清濁不同的詞首塞音同時出現。」他稱之為「輔音和諧」。有些例子像是 dataŋ < *dateŋ「來、到達」、

tidur < *tiduR「睡眠」、*tanah* < *taneq「土地」、*tanam* < *tanem「種植、埋葬」、*tuna* < *tuna「淡水鰻」、*tunu* < *tunu「燒」、或 *natar*「背景；水平」< *nataD「房屋周圍的空曠區域」看起來違反了這一說法，但是可以透過以下觀察獲得解釋，即馬來語中的/d/和/n/是齒齦音、而/t/是齒音，這個語音特徵在南島語言中很常見，並且可能至少從原始馬來-波里尼西亞語就已繼承而來。然而，如上所述，若使用「輔音和諧」一詞的方式嚴格地與「元音和諧」的一般用法相同，真正的輔音和諧系統必須只能是指在加綴等動態過程裡某些音徵（高低、前後、清濁等）變為一致。由於 Adelaar 在馬來語中討論的詞素結構限制以及在 Chrétien（1965: 262-266）中所隱含的（雖然沒有說明）詞素結構限制僅限於避免某些形態，它們滿足了和諧系統定義的必要條件，但不是充分條件，因此我們的結論是，迄今為止南島語言中嚴格定義下唯一的輔音和諧的例子是 Yabem 語。

4.3.2.6　元音刪略（Syncope）

元音刪略在一些南島語言中很活躍，但是卻經常被忽視。[25] 例如，Blake（1925: 300）以八頁附錄的篇幅討論塔加洛語的元音刪略，但在晚近的描述中，例如 Ramos（1971）或 Schachter & Otanes（1972），卻很少提到這一點。在塔加洛語中，任何一個夾在輔音之間（VC_CV）不帶重音的元音都可能刪除，歷史上的 *e（央中元音）尤其如此：*atip*「屋頂」：*apt-án*「有屋頂的」（*qatep），*asín*「鹽」：*asn-ín*「加鹽的」（*qasin），*bukás*：*buks-án*「打開」（*bukas），*tahíp*「被篩選的穀物上下移動」：*taph-án*「篩選籃」（*tahep）。VC_CV 環境下的元音刪略在馬努斯島中部的幾種語言裡是歷時音變，將在

歷史音韻學的章節中討論。許多大洋洲語言也會刪除部分重疊型式裡相同輔音之間的元音，從而產生詞首疊輔音。這主要是一個歷史過程，但在某些語言可能正在變化當中。根據 Milner（1958）的報導，在 Ellice 群島（現為 Tuvalu 境內）的波里尼西亞語、和麥克羅尼西亞的 Kapingamarangi 環礁的波里尼西亞大三角外圍語言中，不帶重音的元音在相同的輔音之間刪除，從而產生表層送氣音 p^h、t^h、k^h。這些語言中刪除的條件通常以下列兩種方式之一產生：1）透過 CV- 重疊，在這種情況下，任何詞基起始輔音 p、t、k 在表層可能變為送氣音，或者 2）通過元音刪略、以及融合普通名詞的冠詞 te 與其後 t- 開頭的名詞，在這種情況下，只有齒塞音變為送氣音，如 eai te $puaka$ $teenei$「這是誰的豬？」與 eai t^hao $teenei$「這是誰的矛？」（te tao > t^hao）。基於它產生的條件，送氣音侷限於起始音節並不足為奇。在思考吐瓦魯語（Tuvaluan）和 Kapingamarangi 語送氣音的表徵型式時，共時與歷時音韻之間的界限有些模糊，但是構詞相關型式的變化顯示元音刪略和送氣是共時音韻的產物。[37] 另一個刪除相同輔音之間元音的大洋洲語言與剛才描述的波里尼西亞語言例子有兩個有趣的差異：1）無論第一個輔音是否為單詞起始，相同輔音之間的元音會刪除，2）元音刪略影響帶重音和不帶重音的元音。再一次可看到這似乎是進行中的變化。在新愛爾蘭北部的 St. Matthias 群島的 Mussau 語，出生於 1930 年左右或之後的語者會省去從詞的右緣算來第一個出現在相同輔音之間的元音，而年長的語者則不會：

---

37 Besnier（2000: 618）最近的描述提到將元音刪略視為共時音韻的一部分，但是在吐瓦魯語產生的是疊輔音而非送氣輔音。

ai gagali：*ai ggali*「剃刀」，*gigima*：*ggima*「樹的種類」，*ai kakala*：*ai kkala*「掃帚」，*kikiau*：*kkiau*「塚雉」，*mamaa*：*mmaa*「壁虎」，*mumuko*：*mmuko*「海參」，*papasa*：*ppasa*「連接外伸槳架的棒子」，*rarana*：*rrana*「紅樹」，*raraŋa*：*rraŋa*「海膽」，*tutulu*：*ttulu*「房子的樑柱」，*gagaga*：*gagga*「潮汐」，*kabitoto*：*kabitto*「蟲卵」，*katoto*：*katto*「星星」，*miroro*：*mirro*「魚的種類」，*mumumu*：*mummu*「吸」。Mussau 語的重音規律地落在倒數第二位置，而令人驚訝的是，元音刪略可刪除重音節的元音，進而產生了詞中疊輔音。Blevins（2008）提出了一個歷史的情境，試圖解釋這種理論上的例外情況可能是如何發生的。然而，她的分析依據的是文獻上已發表的重音標記，與我自己調查記錄下來的語料不同，因此 Mussau 語是否刪除帶重音的元音，此一問題仍然處於不確定狀態。

4.3.2.7　詞尾元音的交替

在許多大洋洲語言中，元音起始的後綴之前有主題輔音（thematic consonant），這顯然是詞尾輔音丟失的歷史產物，即使隨後的變化改變了交替音段的詞源完整性。相同地，詞尾主題元音來自於詞尾元音的丟失，這些元音沒有被後綴「保護」，例如賽馬特語（在海軍部群島）*min*「手」：*mina-k*「我的手」，*kaw*「額頭」：*kawã-k*「我的額頭」，*kinaw*「脖子」：*kinawe-k*「我的脖子」，*waku*「睪丸」：*wakue-k*「我的睪丸」，*leh*「牙齒」：*leho-k*「我的牙齒」，*ut*「陰莖」：*uti-k*「我的陰莖」，*sus*「乳房」：*susu-n*「她的乳房」，或者是 *um*「房子；巢」：*umʷo-n*「他／她的房子；它的巢」。很少有南島語言丟失了詞尾元音而沒有丟失最尾端的輔音，因此在失去了詞尾元音的語言中，語音

「從右緣開始消蝕」通常導致丟失 -VC。這種情況發生在海軍部群島的大多數語言中，在萬那杜的許多語言，以及幾乎所有的核心麥克羅尼西亞語言。結果，加了後綴的動詞或名詞比起未加綴的詞基，有時不僅具有主題輔音，而且具有主題 -VC 序列、或該序列後續的變化型式。要找到這種變化的例子很困難，可能是因為它們在歷史上不穩定，但在表 4.42 中給出了 Mota 語（Banks 群島、萬那杜北部）和 Mokilese 語（麥克羅尼西亞中部）的一些變化：

表 4.42　Mota 語和 Mokilese 語的主題 -VC 序列

原始大洋洲語言	Mota 語	Mokilese 語	詞義
*taŋis	taŋ(i)	jɔŋ	哭泣
*taŋis-i	taŋis	jaŋid	為某人哭泣
*qumun	um	umʷ	土爐
*qumun-i	—	umʷun	在土爐烘焙
*tutuk	tut		用拳頭打
*tutuk-aki	tutg-ag		重擊

其他過程影響詞尾元音的發音。例如，在爪哇語的許多方言中，-/a/圓唇化為[ɔ]，這種同位變化觸發了左向的圓唇同化：/lara/ > [lɔrɔ]「生病、痛苦」，/mata/ > [mɔtɔ]「眼睛」，maŋsa > [mɔŋsɔ]「時間、季節」，sanja > [sɔndʒɔ]「訪問、偶訪」（/a/不出現在倒數第三個音節中）。加上後綴時，低元音圓唇不出現，導致交替型式：kənɔ「遭受」：kə-kəna-n「遭受一些不愉快的事情」，lɔrɔ「生病、痛苦」：lara-n「容易生病」，mɔtɔ「眼睛」：kə-mata-n「眼睛過大」。

4.3.2.8　元音降低／鬆化（vowel lowering/laxing）

　　許多南島語言表現出元音的語音差異與音節類型的相關性。一般模式是閉音節中的元音比開音節中的元音更低或更寬鬆。在某些語言中，「閉音節」類別可能包括以任何輔音結尾的音節，而在其他語言中，此類別的限制較大。Topping（1973: 19 頁起）描述了查莫洛語裡一組相當複雜的元音降低的條件。據說只有當元音帶重音並且處於開音節時，高元音才具有高的同位音[i]和[u]。降低的同位音發生在閉音節、或者不帶重音的開音節：[hí.hʊt]「靠近」、[pú.gas]「米」、[mú.mʊ]「戰鬥」、[lá.hɪ]「男性」。中元音有三個同位音，由元音高低來區分，與決定高元音的條件有些不同。對於/e/，元音低化的條件需要區分閉音節與不帶重音的開音節。特別是/e/在不帶重音的開音節變為[ɪ]（與[ɪ] < /i/ 重疊），在帶重音的開音節中為[e]，在閉音節中為[ɛ]：[óp.pɪ]「回覆」、[pé.ga]「附加」、[mɛ́g.gai]「很多」。/o/的情況，條件較為具體。這個音位在任何不帶重音的音節中為[ʊ]（與[ʊ] < /u/的同位音重疊），在不以 k 或 ŋ 結尾的重音節為[o]，以 k 或 ŋ 結尾的重音節為[ɔ]：/mapput/ [máp.pʊt]「難」，/oppi/ [óp.pɪ]「回覆」，/toktok/ [tóktʊk]「擁抱」。

　　婆羅洲中部和西部的一些語言也表現出在某些環境會有降低或鬆化的同位元音。通常，這些語言具有典型 CVCVC 型態，僅在某些詞尾輔音之前會降低。在詞尾輔音之前，大多數本土詞彙中只允許元音 i、u、ə 和 a。在 Bario 格拉比語裡，高元音低化的同位音[ɪ]和[ʊ]出現在除了喉塞音或 h 之外的任何詞尾輔音之前。此外，在非詞尾環境因元音刪略而產生的閉音節，高元音也會降低：b<in>adaʔ [bináda ʔ]「被某人建議」，但是 p<in>ə-taʔut [pɪntá ʔʊt]「被某人驚嚇」。

在加燕語 Uma Juman 方言中，高元音在詞尾喉塞音、*h*、*l* 和 *r* 音之前降低：*laki?* [láke?]「男性」、*uru?* [?úro?]「草」、*hivih* [híveh]「下唇」、*duh* [doh]「女性」、*uil* [wel]「槓桿」、*bakul* [bákol]「籃子」、*tumir* [túmeɾ]「腳跟」、*atur* [?átoɾ]「安排、整理」。Mukah Melanau 語僅在*-?* 和 *-h* 之前降低高元音，而許多 Kenyah 方言在詞尾喉塞音之前有類似的規律，具有音位性的中元音曾因此在 *-h* 之前出現、但之後又消失了。在這個區域的某些語言，如吉布語，沒有元音降低現象。或許值得注意的是，這些引發元音降低的詞尾輔音，正好也是在這些語言中不阻礙鼻化傳遞規律的輔音，儘管這兩種現象之間沒有明顯的關聯。喉塞音和 *h* 的角色特別值得注意，因為它們不但出現在元音降低的環境（加燕語、Melanau 語和 Kenyah 語）也出現在抗拒元音降低的環境中（格拉比語）。

在台灣南島語言的邵語中，與 *r*（一個齒齦閃音）相鄰的高元音會降低，在閉音節中會鬆化：*rima* [ɾéma]「五」、*rusaw* [ɾósaw]「魚」、*irush* [éɾoʃ]「唾液」、*lhmir* [ɫmeɾ]「草、雜草」、*turu* [tóɾo]「三」、*pish-tiŋtiŋ* [pɪʃténteŋ]「倔強、煩躁」、*hibur-in* [hi?bóɾen]「混合在一起」、*duruk-ik* [?doɾókɪk]「我刺它」。雖然在我們有所了解的婆羅洲大部分語言裡，高元音同位音的降低與鬆化無法區分開來，但它們在邵語中是分開的。此外，和其他幾種台灣南島語言一樣，在邵語中，與小舌塞音 *q* 相鄰的高元音降低了。更具體地說，/u/在/q/之前或之後降低，例如 *tuqris* [tóqɾes]「套索陷阱」或 *qusaz* [qósað]「雨」，/i/則是在/q/之前降低同時帶有央中滑出音（mid-central offglide），在/q/之後降低並附帶央中滑入音：*mish-tiqur* [mɪʃteəqoɾ]「絆倒」，*qilha* [qəɫa]「米酒」。[26] *q* 對高元音的類似影響（源於發此塞音時舌身下降

與後縮）也出現在其他台灣南島語言中，包括泰雅語、排灣語、阿美語和布農語。在布農語中，舌位被小舌塞音往下拉扯的程度更大，產生近似[ijaq]和[qai]序列裡的滑入音和滑出音：*ciqay* [tsíaqaj]「分支」、*daqis* [dáqaiʃ]「臉」。在阿美語，決定元音降低和央化的條件與其他台灣南島語言有所不同。阿美語有兩個喉音音位/ʔ/和/h/；詞尾/ʔ/的語音體現為會厭軟骨-咽喉塞音（epiglotto-pharyngeal stop），而/h/為會厭軟骨-咽喉（epiglotto-pharyngeal）擦音（Edmonson, Esling, Harris & Huang 2005）。兩個輔音都會降低相鄰的高元音：*nuliq* [noléʔˤ]「百」、*puluq* [polóəʔˤ]「十」、*upih* [upéəнħ]「羽毛」、*fanuh* [fanóəнħ]「體毛」。

　　上面給的所有元音降低或鬆化的例子都出現在同音節的輔音之前。反觀塔加洛語的元音降低是由元音在單詞中的位置決定。在塔加洛語中，/u/（但/i/不會）在最後一個音節降低為中元音，與音節類型和重音無關。塔加洛語中最後一個音節/u/的降低在本土詞彙中是同位音，但是由於西班牙語和英語借詞的引進變成具音位性。曾經為音位內部的音韻交替，在加後綴型式變為/o/與/u/的詞音位轉換，例如 *apóy* [apój]「火」：*ápuy-an* [ápujan]「壁爐」，*buhók* [buhók]「頭髮」：*buhuk-án* [buhukán]「多毛的」，*límot* [límot]「遺忘」：*limut-in* [limútin]「試圖忘記」，或 *súso* [súso]「乳房」：*susúh-in* [susúhin]「吸吮乳房」。Schachter & Otanes（1972: 8 頁起）描述塔加洛語在某些條件下具有鬆化的/i/、/e/、/u/和/o/。他們認為，對於一些語者來說，所有四個元音的緊化和鬆化的同位音是完全可以互換的，但對於其他語者來說，緊元音在帶重音的開音節中更常見。

4.3.2.9　元音延長

如 4.3.2.4 所述，一些南島語言在某些環境會自動延長元音。在砂勞越北部的幾種語言中，詞尾元音均為長音，至少在引用型式中是如此，例如民都魯語 *ba* [baː]「二」，*lima* [limáː]「五」，*bivi* [bivíː]「嘴」，或 *rədu* [ʁədûː]「女性、女人」。在加燕語的 Uma Bawang 方言中，元音在詞尾喉塞音之前延長，而原本的詞尾元音之後則是後來添加了喉塞音，導致在詞尾喉塞音之前產生長度對比（*-aʔ >‑ [aːʔ]，*-a > ‑ [aʔ]）。在最後的階段，詞尾喉塞音之前的短高元音降低了舌位，而詞尾喉塞音在高元音之後丟失了。導致的結果是，現今這個方言裡的元音長度呈現對比，但只出現在詞尾喉塞音之前的低元音 *a*，例如 *duaʔ*「二」（前期加燕語（Pre-Kayan）為 *dua）、但是 *buaaʔ*「水果」（前期加燕語為 *buaʔ）。

上述例子說明了在多音節的最後一個音節中的元音延長產生了同位音。在許多南島語言中，元音在單音節詞也會自動延長。這是一般音韻理論中常見的「最小詞長限制」（minimal word constraint）。例如在夏威夷語當中，元音長度具音位性，但是除了感嘆詞之外的非依附性的單音節詞基都是雙音拍：*ā*「下巴、顴骨」、*ʔā*「火熱、燃燒」、*hē*「墳墓」、*kī*「*ti* 植物：朱蕉」、*nō*「洩漏、滲出、滲出」、*pū*「海螺殼」。雙音拍的要求較常出現在單音節實詞而非功能詞，因為後者通常依附到相鄰的實詞詞素以形成更大的音韻詞的一部分。

4.3.2.10　元音分裂（Vowel breaking）

元音分裂在拉丁語系（Romance）語言中是眾所周知的，通常會影響帶重音的中元音。在婆羅洲、蘇門答臘和東南亞大陸的一些

語言，歷史上有元音分裂現象，其中一些導致了重組，另一些則轉為活躍的規律並保留在共時語法當中。在婆羅洲 Melanau 方言鏈的大多數語言，從北部的 Balingian 城沿著砂勞越沿海延伸至少到南部的 Rejang 河河口，詞尾的 *k* 和 *ŋ*（但不包括 *g*）之前 *i* 和 *u* 發音帶有央中滑出音、是同位音的一部分。有些語言，像是 Mukah Melanau 語，甚至將其擴展為/a/（> [eə]），但一般來說這只限於高元音。這種語音細節也出現在一些 Lower Baram 語言中，以及砂勞越主要河流系統較容易到達的 Kenyah 語和加燕語的一些方言，但不在位置較偏遠的內陸方言中，顯示元音分裂是從 Melanau 語傳播的一個區域特徵。

在 Dalat Melanau 語的 Kampung Teh 方言（簡稱 KT）中，*i 和 *u 在詞尾 *k* 或 *ŋ* 之前發展出一個央中滑出音，而詞尾高元音、或在詞尾 *ʔ* 或 *h* 之前的高元音發展出一個央中滑入音：

表 4.43　**Dalat Melanau** 語的元音分裂

前期 **Melanau** 語	音位型式	語音型式	詞義
*titik	titik	[titíjək]	一滴液體
*buk	buk	[búwək]	頭髮
*kuniŋ	kuniŋ	[kuníjəŋ]	黃色
*nibuŋ	nibuŋ	[nibúwəŋ]	棕櫚種
*kami	kaməy	[kaməj]	第一人稱複數排除式
*qulu	uləw	[uləw]	頭
*putiʔ	putiʔ	[putəiʔ]	白色
*lasuʔ	lasuʔ	[lasəuʔ]	熱
*paqis	paʔih	[paʔəih]	烤魚或肉

前期 Melanau 語	音位型式	語音型式	詞義
*bibiR	bibih	[bibə́ih]	唇
*qateluR	təluh	[tələ́uh]	蛋

在詞尾輔音之前，這個歷史過程以互補的型式殘留在共時音韻中。然而，*-i* 和 *-u* 結尾的一些借詞導致了詞尾高元音和詞尾雙元音帶央中滑入音形成對比，詞尾雙元音的發展最好將其視為音位重組（phonemic restructuring）。

在 Kampung Teh（KT）方言的任何其他詞尾輔音之前，不會發生帶央中滑出音的元音分裂。令人驚訝的是，這包括 *g*：例如 *lilig*（[lilíg]）「樹脂」、*ribig*（[ribíg]）「捏」、*muug*（[mũũg]）「擦、如擦洗地板」、*tug*（[tug]）「腳跟」、*utug*（[utúg]）「一件東西」。帶音位性的高元音加上央中元音序列，可以出現在詞尾軟顎濁塞音之前，例如 *pieg*（[pijəg]）「顫抖」，這裡重音的位置顯示這個型式包含兩個元音而不是一個經過分裂的高元音（比較：例如[titíjək]「滴液」）。在所有已知的保留了詞尾濁塞音區別的砂勞越語言中，也有類似的限制，帶央中滑入音的元音分裂出現在詞尾 *k* 和 *ŋ* 之前、但不在詞尾 *g* 之前發生。

Mukah Melanau 語呈現了一個異常複雜且創新的元音分裂系統，可能是因為它的地理位置接近這項創新的起源處，此創新沿著砂勞越沿岸和主要河流系統向上游傳播（Blust 1988c）。因為接觸而產生元音分裂的語言，例如加燕語的 Uma Juman 方言（Rejang 河的 Baluy 分支）、Murik 語（Baram 河的主要分支），或 Kenyah 語的 Long Wat 方言（Baram 河的 Tutoh 分支），元音分裂的型式更為簡

單、或分裂出現在完全不相關的環境中。例如，在 Murik 語，分裂發生在詞尾軟顎音之前（這個語言沒有 -g），但只限於底層的 i：-uk 和 -uŋ 讀為[ok]和[oŋ]，後高鬆元音的舌位在低高和中高之間游移，但 -ik 和 -iŋ 唸為[ejək]和[ejəŋ]（Blust 1974c）。類似的一組同位音關係出現在加燕語的 Uma Juman 方言，u 在詞尾軟顎音之前降為[o]，但是 -ik 和 -iŋ 分裂為[ijək]和[ijəŋ]。另一方面，在 Kenyah 語的 Long Wat 方言[27]的詞尾 k 和 ŋ 之前，兩個高元音的發音帶有央中滑出音，但是在進行田野調查時，也不時聽到在 -un 和 -ut 序列有元音分裂：*avun* [avúən]「雲」、*məñun* [məɲúən]「坐」、*ujun* [udʒúwən]「嘴」、*məñut* [məɲúwət]「洗衣服」。在此環境中的 i 沒有元音分裂、在 -ud 序列中也沒有。

　　最後，由於在更為人熟知的拉丁語系語言中，元音分裂僅限於帶重音的元音，因此砂勞越語言裡重音和元音長度與元音分裂之間的關係是個有趣的議題。從歷史上看，這些語言的主重音幾乎都在倒數第二位置，除非這個元音是央中元音。然而，當代語言往往是在引用型式中的最後位置唸得較重、在詞組中則為倒數第二位置。Mukah Melanau 語的重音一般被記錄為倒數第二，暗示元音分裂影響的是不帶重音的元音，也有可能當語言創新元音分裂時帶有最後重音，之後受到倒數第二重音的馬來語影響而轉移。然而，比較馬來語之後發現一個有趣的對照。雖然沒有研究顯示馬來方言像 Melanau 語那樣具有元音分裂規則，但在標準的半島馬來語中，本土詞彙裡高元音下降的環境與砂勞越沿海地區的語言相同。Adelaar（1992: 10）對早期文獻進行了總結，他指出 -ik、-uk、-ih、-uh 和 -uŋ 有元音下降的同位音，但是 -iŋ 沒有。雖然這與沿海砂勞越發生

元音分裂的環境並不完全吻合，但已相當接近。蘇門答臘南部的一些語言，包括馬來語群的 Minangkabau 語和 Kerinci 語，以及受馬來語強烈影響的 Rejang 語也有複雜的元音分裂歷史。然而，由於這些在大多數情況下產生了音位重組，因此留待歷史音變的章節討論。

4.3.2.11　元音鼻化（Vowel nasality）

如在 4.3.1.3 章節所述，有足夠的語音訊息的語料顯示南島語言同位音性質的元音鼻化似乎通常從音節聲母擴散到後接元音，而不是從音節尾擴散到前面的元音。這在婆羅洲的許多語言中很清楚，右向的元音鼻化阻擋了原本詞尾鼻音會有的前爆，而且鼻音擴散產生了在 Narum 語的[1]（在口部元音之後）與～[n]（在衍生的同位鼻元音之後）之間的輔音變換，以及導致在雅就達亞克語當中[j]（在口部元音之後）～[n]（在衍生的同位鼻元音之後）的轉換。在賽馬特語這樣的大洋洲語言裡也是如此，帶音位性的鼻化是由早期音節聲母的鼻化效應引起的（* $m^wV > w$，但 *$wV > wV$；和 *rV（> h，但 *$pV > hV$）。上面提到的婆羅洲語言的鼻化現象通常仍然是共時音韻的一部分，而在賽馬特語，它們導致音位改變，但在這兩個例子裡規律的方向性都很明確，鼻化從輔音聲母傳遞到隨後的元音，而不是從輔音韻尾擴散到前一個元音。新喀里多尼亞（New Caledonia）的一些語言表現出類似的歷時元音鼻化，其中[鼻音]這個音徵由音節聲母轉移（transfer）到後續元音，儘管「在某些語言，元音間的輔音有雙邊同化……並且在遠北地區的幾種語言中出現了自發性的鼻化」（Ozanne-Rivierre & Rivierre 1989）。

這個規律的一個明顯例外是小巽它群島上 Lamaholot 語言的這

一區域（弗羅里斯島（Flores）東部到 Lembata/Lomblem 島）。Keraf
（1978）根據未經修改的 Swadesh 200 詞的詞表，提供了這個廣闊的
方言連續區域中的 35 個語言的資料，其中許多語料顯示了似乎是透
過歷史上詞尾輔音丟失之後鼻音左向擴散而產生帶音位性的鼻元
音，例如在原始馬來-波里尼西亞語 *zalan > Lamaler 語 *larã*「路徑、
道路」、*ipen > *ipã*「牙齒」、*kaen > *kã*「吃」、或 *pafã*「跌倒」，其
他方言則是帶有詞尾鼻音（Mulan 語、Belang 語的 *pawaŋ*，Kalikasa
語的 *pawan* 等）。雖然這些型式沒有共時殘留的歷史變化的產物，其
他詞源顯示，左向元音鼻化是共時語法的一部分。例如，Lamalera
語當中，原本不是以鼻音結尾的幾個詞現今有詞尾鼻化元音，例如
*beqbaq > *fəfã*「口」、*mata > *matã*「眼」、或 *buaq > *fuã*「果實」。
這些詞在許多南島語言中是強制領屬（例如「口」、「眼睛」）、或者
帶有部分與整體關係（例如「果實」）構思的詞，因此在早期可能
以 *-n*「第三人稱單數所有格／第三人稱單數屬格」結尾。如果是這
種情況，那麼這些名詞不帶後綴時，可能末音節為口部元音。關於
Lewolema 方言，Pampus（1999: 29 頁起）明確指出元音的鼻化不僅
在音韻學中扮演重要角色，而且在語言的構詞或語法中也起作用，
如 *belaʔ*「大」，當在「大房子」這個詞裡，出現在 *laŋoʔ*「房子」之
後，它的央中元音隨之產生鼻化。然而，尚不清楚這個過程是如何
產生的，Lamaholot 方言中的元音鼻化是單一來源或不止一個來源也
不清楚。

4.3.2.12　其他類型的元音同位（vowel allophony）

　　這裡應該提到的另一種類型的元音同位，不是因為它分布廣

泛，而是因為它不僅在南島語言、而是普遍而言很獨特。Bender（1968）顯示，馬紹爾語（Marshallese）有十二個表層元音，由前展唇、後展唇、後圓唇，以及四個舌位高度（高、高-中、低）定義出來。詞尾位置的元音通常很短，可以輕易找到十二個元音的最小對比組合，在詞首位置也有對比存在的證據。在這些情況下，傳統的音位分析會認定有十二個對比元音。然而，這種傳統分析是有問題的，因為元音的分布受制於相鄰輔音：在 CVC 音節中，顎化的唇音或齒音（稱為「J 輔音」）之間會出現前元音，在軟顎化的唇音和齒音之間、或是語音上非圓唇的軟顎音或流音之間（稱為「K 輔音」）為後展唇元音，在語音上圓唇的軟顎音或流音之間（稱為「Q 輔音」）為後圓唇元音。在混合環境中的元音音質，由受制於起始輔音的那一類逐漸轉換為韻尾輔音的那一類。這些關係如圖 4.2 所示，其中 F =前元音（front vowel），BU =後展唇元音（back unrounded vowel），BR =後圓唇元音（back rounded vowel）：

圖 4.2　馬紹爾語元音及輔音音質的關係

	F（前元音）	BU（後展唇元音）	BR（後圓唇元音）
J	+	-	-
K	-	+	-
Q	-	-	+

　　雖然一開始看似有元音對比，但是仔細檢視輔音環境顯示出元音分布呈現互補性。簡而言之，元音質地（vowel quality）（而不是舌位高度）可以從相鄰輔音的類型預測。儘管元音的同位音變化豐富，但馬紹爾語似乎只有四個元音音位，每個都代表一個獨特的舌

位高度。儘管這一系列結構上的關係似乎是馬紹爾語獨有的，但是這種語言的元音和輔音特徵相互滲透的現象在其他核心麥克羅尼西亞語言的歷史音韻中也廣泛地出現，而且從歷史上看，它是由元音決定相鄰輔音的發音，而不是反過來的。

4.3.2.13　豐富的元音交替（vowel alternations）

　　如前所述，儘管大多數南島語言很少有元音交替，但有一些值得注意的例外。表 4.44 說明了馬努斯島西部兩種語言中的單數所有格型式表現出的創新元音交替。若有相關資料可取得，則提供了原始大洋洲語（POC）型式作為比較（所有原始大洋洲語普通名詞及其在原始海軍部群島語中的延續型式，一般認為需要前置普通名詞標記 *na）：

表 4.44　馬努斯島西部的雷非語（**Levei**）和 **Pelipowai** 語創新的元音交替

	詞基	1 單	2 單	3 單	詞義
原始大洋洲語	mata	mata-gu	mata-mu	mata-ña	
雷非語		moto-k	muto-ŋ	mʷato-ŋ	眼睛
Pelipowai 語		ndʷə-k	ndiə-m	ndʷa-n	
原始大洋洲語	qate	qate-gu	qate-mu	qate-ña	
雷非語		ete-k	itie-ŋ	etæ-ŋ	肝
Pelipowai 語		ati-k	ate-m	ati-n	
原始大洋洲語	natu	natu-gu	natu-mu	natu-ña	
雷非語		nesu-k	nisie-ŋ	nesu-ŋ	孩童
Pelipowai 語		nacu-k	nacu-m	nacu-n	

	詞基	1單	2單	3單	詞義
原始大洋洲語	taliŋa	taliŋa-gu	taliŋa-mu	taliŋa-ña	
雷非語		cinu-k	cinie-ŋ	cinu-ŋ	耳朵
Pelipowai 語		pʷiki-caniə-k	pʷiki-caniə-m	pʷiki-cani-n	

　　雖然提供了原始大洋洲語詞的基本型式，但在大多數大洋洲語言中，強制領屬名詞（obligatorily possessed nouns）[28]的詞基型式不能單獨出現。因此，在 Pelipowai 語中，詞基型式的同質性似乎比雷非語更高，真正複雜的所有格型式僅在諸如「眼睛」等詞彙中。馬努斯島西部的其他語言很少或沒有這些變化，這顯示它們是雷非語和 Pelipowai 語的近期創新（比較：例如 Lindrou 語 *mada-k*、*mada-m*、*mada-n*「眼睛」，*ade-k*、*ade-m*、*ade-n*「肝」，*nadu-k*、*nadu-m*、*nadu-n*「孩童」，*draňe-k*、*draňe-m*、*draňe-n*「耳朵」）。

　　另一種具有豐富元音交替的語言是帛琉語，由廣泛的有條件的音變而產生。透過與帶第三人稱單數的詞基型式作比較，可以看到這許多變化。在詞基為 CVCVC 的情況下，詞基的第一個元音在後綴型式中交替為央中元音：*dáŋəb*：*dəŋəb-él*「蓋」，*ródəʔ*：*rədəʔ-él*「果實」，*díŋəs*：*dəŋəs-él*「飽食」。在大多數 CVC 詞基則沒有發生交替：*ʔur*：*ʔur-ál*「舌頭」，*diŋ*：*diŋ-ál*「耳朵」（但是 *ʔur*：*ʔər-il*「笑聲」），顯示帛琉語曾經像婆羅洲的許多語言一樣經歷過倒數第二之前的元音中和。帛琉語元音交替的大部分複雜性來自於包含元音序列或滑音+元音的詞基在後綴型式的變化。如果兩個元音中的第一個是 *a*，它通常會刪除：*dáit*：*dit-él*「芋頭」，*káud*：*kud-él*「壩」，*táod*：*tod-él*「叉子」。然而，在某些情況下的型式是不可預測的，

例如 *dáob* : *dəb-él*「海」一樣。如果第一個元音不是 *a*，後綴型式似乎通常是不可預測的：*buík* : *bik-él*「男孩」，*tóuʔ* : *tuʔ-él*「腳部疾病」（丟失第一個元音），*bóes* : *bos-él*「槍；氣槍」，*tuáŋəl* : *tuŋəl-él*「入口、門」（失去第二個元音）。另外有些詞基似乎含有特殊的元音交替，如 *ʔúi* : *ʔiú-l*「頭髮」。

4.4 換位（Metathesis）

換位通常被視為是邊緣和零星的現象。儘管在許多南島語言都有換位規律，換位在這個語系是個特別有趣的議題，因為它有時是規律的，甚至可能在語法系統中起作用。對這種現象的完整討論必須包括歷史上的音變，這將在後面的章節中討論。

規律換位涵蓋的範圍在南島語言中差異很大。菲律賓中部的許多語言都允許包含喉塞音的詞中輔音串，但這些通常僅限於 -ʔC- 或 -Cʔ-，並且衍生的輔音串若有喉塞音出現在不該出現的位置，則會發生換位。在 Mindoro 島上的 Hanunóo 語，喉塞音只能是詞中輔音串的後者、絕非前者：*bagʔú*「樹種」，*báŋʔit*「咬」，*káwʔit*「用腳趾撿東西」，*kirʔum*「恐懼、擔心」等。通過元音刪略衍生的輔音串，若會產生喉塞音在前，則換位會發生，例如 *ʔusá*「一」：*ká-sʔa*「一次」，*ʔúpat*「四」：*ká-pʔat*「四次」，或 *ʔúnum*「六」：*ká-nʔum*「六次」。關於這些型式的換位，有兩點值得注意。首先，其他衍生的輔音串不會換位，即使它們具有高度的有標性，例如 *túlu*「三」：*ká-tlu*「三次」。其次，菲律賓中部的其他語言，如標準比可語，輔音串

中的喉塞音只能出現在輔音前的位置。因此，在菲律賓中部的大部分地區，喉塞音在輔音串中出現的順序有限制，但首選順序依不同語言甚至不同方言而定。整個區域的一般情況是，同一個語言裡，輔音串當中的喉塞音出現的位置不會既能在輔音前又能在輔音後。

Steinhauer（1993）討論過在西帝汶的 Atoni 語或 Dawan 語中，在後綴 -ku 之前的（C)VCV 動詞詞幹最後元音如果不是低元音，會出現詞尾 CV 換位（若是低元音則刪除），因此 lomi：loim-ku「想要」，sapu：saup-ku「掃」，inu：iun-ku「喝」，tepo：teop-ku「打」。然而，他描述 Dawan 語使用「換位作為一種屈折的構詞學規律」（1993: 130），並沒有由這樣的例子得到支持，這些例子顯示它純粹是伴隨加綴產生的音韻變化。Steinhauer（1996a: 224）重新檢視此例，認為 Dawan 語的換位是一種語法機制，因為這裡詞基的基底和換位型式是用相同的詞綴來說明，例如 noni mnatu qina n-lomi（錢金 第三人稱單數 第三人稱單數-喜歡）「黃金錢他喜歡」與 qina n-loim noni mnatu（第三人稱單數 第三人稱單數-喜歡 錢 金）「他喜歡黃金錢」。然而，從這些例子中也很難看出換位如何獨立於詞序來傳遞句法或語義訊息，因此必須質疑這個語言的語料支持了換位可作為語法機制。

我對 Molo 方言的田野調查資料顯示了 Dawan 語換位的另一個層面。換位有時被認為與漸進音變的概念不相容。但是，這其實只有在未能認識到變異的關鍵角色的音變理論中才是如此。如表 4.45 所示，在獨立型式單詞中的 Dawan 語 CV 音節內的換位似乎是進行中的變化：

表 4.45　西帝汶 **Dawan** 語進行中的換位變化

原馬波	審慎語式	快速語式	詞義
*ma-isa	mɛsɛʔ	mɛs	一
*duha	nua	nua	二
*telu	tenu	teun	三
*epat	ha	ha	四
*lima	nim	nim	五
*enem	nɛʔ	nɛʔ	六
*pitu	hitu	hiut	七
*walu	fanu	faun	八
*siwa	seɔʔ	seɔʔ	九
*sa-ŋa-puluq	boʔɛs	boʔɛs	十

　　其他例子包括原始中部馬來-波里尼西亞語（PCMP）*Ratus >
natun mɛsɛʔ（審慎語式），*naut nɛs*（快速語式）「一百」，*malip >
ʔat mani（審慎語式），*ʔatmain*（快速語式）「笑」，*m-atay > ʔat
mate*（審慎語式），*ʔat maɛt*（快速語式）「死」，*kali > ʔat hani*（審
慎語式），*ʔat hain*（快速語式）「挖」，和 *ma-qasu > na masu*（審慎
語式），*na maus*（快速語式）「冒煙的」。這裡使用術語「審慎語式」
和「快速語式」來區分在 Dawan 語中出現的換位型式，但這可能不
是導致變異的主要參數。在引用型式中，數詞一到八保持歷史上原
有的輔音接元音的順序，但是在連續計數或詞組裡會發生詞尾 -CV
換位。其他的詞顯然只有歷史上發生換位的型式，例如上面的
「九」，以及 *deŋeR > ʔat nɛɛn*「聽」。儘管 Dawan 語中的「十」並
不反映原始馬來-波里尼西亞語（PMP）*sa-ŋa-puluq，但是 *boʔ nua*

「二十」、*boʔ tenu*「三十」這一類的詞顯示 *boʔes* 由 *boʔ*「十的單位」加上「一」的最後一個音節的換位變體所組成。

　　這些例子裡的換位型式與 Steinhauer 的描述一致：只有詞尾的 CV 受到影響，低元音看似是刪除而不是換位。值得注意的是，這些型式通常不涉及詞綴或句法差異：換位顯然完全由語速／語體控制。換位作為一個進行中的變化，對一般語言學理論的意義很有趣。雖然人們常常認為音段換位不可能不干擾說話者的注意力，但與我合作的 Dawan 語者似乎並沒有察覺到同一個詞換位與非換位型式的區別，正如同美國英語的語者未意識到詞尾塞音是否除阻。當提到換位發音時，他有時會堅持認為只有未換位的型式是正確的。然而，如果沒有其他事情干擾、語體差異不是討論的焦點時，換位的變體便會再次浮現。因此，在 Dawan 語中，換位似乎是語音節奏或語體的標記，也是伴隨某些構詞或句法過程的音韻現象。這一點令人驚訝，由於在這兩種情況下的換位型式是相同的，如果它們可以結合為單一條件，是較為優勢的分析。由於數詞中觀察到的換位並非因構詞或句法環境而異，這種情況應是由節奏／語體來決定，但 Steinhauer 提供的語料似乎不支持這一點。Deck（1933-1934: 38）描述的索羅門群島東南部的 Kwara'ae 語的換位有類似條件，其中詞尾的 CV（不論元音高度）據報導僅在快速語式中出現換位，如 *leka > leak*，*ʔaemu > ʔaeum*，*aliali > ailail*，或 *likotai > lioktai*。

　　據研究報導，在摩鹿加群島（Moluccas）南部的雷地語，換位也是一個語法機制（van Engelenhoven 1996, 1997），最著名的是在太平洋中部的羅圖曼語，這個語言受到一般語言學家相當的關注。此一現象最早是 Horatio Hale 在 1846 年有所描述，他引用例子包括

hula「月亮、月」、對比 *hual rua*「兩個月」，或者 *uhi*「山藥」、但是 *uh rua*「兩個山藥」。羅圖曼語這種一個單詞的兩個型式被稱為「絕對」型式和「建構」型式（Hocart 1919），或「完全」和「不完全」（Churchward 1940）、「不特定」與「特定」（Laycock 1981）等不同說法。

　　Churchward 的解釋可說是「經典」的分析，他將不完全型式描述為三個過程的產物：1）詞尾元音的省略，如 *haŋa*：*haŋ*「餵」或 *hoto*：*hot*「跳」，2）詞尾元音刪除並改變剩下的元音，如 *tɔfi*：*tɛf*「掃」，*mose*：*mös*「睡覺」，或 *futi*：*füt*「拉」，3）換位 -CV，如 *seseva*：*seseav*「錯誤的」，*pure*：*puer*「規則、決定」，或 *tiko*：*tiok*「肉」。大多數隨後的分析都試圖從 Churchward 片段的描述找到一個單一的底層型式，認為不完全型式均由 -CV 換位衍生而來。Schmidt（2003）清楚總結了這些分析。換位形成的相同元音串會融合變為單一元音。通過換位形成的元音若不相同，它們或許保持不同，如/tiko/ > [tijok]、或是融合成一個創新的表層元音，如/futi/ > [füt]。Churchward 將羅圖曼語的換位描述為「經常導致意義上的差異」，並且用例子 *famori feʔen*「人們熱心」和 *famör feʔeni*「熱情的人」來說明。這個例子和另外別的例子顯示羅圖曼語換位的一個功能，是為了區分謂詞形容詞和修飾式形容詞，但是這個型式差異也用來對比名詞中的特定性，例如 *famori ʔea*「這些人說」與 *famör ʔea*「有些人說」。相對於在 Dawan 語，換位惟有同時帶加綴或詞序改變時才有不同的語義，羅圖曼語不同的是，換位通常是語法差異的唯一標記，因此它作為語法機制的作用是不容置疑的。

　　Blevins & Garrett（1998）認為，CV 換位源於對於長度較長的

語音訊息的重新詮釋。他們所謂的「抵補換位」（compensatory metathesis），『是一種漸進的發展，元音的發音從較弱勢的邊緣（pheripheral）位置轉移到相鄰的顯著位置。我們區分了這種漸變音韻變化的三個參數：極度的共構發音（coarticulation）、或元音複製；邊緣元音弱化；和邊緣元音丟失。這些在我們分析之下是相互關聯的變化，都屬於構音位移』（1998: 549）。他們討論了幾個南島語的例子，包括羅圖曼語、Kwara'ae 語、Dawan 語和雷地語，並得出了結論，抵補換位是有語音動機的，就像大多數其他類型的音變一樣。這篇文章對於南島語言從規律換位的理論角度提供了實用的調查。其意涵之一是，表面上相似的 V ... V 或 C ... C 換位的現象，例如歷史上原始馬來-波里尼西亞語 *qudip > 馬來語 hidup「活著」、或原始大洋洲語 *laŋo > 夏威夷語 nalo「家蠅」，與「抵補換位」（compensatory metathesis）無關，因為這些例子不可能通過重新詮釋長度較長的語音訊息而產生。實際上這也暗示了傳統上所謂的「換位」包含不止一種不相關的變化。如果「抵補換位」常為規律換位、其他類型的換位為偶發性質，這或許不是不理想的結果。然而，Dawan 語的語者有慢板／快板的語言變體，例如 tenu~teun「三」、沒有證據顯示這是共構發音，因此這似乎很難與這種解釋相容。可能會有學者認為導致換位的幾個階段性的發音像是歷史上暫時的、輔助性的疊架（scaffolding），這些發音在留下兩種變體型式後便已丟失，但是這種說法在語音或語法條件與言談速度無關的情況下較為可能。至於 Blevins & Garrett 的理論是否可以延伸解釋菲律賓中部語言的 ʔC 或 Cʔ 換位，這一點也不清楚。

最後，Cook 提出了一個新的論點，即夏威夷語的換位可能是由

語意像似性（semantic iconicity）引發的。雖然他用來說明他的論文的一些詞源是值得商榷的，但是論點本身或許值得進一步探討。

4.5 共謀現象（Conspiracies）

發音部位同化和換位在結構上並不相同，然而這些規律可以共同確保避免產出某些型式。在塔加洛語中，*asín*「鹽」：*asn-in*「加鹽的」的元音刪略不會引發任何其他變化，但是在 *atíp*「屋頂」：*apt-án*「有屋頂的」，原本預期的輔音串 *-tp-* 換位成 *-pt-*。這不是個單例，而是屬於一個較大規律的一部分。衍生的塞音或鼻音如果同為口部音或同為鼻音、且順序是舌冠-非舌冠音的話，會產生換位，但若鼻音性不同，鼻音的發音部位會同化於塞音，無論此鼻音出現在它同化的輔音之前或之後（Blust 1971）：

表 4.46　塔加洛語避免舌冠-非舌冠音串

詞基	加綴型式	詞義
atíp	apt-án	屋頂；加了屋頂
taním	tamn-án	種植；種植於上
baníg	baŋg-án	墊子；舖墊
ganáp	gamp-án	完成；盡職
liníb	limb-án	關
panaginíp	panagimp-án	作夢
datíŋ	datn-án	到達

除了一些像是 *halík*：*hagk-án*「吸氣、吻」無法解釋的例外，若不是舌冠-非舌冠音的輔音串，並沒有任何變化（*higít*：*higt-án*「拖拉、拉」，*kápit*：*kapt-án*「掌握、擁抱」，*táŋan*：*taŋn-án*「握」），或者雖然是舌冠-非舌冠音輔音串、但不是兩個塞音、兩個鼻音、或鼻音和塞音的組合，亦沒有變化（*gísiŋ*：*gisŋ-án*「清醒」，*hasík*：*hask-án*「母豬」）。在菲律賓中部的其他語言裡也可以看到透過多種修補策略來避免舌冠-非舌冠音的輔音串，例如宿霧語（Cebuano）（*atúp*「屋頂」：*atp-án* ~ *apt-án*「加上屋頂」，*tanúm*「種植」：*t <al>amn-án-án*「準備種植的區域」）。在查莫洛語中，避免舌冠-非舌冠音輔音串顯然僅適用於具有相同鼻音音值的音段，因此允許諸如在 *tanom*：*tatm-e*「種植種子或幼苗」當中不吻合上述規律的音韻關係，未採取較為激烈的換位方式例如 *atof*「屋頂」：*aft-e*「加屋頂、用屋頂覆蓋」。許多透過元音刪略產生此種輔音串的語言容許不受偏愛的序列，例如 Bontok 語 *atəp*：*atp-an*「用白茅草覆蓋的草屋頂」，或 Mansaka 語 *atub*「野豬陷阱」：*kyaka-atb-an*「陷入了陷阱」，但這並沒有減損跨語言一致性，因為有標特徵（marked features）在某個語言中可能為有標或無標，包括英語在內的其他語言也都避免舌冠-非舌冠音的輔音串。

通過附加詞綴引發的其他交替似乎是為了避免某些輔音串，但矛盾的是，這些輔音串在非加綴的詞基中出現。Blake（1925: 300 頁起）列出了塔加洛語當中超過 230 個在加綴時產生元音刪略的詞基，刪略若導致 -1C-，音段經常會換位，例如 *bílin*：*binl-án*「委託、收費」，*habílin*：*habinl-án*「存款」，*halíli*：*halinl-án*「替代」，*kilála*：*kilanl-ín*「熟悉」，*silíd*：*sidl-án*「投入」，*súlid*：*sudl-án*「轉

動」，或 *taláb*：*tabl-án*「穿透」。[38] 某些次要的規律很明顯。首先，如果 C = ʔ 或 *h*，換位決不會發生在 -lC- 中（19 個例子）。其次，在兩個已知的例子中，如果 C 是軟顎音，則不會發生換位：*halík*：*hagk-ín*「吸氣、吻」，*kalág*：*kalg-ín*「解開、鬆開」。雖說單一例子 *palít*：*palt-ín*「交換、易貨」無法構成所謂的規律性，這裡可觀察到輔音串 -lt- 也保持不變。塔加洛語衍生的 -ln- 輔音串的換位、以及 -lʔ- 或 -lh- 輔音串不換位，都與語言的詞素內結構一致，因為在未加綴詞基中亦不允許 -ln- 和輔音前的喉音（表 4.27）。然而，這裡提到的其他事實則不太容易解釋。未加綴的詞基沒有 *l* +軟顎音的輔音串，但是型式 *kalg-in* 容許這樣的音串，儘管 *hagk-in* 不容許。因此，這裡的通則可能是當 C 是唇音或齒齦音時會產生 -lC- 換位。這個通則一般成立，但無法解釋 *palt-ín*。由於輔音串 -tl- 普遍而言是有標的，因此換位未如預期出現，但是輔音串 -tl- 出現在塔加洛語未加綴詞基，例如 *bitlág*「由甘蔗或藤條製成的船中的位置」、*butlíg*「粉瘤」、*sutláʔ*「絲」。最令人驚訝的是即使 -lb- 和 -ld- 出現在好幾個未加綴的詞基，-ld- 和 -lb- 仍有三個型式產生換位：*albáy*「支持、承受」、*bulbóg*「傷痕累累」、*malbás*「一種藥用植物」、*paldák*「因反覆踩或踐踏而硬化或扁平」、*paldás*「褪色、脫色」、*tuldók/tudlók*「句號」。

---

38 塔加洛語中未加後綴型式的詞幹若以元音結尾會帶有主題輔音 -h 和 -n。塔加洛語的 *h* 不出現在詞尾位置，而 *n* 可出現在詞尾。

4.6　偶然互補（Accidental Complementation）

　　理論音韻學在過去的 40 年中取得了顯著的進步，但主要侷限於音韻交替的處理，有關互補的研究幾乎沒有觸及。傳統的音位理論認為，語音相似且互補分布的音應該合併為單個音位。在大多數情況下，這個通則在共時和歷時音韻上都是有意義的，因為互補通常是由相鄰語音互為影響而產生，將同位音組合成音位只是「撤消」原有產生同位音的條件變化。遵循這些原則的前提向來是語音相似性：音若是處於互補分布但語音上不相似，例如英語 *h* 和 *ŋ*，它們可以被分配到不同的音位，反之則不能。然而，密切觀察幾個特定例子顯示此一程序可能導致錯誤。任何必須使用音位分析進行語言比較的人很快就會發現，在整合互補分布時最重要的考慮因素不是語音相似性，而是分布的方式是導因於環境條件還是由於偶然原因造成的。

　　幾乎所有的檢視標準會將[s]和[h]視為在語音上相似，因為在許多語言中，包括西班牙語和葡萄牙語的新世界方言，以及爪來語（Jarai）等占語語言，[h]是詞尾/s/的同位音。在砂勞越北部的 Tring 語有類似的情況：[h]發生在詞尾位置而[s]出現在其他地方：*siaʔ*「紅的」、*sikuh*「手肘」，但 *laʔih*「男性」、*matah*「眼睛」或 *təluh*「三」。然而，Tring 語的 *s* 反映在 *i 之前的 *s（偶爾為 *t），並且在詞尾元音之後添加了 *-h*。與大多數表現出這種互補分布的語言不同，Tring 語的[s]和[h]在歷史上沒有關係，如果按照在西班牙語或爪來語這樣的語言中將[s]和[h]連結為音位的原則，我們必須提出底層型式，如 *sikus*「手肘」、*laʔis*「男性」、*matas*「眼睛」或 *təlus*「三」，這些詞原本是以元音結尾（*siku、*laki、*mata、*telu），會對於音變描述造

成災難性的後果。像這樣的例子顯示互補分布並不總是像英語 *h* 和 *ŋ* 一樣偶然出現且對語音描述不造成妨礙，互補分布在某些歷史條件下，可能與音韻條件相似，只有通過比較分析才能完全理解緣由。

4.7　雙重互補（Double Complementation）

　　儘管輔音很少有偶然互補的情形，但元音中的偶然互補在許多南島語言中都有出現。原始南島語有一個四元音系統，元音「三角形」（vowel triangle）[29]加上央中元音。在這些元音中，央中元音是許多歷史上的加插以及倒數第二之前元音中和的預設選擇，在不同語言中均如此。央中元音的分布限制也值得注意：它不能在滑音之前、在另一個元音之前、或在單詞末尾出現。東南亞島嶼的許多語言保留了這些限制，其中一些語言透過 *-ay* 和 *-aw* 的單元音化發展出新的中元音 *e* 和 *o*。在這些語言中，婆羅洲中部的加燕語可以作為一個例子，央中元音與 *e* 和 *o* 互補分布。由於三個都是中元音，並且由於在南島語言央中元音不斷有變為 *e* 或 *o* 的語例，因此必須將央中元音視為在語音上與 *e* 和 *o* 相似。與 Tring 語[s]和[h]的例子一樣，央中元音、*e* 和 *o* 的互補性和語音相似性是偶然的。然而，在加燕語中，央中元音與 *e* 和 *o* 的關係造成了一種困惑、即使不考慮歷時發展的結果也是一樣：如果 *e* 和 *o* 與央中元音可被歸為同一個音位，那麼央中元音與其中哪一個歸為同一單位、又是基於什麼樣的原則？請注意，這種情況與具有三個同位音的音位不同，因為 *e* 和 *o* 有明顯的對比（*ate*「肝」：*lavo*「老鼠」）。

4.8 自由變異（Free variation）

　　「自由變異」這個詞在美國結構主義（American Structuralism）中被創造出來，顯示兩個或多個語音的互換無限制，這些語音通常但不一定屬於同一音位。正如 Labov（1972: xiv）所指出的那樣，美國後布盧姆菲爾德（post-Bloomfieldian）語言學的默認假設是「自由變異在原則上不受限制」。Labov 早期的大部分研究顯示，語音變異是由非社會原因引起的，經常被用於社會認同的目的，因此被認為促成語音變化。當這種變異被視為自由變異，便忽略了它可能受社會表達意義的約束。然而，即使在計量社會語言學中，通常也假設可互換的語音在任何詞素中出現的可能性是相同的，因為如果特定詞素青睞某些變體，則難以區分變異與對比。儘管如此，來自某些南島語言的語料顯示，「自由」變異在某一環境或某一詞彙中出現的概率可能有所差異，而且與社會因素並無任何明顯的關聯。例如，Schütz（1994: 119 頁起）呈現了自十九世紀初期以來，夏威夷語/w/的發音如何為英語母語人士帶來了問題。對於/w/是否在[w]和[v]之間的變異、或者西方人聽錯的音是否為介於[w]和[v]兩者之間的發音（但不是[β]），各方意見不同。在現代夏威夷語/w/已發展為類似英語的同位音[w]以及[v]，它們處於「自由」變異中，但顯然出現在單詞中不同位置的機率有差異（因此 Waikīkī 讀為[waiki:ki:]，但是 Hawai'i 唸成[havái?i]）。這種變化似乎與社會動態無關，純粹是音韻環境決定。

① 原文在簡介部分缺少了「換位」這個小節，此處已增補。

② 魯凱語大南方言的/p/以及捲舌清塞音/ʈ/只出現在少數詞彙中（Li 1977b: 5）。例如，/p/出現在像是借詞/puɭuk/「十」、年長者才熟知的詞彙像是/pinu/「罕見植物名」等（Li 1973: 19）；/p/之所以很少出現，和原始魯凱語 *p 在大南魯凱語變為喉塞音有關（*p > ʔ; Li 1973: 32, Li 1977b: 26）。大南魯凱語的/ʈ/則可能是由地理位置鄰近的卑南語借入（Li 1973: 44）。另外，除了/p/和/ʈ/，/h/在大南魯凱語也很少出現（Li 1977b: 8）。有關於大南魯凱語長元音音位的證據不多（Li 1977b: 7），不應計入音位總數。在排灣語古樓方言，即使不包括僅出現在借詞中的/h/，也有 23 個輔音及四個元音；喉塞音/ʔ/雖然少見，但在古樓排灣語確實為音位（Ferrell 1982: 7）。因此整體來說，古樓排灣語的音位總數比大南魯凱語來得多。亦有其他排灣語方言含 23 個輔音及四元音系統。

③ 較少出現的音，在表中以括弧標出，例如表 4.3 當中的（p）、（ʈ）、以及表 4.4 當中的（ŋ）。

④ 賽夏語的東河方言也有/θ ð/這兩個擦音。

⑤ 噶瑪蘭語以及阿美語和布農語的部分方言，也可聽到[ɬ]的發音。

⑥ 軟顎清擦音[x]也出現在阿美語、泰雅語、及賽德克語。

⑦ 魯凱語大南方言因為 *p > ʔ 音變的關係（見注釋 i），雖有鼻音 m、但是 p 極少出現，此種共時音韻的形態在語言中較為少見。

⑧ Blust 無出版年（a）指的是原文的 Blust n.d.（a），內容為本書作者白樂思在砂勞越北部和中部調查的 41 種語言的田野筆記。請見本書最後的參考文獻部分。

⑨ Sawu 語就是上述的 Hawu 語，也稱為 Savu 語。

⑩ 指新幾內亞西部，見第二章 2.4.9 小節的背景說明。

⑪ 原文在此寫為 Mor。雖然文獻上這個語言寫為 Moor 或 Mor，經過與作者確認，Moor 才是正確的。

⑫ Espiritu Santo 島是萬那杜最大的島嶼，有時稱作桑托島。Sakao 島在 Espiritu Santo 島的東北沿海。原文誤植為東南沿海。

⑬ 從共時音韻的角度來看，如果音位是/p m v/的話，這是一個相當特別的情況。一般而言，與音位相對應的音值出現在「其他環境」，而音韻規律在特定環境衍生出別的同位音。若是音位為一般唇音/p m v/，此處與音位值對應的[p m v]出現在圓唇元音之前（特定環境），反而是舌唇音出現在其他環境。

⑭ 此處的 l 代表邊音（英語 lateral），而 r 代表兒音（rhotic）。

⑮ 其實在排灣語以及泰雅語部份方言當中，發音部位相同的詞中鼻音-塞音輔音串還是存在的。在泰雅語中，這類的音串多為詞中元音刪略所造成。

⑯ 除了作者所提到的噶瑪蘭語、法佛朗語、巴賽語、和 Trobiawan 語之外，李壬癸（1975）一文還提到了魯凱語茂林方言。該文（馬家音韻初步報告，出版於《考古人類學刊》卷 37/38，頁 16-28）是以中文書寫，因此作者可能因而未注意到。不過，這些語言的疊輔音，是否僅是並列的相同的輔音串的一部份，還有待進一步語音及音韻方面的研究。

⑰ 作者在下面的註 12 當中，提到阿美語的顎化包括了 ts 變為[č]以及 s 變為[ʃ]，是南島語當中少有的顎化型態。不過，阿美語所呈現的這類顎化型態，其實在台灣南島語言相當常見。

⑱ 魚藤（fish poison）是一種毒魚的植物，將這種樹的樹根搗爛後所流出的汁液、放入溪中，魚會因麻痺而浮到水面上來、易於捕捉。

⑲ 所謂的主題輔音（thematic consonant），指的是歷史上曾經存在的詞幹尾輔音，被保留在加上元音起始的後綴型式中，但在未加後綴型式因為出現在詞尾位置而丟失了，導致了共時音韻裡主題輔音在不同構詞型式的交替。許多大洋洲語言都有這一類語料。見作者在以下關於表 4.39 的大洋洲語言、台灣的邵語、以及塔加洛語的討論。布農語的幾個方言也有類似的主題輔音。

⑳ 通常都是有後綴的詞基保留了古語的型式，而沒有後綴的詞基尾輔音會演變或丟失。從這一段所舉的例子看來，有後綴型式的才有流音 -l、-r，清塞音 -p、-t，擦音 -s，而不帶後綴的型式丟失了 -l、-r，或把 -p、-t 變為 -ʔ，把 -s 變為 -h。

㉑ 這裡的唇音與軟顎音交替，音韻上的動機是為了避免唇音出現在韻尾位置。例如，kayak：kiyap-i「切肉」的 k 與 p 交替，是因為詞根底層結尾的/p/出現在韻尾而變為 k，kiyap-i 當中的 p 則是因為後面加了一個元音，底層結尾的/p/因為出現在聲母位置而得以維持原本的 p。在 əluk：ləb-i「關」這類例子中，則是另外產生韻尾清化，因此 əluk 以 k 結尾而非以軟顎化之後的 g 結尾。

㉒ 原文為 Odé (1994)，經與作者確認，須改為 Odé (1997)。正確的書目為 Odé, Cecilia. 1997. On the perception of prominence in Indonesian: An experiment. In Cecilia Odé and Wim Stokhof, eds., Proceedings of the Seventh International Conference on Austronesian Linguistics:151-166. Leiden: Leiden University Department of Languages and Cultures of South East Asia and Oceania, Projects Division.

㉓ 然而，在本書出版之後，也有學者研究 Ambon 馬來語，根據語音測量認為 Ambon 馬來語並沒有詞重音（Maskikit-Essed, R., and C. Gussenhoven. 2016. No stress, no pitch accent, no prosodic focus: the case of Ambonese Malay. Phonology 33(2). 353-389.）。文獻上看法不一，可見關於馬來語的重音方面的議題相當複雜，仍有探討的空間。

㉔ 另外一個可能性是，超短的央中元音不帶音拍，短元音帶單音拍，而長元音帶雙音拍，這樣就不需假設長元音有三個音拍了。

㉕ 台灣有數個南島語言也呈現了元音刪略的現象，例如賽德克語、泰雅語、魯凱語茂林方言、賽夏語等。所刪除的都是不帶重音的元音，但是是哪些不帶重音的元音會刪除，各語言有相當大的差異。

㉖ 這裡所指的在/q/之前產生的央中滑出音，對應至記音符號當中的央中元音 ə（mish-tiqur [mɪʃteəqoɾ]「絆倒」），因為出現位置在元音之後，稱為滑出音（offglide）。在/q/之後產生的央中滑入音，例如 qilha [qəíla]「米酒」，因為位置在將要發/i/之前，所以稱為滑入音（onglide）。

㉗ 書中的 the Long Wat dialect of Kenyah，在此的原文為 the Kenyah language of Long Wat。此語言及其方言的名稱說法有些爭議，經與作者確認，此處改為 the Long Wat dialect of Kenyah（Kenyah 語的 Long Wat 方言）較為妥當。

㉘ 有些名詞必然會有「領屬者」（possessor），例如身體部位、親屬名稱等。強制領屬（obligatory possession）有時也稱為不可分領屬（inalienable possession）。

㉙ 元音「三角形」（vowel triangle）指的是 i、u、a 三個最常見的元音，發音上分別在口腔的前高、後高、中低部位，以口腔圖示意時分別位於像是倒三角形三個點的位置。

第 5 章

詞彙

5.0 導論

　　研究興趣迥異的學者們長久以來以非常不同的方式來看待一個語言的詞彙。在早期的生成語法，詞彙信息被認為是一種例外保存：任何不能由規則產生而指派給語法的語言特徵就歸咎於詞彙。這種觀點的尷尬結果是認為詞彙似乎只是一大堆不具備理論意義的特殊性集合體。歷史語言學家和人類語言學長久以來對詞彙數據的價值持樂觀的看法。任何語言的詞彙不僅具有重要的結構特徵，社會、文化或科技歷史通常也能在詞彙資料中捕獲。這可見於具有非共通語義內容的同源詞，如在很多南島語言可見的 *pajay「水稻」反映，以及經由單一語言的詞源，如英文的 pen「筆」（＜拉丁語 *penna*「羽毛」，反映了以前使用羽毛羽毛筆作為書寫工具的情形）。此外，儘管有問題，認知定量測量已經由詞彙統計學用在語言分群上，而語言學家之間普遍懷疑關於這種詞彙資料的使用，最近也受到生物分類學家的挑戰，他們認為使用在生物演化學（biological phylogenetics）發展出來的貝葉斯推理（Bayesian inference）的方法可以克服在傳統方法中計算同源詞所遇到的問題（Greenhill & Gray 2009）。

　　本章探討了南島語言中詞彙語料的共時和歷時層面，並將這些與語言學中更廣泛的議題聯繫起來。詞彙庫涉及語言結構的所有特徵，然而基於實用目的，有必要將討論局限於少數的主題，包含：1）數詞和數詞系統，2）數詞類別詞，3）顏色術語，4）指示詞、處所詞、方位詞，5）代名詞，6）隱喻，7）語言名稱和問候，8）語意變化，9）詞彙變化，和 10）語言古生物學。因為它與語言結

構的其他層面具有多重關聯，詞彙資料並無法如此明確地與那些更符合構詞或語法的關注點分開。例如，代名詞中的包括式／排除式區別沒有已知的句法後續，因此最好視為詞彙庫的一部分。另一方面，（同一語言中）不同套的代名詞的描述與句法不可分割，因此最好在該語言那部分的討論中處理。這樣的結果是代名詞的討論必須分為不同的章節。因此，本章涵蓋的內容大致上可以說是詞彙語意學，雖然有些主題超出了這個範圍。為了一致性，共時和歷時的語料會一起處理。因此，一般架構主要針對呈現高度語意連貫性的詞彙領域，然而也包括額外的部分，以允許一些討論詞彙／語意結構或歷史等其他方面的自由。

5.1　數詞與數詞系統

數詞在任何語言的詞彙庫中形成一個定義明確的子系統。雖然所有語言都有數詞，但計數系統差異很大，從主要基本形式集中衍生非主要數詞的方法也是如此。另外，有些語言在很大程度上依賴於數詞類別詞，而其他語言也可以不需要這樣的類別詞。儘管在數百種現代語言中可以找到用於連續計數和許多其他功能的基本十進位系統，南島語言在數詞系統的複雜性方面仍然差異甚大。

5.1.1　結構完整的十進位系統

原始南島語（PAN）有一個十進位計數系統，在大多數後代語言

中都保留了下來。表 5.1 提供了 1-10 的原始南島語形式，其支持證據包含來自五種相距遙遠的後代語言（括號內的形式為創新的詞彙）：

表 5.1　原始南島語及其五個後代語言的數詞 1-10

PAN	排灣語	宿霧語	馬拉加斯語	得頓語	夏威夷語
*esa/isa	ita	usá	ísa	ida	(ʔe-kahi)
*duSa	ɖlusa	duhá	róa	rua	ʔe-lua
*telu	tjəlu	tulú	télo	tolu	ʔe-kolu
*Sepat	səpatj	upát	éfatra	hat	ʔe-hā
*lima	lima	limá	dímy	lima	ʔe-lima
*enem	ənəm/unəm	unúm	énina	nen	ʔe-ono
*pitu	pitju	pitú	fĩto	hitu	ʔe-hiku
*walu	valu	walú	válo	walu	ʔe-walu
*Siwa	siva	(siyám)	sívy	sia	ʔe-iwa
*sa-puluq	ta-puluq	púluʔ	fólo	sa-n-ulu	(ʔumi)

表 5.1 中的語言幾乎代表了南島語系的整個地理範圍。這些語言的數詞系統幾乎很少創新，且即使有出現創新的數詞系統也不影響計數的十進位基數，而且也不影響數詞本身是單一詞素，不帶衍生的性質。因此，這些語言可作為在結構上具有完整十進位系統的代表。絕大多數南島語言都有這種共通類型的系統。

在說明與標準的偏差之前，先來評論一下表 5.1 是有用的。首先，PAN *esa /isa 的變化是一個詞對的例子，這個現象將在後面的部分中處理（另一方面，排灣語 ənəm/unəm 的變化是方言性的）。其次，如第四章所述，菲律賓北部和中部的大部分語言都有音位重音。然而在數詞中，重音落在 1-9 的最後音節是相當常見的，但是

在「10」是倒數第二音節上。除了宿霧語之外，這種模式也見於伊洛卡諾語，Isneg 語，Bontok 語，Pangasinan 語，以及其他語言，例如 Bikol 語（其中「一」和「十」帶有倒數第二音節重音，但所有其他數詞都是單詞重音）。人們早就知道在連續計數中，對於韻律和音韻連結的考量是重要的，而且在自然單元結束時，韻律的轉換可以用來示意完成。在十進位系統中，這種韻律轉換預期會落在數詞「十」。在諸如英語之類缺乏詞彙重音的語言中（相對於構詞重音），大多數數字詞單音節的，十進制單位的完結由強度或響度來表達。在具有對比詞彙重音的語言中，透過韻律轉換可以達到相同的效果，並且毫無疑問地，在菲律賓語言中，這些考量在這個詞彙範疇的韻律傾斜發揮了作用。並非所有菲律賓語言都遵循這種模式。例如，在塔加洛語中，數詞「4」和「6」的重音落在倒數第二音節，而在 *puóʔ*「十個一組（過時的用法）」，*sa-m-páʔ*「10」的重音則落在最後音節。然而，舊塔加洛語（old Tagalog）曾有 *sa-m-páoʔ*（Jason Lobel，個人通訊），其三音節形式可能讓韻律交替的使用變得多餘。相比之下，馬拉加斯語則來自重音總是可以預測為倒數第二的系統，但是在詞尾輔音之後添加一個輔助元音 *-a* 在一些形式的初始重音與大多數其他形式的倒數第二音節重音之間產生表面對比（如同英語「十」，*fólo* 形式有可能發音的強度大於數詞 1-9？）。

第三，雖然在這裡提供的語料中幾乎看不到，但是得頓語 *sa-n-ulu* 反映了在台灣以外的南島語言中普遍存在的數詞繫詞 *ŋa。雖然「十」的原始南島詞彙被重建為 *sa-puluq，但是，原始馬來波里尼西亞語的詞彙是 *sa-ŋa-puluq。在這兩種情況下，*sa- 是 *esa「一」的依附詞形式，而這個構詞複雜形式的含義最好被翻譯為「十個一

組」。最後，夏威夷系統使用 Elbert & Pukui（1979: 158）所謂的「一般類別詞'e-（或少見的'a-）」。在其他地方（Pukui & Elbert 1971: 1）他們描述'a-（/ʔa/-）作為『從數詞 1 到 9 的重新設定，特別是用於連續計數時。』許多其他大洋洲語言使用明顯相關的數詞標記，而非常相似的東西也出現在一些非大洋洲語言中，如帛琉語，其數詞的基本集合可以表示為 1）*taŋ*、2）*e-ruŋ*、3）*e-dey*、4）*e-waŋ*、5）*e-yim*、6）*e-loləm*、7）*e-wid*、8）*e-ay*、9）*e-tiw*、10）*təruyəʔ*。[39]這類系統值得注意的是數詞「十」與其他基本數詞的差別待遇（在許多語言中「一」似乎不重要）。實際上，在帛琉語和許多大洋洲語言中使用或保留前置數詞標記與菲律賓語言中的韻律轉換具有相同的功能：它標誌著一輪十進制的完成。許多其他語言，如排灣語或得頓語，缺少前置數詞標記或對比詞彙重音，但在許多這些詞中，「十」在構詞上是複雜的，因而是三音節或四音節，所以透過其偏差的典型形式，標誌著一個完整的一輪十進制，如 Mussau 語 1）*sesa*、2）*lua*、3）*tolu*、4）*ata*、5）*lima*、6）*nomo*、7）*itu*、8）*ualu*、9）*sio*、10）*sa-ŋaulu*。

5.1.2 結構修正型十進制系統

在這種類型的數詞系統（有時稱為「不完美的十進制」系統）中，保留了基本的十進制結構，但是一些數詞是加法，乘法或減法的創新結果（但從沒有除法）。例如，一些台灣南島語具有十進制系

---

39 由於 Dyen（1971c）所提供的基本上相同的原因，我對帛琉語的轉錄偏離了如 Josephs（1975）所示的標準書寫法。

統，其中「6」= 2x3 和／或「8」= 2x4，單獨或與附加數詞組合：

表 5.2　台灣南島語結構上修正的十進制系統

賽德克語	邵語	賽夏語（大隘）	詞義
kiŋal	tata	æhæ	一
daha	tusha	roʃa	二
təru	turu	toLo	三
spat	pat	ʃəpat	四
lima	rima	Lasəb	五
matəru	makalhturuturu	ʃayboʃil	六
mpitu	pitu	ʃayboʃilo æhæ	七
maspat	makalhshpashpat	kaʃpat	八
məŋari	tanacu	Lææʔhæ	九
mahal	maqcin	laŋpəz	十

　　值得注意的是，賽德克語和邵語既沒有密切相關也沒有接觸，顯示出 6 = 2x3 和 8 = 2x4 的創新，但沒有其他數詞是衍生的。在賽夏語中，與其中任何一個都沒有密切相關，也沒有與它們相鄰，在「8」這個詞中出現了類似的創新，但是 6 是無法分析的，7 = 6 + 1，9 = 10-1。其他幾種台灣南島語，包括消失的費佛朗語（Favorlang），道卡斯語（Taokas），以及可能的西拉雅語（Siraya），也顯示了 8 = 2x4 的創新，儘管可用語料的品質很難獲得確切的結論。因此，各種台灣南島語中的這些歷史上次要的數詞似乎是一個區域特徵，其可能以 8 = 2×4 開始。顯示該特徵的語言的當前分佈與區域假設不相容，但是這種差異可以提供島內過去人口遷徙的線索。然而，這

種類型的創新也可能獨立出現，因為新幾內亞東南部的 Motu 語具有結構相似（但歷史上無關）的一系列創新：1、2、3、4、5、2x3、7、2x4、2x4 + 1、10（*ta*、*rua*、*toi*、*hani*、*ima*、*tauratoi*、*hitu*、*taurahani*、*taurahani-ta*、*g*ʷ*auta*）。

在相距甚遠的語言中發現的第二種結構修正型十進制系統是利用減法數詞的系統。這可以透過馬來語、Yapese 語和金鐘群島的許多語言來說明，其中 Levei 語和 Penchal 語可以作為代表：

表 **5.3**　南島語言具有減法數詞的十進制系統

馬來語	Yapese 語	Levei 語	Penchal 語
satu	reeb	eri	sɨw
tua	l'agruw	lueh	lʊp
tiga	dalip	toloh	tʊlʊp
əmpat	qaniŋeeg	hahup	talit
lima	laal	limeh	rurin
ənam	neel'	cohahup	ʊnʊp
tujuh	meedlip	cotoloh	karutʊlʊp
dəlapan	meeruuk	colueh	karulʊp
səmbilan	meereeb	coeri	karusɨw
sə-puluh	ragaag	ronoh	saŋahul

Yapese 語、Levei 語和 Penchal 語在共時上均透過減法的透明使用來形成「6」和「10」之間的數詞。在 Yapese 語和 Penchal 語中，只有 7-9 是減法的，而「6」是不可分析的詞基。在 Levei 語中，所有 6-9 的數詞都是減法而來的。由於這些語言中的每一種都有一個獨立

的「10」數詞，因此其計數系統必須歸類為十進制。馬來語與其他語言不同之處在於其減法數詞僅能從語料的比較中看出來。在馬來語中，數詞 7-9 是創新的，但是已經在兩個不同的原則上形成。「7」的單詞源自 *tuzuq'「指出」，顯然是來自食指在手指計數中的位置。「8」和「9」的單詞被認為是來自 *dua alap-an 和 *sa-ambil-an，其中 *alap 是一個廣泛反映的動詞，意思是「獲取」，但在馬來語中已不復存在，而 ambil 是當代馬來語的對應詞。因此，馬來語 dalapan 和 sambilan 的早期意義是「兩個被拿走」和「一個被拿走」，儘管這種分析在共時上是不透明的。類似的創新與爪哇西部的 Sundanese 語以及東南亞大陸的占語群共享，其中「8」和「9」的構詞被奇怪地逆轉，如 Jarai 語的 sapan（< *sa-alap-an）「8」和 dua rapan（< *dua alap-an）「9」。印尼東部的一些語言有 1-8、10-1、10 的計數系統，如布魯語（Grimes 199: 93）和 Soboyo 語（Fortgens 1921）。

　　印尼東部的一些語言擁有修正型十進制系統，這些系統使用加法和其他一些算術運算。這地區只有很少的語言有計數系統的足夠資料，但零碎的資訊顯示，在弗洛雷斯的幾種語言中，包括 Keo 語、Ngadha 語、Lio 語和 Ende 語 6= 5+1、7=5+2，以及松巴島西部的幾種語言，包括 Kodi 語和 Lamboya 語 8 = 2x4，而「10」是無法分析的。可獲得最全面資訊的系統包括弗洛雷斯島中部的 Lio 語，為 1、2、3、4、5、5+1、5+2、2x4、10-1（其中「10」未顯示），以及 10：əsa、rua、təlu、sutu、lima、lima əsa、lima rua、rua-m-butu、təra əsa、sa-m-bulu，以及 Solor 群島的 Kédang 語，分別為 1、2、3、4、5、6、7、8、5+4、10：udeʔ、sue、talu、apaʔ、ləme、əʔnəŋ、pitu、buturai、ləme apaʔ、puluh，（其中 puluh 是馬來語借詞）。Kédang

系統僅在數詞「9」時使用加法，這是很不尋常的。具有結構修正型十進制系統且純粹基於加法的語言，包括台灣中北部的巴則海語（Pazeh）：1）*ida*、2）*dusa*、3）*turu*、4）*supat*、5）*xasəp*、6）*xasəp uza*、7）*xasəp i dusa*、8）*xasəp i turu*、9）*xasəp i supat*、10）*isit*，新幾內亞北海岸的 Manam 語（Lichtenberk 1983: 337）：1）*teʔe*、2）*rua*、3）*toli*、4）*wati*、5）*lima*、6）*lima teʔe*、7）*lima rua*、8）*lima toli*、9）*lima wati*、10）*ʔulemʷa*，新幾內亞東南邊 Louisiade 群島的 Kilivila 語（Senft 1986: 第 77 頁起）：1）*tala*、2）*yu*、3）*tolu*、4）*vasi*、5）*lima*、6）*lima tala*、7）*lima yu*、8）*lima tolu*、9）*lima vasi*、10）*luwatala*（=「一組十個」），新愛爾蘭島的 Tigak 語（Beaumont 1979：105）：1）*sakai*、2）*pauak*、3）*potul*、4）*poiat*、5）*palmit*、6）*palmit sakai*、7）*palmit pauak*、8）*palmit potul*、9）*palmit poiat*、10）*saŋauluŋ*，以及新喀里多尼亞的 Pije 語（Haudricourt and Rivierre 1982: 261）：1）*heec*、2）*haluk*、3）*hien*、4）*hovac*、5）*nim*、6）*ni-bʷeec / hamen heec*、7）*ni-bʷaluk / hamen haluk*、8）*ni-bʷien / hamen hien*、9）*ni-bovac / hamen hovac*、10）*paidu*。在菲律賓北部的 Ilongot 語也發現了類似的系統，儘管那語言在該地區是獨一無二的。根據 Reid（1971）的語料，Ilongot 語具有創新的加法數詞 5+1、5+2、5+3 和 5+4：1）*sit*、2）*duwa*、3）*təgu*、4）*qəpat*、5）*tambiaŋ*、6）*tambiaŋ nu sit*、7）*tambiaŋ nu duwa*、8）*tambiaŋ nu təgu*、9）*tambiaŋ nu qəpat*、10）*tampo*。[40]

---

40 Reid（1971）並沒有提到 Ilongot 語的「十」。此形式由菲律賓分會夏季語言學研究所的 Steve Quakenbush 所提供。

最後，一些不影響結構的數詞詞彙創新顯示有趣的語意／文化內容。在許多南島語中，「五」與「手」同音，但在原始南島語時就已經是這樣，所以也不令人意外。Sundanese 語 gənəp「六」反映 *genep「完整、充足」。起初，這種語意變化的來源令人費解，但正如 Gonda（1975: 444）所指出的，馬來語、Toba Batak 語和望加錫語等語言中 *genep 的反映包括「偶數，數字的」等含意。Barnes（1974: 76, 1980）觀察到，在印尼的許多語言中，奇數被認為是「不完整的」（並且是吉利的），偶數則被認為是「完整的」。在某些語言中，例如摩鹿加西南部的 Kédang 語，這種觀念與物質文化（尤其是房屋建築）以及生命，死亡和靈魂的傳播有著更廣泛的象徵連結。雖然這確定了 *genep 和數詞系統之間的關聯，但我們仍不清楚為何「六」被視為典型的偶數。Gonda（1975: 444）推測這個選擇是在 Sundanese 語產生的，因為正如 Dahl（1981b: 50）所說的那樣『完整的一隻「手」是 5（個手指頭），所以這個詞用來表示下一個數詞。』但如果這一切都是象徵性地涉及完成以手指計數，數詞「五」肯定比「六」是更好的選項。此外，Donohue（1999: 107）提到蘇拉威西島東南部 Tukang Besi 語的北部方言中的 gana「四」。雖然 *genep 在 Tukang Besi 語的預期反映是 **gono，而 gana 可能是借自馬來語 gənap「完成；四捨五入；偶數（數字的）」，來自這種語言的證據清楚地說明，數詞「六」在「完成」的概念中並沒有特殊的地位。與理解這些語義變化更相關的不是以手指計數，而是區分偶數和奇數的重要性，以及這種區別與一些南島語言社會中的社會組織或物質文化的象徵性層面的關聯。相比之下，手指計數似乎確實是印尼西部大片地區的 *tuzuq「7」的反映的推手，幾乎包含所有婆

羅洲語言，馬來語及其最親近的親屬語言（Iban 語、Minangkabau 語等）、占語、Sundanese 語以及其他一些從馬來語中大量移借的語言，例如蘇門答臘南部的 Rejang 語。正如 Wilkinson（1959: 1242）所指出的，這個數詞在詞源上與 *tuzuq「食指有關、指向」相關），而語意改變可能是由於一邊以十進制手指計數時，第七指剛好是食指的關係。

5.1.3　非十進制計數系統

　　如前面的例子所示，五進制計數系統的一些特徵在南島語言四處可見。然而，發展健全的五進制系統卻很少見，其中大部分都存在於美拉尼西亞。一些在 Efate 島、Shepherd 群島以及瓦努阿圖中部及中南部的 Epi 島和 Paama 島上所使用的語言擁有五進制系統，其結構為 1、2、3、4、5、6、5+2、5+3、5+4、2x5，如 Bonkovia 語（Epi 島）1）*ta*、2）*cua*、3）*tolu*、4）*veri*、5）*cima*、6）*wora*、7）*oko-lua*、8）*oko-rolu*、9）*oko-veri*、10）*lua-lima*。此外，Anejom 語和瓦努阿圖南部 Tanna 島的大多數語言都有五進制系統，其結構為 1、2、3、4、5、5+1、5+2、5+3、5+4、5+5，　如 Lenakel　語 1）*karena*、2）*kiu*、3）*kəsil*、4）*kuvər*、5）*katilum*、6）*katilum karena*、7）*katilum kiu*、8）*katilum kəsil*、9）*katilum kuvər*、10）*katilum katilum*（Lynch 2001: 第 139 頁起）。Seimat 語，和其他在金鍾群島的語言一樣，也有一個真正的五進制系統，其結構為 1、2、3、4、5、5+1、5+ 2、5+3、5+4、2x5。雖然這似乎與這些語言從遙遠的共同祖先所承襲的十進制系統大相逕庭，但在新幾內亞的一些

南島語發現了數詞系統中更為激烈的創新，清楚地反映了巴布亞語言接觸的影響。在新幾內亞米爾恩灣的 Gapapaiwa 語可以看到這種創新系統的一個突出例子，它有 1）*sago*、2）*rua*、3）*aroba*、4）*rua ma rua*、5）*miikovi*（*ima ikovi* =「手 結束」）、6）*miikovi ma sa sago*、7）*miikovi ma rua*、8）*miikovi ma aroba*、9）*miikovi ma rua ma rua*、10）*imarua*， 如 此 1、2、3、2+2、5、5+1、5+2、5+3、5+2+2、2x5（McGuckin 2002）。這種系統的明顯不穩定性見於本作者用同一種語言記錄的變體系統：1）*sago*、2）*rua*、3）*rua ma sa sago*、4）*rua ma rua*、5）*rua ma rua ma sa sago*、6）*aroba ma aroba*、7）*aroba ma aroba ma sago*、8）*aroba ma aroba ma rua*、9）*aroba ma aroba ma aroba*、10）*aroba ma aroba ma aroba ma sa sago*，如此 1、2、2+1、2+2、2+2+1、3+3（其中「3」並非用在此意義的基本數詞）、3+3 +1、3+3+2、3+3+3、3+3+3+1。

　　從正面的術語來描述 Gapapaiwa 系統是有困難的，因為它具有三進制和五進制計數方法的特徵。值得注意的是，乘法在這個系統中沒有任何作用，這個因素必然嚴格地限制了使用超過「10」的數詞。類似的計數系統在新幾內亞的巴布亞語言中很常見，如 Laycock（1975: 222）所述，他說「分布廣闊的二進制（或『澳洲』）系統，其中只有前兩個數詞由不同的詞根表示」。表 5.4 提供了南島語言中數詞系統類型的鳥瞰圖。美拉尼西亞的大部分資料來自 Lynch, Ross & Crowley（2002），但整個表格具有多個來源。這個類型學僅基於前十個數詞（「基本數詞」）的表徵方式。若考量更高的數詞會為某

些語言引入其他類型：[41]

表 5.4　南島語言基本數詞系統的類型

1.	1-10：大多數的南島語言
2.	1-5, 5+1, 5+2, 5+3, 5+4, 10：巴宰語, Ilongot, Sobei, Kairiru, Manam, AropLokep, Kilivila, Tigak, Bali-Vitu, Sakao, Neve'ei, Port Sandwich, Pije, Cèmuhî, Xârâcùü
3.	1-5, 5+1, 5+2, 5+3, 5+4, 2x5：Dehu, Nengone
4.	1-5, 5+1, 5+2, 2x4, 10-1, 10：Lio
5.	1-5, 2x3, 7, 2x4, 9-10：賽德克語、邵語
6.	1-5, 2x3, 7, 2x4, 2x4+1, 10：Motu
7.	1-5, 2x3, 2x3+1, 2x4, 2x4+1, 10：'Ala'ala
8.	1-5, 10-4, 10-3, 10-2, 10-1, 10：Levei
9.	1-6, 5+2, 5+3, 5+4, 10：Mwotlap, Sye
10.	1-6, 6+1, 2x4, 10-1, 10：賽夏語
11.	1-6, 10-3, 10-2, 10-1, 10：雅浦語, Penchal
12.	1-8, 5+4, 10：Kédang
13.	1-8, 10-1, 10：布魯語, Soboyo
14.	1-2, 2+1/3, 2+2, 5, 5+1, 5+2, 5+3, 5+2+2, 2x5：Gapapaiwa
15.	1-5, 5+1, 5+2, 5+3, 5+4, 5+5：Anejom, Lenakel
16.	1-5, 5+1, 5+2, 5+3, 5+4, 2x5：Takia, Yabem, Kaulong, SE Ambrym, Iaai
17.	1-6, 5+2, 5+3, 5+4, 2x5：Lamenu, Bonkovia
18.	無法歸類的：Tobati, Banoni

---

41 Lynch（2009b: 394）為類型 2 的一些瓦努阿圖系統提供資料，但很難分析。例如，在 Merei 語 *ese*「1」、*ruwa*「2」、*tolu*「3」、*vat*「4」、*lima*「5」、*maravo*「6」、*ravorua*「7」、*raptol*「8」、*raitat*「9」、*saŋavul*「10」，數詞 7-9 可以看作具有結構 5+1、5+2、5+3 和 5+4，只是 *ravo* 的數值並不清楚。

正如在這個概括的敘述中所看到的，南島語言中最常見的創新數詞系統類型是類型 2，這是一種不完美的十進制系統，僅在形成數詞 6-9 時使用加法。最稀有類型的創新系統是 1）使用減法，單獨使用或與加法或乘法結合使用，2）對於從「6」到「9」的某些數詞武斷地使用加法，而不用於其他數詞，如 Kédang 語，以及那些低於「五」的詞基，如 Gapapaiwa 語。

Tobati 系統是 1）*tei*、2）*ros*、3）*tor*、4）*aw*、5）*mnyiam*、6）*rwador*、7）*mandosim*、8）*rughondu*、9）*rwador mani* 或 *tei am*、10）*jer roj foghonjam*，而 Banoni 系統用於計算除圓形物體以外的任何東西，據說是 1）*kadaken*、2）*toom*、3）*dapisa*、4）*tovatsi*、5）*ghinima*、6）*bena*、7）*bena tom*、8）*bena kapisa*、9）*visa*、10）*manogha*。其中第一個很難歸類，因為 *rwador*「6」與一個未知的詞素再次出現，形成「9」的兩種形式之一。由於難以經由任何類型的透明算術運算來關聯六和九，因此沒有明顯的方法來解釋數詞系統中 *rwador* 的這種重現。「9」的第二個選項似乎是 10-1，但「10」的單詞顯然是一個描述性短語，沒有給出翻譯。Banoni 數詞系統同樣令人費解，難以分類。前六個數詞由獨立的詞素表示，但「7」似乎是 6+2、「8」似乎是 6+3。

從這些觀察中可以清楚地看出，許多南島語言已經將承襲的十進制系統轉型為在計算上更加繁瑣的系統。由於數詞系統的計算效率有時與文化進步水平相關（Greenberg 1978b: 第 290 頁起），這種變化軌跡必須可以為文化傳遞理論提供素材，或是能夠對提出的相關性產生質疑。確實，如同 Gapapaiwa 語，與原始十進制最極端的偏差是文化接觸的明確產物，其中小型南島語言群體已經在文化和

語言上被更多數的巴布亞語鄰居同化。然而，許多其他南島語言與結構修正型數詞系統的分布更難以從接觸來解釋，因為這些在台灣、菲律賓北部、印尼西部和東南亞大陸、小異它群島、摩鹿加南部以及美拉尼西亞與巴布亞語言不相鄰的地方都有發現。

5.1.4 音節首的「順串」

Matisoff（1995）已經證明，許多藏緬計數系統具有多達 7 或 8 個具有相同起始音的連續數詞這樣的「順串」。這種現象在南島語言中似乎沒有那麼高度發展，但偶爾也會出現。例如，在邵語，規律的語音變化應會產生 1）*ta*、2）*shusha*、3）*turú*，但是這種在韻律上不怎麼順的開頭被改為 1）*tata*、2）*tusha*、3）*turu*，有三個連續形式以 t 起始，以及重覆的倒數第二音節重音。南島語言最極端的數詞形式可以在 Buma（或 Teanu）語中找到，該語言在聖克魯斯群島南部的 Vanikoro 島上使用，其中 2-9 的所有數詞都以 t 開頭：1）*iune*、2）*tilu*、3）*tete*、4）*teva*、5）*tili*、6）*tuo*、7）*tibi*、8）*tua*、9）*tudi*、10）*saŋaulu/ uluko*。注意第二音節表明這種模式是經由前綴 *tV*（可能借用波里尼西亞語冠詞 *te*）加綴到承襲的大洋洲語言詞基的第一音節：POC *rua「二」、*tolu「三」、*pati「四」、*lima「五」、*onom「六」、*pitu「七」、*walu「八」、*siwa「九」。瓦努阿圖的 Mwotlap 語和 Neve'ei（Vinmavis）語有雙音節首順串，單獨而言比較短，但總體來說跟 Buma 語上述八個詞彙順串一樣長：Mwotlap 語 1）*vitwaɣ*、2）*voyo*、3）*vetel*、4）*vevɛt*、5）*tevelem*、6）*lɛvɛtɛ*、7）*liviyo*、8）*lɛvɛ*、9）*lɛvɛvɛt*、10）*soŋwul*，Neve'ei 語 1）*sefax*、2）*iru*、3）*itl*、4）*ifah*、5）*ilim*、6）*nsouh*、7）*nsuru*、8） *nsutl*、9）*nsafah*、10）*naŋafil*。Mwotlap 語中以 *v* 起始的順串顯然是來自與未知詞素的前綴加綴，而以 l 起始是在五進位詞基的可變聲音進行複合（5＋1、5＋2、5＋3、5＋4）。在 Neve'ei 語中，以 *i* 起始的順串可能是來自與數詞標記或與一種見於夏威夷語的謂語標記的前綴加綴，*ʔe-kahi*、*ʔe-lua*、*ʔe-kolu*、*ʔe-hā*、*ʔe-lima* 或是帛琉語 *taŋ*、*e-ruŋ*、*e-dey*、*e-waŋ*、*e-yim*；以 *n* 起始的順串顯然是由五進位詞基（5＋1、5＋2、5＋3、5＋4）的複合而產生的。

5.1.5 較高的數詞

表 5.1 提供原始南島語的 1-10。雖然這些數詞很直截了當，但「100」詞基的構擬建立在較微薄的基礎上，儘管這種形式必定存在過。東南亞島上的大多數馬來波里尼西亞語言和太平洋地區的少數民族語言反映了 *Ratus「100」。與此形成鮮明對比的是，台灣南島語言具有許多不相關的形式。其中之一，由日本學者小川尚義 Naoyoshi Ogawa 在 1909 年時，向 1834 年出生的洪雅語使用者所採錄的 *matala gasut*「100」（matala ＝「一」），似乎與台灣以外的形式同源，並指向原始南島語 *RaCus「100」（Tsuchida 1982: 40）。然而，這是唯一已知的可能與原始馬來波里尼西亞語 *Ratus 相關的台灣南島語詞彙，而原始南島語的「100」則必須依據現在已經滅絕的語言的單一詞彙。「1000」的單詞可以在多種語言中找到，但這些單詞通常都是移借的。台灣南部的大南魯凱語 *koḍólo*、排灣語 *kuzulʰ* 和卑南語 *kuḍul* 似乎反映了原始南島語 *kuduN「1000」。但是，由於這些語言的分布是連續的，並且共享許多已知的借詞，因此必須謹慎看待這種比較。同樣，東南亞島嶼的一些語言也有類似馬來語「1000」的形式，

但這些語言似乎通常是馬來語借詞，如伊洛卡諾語 *sa-ŋa-ríbo*、Tagalog 語 *sa-n-líbo*、Muna 語 *riwu* 或得頓語 *rihun*「1000」。儘管如此，一些語言似乎是本土詞，如馬拉諾語（菲律賓南部）*sa-ŋ-gibo*、Kadazan 語（沙巴）*iɓu* 或 Long Terawan Berawan 語（砂勞越北部）*gikəw*「1,000」。因此有一些證據顯示古語形式為 *Ribu「1000」，雖然它不能歸於原始南島語，或者甚至就原始馬來波里尼西亞語而言也沒有任何確定性。

在東南亞島嶼地區，「10,000」及 10 的倍數通常是從非南島語言來源借來的，如邵語、賽夏語 *ban*、泰雅語 *maŋ*「10,000」（來自台灣閩南語）、馬來語 *laksa*「10,000」或 *juta*「1,000,000」（來自梵文）。馬來人從非南島語言來源借用的更高數詞有時會被傳播到其他語言，如 Sasak 語 *laksa*，望加錫語 *lassa*，Muna 語 *lasa*、馬拉諾語 *laksaʔ*、宿霧語 *láksaʔ*、塔加洛語 *laksáʔ*、伊洛卡諾語 *sa-ŋa-laksá*「10,000」或望加錫語 *juta*、Muna 語 *dhuta*「1,000,000」。如果 10,000 或更高的術語是原生的，那麼它們似乎就是單個語言的創新，如同塔加洛語 *sa-ŋ-áŋaw*「一百萬」、*sa-n-libo-ŋ-áŋaw*「十億」、*sa-ŋ-áŋaw na áŋaw*「一萬億」或伊洛卡諾語 *riwríw*「一百萬」、*sa-ŋa-púlo a riwríw*「十億」或者 *sa-ŋa-riwríw a riwríw*「一萬億」。這些詞通常沒有其他含義，創新的時代也不確定。由於即使在較短的時間深度內也不能重建 1000 以上的數詞基數，因此推斷 1000 以上的數詞基數是後期創新似乎是安全的。在東南亞，1000 以上的數詞基數往往局限於在與西方接觸之前已成為廣泛貿易網絡一部分的語言。

在大多數南島語言中，數詞 11-19 乃是經由加法（10 + 1 等）形成，而 20-90 則通過乘法（2×10 等）形成。10 的倍數有時包括反

映原始馬來波里尼西亞語 *a 或 *ŋa 的繫詞，如以下來自伊洛卡諾語
（菲律賓北部）、Kelabit 語（砂勞越北部）和 Tondano 語（蘇拉威西
北部）的語料：

表 5.5　伊洛卡諾語，Kelabit 語，以及 Tondano 語較高數詞的形成

語意	伊洛卡諾語	Kelabit 語	Tondano 語
1	maysá	ədʰəh	əsa
2	duá	duəh	rua
3	talló	təluh	təlu
4	uppát	əpat	əpat
5	limá	liməh	lima
6	inném	ənəm	ənəm
7	pitó	tuduʔ	pitu
8	waló	(w)aluh	walu/ualu
9	siám	iwaʔ	siow
10	sa-ŋa-púlo	puluʔ	ma-puluʔ
11	sa-ŋa-púlo ket maysá	puluʔ ədʰəh	ma-puluʔ wo-osa
12	sa-ŋa-púlo ket duá	puluʔ duəh	ma-puluʔ wo-rua
20	duapúlo	duəh ŋəh puluʔ	rua-ŋa-puluʔ
30	tallopúlo	təluh ŋəh puluʔ	təlu-ŋa-puluʔ
40	uppát a púlo	əpat ŋəh puluʔ	əpat-ŋa-puluʔ
50	limapúlo	liməh ŋəh puluʔ	lima-ŋa-puluʔ
60	inném a púlo	ənəm ŋəh puluʔ	ənəm-ŋa-puluʔ
70	pitopúlo	tuduʔ ŋəh puluʔ	pitu-ŋa-puluʔ
80	walopúlo	(w)aluh ŋəh puluʔ	walu-ŋa-puluʔ
90	siam a púlo	iwaʔ ŋəh puluʔ	siow-ŋa-puluʔ

	伊洛卡諾語	Kelabit 語	Tondano 語
100	sa-ŋa-gasút	ədhəh ŋəh ratu	ma-atus
200	dua gasút	duəh ŋəh ratu	rua-ŋa-atus
1000	sa-ŋa-ríbo	ədhəh ŋəh ribuh	ma-riwu

　　在結構上形成更高數詞的相似系統可見於許多東印尼的語言，但具有某些句法差異。在上面的系統中，11-19 的數詞在兩個方面與 20-90 不同。首先，較小的集合以加法為基礎，而較大的集合以乘法為基礎。其次，加法組以「10」（10＋1 等）為首，而乘法組將「10」放在第二位置（2x10 等）。從弗洛雷斯中部大致向東穿過小異它群島鏈，再從摩鹿加群島西南部到美拉尼西亞西部，這兩個數詞集將「10」於在第一位，在某些語言中，繫詞和詞基融合成單一語素，例如 Lio 語 *sa-mbulu*「10」、*mbulu rua*「20」、*mbulu təlu*「30」等等，Kédang 語 *puru-n sue*「20」、*puru-n təlu*「30」等等，或 Manam 語 *ʔulemʷa*「10」、*ʔulemʷa rua*「20」、*ʔulemʷa toli*「30」等等。由於詞素順序是在許多南島語言中區分「12」和「20」，或「13」和「30」單詞的一種方式，因此構詞學的一些附加特徵需要防止語言中為了「10」的加法和乘法值使用相同順序而產生的同音異義。Lio 語是通過使用 *sa-mbulu*「十個一組」來表達 11-19，但 *mbulu*「一組十個」表達 20-90：*sa-mbulu əsa rua*「12」：*mbulu rua*「20」、*sa- mbulu əsa təlu*「13」：*mbulu təlu*「30」等等。在 Kédang 語中，相同的效果則是使用不存在的「10」的加法值 *pulaʔ* 詞基來表達，但是乘法值則是使用 *puru-*：*pulaʔ sue*「12」：*puru-n sue*「20」、*pulaʔ təlu*「13」：*puru-n təlu*「30」等等。在 Manam 語中則是使用連接詞 *be*「和」以

及加法值「10」來表達：*ʔulemʷa be rua*「12」；*ʔulemʷa rua*「20」、*ʔulemʷa be toli*「13」；*ʔulemʷa toli*「30」等等。

表 5.5 中的語料代表了印尼西部和菲律賓的許多語言，並保留了必須歸因於原始馬來波里尼西亞語的某些數詞特徵。原始馬來波里尼西亞語的數詞「10」、「20」和「30」可以重建為 *esa ŋa puluq、*duha ŋa puluq 和 *telu ŋa puluq。然而，目前尚不清楚「40」是否為 *epat ŋa puluq。伊洛卡諾語在「10」、「100」和「1,000」中使用繫詞 *ŋa*，但是在 2-9 的倍數中有兩種模式：在輔音結尾的基詞之後加上 a，以元音結尾的基底後則為零形式。這部分對應於在 Kaili-Pamona 地區和蘇拉威西南部的語言、Wolio 語、舊和現代爪哇語，巴厘語和薩薩克語等語言中所發現的模式，其中 *pat-aŋ 的反映在「40」、「400」和「4,000」中找到。這些繫詞在形式上的差異與數詞詞基的典型形式相關聯：以元音結尾的詞基使用繫詞 *ŋa* 表達「10」的倍數，而以輔音結尾的詞基則採取其他方式。一種可能性是採用可避免繁瑣 *-Cŋ-* 輔音串的策略；如伊洛卡諾語將 *ŋa* 減少到只有元音，而在具有 *-aŋ* 的語言中則是透過換位來完成。一些觀察提出了另一種解釋。在使用 *pat-aŋ* 作為組合形式來表達「四」及其「十」倍數的語言中，繫詞是在以元音結尾的詞基之後的單純軟顎鼻音，如爪哇語 *təlu-ŋ puluh* 或 Tae' 語 *tallu-ŋ pulo*「30」。這表明在爪哇語 *papat*「4」：*pat-a-ŋ puluh*「40」或 Tae' 語 *aʔpaʔ*「4」：*pat-a-ŋ pulo*「40」軟顎鼻音之前的元音不是繫詞的一部分，而是為了符合連續計數「十」的倍數的韻律要求而插入的音段。鑑於繫詞的完整形式 *ŋa* 在 Kelabit 或 Tondano 等語言中出現在輔音結尾的詞基之後，*pat-a-N 形式的歷史變得有問題：到底原始馬來波里尼西亞的詞彙「40」中

就存在加插現象（epenthesis），抑或者它是多重融合創新的產物？

　　爪哇數詞系統（Robson 2002）包含與「10」的倍數相關的特性，值得特別提及。我們這裡只需要考慮 Ngoko 語體（register），因為 Krama 語體主要來自前者。雖然數詞 1-10 形成透明的十進制系統 [（1）*siji*、2）*loro*、3）*təlu*、4）*papat*、5）*lima*、6）*nəm*、7）*pitu*、8）*wolu*、9）*saŋa*、10）*sa-puluh*]，計算的一些特徵顯示一個二十進制（vigesimal）系統，但其中一個與其他特性重疊。爪哇語數詞 20-90 是：*ro-ŋ puluh*「20」、*təlu-ŋ puluh*「30」、*pata-ŋ puluh*「40」、*sɛkət*「50」、*sawidak*「60」、*pitu-ŋ puluh*「70」、*wolu-ŋ puluh*「80」、*saŋa-ŋ puluh*「90」。這些數詞中沒有任何內容顯示是基於二十的系統；更確切地說，與眾不同的是「50」和「60」的形式，它們不是所預期的「10」倍數，而是在數詞系統中沒有出現且無法分析的詞素。然而，在 21-29 的單詞中可以看到一個單獨的「二十」詞素：*sa-likur*「21」、*ro-likur*「22」、*təlu-likur*「23」、*pat-likur*「24」、*salawe*「25」、*nəm-likur*「26」、*pitu-likur*「27」、*wolu-likur*「28」、*saŋa-likur*「29」。因此，爪哇語包含不可分析的詞素，意思是「20」、「25」、「50」和「60」。在這些特殊形式中，「20」的詞基有兩個原因與眾不同：1）它不會出現在數詞「20」本身（即 2x10）、2）21-29 的加法值（25 除外）形成是將主要數詞置於前（2 + 20 =「22」），而所有其他十倍數加法值則是將主要數詞置於後（30 + 2 =「32」、40 + 3 =「43」、50 + 4 =「54」等等）。

　　Tondano 語的數詞前綴 *ma-* 提出了另一個論點。Sneddon（1975: 108）指出，*ma-* 在 *-puluʔ*「十」、*-atus*「百」和 *riwu*「千」之前取代序列 *əsa ŋa*。從菲律賓北部到婆羅洲南部的其他語言也發現「10」

和「100」的類似形式，如 Atta 語 *ma-pulu*「10」、*ma-gatuʔ*「100」，Botolan Sambal 語 *ma-poʔ*「10」、*ma-gato*「100」，科羅納達爾比拉安語（Koronadal Bilaan）*m-latuh*「100」，Timugon Murut 語 *m-atus*「100」，Lun Dayeh 語 *mə-ratu*「100」，Narum 語 *mə-rataw* 語「100」，以及婆羅洲地名如砂勞越的 Kenyah Lio Matoh（「百通道」）和加里曼丹東南部的 Pegunungan Meratus（「百山」）。*ma-Ratus 的反映似乎比 *ma-puluq 的反映更常見，而後者可能是以詞彙「100」為基礎的二次形成。由於這個數詞前綴與原始南島語 *ma-「靜態」是同音的，所以 *ma-Ratus 可能被歸類地來表達「極大數量」的概念。

一直以來人們忽視數詞 20-90 的證據，直到最近 Zeitoun, Teng & Ferrell（2010）令人信服地證明需要假設以下的構擬形式 *ma-puSa-N「20」、*ma-telu-N「30」、*ma-Sepat-eN「40」、*ma-lima-N「50」、*ma-enem-eN「60」、*ma-pitu-N「70」、*ma-walu-N「80」 和 *ma-Siwa-N「90」。儘管其中的第一個在 Blust（2009a）得到了認可，但被錯誤地分析為 *ma-puSaN，因而導致錯誤的結論，亦即有一個詞基 *puSaN "在高位數詞的構擬中起不了作用"（Blust 2009a: 278）。*duSa「2」中不規則同位詞素的詞基，加上 *ma-puSa-N「20」，部分地導致了目前仍然無法解釋的此一錯誤分析。

此外，Mead（2001）已經證明，巴厘語、薩薩克語以及蘇拉威西的一些語言共同擁有一系列時間副詞，這些時間副詞反映 *i-puan「兩天前／此後兩天」，*i-telu-n「三天前／此後三天」和 *i-pat-en「四天前／此後四天」。這些副詞可能來自原始南島語 *puSa-N、*telu-N 和 *Sepat-eN，因為這些加綴詞基的第一個成分不僅出現在 *ma-puSa-N「20」，也出現在一些經證實的語言中用來表達與「二」

有關的概念，如邵語 *lhim-pushaz-in*「被第二次篩選（如在篩選托盤中的米粒）」，*makim-pushaz*「從底部算來第二個，如作為樓梯台階、建築物的樓層等；有兩層」、*mu-pushaz*「兩次」或 *pushaz-an*「兩個（步數的）」。

最後，Harrison & Jackson（1984: 61）指出，在一些麥克羅尼西亞語言中「存在十的倍數的單一詞素」，在 Ponapeic 語言（Pohnpeian、Mokilese、Pingilapese、Ngatikese）中達到 10^9，在波里尼西亞外圍的 Nukuoro 語則達到 10^{10}。這樣的存在挑戰了一些研究人員的提議，即大洋洲語言中的較高數詞僅僅被「如詩歌般地用來表示大量數詞的名詞」，並加上明確的語言形式證據，聲稱麥克羅尼西亞語言的使用者可以像英語使用者背誦數詞那樣地背誦他們自己的數詞 1-10「經由計數程序本身來清楚地表明該系列的每個成員被同意為直接較低成員的十倍。」表 5.6 列出了他們為這項聲稱提供的一些證據：

表 **5.6** 三個核心麥克羅尼西亞語言的 10^1 到 10^9 數詞

Gilbertese	Pohnpeian	Woleaian	語意
te-b^{w}iina	eisek	seig	10^1
te-bubua	ep^{w}iki	sebiugiuw	10^2
te-ŋaa	kid	saŋeras	10^3
te-rebu	nen	sen	10^4
te-kuri	lop^w	selob	10^5
te-ea	rar	sepiy	10^6
te-tano	dep	seŋit	10^7
te-toki	sap^w	saŋerai	10^8
	lik		10^9

Harrison & Jackson 認為，超過 1000 的十次冪詞基，或可能是 100，在這些語言的個別歷史中被創新。在某些情況下有證據顯示，用來表達較大數詞的詞素多是來自名詞「沙子」、「結束／完成」、「外部」等類似的詞彙。因為這些語言繼承了至少包含 10^1 和 10^2 的計算系統，所以從早期就有潛力擴展到 10 的更高次方。然而，由於所有南島語言都存在同樣的先決條件，因此不清楚為什麼這種十次冪系統會出現在一小部分語言，而不見於其他語言。Harrison & Jackson 傾向這樣的假設：通過可數詞基（數詞類別詞）進行列舉，這一特徵在經證實的麥克羅尼西亞語言中用於計算現實世界中的物體，為創造十的更高倍數提供了跳板。

此外，許多波里尼西亞語言具有單一詞素的十次冪詞基以獲得更高的數詞。在夏威夷語中，這些以 4×10^n 為基礎，其中 n 必須至少為 2：*lau*「400」、*mano*「4,000」、*kini*「40,000」、*lehu*「400,000」。然而，其他語言的同源詞具有不同的數值，無論是跟「超越」有關的動詞，或者表達「廣大數量」的名詞，如毛利語 *rau*「100」、*mano*「1000」、*tini*「大群、無數」、*rehu*「霧霾、霧、噴霧、粉塵」，Rarotongan 語 *rau*「200」、*mano*「1000」、*tini*「大群、無數」、*reu*「塵埃、粉末、灰燼」，薩摩亞語 *se-lau*「100」、*mano*「100,000（或任何非常大的數詞）」、*tini*「通過最終點、達到目標」、*lefulefu*「灰」，Rennellese 語 *gau*「100」；*haka-gau*「計算，如墊子、樹皮布等等」、*mano*「100（由四個香蕉串組成的堆）」、*tini*「10（成堆的 panna，袋子）」、*gehu*「灰塵」，東加語 *te-au*「100」、*mano*「10,000；無數」。

5.1.6 具衍生性數詞

術語「具衍生性數詞」將用於涵蓋經由加綴法而形成的所有非基數數詞，包括重疊。其中最重要的有：1）用於計算人數的數詞、2）序數、3）分布數詞、以及4）加乘性數詞。

5.1.6.1 帶有屬人指涉的數詞

除了基本數詞（集合 A）之外，一些語言還有第二組（集合 B），用於計算[+屬人]或不太常見的[+活的]指涉物。集合 B 數詞由 Ca- 重疊形成，這是一種重疊基本數詞的詞首輔音，然後加上固定元音 a 的所形成的過程。雖然可以為原始南島語／原始馬來波里尼西亞語構擬兩組，但很少有語言積極使用這種區別，而且其中大多數都在台灣。表 5.7 顯示了四種語言的 A 組和 B 組數詞的對比，有兩種台灣南島語、雅美語的朗島方言（位於台灣東南沿海蘭嶼島上的菲律賓語言）、以及麥克羅尼西亞西部的查莫洛語。除了集合 A 和 B 之外，一些語言也以相同的方式區分數量的疑問詞，如邵語 *piza*：*pa-piza*「多少（不可數）/多少（可數）」，其中較長的詞彙是[+屬人]，或者查莫洛語 *fiʔa*：*fa-fiʔa*「多少（不可數）/多少（可數）」，其中較長的詞彙是[+活的]。

表 5.7　四種南島語的集合 A 及集合 B 數詞之對比

	邵語		卑南語[①]	
	A	B	A	B
1.	tata	（一樣）	sa	sa-sa
2.	tusha	ta-tusha	Tuwa	za-zuwa
3.	turu	ta-turu	Təri	ta-təru

	邵語		卑南語[1]	
	A	B	A	B
4.	pat	shpa-shpat	pat	a-apat
5.	rima	ra-rima	rima	la-luwaT
6.	makalhturuturu	（一樣）	ʔənəm	a-ʔnəm
7.	pitu	pa-pitu	pitu	pa-pitu
8.	makalhshpashapt	（一樣）	waru	wa-waru
9.	tanacu	（一樣）	iwa	a-iwa
10.	maqcin	（一樣）	puruH	pa-puruH

	雅美語（朗島方言）		查莫洛語	
1.	asa	（一樣）	haca	maysa
2.	dowa	ra-rowa	hug^{w}a	（一樣）
3.	atlo	ta-tlo	tulu	ta-to
4.	apat	pa-pat	fadfad	（一樣）
5.	lima	la-lima	lima	la-lima
6.	anəm	na-nəm	gunum	g^{w}a-gunum
7.	pito	pa-pito	fitu	fa-fitu
8.	wawo	wa-wawo	g^{w}alu	g^{w}a-g^{w}alu
9.	siyam	sa-siaym	sig^{w}a	sa-sig^{w}a
10.	poo/aŋaŋalenan	（一樣）	maʔnud	maʔonod

　　即使在仍然積極（活躍）使用它們（這些詞）的語言中，集合 B 的數詞似乎也在下降。*tusha wa qali*（兩個 **繫詞** 天）「兩天」和 *ta-tusha wa azazak*（**重疊**-兩個 **繫詞** 孩子）「兩個孩子」的對比是從邵族耆老那裡引導（問）出來的，但是這些耆老們對使用 Ca- 形式

猶豫不決，而且在語境外甚至否認它們存在。如表 5.7 所示，集合 B 數詞通常是不完整的。雖然卑南語的集合 B 形式為 1-10，但它們並不總是與其對應的集合 A 形式相匹配。在已知集合 B 形式的所有其他語言中，該集合是不完整的。卑南語是唯一使用 Ca- 重疊來表達數詞「10」的語言，這很有可能是創新。在前三種語言中，集合 B 數詞指的是屬人指涉。而查莫洛語的情況有點複雜。Costenoble（1940: 第 259 頁起）在 1905 年至 1913 年之間獲得關於查莫洛語的語言知識。根據他的報導，在日常使用中，本土查莫洛語數詞已經在幾十年前被其西班牙語的等同對應數詞所取代。1913 年時在關島和塞班島上僅有少數長老仍記得這些本土數詞，但在 Rota 島上的最老一代仍積極使用它們。因此查莫洛語的資料是在這個特徵已經奄奄一息的時候獲得的。Costenoble 區分 1）基本數詞集合（*Grundzahlen*）與其他幾個集合，包括 2）生物數詞（集合 B），3）無生命事物數詞，和 4）細長物體的數詞。因此，查莫洛語 B 集合數詞指的是屬人指涉，但與其他語言中集合 B 的數詞不同，因為它們包括其參考範圍內的其他生物。

在許多語言中，特別是在菲律賓，集合 A 和集合 B 已經被整合到一個通用數值參考的歷史融合系統中。經由每組所選擇的各個數詞的差異，顯示這些類型的系統必然是多重獨立歷史變化的產物，如以下來自塔加洛語，Ata 語以及 Tigwa Manobo 語的資料所示：

表 5.8　塔加洛語、**Ata** 語、**Tigwa Manobo** 語的歷史上綜合數詞

	塔加洛語	集合	Ata 語	集合	Tigwa Manobo 語	集合
1.	isá	(<A)	isa	(<A)	sabəka	(<A)
2.	dalawá	(<B)	dadawa	(<B)	dadua	(<B)
3.	tatló	(<B)	tatolu	(<B)	tatəlu	(<B)
4.	ápat	(<B)	hopʔat	(<B)	həpʔat	(<B)
5.	limá	(<A)	lalima	(<B)	lalima	(<B)
6.	ánim	(<B)	honʔom	(<B)	hənʔəm	(<B)
7.	pitó	(<A)	papitu	(<B)	pitu	(<A)
8.	waló	(<A)	wawalu	(<B)	walu	(<A)
9.	siyám	(<A)	sasiam	(<B)	siam	(<A)
10.	sa-m-púʔ	(<A)	sa-m-puluʔ	(<A)	sa-puluʔ	(<A)

　　這樣的系統顯示 Ca- 重疊的成分在某些語言（Ata 語、Tigwa Manobo 語）中比其他語言（塔加洛語）更明顯，但在所有情況下，它們都提出了一個僵化的衍生過程。在其他語言中，保留了屬人指涉和非屬人指涉的數詞集合之間的區別，但這是經由創新的構詞來表達，如在台灣東南部的排灣語需使用 *ma-* 或 *manə-* 標記的數詞集合來計算人數（Tang 2004）[②]。

5.1.6.2　其他衍生數詞

　　一些南島語言具有非常精細的數詞系統，包含許多類型的衍生數詞。在一項特別徹底的研究中，Andersen（1999）用 72 頁描述了蘇拉威西島東南部單一語言（Moronene）的數詞系統。但我們在此只能簡單地討論帶過。

在原始南島語中，序數通過前綴 *Sika- 衍生出來。這個衍生過程在整個語系中由許多後代語言所保存，如排灣語 *tjəlu*「三」：*sika-tjəlu*「第三」、塔加洛語 *ápat*「四」：*ika-ápat*「第四」、馬來語 *lima*「five」：*kə-lima*「第五」、Bolaang Mongondow 語 *opat*「四」：*ko-opat*「第四」、Gilbertese 語 *tenua*「三」：*te ka-tenua*「第三」、Pohnpeian 語 *riau*「二」：*ka-riau*「第二」或斐濟語 *vā*「四」：*ka-vā*「第四」。在一般語言中，「一」的序數形式通常在構詞上偏離其他序數，南島語言也是如此，如伊洛卡諾語 *maysá*「一」：*um-uná*「第一」，接著是 *duá*「二」：*maika-duá*「第二」、[42]Pangasinan 語 *isá*「一」：*uná/ primera / primero*「第一」，接著是 *duá*「二」：*koma-duá/ segundo*「第二」、Bolaang Mongondow 語 *intaʔ*「一」：*intaʔ duŋkul*「第一」，接著 *doyowa*「二」：*ko-doyowa*「第二」或馬來語 *satu*「一」：*pərtama*「第一」（來自梵文），接著 *dua*「two」：*kə-dua*「第二」。然而有一些例外，如 Maranao 語 *isa*「一」：*ika-isa*「第一」、斐濟語 *dua*「一」：*i ka-dua*「第一」或 Pohnpeian 語 *e:u*「一」：*ke-ieu*「第一」。如同其他語系，基於「一」的非數字詞彙可以表達「團結」及「孤立」。在許多南島語言中「單獨」這個詞是 *ma-isa 的反映，由 *isa「一」加上似乎是靜態動詞的前綴所組成。

　　分布數詞通常由完全重疊形成，如排灣語 *ma-ita-ita*「一個接一個」、塔加洛語 *ápat-ápat*「一次四個」、爪哇語 *pat-pat*「一次四個」、Bolaang Mongondow 語 *opat-opat*「四乘四（四個四個？）、一次四

---

42 Rubino（2000: lviii）假定伊洛卡諾語的 *uná* 是從西班牙語借來的，但這種形式經常反映原始南島語 *SuNa「首先、以前、在此之前」。

個」，望加錫語 *appaʔ-appaʔ*「一次四個」，Rotinese 語 *esa-esa*「一個接一個、每個輪流」，Yamdena 語 *fate-fate*「（四個接著四個）、一次四個」，或 Manam 語 *wati-wati*「每四個，一次四個」。像 Kambera 語 *pa-patu*「一次四個、每四個一組」的形式可能來自早期完全重疊的縮減。距離遙遠但相關的語言之間的雷同性，如 Bolaang Mongondow 語 *opat-opat* 和斐濟語 *vā-vā*「全部四個」，顯示完全重疊可能曾用來形成分布和集體數詞。此外，在許多語言中，「二」的完全重疊形式意味著「不確定，猶豫不決」。

反復（反覆）或加乘數詞的形成通常反映了使動前綴 *paka-：查莫洛語 *faha-unum*「六次」、Arosi 語 *haʔa-hai*「四次」、斐濟語 *vaka-ono*「六次」、Rennellese 語 *haka-ono*「做六次」。正如以下所見，原始南島語用 *pa- 標記非靜態使動，用 *pa-ka-（>在大多數後代語言為 *paka-）標記靜態使動。值得注意的是，如果反復（反覆）數詞採用使動前綴的反映，則它們總是被標記成像靜態動詞一樣。*pa- +數詞的反映最常見於「二」，意思是「分成兩個」。

最後，在印尼西部，分數（fractions）通常以 *paR- +數詞的反映來表達，如馬來語 *sə-pər-əmpat*、Toba Batak 語 *sa-par-opat*、望加錫語 *papapaʔ*「四分之一」或 Wolio 語 *parapa*「第四部分、四分之一」。鑑於從馬來語借用這一領域的悠久歷史，這種分布可能是擴散的產物，但 *maR- 數詞的反映更廣泛地分布在「變為四、分為四」的意義上，並且因為 *maR- 可能源自 *p<um>aR- 兩種形式似乎在南島語中具有重要的歷史。

5.2 數詞類別詞

在東亞和東南亞的許多語言中都可以找到數詞類別詞（在文獻中有各種各樣的名稱），南島語言也不例外。像英語這樣的語言在某些條件下使用類別詞，特別是對於不可數名詞（'a handful of sand'「一把沙子」, 'two cups of rice'「兩杯米飯」, 'ten gallons of gasoline'「十加侖汽油」），或用於計算一些獨立可數名詞（'fifty head of cattle'「五十頭牛」），對於集體可數名詞，通常如果這些名詞形成一個不可數的整體，在這種情況下，它們通常只作為一個不定的單數（'a school of fish'「一群魚」, 'a herd of buffalo'「一群水牛」或 'a flock of birds'「一群鳥」）出現。然而，英語通常不被視為具有完整數詞類別詞的語言。實際上，正如 Tang（2004）所指出的，「類別詞」和非類別詞語言之間似乎沒有明確的界限：某些語言沒有數詞類別詞的痕跡，其他語言有精心設計的助動詞與數詞結合使用，以及許多其他語言介於這兩個極端之間。南島語言在這個連續體中平均分佈，但許多語言往往具有相當精細的類別詞系統用於計數。與可數名詞一起使用的類別詞在台灣和菲律賓的南島語言中很少見。[43]它們在沙巴語言中的報導也很少，只有在婆羅洲南部才開始有充分的記

---

43 台灣南島語中的邵語（Thao）提供了一個顯著的例子：*shakish tata wa bagkir*（樟腦樹 一 繫詞 樹幹）「樟腦樹」（Blust 2003a: 206）。Tang（2004）提出排灣語是一種類別詞語言，並認為其他一些台灣南島語可能也是。然而，她所有的數詞類別詞的例子（相對於[+屬人]數詞）都包含量詞或集合名詞，而印尼或太平洋地區的數詞分類系統並非如此。Lopez（1967）聲稱數詞類別詞存在於菲律賓語言，但 Gonzalez（1973a）辯稱，它們應該是「量詞」(quentifiers)，而不是一般所理解的數詞類別詞。

錄，且在傳統的馬來語以及蘇門答臘和爪哇的一些語言得到了高度的闡述。再往東，它們在印度尼西亞東部零星地被報導，然後在太平洋的部分區域被高度地利用，在那裡它們經常採用與印尼西部系統不同的形式和不同的語義。

　　東南亞島嶼的數詞類別詞往往是以計算為其次的一般名詞。我在 1971 年收集砂勞越沿海民都魯語的田野筆記中，記錄了八個類別詞（括號內為指涉類別）：

1. *apəh*（動物，包含至少魚類、鳥類、豬及貓）
2. *lambar*（紙張）
3. *əmbaŋ*（如紙張般的扁平物品，包含葉子及紙張）
4. *puʔun*（樹木）
5. *təŋən*（樹木）
6. *tukuŋ*（塊狀物品，包含至少石頭或肉塊）
7. *uŋ*（水果）
8. *usa*（人類）

　　使用的例子有：*lima apəh bakas*（五 **類別詞** 豬）「五頭豬」、*ləw lambar/əmbaŋ kərtəs*（三 **類別詞** 紙）「三張紙」、*nəm əmbaŋ raʔun*（六 **類別詞** 葉子）「六片葉子」、*ba əmbaŋ raʔun sigup*（兩 **類別詞** 葉 煙草）「兩片水椰葉（捲菸用）」、*ba puʔun /təŋən kazəw*（兩 **類別詞** 樹）「兩棵樹」、*pat tukuŋ batəw*（四 **類別詞** 石頭）「四塊石頭」、*ba tukuŋ dagiŋ*（兩 **類別詞** 肉類）「兩塊肉」、*jiʔəŋ uŋ pakən*（一 **類別詞** 白色榴蓮）「一個白色榴蓮」、*pat usa anak*（四 **類別詞** 孩子）「四個孩子」、*lew usa redu*（三 **類別詞** 女人）「三個女人」。在這些數詞類別

詞中，至少有五個在民都魯語本身是普通名詞：*puʔun*「樹的根基」、*təŋən*「樹，樹幹」、*tukuŋ*「土，土塊」、*uŋ*「水果」和 *usa*「身體」。諸如 *tujuʔ uŋ*「七種水果」之類的例子反映了印尼西部許多數詞類別詞系統所展示（呈現）的特性：類別詞不能與其衍生的名詞一起使用。另一個名詞，*madiʔ bələd*（八 種子）「八粒種子」，則沒有使用類別詞。在這種情況下，該名詞可能本身也是小型種子之類物品的類別詞，恰好跟其來源名詞記錄在一起。最後，如上所述，一些名詞允許多於一個類別詞，如 *lambar /əmbaŋ* 或 *puʔun /təŋən*。在第一組雙重術語中，*lambar* 是借用馬來語 *ləmbar*「用於片狀物體的類別詞」，也許因為這個原因與馬來語借詞 *kərtəs*「紙」記錄在一起，而不以本土詞彙 *raʔun*「葉子」來記錄。第二組雙重術語的兩個成員看起來都是本土詞，儘管獨立名詞之間的語義區別很明顯，但它們作為數詞類別詞的使用沒有明顯區別。在民都魯語中只記錄了一個帶有類別詞的分數表達式，即**數詞-類別詞 名詞**，但在更南邊的砂勞越海岸所使用的 Murawh Melanau 語中，這樣的表達式可能按以上的順序，或者以**名詞 數詞-類別詞**的順序出現：*lima usah kayəw*（五 **類別詞** 樹）「五棵樹」，或是 *kayəw dua awaʔ*（棍棒 兩 **類別詞**）「兩根棍子」。

雖然標準馬來語和標準印尼語自從成為政治上獨立國家的語言之後，就大大減少了數詞類別詞在口語中的使用，但是馬來語的舊語言和書面形式在這些成分中是非常豐富的。Maxwell（1907：第 70 頁起）列出了以下在十九世紀下半葉常使用的口語半島馬來語的類別詞。來源名詞的字面意義是單引號，而指涉類別是括號；這裡除了保留原本的拼寫方式，也以 *ŋ* 取代軟顎鼻音，以 *ə* 代表央元音，

以ʔ表示喉塞音：1）*oraŋ*「人」（人類）、2）*ekor*「尾巴」（動物）、3）*buah*「水果」（水果、房屋、船舶、地方等）、4）*biji*「種子」（小物體，大多是圓形）、5）*halei /lei*「葉子、刀片」（纖細的物體，如頭髮、羽毛、葉子、穿著服飾等）、6）*bataŋ*「莖」（長形物體）、7）*puchuk*「幼芽」（信件、步槍、大砲、象牙等）、8）*kəpiŋ*「片，切片」（木片、金屬片等）、9）*taŋga*「梯子」（房屋）、10）*pintu*「門」（房屋）、11）*lapis*「折疊」（衣料）、12）*rawan*（網和繩索）、13）*bilah*「細帶子或木板條」（切割用的武器）、14）*buntoh*（環狀物、魚鉤等），15）*bidaŋ*「寬敞的」（展開的物品）、16）*butir*「穀類，小顆粒」（水果、種子和其他小圓形物體）。Maxwell（1907: 70）稱呼這些為「數詞詞綴，其中一個或其他詞總是被用作為數詞的係數」，並以 *China tiga oraŋ, Malayu sa ʔoraŋ*（中國 三 **類別詞**、馬來語 一-**類別詞**）「三個中國人和一個馬來人」、*kuda bəlaŋ dua ekor*（馬花斑的 二 **類別詞**）「兩個花斑馬」、*rumah dua taŋga*（房子 二 **類別詞**）「兩棟房子」以及 *rumah batu ənam pintu*「六棟磚造房屋」。他提供的例子只顯示了「名詞 數詞-**類別詞**」的順序，而 *taŋga* 和 *pintu* 之間作為房屋的類別詞的明顯變化，幾乎肯定與不同類型的住屋相關，前者與傳統樁柱架起的鄉間房屋（因此由梯子進入）有關，後者與直接建在地面上的城市住宅有關。

　　大約三十年後，但仍然在英國殖民時期，Winstedt（1927: 第129 頁起）的著作提供了一個更長的，按照字母順序排列的「數字係數」列表，這些數字係數在二十世紀早期用於口語半島馬來語：1）*bataŋ*（樹木、桿子、長矛、牙齒），2）*bəntok*（環），3）*bidaŋ*（布料、墊子、帆、稻田的寬度），4）*biji*（眼睛、雞蛋、小石頭、椰子、

棺材、椅子、水果、手指、子彈、墓碑），5）*bilah*（匕首、刀、針），6）*buah*（水果、國家、島嶼、湖泊、船舶、房屋），7）*butir*（椰子、穀物、珠寶、大砲），8）*charek*（紙屑和亞麻布），9）*ekor*（動物、鳥類、昆蟲和輕蔑的男人對男人輕蔑的稱呼），10）*həlai/ʔlai*（頭髮、葉子、布、紙），11）*kaki*（昆蟲、雨傘、長莖幹的花），12）*kampoh*（魚片、魚子），13）*kayu*（布），14）*kəpiŋ*（一塊木、金屬和一條麵包、肉、蛋糕），15）*kuntum*（鮮花），16）*laboh*（懸掛物：窗簾、項鍊等），17）*oraŋ*（人），18）*patah*（詞），19）*pəraŋgu*（一組檳榔盒、鈕扣），20）*pintu*（房屋），21）*taŋga*（房屋），22）*potoŋ*（一片肉和麵包），23）*puchok*（槍支、信件、針），24）*rawan*（網），25）*utas*（網），26）*taŋkai*（鮮花），27）*urat*（線）。Winstedt 清楚地表明，他的清單只提供這類詞語的「平民」（比較常見的）成員，實際上 Maxwell 引用的一個類別詞（*buntoh*）被省略了。此外，他指出（1927: 130）「數詞總是緊挨著它的係數」，並且「在使用係數 *sa-* 而不是 *suatu* 之前」（「一」的獨立形式）。Maxwell 的示例僅反映了**名詞數詞-類別詞**的順序，而與 Maxwell 不同的是，Winstedt 為馬來語數詞類別詞在使用上提供了更複雜的詞序規則：1）在名詞之前的 *sa-* **類別詞**，2）在名詞之後的其他數詞+類別詞，3）如果強調落在數詞上（強調的是數詞），以上所提的順序則反過來。從這裡我們發現分歧的詞序，如 *sa-biji piŋgan*「一個盤子」，但是 *piŋgan dua biji*「兩個盤子」，或者 *sa-oraŋ anak-ku*「我的一個兒子」相對於 *anak-ku tiga oraŋ*「我的三個兒子，或者，我的兒子，他們是三個」與 *anak-ku sa-oraŋ*「我唯一的兒子，或者，我只有一個兒子」。雖然他並沒有將 *piŋgan*「盤子」列為數詞類別詞，但 Winstedt 將 *sa-biji* *piŋgan*「一個盤子」與 *sa-piŋgan*「一盤」對比，暗示這個詞類的範疇在馬來語這樣的語言中基本上是開放性的。也許由於這個原因，馬來語的數詞類別詞的確切數量從未被明確說明。Adam & Butler（1948: 38）稱其為「數量詞（numeratives）」，為馬來語列出了 38 個數詞類別詞。另一方面，Macdonald & Darjowidjojo（1967: 第 132 頁起）描述了 1960 年代使用的標準印尼語（Bahasa Indonesia），列出了 20 個類別詞（稱為「計數名詞」），並指出常用的只有 *oraŋ*、*ekor* 和 *buah*，但是「大多數使用者在普通場合都會避開它們，除了第一個，它常常以其前依附詞變體形式 *se-* 出現。因此，『一個學生』可能會出（呈）現為 *seoraŋ mahasiswa*，但『兩個學生』更有可能出（呈）現為 *dua mahasiswa* 而不是 *dua oraŋ mahasiswa*。」

　　從這些描述中得出的結論是，數詞類別詞在傳統的馬來語鄉村社會中得到了豐富的發展，但城市化和國家語言的創造對其使用產生了簡化的影響。由於大多數其他地區語言受到現代化的影響較小，並且尚未成為國家生活的載體，因此他們可能會更加保守地保留可以被稱為語法中非必要、精細的特徵。然而令人驚訝的是，印尼西部似乎很少有其他語言具備一個可以與馬來語相媲美的數詞類別詞系統。

　　目前沒有可靠的南島語言數詞類別詞的分佈圖。Coolsma（1985: 第 167 頁起）列出了巽它語的 37 種形式。其中一些有馬來語同源詞，但大多數沒有，如 *papan sə-bebek*（板 一-**類別詞**）「一塊板」、*wəlit sa-jalon*（屋頂 草 一-**類別詞**）「一個用白茅作的屋頂板」或 *bənaŋ sa-kukular*（線 一-**類別詞**）「一條線的長度」。Woollams（1996: 131）列出了 Karo Batak 語的 21 個「度量名詞」（「少量東西」、「極

少數」、「一口」等），並將這些與「名詞類別詞」區分開來，再將其與馬來語的數詞類別詞作比較。然而，這三種語言的數詞類別詞系統可能異常複雜。將民都魯語的 8 種已知類別詞與馬來語和巽它語的近 40 種分類比較是有問題的，因為第一種語言沒有被很好地描述，但即使有完整的語法可用，這些通常也顯示該系統不是很完善。在 Toba Batak 語關於數詞類別詞（稱為「輔助數詞」）的簡短描述中，van der Tuuk（1971: 214）提供了 12 種形式，其中一些以前綴 *ka-* 出現。與其他語言一樣，其中許多語言很明顯地源自獨立名詞，如 *napuran tolu-k ka-baba*（檳榔 三 **類別詞**）「三個檳榔嚼塊」（*baba* =「嘴巴」）。由數詞類別詞所代表的語言特定的語意範疇，例如 Toba Batak 語的 *ka-baba*「滿口的」，顯示數詞分類是語法流動的部分，可能對個人的即興創作敏感。如上所述，數詞類別詞因此似乎形成一個或多或少的開放性詞類，但是這個詞類的大小在不同語言中的變化很大。Donohue（1999: 第 109 頁起）為蘇拉威西島東南部的 Tukang Besi 語提供了十二個數詞類別詞，並指出其中一個（*ʔasa*「一般計數器」）正在接管該語言的年輕說話者中的所有參照物。同樣地，對於沙巴的 Timugon Murut 語，Prentice（1971: 第 175 頁起），只提供了 8 個「韻律名詞」：1）*ŋa-ulun*「人」（人類和靈魂），2）*ŋa-inan*「身體」（生物和大型水果），3）*ŋa-n-taun*「棍棒」（長管狀、圓柱狀的東西，例如吹管、門柱、蛇、鰻魚），4）*ŋa-unor*「內核」（小的—特別是圓形的東西，如魚、昆蟲、小果實、雞蛋、指甲、米粒），5）*ŋa-m-pilaq*「廣度」（薄扁平的東西，如門、信件、布料、墊子、揚穀盤、淺鑼、當地製造的帽子），6）*ŋa-uat*「筋」（長、細、線狀的東西，如毛髮、草葉、細蟲），7）*ŋa-n-*

dapak「碎片」（深鍋、開口器皿，如鍋、碗、深鑼），8）*ŋa-m-puun*
「樹幹」（樹木和陶器罐）。從這些形式的複現部分可以看出，繫詞
ŋa 被分析為類別詞的一部分。Hardeland（1858: 92）將他的討論限
制在一個簡短的段落中，就 Ngaju Dayak 語僅提供了三個數詞類別
詞，用於人類的 *biti*（字面意義為「身體」）、*koŋan*，用於動物、
kabawak，用於圓形物體，如 *aso lima koŋan*（狗 五 **類別詞**）「五隻
狗」，或 *eñoh telo kabawak*（椰子 三 **類別詞**）「三個椰子」。Walker
（1976: 16）就這個主題也沒有多談，僅指出蘇門答臘南部 Lampang
省的數詞類別詞（「計數名詞」）的「使用率遠低於印尼語和其他密
切相關的語言。」他只提供三個類別詞，兩個來自獨立名詞，一個
來自獨立動詞：*biji*「種子」、*cintil*「束；堆」以及 *ikoʔ*「捆綁」：
təlu ŋam-biji manuʔ（三 **繫詞-類別詞** 雞）「三隻雞」、*xua ŋa-ikoʔ*
maŋga（二 **繫詞-類別詞** 芒果）「兩顆芒果」、*paʔ ŋa-cintil xambutan*
（四 **繫詞-類別詞** 紅毛丹）「四顆紅毛丹」。同樣地，對於 Flores 西部
的 Manggarai 語，Burger（1946: 97）只辨識出這種類型的三個詞：1）
moŋko（無生命的東西和一些動物）、2）*tau*（人類）、3）*ŋata*（在
一個故事開始時的人類）。據說這三個都是可有可無的。最後，
Robson（2002: 64）提供了一些爪哇語的類別詞，它們在功能上與
Karo Batak 語的「度量名詞」相對應，但只有單一「通用類別詞」*iji*
「片」，如 *jəruk lima-ŋ iji*（橙 五-**繫詞** 片）。

　　印尼東部和太平洋地區的南島語言的數詞類別詞系統，與印尼
西部的典型分類系統至少有四個不同之處：1）在某些語言中，數詞
一定要跟類別詞一起出現，也因此類別詞可能與詞基產生僵化現
象，2）類別詞有時候僅限於某些語意範疇，而在印尼西部，類別詞

幾乎總是通用類別標籤，3）數詞及其相關類別詞可能存在部分融合或典型的不規則性，4）在大洋洲語言中數詞類別詞有時是以十的倍數為基礎，而使用類別詞來標記乘法值則完全不見於西部。

　　在南哈馬黑拉—西新幾內亞的語言中可見這些區別特徵中的第一個。這個組別中的某些語言的數詞 1-9 必須要有一個「前綴」。表 5.9 說明了該成分在南哈馬黑拉三種語言中的出現：

表 5.9　三種南哈馬黑拉語言的數詞及其必要的「前綴」

Weda 語	Gane 語	Taba 語	詞義
p-uso	p-so	p-so	「一」
pe-lú	p-lu	p-lu	「二」
pe-tél	p-tol	p-tol	「三」
pe-fót	p-hot	p-hot	「四」
pe-lím	p-lim	p-lim	「五」
pe-wonem	p-wonam	p-wonam	「六」
pe-fit	p-fit	p-hit	「七」
pe-wál	p-wal	p-wal	「八」
pe-pupet	p-siw	p-sio	「九」
yofesó	yagimsó	yo-ha-so	「十」

　　Maan（1951）表明這個成分在布力語是可分開的，但是更多關於南哈馬拉語言的資訊可以在 Bowden（2001）的 Taba 或 Makian Dalam 語法中獲得，其中提到（2001: 244）「Taba 數詞必須始終與……預設的類別詞 *p-*（可能終究來自原始南島語 *buaq「果實」）共同出現。」這個看法得到 Anceaux（1961）關於西新幾內亞語言語

料的支持，其相對應的成分是 *bo-*（參照 Ambai 語 *boŋ*、Kurudu 語 *bo-*「果實」）：

表 5.10　三種西新幾內亞語言的數詞及其必要的「前綴」[44]

Ambai	Munggui	Kurudu	詞義
bo-iri	bo-hiri	bo-sandi	「一」
bo-ru	bo-ru	bo-ru	「二」
bo-toru	bo-toru	bo-toru	「三」
bo-a	bo-ati	bo-at	「四」
ri/riŋ	bo-rim	bo-ve-rim	「五」
wona	bo-wonam	5+1	「六」
itu	bo-itu	5+2	「七」
5+3	bo-waru	5+3	「八」
5+4	bo-hiun	5+4	「九」
sura	saura	sur	「十」

令人驚訝的是，雖然數詞詞基從對比中清晰可見，但它從不單獨出現。這相當於馬來人在連續計數中使用 *sə-buah*、*dua buah*、*tiga buah* 等——這與印尼西部的數詞類別詞系統完全不同。金鍾群島的語言可能表現出類似的 *buaq「果實」的反射。在這些語言中，類別詞遵循數詞詞基，數詞 1-9（除了「4」以外！）呈現令人無法解釋，反映 *-puV 的「後綴」：

---

44 Anceaux（1961: 74-75）沒有提供 Ambai 語「8」和「9」的形式，或 Kurudu 語 6-9 的形式，但在每種情況下都表明他們以 5 加上較小的數詞來「使用複合詞」。

表 5.11　四種金鍾群島語言的數詞及其必要的「後綴」

Penchal 語	Ere 語	Sori 語	Seimat 語	詞義
siw	sih	sip	te-hu	「一」
lʊp	ruoh	huop	hũõ-hu	「二」
tulʊp	tulah	tarop	tolu-hu	「三」
talit	hahuw	papuw	hinalo	「四」
rurɨn	limoh	limep	te-panim	「五」
ʊnʊp	onah	gonop	tepanim tehu	「六」
karutulʊp	drotulah	ehetarop	tepanim hũõ-hu	「七」
karulʊp	droruoh	anuhuop	tepanim toluhu	「八」
karusɨw	droasih	anusip	tepanim hinalo	「九」
saŋahul	saŋul	saŋop	hũõ-panim	「十」

　　在薩摩亞的數詞類別詞中可以看到語義特化。Mosel & Hovdhaugen（1992）提供了十五種「食物類別詞」，所有這些都適用於生食或預製食品。在這些「食物類別詞」中，*fua* 用於麵包果、椰子、家禽和一些貝類是東南亞島嶼（馬來語 *buah*）的類別詞系統所熟悉的：*tolu ŋa fua niu*（三 **繫詞 類別詞** 椰子）「三個椰子」。其他的在語意上有對應，但不是同源詞，如薩摩亞語的 *tau*，與一堆或一串椰子或其他水果一起使用：*tau fia niu*（**類別詞** 多少 椰子）「多少椰子？」、*tau lua popo*（**類別詞** 二 成熟 椰子）「一對椰子」。其他還有一些概念是西部數字類別詞不常表達的，如薩摩亞語 *aea*「20 顆椰子」或 *afi*「包裹在葉子中的小魚」。Mosel & Hovdhaugen 只提供一個非食物類別詞 *to ʔa*（人）。與食物類別詞不同的是，這個詞不需要相關的名詞：*to ʔafia*（X）「多少（人）？」，*to ʔalima*（X）「五（人）」。

數詞和類別詞的融合可以透過印尼東部和太平洋地區的數種語言來說明。Klamer（1998: 第 136 頁起）列出了松巴島東部 Kambera 語的五個類別詞：1）*wua/mbua*（球形物體）、2）*puŋu/mbuŋu*（橢圓形物體）、3）*wàla/mbàla*（扁平，薄物體）、4）*iu/ŋiu*（動物）、5）*tau*（人）。她還指出，在某些形式中，「數詞／前綴和類別詞是合併的」。這可以用 *hau kajawa*（一-**類別詞** 木瓜）「一個木瓜」來說明：*dàmbu kajawa*「兩個木瓜」：*tailu mbua kajawa*「三個木瓜」，對比 *ha-puŋu pena*（一-**類別詞** 筆）「一支筆」：*dua mbuŋu pena*「兩支筆」：*tailu mbuŋu pena*「三支筆」，其中 *hau* 和 *dàmbu* 的形式顯然分別來自早期的 *ha + wua*（一+**類別詞**）和 *dua + mbua*（二+**類別詞**）。此外，金鍾群島的一些語言擁有豐富的數詞分類系統，可以說明數詞和類別詞的部分融合，以及以十的倍數為基礎的類別。就 Manus 東部的 Loniu 語，Hamel（1994: 第 54 頁起）列出了大約 30 個數詞類別詞。實際上，數詞和類別詞的融合產生了 30 組不同的數詞，儘管這些數詞顯示了許多重覆出現的部分。表 5.12 提供了其中三組的完整形式，以說明更大系統的運作方式：

表 **5.12**　Loniu 語中的三組具有構詞融合的數詞類別詞

	can/calan	kew/kɛwan	kɔʔɔt
1	hacan	hekew	hɔkɔʔɔt
2	maʔucɛn	maʔakew	maʔakɔʔɔt
3	maculucan	maculukew	maculukɔʔɔt
4	mahacan	mahakew	mahakɔʔɔt
5	malimɛcan	malimɛkew	malimɛkɔʔɔt
6	mawɔnɔcan	mawɔnɔkew	mawʔnʔkɔʔɔt

	can/calan	kew/kεwan	kɔʔɔt
7	maʔaruculucan	maʔaruculukew	maʔaruculukɔʔɔt
8	maʔaruʔucεn	maʔaruʔukew	maʔarukɔʔɔt
9	maʔarusacan	maʔarusekew	maʔarusʔkɔʔɔt
10	macalansɔʔɔn	makεwansɔŋɔn	masɔŋɔn

　　獨立名詞 *can*（未擁有／可分割的擁有）或者 *calan*（不可分割地擁有）在第一列，而該組用於計算道路，路徑和邊界（作為花園中的區段標記）。第二組由獨立名詞 *kew/kεwan* 主導，其含義不明，用於計算一串有價值的物品，如珠子、狗牙、*tambu* 貝殼或魚：*lεhe mʷi masaŋat tɔ hekew*（牙 狗 100 **stat** 一-串）「這一串有 100 個狗牙」。第三組由獨立名詞 *kɔʔɔtan*「束」所主導，用於計算一束長形纖細的物品，如長矛、甘蔗、竹子、木柴或棕櫚茅草。在這組中數詞「十」沒有類別詞。這一組提供了另一個有趣的觀點。由於某些類別詞以十個一組來指涉獨立的實體及其他事物，因此對於 Loniu 語的使用者而言，文化上具有歧義的表達如「十支長矛」可以經由 *ñah makɔʔɔsɔŋɔn*「十（支單獨的）長矛」與 *ñah hɔkɔʔɔt*「十支（捆綁在一起的）長矛」來消除歧義。

　　在核心麥克羅尼西亞語言的計數系統中也發現了類似的複雜性。例如，Rehg（1981: 125）指出 Pohnpeian 語至少有三十種方法用來計算。由此，他意味著通過數詞—類別詞序列的融合或部分融合的方式來形成至少三十種不同的數詞組。表 5.13 中說明了這些數詞集中的三個（*-u* <*puaq、*-men* <*manuk、*-umʷ* <*qumun）：

表 5.13　**Pohnpeian** 語的三組具有構詞融合的數詞類別詞

	I	II	III
1	e:u	emen	oum^w
2	riau	riemen	rioum^w
3	silu:	silimen	silu:m^w
4	pa:ieu	pa:men	pa:um^w
5	limau	limmen	limoum^w
6	weneu	wenemen	wenoum^w
7	isu:	isimen	isu:m^w
8	walu:	welimen	welu:m^w
9	duwau	duwemen	duwoum^w
10	eisek	e:k	ŋoul

　　集合 I（1981: 125）被稱為通用計數系統，通常用於計算具有圓形性質的東西。集合 II 用於生物指涉對象，而集合 III 用於某些烘焙食物。歷史上，這些集合包含數詞+原始大洋洲語 *puaq「果實」（第一組）、*manuk「非海洋動物」（第二組）和 *qumun「炕窯」（第三組）。

　　最後，一些大洋洲語使用類別詞作為集體名詞，類似英語的 'school'「群」，'herd'「群」或 'flock'「群」。Davis（2003: 71）指出，索羅門群島西部的 Hoava 語使用沒有數詞的集體名詞來指定大量的動物和魚類：*sa rovana boko*（**冠詞 類別詞** 豬）「大量的豬群」、*sa roana lipa*「一群 lipa 魚」、*sa puku nikana*（**冠詞 類別詞** 人）「這群人」、*sa puku igana*（**冠詞 類別詞** 魚）「魚群」，*sa topatopa boko*（**冠詞 類別詞** 豬）「大量的野豬」。如最後一個例子所示，家豬和野豬之

間的區別，許多東南亞島嶼的語言以獨立名詞來編碼（卑南語 *verek*「家豬」：*vavuy*「野豬」，Kelabit 語 *bərək*「家豬」：*baka*「野豬」），在 Hoava 語則由集體名詞來標記。

學界幾乎沒有對南島語言中的數詞類別詞進行過比較工作。然而，即使從這裡能考量的有限數據（語料），仍清楚顯現的第一件事是 *buaq 作為類別詞的中心地位。這是唯一可歸因於原始馬來波里尼西亞語，作為數詞類別詞的形式。此外，雖然它們通常與圓形物體相關聯，但是 *buaq 的反映是在許多分隔遙遠的語言中的預設類別詞（馬來語、南哈馬黑拉—西新幾內亞語言、Pohnpeian 語、Woleaian 語）。這兩個觀察結果都表明南島語言中數詞類別詞的歷史嚴重依賴這種單一形式。換句話說，原始馬來波里尼西亞語可能沒有除了 *buaq 之外的數詞類別詞，並且從這個有限的開始詳細闡述許多經過驗證的系統。

為了了解這可能是如何發生的，應該注意的是，在許多南島語言中，特定水果的名稱必須伴隨反映 *buaq 的一般標記：Kelabit 語 *bua? buyo*「柑橘類水果」、*bua? datu?*「榴蓮」、*buah laam*「芒果」、馬來語 *buah ñiur*「椰子」、*buah maŋga*「芒果」、*buah pisaŋ*「香蕉」，得頓語 *hudi fua-n*「香蕉」，Soboyo 語 *nuo mfuai-n*「椰子」。這些搭配產生了模糊的組成結構。在馬來語／印尼語中，諸如 *dua buah ñiur*（二-水果 椰子）「兩個椰子」和 *dua buah rumah*（二-**類別詞** 房子）「兩棟房子」的表達似乎在結構上是平行的，但由於水果的名稱通常出現在 *buah* 之後，因此對於其他名詞的類似表達式中缺乏水果名稱的量化表達式，無論是採用 *buah* 還是其他數詞類別詞，均具有括弧上（結構上）的歧義：

圖 5.1　有關馬來語水果名稱之定量表達中的括號歧義

buah「水果；大型圓形物體的類別詞」

rumah「房子」(**buah rumah)

[dua buah] [rumah]「兩棟房子」

buah ñiur「椰子」(**ñiur)

[dua buah] [ñiur]/[dua] [buah ñiur]「兩顆椰子」

　　像 *dua buah rumah* 這樣的表達式，其中獨立名詞「果實」現身
作為類別詞，幾乎可以肯定是來自 *dua buah ñiur* 這樣的構造，其組
成結構是具歧義性的。但是，如果數詞類別詞尚未存在，則很難看
出什麼可能激發對組成結構的錯誤分析，從而將原始馬來波里尼西
亞語的 *buaq 或其反映重新解釋為類別詞。如上面提及的 Timugon
Murut 語、Lampung 語和薩摩亞語的例子所示，數詞和類別詞之間
需要有 *ŋa（在某些語言中縮寫為 ŋ）的反映，如同更高數詞需要有
基於乘法值「10」或「100」。原始馬來波里尼西亞語的數詞表達式
必然曾經存在過結構上的平行模式，如 *telu ŋa puluq (ma) esa（三
繫詞 一組十個（和）一）「31」和 *telu ŋa buaq niuR（三 **繫詞** 水果
椰子）「三個椰子」。由於帶有附加數詞的乘法數詞組成結構顯然是
{telu ŋa puluq} {ma esa}，為{telu ŋa} {buaq niuR}而存在的模型被重
新分析為{telu ŋa buaq} {niuR}，從而在沒有類別命名的情況下釋放
出獨立名詞，如同許多已驗證的語言強制將 *buaq 重新解讀為初始
數詞類別詞。從這一點來看，系統可能會通過增加而增多，這個推
斷與南島語言中經過驗證的數詞類別詞系統所展現的各種形式和功

能的多樣性是一致的。[45]

　　最後一點也許值得一試。有一些邊緣證據顯示 *tau「人」可能
為原始馬來波里尼西亞語的數詞類別詞，但為原始南島語及原始馬
來波里尼西亞語重建 B 組數詞的需求，幾乎可以肯定原始馬來波里
尼西亞語的 *tau 不是指涉[+人類]的數詞類別詞，因為這種區別已經
以數詞的形式標出。

5.3　顏色詞

　　在經常被質疑但卻是基礎（foundation-laying 開創性、奠基性）
研究的跨語言規律顏色命名法，Berlin & Kay（1969）使用了十一種
基本顏色類別。這些類別按其蘊涵關係（implicational relationships）
的順序出現在表 5.14 中，以及其在原始南島語、原始馬來波里尼西
亞語、以及原始大洋洲語中可以構擬的形式。

表 5.14　原始南島語、原始馬來波里尼西亞語、原始大洋洲語的重
　　　　　建顏色術語

	原始南島語	原始馬來波里尼西亞語	原始大洋洲語
白	ma-puNi	ma-putiq	ma-puteq
黑	ma-CeŋeN	ma-qitem	ma-qetom
紅	ma-taNah	ma-iRaq	meRaq

---

45 古馬來波里尼西亞語的 *buaq 顯然也出現在一些比喻性的表達中，例如 *buaq
na bities「小牛的腿」或 *buaq na lima「手指」，並且這個詞素的非字面用法的
預先存在有可能促成了從 *buaq「水果」到 *buaq「水果；數詞類別詞」的轉變。

	原始南島語	原始馬來波里尼西亞語	原始大洋洲語
綠			karakarawa
黃			aŋo
藍			karakarawa

　　如表 5.14 所示，原始南島語（距今約 5,500 年）和原始馬來波里尼西亞語（距今約 4,500 年）只能構擬三個最基本的顏色詞，而原始大洋洲語（距今約 3,500 BP）僅有五種最基本的顏色術語（且將綠藍融合為「grue 形式」）。沒有任何在台灣以外廣泛分佈的顏色術語出現在台灣南島語言中。我們很難知道該如何解釋這些觀察中的第一個。鑑於 Berline 及 Kay 的演化模組，我們能夠容易地得出結論，就是南島語族直到 4500 年前仍使用不超過三種的顏詞，而另外兩個則是由原始大洋洲語的使用者所創新的，因為他們向外推進了太平洋。這個推論的問題在於，只將詞彙的解讀與時間連結，沒有參考其他任何因素。第二個觀察結果顯示，原始馬來波里尼西亞語的使用者完全保留了原始南島語的顏色術語，包含了靜態前綴 *ma-，但取代了「白色」、「黑色」和「紅色」的詞基。

　　在具有實證的語言中，許多顏色詞都是從普通名詞找來的，而這些重建形式也顯示出與名詞詞基相似的接觸點。原始馬來波里尼西語 *ma-iRaq 的最後一個音節與原始南島語／原始馬來波里尼西亞語的 *daRaq「血液」的最後一個音節相同，暗示了一個歷史上的衍生，即使沒有明顯的構詞學基礎來支持這樣的假設。原始大洋洲語 *aŋo 意為「黃色」和「薑黃」，而且可以肯定的是該顏色詞源自植物學術語。

大多數具實證的南島語言的顏色命名法比早期階段可以重建的極小的顏色更豐富，而且附加顏色術語的來源也是一個有趣的問題。表 5.15 提供了四種語言的全部顏色詞，即菲律賓北部的伊洛卡諾語、印尼西部的馬來語、麥克羅尼西亞中部的 Chuukese 語和夏威夷語：

表 **5.15** 伊洛卡諾語，馬來語，**Chuukese** 語以及夏威夷語的顏色詞

	伊洛卡諾語	馬來語
白	na-púdaw	putih
黑	na-ŋísit	hitam
紅	na-labága/ na-labásit	merah
綠	na-laŋtó	hijaw
黃	duyáw	kuniŋ/jiŋga
藍	balbág	biru
棕	madkét	coklat
粉	paŋ-in-dará-en	merah muda
紫	morádo/púrpura	uŋu/jiŋga[46]
橘	kiáw	jiŋga tua
灰	kolordapó	abu-abu/kəlabu

	Chuukese 語	夏威夷語
白	pʷech	kea/keʔo (keʔo)
黑	chón	ʔeleʔele

---

46 Wilkinson（1959: 472）將馬來語的 *jiŋga* 稱為「深黃色；黃色與紅色或紫色混合；淺紫色」。儘管這種覆蓋廣泛光譜的非典型顏色最初可能會令人困惑，但它們可能來自於通過成熟過程而變化的天然植物性物體的著色，因此通過混合色相，如同某些香蕉的不同品種一樣。

	Chuukese 語	夏威夷語
紅	par	ʔula/mea
綠	énúyénún fetin/araw	ʔōmaʔo, uli
黃	reŋ/ón/ram	melemele/ʔolenalena
藍	araw	uli
棕	kuŋ/ffach/-móów	kamaʔehu
粉	rowarow	ʔakala/ʔōhelo
紫	énúwén foorket	poni
橘	ram	melemele ʔili ʔalani
灰	topʷ	hina

　　基於蘊涵關係和歷史變化，Berlin-Kay 的基本顏色術語可以分為三個層次：1）白色、黑色和紅色，2）綠色—藍色（有時稱為「青」（grue），因為許多語言不區分這兩者）和黃色，3）其餘的。由於原始南島語，原始馬來波里尼西亞語和原始大洋洲語的詞源存在於第一層，我們希望驗證的術語能夠反映重建的形式，或者是語意上不透明的詞彙替換（lexical replacements）。換句話說，像「黑色」或「紅色」這樣的術語被早期意為「木炭」或「血液」的術語取代是不可思議的，因為抽象顏色類別的概念已經存在，因此並不需要透過具體名詞來重新衍生。但是，這個想法有時會被違反。伊洛卡諾語的 *na-púdaw*「white」反映了呂宋島北部和中部 Cordilleran 語言的共同創新，它通常意義為「白色」（原始馬來波里尼西亞語 *putiq 的反映保留在南部 Cordilleran 語中，如 Ibaloy 語和 Pangasinan 語）。然而，Newell（1993: 462）提供了 Batad Ifugao 語 *pudaw*「淺膚色，如…白化病或高加索人」，Yamada（2002: 213）提供了 Itbayaten 語 *poraw*

「灰色，如灰色」。在古菲律賓語 *ma-putiq 繼續意味著「白色」，*ma-pudaw 有一些其他相關的意義，也許是「淺膚色／白化」。於是，基本顏色詞 *ma-putiq 在許多呂宋島北部的祖先語言中被這個非顏色術語所取代。Goodenough & Sugita（1980）提供 Chuukese 語 *pʷech*「白色」，*pʷeech*「通過燃燒珊瑚石灰石製成的粉狀石灰」，很顯然地，顏色術語來自具體名詞，因為具體名詞和顏色形容詞之間的衍生關係也是透明地保存在其他核心麥克羅尼西亞語言中：Kosraean 語 *fasr*「珊瑚石灰、石灰石」：*fasrfasr*「白色」、Pohnpeian 語 *pʷe:t*「由珊瑚製成的石灰」：*pʷetepʷet*「白色；頭髮花白」。同樣地，夏威夷語 *kea*「白色」反映了古中部太平洋語 *tea*「蒼白、白化」。因此，原始馬來波里尼西亞語的單一詞素顏色詞基 *putiq 被菲律賓北部和波里尼西亞的術語「蒼白皮膚白化病」所取代，並且在麥克羅尼西亞語中以術語「珊瑚石灰」代替。許多其他語言都有「白色」、「黑色」或「紅色」的創新術語，但來源通常不明確。

當我們轉到第二層顏色術語時，從實體名詞衍生出顏色詞的情形更為明顯。許多菲律賓語言反映古菲律賓語 *dulaw「薑黃」成為「黃色」，如 Kalamian Tagbanwa 語 *ma-dulaw* 或 Mamanwa 語 *ma-dolaw* 一樣（Ilokano 語 *duyáw* 也可能反映這個術語，但如果是這樣，它是不規則的）。馬來語 *kuñit*「薑黃」和 *kuniŋ*「黃色」的情況非常相似，兩者都顯然反映了 *kunij「薑黃」，前者直接反映，後者則是經由早期來自 Karo Batak 語的移借 *kuniŋ*「薑黃」。同一組語意關係在具有不同詞基的大洋洲語言中重現。夏威夷語 *ʔolenalena*「黃色；由 *ʔolena* 植物製成的染料」來自 *ʔolena*「薑黃：*Curcuma domestica*」，Goodenough & Sugita（1980: 309）注釋 Chuukese 語的 *reŋ* 為「（成為）

黃色、黃綠色、藏紅花色（與薑黃有關）」，這與斐濟語 *re-reŋa*「從 *caŋo* 根部製備的薑黃，用來塗抹新生嬰兒的身體」是同源詞。反過來，術語 *caŋo* 被注釋為「薑黃植物，*Curcuma longa*」，並與許多其他大洋洲語言中的「黃色」一詞同源，如 Lou 語 *aŋo-an*、Talise 語、Mafea 語 *aŋo*、Nggela 語 *aŋoaŋo*、Merlav 語 *aŋaŋ* 或 Anejom 語 *in-yaŋ*「黃色」。簡而言之，在整個南島語系中，從薑黃的名稱中反覆衍生出「黃色」的詞彙，因為薑黃是一種傳統上以黃色染料著稱的植物。馬來語中「綠色」和「藍色」之間的區別是相對較新的，因為先前的 *hijaw* 涵蓋了整個藍綠色範圍，並且可能提到了鬥雞中的著色模式，如塔加洛語 *hiraw*「帶有金屬綠羽毛的公雞」、伊班語 *ijaw*「深的黃色或白色，作為鬥雞的顏色」。在 Chuukese 語中，*araw* 涵蓋藍綠色，並且使用 *énúyénún fetin*（字面義「草的顏色」）來區分綠色和藍色幾乎肯定是在與西方接觸之後。

第 3 層術語的產生乃是經由 1）加綴或複合具體名詞、2）從歐洲語言的移借、3）通過與基本顏色術語的融合、或 4）通過描述性術語「X 的顏色」。第一種形式是在伊洛卡諾語 *paŋ-in-daráen*「淺紅色、粉紅色」中看到的，Rubino（2000: 154）認為其來源為 *dára*「血液」，以及馬來語 *abu-abu* 和 *kəlabu*「灰色」，兩者都是源自 *abu*「灰」。第二個見於伊洛卡諾語 *morádo* 和 *púrpura*，來自西班牙語的 *morado*「紫色、桑椹色」和 *púrpura*「紫色、紫色布」，以及馬來語／印尼語 *coklat*，借自英語或荷蘭語。第三種出現在馬來語 *merah muda* 中，是透過使用 *muda*「年輕」和 *tua*「老」來細分顏色詞（類似英語中的 'light' 和 'dark'）的例子。產生顏色術語的第四種方法則見於伊洛卡諾語 *kolordapó*「灰色」（字面義「灰燼的顏色」）、

Chuukese 語的 *éníwén foworket*「紫色」（字面義「勿忘我（植物）的顏色」），以及夏威夷語 *melemele ʔili ʔalani*「橘色」（字面義「橘皮黃」）。在最後兩個術語中對引入植物的引用也清楚地說明了它們相對的新穎性。

　　東南亞島嶼語言中的「灰色」術語通常來自「灰燼」這個詞，但在太平洋地區，它們似乎更常見於「褪色、變色、模糊」的詞彙，或是較少見的「灰髮」這個詞（一種與許多或大多數南島語言中的顏色詞在詞彙上區分開來的語義範疇）。「棕色」的詞彙很少提及印歐語言的棕色原型，但通常表示一些混合的質量，如夏威夷語的 *kamaʔehu*「褐色、紅褐色」，或是較少見的是，在 Chuukese 語中出現了三個「褐色」術語，*kuŋ*「（成為）棕色」、*ffach*「（成為）淺棕色」、*-moow*「紅棕色」（僅限化合物）。同樣地，許多大洋洲語言都有一個詞似乎較適合翻譯為「紅棕色」或「紅黃色」，而不是任何單一術語，這有時與魚的顏色或是紅棕色泥土有關：Lau 語 *mela*「淺棕色、紅棕色；一種魚」，Gilbertese 語 *mea*「紅黃色；銹；灰色」，東加語 *mea*「淺紅色或淺棕色、帶紅色、帶褐色：特別是植物，魚等的名稱」，夏威夷語 *mea*「紅褐色，如同有紅土的水；黃白色的羽毛」。馬來語和夏威夷語「紫色」和伊洛卡諾語或 Chuukese 語「橙色」的單一詞彙來源則尚未清楚。

　　大洋洲語言中顏色術語的一個特點是僵化重疊的廣泛使用（Blust 2001c）。為了說明這一點，Pukui and Elbert（1971: 37）提供了夏威夷語 *ʔele*「黑色」，但聲明這不像 *ʔeleʔele* 那麼常見，因為它具有相同的含義和句法分佈。在許多其他大洋洲語言中也發現了顏色詞重複使用類似不帶功能的，其中重複的術語要嘛沒有相應的單純詞

基，如 Manam 語 *botiboti*「藍色」（沒有 **boti），要嘛經由單純具體名詞的重疊衍生而來（Kairiru 語 *kietkiet*「黑色」，來自 *kiet*「黑色顏料」）。這種模式可能源於使用重疊來將顏色詞標記為其規範含義不精確的等同物：有點白的、有點黑的、偏紅等等。由於現實世界的指涉通常在某種程度上偏離規範類型，因此顏色詞的重疊變體可能會在日常使用中比單純的相對詞彙更頻繁。隨著時間的推移，過度使用這種衰減或概括形式使它們在語義上越來越不具標記性。

大多數語法都包含跟細微差別顏色術語等特徵有關的資訊：如「淺紅色」、「深綠色」，依前所述，在馬來語／印尼語中，這些都標有「年輕」和「老」的術語，但不知道這個功能有多廣泛。同樣地，關於聯合顏色術語（紅色和白色、黑色和藍色）的資訊很少。在馬來語／印尼語中，這些順序與英語順序相同，因此 *merah-putih*「紅色（和）白色」，兩者中較深或較強烈的顏色傾向出現在第一位。[47]

在東南亞島嶼的一些社會中，鬥雞是一項重要的社交活動，一組特殊的詞語被用來描述鬥雞中著色的獨特模式。Richards（1981:

---

47 Shen & Gil（2007）討論了一個類似但不完全相同的問題，他解決了聯覺隱喻的詞序問題，特別是印尼語。在早期研究的基礎上，他們訴諸於一種方向性原則，該原則決定了一種聯覺隱喻中詞彙元素的順序，與感官模組的普遍等級相關（視覺>聲音>嗅覺>品味>觸覺），使得「具有超過偶然的頻率，聯覺隱喻涉及在「感官模組層次」（Hierarchy of Sensory Modalities）上向上的映射（除了視覺和聲音，其表現方式類似）」（Shen & Gil 2007: 3）。目前尚不清楚該提案如何處理南島語言中廣泛使用 *deŋeR 的反映「聽取」作為「氣味」的隱喻，如在 Nume 語（班克斯群島）*rongo-mbun*「聞到」，或者在 Bislama 語的等同詞 *harem* 來表達，例如「味道」、「嗅覺」、「感覺」等，如 *harem kava*「感受到卡瓦的效果」、*harem smell*「聞到氣味」，*harem traot*「噁心、感到噁心」（Crowley 2003）。

207）列出了婆羅洲西南部 Iban 語的這類詞彙範疇至少有 30 種命名的顏色品種。主要顏色組是 *adoŋ*「白色帶有紅色翅膀」、*banda*「黃紅色」、*biriŋ*「深紅棕色」、*burik*「斑點、條紋（黑色和白色）」、*ijau*「深的黃色或白色」，以及 *kəlabuʔ*「淺棕色」，但每一個都可以再進一步細分，就像 *adoŋ burik*「白色帶淺棕色斑塊」、*banda pipit*「紅色帶黑色羽毛尖」、*biriŋ cərəkup*「深紅色和綠黑色」、*burik kəsaʔ*「紅色斑點」、*burik kəsulai*「斑點淺棕色」、*burik mənaul*「大斑點」、*burik paŋgaŋ*「輕微斑點」等。

最後一個可能提到的顏色術語特徵是用來描述情緒，氣質或性格的顏色象徵價值，如英語藍色=「不快樂」、黃色=「懦弱」、綠色=「缺乏經驗」，黑色／白色對比一般表示負向值與正向值。在南島語言中，顏色術語通常僅在與其他語素，通常是「肝臟」（情緒的位置）相結合時才用來標記人類性格特徵，如 Tausug 語 *atay-itum*（「黑肝」）「背叛」，以及在以下的表達中，所有這些的字面意思都是「白肝」：Tausug 語 *atay putiʔ*「真誠，無可指責」，Mapun 語 *poteʔ atay*「純潔的心／無可指責」，Mansaka 語 *ma-potiʔ na atay*「善良的心，溫柔的心」，馬來語 *puteh hati*「誠意」，Madurese 語 *pote ate*「正直、誠實」，或者 Motu 語 *ase kuro tau-na*（字面義「有白肝的男人」）「勇敢的人、不會害怕的人」。

5.4　指示詞，方位詞，方向詞

語言編碼方向資訊的方式，或使用方向性術語對其他類型的資

訊進行編碼的方式可能是微妙而深遠的。近年來，南島語言在這方面的詞彙引起越來越多的關注，如 Senft（1997）和 Bennardo（2002）等著作合集中所見，François（2003a，2004）的深入研究，以及 Ross（2003）對大洋洲語言中方位和方向的語言表達具有價值的概述。為了有效的討論，我們將語料劃分為微觀取向系統和宏觀取向系統。前者包括兩個子類別：1）所指對象與說話者的空間和時間位置，以及 2）所指對象與其周圍環境（上、下、內、外等）的位置。而宏觀取向則包括用於將自己定位到更廣泛的物理環境的定向系統。因此，微觀取向系統通常包含在主題為「指別（指示）」（deixis）下的信息，儘管它在某些方面比這一類涵蓋更廣，而在其他方面則狹窄一些。即使微觀取向和宏觀取向的系統在大多數語言中是互補的，但在一些南島語言中，據報導它們以意想不到的方式相互滲透。

　　首先是指示系統。與現代英語不同，現代英語在限定詞（determiners）*this*：*that* 或副詞 *here*：*there* 具有二元區別，但大多數南島語言將這個語義空間劃分為一個近端指示和兩個遠端指示。雖然近端指示的語義規範在不同語言中相對固定，但遠端指示以不同方式區分。Reid（1971）提供了 41 種菲律賓語言的指示代名詞的比較語料，其中大多數語言具有三種一般特徵。首先，在他的樣本中的 41 種語言中（43 種減去兩種沒有註解的語言），25 種語言具有三元指示區別，與人稱代名詞中的人物標記區別非常接近：1）這、2）那（經由你）、3）那（經由第三人）。例子包括呂宋島北部的 Guinaang Kalinga 語 1）*siyaná*、2）*siyanát*、3）*siyadí*，以及民答那峨島西部的 Siocon Subanen

語 1）*koni*、2）*koyon*、3）*kituʔ*。[48]十一種其他語言有四元區別：1）這、2）那（經由你）、3）那（經由第三人）、4）遠處／看不見。例子包括呂宋島北部的 Agta 語 1）*yən*、2）*ənə*、3）*yewən*、4）*yen*，以及民答那峨島南部的科羅納達爾比拉安語 1）*ani*、2）*aye*、3）*atuʔ*、4）*ayə*。五種語言具有二元區別，無論是整個指示系統或是其中的一部分。對稱的二元指示系統的一個例子是 Itbayaten 語，具有 1）*niaʔ*「這」、2）*nawiʔ*「那」，以及 1）*diiʔ*「這裡」、2）*dawiʔ*「那裡」；Cotabato Manobo 語擁有一個不對稱的二元指示系統，包含 1）*ini*「這」、2）*ia*「那」，然而 1）*dahini*「這裡」、2）*dahia*「那裡（經由你）」、3）*kaʔədoʔ*「那裡（經由第三人）」、4）*dahədoʔ*「那裡（遙遠或看不見）」。在任何所見的系統中都沒有提供關於類別 4）的語義明確信息，但是「遙遠」和「不可見」的含義從未出現在同一種語言中。其次，許多語言中在翻譯為英語 "this" 與 "here" 或 "that" 與 "there" 的詞彙形式擁有音素相似性或交疊（overlap）。例子包括 Pamplona Atta 語（北部卡加延省 Cagayan 的矮黑人語言）1）*yawe*「這」、2）*yine*「那（經由你）」、3）*yuke*「那（經由第三人）」、4）*yu:rin*「那（遙遠或超出視線範圍）」，接著 1）*sawe*「這裡」、2）*tane*「那裡（經由你）」、3）*tuke*「那裡（經由第三人）」、4）*tu:rin*「那裡（遙遠或看不見）」或是 Guinaang Kalinga 語 1）*siyaná*「這」、2）*siyanát*「那（經由你）」、3）*siyaɖi*「那（經由第三人）」，接著是 1）

---

48 Reid（1971）和許多早期學者稱這種語言為「Subanun」，但 Lobel and Hall（2010: 320）指出大多數使用者以及菲律賓國家原住民委員會的偏好書寫為「Subanen」。

siná「這裡」、2）*sinát*「那（經由你）」、3）*siɗi*「那裡（經由第三人）」。第三，如這些示例所示，這些形式中的許多形式以相同的音素或音素序列開始，有時可被識別為方位的僵化通用標記（在-此處，在-那裡）。

婆羅洲的許多語言都有類似的指示參照系統，但細節上有所不同。例如，婆羅洲中部加燕語的 Uma Juman 方言有一個三元指別系統，顯然與人的參照相關：1）*anih*「這」、2），*anan*「那（經由你）」、3）*atih*「那（經由第三人）」，以及 1）*hinih*「這裡」、2）*tinan*「那裡（經由你）」、3）*hitih*「那裡（經由第三人）」。Long Lamai Penan 語也有一個三元指別系統，但是將一些菲律賓系統的第三和第四項映射到第二和第三項：1）*itəuʔ*「這」、2）*inəh*「那（可見的）」、3）*itay*「那（看不見）」，以及 1）*sitəuʔ*「這裡」、2）*sinəh*「那裡（可見）」、3）*sitay*「那裡（在視線範圍之外）」。另一種變體出現在 Mukah Melanau 語，其中的三元對比有些部分是基於說話者的近距離，而有些部分是基於說話者假設聽話者先前對所述方位的了解：1）*itəw*「這」、2）*iən*「那（聽話者已經知道所提到的地方，無論是近處還是遠處）」、3）*inan*「那（不確定方位）」，1）*gaʔ gitəw*「這裡」、2）*gaʔ giən*「那裡（聽話者已經知道所提到的地方，無論是近處還是遠）」、3）*gaʔ ginan*「那裡（不確定方位）」。與菲律賓一樣，印尼西部的一些二元指示系統是不對稱的。一個眾所周知的例子是馬來語，它有 1）*di-sini*「這裡」、2）*di-situ*「那裡（靠近你）」、3）*di-sana*「那裡（遙遠，無論是否在視線範圍內）」，但是 1）*ini*「這」、2）*itu*「那」（no **ana）。印尼西部和菲律賓的一些語言似乎是一個歷史上詞綴加綴的雙層（double layer），標記了

一個通用的方位詞彙，可以翻譯為「在這裡」或「在那裡」。在某些情況下，通用的方位標記是相同的詞素，其中一層已經僵化而另一層是活躍的，就像 Mukah Melanau 語一樣：*gaʔ gitəw*，其中 *g-itəw* 可能反映了 *gaʔ itəw。在其他情況下，僵化的通用方位標記與現在活躍的標記不同，如將以下馬來語的雙前綴形式與其他語言的單前綴形式進行比較所示：

表 5.16　馬來語指示副詞的歷史上雙重前綴加綴法[49]

	馬來語	依富高語	Sangil 語	Aborlan Tagbanwa 語
這	ini	tue	íni	ini
那（第二人稱）	itu	naye	éne	itu
那（第三人稱）	itu	die	éne	ian
那（遠方的）				iti
這裡	di-s-ini	hitú	s-íni	s-ini
那裡（第二人稱）	di-s-itu	hiná	s-éne	s-itu
那裡（第三人稱）	di-s-ana	hidí	s-éne	asan
那裡（遠方的）				duʔun

在馬來語中，*s-ini* 和 *s-itu* 的附著形式包含一個僵化成分，似乎與菲律賓形式的最初音素同源，如 Amganad Ifugaw 語的 *hitú*「這裡」、*hiná*「那裡（經由你）」、*hidí*「那裡（經由第三人稱）」，

---

49 Jason Lobel（個人通訊，2007 年 8 月 3 日）指出，Aborlan Tagbanwa 語的 *ini* 和 *sini* 兩者意義為「在這裡（經由說話者，而不是聽者）」，*itu* 和 *situ* 意為「在這裡（經由說話者及聽者）」，*ian* 和 *asan* 意思是「那裡（經由聽者，而不是說話者）」，*itu /duʔun* 均意為「那裡（遠離說話者和聽者）」。然而，在馬來語中歷史上雙重詞綴的證據不受此觀察的影響。

Sangil 語 *síni*「在這裡」、*séne*「在那裡（經由你）」，或者最引人注目的是 Aborlan Tagbanwa 語的 *s-ini*「在這裡」、*s-itu*「在那裡（經由你）」，整個形式就是同源詞，且在 Aborlan Tagbanwa 語中標記一般處所的 *s-* 如同馬來語中的 *di-* 一樣。因此，似乎 *s-* 曾經在馬來語附著指示詞 *-sini*「在這裡」、*-situ*「那裡」以及 *-sana*「遠處」中具有類似的功能。結構上相似的指別參照系統廣泛地存在於南島語系中，如金鐘島東部的 Loniu 語（Hamel 1994: 99），Mekeo 語以及新幾內亞東南部其他親屬關係密切的語言（Jones 1998: 157），麥克羅尼西亞中部的 Mokilese 語（Harrison 1976: 第 77 頁起），以及太平洋中部的斐濟語（Schütz 1985: 第 378 頁起）。

在印尼的一些地方可以找到更精細的指示參考系統。對於松巴島東部的 Kambera 語，Klamer（1998: 55-56）列出了四個指別系統，是不同於之前所提及對近指成員進行二元區分的系統：1）*ni*「這」、2）*nai*「那（近說話者，但是比 *ni* 遠一點）」、3）*na*「那（近聽者）」、4）*nu*「那（遠離說話者和聽者）」。Woollams（1996: 第 122 頁起）報導了蘇門答臘北部 Karo Batak 語的五個指示代名詞，再次出現了對近指的二元區分（1 和 5）：1）*enda*「這（相對接近說話者）」、2）*ena*「那（相對接近聽者）」、3）*ah*，*adah*「那（在那邊，在說話者和聽者附近）」4）*oh*「那（在很遠的地方，可能超出視線範圍）」、5）*e*「那（在說話者和聽者的視線範圍內，或者剛剛才指涉的東西）」。這些指示中的每一個都對應於 Woollams 所謂的「處所代名詞」，其中一些前面是 j-（可能是< *di-）：1）*enda*「這裡」、2）*ena*「那裡（經由聽者）」、3）*jah*，*jadah*「那裡（遠離說話者和聽者）」、4）*joh*「那裡（某個遙遠的地方）」，5）*e*「那裡（剛才提及的地方）」。

一些蘇拉威西語言具有菲律賓式或婆羅洲式的指別系統。例如，Himmelmann（2001：第 98 頁起）指出，大多數 Tomini-Tolitoli 語言具有三元指示區別，他將其描述為 1）近指、2）中間指以及 3）遠指。他觀察到，雖然「接近聽者」似乎對於中間指形式的使用扮演關鍵角色，但遠指形式也可以在類似情況下使用。然而，在蘇拉威西島的其他語言中，指示系統的語意結構與目前看到的類型有很大不同。之前考量的所有南島指示參考系統可以表達為 1）相對於說話者或聽者的距離，或 2）可見性。蘇拉威西島東南部 Muna 語的空間指別系統對這些語義參數有吸引力，但此外它對指稱物的相對高度和可聽性有著至關重要的作用。根據 van den Berg（1989：85），Muna 語有六個基本指示代詞，分為兩組：

表 5.17　蘇拉威西東南部 **Muna** 語的指示代名詞

	組別 **1**	組別 **2**
1	ini	aini
2	itu	aitu
3	maitu	amaitu
3	watu	awatu
3	tatu	atatu
3	nagha	anagha

第一個代名詞用於說話者觸手可及的任何內容。第二個用於接近聽者而非說話者，儘管它不需要觸手可及。在某些情況下，它也可以用於說話者附近的某些東西，如區分兩個距離相同的物體（「不是這一個，而是那個」）。第三個代名詞通常指的是不遠處的物體。

Van den Berg（1989: 86）認為第四個代名詞是「第三人稱系列中最中性的形式。」它與第五個代名詞形成鮮明對比，因為後者具有相對高度的附加成分。最後的指示詞是保留給說話者或聽者不能看到但是可以聽得見的指示物（如哭泣的孩子或吠叫的狗）。與之前看到的其他系統不同的是，通常只有其中一組的形式被稱為「指示代名詞」，第二組帶有其他語法標籤，van den Berg 將所有上述形式稱為「指示代名詞」，並表明較長的形式具有對比功能：a）*bhai-ku aini*（朋友-我的　這）「我的朋友（但不是其他人在這裡／那裡）」、b）*bhai-ku ini*（朋友-我的　這）「我這裡的朋友／我的這位朋友（已經提到過的）」，a）*ne Raha aini*（處所 Raha 這）「在這個 Raha 這裡（Muna 的首都─意味還有更多的地方叫「Raha」）」、b）*ne Raha ini*（處所 Raha 這）「在 Raha 這裡（由在 Raha 的某個人說出）」。

在太平洋地區也發現了其他結構上非典型的指別系統。Josephs（1975: 第 465 頁起）用三個核心參數描述了帛琉語的指示詞：1）指涉物是否為人，動物還是物品、2）指涉物是單數還是複數、3）指涉物的相對於說話者和聽者的距離。只有最後一個參數區分 a）靠近說話者和聽者、b）靠近聽者但遠離說話者、c）遠離說話者和聽者，這與用於構建東南亞島嶼的指別系統密切對應，而生物性和語法單複數在菲律賓和印尼西部的所有已知系統中皆無關緊要。一些核心麥克羅尼西亞語言的指別系統也牽涉到語法單複數，如在 Ulithian 語中的相關參數是 1）指涉物相對於說話者和聽者的距離、2）指涉物的可見性，以及 3）指示物是否為單數或複數（Sohn& Bender 1973: 217）。南島語言中已知最複雜的指示系統見於萬那杜。根據 François（2002: 第 69 頁起）的報導，在 Espiritu Santo 海岸附近的一

個小島上所使用的 Araki 語中，至少有十四個指別標記（如與「肯定語氣後綴」-ni~-n 合併使用，則為 28 個）。相關的語義參數包括 1）從起點／說話者的絕對距離和空間方向、2）與情境中特定人士的空間／抽象關係、3）指別的句法功能、以及 4）詞組的語用價值。

　　從表面上看，諸如「上面」「下面」「前面」或「後面」的處所表達式似乎與英語翻譯的等同語共享許多相同的語義屬性。然而，語義變化的模式顯示，由於在使用的常見語境所導致的差異，這種在語義組成中的表面相似性可能會產生誤導。表 5.18 說明了四種語言的處所表達式：[50]

表 **5.18**　四種南島語言的處所表達式

詞義	排灣語	馬來語	查莫洛語	薩摩亞語
上方／在頂部	i-vavaw	di-atas	gi hiloʔ	i luŋa
下方	i-təku	di-bawah	gi papaʔ	i lalo
前方	i-qayaw			
	i-saŋas	di-muka	gi meʔnan	i luma
後方	i-likuz			
	tja-i-vililʸ	di-bəlakaŋ	gi tatten	i tua
內部	i-taladj	di-dalam	gi halom	i totonu
外部	i-tsasaw	di-luar	gi hiyoŋ	i fafo
旁邊	i-gidigidi	di-sampiŋ	gi fiʔon	i tafatafa

---

50 之所以使用中性術語「處所表達」（locative expression），是因為像馬來語的 di-atas，由一個介系詞加名詞所組成，而這個詞組又被放在另一個名詞之前，形成複雜的介系詞形態。

在大多數語言中，「上方／上面」這個術語似乎具有歧義，在於指涉物是否與表面接觸：Malay 語 *buruŋ itu di-atas rumah*（在房子上方的鳥）可能意味著「鳥在房子上面」，或「鳥在飛行／盤旋在房子上方」，只能透過在句子中的包括棲息，飛行等動詞來消除歧義。通常，詞基意思是「上方／下方」（above/below）也用於「往上／往下」（up/down）。如同其他一些語言，排灣語在動作上區分「前方」和「後方」的詞彙：*i-qayaw* 和 *i-likuz* 指的是靜止位置，而 *i-saŋas* 和 *ča-i-vililʸ* 指的是移動中的身體，如人們以單行行走。最後，在所有這些語言中，處所類別具有通用處所+處所名詞的結構，其中 *i* 和 *di* 帶有「裡面、在、上方（在～上）」的語意。

某些處所表達式經歷了語義變化，這些變化最初令 Blust（1997a）感到驚訝。特別的是，原始馬來波里尼西亞語 *dalem「裡面；深」以及 *babaw「上面、在頂部」變成古波里尼西亞語 *ralo「下面」和 *fafo「外面」。這些變化對於指引在印歐語言中使用這些術語的參考領域沒有多大意義，即三維有界空間，如房屋或盒子。然而，它們就二維平面的參考，如海面或地面，的確是有意義的，其中「裡面」＝「下面」，「上面」＝「外面」。諸如此類的觀察表明，儘管像 *dalem 或 *babaw 這樣的術語可以用相當精確的英語等同詞來釋義，但是使用的上下文決定了南島語言中的一組不同的語義關聯（因此是語意變化）。最終這些差異似乎與實體環境的差異相關：對於那些在海上或附近花費大量時間並因此使用許多與之相關的處所表達式的人們，「內部」和「下方」或「上方」和「外部」是容易互換的概念，然而對於以陸地為主的人們則不是如此。

南島語言處所表達式的第二個特徵為，初次看起來類似於英語翻

譯的等同詞，在進一步仔細觀察之後，則顯示出根本上的不同，這可見於由通用處所+普通名詞組成的單詞中。雖然剛才討論的表達式包含指定相對位置的名詞（上方、下方等），但包含非處所名詞的介系詞詞組通常被僵化為簡單名詞。這似乎最常見於「森林」（PAN *Salas、PMP *halas）和「海」（PAN *tenem、PMP *tasik）這些詞彙。Blust（1989a）將這些案例稱為「粘著式處所」（adhesive locative）：

表 5.19 「粘著式處所」針對「森林」及「海」的詞彙

	森林	海
巴宰語	rizik binayu（**處所** 森林／山）	awas
宿霧語	lasáŋ，ihálas（**處所** 森林）	dágat
Maranao 語	daləm a kayo（**處所 繫詞** 樹）	ragat
比薩亞語	manalam talon（**處所** 森林）	tasik
Kelabit 語	ləm kura（**處所** 主要森林）	baŋət
Dali' 語	alam asau（**處所** 樹）	laud
Murik 語	taləm uruʔ（**處所** 草／主要森林）	baŋət
Maloh Kalis 語	ləm tuan（**處所** 主要森林）	roŋ jawa
Masiwang 語	ai lalan（樹 **處所**）	tasi
Soboyo 語	kayu liañ（樹 **處所**）	gehe
布力語	ai lolo（樹 **處所**）	olat
查莫洛語	halom tanoʔ（**處所** 土，地）	tasi
Lindrou 語	lo-key（**處所** 樹）	dras
Puluwat 語	leewal（**處所** 森林）	lehet（**處所** 海）
Pohnpeian 語	nanwel（**處所** 森林）	nansed（**處所** 海）
馬紹爾語	buḷōn mar（**處所** 灌木）	lojet（**處所** 海）

美拉尼西亞的一些語言在「男人的房子」相關詞彙中表現出處所標記同樣的僵化現象，而另外兩種語言則有「天空、天堂」的表達式，也得到了類似的分析。在大多數語言中，意義為「森林」和「海洋」的名詞可能在沒有處所標記的情況下出現，但介系詞和名詞密切相關，因此介系詞組的同等語常被視為獨立名詞的共同表達式。在其他情況下，與宿霧語 *ihálas* 或馬紹爾語 *lǫjet* 一樣，這種形式在歷史上是雙詞素的，但共時上則不可分析。這種現象顯示處所關係的概念化程度不同於典型的印歐語言如英語。解釋這種行為的一個方法是在諸如「上方」、「下方」等表達式中使用通用位置標記+限定名詞（specifier noun）。鑑於這種類型結構的普遍存在性，很可能像 *i babaw*（字面義為「在+上層表面」）「上面」的表達式作為 *i Salas*（字面義為「在+森林」）=「森林」的模型，即使最後呈現的詞彙屬於不同的語法範疇。但是，為什麼「森林」應該優先用於這種類型的再分析，而非如「房子」或「耕地」，則尚不清楚。

　　最後，許多南島語言中的指示代名詞具有空間和時間參考。一般來說，這不是真的處所表達式，但有一個值得注意的例外。在許多南島語言中，未來時間的周邊表達（即經由使用獨立詞彙而非動詞加綴法來標記未來）由字面意思是「背面，後面」的詞來表達。例如，在馬來語中表達 *di-kəmudi-an hari*「在未來的日子／時間」，其中 *kəmudi* 意為「船舵」，而 *kəmudi-an* 意為「位置在後面或之後、隨後、船（飛機）的尾部」（Wilkinson 1959: 553）。類似的用法出現在其他語言中，如 Kwaio 語的（索羅門群島東南部）*buli*「之後、後面」：*buli ʔai*「之後」（參見 *foolu*「年輕、新」：*foolu ʔai*「同時，馬上」）。印歐的觀點認為未來顯然處於前面，因此以上結構構成了

「回到未來」的悖論：何以未來的時間是用一個意思是「落後」的詞來表示？與許多「悖論」一樣，這個悖論是由觀察者的隱含假設所產生的。對於說英語的人來說，未來是「前面」的，因為觀察者正在往前移入：我們接近未來，未來不接近我們。然而，從南島語言的角度而言，動詞通常關注的是受事者而不是主事者，因此接近觀察者的是未來。在宿霧語 ulahi「群組裡做某件事的最後一位；遲到；後來，並非在一個人生命的早期階段」這樣的表達式中可以看到這種情況，即一個人的生命即將結束的這種事件被詞彙化如同一個團體或列隊的最後一個成員。像英語這樣的語言的使用者發現，如果團員或隊員從旁邊穿過觀察者的視野，這種概念結構比較容易處理。然而，當它直接面向觀察者時，這個概念可能看似矛盾，因為位於觀察者之前的所有東西都在「未來」之中，然而從南島語言的角度來看，觀察者面前的東西是當下的，背後的東西不論是什麼它（而不是在觀察者的背後）都是未來的。

南島語言的宏觀定向系統與英語等語言的基本上不同。雖然現在有許多南島語言使用四定點甚至八定點系統的基本方向（Adelaar 1997b），但這不是承襲而來的系統，也不是已驗證的語言中最廣泛代表的系統。毫無疑問地，南島語言中宏觀定向的最一般原則是陸-海軸線，與原始南島術語 *daya「朝向內陸」和 *lahud「朝向海洋」相關聯。無論是對這些術語的反映還是代表相同語義區分的詞彙創新，陸－海軸線都是從台灣到波里尼西亞的語言方向術語的一部分：

表 5.20　一些南島語言中海-陸軸線的詞彙表達式

	內陸	向海
原始南島語	*daya	*lahud
巴宰語	daya「上游；東方」	rahut「下游；西方」
邵語	saya「上坡；上游」	raus「下坡；下游」
排灣語	zaya「上陸地；上河流」	lauz「向海的；河流下方」
伊洛卡諾語	dáya「東方」	láud「西方」
宿霧語	iláya「遠離海岸／城鎮」	iláwud「近海／城鎮」
Mansaka 語	saka「上升；往上游」	lawud「下游；向海的」
Kelabit 語	dayəh「上游」	laʔud「下游」
馬來語	hulu「上游」	hilir「下游」
Kambera 語	dia「上游」	lauru「下游」
Paulohi 語	lia「向內陸」	lau「向海的」
Manam 語	auta「向內陸」	ilau「向海的」
Lakalai 語	-ilo「向內陸」	-lau「向海的」
Pohnpeian 語	peiloŋ-「向內陸」	peiei-「向海的」
夏威夷語	mauka「向內陸」	makai「向海的」

　　在看不到海洋的較大陸地上，或甚至是共同經驗的一部分，陸地／海洋軸線可呈現上游／下游或上坡／下坡的區別。在與海洋隔絕的極端情況下或在高海拔地區的居住地，表達這種區別的承襲形式可能會發生不尋常的語義變化。例如，在呂宋島北部的一些中部科迪勒語言中，至少包括 Bontok 語、Kankanaey 語和伊富高語，*daya 的反映意為「天空、天堂」；在他們取得了最高海拔的河流系統源頭周圍作為居住地之後，對這些人來說，就沒有所謂的「上游」了，因此 *daya 的意義就被置換為「天堂」。在較小的陸地上，說話者的

心中可能存在單一的區別，但西方觀察者可將其分為多個翻譯等同詞。例如，在相對較小的巴厘島上，*kaya*（< *ka-daya 有時注釋為「南部（在巴厘島北部）」和「北部（在巴厘島南部）」，而 *kalod*（< *ka-lahud）則注釋為「北（在巴厘島南部）」和「南（在巴厘島北部）」。這些術語的實際含意應該是「朝向內陸」和「朝向海洋」，它們明顯的多義性是因為強加了西方的概念結構。同樣地，生活在台灣中央山脈西側的巴宰族，或是居住在呂宋島北部西海岸和菲律賓 Cordillera 族之間沿海地帶的伊洛卡諾族，上游和下游分別對應為「東方」和「西方」，這種情況很容易成倍增加。然而，在其他一些語言中，*daya 和 *lahud 的反映似乎已經演變出真正的基本方向感，就像在查莫洛語，*haya*（< *daya）意為關島和羅塔的「南方」，但塞班島的「東方」，而 *lagu*（< *lahud）意為關島和羅塔的「北方」，但為塞班島的「西方」。與巴厘島或龍目島等島嶼的情況不同，這些術語的含義在任何特定島嶼上都是不變的，但島嶼之間不同，暗示目前的感官在關島和羅塔北部形成，但在塞班島西部。表 5.20 中值得簡要評論的其他特徵是：1）在宿霧語中，通用處所標記 *i*- 已經呈現音韻上的附著並且在 *daya 和 *lahud 的反映中僵化；在語意上，這些術語進一步演變了「近城」和「遠離城鎮」的語意，這些語意源於大多數宿霧語使用者的沿海定居模式，以及住在低地的菲律賓人對於山區族群等同落後農村的普遍看法；2）馬來語 *hulu* 和 *hilir* 乃是基於「頭部／源頭」和「流動」（必須自然向下流）的術語；3）在大部分的大洋洲語言中，原始馬來波里尼西亞語的 *daya 已被 *qutan「灌木叢林地、灌木」的反映所取代。

南島語言中宏觀取向的第二個主要原則僅限於東南亞島嶼和美

拉尼西亞西部的季風系統。在這個地區，隨著季節性降雨而盛行的季節風對航行至關重要。由於天氣和航行之間的這種關係，西部和東部季風的術語形成了宏觀取向的第二軸線（Ross 1995b）。此外，由於它們與基本方向通則的內部聯繫，這些術語更常見於基數意義而非 *daya 和 *lahud 的反映：

在新幾內亞東部，季風系統逐漸勢微，但原始南島語 *SabaRat 及 *timuR 的反映仍然透過意義的改變而堅韌地存在著，如斐濟語的 *cavā*、東加語、薩摩亞語的 *afā*、Anutan 語 *apaa*、Rennellese 語 *ahaa*「颶風、大風、風暴」和薩摩亞語的 *timu*「多雨的」、Futunan 語的 *timu*「狂風」、Rennellese 語的 *timu*「肆虐、摧毀，如經由風和暴風雨」、Anuta 語 *timu*「雨輕輕地下、毛毛雨」。在某些語言中，一個八定點羅盤系統是經由部分地組合來自陸－海和季風軸線的術語而建構的，如馬來語 *utara*「北方」、*timur-laut*「東北方」、*timur*「東方」、*təŋgara*「東南方」、*səlatan*「南方」、*barat daya*「西南方」、*barat*「西方」：*barat-laut*「西北方」。很明顯地，在傳統上，陸-海軸線在陸地上比較重要，而季風軸線在海上比較重要，儘管後者也與農業循環有關。

除了在許多南島語言的方向系統中出現這些廣泛共享的坐標之外，還有特定的坐標集合或坐標組合，其似乎表徵單一語言或一小組語言。位於新幾內亞北海岸的 Manam 和 Boesa 小島上的 Manam 語，陸-海軸線（表現形式為 *auta*「內陸」，*ilau*「向海的」）是中心，但是基於陸－海軸線的次軸也發展起來，可見於術語 *ata*「面向大海時的右邊；面向內陸時的左邊」，以及它的互補形式 *awa*「面向大海時的左邊；面向內陸時的右邊」（Lichtenberk 1983: 第 572 頁起）。

Barnes（1974: 第 87 頁起）認為，在印尼東部的 Kédang 島上，上下、左右以及南北的概念受制於相同的詞彙表達式，且是分不開的，因而指涉基本方向的詞彙也可能常用於指定現有實體環境中的物件。在這種情況下，微觀取向和宏觀取向的系統似乎以令人驚訝的方式相互滲透，儘管 Kédang 語的使用者不太可能在主要方向上考慮距離它們幾英尺的物體的方向。為了選擇南島語言方向系統中的許多可能範例的其中一個，作為比對這些語言在基本層面上與英語或大多數其他歐洲語言的不同，François（2003a）描述了位於萬那杜北部班克斯群島的 Mwotlap 島上所使用的複雜空間方向系統，具有三組坐標：1）個人坐標（朝向／遠離說話者）、2）本地坐標（上／下，進／出）、以及 3）他命名為「地心」坐標（陸地／海上，東／西）；東／西坐標恰好對應平行於岸邊的方向，但卻是真正的基點。

表 5.21　南島語言中季節風軸線的詞彙表達式

	西季節風	東季節風
原始南島語	*SabaRat	*timuR
噶瑪蘭語	balat「東風」	timuR「南風」
阿美語	safalat「南風」	timol「南邊」
塔加洛語	habágat「西或西南風」	tímog「南邊；南風」
Bikol 語	habágat「南風」	tímog「東邊或東南風」
宿霧語	habágat「西南季節風」	tímug「東季節風」
馬拉諾語	abagat「西南季節風」	otaraʔ「東北季節風」[51]
馬來語	barat「西邊；西風」	timur「東邊；東風」

---

51 源自馬來語 utara「北邊」，而馬來語的 utara 又來自梵文。

	西季節風	東季節風
薩隆克語	barat「暴風雨」	timuʔ「東邊」
Kambera 語	waratu「西邊；西風」	timiru「東邊；東風」
Lamaholot 語	aŋĩ warat「西季節風」	aŋĩ timũ「東季節風」
Wetan 語	wartayani「西季節風」	tipriyani「東季節風」
布力語	pāt「西季節風」	morla「東季節風」
Numfor 語	wām-barek「西季節風」	yampasi「東季節風」
Motu 語	lahara「西北風及季節」	mairiveina「東風」

　　如前所述，比較證據顯示，南島語言中真正的主要方向術語總是從其他意義上演變而來。這些術語的一些來源已在表 5.20 和 5.21 中顯示。此外，原始南島語 *qamiS「北風」在菲律賓和印尼北部的某些語言中產生成「北方」的術語。主要方向術語的其他來源是指以東／西軸線為「日出的地方」和「日落的地方」的詞，或偶爾在當地方位上相當於「上游／下游」的詞彙。許多菲律賓第一類的例子可以在 Reid（1971）的「東方」和「西方」註釋中找到，類似的資料來源於原始大洋洲語 *sake「東」（< 上升，升起）和 *sipo「西」（< 下降），如 Ross（1995b）所述。至於第二種類型，在呂宋島中北部山區以西的平原上使用的 Pangasinan 語有 *bokig*「東邊；城鎮東部」< *bukij「山區，森林覆蓋的內陸山區」。最後，Brown（1983）已經證明了主要方向術語是如何從全球多種語言中的「向上」和「向下」的含意演變而來。在南島語言中，這種類型的發展可見於查莫洛語 *papaʔ*「往下、下面、底部、往南」，Komodo 語 *wawa*「下面、底下；西邊」，Kambera 語 *wawa*「底下；西邊」，Fordat 語 *vava*「底

下；南邊」，Kei 語 *wāv*「下面；北方」，Lonwolwol 語 *fa*「下面、底下；深；遠在海上；北方」（< *babaq「下方」），以及 Niue 語 *lalo*「下方、下；底部；西邊」，Rarotongan 語 *raro*「在下面、底下；背風；西邊」，毛利語 *raro*「底部、下方；往下；地獄；北邊、北風」，夏威夷語 *lalo*「往下；低；下面；背風；南方的」（< *dalem「裡面」）。後一個術語具有相當複雜的語義歷史，因為它始於「內部；深」的意義，演化為「下面、底下」的含義，進而形成與各種主要方向的關聯。

除了上述方向術語的使用之外，許多大洋洲語言使用方向助動詞結合主要動詞來指示朝向或遠離使用者的移動。因為這些元素來自完整的動詞，所以展現了與連續動詞相關的歷史，這將於第七章再行處理。

5.5　代名詞

決定代名詞用法的社會參數的某些方面在第三章中已經討論過，南島語代名詞的形態句法屬性將在第七章中討論。這裡我們主要關注用來定義典型南島語代名詞集合組的語意特徵，而非其句法行為或作為自我與他人相關標誌的價值。在此需要討論的主要參數有包括式／排除式，單複數，以及性別。

表 5.22　原始南島語及原始馬來波里尼西亞語的人稱代名詞

	原始南島語	原始馬來波里尼西亞語
單數		
第一人稱	i-aku	i-aku
第二人稱	i-Su, i-kaSu	i-kahu
第三人稱	si-ia	si-ia
複數		
第一人稱包括式	i-(k)ita	i-(k)ita
第一人稱排除式	i-(k)ami	i-(k)ami
第二人稱	i-kamu	i-kamu, ihu
第三人稱	si-ida	si-ida

　　Blust（1977a）為原始南島語和原始馬來波里尼西亞語構擬了兩組可稱為「長形式」和「短形式」的代名詞。Ross（2006）對此構擬進行了修訂並大大擴展，但為了說明方便，最簡單的方法是用早期形式開始討論南島語言代名詞的歷史。這些如表 5.22 所示。

　　關於這些形式的首要注意事項是它們是雙詞素的：每個單詞由一個代名詞詞基與一個主格格位標記（第三人稱為 *si，其他地方為 *i）結合，該格位標記在句法上與代名詞不同，但在音韻上依附於代名詞，因而經常在歷史演變中僵化於代名詞上。這兩種主格格位標記的反映，通常也稱為「人稱冠詞」，也可以與人稱名詞或是功能為人稱名詞的單詞一起出現在從台灣到太平洋的語言中。在許多後代語言中，這些格位標記在一般情況下或在代名詞之前已經丟失，只留下了基本的代名詞詞幹。在別的語言中，他們繼續積極地運作，而在另一些語言中，他們隨機僵化，在一種語言中影響一個或

另一個代名詞，但在其他語言中影響不同的代名詞。基於這個原因，Dempwolff（1934-1938）重建了 *ia「第三人稱單數」和 *sida「第三人稱複數」，儘管許多語言反映了單數形式的 *s- 形式（泰雅語 *hia*，雅美語 *sia*、塔加洛語 *siyá*、Pamona 語 *sia*、比馬語 *sia*），以及別的語言反映了不具 *s- 的複數形式（Pangasinan 語 *irá*、Subanen 語 *ila-n*、Limbang Bisaya 語、Dohoi 語 *iro*、Kenyah 語 *ida*、Long Labid Penan 語 *irəh*）。

關於這些形式的第二個注意事項是它們在第一人稱複數中表現出包括式／排除式的區別，這在南島語言中幾乎是普遍的。表 5.23 以台灣到波里尼西亞的一組代表性語言的「長形式」代名詞，來舉例說明這樣的區別：

表 5.23　非單數代名詞的第一人稱之包括式／排除式

	包括式	排除式
巴宰語	ita	yami
邵語	itan	yamin
阿美語	kita	kami
伊洛卡諾語	(da)tayó	(da)kami
Bikol 語	kitá	kami
Tiruray 語	(be)tom	(be)gey
Kelabit 語	tauh	kamih
馬拉加斯語	isika	izahay
Jarai 語	ɓiŋ ta	ɓiŋ gəməy
馬來語	kita	kami
Toba Batak 語	híta	hámi

	包括式	排除式
Muna 語	intaidi-imu	insaidi
望加錫語	(i)katte	(i)kambe
得頓語	ita	ami
Taba 語	tit	am
帛琉語	kid	kəmam
查莫洛語	hita	hami
Manam 語	ʔita	ʔeʔa
Anejom 語	akaja	ajama
Woleaian 語	giish	gaamam
東加語	kitautolu	kimautolu
夏威夷語	kākou	mākou

　　雖然很少有南島語言缺乏這種對比，但大多數語言確實已經破壞了代名詞的單複數區別。例如，爪哇人的第一、第二和第三人稱代名詞在語言語體方面有所不同，但沒有單複數的差別，如在 Ngoko（低階語體）形成 aku「我／我們」、kowe「你／你們」，以及 dhɛwɛke「他，她，它／他們」（Robson 2002）。Uhlenbeck（1960）警告說，在實際使用中，aku 只指定說話者，除非上下文有清楚的複數含意，否則必須經由添加 kabɛh「全部；每一個」，padha「相似、一樣」，kətəlu（< Ngoko təlu「三」）等等之類的詞彙來消除代名詞詞幹的歧義。Robson（2002: 25）指出 awake dhewe（Ngoko）和 kita（Ngoko/Krama）也具有「我們」的語意，儘管第一個是迂迴

曲折的說法，第二個則是借自印尼語。[52]在任何一種情況下，爪哇代名詞系統似乎都沒有一致地使用包括式／排除式的區分。Stevens（1968: 207）在 Madurese 語中觀察到類似的異常情形，其中第一個單數形式可以表達為 *sinkuʔ*、*bula*、*kaúla* 或 *bhadhan kaúla*，取決於語體層級（粗俗、普通、精緻等）。好像這種人稱指別的使用已經不具備足夠的資格，第一人稱代名詞也可能被專有名詞或頭銜，或是非人稱的指別標記「這個」所取代，而 *bhadhan kaúla* 的字面翻譯為「我的身體」的迂迴說法。類似地，第二人稱形式中的一個顯然源自動詞「站著」，而名字、頭銜、或是頭銜加上名字，也可以用於第二人稱單數。Madurese 語沒有第三人稱代名詞，但使用其他名詞替代，如名字或標題，標題加上所指對象的名字，或「他的身體」表達式。據報導沒有本土的複數代名詞。複數代名詞的功能可以用以下兩種方式之一在 Madurese 語中表達：1）經由組合本土單數代名詞（*sinkuʔ ban baʔna kabbhi*「我和你們全部」=第一人稱複數包括式、*sinkuʔ kabbhi*「我全部」=第一人稱複數排除式、*abaʔ-na kabbhi*「他全部」=「他們（主詞）、他們（受詞）」或 2）經由使用來自印尼語（*kita*、*kami*、*məreka*）的借詞。這些代名詞系統顯示南島語言常態的極端異常。這些出現在相當注重等級和社交禮儀的社會中幾乎不可能是偶然的，並且似乎可以有把握地認為它們受到社會語境的制約，其中對社會差異的超敏感度使得承襲下來的南島語代名詞無法運作。這樣的結果非常引人注目：雖然可以說爪哇語為所有南島語

---

52 據說這些代名詞中的第一個字面意思是「我們自己、自己」，但是儘管存在人稱一致性的問題，*awak-é* 顯然是來自 *awak*「身體」+ -é「第三人稱單數擁有者」。

言中最複雜的社會所使用，但在本質上卻具有最貧疾的代名詞系統之一（Madurese 系統可以看作是幾個世紀以來爪哇語密集影響的反映）。消除單數／複數區別，使用非人稱指別詞作為人稱代名詞，以及使用諸如「你的身體」或「他的身體」之類的迂迴說法作為代名詞參考都享有共同的功能，即將人稱指別詞去個體化，以此創造一個可能被稱為「暗示性參考」的系統而非一個確定性的參考系統。實現這一結果的主要機制可能是單複數區分的崩壞，一旦發生這種情況，第一人稱代名詞中的包括式／排除式之區別就不太可能存在了。

在蘇拉威西東南部的 Tukang Besi 語（Donohue 1999: 114）保存了原始南島語代名詞的 7- 分對比，但是包括式／排除式的區別已經轉變為數詞的區別：*ikami*「我們（微量數）」與 *ikita*「我們（複數）」。這種創新的邏輯並不完全清楚，但由於包括式代名詞比起其排除式的等同詞必須至少包含一個屬人指涉，因此這種隱含的數量差異可能已被抽象出來並用於取代原來的區別。

除了單數／複數區分外，表 5.23 中兩個波里尼西亞語的例子包含與數詞「三」（東加語 *tolu*、夏威夷語 *kolu*）相同或非常相似的成分。許多大洋洲語言在代名詞中不僅具有單數和複數，也有雙數，有的也具有來自歷史上「三數」的微量數（「3-10」）形式。表 5.24 顯示了四種大洋洲語言的主語代名詞，其中兩種具有三分數量系統，另外兩種具有四分數量系統：

表 5.24 大洋洲語言的三分數量及四分數量的代名詞系統

	Kilivila 語	夏威夷語	Manam 語	斐濟語
單數				
第一人稱	yegu	(w)au/aʔu	ŋa(u)	au
第二人稱	yokʷa/yoku	ʔoe	ʔai(ʔo)	o
第三人稱	mtona/minana	ia	ŋai	e
雙數				
第一人稱 包括式	yakida	kā-ua	ʔita-ru	(e)daru
第一人稱 排除式	yakama	mā-ua	ʔe-ru	keirau
第二人稱		ʔo-lua	ʔan-ru	(o)drau
第三人稱		lā-ua	di-a-ru	(e)rau
微量數				
第一人稱 包括式			ʔita-to	((e)da)tou
第一人稱 排除式			ʔe-to	keitou
第二人稱			ʔan-to	(o)dou
第三人稱			di-a-to	(e)ratou
複數				
第一人稱 包括式	yakidasi	kā-kou	ʔita	(e)da
第一人稱 排除式	yakamesi	mā-kou	ʔeʔa	keimami
第二人稱	yokʷami	ʔou-kou	ʔaŋ/ʔaʔamiŋ	(o)nĩ
第三人稱	mtosina/minasina	lā-kou	di	(e)ra

結構相似的系統在大洋洲語言很普遍，可以安全地推斷原始大洋洲語至少區分單數，雙數和複數之代名詞數量別。在大多數語言中，雙數來自添加數詞「二」，而三數／微量數則是在代名詞詞幹中添加數詞「三」而得到的（夏威夷語 *lua*、Manam 語、斐濟語 *rua*「二」、夏威夷語 *kolu*（> *kou*）、Manam 語 *toli*、斐濟語 *tolu*「三」）。在許多語言中，這個數詞是不規則地縮短的，可以經由丟失音素（夏威夷語和斐濟語）或是丟失音節（Manam 語）。有時，特殊的變異出現在代名詞數詞標記中，如夏威夷語 *ʔo-lua*（而非 **ʔo-ua），或是斐濟語代名詞的雙數 *-ru ~ -rau*，以及三數形式 *-tou ~ -dou*。表5.24 可觀察到的其他三個特徵值得提出來討論一下。首先，Senft（1986: 第 46 頁起）描述 Kilivila 語僅在第一人稱中具有雙數，這種類型模式可見於許多菲律賓語言（Liao 2008; Reid 2009），以及其他語系（Ingram 1978: 243），但不見於其他大洋洲語言。[53] 其次，Kilivila 語的複數代名詞是不尋常的，因為第一人稱形式是經由加接後綴 *-si* 得到對應的雙數（在大多數語言中，雙數由加接複數後綴而形成），而第二人稱及第三人稱形式是將相同成分加接後綴或中綴到對應的單數形式而得到的。第三，與其他波里尼西亞語言一樣，夏威夷語的複數組在歷史上是一個三數／微量數。像這種構詞和功能之間的差異顯示波里尼西亞語言曾經有一個四分數量別代名詞系統，而三數／微量數組比複數組更頻繁地被使用，因此最終取代了

---

53 菲律賓語言的雙數代名詞只出現在第一人稱的包括式，包括式／排除式區別僅限於複數。Kilivila 語與此不同之處在於標記雙數和複數的包括式／排除式的區分。

較無標記性的複數代名詞。

　　儘管南哈馬黑拉語言顯然只有單數／複數區分（Maan 1951;
Bowden 2001），但在南哈馬黑拉—西新幾內亞語群西新幾內亞分群
中的幾種語言的人稱代名詞中，有的具有雙數（Numfor-Biak 語、
Kurudu 語、Windesi 語），有的具有雙數及三數（Waropen 語、Ambai
語）（Anceaux 1961: 第 150 頁起）。除了下面要說明的一個小例外，
在婆羅洲中部和西部發現了唯一已知識別超過單數／複數代名詞區
別的其他南島語言。這個區域幾乎所有語言都有雙數，許多語言都
有三數，而且一些 Kenyah 語除了具有包括式／排除式區別之外，還
在構詞上區分單數、雙數、三數、四數和複數。表 5.25 顯示了婆羅
洲中西部四種語言的長形式代名詞：

表 5.25　婆羅洲中西部四種語言的長形式代名詞的數量標記

	Melanau 語 (Mukah)	加燕語 (Uma Juman)	Kelabit 語 (Bario)	Kenyah 語 (Long Anap)
單數				
第一人稱	akəw	akuy	uih	akeʔ
第二人稱	kaʔaw	ikaʔ	iko	ikoʔ
第三人稱	siən	hiaʔ	iəh	ia
雙數				
第一人稱 包括式	tua	ituʔ	kitəh	tua
第一人稱 排除式	mua	kawaʔ	kədiwəh	ameʔ dua
第二人稱	kədua	kuaʔ	məduəh	ikəm dua
第三人稱	dua iən	dahuʔ	diwəh	ida dua

	Melanau 語 (Mukah)	加燕語 (Uma Juman)	Kelabit 語 (Bario)	Kenyah 語 (Long Anap)
三數				
第一人稱包括式		təluʔ	təluh	təlu
第一人稱排除式		kaluʔ	kətəluh	ameʔ təlu
第二人稱		kəluʔ	mətəluh	ikəm təlu
第三人稱		dəhaluʔ	dətəluh	ida təlu
四數				
第一人稱包括式				təpat
第一人稱排除式				ameʔ pat
第二人稱				ikəm pat
第三人稱				ida pat
複數				
第一人稱包括式	tələw	itam	tauh	ilu
第一人稱排除式	mələw	kamiʔ	kamih	ameʔ dini
第二人稱	kələw	ikam	muyuh	ikəm muŋ
第三人稱	(də)ləw iən	dahaʔ	idəh	ida muŋ

　　這些語言中的相關數詞是 MM *dua*、UJK *duaʔ*、BK *duəh*、LAK *dua*「二」，MM *tələw*、UJK *təluʔ*、BK *təluh*、LAK *təlu*「三」、*pat*「四」。婆羅洲的語言和大洋洲語言中代名詞數量別標記的比較顯示出相似性和差異性。首先，在以下例子中 Mukah Melanau 語、Long

Anap Kenyah 語 *tua*（＜ *kita dua*）「第一人稱雙數包括式」、Mukah Melanau 語 *mua*（＜ *kami dua*）「第一人稱雙數排除式」、或 Uma Juman Kayan *kua?*（＜ *kamu dua?*）「第二人稱雙數」，代名詞詞幹和數詞顯示出比典型的大洋洲語言更大的音韻融合，其中附著數詞通常不規則地丟失輔音甚至音節，但不會在音韻上融合代名詞。其次，Mukah Melanau 語的複數代名詞清楚地與其他三種語言的三數組排列在一起。正如在波里尼西亞語言那樣，構詞上的證據表明 Mukah 語曾經有一個四數系統被簡化為三數系統，大概是因為三數／微量形式在語用上成為無標記的複數組。第三，Mukah 語中的第一人稱複數包括式和其他語言中的第一人稱三數包括式僅僅是沒有代名詞詞幹的數詞「三」，這種模式在大洋洲語言中幾乎是未知的。第四，在代名詞詞幹與數詞融合的情況下，它有時是詞幹的第一個音節（MM *kədua* ＜ *kamu dua*，BK *kətəluh* ＜ *kami təlu*），有時是最後一個音節（MM *tua* ＜ *kita dua*，*mua* ＜ *kami dua*，BK *dətəluh* ＜ *ida təlu*），形成複雜的代名詞。第五，很明顯地，Kenyah 語的四數代名詞不是隨機形式，而是代名詞系統完整的部分。因此，它們代表了一種在 Ingram（1978）使用的 71 種語言的樣本中未經驗證的系統，其中數量別的最大區別，在兩種語言中所找到的，為十五。對細節的仔細研究清楚地顯示，雖然西新幾內亞和大洋洲語言的雙數和三數／微量代名詞數量別可能具有共同的歷史起源，但這些與婆羅洲語言中的可比較現象之間的相似性是趨同的結果。

在此必須提到與代名詞數量別有關的最後一個複雜點。菲律賓的許多語言都有一個雙數代名詞，將「我和你（受詞）」與「我和你（主詞）」區別開來。在 Reid（1971）所檢視的 41 種語言中，30

種在長形式代名詞中表現出這種區別，而在短形式代名詞中則有 29 種。在大多數情況下，第一人稱雙數包括式反映原始南島語的 *kita，其複數對應詞是經由在該形式中以後綴加接第二個代名詞而形成的，如表 5.26 所示：

表 **5.26**　菲律賓語言中的雙數與複數包括式代名詞

	第一人稱雙數包括式	第一人稱複數包括式
中部 Cagayan Agta 語	ikitə	ikitam
Balangaw 語	ďita	ďita:w
Casiguran Dumagat 語	sikita	sikitam
Amganad Ifugaw 語	ďita	ditaʔʔú
Isneg 語	daʔta	daʔtada
Binongan Itneg 語	ditá	ditayó
Kalagan 語	kita	kitadun
Guinaang Kalinga 語	ditá	ditaʔó
Samal 語	kita	kitam
Botolan Sambal 語	hitá	hitámo
巴拉灣巴達克語	kita	kitami
Aborlan Tagbanwa 語	kita/ta	tami
Tausug 語	kitah	kitaniuh
Sangir 語	i kadua ini	i kiteʔ

在古菲律賓語第一人稱包括式代名詞中，先天上似乎就有確切的雙數／複數區分證據，但某些觀察的結果與這樣的解讀相反。首先，大多數情況下的雙重形式反映了原始南島語 *kita「第一人稱複數包括式」。如果將此作為將原始南島語（或原始馬來波里尼西亞

語）的 *kita 修正為第一人稱雙數包括式的證據，則第一人稱複數包括式將不存在任何詞源，從而產生在現有語言中具有類型上難以置信且未經證實的系統。其次，菲律賓語言中的第一人稱複數包括式是經由將一些其他（通常是簡短形式）代名詞後綴為 *kita（Liao 2008）的反射而以多種不同方式形成的。這顯示是漂移（drift）而不是共同的創新，此一推論得到出現在 Bario Kelabit 語中的 *kitəh*「第一人稱雙數包括式」的進一步支持，它被嵌入到一種非常不同類型的代名詞系統中。第三，據報導沒有語言具有第一人稱雙數排除式代名詞。對這些特殊的雙數形式的最可能的解釋源於語言行為的語用學：大多數對話發生在一位說話者和一位聽者之間。因此，使用包括式代名詞通常只涉及說話者和聽話者兩者之間的對話，因此這不一定適用於排除形式，因為說話者通常是指他們自己和其他人而非單獨的另一位。使用的頻率本身即使得 *kita 的反映成為實際上的雙數，創造了對新的複數包括形式的需求，然後從現有的 *kita 反映加上其他代名詞的後綴部分（*-ihu*、*n-ihu*、*-m(u)*「第二人稱單數」，*-da*「第三人稱複數」等）。在蘇拉威西北部使用的菲律賓語 Sangir 語中，*kita 的反映是第一人稱複數包括式，而其相對應的雙數代名詞是經由明顯使用數詞「二」（*dua*）所形成的。在 Sangil 語（一種明答那峨島南部使用的同一語言的方言）中，雙數已經延伸到整個詞形變化表，創建了一個十一術語系統，包含第一、第二和第三人稱的單數、雙數和複數形式，加上雙數和複數的包括式／排除式區分。因此，通過擴展雙數來涵蓋複數形式標記的相同範圍之區別，使得數量別標記的不對稱系統正規化。

最後，南島語言很少標記代名詞性別。在有區分的地方，則呈現

兩種可能性：1）有生命／無生命，2）男性／女性。Anceaux（1961:
155）提及新幾內亞西部 Wandamen 語的 Windesi 方言中具備有生命
／無生命的區別。由於該區域的南島語言很少被完整地描述，因此
該特徵可能比此單一範例所顯示的來得更為廣泛。據報導 Kilivila 語
的第三人稱單數完整形式代名詞中具有男性／女性的區別（Senft
1986: 47）。然而，這個區別不存在於其所有格或強調格代名詞。這
兩種特徵都存在於許多具有代名詞性別的巴布亞語言中，「並且在語
法的不同部分中對代名詞系統進行了不同的區分」（Foley 1986: 67）。
雖然 Kilivila 語目前沒有接觸任何巴布亞語言，但這種特徵與南島標
準的類型差異以及它們與許多巴布亞語言的相似性，顯示前 Kilivila
語的使用者曾經和某一種或一些巴布亞語言的使用者有過接觸。南
島語言中至少有兩種類型不同尋常的代名詞系統可以區分男性和女
性的性別。Austin（2000a: 8）指出，在巴厘島以東的龍目島上所使
用的 Sataak 語 Mataram-Selong 方言，低層級的第二人稱將男性和女
性聽話者區分為 *ante*（男性）和 *kamu*（女性）。第一個是詞彙創新，
第二個是原始南島語 *kamu「第二人稱單數」的反映。此外，Sellato
（1981）報導了居住在婆羅洲東南部 Muller-Schwaner 山脈的幾個游牧
民族群體使用的「三性別」人稱代名詞系統，呈現在表 5.27 中，其
中（M）=男性說話者，（F）=女性說話者。

表 5.27　**Muller-Schwaner 地區 Punan 族群的三性別代名詞系統**

		Seputan 語	**Kereho 語**	**Nanga Ira'語**	**Aoheng 語**
（男性）	他	ana	ana	ana	ana
	她	isɔ	sɔ	sɔʔ	hɔ
	它	hɔ	hɔ	hɔ	hɔ

		Seputan 語	**Kereho 語**	**Nanga Ira' 語**	**Aoheng 語**
（女性）	他	isɔ	sɔ	sɔʔ	cɔ
	她	isɔ	sɔ	sɔʔ	hɔ
	它	cɔ	hɔ	hɔ	hɔ

　　這些代名詞系統充分使用有生命／無生命和男性／女性等參數，但與新幾內亞地區的南島語言有很大不同。儘管除了 Aehong 語以外，所有語言的男性和女性都始終將有生命與無生命區分開來，但只有男性使用者區分男性和女性代名詞。因此，這些系統對說話者的性別或相對性別的參數是敏感的。在這方面，它們與許多南島語言的兄弟姊妹術語類似，儘管兄弟姊妹術語中的相對性別參數幾乎都是對稱的（即適用於男性和女性說話者）。

5.6　隱喻

　　正如 Lakoff and Johnson（1980）在一本為認知語言學奠定基礎的書中所展示的那樣，隱喻不僅僅是一種文學手段，而且在語言的普通使用中起著核心作用。雖然大多數關於隱喻的討論僅限於對具體圖像的透明使用（論證是戰爭、時間就是金錢、傳播是發送等），但許多在當代語言中沒有想像基礎的詞語在詞源上是隱喻的，就像英語的 'alleviate' 一樣（字面義「減輕負擔」），或是 'subject'（字面義「被丟下的東西」）。雖然這些例子相對容易分類（對於大多數英語使用者來說，像 'alleviate' 或 'subject' 這樣的詞在想像上是不透明

的），並非所有語言都在歷史和共時圖像之間存在如此明顯的區別，這就提出了一個基本問題，即在真正隱喻的語言和非語言之間劃清界限。在下面的討論中，「隱喻」是指使用具體圖像來傳達抽象信息。Lakoff and Johnson（1980: 7）提出的一個主要論點是「因為隱喻概念是系統性的，我們用來談論這個概念的語言的那個層面也是系統性的。」實際上，他們的主張是透過系統性地利用具體模型的實體屬性來排列更抽象的關係集合，並且因此這些關係應該彼此一致。

許多南島語言都富含各種類型的隱喻或準隱喻表達方式。至少在一般形式中，大多數與其他語系共享，但有些是獨特的或至少是不尋常的。以下討論僅限於隱喻表達的四個具體來源：1）身體部位、2）親屬術語、3）植物，以及4）動物。

5.6.1　身體部位詞彙及其延伸

人體是在自然界中概念化的模型。這個模型的某些方面，如 '**foot** of the bed'「床腳」，'**head**land'「岬角」或 'given someone a **hand**'「給某人一隻手」（無論是掌聲還是幫助）都涉及隱喻的透明使用。身體部位術語的其他擴展用途借鑒了不太明顯的認知過程（例如 'to **foot** the bill'「買單」）。雖然這種關係似乎沒有在早期的身體部位術語研究中進行過明確的討論，如 Blacking（1977）、Andersen（1978）或 Matisoff（1978），基於身體外部部位的隱喻，如頭部、眼睛或者耳朵，通常指的是實體意義印象的世界，而基於內部器官的則是氣質或性格的特質。表 5.28 總結了南島語言中常見的身體部

位術語的隱喻延伸。值得注意的是，在任何南島語言中未曾出現英語身體部位的隱喻，例如「膽量」或「球」（原始勇氣），「心臟」（逆境中的勇氣；同情）或「神經」（暴躁）。

表5.28　南島語言身體部位術語的隱喻延伸類型

身體部位	隱喻
A. 外部身體部位	
頭	頂部／頂峰；酋長／領導者；握柄（刀的，等等）；河的上游流域；船頭；長嗣；較早，之前。
耳	把手（陶罐的，等等）；籃子菌菇類
眼	太陽；植物的芽；泉水；網眼；針孔；暴風中心；等等
鼻	陸岬；船頭
肚臍	中心
胞衣	比自己年紀小的手足
B. 內部身體部位	
膽	常識／判斷；勇氣
肝	感覺／情緒

在許多南島語言中，意義為「頭部」的詞素（通常是原始南島語 *qulu 的反映）擴展到其他含意，其中最常見的是 1）頂部或頂峰，2）酋長、領導者，3）刀、斧或槳的柄或把手，4）河的上部（上游），5）船的船首，6）第一個出生的孩子，和 7）較早、之前。這些的其中大部分都不需要特別評論，但最後兩個值得進行簡短的討論。

在幾種相距既廣又遠的語言中，均有第一個出生的孩子被稱為「頭兒」的表達式，或者包含經歷語義變化的 *qulu「頭」反映，如

亞齊語 *aniʔ uleë bara*（孩子+頭+ʔ）、Bare'e 語 *ana uyu-e*（孩子+第一，但在詞源上< *qulu「頭」）、Rembong 語 *anak ulu*（孩子+頭）和 Roti 語 *ana ulu-k*（孩子+先前／年長的< *qulu「頭」）。然而，「最後出生的孩子」的相對詞彙，不是「尾兒」（以動物身體作為隱喻模型）或「腳兒」（以人體作為隱喻模型）。相反地，它是由「孩子」這個詞加上一個意思是「最後一個」的詞基組成的，如在亞齊語 *aniʔ buŋsu*（孩子+最後出生）、或 Rembong 語 *anak sopo*（孩子+最後出生）、或者由這個詞組成對於「孩子」加上一個具有更一般意義的詞，如「最後的；結尾的；年輕的」之類的，就像 Bare'e 語 *ana ka-supu-a*「么兒」（< *ka-supu*「結束、完成」），或者 Roti 語 *ana muli-k*（孩子+年輕）。Rotinese 語的表達式產生了一個比較議題，因為 *muli-k* 反映了原始馬來波里尼西亞語 *(ma)-udehi「最後的；後來的；遲到的、之後的；未來的船的船尾」以及「年紀最小的孩子」。這個術語在許多語言中的基本含意是「調高後方、在遊行隊伍的最後面」。因為它也指船的尾部，而「頭部」這個詞通常指船的船頭，這表示在歷史上第一胎和最後一胎的隱喻可能也是船首和船尾的隱喻。

　　*qulu「頭」的反映通常指「之前的事物」，只有當它們出現在位置標記 *di 之後時：伊班語 *d-uluʔ*「在前面、第一；之前的；老的」。Malay 語 *da-hulu/dulu*「之前的、預先的、在前面的」。薩薩克語 *j-uluʔ*「經過的；做另一件事之前先做某事」、Uma 語 *ri-ʔulu*「第一個」：*me-ri-ʔulu*「先於」、望加錫語 *ri-olo*「前面的、先走的；較早的」、Roti 語 *d-ulu*「東方」。同樣地，隱喻的反義詞不是用另一個身體部位詞彙，而是與 *(ma)-udehi 的反映有關：伊班語 *udi*「在後

面、之後」，馬來語 *ka-mudi-an*「後來的、後面的」，薩薩克語 *mudi /muri*「在後面、之後」，Uma 語 *muli*「跟在後面的或後來的」，Roti 語 *muli*「西方」。儘管重建的表達式 *di qulu 使用（可能是人類的）頭部圖像來指示時間的先後次序（在許多語言中也表示「上游」），但是在這種情況下，對隱喻模型的利用似乎沒有系統性，因為未來的時間不是身體的一部分，而是一種口頭表達，意思是「調高後方；排在最後」。後一種表達式的隱喻基礎在第 5.4 節中提供了解釋：「背後；在後面」與未來時間的關聯不是通過對人體的暗示，而是通過對即將發生的撞擊事件序列的指涉。另一方面，原始馬來波里尼西亞語的 *qulu 和 *(ma)-udehi 對基本方位術語的反映的進一步擴展訴諸了一種方位導向的隱喻模型，其中觀察者面向東方（起點和生命的方向）。

其他使用「頭部」一詞的隱喻包括令人不意外的措辭「石頭_頭」，意為「固執」，如馬來語 *kəpala batu*（頭+石頭）或 Rembong 語 *ulu watu*（頭+石頭），以及較令人困惑的表述「膝蓋的頭部」。與馬來語 *lutut*（<原始馬來波里尼西亞語 *qulu tuhud）相比，在某些語言中，該措辭的詞素界線已經丟失，如噶瑪蘭語 *tusuz*、Casiguran Dumagat 語 *tod*、塔加洛語 *túhod*、Tiruray 語 *ətur* 或 Yakan 語 *tuʔut*「膝蓋」。但是，在其他情況下，很明顯地，例如 Sulu Samal 語 *tuʔut* 的「膝蓋」：*kook tuʔut*（頭+膝蓋）「膝蓋的前面」或 Long Terawan Berawan 語 *ulo ləm*（頭+膝蓋）「膝蓋」。原始馬來波里尼西亞語 *qulu tuhud 顯然是「膝蓋骨」，儘管在很少的語言中它具有這種含義，並且在大多數詞典中描述得太少以至於不能確定。

在幾種相距既廣又遠的南島語言中，「耳朵」（一般而言< 原始

南島語 *Caliŋa）一詞也指的是投射，例如較大的花盆或類似木結構上的把手，例如卡那卡那富語 ʔiŋa「耳朵；把手；突耳」；伊洛卡諾語 taliŋa「耳朵；把手」；伊班語 kəliŋa「耳朵（詩詞上的）；罐子的突耳」，Muna 語 poŋke「耳朵（頭部，也指鍋、籃子上的提把（耳朵））」，或夏威夷語 pepeiao「耳朵；固定有 ʔiako（懸臂）大臂的獨木舟船殼內的凸耳或擋塊」。但是，「耳」一詞最引人注目的延伸是使用在各種真菌的名稱中，其字面名稱為「鼠耳」、「樹耳」、「鬼耳」和「雷耳」（Blust 2000b）。這些是否能算作隱喻是一個值得商榷的問題，因為樹舌靈芝的形狀很明顯像耳朵一樣，並反映在英語和其他語言類似真菌的名稱中。

用「眼睛」一詞可以看到最大且最有趣的一組外在身體部位隱喻，通常反映了原始南島語的 *maCa。在許多南島語言中，「眼睛」一詞的含義是「中心」、「核心」或「最重要的部分」，就像中文的「馬鈴薯的芽眼」或「颱風眼」。對於南島語言中「眼」這個詞素的延伸使用，兩位學者分別所做過（兩項）調查（Barnes 1977; Chowning 1996）。這些研究都沒有將南島的語料與其他語系的語料進行比較，以顯示詞素「眼」的許多延伸用法是具有語言普遍性的，因此必須受所有人類共有的感知路徑的激勵（Blust n.d. (e)）。若要舉例說明南島語言中「眼睛」隱喻的使用，可以藉由馬來語的語料以及對其他語言的一些註釋。由於此類表達式的數量眾多，因此以下列表是選擇性的：

表 **5.29** 馬來語隱喻中有關 *mata*「眼睛」的延伸使用

mata air（「水的眼」）	泉水
mata alamat（「預示、徵兆的眼」）	紅心
mata aŋin（「風的眼」）	羅盤的方位點，方向
mata bajak（「犁的眼」）	犁頭；犁刀
mata bantal（「枕頭的眼」）	硬質繡花的枕頭尾部之類的東西
mata bədil（「槍枝的眼」）	槍口
mata bəlanak（「頭髮的眼」）	髮漩渦
mata bəlioŋ（「扁斧／斧頭的眼」）	扁斧／斧頭的刀口
mata bənda（「物品的眼」）	貴重物品
mata bisul（「膿瘡的眼」）	膿瘡頭
mata buku（「繩結的眼」）	樹瘤；結的中心
mata daciŋ（「秤的眼」）	平衡秤上的記號
mata hari（「日的眼」）	太陽
mata ikan（「魚的眼」）	疣；腳上的雞眼
mata jalan（「路的眼」）	偵察員
mata jarum（「針的眼」）	針孔
mata kaki（「腳的眼」）	腳踝
mata kəris（「kris 劍的眼」）	kris 劍的刀口
mata kuliah（「高等研究的眼」）	研究的科目
mata luka（「傷口的眼」）	傷口的開口
mata panah（「箭的眼」）	箭頭
mata pədoman（「羅盤的眼」）	羅盤指針
mata piano（「鋼琴的眼」）	琴鍵
mata pukat（「網的眼」）	網孔
mata susu（「乳房的眼」）	乳頭
mata taŋga（「梯子的眼」）	梯子的橫木
mata uaŋ（「錢的眼」）	金錢價值的單位；錢幣

這些用法中有許多是在其他南島語言中找到的，例如 Wayan 語（斐濟西部）的 *mata ni caŋi*（「風之眼」）「風向」，*mata ni sā*（「矛之眼」）「矛尖」，*mata ni siŋa*（「日／日光」）「太陽」，或 *mata ni wai*（「水之眼」）「泉水、河流的源頭；雨雲」。這個身體部位與所有其他部位的不同之處在於，它所代表的概念比器官本身的物理特性所傳達的概念更為抽象。有人可以說，太陽、乳房的乳頭甚至腳上的雞眼都「像眼睛一樣」，但是用指南針、切割工具的刀片或琴鍵顯然不可能做到這一點。這些表達中的許多說法完全是同源詞，可以進行原始馬來波里尼西亞語的重建，儘管在形成這些表達時共同認知過程的運作很難將融合性完全排除。

　　關於其他外在身體部位的隱喻延伸則無需多說。在太平洋一些地區「鼻子」這個詞素也延伸意為陸地的岬以及獨木舟的船首，如 Nggela 語 *ihu-*「鼻子；喙；陸地的岬」、Lau 語 *isu-*「獨木舟的船尾和船尾直立」、羅圖曼語 *isu-*「鼻子；投影，陸地的岬」或毛利語 *ihu-*「鼻子；獨木舟的船頭」。「肚臍」這個詞在相距遙遠的語言中是「中心」的隱喻，如馬來語 *pusat*「肚臍；中心」，或者是有名的 Rapanui 的自我描述為 *te pito ʔo te henua*（定冠詞 臍帶 屬格 定冠詞 陸地）「世界的中心」。表 5.28 的 A 部分列出的最後一個「外部」身體部位是例外的，因為它來自身體內部並隨著出生而變成外部。在許多彼此相距甚遠的南島語言社會中，胎盤象徵性地被視為新生兒的年輕手足。

　　不同於基於外在身體部位的隱喻，基於內在身體部位的隱喻通常指的是氣質或性格。其中兩者特別重要。第一個是「膽」或「膽汁」一詞，通常反映原始南島語的 *qapeju。在英語中，「膽」比喻自大

的冒失，例如「他竟然有膽子說我撒謊」（他自己都不夠誠實了）。在這裡它表示負面評價的人格特質，但在許多南島語言中，膽是對良好感覺或正確判斷的隱喻，只有在否定用法時才用於批評某人，例如 Bario Kelabit 語 *naʔəm pədʰuh*（**否定詞** + 膽）「愚蠢的，不體面，公然藐視習俗或常識」，Karo Batak 語 *la ərpəgu*（**否定詞** 有-膽）「形容人：沒有實質（內容）、沒有見識，指其語言和行為」、Tontemboan 語 *ra ʔica ni-apəru-an*（**否定詞** 有-膽）「愚蠢、頭腦簡單；無法了解事情的人」、Tae'語 *taeʔ pa ʔdu-nna*（**否定詞** 膽-**第三人稱單數**），「他一無所知，他的判斷力很差」、Manggarai 語 *atat toe maŋa pəsu-n*（**人-誰 否定詞** 有 膽-**第三人稱單數**）「不拘一格，不拘泥於習俗」，或 Kambera 語 *tau nda niŋu kapidu-ŋu*（**人 否定詞** 有膽），「一個不體貼或不專心的人」。相同隱喻的積極用法也見於 Tiruray 語 *fədəw*「膽汁；類似智力的感覺」（與內在感覺相對）；*fədəw-an*「明智且通情達理的做法，在沒有指導的情況下做自己認為最好的事情」，而 Tontemboan 語 *ni-apəru-an*「具有良好的理解力和自我控制力」。由於在許多南島語言中，膽被視為貯存常識和良好判斷力的地方（可能是由於對動物膽囊的研究都採用了傳統的預言理論，因此占卜專家也進行了這方面的深思熟慮）其他基於膽的隱喻應該與此模型保持一致，並且通常情況也是這樣。如 Tae'語 *bosi pa ʔdu-nna*（爛 膽-**第三人稱單數**）「他不精明，他不知道如何討論或蓄意」，或 Yakan 語 *pessaʔ peddu-nu*（破碎的 膽-囊-**第二人稱單數**）「你忘記事情（在罵人時說的）」。除了這種用法以外，還有些語言將膽與勇氣聯繫在一起，例如 Thao 語 *uka sa qazpu*（**否定詞** *sa* 膽）「膽小」，宿霧語 *ispísu ug apdú*（厚 *ug* 膽）「勇氣」，馬紹爾語 *at*「膽囊；勇敢情緒之

座；野心之座」。

　　第二個具有非常豐富隱喻表達的內部器官是肝臟。儘管在某些台灣南島語言中，心臟與思想或品格相關，例如阿美語 *faloco?*「心臟；態度、個性、靈魂、性格」，然而在大多數南島語言（通常在東南亞語言中）肝臟才是情感的源頭，而不是心臟。原始馬來波里尼西亞語對「心臟」（*pusuq）和「肝臟」（*qatay）有不同的用詞。但是，「心臟」這個詞並不是一個獨立的身體部位術語。相反地，它既指作為身體的一部分的「心臟」，也指「香蕉心」，即在果梗末端的垂垂的紫色芽，是被廣泛用作煮熟的蔬菜（Merrill 1954: 150）。若在田野調查嘗試問出「心臟」一詞通常會產生歧義，並且與「肝臟」一詞相混淆，然而使用「香蕉心」一詞並不成問題。所有這些都顯示肝臟在人體內部器官中的文化中心性，這種中心性體現在許多語言的措辭中，下列僅代表部分內容：

1. **大的肝**=膽大：伊班語 *ati bəsai*（肝+大）「吹牛、說話大」，馬來語 *bəsar hati*（大+肝）「放肆、狂妄」，巽它語 *gəde? hate*（大+肝）「勇敢；勇於做某事」，得頓語 *ema ate-n boot*（人+肝-**第三人稱單數**+大）「勇敢的人」，Rarotongan 語 *ate nui*（肝臟+大）「勇敢的、頑強的；傲慢的，厚臉皮的、無禮」，但斐濟語 *yate levu*（肝+大）「膽小」

2. **小的肝**=害怕；怨恨：馬來語 *kəcil hati*（小+肝）「懷恨在心」；巽它語 *lətik hate*（小+肝臟）「害怕、驚慌」，Ngadha 語 *ate kədhi*（肝臟+小）「擔心、擔憂；害怕；膽小；羨慕；嫉妒」，Kambera 語 *màrahu eti*（小肝）「害怕、傷心、悲傷」

3. **燃燒的肝臟**=生氣：馬來語 *bakar hati*（燃燒+肝臟）「憤怒」、
Toba Batak 語 *m-ohop ateate*（燃燒+肝臟）「變得憤怒」、Lakalai
語 *la-hate-la mamasi*（定冠詞-肝**第三人稱單數**+燃燒）「他很生氣」

4. **爛的肝**=意志薄弱，充滿惡意的：馬來語 *busok hati*（爛+肝）「性
情乖僻的，充滿惡意或壞心眼」；Ngadha 語 *ate zeʔe*（肝臟+爛）「誤
解所有事情的，很易得罪的」

5. **生病的／受傷的肝**=感情受到傷害，被得罪了；生氣的：馬來語
sakit hati（傷痛+肝臟）「怨恨、煩惱；憤怒、惡意」，巽它語 *ñəri
hate*（受傷+肝臟）「悲傷、傷心、心痛」，Komodo 語 *bəti ate*（受
傷+肝臟）「生氣」，Kambera 語 *hidu eti*（受傷+肝臟）「傷心、得
罪、受傷；心懷不滿的」，Gitua 語 *ate yayap*（肝受傷）「生氣、
挫折的」

6. **白的肝**=純潔的心：Mansaka 語 *ma-potiʔ na atay*（白+**繫詞**+肝）「善
良的心、溫柔的心」，馬來語 *puteh hati*（白+肝）「真誠」，Madurese
語 *pote ate*（白+肝）「正直、誠實」，Motu 語 *ase kuro tau-na*（肝
+白+男人）「勇敢的男人、無畏的人」

7. **取肝**=贏得某人的愛情：馬來語 *ambil hati*「可愛的」、印尼語
ahbil hati「取悅某人以贏得他們的愛情」、巽它語 *ŋ-ala hate*「贏
得某人的愛情」、Madurese 語 *ŋ-ala ʔate*「取悅某人」、Ngadha 語
ala go ate「贏得某人的愛情」（全部字面意「取肝」）。

比較令人費解的是「肝臟」在其他身體部位的用法，例如 8）

肝 肝＝小腿肉：馬紹爾語 *aj*「肝臟」：*ajaj*「小腿肉」、東加語 *ʔate*「肝臟」：*ʔate ʔi vaʔe*（腿的肝）「小腿肉」、毛利語 *ate*「肝」：*ateate*「小腿」，或 9）手／腳的肝臟＝手掌／腳底：塔加洛語 *atáy*「肝；腳掌弓」、宿霧語 *atay-átay*「手掌的中空或肉體部分及其類似物」、馬來語 *hati taŋan*（肝臟＋手）「手掌的中空部分」、爪哇語 *ati*「肝；位於手指／腳趾底部的肉質部分」、比馬語 *ade edî*（肝臟＋腳／腿）「腳掌」、*ade rima*（肝臟＋手）「手掌」、Gedaged 語 *nie-n ate-n*（腳-**第三人稱單數**＋肝-**第三人稱單數**）「他的腳掌」、*nima-n ate-n*（手-**第三人稱單數**＋肝-**第三人稱單數**）「他的手掌」。有可能小腿的形狀被認為與肝臟的形狀類似（出於同樣的原因，「肺」一詞反映了原始南島語的 *qaCay「肝臟」，帶有或不帶有修飾詞。）肝臟與手掌或腳掌的連結較難以解釋，但顯然與「內在」部分的概念有關，出於相同的原因，在某些語言中「肝臟」一詞也指竹子或其他植物的一節。所有這些用法都是在相距數千英里的語言中找到的，據目前所知，「肝臟」一詞的其他隱喻用法在南島語言中的分佈受到了限制，例如 Lakalai 語 *la hate-la raga*（肝 **第三人稱單數** 飛躍）「他被嚇了一跳」，或 Gitua 語 *ate-ŋgu mutu*（肝-**第一人稱單數** 破碎的）「我很驚訝」。

5.6.2　親屬詞彙及其延伸

在許多南島語言中用來形成隱喻的另一種術語集是親屬詞彙。這裡將檢視兩個親屬關係的延伸：1）孩子、2）母親。此外，還將簡要地討論更廣泛的術語「男性」和「女性」的使用。

在許多純粹與親屬有關的含意中都可以找到「孩子」或它們的

衍生構詞形式（通常反映原始南島語 *aNak）。但是，除了這些含意外，同一個詞彙在許多語言中也帶有「較大整體的較小部分」（與無生命指稱有關）或「一組成員」（與人類有關）的含義。在這些含義的第一個意義上，它用在各種表達式中，包括：

1. **火的孩子**=火花：加燕 語 *anak apuy*（孩子 火）和 Simalur 語 *anaʔ axoe*（孩子 火）「生火的火花」

2. **梯子的孩子**=梯子的橫木或台階：民都魯語 *anak kəjan*（孩子 梯）、馬來語 *anak taŋga*（孩子 梯），Simalur 語 *anaʔ aeran*（孩子 梯）「橫木梯子的橫木」、Wolio 語 *ana-na oda*（孩子-**第三人稱單數** 梯）「缺口木梯的台階」

3. **臼的孩子**=杵：薩薩克語 *anak lisuŋ*（孩子 臼）、Wolio 語 *ana na nosu*（臼的孩子）、Kei 語 *luhun yana-n*（臼 孩子-**第三人稱單數**）「杵」

4. **眼睛的孩子**=眼睛的瞳孔：馬拉加斯語 *anaka ndri maso*（眼睛的孩子）、馬來語 *anak mata*（孩子 眼睛）、Toba Batak 語 *anak ni mata*（孩子的眼睛）、Bare'e 語 *ana mata*（孩子 眼睛）「眼睛的瞳孔」

5. **弓的孩子**=箭：馬來語 *anak panah*（孩子 弓）、Nias 語 *ono fana*（孩子 弓），Wolio 語 *ana na fana*（弓之子）、Kambera 語 *na ana-na pana*（**定冠詞** 孩子-**第三人稱單數** 弓）「箭」

第二種意義出現在：

6. **土地／村莊的孩子**=「村民同胞，同社區的人」：Nias 語 *ono mbanua*（孩子+村莊）「普通人、村民」，古爪哇語 *anak wanwa*（孩子+居住區域）「屬於 wanwa 社區的人」，或 Ngadha 語 *ana nua*（孩子+居住區／村莊）「村民」，而在以下表達式中例如男性群體的孩子=「女人的兄弟」而女性群體的孩子=「男人的姊妹」，則需要文化預設的更詳細討論，其與在婚姻規範中起作用的具備階級秩序之社會群體有關（Blust 1993d，以及本章結尾）。

在大多數南島語言中，「母親」一詞的延伸含義不如「孩子」那麼多。但是，與許多其他語系一樣，這個詞素通常代表集合中最大的成員，典型的是拇指或大腳趾（Brown & Witkowski 1981: 第 601 頁起）：Hanunóo 語 *ʔinaʔ*「母親」：*ʔinaʔiná*「大姆指或大腳趾」、馬來語 *ibu jari*（母親 手指）、Lamaholot 語 *lima inã*（手指的母親）「拇指」，Soboyo 語 *ina*「母親；集合中最突出或最大的成員」，*kiki*「手指」：*kini-n ina*（「手指的母親」）「姆指」或 Nggela 語 *tina*「母親；某一類的大型的」。較不常見的是「父親」或「父母」等詞素也可能具有這種隱喻的目的，例如多納魯凱語 *t-ama*「父親」：*tama-tamanə*「姆指」、Babat Ifugaw 語 *ama*「父親，叔伯」：*am-ʔama-ʔʔa*「人或猴子的拇指或大腳趾」，或薩摩亞語 *lima-matua*（手指的父母）「拇指」。在許多語言中，（人類的）「母親」一詞也類似於（動物的）「雌性」一詞，大概是因為在動物中的「雌性」和「母親」之間的區別不像在人類中分得那麼清楚。

「男／雄性」和「女／雌性」這兩個詞在南島語言中涉及許多有趣的複雜性。許多語言的這些術語區分了人類和動物，例如西部 Bukidnon Manobo 語 *maʔama / bahi*「男性／女性（人類）」：

lumansad / upa「雄性／雌性（禽類）」或馬來語 *(la)laki / wanita*，*parampuan*「男性／女性（人類）」：*jantan / batina*「雄性／雌性（動物）」。有些語言在動物類別之間作了進一步的區分，如排灣語 *uqalyay / va-vai-an*「男性／女性（人類）」，但是 *valʸas*「雄性（動物）」、*rukut*「母豬」、*djilʸaq*「母鹿」、*djumu*「母山羌」、*parimukaw*「一群中最老的母猴」。儘管這種延伸是否具有隱喻性則存在爭議，但在許多具有雙重宇宙論分類系統的傳統社會中發現的一種模式下，某些男性語言中的「男性」和「女性」與左右手相關聯（Needham 1973）。鑑於這些關聯在文化上的重要性，某些語言中的「男性」（原始大洋洲語 *maRuqane）和「女性」（原始大洋洲語 *papine）一詞在某些語言中已成為性別和慣用手的多義詞，例如 Chuukese 語 *mʷáán*「男性；右手或右邊」、*feefin*「女性；左手或左邊」，或 Carolinian 語 *mʷáál*「男人，男性」：*peighi-mʷáál*「右側」、*schóóbʷut*「女性，女人」：*peighi-schóóbʷut*「左側」。令人驚訝的是，通常被認為是雙重符號分類軸心的右：左對立，明顯地屈居於男：女對立之下，因為這些形式表現出從男：女到右：左的發展，而非相反的方向。

5.6.3 植物與人

植物是家譜關係中很常見的隱喻，如英語的表達式「family tree 家庭樹」之類。在南島語言中，它們通常具備更特定類型的家譜信息。其中有兩個植物—人的關聯尤其重要。第一個將幼兒或後代與幼苗或植物新芽（或有時相反）聯繫在一起，例如邵語 *qati*「竹筍；

孫子」，伊洛卡諾語 *sagibsib*「植物的新芽（芋頭，香蕉等）；非婚生子女」，*túbo*「筍芽，芽，花苞」；*k<in>aag-tu-túbo*「青春、青春期」，塔加洛語 *usbóŋ*「發芽、花苞、成長；後代」，馬來語／印尼語 *bibit*「秧苗；初學者」，Tae' 語 *taruk*「樹木和植物的枝幹；後裔」，夏威夷語 *keiki*「孩子、後代；芽，如芋頭的」。由於幾乎所有語言中「孫子」都有一個單獨的詞彙且含義不是「植物的芽」，因此這些用法很明顯是比喻性的。由於它們具有比喻性，因此即使在詳細的詞典中也通常不會被記錄下來，並且在某些情況下，只有透過文化人類學家或其他對口頭文學感興趣的學者的研究才能清楚地看到它們（例如 Fox 1971）。

　　第二種將植物與人聯繫在一起的隱喻是古波里尼西亞語的 *puqun，但英語沒有等同的單一詞素可用來翻譯它。這個詞的基本含義是「樹的根基」，即從地面出現的樹的一部分。除了這種物理（實體或物質？）意義外，它在廣泛的地理區域中還具有「起源」、「開始」、「原因」、「基礎」和「理由」的延伸含意。在某些語言中的 *puqun 反映也指涉由於親戚關係或政治權威而具有特殊社會地位的人。與人有關的這種延伸含義的例子可見於伊洛卡諾語 *puón*「開始、起源、來源；基礎；根；樹幹；較低的部分；親戚、祖先；樹木計數單位；原因、理由」，塔加洛語 *púno?*（具有輔音換位）「一棵樹的樹幹；開始；酋長」，Hanunóo 語 *pú?un*「植物莖幹的基部、根基、樹幹的基部；在 *panagdáhan* 儀式（盛宴和祭祀某些看不見的靈魂的儀式）上的長老」；Masbatenyo 語 *púno?*「樹幹；頭、領袖、酋長」，宿霧語 *púnu?*「樹的基底；以樹為計算單位；基礎、事物的最低部分；身體部位的附著點；負責辦公室的官員」，*panpúnu?*「總

統、州長」，Maranao 語 *pono?-an*「樹幹；主線（祖先族譜）」，Tiruray 語 *fu?un*「開始；根、基礎；祖先」，帛琉語 *u?úl*「樹的基部；原因；理由；基礎」，*u?əl-él*「開始、起始、起源；祖先」，Ngadha 語 *puu*「樹的根基；開始；基礎；起源；基礎；真實，真正的」，*sau puu*（房屋 起源）「宗族原屋」，*puu taŋi*（起源 階梯），「宗族祖先」，得頓語 *hun*「基部，足部，底部，側面的下部；資源；任何樹木的樹幹」。儘管他並沒有列出 *hun* 具有人的含義，但 Morris（1984: 89）也提供 *lalutuk ain hun*（豬圈 樹-第三人稱單數 基部）「住在皇室旁邊並為皇室提供服務的人們」這個例子，間接指出了 *hun* 意為上層階級。在某些語言中，只有這個詞的延伸屬人意義得以倖存，將其從起源的植物隱喻中分離出來，例如 Karo Batak 語 *bəru puhun-na*（女人 根基-第三人稱單數）「一個男人『真正的』妻子：母親的兄弟的女兒（在偏好採用母方交表婚姻制中的）」或 Bolaang Mongondow 語 *punu?*「頭銜；上主，王子」。在某些大洋洲語言中，大致相同的一組語義關係與一個詞源上獨特的詞基配對，例如 Puluwat 語 *pʷopʷulepán*「基礎、起點、樹的根基」：*pʷopʷulepán aynaŋ hamʷol*「最初和領導的宗族」，或 Rarotongan 語 *tumu*「基礎、根源、原因、起源、來源；理由；樹幹或任何事物的主要部分」：*tumu enua*（基本土地）「原始土地、土地的首領或酋長、土地的領導者或貴族、貴族或權貴階級」。簡而言之，在許多南島語言中，出現與樹的根部相關起源的關聯不僅為時間或因果關係的先後概念提供了模型，也同樣為族譜單位的建立者以及依其所獲得的社會地位提供了模型（Fox 1995; Blust & Trussel ongoing）。

5.6.4 動物與人

在南島語言中，當植物隱喻用來指涉人類時，它們通常會模擬家譜或階級關係。相比之下，人與動物之間的比較似乎可以對行為建模，而隱式模型所吸引的隱喻通常會變成明喻，從而吸引更為明確的比較。在原始南島語的反映中可以看到與疾病相關的動物圖像的一個常見範例 *babuy「豬」的意思也是「癲癇病」：Maranao 語 *bəboy*「豬」：*babo-baboy*「癲癇病」，伊班語 *babi*「豬」：*gila babi*（瘋子 豬），馬來語 *babi*「豬」：*gila babi*（瘋子 豬）、*pitam babi*（眩暈 豬）、*sawan babi*（驚厥 豬）「癲癇病」，Sangir 語 *bawi*「豬」：*saki? u wawi*（生病 屬格 豬）「癲癇病」。這個關聯也見於漢藏語言，似乎源於受害者抽搐時會在地上滾動，這樣的行為顯然可以與豬的打滾相提並論。Maranao 語中，「豬」和「癲癇」的語言形式和其聲音不同，顯示這兩個詞在該語言中的歷史關聯已經打破。

與許多其他文化一樣，人類最親密的動物伙伴常被用來貶低別人。Wilkinson（1959: 36-37）指出，在馬來語中，『關於狗的諺語通常是不帶讚美的」，但他引用的所有例子實際上都是關於人類的，例如 *anjiŋ dəŋan kuciŋ*（狗跟貓）「貓和狗的生活」或 *baŋsa anjiŋ*（賽狗），「如狗之類的人，即使不吃也有臭味」。在許多其他語言中也可以找到類似的例子，例如古爪哇語 *asu*「狗」：*aŋ-asu*「低賤，惡劣」（「像條狗」），宿霧語 *iru?*「狗」：*iru? ŋa daug*（狗 **繫詞** 讓）「變得貪婪；被強烈的情緒所控制（變成像狗一樣，渾然不知羞恥）」，或伊洛卡諾語 *áso*「狗」：*áso-áso*「政治人物的心腹（走狗）」。

5.7 語言名稱與問候語

在此將簡要介紹詞典中很少受到關注的兩個功能。首先是語言名稱的起源，選擇這個主題是因為語言名稱本身就很有趣。第二個是公式化問候語的形式，這是一個具有基本語言使用意義的主題。

5.7.1 語言名稱

許多南島語言名稱的來源不明，但多義語言名稱通常屬於一小類，包括 1）語言名稱＝「人、人類」，2）語言名稱＝專有名稱或位置的描述性術語，3）語言名稱＝否定標識，或僅是否定標記。這三個類別的交叉點是自定義名／別名的區別，其中自定名稱是自我指定，而別名是從外部強加的。

在第一類中，語言名稱的意思是「人、人類」，大概是說話者在被問到自己是誰時向外人表明自己身份的方式的結果。例子包括台灣的 Thao、Bunun 和 Tsou，它們均源於這些語言中的普通名詞，意為「人、人類」；Iban，源於普通名詞，含義為「人、普通人（不是薩滿巫師或神話大師／詩人）」，Nias（Niha，自我指定）「人；某人；異教徒（非穆斯林）」，以及 ’Āre’āre（< ʔāre「事物，人」）。雖然這些語言名稱中的每一個都可能是一個別名，但菲律賓矮黑人居民使用的許多語言都反映古波里尼西亞語的 *qaRta「外人」。此類別包括呂宋島北部的 Agta、Alta、Arta 和 Atta，呂宋島中部的 Ayta（有時寫為 Aeta）；菲律賓中部班乃島的 Inati 和內格羅斯群島的 Inata；還有明答那峨島的 Ata Manobo。對於非矮黑人族群的菲律賓人來說，Agta、Ayta 之類的詞意為「矮黑人」。菲律賓以外的語言中的同源

詞含意涵蓋「外人、外族」，「奴隸」和「人、人類」（Blust 1972）。出乎意料的是，這個詞在歷史上不同時期被許多這些族群當作自己的名稱來使用。例如，Headland and Headland（1974: 3）注意到呂宋島東北部的 Casiguran Dumagat（或 Casiguran Agta）使用 *ágta* 一詞來指稱矮黑人（自我指稱），並作為動詞來表示「說 Dumagat 語」。

在第二類中，語言名稱來自地名，地名可以是專有名詞，也可以是描述相對位置的描述性術語。例如 Itbayaten，不但是菲律賓呂宋島以北的一個島嶼的名稱，也是那裡所說的語言。Ifugaw，可能來自 *i-*「居民的」+*pugáw*「宇宙地球」，因此也就是「地球上的人」；Kapampangan，來自 *ka- -an* +*paŋpaŋ*「河岸」，因此是「河岸的居民」；Tagalog 源於 *taga-*「打招呼」+ *ilog*「河流」，因此是「河裡的人」；Mansaka 源於 *man-* + *saka*「上游」，因此也是「上游的人」。Mandaya 源自 *man-* + *daya*「內陸」，因此是「內陸的人」；Maranao 來自 *ma-*「靜態」+ *ranaw*「湖」，而 Tondano 來自 *to-*「人民」+ *dano*「湖」，因此在兩種情況下均為「湖中人」。Tausug 來自 *tau*「人」+ *sūg*「急流」，因此是「急流的人」；Lun Dayeh 來自 *ulun*「人民」+ *dayəh*「內陸」，Toraja，*to-*「人民」+ *raja*「內陸」，因此是「內陸的人」；Toba Batak 來自 *toba* = 湖的邊緣（居住在 Toba 湖周邊的 Toba Batak）；Tetun 來自 *tetun*「沿海平原」，因此是「沿海平原的人」。其中一些術語，尤其是對於內陸語言的術語，可能是從低地居民的觀點所反應的地名，因為砂勞越的 Lun Dayeh 族經常自稱為 Lun Bawang「國家的人民」，而蘇拉威西的 Toraja 是該地區高地人民的通稱，不是自稱。同樣的是，Tonga（*toŋa*「南方」）一詞必定曾經在史前時期時，由其北方的鄰居，不是斐濟就是薩摩亞，給予

東加人的稱呼。（參見薩摩亞語 *toŋa*「南方」，一個未見於斐濟語的詞，儘管過去有可能存在）。

在第三類中，語言名稱可經由否定或由一般否定標記來辨識，例如 Dusun Deyah（Dusun_**否定詞**）（可能是為了與鄰近的 Dusun Malang、Dusun Witu 或其他類似群體區分開來）。這種語言名稱在蘇拉威西尤為常見，例如 Lauje、Uma、Tae'（也稱為南邊的 Toraja），以及 Bare'e，所有這些名稱都來自否定標記「不，不是」。

其他形成語言名稱的方法也用在較受限的區域。例如，許多菲律賓語言都使用中綴 *-in-*（加綴於以元音為首的詞基）來從族群名稱形成語言名稱，例如 *ibaloy*「Ibaloy 人」：*in-ibaloy*「Ibaloy 語」，或是 *bisáyaʔ*「比薩亞人」：*b<in>isáyaʔ*「比薩亞語」。俾斯麥群島的語言名稱有時是來自「年幼的平行兄弟姐妹」一詞或特別來自**第一人稱**所有格形式，例如新愛爾蘭島的 Tigak *tiga-k* 或東部 Manus 島的 Nali *nali*，都意為「弟或妹」。

5.7.2　問候語

問候語可能是最普遍的公式化語言類型，因此可以被視為語言詞彙庫的一部分。在整個南島世界中，相遇時的常見問候在字面上是「您要去哪裡？」，回答可能是「只是隨意走走」或「到 X（地點）」。常見的變體是「您來自哪裡？」，在這種情況下，「來自 X（地點）」是唯一合適的答案。但是，還有許多其他變體，其中某些變體似乎可以完全肯定是來自歐洲語言或其他類型的借譯詞。以下少

許例子便足以說明[54]：

邵語：1）*a mu-ntua ihu*（未來去-哪裡 第二人稱單數）「您要去哪裡？」，2）*k\<m\>in-an iza ihu*（吃-**主事焦點-完成** 已經 第二人稱單數）「您吃（飯）了嗎？」。目前已知僅有 15 位能流利地使用邵語，其中只有一位生於 1937 年之前，而他們用來與周邊社區互動的日常語言是台語（閩南語）。結果，在訪談過程中首先提供的問候語，以及現今最偏好的問候語，均是 *k\<m\>in-an iza ihu*「您呷飽未？」，而這很清楚是從台語意譯而來的。

排灣語（台灣東南部）：*pa-djavay*「做很多田地的工作；在土地上工作很多」，*djava-djavay*「常用問候語（暗指一個人要打擾很多）」。

馬拉加斯語: *manao ahoana ianao*（做 什麼 你）「您在做什麼？」

馬來語／印尼語：1）*(mau) kəmana*（要 去-哪裡）「您要去哪裡？」；*jalan-jalan saja*（走路-走路 只是）「只是走走」；*ke-X*（去-X）「我要去 X」，2）*dari mana*（從 哪裡）「您從哪裡來？」；*dari X*（從 X）「我來自 X」。3）*sudah mandi?*（已經　洗澡）「您洗澡了嗎？」，以上均等同於「您好嗎？」以及對這個問題的所有回答。

Nguna 語：1）*malip̃ogi wia*（早上好）「早安！」（以及每天其他時間的類似問候語）。這也許是西方接觸的結果，但不是很確定。

斐濟語：1）*o(nī) lai vei*（你 離開 哪裡）「您要去哪裡？」（*o* [單數]是隨意的或熟悉的；*onī* 是正式的），2）*bula*（生活／生命）「您

---

54 值得注意的是，講涇濱語常見的問候句也可以逐字翻譯為 'yu go we'「您要去哪裡？」或 'yu stap we na yu kam?'「您來自哪裡？」。

好！（Greetings）」，3）*bula vinaka*（生活／生命 好），4）（*sā*）*yadra*（已經 醒的）「早安」。

東加語：*ʔalu ki fee*（去 往 哪裡）「您要去哪裡？」；*ʔeva pee*（漫步 只是）「只是走走。」

Pohnpeian 語：1）*kasele:lie/kaselel*（字面義「最好／完美／珍貴的」）「哈囉！」，2）*ke pa:n ko:la ia*（你 **非實現** 去-那裡 哪裡）「您要去哪裡？」，3）*ke ko:saŋ ia*（你 來-自 哪裡）「您來自哪裡?」。

馬紹爾語：1）*loḳʷe*「愛（等同夏威夷語的 'aloha'），2」*loḳʷe ia ṇe*（愛　哪裡 那-**第二人稱單數**）「Aloha，您要去哪裡？」，3）*kʷōj etal ṇan ia*（**第二人稱單數.進行** 去 往 哪裡）「您要去哪裡？」。據說其中第一個是最常見的問候，並且通常是其他問候的開頭。一直在同一島上的人會使用 *loḳʷe ia ṇe*，並且只針對一個人。較不常見的 *kʷōj etal ṇan ia*，可以就雙數、三數或四數加接屈折形式，但通常只對於大於二的數呈現複數形式。對於剛來自己島上的人，通常的問候語是「您（單數）何時到達這裡的？」（Byron W. Bender　個人通訊。）

即使問候語的形式不同，通常的規則是，問候不是詢問一個人的個人狀態，而是詢問一個人與之前或即將發生的事件的關係。許多菲律賓語言借用了西班牙語'Como esta'形成單一詞素 *kumusta*，而在這些語言中一般規則似乎也被打破了，例如伊洛卡諾語的 *kumustá* 是「詢問人的狀況的疑問詞」，*kumustaen* 意為「問候，打招呼；詢問某人的身心狀況」，塔加洛語 *kumustá*「你好嗎」：*kumustahín*「詢問某人的狀況或某人的健康」，或是宿霧語 kumustá「如何（過去，現在等）」，*paŋumustá*「問某人如何，問安」。

5.8 語意演變

　　Bloomfield（1933：第 426 頁起）藉由類型的呈現，將語意演變分為九大類，來總結前幾代研究人員在這方面的成果：1）縮小含義：古英語 *mete*「食物」> *meat*「可食用的肉」，2）擴大含義：中古英語 *bridde*「雛鳥」> *bird*「鳥」，3）隱喻：古日耳曼語 **bítraz*「刺激性的」> *bitter*「嚴厲的味道」，4）轉喻（在空間或時間上彼此接近的意義）：古英語 *cēace*「下巴」> *cheek*「臉頰」，5）提喻（synecdoche，意義與整體相關）：古日耳曼語 **tú:naz*「圍欄」> *town*「城鎮」，6）誇張法（從強到弱的意思）：前期法語 **extonāre*「打大雷」> 法語 *étonner*「震驚」，7）反語法（從弱到強的含義）：前期英語 **kwálljan*「折磨」> 古英語 *cwellan*「殺」，8）貶義：古英語 *cnafa*「男孩，僕人」> *knave*「惡棍」，9）褒義：古英語 *cniht*「男孩，僕人」> *knight*「騎士」）。後續許多學者，尤其是認知語言學學者，提出不少的研究理論框架，但這仍然是討論語意演變的有用起點。

5.8.1　原型／範疇的互換

　　像大多數後續版本一樣，Bloomfield 的類型學是以歐洲為中心的，儘管它仍具有一定的存在價值，但它似乎同時提供太多或不足以容納來自南島語言的語料。此外，南島語言中的一些語意創新顯示，諸如「擴大」和「縮小」之類的區別可能是同一類型變化的實例。可以說明這一點的是，古波里尼西亞語具有 **hulaR*「蛇（通稱）」和 **sawa*「蟒蛇」，但是 **sawa* 的反映有時代表了更廣泛的類別，例如 Yakan 語 *sawe*、Dampelas 語 *saa*、Balaesang 語 *ule saa*、Ratahan

語、Boano 語、Simalur 語、比馬語 *sawa*「蛇」。將這種變化強加到 Bloomfield 的類型學中作為擴展含義的示例很容易，但是如果不作進一步討論，這樣做會掩蓋一個事實，即這些示例至少代表了五項歷史上獨立的語意創新（Yakan 語中的一項，Ratahan 語中的另一項，第三個是 Dampelas 語、Balaesang 語以及可能是 Boano 語，第四個是 Simalur 語，第五個是比馬語）。反覆出現的語意變化顯示，感知或心理學的某些層面已經活躍了好幾世代，偏好一種類型的變化，而非可能已經發生但未發生的其他變化。網紋蟒是東南亞島嶼地區最大的，也是在心理上最令人印象深刻的蛇，「蟒蛇＝蛇」這樣的等式說明該蛇被認為是蛇類的原型，即最典型的蛇。帛琉語的 *ŋuis*「青竹絲」。雖然被複雜的歷史音韻系統所掩蓋，但帛琉樹蛇：*Dendrelaphis lineolatus* 反映了 *hulaR。在帛琉發現了五種蛇。其中兩種是有毒的，但沒有攻擊性，歷史上也沒有任何人被這兩種蛇咬到而傷亡的紀錄。第三種偽裝得很好，很少見；第四種是 Brahminy 盲蛇，它是一種很小的物種，大部分時間都在地下度過。由於沒有蟒蛇，因此可以合理地推斷，有毒的青竹絲被稱為「最快速，最神經過敏的蛇」，常見於小樹和灌木叢中，它已成為帛琉最危險，因此也是心理上最突出的蛇。用 Bloomfield 的術語來說，這種語意變化（也是獨特的）可以歸類為縮小意義的一個例子，但從較大的語境來說，這個變化和前面的變化都可以看作具有共同的基礎。無論是從原型到範疇（如 *sawa），還是從範疇到原型（如 *hulaR），範疇／原型的界線都會變得模糊而最終消失。在一種情況下，這似乎是語意擴展的例子，而在另一種情況下，也是語意縮小的實例，但是在兩種情況下，都可以說是發生了語意上的變化，因為原型中的某範

疇被拿來替代整個原型。

5.8.2　自然環境的改變

　　南島語言中另一種不完全符合大多數討論中出現的類別的語意變化類型是由實體（自然）環境變化觸發的語義變化。原始馬來波里尼西亞語的使用者，可能分布在菲律賓北部的某些地區，對動物具有以下一般範疇術語（Blust 2002b）：

表 5.30　原始馬來波里尼西亞語關於動詞的一般範疇術語

*qayam	家畜
*manuk	家禽，雞
*manu-manuk	鳥
*hikan	魚
*hulaR	蛇

　　令人驚訝的是，原始語沒有「動物」這個構擬詞彙，最接近的等同詞是 *qayam「家養動物」，這個詞在幾種相距甚遠的語言中保留了這個意思或「寵物」的意思，但是在其他語言中代表特定的飼養動物（如家畜及家禽），例如塔加洛語 áyam「狗」、Murik 語（砂勞越北部）ayam「家養的豬」（參見 mabi「野豬」）或馬來語 (h)ayam、巽它語 hayam「家禽、公雞、母雞」。值得注意的是，*manuk 的意思是「雞」，而「鳥」的通稱術語是經由重疊（*manu-manuk 或 *manuk-manuk）衍生而來的。此外，還有關於狗和豬的術語，以及許多針對各種非馴化的胎盤哺乳動物的術語，包括猴子、鹿、穿山

甲、松鼠、老鼠、蝙蝠、果蝠、熊、雲豹、麝貓和儒艮。當南島民族向東移動到太平洋時，他們能遇到的哺乳動物也逐漸減少，而能形成三分類型「海洋生物」、「空中生物」和「陸地生物」這樣的結果，也是由原始南島語及原始馬來波里尼西亞語中複雜的動物術語清單所發展而來的。在太平洋中部和東部的許多語言中，原始馬來波里尼西亞語 *manuk「雞」最終代表了幾乎所有飛行的生物，例如 Arosi 語（索羅門群島）manu「能夠飛行的生物、昆蟲、鳥類、天使等」，斐濟語 manumanu「鳥；有時也包括動物或昆蟲，但數量很少以致於通常無法使用實際名稱」。夏威夷語 manu「鳥、任何有翼生物」。同樣地，原始南島語 *Sikan，原始馬來波里尼西亞語 *hikan「魚」幾乎代表了所有會游泳的生物，例如薩摩亞語 iʔa「魚、烏龜、鯨魚」和夏威夷語 iʔa「魚或任何海洋動物（例如鰻魚）、牡蠣、螃蟹、鯨魚」。在接觸之前的時期，除馴養的狗或豬以外的陸地哺乳動物或爬行動物很少見。由於沒有承襲原始馬來波里尼西亞語的「動物」一詞，因此有必要為陸地動物創造各種詞彙，如薩摩亞語 mea「東西、動物」，或夏威夷語 hololoholona「動物、野獸、昆蟲」（也是「旅行、遠足、騎行」< holo「奔跑、航行、騎行、行走；水的流動」）。在其他語言中，原始馬來波里尼西語 *manuk 和 *hikan 的反映代表（除了某些例外）了陸地和空中動物，以及海洋動物或只會游泳的動物的二分對比，例如 Chuukese 語 maan「陸地或空中的生物（除人類之外）」、iik「魚」，Rennellese 語 manu「除了人類及魚類以外的動物，包括鳥類及會飛的昆蟲，毛茸茸的動物，除了烏龜，細菌和其他爬行昆蟲以外的爬蟲類，海參，蛞蝓」，ika「魚，烏龜」，或東加語 manu「動物：尤其是鳥類（「飛行動物」），但也

適用於四足動物、爬行動物、昆蟲等，但不適用於魚類」，*ika*「魚、烏龜、鯨魚，但不包括鰻魚、烏賊或水母」。

正如 Clark（1982a）和 Biggs（1994）所指出，在毛利語中發現了因移入新環境而引發的其他類型語意變化。在毛利人從熱帶太平洋遷徙到位於南緯大約 34 度到 47 度之間的群島這樣的過程中，不得不對其原始動植物詞彙進行適應及調整。在許多情況下較舊的術語被保留了下來，但也將其應用於新的參照對象。這在鳥類名稱中尤其明顯，例如原始波里尼西亞語 (PPN) *kea*「玳瑁」>毛利語 *kea*「紐西蘭特有的大型食肉遲鈍綠鸚鵡」，PPN *kiwi*「近岸鳥類物種」（可能是鷸或磯鷸）> 毛利語 *kiwi*「*Apteryx* 無翼鳥屬之類的走禽，奇異鳥」，PPN *kaalewa(lewa)*「長尾杜鵑鳥」> 毛利語 *kaarewarewa*「紐西蘭獵鷹：*Falco novaeseelandiae*」，最引人注目的是 PPN *moa*「家禽」>毛利語 *moa*，用來表示十一個 *Dinornis* 屬的物種，是一群地區性的走禽，它們的大小彼此相差很大，最大的是 *Dinornis maximus*，高度為 10 英尺，重 500 磅。這些語意變化中的大多數之所以會發生是因為在紐西蘭找不到原始指稱對象，或者遇到了需要為其指定名稱的新指稱對象。較困難的工作是確定為何將保留術語應用於要指定的特定新指稱。就 *kea* 而言，玳瑁龜的喙和當地鸚鵡的該身體部位相似。就 *kiwi*「奇異鳥」而言，Clark（1982a: 130）推測，這種變化可能是由於海岸線涉水者的叫聲和該本土走禽相似所引起的。

經由原始馬來波里尼西亞語 *taRutuŋ*「豪豬魚（密斑二齒魨）」的反映，可以看到一個特別驚人的例子，即由自然環境的變化引起的語意變化。在語言社區與海保持聯繫的地方，該詞的反映通常不

會改變含意。符合此描述的語言從菲律賓中部穿過印尼東部和麥克羅尼西亞西部的帛琉，再到波里尼西亞。在找不到豪豬魚的內陸地區，有的語言保留該詞，但將其用於陸生動物，如婆羅洲的 Lun Dayeh 語 *tərutuŋ*、Katingan 語 *tahatuŋ* 和 Ma'anyan 語 *tetuŋ*「豪豬」等幾種語言，以及小異它的一些語言（例如 Manggarai 語 *rutuŋ*「豪豬」）都是如此。更令人驚訝的是，在蘇門答臘北部內陸地區的巴塔克語中，這個詞可能的反映是指類似於充氣豪豬魚的圓形身體帶刺的水果，例如 Toba Batak 語 *tarutuŋ*「榴槤；刺果番荔枝」，Karo Batak 語 *tarutuŋ*「榴槤之類的水果」。

5.8.3　指涉的重要性降低

　　不同於既定類型的南島語言中的第三種語意變化是指稱對象的重要性降低而引起的變化。一個顯著的例子是原始南島語將「米」區分為三個詞彙：*pajay「稻子、田間稻米」，*beRas「去糠的米／貯存的米」和 *Semay「煮熟的米；飯」。台灣，菲律賓和印尼西部的許多語言都保留了這些區別，但在印尼東部，從小異它群島到 Moluccas 和新幾內亞，稻米的重要性下降了，所以只發現了一個術語。因此，新幾內亞西部的語言，如 Biak 語、Dusner 語 *fas* 或 Serui-Laut 語 *fa*「米」一詞與英語 rice 的含義基本相同。如同「蟒蛇」>「蛇」一樣，這裡可以說是「意義擴展」（從「田間稻米」到「米」），但是其機制完全不同，因為第一種情況來自以其內含的範疇來辨識出原型，而第二種情形是來自所指對象的文化重要性下降，因而減少對再行細分術語的需求。

5.8.4 語意分段

　　Bloomfield 的類型學或後續提議未能處理妥善的第四種語意變化是「語意分段」。在這種類型的變化中，由明顯可區分的子部分組成的含意會分成不同的成分出現在不同的後代語言中。Bloomfield 將德語 *Zaun*「柵欄」到英語 *town*「城鎮」的關係描述為由提喻（synecdoche）所引發的，其中一部分被用來代表整體。但是，鑑於荷蘭語 *tuin*「花園」以及愛爾蘭語 *dun*「設防地點」，則該詞的原始含意很可能是「定居」。實際上，歐洲的所有早期定居點，包括中世紀的城鎮，都被包圍的圍牆所防護，因此「城鎮」的概念隱含了城牆。在這個概念中，由於思想的緊密聯繫，英語保留了建築物及其居民集合的概念，德語保留了包圍圍牆的概念，荷蘭語保留了圍繞包圍圍牆的耕地的概念。在英語 *thatch*「茅草屋」中也出現了幾乎相同類型的分段：荷蘭語 *dak*「屋頂」，德語 *Dach*「屋頂」；由於古西日耳曼語群的使用者唯一已知的屋頂是茅草屋頂，因此該材料的概念保留在英語裡，而該結構的概念則保留在荷蘭語和德語（並經由更明確地指出材料來將其稱為 *dakriet*「屋頂蘆葦（稈）」或 *Dachstroh*「屋頂稻草」）。

　　在南島語言中找到了幾個顯著的語意分段示例。其中兩個是最初指季節性季風的術語，在東南亞島嶼和西太平洋地區，一年中的不同時間主要從西部或東部吹來的帶雨風。原始馬來波里尼西亞語的 *habaRat 用來指定西季風，而 *timuR 為東季風。在許多語言中這些含意被保留下來且很少有變化，唯一的區別是指南針主要點之間的方向性差異，一個反映可能被釋義為西北，西南，東南或東北季風，隨著使用者的社區之緯度不同而不同。但是，在其他語言

中，對這個原始複雜含意關聯到風、雨和方向性等元素的詞彙，這些術語的反映僅保留了其中的單一概念。例子包括希利該濃語 *bagát-nan*「南方」，Tiruray 語 *barat*「雨季」，馬拉加斯語 *avaratra*「北方」，馬來語 *barat*「西方」，薩薩克語 *barat*「暴風雨、產生暴風雨」，Tae'語 *bara?*「大雨、暴雨、暴風」，Ngadha 語 *vara*「風、暴風雨、風雨交加的」，Kamarian 語 *halat*，Numfor 語 *barek*「西方」，斐濟語 *cava*「颶風、暴風雨」，東加語 *afa*「大風或非常嚴重的暴風雨」，以及毛利語 awhaa「大風、暴風雨」來自 * habaRat，Itbayaten 語 *timuy*「雨」，塔加洛語 *timog*「南方」，Timugon Murut 語 *timug*「水」，馬來語 *timur*「東方」，Rennellese 語 *timu*「如風和暴風雨般的毀滅」，以及薩摩亞語 *timu*「下雨」，均是 *timuR 的反映。

5.8.5　語意鏈

南島語言中其他類型的語意變化更符合 Bloomfield 的類型。原始南島語 *Rumaq「房子」> 原始菲律賓語 *Rumaq「鞘套（刀子或彎刀的）」可以視為隱喻，而原始波里尼西亞語的變化 *laŋit「天空」> Mono-Alu 語 *laiti*，Talise 語 *laŋi*，Arosi 語 *raŋi*「雨」，Roria 語 *laŋet*「天空；雲」，Titan 語 *laŋ*「光」（*kole-laŋ*「光的地方」=「天空」）則為轉喻的實例。

文化創新所導致的語意變化是眾所周知的。在所有這些情況下，由於文化實踐的改變，有時相當大地改變了一個符號—指稱關係，在這種文化實踐中，早期和以後的指稱對象緊密相關。這種變化可以描述為語意鏈，因為較早和較晚的指稱對象在文化上並存的

時期內相互關聯。在英語和其他印歐語種中這種類型的改變的示例包括 *pen*「書寫工具」（＜拉丁語 *penna*「羽毛」，由早期使用羽毛筆作為書寫工具而來）和 *clock*「鐘」（＜盎格魯撒克遜語 *clugge*「鈴」，來自中世紀時經由敲響教堂的鐘聲來標記公共時間）。Bloomfield（1933）透過圖 5.2 的模組描述了這種變化的形式：

圖 5.2　由文化轉變所引發的語意變化之模組表徵

階段	1	2	3
	A	A+B	B

在階段 1 中，A 代表原始含義（「羽毛；鈴鐺」）；在階段 2 中，原始含義和第二個含義經由文化實踐緊密聯繫在一起（「羽毛＝書寫工具；鐘聲＝公共計時設備」），在階段 3 中，衍生的含意與其來源分開了（「書寫工具；計時工具」）。在南島語言中也發現了相似類型的語意變化，並且可以作為各種文化實踐隨時間變化的證據。為了說明這一點，原始馬來波里尼西亞語 *liaŋ* 的意思是「洞穴」，但在北砂勞越州的許多社會中，這個詞的反映指的是埋葬地，例如在 Long Anap Kenyah 語 *liaŋ*「墓穴」，Long Wat Kenyah 語 *liaŋ*「墓地、埋葬地」，Baram Kayan 語 *liaŋ*「埋葬地點或墳墓；公墓（現代）」，Kelabit 語 *liaŋ tanəm*「墳墓」，Batu Belah Berawan 語 *ləjaŋ*「以柱子升起的木製房形棺木」Long Teru Berawan 語 *lijəŋ*「單用柱子或立柱墓」。在最極端的情況下，洞穴與以 *liaŋ* 反映命名的墓葬結構之間的物理相似性為零。例如，在砂勞越北部的 Berawan 語，這個詞指的是精心製作的垂直葬室，其中插入了棺材，用於放置先人（上流

階級）的遺骨。這些詞可以被認為是無關的，但是各種線索顯示它們具有共同的起源（Blust 1986/87）。由於 Berawan 語的房與洞穴沒有相似之處，因此可以推斷出，這些沒有在人種學史上進行過墓葬的人曾經這樣做過，因此在第一階段 *liaŋ =「洞穴」，在第二階段 *liaŋ=「洞穴／墓地」，而在第 3 階段 *liaŋ =「墓地」。

5.8.6　迴避

眾所周知，歐洲許多語言都為某些危險動物（尤其是「熊」（「食蜂蜜者」等）制定了迴避詞彙。在南島語言中也發現了一種類似的迴避心理，這種擔心是基於恐懼名字會引來這些東西。從原始南島語 *daRaq「血液」的取代可以看出這一點。最常見的詞彙創新是以「樹汁」或「果汁」等詞來表示「血」，這種變化在不同的詞基上反覆出現。例子包括原始馬來波里尼西亞語 *zuRuq「汁液，肉汁」>塔加洛語 dugóʔ，Maranao 語 rogoʔ，Bolaang Mongondow 語 duguʔ「血」，原始馬來波里尼西亞語 *liteq「樹或植物的汁」> 比拉安語 litaʔ，Tboli 語 litoʔ「血」，原始中部菲律賓語 *tagek「植物，樹木或水果的汁液」> 巴拉灣巴達克語 tagək「血」，原始馬來波里尼西亞語 *pulut「　包果的汁液」> Sebop 語 pulut「血」，以及爪哇語，峇里語 gətih「血」，可能來自 *getaq「樹汁」的詞對（doublet）。菲律賓語言中「血」創新詞字的第二個來源是原始菲律賓語 PPH *laNesa「有魚腥味或鮮血的味道」> Binukid 語 laNesa，Ata 語 laNosa「血」，而第三個是原始馬來波里尼西亞語 *baseq「濕」>北 Kankanaey 語 basa「血」。以上每一種情況都可以合理地假設創新是

一個迴避詞：血液通常是危險的標誌和警報的原因，因而血液的顏色也帶有相似的象徵意義。在婆羅洲，當在叢林中旅行時，「藤蔓」之類的詞在某些語言中可替代「蛇」。儘管不知道這是否會導致一個語言發生永久性語意變化，但心理機制基本上是相同的：避免牽連到危險對象相關的單詞，以免引來它們所暗藏的危險性。在其他一些情況下，有些語言對危險的指稱對象表現出尊重而非迴避，因為在印尼的某些語言中，鱷魚被稱為「祖父」，呈現出恐懼和尊重密不可分的做法。

　　詞彙禁忌可能是詞彙迴避行為最極端或至少是最有系統的形式，這種現象跨越了語意變化和詞彙變化之間的界限。禁忌可能有多種形式，所有這些似乎都是出於對自然或超自然報應的恐懼。Simons（1982）用南島語言提供了南島語言中該現象的有用概述。

　　一種常見的禁忌語乃是禁止使用與具有較高階級或較優越血緣地位的人的名字相似的單詞。無論哪種情況，違反禁忌顯然都被視為對等級制度的侮辱。Simons 提到的例子包括馬拉加斯語及大溪地語。前者禁止使用與現任酋長姓名相似的詞，並且即使在該酋長去世後，Labuk Kadazan 仍會繼續使用該禁令，若使用岳父母的名字將會自動受到腹部超自然腫脹的懲罰（Blust 1981c 中提及的「busung 禁忌」）。而後者與其他南島語言的同源詞密度下降的速度比正常情況還快，由於禁止使用任何與高階酋長姓名相似的詞，通常會導致單詞從該語言中消失。

5.9 詞對現象

成對詞彙（lexical doublets）在諸如英語之類的語言中並不陌生。但是，幾乎所有對此現象的討論都將其歸因於相關語言之間的移借。例如，*shirt*「襯衫」和 *skirt*「裙子」之類的詞對被解釋為是來自同一古語形式的不同發展，第一個是本土語詞彙的變體部分，第二個是在英格蘭東北部被 Scandinavian 佔領期間所獲得的借詞，且音變 *sk->sh-* 已經在英語中發生之後。有時，在不同的歷史時期，借用相同的語言也可能會產生詞對，例如英語的 *wine* 和 *vine*，都是從拉丁語 *vīnum* 借來的，第一個單詞較早借入，第二個單詞較晚借入。在這種情況下，即使借用語言和來源語言無關，也可能會出現詞對現象。

詞對現象在南島語言中非常普遍（Blust 2011a）。一些詞對是剛才所描述較為熟悉的類型，例如在菲律賓南部的 Tiruray 語，原始馬來波里尼西亞語 *Ratas > ratah*「人母乳」，緊接著 *gatas*「在商店購買的牛奶」，後者是借自鄰近且具社會優勢地位的 Danao 語。在南島語言中的相關語言之間因移借而產生的詞對，可能與在英語和其他被深入研究的歐洲語言中一樣普遍。然而更常見的是，一個語言的詞彙中在音韻和語意上相似的詞，而這些詞不能合理地歸因於本土／非本土的區別。舉一個例子來說，Wilkinson（1959: 142）提供馬來語 *biŋah* 和 *biŋar*「一種貝殼：*Voluta diadema*」。沒有證據顯示這兩個單詞中的其中一個是借入標準馬來語的方言形式，並且為了完全消除這種可能性，菲律賓中部的宿霧比薩亞語還顯示了這種形式的詞對（Wolff 1972: 138）：*biŋá*、*biŋá?*、*biŋág*「一種黃螺（螺旋

形）、可用來壓碎可可種子」。儘管這些宿霧語的形式中的第一個不對應於任何一個馬來語單詞，但後兩個形式則與馬來語 *biŋah* 和 *biŋar* 對應，因此說明 *biŋaq，*biŋaR 是原始語詞對。這是兩個原始語詞對同時出現在兩個或多個語言中的罕見情況之一。更普遍的是一種模式是，相距廣遠的語言 A、B 和 C 反映了變體（1），而相距廣遠的語言 D、E 和 F 反映了變體（2），因此需要就該詞素重建詞對，即使所測試的語言沒有被報導具有多個變體。這種模式的兩個著名示例是古原始馬來波里尼西亞語 *ijuŋ/ujuŋ「鼻子」和 *ma-tiduR / ma-tuduR「睡覺」。第一對的反映可見於例如 Agta 語 *iguŋ、馬來語 *hiduŋ、薩摩亞語 *isu，以及相對的 Kalamian Tagbanwa 語、加燕語 *uruŋ、斐濟語 *ucu「鼻子」；第二對的反映可見於例如 Casiguran Dumagat 語 *tidug、馬來語 *tidur、Makura 語 *matir，與相對的 Isneg 語 *ma-túdug、爪哇語 *turu、和 Nguna 語 *maturu「睡覺」。顯然在每種情況下，兩種形式的分佈均等，並且沒有區域偏差：*ijuŋ 和 *ujuŋ「鼻子」的反映見於菲律賓、印尼西部和中太平洋，而 *tiduR 和 *tuduR 也在菲律賓、印尼西部和萬那杜中部發現。

　　解決此問題的一種很「明顯」但顯然不正確的方法，是辯稱只有 *ijuŋ 和 * tiduR 是成立的，而其倒數第二個 u 的形式是偶發元音同化的產物。然而，有許多構擬的雙音節 *CiCuC 形式可以充分驗證到，但卻沒有顯示其 *CuCuC 變體的證據，例如原始馬來波里尼西亞語 *hiRup「啜吸」，原始馬來波里尼西亞語 *ikuR「尾巴」，南島語 *iluR「河道」，原始馬來波里尼西亞語 *qi(m)pun「收集、採集」，*likud「後面」或 *pitu「七」。如果 *ujuŋ「鼻子」和 *ma-tuduR「睡覺」的明顯反映實際上反映了 *ijuŋ 和 *ma-tiduR 帶有偶

發元音同化，那我們必須問為什麼這種不規則變化在不同的語言中反覆針對這些詞素，但卻沒有影響到其他類似情況的詞彙。這並不是要否認有時會發生的偶發同化現象，但是我們自然會期待它是被限制在單一語言或一組來自同一祖先的後代語言中，但是「鼻子」和「睡覺」的詞對卻廣泛地分佈於整個南島語系。

即使我們可以將 *ujuŋ 和 *ma-tuduR 的明顯反映解釋為來自原始馬來波里尼西亞語 *ijuŋ 和 *ma-tiduR 平行元音同化的產物，這也無法為南島語言中的詞對現象提供通用性的解釋，因為有很多其他變體的模式存在著，其中大多數不能解釋為是由於偶發音變或是移借。表 5.31 列出了其中一些例子：

表 5.31　南島語言中詞彙成對現象的模式範例

1.　d/n：*adaduq（北菲律賓，婆羅洲中部）：*anaduq（北菲律賓、婆羅洲北部、印尼東部）「長（物品的）」
2.　-aw/u：*qali-maNaw（蘇門答臘、蘇拉威西、西麥克羅尼西亞、索羅門群島、西波里尼西亞）：*qali-maŋu（菲律賓中部、西美拉尼西亞）「紅樹林蟹」
3.　a/e：*añam（菲律賓南部、婆羅洲、蘇拉威西、印尼東部、新幾內亞、麥克羅尼西亞、斐濟西部）：*añem（菲律賓南部、蘇拉威西、印尼東部）「編辮子，如席墊」
4.　R/w：*banaR（台灣中部和南部、菲律賓北部和中部、馬來半島）：*banaw（台灣南部、馬來半島）「一種有用的植物：*Smilax* 種」
5.　b/l：*baŋaw（台灣東部、菲律賓中部）：*laŋaw（台灣、菲律賓、婆羅洲、馬來半島、蘇拉威西、美拉尼西亞、波里尼西亞）「麗蠅、蒼蠅」
6.　q/t：*beriq（台灣南部、菲律賓南部、婆羅洲中部、蘇拉威西中部，印尼東部）：*berit（菲律賓南部、婆羅洲中部）「爆裂、撕開」
7.　i/u，a/e：*bileR（菲律賓中部和南部、馬來半島、爪哇、蘇拉威西中部）：*bular（例如台灣、菲律賓中部和南部、馬來半島）「白內障」
8.　Ø/ŋ：*bakukuŋ（菲律賓中部、馬來半島）：*bakukuŋ（馬來半島、南蘇拉威西省）「魚：鯛魚」

9. Ø/l：*esuŋ（中菲律賓、南菲律賓、北婆羅洲、中婆羅洲）：*lesuŋ（北台灣、南台灣、北菲律賓、馬來半島、西印尼、西麥克羅尼西亞）
10. b/p，e/a：*betuŋ（台灣南部、菲律賓中部、菲律賓南部、婆羅洲、馬來半島、印尼西部和東部、美拉尼西亞西部）：*patuŋ（菲律賓中部、馬來半島、蘇拉威西）「大竹子：*Dendrocalamus* 種」

即使只從這張表來看，它僅代表構擬的詞對在音素變化範圍內的一小部分，很明顯，這種現象與在英語 *shirt*「襯衫」／*skirt*「裙子」或 *wine*「葡萄酒」／*vine*「葡萄藤」上出現的類型有所不同。在大多數情況下，我們沒有理由假設詞對的增加是來自早期方言的移借，因為詞對之間的音素差異不像是因為方言或語言之間的語音對應，而且其模式的變化太多以至於很難以移借來解釋。為何在南島語言的歷史中是否曾存在如此豐富的可變性，或者為何現在許多語言中也都存在可變性，這很難說的事。應該注意的是，真正的詞對現象不同於具有共同單音節詞根的單詞群（見6.2）。

5.10 詞彙演變

§5.8 中提到的禁忌詞引起了可能影響詞彙變化率的因素問題。詞彙重建的量化層面將在第八章〈構擬〉中進行處理，而本節將完全討論詞彙演變。可能有兩種不同的詞彙變化率測量值得討論：1）特定語言中整個基本詞彙的變化率，如詞彙統計，2）特定詞彙項目在不同語言中的變化率，或詞彙穩定性指標。

5.10.1 詞彙統計

根據十三種語言所存在至少橫跨一千年的書寫紀錄，Lees（1953）得出結論，認為基本詞彙的保存機率是由一個普遍常數所控制的，即所有語言的 90% 會有每千年 80.5% +/- 1.8% 的表達率。換句話說，10% 的世界語言會聚集在非常窄小的範圍內，即每千年 78.7% 至 82.3%。這可以稱為通用常數假設（universal constant hypothesis）或 UCH（Blust 2000a），雖然 Lees 跟 Swadesh 均未使用這個術語。

若考慮到不可避免的選擇偏差，UCH 是一個非常強烈的主張。Lees 的 13 種語言語料庫有 11 種是印歐語言，其中 6 種涉及從 Plautine Latin 語到各種現代 Romance 語言的演變。正如 Guy（1983）所指出的那樣，這 13 個人中，11 個是親戚、4 個是堂表兄弟、2 個是兄弟、大部分是同一年齡層的男性成年人」，並經過各種統計（學）操控後得出結論，「這些身高代表了所有人的個人身高，而不論其年齡、性別或種族。」Guy 的批評是成立的，而且 Lees 能大膽地強調他的主張，有部分必定來自他了解偽造這個的困難。Bergsland and Vogt（1962）認為他們偽造了 UCH，因為冰島語、喬治亞語和亞美尼亞語的保留率都在 82.3% 以上。但是，Hymes（1962）忽略這些例子，認為其是選擇性，因為可以預期所有語言的 10%，其保留率可能會落在預測範圍之外。

即使看出 Lees 所使用的語料庫中樣本偏差的真實性，我們也可以問他有什麼選擇？Hymes（1960: 3）區分兩種測量基本詞彙改變率的案例：『如果這些語言在單一發展線中處於不同階段，則這是一個控制案例（*control case*）。如果這些語言是來自單一祖先不同發展路線的結果，那就是應用案例（*case of application*）。控制案例需要

具有至少千年紀錄的語言，因此嚴重地受限。這樣看來，該理論無可避免地受制於語料庫不足的問題。

Blust（2000a）說明了詞彙保留率的計算不需要完全依賴具有千年文獻記錄的語言。如果比較方法是可以信賴的，則應該可以構擬語言詞典的最基本部分，即其基本詞彙。當針對一個原始語言完成此操作時，可以透過比較構擬形式及其在現代語言中的反映來計算保留百分比。通過假設分開時間的範圍，可以決定這些比率是否密集地集中在平均值周圍，一如 UCH 所預測的。通過假設分開時間的範圍，可以決定這些比率是否如 UCH 所預測的緊密集中在平均值周圍。我們依據這樣的程序做了 230 個語言的資料庫，結果創造了許多 Hymes 定義下的「控制」實例，開啟了比原先想像更大規模的「垂直」詞彙統計（'vertical' lexicostatistics）的可能性。根據此過程的結果，發現南島語言的保留百分比範圍非常廣泛，從 58%（標準馬來語）到僅有 5%（新不列顛島的 Kaulong 語）。無論這些百分比如何轉換成比率，樣本中的語言可以符合 UCH 預測範圍的語言不到 26.5%。此外，在所有主要馬來波里尼西亞語群的平均保留率中，有標記性的變數，如圖 5.3 所示：

圖 5.3　主要馬來波里尼西亞語群的平均保留率

| WMP: 40.5 | CMP: 38.9 | SHWNG 25.6 | OC: 23.6 |

令人印象深刻的是，許多大洋洲語言，尤其是在美拉尼西亞，在詞彙上是「異常的」，這意味著一小部分詞彙顯示出與其他語言同源關係的證據。這引發 Dyen（1965a）為南島語系推論出美拉尼西

亞祖居地，這一結論與歷史語言學的質性證據和過去 40 年來所累積的考古紀錄完全不同。正如最先由 Grace（1966）指出的那樣，大洋洲語言的詞彙多樣性似乎是詞彙替換速度加快的結果，而非長期間分隔在作用。此過程中的一個可能因素是來自與巴布亞語的接觸，因為該特徵也見於摩鹿加北部的南哈馬黑拉-西新幾內亞語言。然而，正如多位學者所指出的（Pawley 2006; Lynch 2009b），在離最近的巴布亞語很遠的美拉尼西亞部分地區，發現了一些相當異常的南島語言（同源密度很低，語音對應的不規則性很高）。

5.10.2　詞彙穩定性指標

　　詞彙統計實驗的第一個發現是，單個測試列表項具有不同的替換概率。這就是為什麼 Swadesh 開發了一個 100 詞變體列表的原因，該列表從 200 詞列表中選擇了不太可能移借或取代的詞彙。在希望將詞彙統計作為改善分群工具的想法下，Dyen,James & Cole（1967）使用最大似然估計（maximum likelihood estimates），計算了一些南島語言詞彙保留率的差異。結果顯示，Swadesh 200 單詞（減少到 196 個單詞）列表中前十個在形式—意義關聯上最穩定的詞彙是 1）五、2）二、3）眼睛、4）我們、5）蝨子、6）父親、7）死亡、8）吃、9）母親、以及 10）四，而前十個在形式—意義關聯上最不穩定的是 187. 思考、188. 一些、189. 那裡、190. 擠壓、191. 平順、192. 跌倒、193. 握住（hold）、194. 說、195. 如何、以及 196. 玩。本研究採用的形式大部分由其作為詞彙統計的用途所決定。然而，有可能以其他可能更普遍感興趣的方式來計算詞彙資料的穩定性指

標。特別的是，它或許能夠證明，決定共同語意領域的詞彙其長時間的穩定性差異是有價值的，且更進一步比較跨地理區域的這些差異。那麼，目標應是要針對既定的語意範疇測量詞彙表徵的穩定性，而非測量詞彙形式的穩定性。

計算語意詞彙表徵的穩定性指標可以有以下的方法：1）令 Y 為樣本中語言的數量，2）令 X 為詞源上不同集合（包括孤立語）的數量，3）然後 X-1 等於隨時間變化的次數，稱為「C」，4）因此（Y-C）/Y =穩定性指標，較低值代表較不穩定的形式，較高值代表較穩定的形式。就 20 種語言中所有詞彙是同源詞的情況下，我們有 20-(1-1)/ 20 = 1.00，或最大穩定性；就 20 種語言中，由 16 個同源詞集合所代表的某一既定意義，我們有 20-(16-1)/ 20 = .25，或 25% 的穩定性指標，以此類推。我們假設列表中的一個詞彙延續了原始形式，無論是否可以根據比較方法來證明。

例如，我們可以使用黑色、白色、紅色、綠色和黃色這五個基本詞彙，將此過程應用於顏色詞。Ferrell（1969）提供了 17 種台灣南島語以及雅美語（屬於台灣政治版圖的一種菲律賓語言）。其中兩種是泰雅語的方言，而第三種是與泰雅語有很緊密親屬關係的賽德克語。除這些以外，其餘的語言彼此之間是完全不同的。Reid（1971）列出了菲律賓 43 種少數語言的比較詞表，代表了群島的所有地區。Tryon & Hackman（1983）提供索羅門群島 63 種語言的比較詞彙，但其中 7 種不是南島語，因此在此不予考慮。最後，Tryon（1976）提供萬那杜 105 種語言的比較詞彙。表 5.32 總結了這四個地理區域的詞彙多樣性：

表 5.32　四個主要地理區域的顏色詞彙的穩定性指標

	台灣	菲律賓	索羅門群島	萬那杜
黑色	15/18=.22	12/43=.74	46/103=.56	61/178=.66
白色	15/18=.22	17/43=.63	39/103=.63	77/179=.58
紅色	17/18=.11	28/43=.37	41/100=.61	27/178=.85
綠色	18/18=.06	21/40=.50	30/95=.69	59/138=.58
黃色	18/18=.06	20/43=.56	45/103=.57	60/175=.66

　　以這種方式計算詞彙穩定性指標是新穎而且還未被測試過的，但某些模式在合理清晰的情況下會脫穎而出。首先，台灣南島語沒有顯示廣泛分布的顏色詞彙同源詞集合：大多數語言都有一個跟其他詞彙沒有可證關係的詞彙（為每個語意所記錄的 18 個詞彙分成至少 15 個，以及最大 18 個同詞源的不同集合，其中大部分為孤立詞）。其次，在台灣以外的所有地區，語言空缺發生在「綠色」一詞，可能是因為這個詞無法被問出來，或是因為它是從非南島語來源移借而來，例如 Atta 語 be:rdi、北 Kankanaey 語 bildi 或 Mamanwa 語 grin。最後，大洋洲語言中顏色詞彙的穩定值顯示很少的變化，而在菲律賓語言中「黑色」一詞非常穩定，而「紅色」一詞則非常不穩定。當前尚無理論可以解釋這些差異，但是這些觀察本身或許可以刺激往這個方向的思考。然而，在那樣做之前，類似的詞彙穩定性測量應該也用在其他語意領域上，例如身體部位詞彙、數詞、代名詞或動植物名稱。

　　Pawley（2011）最近針對海洋魚類名稱進行了此操作，並得出了以下初步結論。首先，二項式傾向高度不穩定，可能是因為競爭

的修飾詞互相排擠，使得間隔很長的一段時間之後只留下少數可以完整比較的成分。第二，其他似乎在提昇穩定性扮演角色的因素（其他似乎可以扮演提昇穩定性角色的因素）是經濟重要性以及危險性。這些因素中的共同成分似乎在心理上具有重要性，也因此可能與使用頻率相關聯，做為食物來源和具有危險性而必須避開的兩種魚類，比那些不能做為蛋白質來源或不需特別警示的魚類容易被常常提起。

5.11 語言古生物學

「語言古生物學」一詞最早是由 Saussure（1959: 224）描述比較語言語料的使用，以推論祖居地及史前文化的內容。如此的推論最終取決於分群，這將在第十章中討論。這裡的重點是使用構擬的詞彙語料來推論文化歷史。在進行之前，我們有必要考慮語意構擬的問題，以及範疇不對應的議題。

5.11.1 範疇不對應性

語意類別可能在語言之間不對應，也因此無法預測一個詞彙的語意也許是一個英語詞彙的翻譯等同詞。早期批判詞彙統計學主要的反對意見即基於與印歐語言的語意範疇缺乏對應性，如 Hoijer（1956）指出，納瓦霍語（Navajo）中的許多基本詞彙很難完全等同來自歐洲語言的詞彙表。南島語言也不例外，因為許多基本詞彙無

法對應英語語意類別的界線。最好的例子是 *hair*「毛髮」這個詞。馬來語是許多南島語言中區分 *rambut*「頭髮」及 *bulu*「體毛」的典型代表。但是，*bulu* 不僅指體毛，因為它還包括除了 *lawi*「尾羽」之外的所有羽毛，以及植物莖上長出的毛（fur）或絲線（fine floss）：

表 **5.33** 英語 ***hair, feathers, floss, fur*** 及馬來語 ***rambut, bulu, lawi*** 的範疇界線

英語	馬來語
hair	rambut, bulu
feathers	bulu, lawi
floss	bulu
fur	bulu
馬來語	英語
rambut	hair
bulu	hair, downy feathers, floss, fur
lawi	tail feathers

　　雖然英語中與 *hair*「毛髮」相關的術語在馬來語有單一等同的翻譯（*floss* = *bulu*、*fur* = *bulu*），但是英語跟馬來語之間，或馬來語跟英語之間，都沒有唯一獨有的對應。馬來語 *rambut* 也被用於自然界物體上的毛狀附屬物，如 *rambutan*「紅毛丹」的名字命名。紅毛丹是一種有毛的葡萄狀水果（在其他語言中稱為 *buluan*，例如 Sundanese 語和 Tae' 語）。此外，大多數南島語言都對「面部毛髮」（「鬍／鬚」）和「灰髮」的含意分別進行了詞素編碼，而一些台灣南島語對「陰毛」也有不同的詞彙（Ferrell 1969: 216）。當在詞彙統計測試列表中顯示時，基本詞彙的第二個項目可能看起來很直截了

當的是「水」，但是原始馬來波里尼西亞語的 *danum 和 *wahiR 的反映均意為「淡水」（或是較不常見的「河流」），而 *tasik 在數百種後代語言中則意為「鹹水」及「海水」。

在某些南島語言中，尤其是在東南亞島嶼，關於切割 cut 和攜帶 carry 的動詞有很大的區別。雖然英語也有類似前者的多樣性，將該動詞區分出 butcher「宰殺」、cut「切、割、剪」、chop「剁」、hack「砍剁」、sever「一分為二」、slash「砍」、slice「切片」、snip「剪」、split「分裂」之類的區別，但仍比不上以下的語言中以受事者為主的區別，如 Long Anap Kenyah 語 l\<əm>əse「劈竹子」vs. m-əpeʔ「劈木頭」、Bario Kelabit 語 Nupa「劈竹子」vs. nəpak「劈木頭；用砍刀殺死動物」、Limbang Bisaya 語 ŋ-utob「切絲線弦」vs. mutul「切（砍）木頭；弄斷」、Murik 語 ŋələŋ「切絲線弦或木頭」vs. nətək「切肉」或是賽考利克泰雅語 h\<m>obiŋ「切肉（如屠宰動物時）」vs. k\<m>ut「割到肉（如活人）」。眾所周知，攜帶動詞在大陸和東南亞島嶼地區都存在差異。用一種語言舉例說明就足夠了。對於 Yakan 語（菲律賓南部的 Sama-Bajaw 語言）而言，Behrens（2002）列出了十九個意為「攜帶」的動詞，（在某些情況下，釋意已被簡化）：1）abet「在布裙中攜帶或握著某些東西」，2）abit「用繩子或鉤子將某物固定或固定在身邊」，3）aŋkut「在多次旅行中帶著」，4）baluŋ「在某人的背上攜帶某物或背著某人」，5）bimbit「將某物懸掛在手上」，6）boʔo「帶回、攜帶（從一個地方到另一個地方），隨身攜帶東西」，7）duwaʔ「搬運車輛或動物的貨物（該貨物通常懸掛在任一側）」，8）komoŋ「像鷹一樣以爪子舉起某物」，9）limbit「舉起重物」，10）lutu「在頭上舉起某物」，11）panaŋkit「在肩膀上舉起某

物（特別是長的東西）」，12）*pippi*「將某物抱在懷裡，尤其是孩子；抱著（如從地上舉起的東西）」，13）*sabley*「穿或在肩膀上扛東西（筆直或斜放在胸上）」，14）*sugelley*「在肩膀上扛東西，或懸在肩膀上」，15）*taŋaʔ*「握住、攜帶或（動物）以嘴巴咬住（自己年幼的貓和狗）」，16）*taŋguŋ*「將東西扛在肩膀上，以一根桿子懸掛兩邊平衡，或在兩個人之間」，17）*teppik*「攜帶東西在手臂下；將孩子抱在前面，然後放在手臂或臀部的一側」，18）*tumpey*「攜帶東西在背上」，19）*usuŋ*「在轎子上使用或攜帶」。就以英語 carry 翻譯的詞彙數量，Yakan 並不是很例外的。例如，Ferrell（1982）列出了 18 個排灣語「攜帶」相關的詞彙，而 Topping, Ogo and Dungca（1975）則列出了 23 個查莫洛語的相關詞彙。由於這些語言所詞彙化的語意範疇只有一小部分重疊到，因此某些語言存在的「攜帶」相關動詞數量可能比此處所報導的動詞還要多。鑑於這些觀察結果，如果在東南亞島嶼地區的一種語言所報導的相關詞彙數量明顯減少，這很可能是詞典編纂者的問題，並非顯示該語言的詞彙相關領域中相對貧乏。

雖然我們可以引用英語和南島語言之間範疇不對應的許多其他範例，但是這些範例無法進一步精確說明已經提出的論點。在討論親屬關係詞彙的歷史和其他一些主題時，其中的一些會理所當然地出現。最後一個例子是有時會被忽略的觀點，不同於類型學特徵在某種程度上受到有限可能性的限制，詞典中的語意範疇似乎具有無限的創造力。儘管英語的科技討論會根據其形式（片狀閃電，雷光閃電等）來區分各種類型的閃電，但菲律賓的某些語言會在完全不同的基礎上區分閃電的類型，例如科羅納達爾比拉安語 *kilət*「白天

的閃電」與 *silo?*「夜晚的閃電」、Botolan Sambal 語 *kímat*「熱閃電（無雷聲閃電）」vs.*kilat*「有雨和雷聲的閃電」，或 Siocon Subanun 語（Reid 1971）*kilat*「閃電」與 *gloti?*「很近距離的雷聲及閃電」。

對範疇不對應的討論自然而然地導致了語意構擬這一主題。雖然在第八章中會將詞彙和語音構擬一起處理，但語意構擬和演變似乎更適合在詞彙這一章討論。

5.11.2　語意構擬

與音韻構擬不同的是，音韻構擬是至少從十九世紀中葉開始就存在著一種完善的方法，而構擬語言形式的意義仍沒有普遍接受的方法。在許多情況下不需要進行構擬，例如原始南島語 *maCa*「眼睛」、*lima*「五」或 *asu*「狗」的反映，在大多數後代語言中含意是相同的。但是，在其他情況下，原始形式的含意可能不太明顯。

Pawley（1985）和 Blust（1987b）討論了如何構擬現代反映具語意交疊的形式之語意。為了從這些研究中的第二個進行說明（先以第二篇的例子做說明），五個原始馬來波里尼西亞詞源（*lepaw、*kamaliR、*balay、*Rumaq、*banua）的反映在馬來波里尼西亞語群的兩個或多個主要分群中具有「房屋」的語意。由於沒有一種語言能反映一個以上的詞彙且有相同意義，因此似乎很清楚，其中大多數必然具有其他意義。

從語意多樣的反映中推斷原始含意時，有三個至關重要的原則。首先是語意範疇是沒有先驗（a priori）的。第二，意義是競爭分配的。第三，同義詞只能作為最後不得已的手段。在此基礎上，*Rumaq 釋意為「房屋、家庭住所」，因為這是其反映的唯一含意，

加上對「巢；蜘蛛網」，或某些語言中「刀鞘」的透明隱喻延伸。此外，有跡象顯示它指的是繼嗣，這是一種在世界其他地區也眾所周知的對社會結構的一種應用。由於 *Rumaq 涵蓋了此語意範圍，因此可以理解其他詞彙可能沒有。*balay 的反映顯示為從菲律賓到波里尼西亞的語言中的「房屋」，而其他反映形式也在多樣的語言中指的是各種公共建築物（村莊會議房屋山藥貯存棚、月經期間和分娩後的婦女房、男士會所、船屋）。在許多情況下，這些都是開放式結構，但並非總是如此。然後，原始馬來波里尼西亞語 *balay 顯然是用來指涉做為公眾使用的建築物，例如在社區會議中。*banua 的反映更加多樣化，包括「土地」，「村莊」，「房屋」，「國家」，甚至「天空、天堂」。顯然，原始馬來波里尼西亞語 *banua 既未指定私人住宅，也未指定公共會議室。它的部分含義包括土地的概念，部分涉及人類居住的概念。兩種語言的釋意特別具有啟發性：Iban 語（砂勞越）mənoa/mənua「由一個獨特的社區擁有和使用的土地面積，尤其是長屋（rumah），包括房屋、農場、花園、果園、墓地、水以及可以在半天的時間到達的所有森林」。只有通過大量的努力和危險，以及通過適當的儀式來確保和保持內部所有成員與所涉及的無形勢力之間的儀式和諧，才能使用和維持這種 menoa，mənoa laŋit「天堂、Petara 和其他神靈的住所」；'Āre'āre 語（索羅門群島東南部）「土地，相對於 asi 海；地區、地點、國家、島嶼；領地、一個人居住的地區、他的財產（例如食物、竹子、樹木、豬、水和墳墓）均被稱為他的 hanua」。Iban 語和'Āre'āre 語的親屬關係很遠，且兩者分布的地區相距數千英里。對於原始馬來波里尼西亞語 *banua 的這些反映所給出的釋意不太可能是趨同的。相反地，它顯示 *banua 的

含意無法對應到英語的任何一種語意範疇。像 home「家」、abode「住所」、place「地方」、district「地區」、country「國家」和 territory「領地」這些詞與 Iban 語的釋意並存，而'Āre'āre 語中 land「土地」、district「地區」、place「地方」、country「國家」、island「島嶼」的釋意展示了一種散彈隨機式槍法，試圖捕獲英語語義範疇中的術語含意。真正的含意來自更具話語性的詞彙，其中提到了土地、居住環境、食物、水和墳墓。因此，原始馬來波里尼西亞語的 *banua 可能用來指定人類社區的生命支持系統、包括在其上建有房屋和種植食物的土地、作為飲用和洗浴的水、以及祖先的墳墓。它的意義在相距甚遠的語言中可以延伸為「天空、天堂」，這進一步說明，在原始馬來波里尼西亞語的使用者的神話中，可能有與人類相匹配的神明存在於天體 *banua。其餘兩個詞的關聯較小。一個（*lepaw）幾乎可以肯定是「糧倉」，而另一個（*kamaliR）則可能是「單身漢會所」。[55]

---

[55] Green & Pawley（1999: 34）拒絕了這個解讀，理由是「僅在美拉尼西亞的南島社會普遍存在專門供男人單獨用作會議和就寢場所以及進行儀式活動的建築物。」實際上，在美拉尼西亞以外的許多講南島語的社會中，至少在台灣的拉阿魯哇族、阿美族、鄒族和卑南族，均有報導稱通稱為「男人會所」作為宿舍和專門用於男性活動的會議室（Ferrell 1969: 36、38; Chen 1988: 271-278），呂宋島北部 Lepanto 島的 Bontok 族和 Kankanaey 族（Keesing 1962: 95），東加里曼丹的 Modang 族（Guerreiro 1998），各種 Land Dayak 族群，在這通常被稱為「頭屋」（Geddes 1961; Lebar 1972: 195），蘇門答臘北部的 Toba Batak 族（Lebar 1972: 20），蘇門答臘以西堰洲群島的 Mentawei 族（Lebar 1972: 42），弗洛雷斯東部的 Ende 族（Lebar 1972: 87），Adonara 島的 Lamaholot 族（Lebar 1972: 92），Tanimbar 群島的 Yamdena 族（Lebar 1972: 112），東卡羅琳群島的 Chuukese 族（Fischer 1970: 101-102）和前西班牙殖民時期的查莫洛族（Thompson 1945: 37; Alkire 1977: 21）。

5.11.3 研究南島文化歷史的語言學方法

　　前面的評論表明，多樣的語意反映不需要給構擬帶來棘手的問題，特別是可以在更大的語意場（semantic field）內處理同源詞集合的情況下。這種擔憂與關於民族文化歷史的許多推論都沒有關係，但在某些重要情況下，這一點又至關重要。Ross, Pawley & Osmond（1998, 2003, 2008, 2011, 2013）證明了詞彙構擬對人類文化歷史的巨大貢獻。在預定有七卷關於原始大洋洲社會的前五卷中，根據比較語言資料的推斷，這些作者已經投入了 2,200 頁以上的篇幅來探索原始大洋洲語言使用者的物質文化和自然環境。接下來的幾卷將討論基本的人類條件和活動、社會組織和語法範疇。當這項工作完成時，它無疑將躋身有史以來以語言學為主的文化史中最複雜也是最詳盡的研究之列。本節的其餘部分簡要說明了文化歷史的語言學方法與 1）東南亞和太平洋考原始學家的關注，以及 2）與社會人類學家所關注的有關社會組織的歷時層面。

5.11.3.1 歷史語言學與考古學

　　語言學和考古學在 20 世紀上半葉幾乎沒有任何接觸，但是自1970 年代以來，這兩個學科的許多學者都開始看到跨學科合作的好處。這點反映在整合性的著作如《世界考古學 World Archaeology》編號 1976 年 6 月的特刊，專門討論「考古學和語言學」主題，極富影響力和爭議的著作《考古學和語言：印歐起源的難題 Archaeology and language: the puzzle of Indo-European origins》（Renfrew 1987），1994 年考古學與語言學研討會的數卷論文集（例如 Blench & Spriggs 1997），由劍橋大學麥當勞考古學研究所主持的兩卷《歷史語言學的

時間深度 *Time depth in historical linguistics*》（Renfrew, McMahon & Trask 2000），以及由兩位太平洋最著名的考古學家所撰寫的《*Hawaiki, Ancestral Polynesia* 哈瓦基，波里尼西亞祖先》（Kirch and Green 2001）一書，其方法上乃根據 POLLEX 的豐富文化。POLLEX 是由 Walsh and Biggs（1966）所開創的原始波里尼西亞語詞典，在過去 40 年中不斷擴展及改善。並非所有的考古學家都抱有這種遠見，有些人也反應出對領域的防禦性。儘管如此，似乎可以公平地說，歷史語言學家和考古學家之間已經建立了一種工作關係，這種工作關係很可能會持續到未來，並使這兩個學科受益。

陶器

　　基於明顯的原因，陶器是新石器時代考古學的支柱之一：它通常很豐富，並且在土壤條件變化很大的情況下也很耐久。我們可以根據從台灣東部到斐濟所分布的同源詞來重建原始南島語 *kuden「粘土炊具」。同源詞分布的樣本包括豐濱（貓公）阿美語[1] *kuren*、Hanunóo 語 *kurún*、Maranao 語 *kodən*、Kelabit 語 *kudən*、Toba Batak 語 *hudon*、Kuruti 語 *kur*、Likum 語 *kuh*、Lindrou 語 *kun*、Nauna 語 *kul*、Motu 語 *uro*、斐濟語 *kuro* 和東加語 *kulo*（東加語本土詞丟失，然後再借自斐濟語），通常都指陶土煮鍋。考古紀錄顯示，陶器具有獨特的裝飾風格，在西太平洋 3400-3500 BP 左右突然出現了一系列文化關聯（Kirch 2000: 91）。儘管語言證據所能說的細節無法超出將 *kuden 這個關聯到構擬的語意「粘土炊具」，「拉皮塔 Lapita 器皿」幾乎可以肯定是陶器製造傳統的延續。然而，與陶器製造和使用有關的各種術語已經用來構擬原始大洋洲語，提供了比我們所知的早

期南島時代更加完整的陶瓷文化樣貌（Ross 1996d）。

干欄式建築

在提到原始南島社會時，Blust（1976b: 36）提出「居住空間顯然是藉由柱子所支撐起來的。」這一推論的基礎是一個反映原始南島語 *SadiRi「房屋柱子」的同源詞集合，例如南勢阿美語（Nataoran Amis）*salili*「房屋柱子」，伊洛卡諾語 *adigi*、塔加洛語 *haligi*「柱子，支柱」，Tiruray 語 *liləy*「房屋建築的主要樑柱」，Uma Juman Kayan 語 *jihiʔ*，Mukah Melanau 語 *dii*，Ma'anyan 語 *ari*，馬拉加斯語 *andry*，Mentawai 語 *arigi*，Manggarai 語 *siri*，Atoni 語 *ni*，Leti 語 *riri*，Yamdena 語 *diri*，Asilulu 語 *lili*，Numfor 語 *rir*，Manam 語 *ariri*，Numbami 語 *alili*，Lau 語 *lili*「房屋柱子」。不論何處，只要有關房屋類型的材料足夠，*SadiRi 的反映指主要的房屋樑柱，通常支撐整個結構，離地面二米或以上。在太平洋等知名度較高的地區，例如波里尼西亞，房屋直接建在地面上，因此對於以波里尼西亞為重點的太平洋考古學家來說，幾乎無法找到證據證明與拉皮塔相關的早期住宅是干欄式的。儘管如此，Kirch（1997: 第 171 頁起）能夠提供這一語言學的考古證據，經由在 1985 年對新愛爾蘭北部 Mussau 島上 Talepakemalai 浸過水的房屋進行挖掘時的發現，這一發現可追溯到距今大約 3500 年前，因此接近拉皮塔人定居西太平洋的時間。關於原始南島語族使用干欄式建築的推論，以及早期南島語族擴展到太平洋時仍繼續使用這種房屋類型的推論，暗示梯子曾用於進入房屋。原始馬來波里尼西亞語 *haRezan「帶缺口的木梯」的反映分布在呂宋島北部至哈馬黑拉南部，它們與從地面垂直進入

的干欄式建築相關。在台灣和大洋洲語言中，該術語的反映是未知的。在台灣，這是因為干欄式建築不常見。而另一方面，在太平洋地區，可能是因為干欄式建築通常建在潟湖淺水區，並通過逐漸傾斜的木板走道進入，從而將它們連接到海灘露台（參見 Kirch 1997: 174 有關 Muschau 的例子）。這與原始大洋洲語 *tete「梯子、橋樑」一致，該術語只能以「竹懸索橋」的含意來構擬原始馬來波里尼西亞語 * taytay，這表明在原始大洋洲語中，較早的含意延伸到搖晃的板型走道，以用來進入干欄式建築，因為這些梯子或橋與傳統的懸索橋在總體結構上具有相似性。

弓

語言學證據使我們能夠將陶器和干欄式建築歸因於原始南島語的使用者，並推斷出這些文化屬性是南島語族從東南亞島嶼擴展時帶入太平洋的一部分。在這兩種情況下，都可以進行考古證實（過去數十年來關注陶器，最近則關注干欄式建築）。對於物質文化的某些其他特徵，語言證據繼續獨立存在，但考古證實的可能性很小。這些情況清楚地表明，有必要將語言證據與考古證據結合起來，以「充實」史前社區的生活狀況，因為容易腐化的事物很少被保存在考古現場中，而且被保存下來的也傾向於特定的類型（大型或固定的物體，例如沙灘獨木舟或干欄式建築的立柱）。

除了實行農業和收集野生植物之外，原始南島語的使用者也打獵野獸，也許使用弓箭作戰。在此復合體（complex）中，有兩個術語特別重要：*busu「弓」和 *panaq「飛行箭頭」。其中第一個反映可見於台灣北部到萬那杜，如汶水泰雅語 buh<in>ug、布農語 busul、

邵語 *futulh*、Casiguran Dumagat 語、塔加洛語 *busóg*、馬來語 *busor*、Yamdena 語 *busir*、Asilulu 語 *ha-husul*、Paulohi 語 *husule*、布力語 *pusi*、Mota 語 *us*、Baetora 語 *vusu*、Wailengi 語 *fuhu*、Tasmate 語 *wusu*、Neve'ei 語 *ne-vis*、Makura 語 *na-vih*「弓箭」。在東南亞地區，這種形式的反映通常可以釋意為「狩獵弓」，但在太平洋地區幾乎沒有狩獵的餘地，弓要麼變成了戰爭工具（如在萬那杜），要麼就萎縮變成了玩具（如波里尼西亞）。比較中最重要的是，它提供了明確的證據，即太平洋考古學家所熟知的「拉皮塔人」使用舷外浮架獨木舟航行到西太平洋時，他們武裝著弓箭來定居新土地，在位於至少四萬年前巴布亞人的祖先所發現的領土邊緣。

原始南島語 *busuR 的構擬及其反映的研究提供了另一個有用的推論。在茂密的叢林中使用弓箭狩獵是不切實際的，那裡茂密的植被增加了箭在飛行中偏轉的風險。因此，儘管狩獵野豬和水鹿是 Dayak 傳統文化的重要部分，但婆羅洲大部分地區的弓箭卻消失了。在這裡，在蘇拉威西島的部分地區以及其他一些地區，弓被吹管取代，因為較小的飛鏢可以更容易地對準厚樹葉中的目標，而不會出現偏斜的風險。*sumpit「吹管」的反映不見於台灣，但從菲律賓中部分布到印尼西部和小異它的一部分。總的來說，這與熱帶環境的日趨密切相關，並且表明當南島語族移入叢林密佈的地區時，可能已經發明了吹管作為弓的補充品。

*bubu 捕魚陷阱

傳統南島語的社會使用各種各樣的方法狩獵和捕魚。除了弓箭、吹管和線鉤釣魚外，許多不同類型的陷阱也用於尋找蛋白質食

物。其中一種最為廣泛和普遍使用的是一個圓錐形的柳條編織網籠，長約一米，上面有匯聚的竹夾板，可以被要進去吃誘餌的魚壓開，但不能從內部壓開。這種陷阱的形式非常相似，在許多使用南島語的世界中都可以找到。由於在世界其他地區也發現了非常相似的陷阱，因此僅考慮分配證據也不能排除獨立發明的可能性。語言證據在此就發揮至關重要的作用，因為幾乎所有使用這種陷阱的南島語族都經由原始南島語 *bubu 的反映來稱呼它：噶瑪蘭語 *bubu*、阿美語 *fofo*、塔加洛語 *búbo*、Kelabit 語 *bubuh*、Bintulu 語 *buvəw*、馬拉加斯語 *vovo*、馬來語 *bubu*、爪哇語 *wuwu*、望加錫語 *buwu*、帛琉語 *bub*、Hawu 語 *wuwu*、Roti 語 *bufu*、Yamdena 語 *bubu*、Asilulu 語 *huhu*、Lou 語 *pup*、Raluana 語 *vup*、Manam 語 *u*、Arosi 語 *huhu*、Pohnpeian 語 *uu*、Chuukese 語 *wuu*、斐濟語 *vuvu*。

　　鑑於這種同源詞分佈，毫無疑問，原始南島語的使用者製造並使用了這種類型的陷阱，並且他們的一些後代將其帶往太平洋，遠到波里尼西亞（儘管令人驚訝的是，鑑於它在南島世界其他地區的穩定性，它似乎在波里尼西亞呈現許多詞彙創新）。像弓的例子一樣，在早期定居的背景下不太可能找到 *bubu 捕魚陷阱的直接考古證據，但是鑑於語言學證據，這樣的紀錄雖然受到歡迎，但顯然是多餘的。

竹製鼻笛

　　在某些情況下，一種史前物質文化的語言證據雖是微不足道的，但卻不可否認。傳統竹製鼻笛的詞在形式上有些變化，但顯然指出原始南島語的使用者使用這種樂器，並且至少將其運到太平洋

直至斐濟。這可見於噶瑪蘭語 *tulani*、伊洛卡諾語 *tuláli*、Toba Batak 語 *tulila*、Bare'e 語 *tuyali*、Tae'語 *tulali*、斐濟語 *dulali*。如果在 Toba Batak 語 *tulila* 中假定發生了元音換位，則噶瑪蘭語的單詞顯示原始南島語構擬形式為 *tulani 或 *tulaNi，而所有其他形式顯示原始馬來波里尼西亞語為 *tulali（不規則 *n / N> *l）。一些詞典僅將此釋意為「笛子」。在可以獲得較多信息的地方，它似乎為「鼻笛」，而在可獲得最大信息的地方，它顯然是「竹製鼻笛」。斐濟語 *dulali* 是任何大洋洲語言中唯一已知的反映，但它提供了確鑿的證據，證明在太平洋定居地留下了明顯陶器碎片遺蹟的「拉皮塔人」也演奏過竹製鼻笛。

5.11.3.2　歷史語言學及社會人類學

　　儘管近幾十年來歷史語言學與考古學之間的關係不斷發展（至少在考古學界的某些部分），但歷史語言學與社會人類學之間的關係卻比較遙遠。19 世紀人類學具有以下三個顯注特徵：1）是比較性的；2）它經常包含關於單線進化的隱含假設；3）它依賴於非專業觀察者所收集的二手資料。從 1920 年代 Malinowski 的工作開始，由訓練有素的專業人員所進行的實地考察取代了二手資料。大約同一時間，十九世紀大多數以歐洲為中心來思考社會進化的研究工作成為了學界尷尬的源頭，導致社會思想中對進化論概念的普遍拒絕，直到數十年後才用更複雜的工具重新審視這一問題。這仍然為進行有意義的比較工作留下了可能性。然而，由於在民族誌資料基礎上重建社會與文化歷史的各種嘗試，沒有普遍接受的方法（例如 Rivers 1914），導致 A.R. Radcliffe-Brown 及其後的社會人類學家放

棄了「猜想歷史」。儘管一些社會和文化人類學家對歷史保持了興趣，但普遍的看法是，只有在有文獻證據的情況下，才有可能有可靠的結果。在人類學中缺乏普遍接受的比較方法情況下，推論史就變成了「猜想史」或「偽史」。由於這種根深蒂固的態度，很少有社會和文化人類學家接受過歷史語言學的訓練，或準備去了解歷史推論如何與語言資料一起研究。而且，當他們嘗試使用歷史推斷來處理比較語料時，類型和基因比較普遍存在混淆，導致得出的推斷存在錯誤。Dyen & Aberle（1974）體認到了這個問題，他們試圖將歷史語言學方法與社會人類學方法結合起來，以避免用類型學比較代替基因比較。然而不幸的是，這本書又因未能將詞彙構擬與語意構擬區分開而受到困擾（Blust 1987b）。

正如 Pawley（1982: 39）所指出的那樣，「跨文化的類型相似性至少可以接受三種不同的歷史解釋：平行演化（融合發展）、移借和共同起源……社會制度之間的結構相似性，除非得到同源詞術語的支持，否則無法被證明是同源的。」這種方法論點是基本的，但迄今為止，很少有社會或文化人類學家對涉及有效推論史前社會之社會組織的議題有所了解（見 Marshall 1984，以及相關的討論）。一個明顯的例外是社會人類學家 Per Hage，他在許多早期南島社會組織的深入研究中結合了親屬關係理論和歷史語言學，包括 Hage & Harary（1996）、Hage（1998）、Hage（1999）以及 Hage and Marck（2003）。這裡提供一些在文獻中引起爭議的樣本議題。

世襲等級

就純粹分布的觀點，可以為南島語系社會的世襲等級提供很有

力的理由。據報導，台灣的排灣族和魯凱族、印尼各個地區、大部分的麥克羅尼西亞和波里尼西亞社會，以及美拉尼西亞的零星地區，從新幾內亞東南部的 Mekeo 島到新喀裡多尼亞、忠誠島和斐濟，通常以族譜資歷為基礎來進行世襲頭目。此外，三階級制度（貴族、平民、奴隸）在許多婆羅洲社會、Nias、帝汶和印尼東部其他地區的許多社會以及傳統的查莫洛人中都很普遍。然而，如果沒有同源詞術語，聲音和意義的武斷關聯幾乎總是排除融合作為對相似性的可能解釋，那麼這種相似性可能歸因於缺乏世襲身份區別的祖先社會的平行發展。迄今為止，幾乎沒有語言資料可以在原始南島語或原始馬來波里尼西亞語的層次上幫忙解決這個議題。然而，Pawley（1982）提出了證據，證明了原始波里尼西亞語 *qariki「世襲貴族」繼續區分原始大洋洲語 *qa-lapa「酋長」（「大人物」）與 *qa-riki「酋長的長子」（「小人物」）。Lichtenberk（1986）質疑了這一論點的某些層面，但與諸如 *mʷala「平民」（太平洋涇濱語 rubbish man「垃圾人」）之類的其他構擬一起看的話，很難避免得出這樣的結論，即代表大洋洲早期語言歷史的幾個術語是指世襲等級的區別。但是，除非發現相關的語言比較方法，否則無法及時回溯南島語族社會對世襲身份區別的重建。

後代與婚姻

在共時上，對親屬關係的分析是民族誌學家或民族學家的工作範圍，而不是語言學家的工作範圍。實際上，親屬關係系統的結構分析與術語的語言內容無關，後者可以由純抽象標記（例如字母）表示（在教學文本中通常由親屬類別縮寫表示，例如 M =母親、MB

=母親的兄弟、F＝父親、FZ＝父親的妹妹、或 MBD＝母親的兄弟的女兒）。在共時分析中真正重要的是，不同的族譜關係如何在共同的語言標籤下合併在一起。標籤本身的音素組成在結果中根本不起作用。然而，從歷時上看，事情則完全不同。親屬關係術語的共時性分析僅與結構有關，而歷時性分析則主要與內容有關，這是因為構擬的術語構成了有效推斷演變的唯一基礎。如前所述，這種重要的區別引起文化人類學家之間無止境的混淆，他們經常認為，有可能將對親屬制度演變的歷史推論建構在結構的直接比較上，而無需參考標記它們的語言標籤。[56]因此，在共時上，語言學家通常沒什麼可說的：對經驗證的術語系統進行分析是民族誌學家的工作領域。然而，從歷時上來看，情況發生了逆轉，因為在語言上相關的族群之間親屬術語的比較，以及使用它們來獲得歷史推論的過程，主要取決於使用語言學的比較方法。事實證明，親屬術語的一個特定子集合對南島語族社會中的社會組織歷史具有深遠的影響。

原始馬來波里尼西亞語有四個兄弟姊妹術語：1）*kaka「同性年長手足」、2）*huaji「同性年幼手足」、3）*ñaRa「女性的兄弟」、4）*betaw「男性的姊妹」（Blust 1993d）。這些術語的平行／交叉區別很重要，因為它在大數據樣本中與以祖先為基礎的後代群體，特別是與母系後代相關（Murdock 1968）。如果有足夠的統計控制來建立這些關聯，那麼，原始馬來波里尼西亞語手足詞彙的相對性別參

---

56 相距三十多年的這種混淆的經典例子可見於 Murdock（1949: 第 323 頁起，以及 Marshall 1984），其中關於親屬關係系統演變的歷史推論乃是基於與結構類型有關的「最少移動」方法，沒有參考任何術語本身之間的同源詞關係。

數的構擬，使得原始馬來波里尼西亞語社會很有可能是以祖先為基準的後裔群體，而非雙邊血統或其他可能的類型組織的後代原則。這是一個比較明顯的例子，說明語言學的比較方法如何與社會人類學的概括相互作用，以產生不直接來自語言資料的歷史推論。

　　儘管必須為原始馬來波里尼西亞語重建這四個兄弟姊妹術語，但它們在相距廣遠的語言中已被字面翻譯為「男性／女性」或「男性／女性兒童」的術語所取代。分群考量和形式細節清楚地表明，這些次級術語是許多歷史上獨立創新的結果，實際上是一種「漂移擴散」（drift）。從語言學的角度來看，交錯手足（cross-siblings）的替代漂移擴散（如其名稱）是神秘的，因為它們暗示了先驗的是，有替代的方法可以指定交錯手足替代，而不是平行手足（parallel siblings）。而且，這些次要術語在描述上是不透明的，如表 5.34 所示；Z（男性使用的）=姊姊、B（女性使用的）=兄弟、F =女性，M =男性，C =兒童，x =交錯手足：

表5.34　南島語言的交錯手足替代漂移擴散

原始馬來波里尼西亞語	B（女性使用的） *ñaRa	Z（男性使用的） *betaw	字面意義 無
(A)			
Bontok 語	ka-lalaki-an	ka-babai-an	M/F
Maranao 語	laki	bəbay	M/F
Tiruray 語	lagəy	libun	M/F
中原始馬來語	moanay	kəlaway	M/F
Sangir 語	mahuane	bawine	M/F
Mongondow 語	lolaki	bobai	M/F

原始馬來波里尼西亞語	B（女性使用的） *ñaRa	Z（男性使用的） *betaw	字面意義 無
Sika 語	nara	wine	無/F
Solorese 語	naa	bine	無/F
Bileki 語	hata male	hata vile	xM/xF
Erromangan 語	man	veven	M/F
Chuukese 語	mʷääni	feefiney	M/F
(B)			
馬拉加斯語	ana dahy	ana bavy	CM/CF
Tae' 語	anak muane	anak dara	CM/CF[57]
Kambera 語	ana mini	ana wini	CM/CF

　　尚不清楚為什麼 *ñaRa 和 *betaw 會被字面意思是「男／女」或「男孩子／女孩子」的詞重複替換。首先，平行手足術語沒有類似的東西。其次，儘管兄弟是男性，姊妹是女性，但這似乎與變化無關，因為術語本身並不是指絕對性別，而是指相對性別。同樣地，從跨文化的角度來看，手足之間用字面含義為「男／女」或「男人／女人」來相互稱呼是非常不尋常的，這兩個詞在配偶之間比在異性手足之間更常用。第三，將 B 部分的字面意思翻譯為「男童」或「女童」是含糊的。語言分析不足以使這套普遍的創新有意義，儘管有一點值得提及。原始南島語 *aNak 的反映通常不僅意味著「孩子」，還意味著「更大整體的較小部分」或「團體成員」，例如馬來語 *anak buah*「追隨者；部族；氏族」，Toba Batak 語 *anak bua*「臣

---

57 Tae'語 *anak dara* 的字面意義是「孩子+在室的」

民；農奴」，Simalur 語 *anaʔ banwo*「（領地的）臣民；農奴；當地原住民」，原始爪哇語 *anak wanwa*「屬於 wanwa 社區的人」，望加錫語 *anaʔ bua-na paʔrasaŋaŋa*「某個地區的居民」，Ngadha 語 *ana nua*「村民」或 Erai 語 *ana hira*「孩子，經常使用的意思是：村民、村莊人口」。

在此沒有必要詳細討論，但是正如 Blust（1993d）所述，理解交錯手足替代漂移擴散的關鍵來自蘇門答臘北部和印尼東部一些文化保守社會的婚姻形式。政治聯盟制是以不對稱的交換為基礎，因此，後裔群體 A 為 B 提供妻子，B 為 C 提供妻子，C 為 A 提供妻子。在這種系統中，供妻者是象徵性地「男性」（優越），而收妻者是「女性」（卑微），這樣的分別反映在供妻和收妻的團體（字面上是「男／女」或「男孩子／女孩子」）的術語中。鑑於這樣的術語，可以理解「供妻者」和「收妻者」等術語取代了歷史上次級的交錯手足詞彙，其中兄弟—姊妹關係是從孩子的婚姻期望的立場來看的。因此，交錯手足替代漂移擴散具有雙重理論意義。一方面，他們提供了語言證據，證明原始馬來波里尼西亞社會實行了不對稱交換，並且該系統在蘇門答臘北部和印尼東部以外的許多地區一直存在，直到對歷史上次要的手足術語進行了創新之後。另一方面，它們提供了語言漂移擴散的第一個有據可查的案例，該案例並非由語言結構的特徵來驅動，而是由社會組織的特徵來驅動。

----

① 表格中卑南語的大寫 T 應為清捲舌塞音 [ʈ]；puruH 的大寫 H 為喉塞音 [ʔ] 或是濁喉擦音 [ɦ]（視方言而定）。然而現今「十」書寫為 *pulu*。
② 排灣語的屬人數詞前綴也有 *ma-* 或 *maʈʂə-* 的形式。
① 阿美族人稱豐濱村為 Vakon（貓公）。

第6章

構詞

6.0　簡介

構詞與句法在許多南島語言難以區別，因為有關參與者角色、時態－動貌等的訊息都由動詞詞綴標記，特別是在已發展出複雜之動詞與名詞系統的「菲律賓類型」語言，這種狀況更是明顯。然而，即便是在這些語言，許多加綴的程序（包含重疊），其作用僅在形成詞彙，因此無須指涉到其所出現的句法情境即可處理。此外，許多東南亞島嶼的南島語呈現豐富的次詞素（submorphemic）音－意關連性，為聯覺音位的一般文獻添增了重要的貢獻，或許在詞素如何辨識與分類的情境下討論為最佳。最後一點是，許多南島語言包含了一般語言學理論論述範圍之外的僵化或半僵化詞綴，引發有關語言內部關係以及文化預設之議題。有鑒於此，將南島語言的構詞獨立出來討論是站得住腳的。本章包含以下幾個主題：1）構詞類型、2）次詞素、3）成詞的重要詞綴、4）環綴、5）元音交替（ablout）、6）超音段構詞、7）零形構詞、8）刪減構詞（subtractive morphology）、9）重疊、10）三疊、11）複合、12）構詞變化。

6.1　構詞類型

在考慮特定詞綴與其間的關連性之前，有必要先介紹一下南島語言整體的構詞特質。由於這些討論觸及南島語領域外學者所熟悉的一般語言學議題，因此在此僅需簡要的介紹即可。就傳統的黏著相對於融合以及孤立、合成、多重合成對立之構詞系統，多數南島

語言可以藉由黏著－合成來描述其構詞特質。換言之，南島語有豐富的詞綴（特別是菲律賓類型的語言以及婆羅洲、蘇拉威西的非菲律賓類型語言），同時構詞界線通常是清楚的。這可由表 6.1 中台灣的邵語、北菲律賓的伊洛卡諾語、沙巴的卡達山、蘇拉威西西南的望加錫語得見一斑：

表 **6.1**　四個語言的黏著－合成構詞

詞基	加綴形式
邵語（Blust 2003a）	
danshir「稻草人」	pia-danshir-i「堆稻草人（命令）」 p<in>u-danshir-an「受稻草人保護」
kan「吃」	kilh-a-kan-in「找吃的」 p<in>a-ka-kan-ak「我用（它）餵～」
lhufu「擁抱」	m<in>apa-lhufu「互相擁抱」 pash-lhufu-an「窩著或孵蛋之處」
parbu「烘烤」	p<in>arbu-rbu-an「烘烤之處」 parbu-n「被烤」
qtu「驚訝：措手不及」	k<in>ilh-qtu-ak「（經尋找）我無意中發現」 q<m><iN>-qtu「偶然發現（碰巧撞見）」
註解：pia- =靜態動詞使動；-i = 命令；pu-X-an = 環綴，一般表示「穿著 X」；-in-/-iN- = 完成；kilh-=「找」；a- = ?；-in/-n = 受事語態；pa-「動作動詞使動」；完全重疊 = 反覆；-ak = 第一人稱單數；mapa- = 相互；（pash-）X-an =「執行 X 之處所」；後綴重疊 = 反覆；-m- = 主事語態	
詞基	加綴形式
伊洛卡諾語（Robino 2000）	
báyad「付錢」	maka-bayád-en「能被支付的」 ba-bayád-en「餘債」
bayág「晚稻」	i-bay-bayág「延遲；耽擱」 maka-pag-bayág「可以久留」

詞基	加綴形式
liwá「娛樂」	liw-liwa-én「安慰;振奮」 pag-pal-pa-liwa-án「安慰;慰藉;娛樂」
saludsód「問題」	m\<ann\>aki-saludsód-da「他們老是問問題」 pag-saludsúd-an「問人」
túrog「睡」	ma-turóg-an「值勤時睡著」 m\<in\>aka-pa-túrog「使人睡覺之物」

註解:maka- = 不及物潛能;-en = 受事語態;CV 重疊 = ?;i- = 客體;CVC-重疊 = 持續;pag- = 工具;-an = 名物化;maki- = 社會前綴;-ann- = 動名詞(方式);-da = 第三人稱複數;-an = 方向;ma- + -an = 非自主動作;-in- = 完成;pa- = 使動

詞基	加綴形式
	卡達山(卡達山都孫文化協會 1995)
giot「弄緊;繫緊」	k\<in\>o-giat-an「綁緊」 p\<in\>oki-giat-an「被要求將某物弄緊」
otuŋ「落於～上」	ko-po-otuŋ-an「使～落於～上」 mod-tig-ko-otuŋ「差點落於～上」
patay「結束」	ka-pa-mataz-an「殺的動作」 mod-tig-ka-patay「死亡瞬間」
tukod「支持」	k\<in\>o-tuu-tukod「支持的理由」 p\<in\>o-po-tukod「被允許或致使支持」
vanit「毒」	ko-vonit-an「下毒」 m\<in\>a-manit「被下毒」

註解:ko/ka- = 名物化;-in- = 完成;-an = 指示語態;處所;poki- = 要求;po/pa- = 使動;mod- = 被影響;tig- = 立即;ko- = 不確定;ka/ko-X-an「做～動作」;CVV 重疊 = 反覆

詞基	加綴形式
	望加錫語(Cense 1979)
kanre「吃;食物」	aŋ-ŋanre「吃」 paŋ-ŋanre-aŋ「吃的處所」
mate「死」	an-tu-mate-aŋ-i「負責埋葬某人」 na-ka-mate-aŋ-i「會因～而死」,

詞基	加綴形式
moroŋ「坐」	na-passi-moroŋ-aŋ「坐一起（儀式，如新郎新娘）」 pa-si-moroŋ「讓新娘跟新郎一起坐下（請他們坐）」
pinawaŋ「跟隨」	na-na-pa-pinawan-toŋ「他帶著～一起」 pam-minawaŋŋ-aŋ-ku「因我而跟隨」
tawa「分」	at-tawa-əŋ-i「一半這，一半那」 pat-tawa-tawa-əŋ「一部份」
註解：aŋ/an- = 動作動詞 ；(paŋ-)X-aŋ = X 之處所；tu- = 某人；-i =第三人稱 複數；na- = 未來；passi- = 相互？；pa- = 使動；si- = 相互；na- = 第 三人稱複數；na- = ？；-toŋ = 也；此外；paŋ-X-aŋ = ？；-ku 第一人稱 單數；at- = ？；-əŋ = 被動名物化；-i = 加強詞？；pat-X-əŋ = 名物化； 完全重疊 = 分佈	

　　以上的例子不僅讓我們對馬拉加斯語、巴拉灣、帕勞語、查莫洛語、以及台灣、菲律賓、西印尼許多語言加綴之複雜程度有些概念，同時也提出許多問題，儘管加綴用得很多，詞素界線一般清楚，並以連字號隔開，三角括弧則用來隔開中綴，否則詞基的不連貫部分看起來將會像是屬於不同的詞素，但這單純是視覺上的呈現，並非認知或分析上的模糊。然而，正如許多類型學的範疇一樣，「純正」的類型難尋，有些情況詞素的界線難定。卡達山都孫語的 *ka-pa-mataz-an*「殺的動作」（詞基：*patay*）呈現詞尾 *-y* 與元音間 *-z-* 規律的音韻轉換，[①] 然而這並未影響詞界的識別。但是，當音韻轉換涉及的不是一對一的音位對應時，詞素界線就可能模糊掉了。這種現象常見於馬拉加斯語的被動後綴 *-ina*，如 *lefitra*「耐性、耐心」：*man-defitra*「忍耐」，但，*lefer-ina*「被忍受、承受」；又如 *zaitra*「針線活、縫紉」：*man-jaitra*「縫」，但 *zair-ina*「被縫、補」；*iraka*「信差」：*man-iraka*「送信」，可是 *irah-ina*「被當信使」；或 *tafika*「侵

略、掠奪（名詞）」：*ma-nafika*「侵略、掠奪（動詞）」，但 *tafih-ina*「被侵略、被攻擊」。我們可以在這些例子中看到跟都孫語一樣的輔音轉換（*tr* 為單一音位），還有，-*a* 結尾未加後綴的詞基加 -*ina* 前通常會刪略詞尾的元音。歷史上，這種轉換是馬拉加斯語前身（pre-Malagasy）詞尾輔音後加 -*a* 的反映，當 -*a* 為詞基之一部分，就不會出現這種轉換，如 *buka > *voha*「開」：*ma-moha*「開」：*voha-ina*「被打開」，或 *panas > *fana*「熱（名詞）」：*ma-mana*「加熱、加溫」：*a-fana-ina*「被加溫」。就共時層面而言，這些轉換反映融合語言（如羅曼斯語）特有的問題：為了分離出詞基或形式固定式不變的詞綴而強加詞界，因而遺留下在該語言不單獨出現的構詞殘餘。主要的區別在於羅曼斯類型的融合語言單一音位可能是混成（portmanteau）詞素，而在馬拉加斯語中，與 -*ina* 共同出現的詞幹並未對應到前綴所加的詞幹。若將歷史上的支持元音（supporting vowel）-*a* 視為共時音韻的一部份，這個問題就不存在，然而，在音韻表徵相當抽象的前提之下，這個方案或許可以用來去除多數語言的融合構詞。

馬拉加斯語相較於多數的南島語言，更具融合語言特質，但還說不上是絕無僅有。海軍部群島（Admiralty Islands）許多語言的領屬名詞構詞呈現融合的特質，或者在附加後綴的名詞上呈現實質的語音變異，如那利語（Nali）的 *moro*「我的眼睛」：*mara-m*「你的眼睛」：*mara-n*「他的眼睛」，或雷非語的 *moto-k*「我的眼睛」：*muto-ŋ*「你的眼睛」：*mwato-ŋ*「他的眼睛」。其他語言在決定構詞界線上則呈現了全面性的困難，例如在帕勞語，調和了諸如 *ʔəsimáll*「要被轉、扭、擰」和 *məŋəsóim*「轉、扭、擰」或 *ʔiltutíi*「有戴頭飾」和 *məŋətíut*「戴頭飾」這樣的動詞形式是稀鬆平常的。帛琉語的前身

顯然有非常豐富的構詞，這個語言經歷了很多輔音轉移以及重音驅動的元音縮減或刪略。結果導致，儘管有不少理論上成熟的句法研究，但這個語言還是缺乏構詞上適切的描述，McManus & Josephs（1977）的大部頭詞典列了數百個加綴的形式為詞條，顯然就是因為作者無法確定詞基的形式。就 Whaley（1997: 133）所稱的「融合指標」（index of fusion）而言，儘管經過激烈複雜音變的個別語言可能展現更多的融合特質，南島語的傾向是座落於連貫體的黏著類型端。

　　南島語最廣泛的詞界問題落在一些以鼻音結尾的前綴，如第四章所見，多數菲律賓和西印尼語、馬拉加斯語、帛琉語與查莫洛語加前綴 *maŋ- 和 *paŋ- 的反映時，會呈現同部位鼻音取代，如：馬來語的 *pukul* : *mə-mukul*「打」、*tanam* : *mə-manam*「種植」、*satu*「一」: *mə-ñatu-kan*「合而為一」、*kupas*「去硬殼」: *mə-ŋupas*「除去硬殼、脫稻殼」。因為這個前綴加在以元音為首的詞基前一律表徵為 *məŋ-*（*ambil*「接管、接收」: *məŋ-ambil*「取」、*idam*「病態渴求」: *məŋ-idam*「渴求」）。顯然，諸如 *mə-mukul* 的詞，基底是 *məŋ-pukul*，表層的形式是鼻音發音部位同化以及清阻音刪略或被取代的結果（在馬來語，而非所有南島語言，首音為濁組音的詞基只呈現第一個音變程序，如 *bantu*「幫助」: *məm-bantu*「幫助」）。由於發音部位同化的條件是刪略的阻音，詞界介於前綴與詞基之間，*məm-ukul* 保留了前綴的鼻音，但卻留下部分的詞基；而 *mə-mukul* 保留了詞基的標準形式以及起首輔音的發音部位，但卻留下一個缺乏引發阻音取代鼻音的前綴。這種詞界問題跟融合語言不同，融合語言的經典討論是加上詞界可能留下不存在的殘留，鮮少需要分析者假定

詞界存在於音位內。

　　類似 Greenberg（1954）所計算的詞素：詞的比值，並沒有適切的統計數據，但從表 6.1 可以清楚看出許多南島語允許二、三或更多詞綴在成詞的過程中共同出現，當成詞過程結合了前綴加上中綴、後綴或者重疊，結果可能會相當複雜。表中的某些例子呈現了多重合成的成分，換言之，一整個句子可以透過單一個詞來表達，如伊洛卡諾語的 *m<ann>aki-salusód-da*（請願／社會功能前綴 *maki-* ＋反覆貌中綴 *<ann>* ＋名詞「問題」＋**第三人稱複數**）「他們老是在問問題」，或者是望加錫語 *na-na-pa-pinawan-toŋ*（第三人稱主語 **na-** ＋連繫成分 **na-** ＋使動 **pa-** ＋動詞詞基「跟隨」＋修飾語約略 =「也」）「他一併帶走（某物）」。這類例子是繁複加綴系統的自然產物，但須謹記的是，這些語言絕大多數的例子必須包含一個以上的詞。真正多重合成型語言的多重合成使用跟這些語言的差異說穿了就是頻率的問題，在尤皮克語（Yupik）或奧奈達語（Oneida）這樣的語言中，句子層次的詞是常規，而在南島語——即便是那些已經具備最繁複加綴系統的語言——句子層次的詞偶爾才出現。

　　並非所有南島語都具備如此豐富的加綴系統，東印度群島和太平洋的多數語言的加綴系統都沒有台灣、菲律賓跟西印度群島典型的系統來得複雜。比如，Elbert & Pukui（1979: 64 頁起）所列的夏威夷語詞綴不到 25 個（他們列的比較多，但許多顯然是同一詞素的變體），而中台灣的邵語則有大約 200 個（Blust 2003a: 91 頁起），Rubino（2000: xviii）所列的伊洛卡諾語詞綴則超過 400 個。典型大洋洲語言跟台灣和菲律賓語言的差別不僅在詞綴的總數，也在於合成的指數，亦即一個語言在單一詞基上「堆疊」詞綴的程度。例如，

在夏威夷語，構詞複雜的詞通常包含一個詞綴，如 *ʔai*「吃」：*aka-ʔai*「慢慢吃」、*ola*「生命」：*pā-ola*「快速復原」、或 *ikaika*「強、有力」：*hoʔo-ikaika*「力量；努力」。也有包含兩個詞綴的詞基，但並不普遍，像表 6.1 那種含三個或更多詞綴的詞基實質上並未見到。波里尼西亞語的情況整體差不多一樣，其他多數的大洋洲語言亦然。

儘管中東部的馬波語言合成指數最低，更往西可以發現最極端構詞貧乏的現象。比如說，東南亞大陸的占語（Chamic），因與鄰近的孟高棉（Mon-Khmer）廣泛類型調節而詞綴庫產生極度的減縮。Thurgood（1992: 238 頁起）僅呈現五個原始占語的詞綴：1）*pə-*「使動」、2）*tə-*「非故意的、無心的行為」、3）mə-「動詞前綴」、4）*-ən-*「工具」、5）*-əm-*「名物化中綴」。並非所有的這些綴都見諸於每一個後代語言（daughter language），即便保留了，用法可能也有局限（*pə-*「使動」和兩個中綴顯然是能產性最強的）。東印尼的許多語言也可以發現類似的構詞貧乏現象，Verheijen（1977）指出乾伯拉語（Kambera，或東松巴語）只有 *a-*、*ka-*、*ma-* 和 *pa-* 四個前綴，但 Klamer（1998: 26, 266 頁起）列了 *ha-*、*ka-*、*la-*、*ma-*、*pa-*、*ta-* 以及前鼻音化（*pata*「破壞、弄壞 X」：*mbata*「被破壞、被弄壞，如椅子」、*tutu*「靠近 X」：*ndutu*「跟隨 X」）；沒有證據顯示中綴和後綴的存在。Verheijen 備註說比馬語（Bimanese）只以兩個主動前綴 *ka-*「使動」和 *ma-*「主動分詞」，儘管其他前綴可以透過內部構擬辨識出來。Walker（1982）將薩武（Hawu/Sawu）的構詞描述為極簡：名詞只有重疊與 *he-*「一」，動詞僅使動的 *pe-*、相互性的 *pe-* 以及重疊。最極端的構詞貧乏現象可見於弗洛勒斯島（Flores）西部

和中部的一些語言中。Verheijen（1977）聲稱芒加萊語（Manggarai）完全沒有詞綴，並暗示雅達語（Ngadha）與 Lio 可能也如此。Baird（2002）證實中東弗洛勒斯島的 Kéo 確實如此。但，跟占語不同的是，這個區域的孤立類型無法輕易以接觸來解釋。如 Verheijen 所說，這些語言存有早期構詞程序的殘留，暗示著用黏著詞素標示語法訊息在整個區域已逐漸萎縮，在中部與東部弗洛勒斯島到達最低值。相對的，芒加萊語和其他西部弗洛勒斯島的語言在詞彙上非常保守（Blust 2000a: 329）。儘管加綴量重的語言出現多重合成的成分，還有某些傾向於連貫體的孤立類型這一端，就一般語言類型學者所稱的「合成指數」而言，南島語言還是偏向合成。

6.1.1　詞素類型

　　目前的討論主要與構詞程序有關，但也有必要說明詞素的分類。在討論此處與其他相關的材料時，筆者用「詞基」或「詞幹」來指涉可以被詞綴附著的獨立詞素，而將「詞根」這個術語保留給比較小的、次構詞層次的單元，係透過反覆的關聯而非對比來界定。但引用其他文獻時，「詞根」可能會對應到本人使用的「詞基」或「詞幹」。宥於空間，在此無法試著完全回顧有關南島語詞素類型的所有主張，因此以下的討論顯然是未臻完整的。然而，除了詞基之外，許多作者還承認其他三類詞素，亦即依附詞、助詞、以及詞綴。並非所有詞素都很明確的歸為其中一或另一個類，如以下所述，類別本身就有問題。儘管如此，這些可以算是最常被提及的詞素類，並且也提供了概論南島語構詞類型的最佳基礎。

Bowden（2001: 85）為南哈馬黑拉（Halmahera）的荅巴語（Taba）列了四類詞素：詞（詞基）、依附詞、助詞以及詞綴。他以矩陣來定義這些類，一邊涉及構詞句法獨立性（morphosyntactic independence, MSI），另一邊是音韻獨立性（phonological independence, PI）。圖 6.1 用 MSI 與 PI 的正負值將此矩陣轉成表格的形式：

圖 **6.1** 荅巴語詞素類型定義矩陣（根據 **Bowden 2001**）

	MSI	PI
詞	＋	＋
助詞	－	＋
依附詞	＋	－
詞綴	－	－

Bowden 為這些詞素類提出以下「定義特質」：

1）詞彙吸附主要重音，可以以獨立的形式出現，2）助詞也吸附主要重音，但無法獨立出現，3）依附詞不吸附重音，並附著於詞組，4）詞綴決不會吸附重音，且附著於詞或詞根之上。儘管這個矩陣是單為荅巴語所提，卻提供了廣泛討論南島語言詞素類型有用的跳板。

詞與詞綴的區別沒有問題，但在區別依附詞、詞綴和助詞時就會產生爭議。有些學者不主張有助詞，認為與決定詞的類別無關。Bowden 的用法避免了這種問題，因為將助詞視為詞素家族的一個成分，而未涉及詞的類別。

整體而言，附著在獨立詞的無音重音（atonic）單音節代名詞一般被視為依附詞而非詞綴，儘管判定基礎極少明確。根據 Klamer

（1998: 27）的陳述，乾伯拉語「具有標示動貌與語氣的前依附詞、標示並列與從屬的後依附詞，以及代名詞性的前、後依附詞。」她還補充說：「我認為乾伯拉語的連接詞、介詞和冠詞，以及否定詞 *nda*（音韻上）也是依附詞，因為這些詞都不符合最小詞的要求……且只跟音韻或句法宿主一起出現。」只是，這個定義無法區分依附詞與詞綴，她透過分布條件來區分依附詞與詞綴。代名詞性依附詞與語氣和動貌依附詞都附著於詞組，不像詞綴一樣附著於特定的詞素，而某些依附詞可進一步跟詞綴區分，因「其韻律宿主與句法宿主不同。」這種分析與 Bowden 的區別不謀而合，且無疑可應用於許多南島語言。然而，要用來做為所有語言的指導方針，就不敢說沒有問題了，且對於後置的所有格代名詞應歸為依附詞或詞綴搖擺不定在文獻上司空見慣（如 Himmelmann 2001: 92 註 35 中代名詞性依附詞與詞綴的形式一樣，但前者可以透過加插的 *o* 與詞幹區隔開來。）②

Bowden 對依附詞與詞綴的區分在於依附詞就構詞句法而言是獨立的，而詞綴則否。當然，構詞句法獨立性有程度之別。由於多數詞綴開始是從獨立的詞發展成音韻減縮、依附於鄰近詞素的成分，特定的詞素在歷史發展的某個階段可能會處在介於依附詞和詞綴間的模糊地帶，儘管未必皆然。例如，中台灣的邵語詞基 *kan*「踩踏、躂步；來；去」在 1）或 2）這樣的例子中顯然是獨立的詞，

1.   *kan*   *ta-tusha*   *yamin*
      踏步   **人-二**   我們.排除
      我們兩個正要去

2. *cicu   kan   (ma)-mamuri*

    他   踏步   獨自

    他將一個人來

然而，在諸如 3）到 5）的表達中，*kan* 卻緊密黏著於 *qca* 和 *tup* 這兩個從不單獨出現的詞素。

3. *m-ihu   a   kuskus   kan qca-k*

    你的   繫   腳   踏-我

    我踩到你的腳

4. *kan tup-ik   cicu*

    跟蹤-我   他

    我在跟蹤他

5. *pasay-in   cicu   qnuan   pa-kan qca   diplhaq*

    用-受事語態   他   水牛   **使動**-踏   泥

    他用水牛踏泥層

像 *kan qca* 和 *kan tup* 這樣的連貫詞素本質上是表達「踩踏」和「跟蹤」的詞，在這兩個詞中，*kan* 的黏著度不下於 *qca* 或 *tup*。儘管缺乏現有的詞頻資料，印象上，自由詞素 *kan* 最常在 *kan qca* 和 *kan tup* 這樣的結構中以黏著之姿出現。事實上，*kan* 這個獨立的動詞詞基似乎逐漸在某些情境中失去其獨立性，致使其在某些表達中展現為獨立的詞，而在其他情境又是一個黏著成分。儘管「依附」一般適用於在音韻上附著於一自由詞彙素的成分，自由詞素/kan/與/tup/顯然在固定的表達中發展出互相依存的關係，因此廣義而言，

兩者彼此「依附」。依附詞／詞綴的區別而言，依附詞附著於詞組，而詞綴附著於詞這個說法對許多語言行得通，但卻難以符應邵語的例子，在 6）中/min-/ 黏著於後面的詞素，而緊接在 7）中，/min-/卻附著於領屬詞組 *nak a hulus* 之上。

6. *mim-binanauʔaz   iza   cicu*
　　成為-女人　　　　已經　　他
　　他已經長大成為女人了

7. *takcat-i   i-zay   a   maqusum   a   maqa*
　　剪-**命令**　　這　　　　　　**繫**　布　　　　**a**　　為了
　　a   min-nak   a   hulus
　　a　　　　成為-我的　　　**繫**　衣服
　　剪這塊布給我做衣服（字面：剪這塊布以成為我的衣服）

因此，邵語的 *min-*「起始」當後面附著的是詞素時，可以稱為詞綴，但若是詞組，則為依附詞。同樣的，*sa* 若前置到句首的名詞或代名詞前，如 8），則是助詞，但是，當在某些情境失去重音、失去元音，並在音韻附著於前面的詞素，如 9）時，則像是一個後依附詞。

8. *sa azazak   a   m-ihu   ma-cuaw   ma-ania*
　　sa 小孩　　**繫**　你的　　　非常　　　聰明
　　你的那個孩子，他非常聰明

9. *yaku   sa   p<in>acay   sa   i-zaháy   a*
　　我　　　**sa**　被打　　　　**sa**　那　　　　**繫**

shput [jakus pinaθajs iðaja ʃpuːt]

人

我就是被那個人打的人

　　同一詞素已完成範疇變化的例子也可以在歷史語料中得見蛛絲馬跡。馬來語詞中倒數第二音節之前的元音通常會合併為央元音（標準書寫以 *e* 表示），這種合併影響了前綴的元音（*maŋ- > məŋ-「主動及物動詞」、*maR- > bər-「主動不及物動詞」、*taR- > tər-「非刻意的行為」、*ka- > kə-「序數」等）。馬來語標示人名的詞素 *si* 或用作人名（暱稱等）的詞最好描述為助詞，因為在類似 *si Ahmad*「Ahmad」或 *si Gəmuk*「小胖」的搭配中，元音並未改變，同樣的情形亦見於構詞界線不那麼明顯的情形中，如 *siapa*「誰？」（比較：*apa*「什麼？」）。在一樣也合併倒數第二音節之前元音為央中元音的海岸砂勞越木膠美拉鬧語（Mukah Melanau），人名的同源標記 *sə-*，功能基本上與馬來語相同，如 *sə Tugau*「Tugau」（美拉鬧文化的英雄人物）。兩個語言都把倒數第二音節之前的元音合併為央中元音，因此在共時層面有不允許央中元音以外的元音出現在倒數第二之前音節的限制，然而，針對 *si* 反映的處理卻不同：馬來的 *si* 是助詞，而木膠的 *sə-* 據稱是詞綴。

　　另一個詞素範疇完整改變的例子見於 *ña*「三單領屬者」，源自原始馬波語 *ni*「單數人稱名詞屬格」+ *-a*「第三人稱單數」的減縮（Blust 1977a）。要發生減縮，代名詞必須像塔加洛語的 *niyá*「第三人稱單數.屬格」一樣，帶有重音。依據 Bowden 的依附詞與助詞區分標準，類似原始馬波語 *mata ni-á*「他的眼睛」的領屬詞組會包含

自由詞素 *mata「眼睛」，但一般被視為是助詞的 *ni「屬格」只能勉強被歸為依附詞（儘管並非附著於詞組）或者詞綴（儘管並非附著於自由詞素），且所有格代名詞 *-a 令人難以置信地必須被歸類為助詞。縮減為 *-ña 之後，新的所有格代名詞不具重音（*matá-ña），因此變成詞綴。儘管圖 6.1 的架構對許多語言約略具有信度，但是，範疇界限模糊或分歧卻也因此不會顯得不尋常。由於助詞鮮與詞綴混淆，這四個之間最有問題的是「依附詞」這個介於助詞與詞綴間、且兼具兩者特質的範疇。

　　許多南島語言描述所見的第二個問題是，如何區分衍生與屈折。Klamer（1998: 58）指出「對衍生與屈折區分的直觀理解（尚）未能產生截然區分所有語言的衍生跟屈折詞素之客觀標準」。儘管如此，她主張，一般而言「屈折構詞是一種表達句法組成成分關係的方法」。在這種詮釋下，菲賓語言的語態標記詞綴應該是屈折詞素，因為這些詞綴表達的顯然是句法組成成分關係。然而，其他研究者卻指出，這些詞綴的分佈遠比英語名詞的複數後綴 -s 難預測，就是基於此一因素以及其它理由，這些詞綴應該被視為衍生詞綴（Starosta 2002）。這個議題要解決，必須先對普通語言學文獻上區別屈折與衍生標準的比重達成共識，如：滋生能力是否比改變詞類還重要？

　　改變詞基的詞類通常被視為是衍生詞素最不具爭議的特質，在英語，這種特質常與低滋生能力共同出現，然而，在南島語滋生能力與改變詞類似乎沒有很強的關連性。舉例來說，菲律賓類型語言的 -um-「主事語態」與 -in-「完成」的滋生力都很強，因此可以是為屈折詞綴。但是，-um- 和 mag- 競爭，以塔加洛語而言，Ramos（1971: 57-58）將兩者的差異描述為：「詞綴 mag- 指動作的完備、經

深思熟慮特質，通常還具有額外的及物屬性，多數使用 mag- 或與 -um- 對比的句子具有必要的賓語……，相較於 mag-，-um- 中綴比較不經意、非自主性，暗示著是內在行為，且多半是不及物的，因為不需賓語句子即可完整…… Mang- 具有特殊用法，指動作的複數、分佈性，或是習慣的、重複的動作」。她以 mag-tayó?「使直立、建構」相對於 t<um>ayó?「站立」來示例說明，這個特質雖適用於所舉的例子，但卻是印象式的，與諸如 b<um>ili「買」的例子卻不能完全符應，「買」很難說是不經意、非自主性、內在的行為。塔加洛語的有些動詞可以加 mag-，也可以加 <um>，有些只能加其中一個詞綴（McFarland 1976），由於兩者互相競爭同一詞基，兩個語態詞綴降低彼此之滋生力，反而使之更像衍生詞綴。從跨語言的角度來看，這種傾向更加明顯，因為有些語言的 -um- 完全被 *maR- 或 *maŋ- 的反映取代。比如，馬拉加斯語就經常以 maŋ- 或 mi- 標記主事語態（faka「根」：ma-maka「生根」、leha「路徑、道路」：man-deha「去」、safotra「被淹沒」：ma-nafotra「溢出、淹沒」、toto「搗的動作」：mi-toto「搗」）。然而，-om- 也出現在少數動詞，就 tany「哭泣、悲嘆（名詞）」：t<om>any/mi-t<om>any「哭泣、悲嘆、抱怨」這個例子，中綴的滋生力強，但多餘的綴 mi- 暗示心理上 -om- 為詞綴的力道極弱，因此，t<om>any 被視為是詞基。甚至在塔加洛語的近親比可語中，曾經透過 -um- 表達的功能已經完全為 mag- 所取代（Lobel 2004）。mag- 與 -um- 兩者皆未引發詞類改變，因此兩者都被視為屈折，然而，在一些菲律賓語中，-um- 的使用遞減，使之顯得像衍生詞綴。

中綴 -in- 呈現屈折／衍生不同面向的問題，-in- 在大多數菲律賓

類型的語言是一個滋生力強的完成貌標記，如邵語的 *k<m>an*「吃」（主事語態）：*k<m><in>an*「吃」（主事語態、完成貌）或 *mu-saran*「外出」：*m<in>u-saran*「外出（過去）」。在這些例子中，*-in-* 很明顯具有經典屈折詞綴的印記。然而，這詞綴也可以衍生名詞，如（10）。

10. *m-ihu*   *a*   *s<in>aran-an*   *yanan*   *sapaz*

你的   **繫**   **走-完成**-處所格   有   腳印

你走過的地方有腳印

由於只有名詞可以出現在所有格代名詞＋繫詞之後，這些加綴的形式不可能是動詞，儘管 *aran*「路徑、道路」本身是名詞，類似 *s<in>aran-ak* 這樣的加綴形式在（11）這樣的結構中顯然是動詞。

11. *s<in>aran-ak*   *iza*   *sa*   *i-zahay*   *saran*

走-完成-1 單   已經   **sa**   那   路徑

我走那條路

總之，*-in-* 有時像屈折詞綴，有時像衍生詞綴。這樣的語料可能導致 Klamer 主張屈折衍生之別是有用的，如同在諸如英語這樣的語言中一樣；然而，在許多南島語言，試圖用這些術語操作所遭遇到的分析阻礙更勝於其便利。

6.2　次詞素（Submorphemes）

前面的小節討論一般性的問題，如南島語的構詞類型，包含合

成和融合，以下的小節檢視南島語早期可能的助詞、依附詞和詞綴以及其在現代語言中的演化。繼續往下談之前，有必要考慮一個長久以來東南亞南島語言為人所知的問題，瑞士語言學家 Renward Brandstetter（1916）以 Wurzeln（根）一詞來描述普見於許多印尼和菲律賓語言，以及某些台灣南島語言的次詞素音意對應關係。這些成分常帶有 -CVC 的形式，可以用馬來語 -pit 結尾的雙音節詞來說明（出自 Blust 1988a）：

表 6.2　馬來語 *-pit* 結尾的雙音節詞

1.	anak ampit 鬥魚: 鬥魚種
2.	(h)apit > 兩不相連表面間的壓力
3.	apit-apit 黃蜂，種類不明 buroŋ apit-apit 犀鳥: 黑黃闊嘴鳥
4.	capit > 螯；鉗
5.	mən-cepit > 掐 pən-cepit >pincers 螯；鉗
6.	dampit 無視於警告；頑固
7.	dəmpit > 壓擠；接觸
8.	(h)əmpit >兩不相連表面間的壓力
9.	gapit > 鑷子；鉗
10.	həmpit 害羞；膽怯
11.	(h)impit > 擠壓
12.	jəpit > 掐；夾
13.	kayu kampit 知名亞歷山大大帝封條的名稱，或是製成封條的木
14.	kapit > 兩邊的支撐。婚禮時新郎的「支撐物」（peŋapit），以支架固定，如編蓆訂於其框
15.	kapit 第六個同花順的名稱（橋牌）

16.	kə(m)pit 陶製水壺
17.	kəmpit > 攜於腋下
18.	kəpit > 相連表面間的壓力
19.	lampit 睡蓆
20.	lapit > 襯裡；夾層
21.	limpit > 內層
22.	lipit >（線、棉花等的）褶線；褶痕 kala lipit 家蠍
23.	pipit 雀；麻雀
24.	ləsoŋ pipit 酒窩
25.	pipit >口哨的吹嘴
26.	pipit 小男孩的陰莖
27.	rəmpit 以鞭或藤條打
28.	ripit 甜粿
29.	məmpəlas ropit 植物: 錫葉藤屬
30.	səmpit（空間）侷限；擁擠；封閉
31.	səpit > 掐
32.	səpit 爬藤：海馬齒
33.	simpit > 窄；侷限
34.	sipit >（指眼睛）半開
35.	sumpit 用吹箭射
36.	sumpit 裝米的袋子
37.	su(m)pit > 筷子
38.	sumpit >窄；侷限
39.	təmpit 加油歡呼

表 6.2 列出 Wilkinson（1959）一頁兩欄，厚達 1,291 頁的詞典中所有以 *-pit* 結尾的雙音節詞，明顯指涉到兩個表層結構的詞素以>標示，39 個形式中總共有 21 筆，也就是說表中有一半以上的詞如此，當中沒有任何例子呈現居首的 CV(C)與結尾的 *-pit* 成分之間存有詞界。同樣類型的音意關係亦見於其他語言，如（台灣東部）噶瑪蘭語的 1）*ipit*「夾炭的鉗子、筷子」、2）*kaipit*「闔在一起、被夾住」、3）*kapit*「不小心被縫在一起，指褲子的兩個褲管」、4）*kəpit*「把兩個或以上的東西擠在一起，壓縮空間」、5）*k<əm>ipit*「被夾住（如關閉的門）」、6）*k<əm>upit*「卡住或黏住」、7）*pitpit*「（用捏的或折的）一個一個摘掉，如檳榔」、8）*qipit*「夾，指用衣夾」、9）*qupit*「黏或附著於表面」、以及 10）*sipit*「捏」。Blust（1988a）識別出 231 個可以出現在至少四個詞源上獨立的（非同源）詞素的詞根，其中，*-pit*「擠在一起；窄」證據最強，有 48 個詞語源上獨立的例證。其次是 *-keC*「黏的」，有 44 個、*-tik*「滴答聲」38 個、*-tuk*「敲擊、打」36 個、*-kaŋ*「張開，如腳」34 個、以及 *-pak*「拍」32 個。1988 年之後，有許多其他學者發表這個主題的著作，特別是 Nothofer（1990）與 Zorc（1990）.[58]

　　值得一提的是，當我們把詞根從這些詞素拿走之後，剩下的部分（馬來語 *hapit* 的 *ha-*、*capit* 的 *ca-* 等），並未呈現清楚的音意關聯性。Brandstetter（1916）稱這種成分為「形成性詞素」（formative），並試圖將之等同於詞綴。然而，詞綴是封閉類，而這些包含詞根的

---

58 還可以加上 Potet（1995）、Kempler Cohen（1999）、以及 Wolff（1999），儘管這些研究呈現語音方法的分歧，導致我們對其結論信心降低。

詞素之所餘成分卻構成一個開放類。方便之故，我們稱這種語意為空的 CV- 成分「形成性詞素」，認為它不是真正的詞綴。因此，含詞根的詞素典型上包含一形成性詞素加上一個具廣泛意涵的 -CVC 詞根，就這方面而言，很像英語 glare, gleam, glimmer, glint, glisten, glitter, gloss, glow，在這些詞中去除 gl-「明亮；發光」所餘的成分不具意義，也不會反覆出現（南島語的形成性詞素只有偶而會機緣巧合反覆出現，這是因為它們構成一個最大的無標 CV- 音節）。職是之故，南島語的單音節詞根最好視為聯覺音位（phonesthemes）。這些單音節詞根與大家熟悉的語言，如英語的聯覺音位結構不同在於它們構成完整的音節。此外，跟印歐語言的聯覺音位不同的是，如果某一個單音節詞根可以從一系列的 CVCVC 詞基辨識出來，有可能也可以發現單音節重疊的例證，如 *pitpit、*tiktik、或 *tuktuk。

　　除了單音節「詞根」之外，許多南島語言具有比較傳統型態的聯覺音位，如出現在許多指涉鼻或口腔部位的非同源詞彙中的舌根鼻音（Blust 2003d）。最令人困惑的音意關聯次詞素類型是「完型符號」（Gestalt symbolism）（Blust 1988a: 59 頁起）。比較引人注意的例子見於許多帶有「長皺紋的」之類含意的詞中，如表 6.3（WBM = Western Bukidnon Manobo）：

表 **6.3**　表「長皺紋、起皺摺、皺巴巴」含意的完形符號

語言	形式	詞義
伊洛卡諾語	karekkét	起皺摺
伊洛卡諾語	karenkén	起皺摺
伊洛卡諾語	kuretrét	起皺摺、皺眉
班詩蘭語	kumanét	有不規則摺痕

語言	形式	詞義
塔加洛語	kulubót	皺巴巴
塔加洛語	kuluntóy	皺巴巴
宿霧語	kulámus	擠壓或皺
宿霧語	kulíut	因生氣或疼痛而做鬼臉或扭曲臉部
希利該濃語	kurinút	被壓皺、褶皺的
WBM	kurərət	長皺紋
格拉比語	gərisət	長皺紋、起皺摺
長安納普肯亞語	kərupit	起皺摺
加燕語	kəlupit	凋萎、乾枯、起皺摺
加燕語	kəliəŋ	皮膚長皺紋、葉子乾枯起皺摺
加燕語	kəlubəy	半乾；乾枯、凋萎
木膠美拉鬧語	kərəñut	有褶皺的
木膠美拉鬧語	kərəsaŋ	有褶皺的
伊班語	kəlapat	有褶皺的、枯萎
馬來語	kələdut	皺巴巴、有摺痕或有褶皺的
馬來語	kərəkut	卷起、彎曲或皺縮起來
馬來語	kərəmut	皺起臉
馬來語	kəreput	皺起或乾掉（如膿泡周圍的皮膚）
馬來語	kəresut	皺起額頭
馬來語	kərotot	眉頭深鎖、枯萎
馬來語	kərutu	粗糙的表面；波紋狀的；紋路深的
多峇巴塔克語	harehut (h < *k)	皺褶、皺紋
望加錫語	karussu	起皺紋
Lamaholot	kəməkər	有皺紋、皺巴巴的

上表中的每個例子中，表示「起皺紋」、「起皺摺」、和「皺巴巴」等意義的詞都以 k-（一例是 g-）開頭、長度為三音節、且通常第二個輔音為流音。這些詞無可否認是挑選自許多語言，且這些語言樣本可能有偏頗。然而，這些詞沒有一個是同源詞（連長安納普肯亞語的 *kərupit* 和加燕語的 *kəlupit* 也不是），且有些語言有數個這種形式的例子（馬來語有七個）。更有甚者，大部份的南島語言，包含這裡引述例證的大多數語言，約有 90% 未加綴的詞基是雙音節。基於此，三音節詞起初是罕見的，所以，在這個特定的語意範疇出現這麼多結合了起首的舌根塞音（通常是 k-）以及流音為第二個輔音的三音節詞，顯然不是偶然的。有可能某些詞包含了一個反映 *<al> 或 *<ar> 的僵化複數中綴，原因是「皺紋；皺摺」的概念本質上就是複數。由於詞根以及完形符號都是一種語音象徵（sound symbolism），在此應該說明此一現象的另一面向。

　　Blust（1988a）的 231 個詞根依起始輔音的清濁或元音音質不同而形成許多的「家族」。例如，跟在 *-pak「拍、掌摑」之後，明顯相關的形式有 *-bak「拍擊聲」、以及 *-pik「輕拍」。每個變體的例子包含 1）*-pak: 原始馬來-波里尼西亞語 *kapak「振翅」、PMP *tepak「用手拍或打」、本督語 *dospak*「打耳光」、爪哇語 *grapak*「樹枝折斷」、比可語（Bikol）*sapák*「動物咀嚼發出的聲音」、比可語 *upák*「拍手；鼓掌」，2）*-bak 延德納島（Yamdena）*ambak*「重擊；跺腳」、提魯萊（Tiruray）*bakbak*「鎚子、鎚；重擊」、砍卡奈（Kankanaey）*kibbák*「拍打；（香蕉莖部互相）撞擊」、宿霧語（Cebuano）*labák*「把東西重重摔在地上」、原始南蘇拉威西的 *tamba(k)「打；重擊」、乾伯拉語的 *tumbaku*「擊；敲（如水牛用角撞圍籬）」、3）*-pik: PMP *lepik

「折斷；扯斷（枝條等）」、西卡語（Sika）*kəpik*「翅；鰭」、砍卡奈語 *kippik*「折斷；斷裂（如斷枝）」、瑪冉瑙語（Maranao）*latpik*「破裂聲」、砍卡奈 *pikipik*「滴、涓流、細流、漏水、淌」、本督語 *tadpik*「輕拍，通常指以掌」。

以上的語料固然經過挑選，但也說明了兩個可以獲得更豐富的語料支持的形式。首先是元音變異，如 *a* = 響亮、沙啞、刺耳的聲音、*ə* = 模糊、微弱、悶悶的聲音、*i* = 高頻聲、以及 *u* = 響亮或深沉的聲音。其次是濁輔音比相對應的清輔音指涉發出更大的聲響物體的符號值。

這些「詞根」家族具有研究旨趣，因為他們違反了基礎的、廣被接受的二元原則。Diffloth（1976: 250）稱之為「詞彙分立」特質（詞根的任何音韻修飾必定產生不同意義或是無意義的形式），並說明馬來半島的南亞語言閃邁語（Semai）呈現與音韻屬性差異相關的語意等級。南島語言的情況有點不同，因為與連貫的語意等級相關的是次音素詞根而非獨立詞素。然而，須注意的是，儘管多數南島語的單音節詞根絕不會單獨出現為自由形式，不足全數 25% 的擬聲詞根卻可以獨自出現（卡羅巴塔克 *bak*「噠噠的馬蹄聲」、馬來語 *tok*「單調的敲擊聲」等）。就這方面而言，將南島語單音節詞根的意義與音韻相關聯跟南亞語基本詞素的關聯相似程度驚人。

有關南島語單音節詞根有一個重複出現的錯誤觀念，就是每一個基本詞素必須包含一個反覆出現的次詞素部分。這是 Kempler Cohen（1999）的觀點，實際上，Potet（1995）的立場幾乎一樣。然而，這種觀點的證據極少。儘管擬聲與非擬聲詞根的界限有時難以界定，53/231 或將近 23% 目前找到的詞根是擬聲詞。非擬聲詞則以

不同類型的詞素出現，包含動作動詞（*-bej「反覆纏繞」、*-buq「落」、*-daR「斜倚」、*dem「想；思慮；擔憂；記得」、*-kap「摸索」、*-kit「連接」）、靜態動詞或形容詞（*-baw「淺」、*-bek「腐爛、剝落」、*-kuk「彎、曲」、*-ŋaŋ「吃驚、目瞪口呆」、*-ŋel「聾」）、以及名詞（*-bir「邊、緣」、*-but「臀部、屁股」、*-duk「勺子、湯匙」、*-Neb「門」）。Blust（1988a）附錄 2 裡的 2,478 個詞根，幾乎沒有基本詞彙（數詞、身體部位、自然環境、基本動詞）。儘管單音節詞根的頻率表徵類似「反覆纏繞」、「腐爛、剝落」、「阻、停止、攔」之類的語意範疇，類似原始馬波語 *zalan「路、徑」、*panaw「去、走」、*lakaw「去、走」、*kulit「皮」、*likud「背」、*susu「胸」、*takut「恐懼、害怕」、*ipen「牙齒」、或 *laŋit「天空」的最後一個音節並沒證據顯示有反覆出現的音意關聯。為什麼南島語言有些語意範疇會吸引次詞素，而其他的不會，原因不明確，此一問題也出現於英語的聯覺音位，同樣的，只有一些泛化的語意與次詞素的音意關聯有關。

最後，單音節詞根以及更抽象的次詞素音意關聯形式（完形符號等）對於跨世代語言傳遞的本質提出根本的問題。學習第一語言時，小孩習得了詞素、造詞的模式，以及句法。但隨著次詞素一起傳遞的知識類形似乎與這些不同。假如次詞素音意關聯分佈在數個有親屬關係的非同源詞素中，那就有必要問為何這種模式可以獨立於例示的形式而被傳遞。有兩個邏輯上的可能性：1）這些模式是透過一組一組包含反覆出現的次詞素音意關聯傳遞，此關聯之後又擴展到新詞中，或者是 2）抽象的模式本身被內化了，要得到滿意的答案顯然需更多的研究。

6.3 成詞的重要詞綴

　　儘管南島語言構詞方面的比較研究比音韻、詞彙、甚至句法方面的比較研究落後，還是有豐富的出版資料可得。這個領域的研究是由瑞士語言學家 Renward Brandstetter 的論文〈Common Indonesian and original Indonesian〉與〈The Indonesian verb: a delineation based upon an analysis of the best texts in twenty-four languages〉開先鋒（以英語翻譯版重刊於 Brandstetter 1916）。Blust（2003c: 471-475）相等完整地列出可以構擬到南島、馬波以及大西洋原始語言層次的詞綴與依附詞（大多數描述為助詞較恰當），結果總結於表 6.4。本章主要關心影響成詞的詞綴，儘管如前所述，菲律賓類型語言的構詞與句法難以劃清界限，此處的討論說明許多早期原始南島語比較重要的詞綴，然因篇幅所限無法詳盡。

表 **6.4**　原始南島語、原始馬波語和原始大洋洲語的構擬助詞／依附詞及詞綴數

	原始南島語和	原始馬波語	原始大洋洲語
助詞／依附詞	16	18	10
前綴	24	31	14
中綴	4	4	1
後綴	8	13	23
環綴	2	7	0
重疊綴	2?	7	4
刪略		1	
重音轉移		1	

6.3.1　前綴

　　如表 6.4 所示，原始南島語和原始馬波語的前綴數量遠超過其他類的詞綴，原始大洋洲語的前綴和中綴百分比大幅減少，相對的側重從加前綴轉移到加後綴。從可以構擬到原始南島語的形式開始，這裡的討論聚焦在一小部分最重要和廣泛反映在現代語言中的前綴。探討特殊形式前，我們先從一些有關前綴形式的普遍觀察開始。可以構擬到早期原始南島語層次的前綴一般是單音節，多以清塞音或鼻音開始，且幾乎都是以 *a 為唯一的元音或是雙音節的第一個元音，如表 6.5：

表 6.5　早期南島語言前綴的音位形式

語言	前綴	詞義
原始南島語	*ka-	向格；往（某人或某處）
原始南島語	*ka-	起動貌
原始南島語	*ka-	否定與其他非實現結構的狀態
原始南島語	*ka-	過去時
原始馬波語	*ka-	抽象名詞的形成綴
原始馬波語	*ka-	動作執行的方式
原始馬波語	*ka-	過去分詞或達成狀態
原始馬波語	*kali-	與靈界的關係
原始南島語	*ma-	靜態
原始馬波語	*maka-	視為 X（X =親屬詞）
原始馬波語	*maka-	做 X 次（X =數詞）
原始馬波語	*maŋ-	動作動詞
原始南島語	*maR-	親子、手足關係

語言	前綴	詞義
原始馬波語	*maR-	不及物動詞
原始南島語	*pa-	動態動詞的使動
原始馬波語	*pa-	分為 X（X =數詞）
原始南島語	*pa-ka-	靜態動詞的使動
原始馬波語	*pa-ka-	像 X 般對待（X =親屬詞）
原始南島語	*pa-ka-	摹擬；假裝 X（X =動詞）
原始馬波語	*pa-ka-	X 次（X =數詞）
原始西馬波語	*paŋ-	工具名詞
原始馬波語	*paR-	去動詞化名詞
原始馬波語	*paR-	X 分之一（X =數詞）
原始馬波語	*paRi-	相互或集體動作（？）
原始南島語	*paSa-	動詞前綴，通常與方向動詞一起
原始南島語	*pi-	處所使動
原始南島語	*pu-	移動使動
原始馬波語	*qali-	與靈界的關係
原始南島語	*Sa-	衍生工具名詞
原始南島語	*ta-	動詞前綴[59]
原始南島語	*taR-	自發或無意的動作

　　這個形式的例外是原始南島語的 *mu-「移動前綴」、原始南島語的 *Si-「工具語態」，以及原始南島語的 *Sika-「序數標記」（通常減縮為 ka-）。除了原始馬波語的 *da-「親屬詞前綴」可能是衍生自第三人稱複數代名詞的尊稱標記之外，沒有前綴是以濁塞音、流

---

59 罕見，但比較 *likud「背」：*ta-likud「背對某人；不理會」。

音或滑音起首，甚或 *m* 以外的鼻音。更驚人的是，為數不少的前綴形成了僅具 *p-* 相對於 *m-* 之不同的配對，一個可以稱做「*p/m* 配對」的固定形式。

6.3.1.1　p/m 配對

「*p/m* 配對」這個詞，指的是一組不同之處在於其一具有 *p-*，另一具有 *m-* 的前綴，有些情況，這種詞綴之間的功能關係透明，有時卻不然。可以用中台灣的邵語語料來說明，無法以比「動詞前綴」更明確方式註解的詞綴則不加以註解。

表 6.6　邵語的 **p/m** 前綴配對

p- 形式	m- 形式
pa-「使動動態動詞」	ma-「主動動詞」
pak-「及物動詞」	mak-「不及物動詞」
paka-「多功能前綴」	maka-「像 X」
paka-	maka-
pakin-	makin-
paku-	maku-
pala-	mala-
pali-	mali-
palh-	malh-
palha-	malha-
palhan-	malhan-
palhi-	malhi-
palhin-	malhin-
pan-	man-

p- 形式	m- 形式
pasun-	masun-
pash-	mash-
pasha-	masha-
pashash-	mashash-
pashi-	mashi-
pashin-	mashin-
pat-	mat-
pati-	mati-
patin-	matin-
patu-	matu-
patun-	matun-
pi-	mi-
pia-「靜態動詞使動」	mia-
pian-	mian-
pilh-	milh-
pin-「起動貌」	min-
pish-	mish-
pu-「移動使動」	mu-「移動前綴」
puk-	muk-
pulha-	mulha-
pun-	mun-
put-	mut-

　　這種形式的例子通常難以評估，因為 1）前綴只加在一或兩個形式上，以及 2）詞綴缺乏適切的註解，如：*malh* 與 *palh-*（各發現

三個詞基）：*muqmuq*「混亂的」：*malh-ma-muqmuq*「製造混亂，指說話」、*qarman*「壞」：*malh-qa-qarman*「誹謗、說人壞話」、*pin-tukus-an*「拐杖」：*t<m>ukus*、*malh-tukus*「拄枴杖走路」、*palh-ma-muqmuq*「胡扯、胡鬧」、*palh-qa-qarman-in*「遭毀謗」、*palh-tuqus*「使用拐杖」。這些前綴功能多半無法更精確說明，只能註解為「動詞前綴」。不過，有兩個形式很清楚地浮現出來，其中一個的 *p-* 變體為命令或勸使，而相對的 *m-* 變體則是直述式，如 12）與 13）的對比：

12. *yaku　　lhuan　　maka-rihaz　　　mu-buhat*
　　我　　　昨晚　　做-透　　　　　工作
　　我昨晚徹夜工作

13. *paka-rihaz　　ita　　　ya ma-humhum　　i-nay　　mi-qilha*
　　勸使.做-透　我們.**包括**　當夜　　　　這　　喝
　　我們何不喝個通霄？，

　　第二類的 *p-* 變體為使動，*m-* 變體不是，如 *makit-na-faw*「緩升，指山勢」：*pakit-na-faw*「弄高一點，如疊椅子；高一點」、或 *mu-nay*「來」：*pu-nay*「放這裡；讓某人來」。有些例子可能結合命令或勸使與使動，如：16）：

14. *a　　　　mu-lhilhi　　iza　　　yaku*
　　未來　　**移動**-站　　已經　　我
　　我將要站起來

15. *haya   wa   qrus   mun-tunuq,   pu-lhilhi   ita*

　　那　　**繫**　柱子　傾覆　　**使動**-站　　我們.**包括**

　　那根柱子倒了，咱們來把它立回來！

　　儘管這個形式在邵語特別顯著，Blust（2003a）所列的 201 個詞綴或類詞綴中，有 35 組 *p/m* 前綴，但其他語言也有相似的語料可以援引。例如，Rubino（2000: xviii 頁起）就列了 413 個伊洛卡諾語的單純或複合前綴，其中 59 個是 *p/m* 配對。並非所有的 *p/m* 對應就必然是真正的配對，不過，光是差異僅在於這兩個音位的詞綴數量就足以指向許多以 *m-* 起首的前綴為雙詞素前綴。Wolff（1973:72）認為菲律賓語言鼻音起首的前綴源自 *p-* 加上中綴，如 *paŋ-* : *maŋ-*（< *p<um>aŋ-*）或是 *paR-* : *maR-*（< *p<um>aR-*），且衍生鼻音起始前綴的程序「可以追溯到原始語言」。他並未明確指出是哪一個原始語言，且某些條件似乎是正確的。如 Wolff 所暗示，邵語的證據也指出，*m-* 起首前綴是經由加中綴產生可以安全的歸屬到原始南島語。*p/m* 詞對最可能的產生機制是準鼻音替換（pseudo nasal substitution, PNS），這個變化不喜歡 *pVm* 形式的前綴，但不會影響到以其他輔音起首的前綴，以不允許 *pVm* 出現於加綴的詞基內的 PNS 假說作為 *p/m* 詞對的來源，在邵語之類的語言行得通，但在伊洛卡諾語卻會產生問題，伊洛卡諾語 *b-* 或 *p-* 起首加中綴 *<um>* 的詞基並未呈現 PNS 效應。很難決定這個現象確切的意義為何，一方面，可能原始南島語只在前綴有 PNS，另一方面，PNS 可能在原始南島語是普遍的變化程序，在多數後代語言中已經失去活躍性，但卻僵化保留在一些中綴。此外，許多菲律賓語言有 *p/m/n* 對應，*p-* 起首的詞基對

應到 *m-* 起首的主動直述式動詞，以及相對應的 *n-* 起首完成式，如塔加洛語的 *pag-*「動詞性名詞的構詞成分」：*mag-*「表外部動作等的動詞前綴：*nag-*「*mag-* 動詞的過去／完成形式」，或是 *paŋ-*「工具名詞形成綴」：*maŋ-*「主動動詞」：*naŋ-*「*maŋ* 動詞的過去／完成形式」。傳統的解釋，如 Panganiban（1966: 206），是從 *m-*（被認定是最常見的形式）起首的對應詞去衍生 *p-* 起首的前綴，但這似乎與歷史和共時的衍生都逆向而行。儘管準鼻音替換提供了從 *p<um>aR-* 到 *maR-* 以及 *p<um>aŋ-* 到 *maŋ-* 經由 CV- 截略而縮減的動因，但從 *p<um><in>aR-* 到 *naR-* 或 *p<um><in>aŋ-* 到 *naŋ-* 的縮略卻缺乏這樣的動因。儘管 *p<um>aR-* 到 *maR-* 的變化可以視為受典型形式驅動的主要截略而產生，*p<um><in>aR-* > m<in>aR- > *naR-* 之類的變化顯然是由詞形變化形式和諧傾向所驅動的次要截略，如塔加洛語有相對應的三音節 *magwalís*「掃」：*nag-walís*「掃（過去式）」，而不是典型非對稱的 *magwalís* : *m<in>ag-walís*。

6.3.1.2　*ka-

　　如上所見，原始南島語和原始馬波語有許多這種形式的詞綴。已知 *ka-*「起動貌」的反映只限於台灣南島語言，其中部語提供的例子最為明顯：*ma-bazay*「磨損，指衣服」：*ka-bazay*「變磨損，指衣服」。

　　ka-「靜態」的反映可見於台灣南島語與菲律賓語，如阿美語的 *ma-fanaʔ kako*（知道 我）「我知道」相對於 *caay ka-fanaʔ kako*（**否定** 知道 我）「我不知道」，或 本督語 *l-om-oto*（煮-主焦）「煮」對比 *daan ka-loto*（尚未 **狀態-**煮）「還沒煮」。

*ka-「過去時間」的反映僅出現在一些詞中，包含「何時（過去）」相對於「何時（未來）」以及許多南島語言表示「昨天」的詞中。第一組的「何時」包含賽夏語的 *inoan*「何時（未來）」之於 *ka-inoan*「何時（過去）」、伊斯聶格語（Isneg）*nuŋay*「何時（未來）」之於 *kan-nuŋay*「何時（過去）」、瓦萊-瓦萊語 *sanʔo*「何時（未來）」相對於 *ka-sanʔo*「何時（過去）」，以及陶蘇格語（Tausug）的 *kuʔnu*「何時（未來）」對比 *kaʔnu*「何時（過去）」。「昨天」和「明天」兩個詞的構詞對比也呈現這個功能，如排灣語的 *nu-tiaw*「明天」：*ka-tiaw*「昨天」、巴丹語（Ivatan）的 *makoyab*「下午」：*ka-koyab*「昨天」，或是米南佳保（Minangkabau）的 *pataŋ*「傍晚」：*ka-pataŋ*「昨天」。

　　*ka-「對應的、伴侶；陪同」之反映廣見於菲律賓語言（如伊隆戈語（Ilongot）的 *duwa*「二」：*ka-duwa*「同伴」、通達諾語（Tondano）的 *wanua*「鄉村」：*ka-wanua*「村民、同胞」），但其他地方就不確定。

　　*ka-「抽象名詞成形成綴」的反映從台灣到馬達加斯加都有發現，如阿美語的 *tayal*「工作」：*ka-tayal*「工作，未必是進行中的活動」、伊富高語（Ifugaw）的 *tagu*「男人、人」：*ka-tagu*「男子氣概」、馬拉加斯語的 *tsara*「好的」：*ha-tsara*「好」。

　　*ka-「動作執行的方式」的反映見於南菲律賓語以及北蘇門答臘：馬彭語（Mapun）的 *ka-*「形容詞或靜態動詞的名物化詞綴、標示執行動作的方式」、Toba Batak 語的 *ha-*「在某時間、地點、甚至動作發生的特殊方式」。

　　最後，*ka-「過去分詞；達成狀態」的反映從南菲律賓到中太

平洋都有出現：地母公畝路特語（Timugon Murut）ka-「達成狀態標記」，如 ma-aguy「累；疲倦」：ka-aguy「累；疲倦」、馬鞍煙語（Ma'anyan）ka-「過去分詞或達成狀態標記」，如 reŋey「聽」：ka-reŋey「聽到」或 ituŋ「回想」：ka-ituŋ「記起」、給拉語（Nggela）ka-「形成過去分詞的前綴」，如 mbihu「分離；分開」：ka-mbihu「分離狀態」、或斐濟語 ka-「達成狀態標記」，如 basu「打開；打開人的眼睛或嘴巴」：ka-basu「撕開」。

6.3.1.3　*ma-「靜態」

靜態前綴 *ma-，儘管常常已經僵化，卻是南島語言最普遍可見的詞綴之一，這個前綴在台灣、菲律賓、和西印度菲律賓類型語言滋生力最強，如邵語的 ma-bric「重」（比較 pia-bric-ik「我使某物變重」）、ma-puzi「白」（比較 pish-puzi「使變白」'）、ma-haha「憤怒；急，指水流」（比較 pia-haha「生氣；假裝生氣」）、塔加洛語 bigát「重量」'：ma-bigát「重」、init「熱氣」：ma-ʔinit「熱」、paʔit「苦」：ma-paʔit「苦的」、或輪八望語（Lun Bawang）的 mə-lauʔ「熱」、mə-tənəb「冷」、mə-budaʔ「白」、məsiaʔ「紅的」、mə-birar「黃的」、mə-bəruh「新的」。*ma- 的反映通常可以藉由快速掃描比較詞彙來決定，許多翻譯對應到英語形容詞的詞都有這個標記，且多為三音節詞。然而，此一檢測方式可能無法區別已僵化的與還具有滋生力的 *ma- 之反映。即便在 *ma- 的反映仍具滋生力的語言中，有些詞彙仍可能呈現僵化，如薩摩亞語的 maŋa「（樹、路等）分岔」（原始馬波語 *ma-saŋa「分岔的」）、maʔi（原始馬波語 *ma-sakit）「生病」、或 matua（原始馬波語 *ma-tuqah）「（水果）熟；（人）長大；老、年

長」。在東印尼，*ma- 的反映通常只保留為加在以元音起始詞基的 *m-*，若詞基以阻音開始，則為前鼻音化或僅是（從早期的前鼻化塞音）濁化，如恩德語（Ende）的 *mite*、拉馬霍洛特語（Lamaholot）的 *mitaŋ*（原始馬波語 *ma-qitem）「黑的」、恩德語的 *mbənu*、Lamaholot 的 *bənu*（原始馬波語 *mapenuq）「滿的」、恩德語的 *muri*、拉馬霍洛特語的 *more-t*（原始馬波語 *ma-qudip）「活的」、或加洛利語（Galoli）的 *banas*（原始馬波語 *ma-panas）「溫暖」、*buti*（原始馬波語 *ma-putiq）「白的」。

Evans & Ross（2001）注意到大洋洲語言 *ma- 的反映分成四組 1）減少論元數的 *ma-、2）靜態動詞 *ma- 的僵化反映、3）在原始大洋洲語可構擬為有或無 *ma- 的靜態（形容）動詞，以及 4）經驗動詞 *ma- 的僵化反映。*ma- 廣為人知的非靜態功能例子有原始馬波語的 *ma-tiduR/ma-tuduR「睡覺」的反映，以及原始馬波語 *ma-huab（原始大洋洲語 *mawap）「打哈欠」。儘管非靜態 *ma- 的反映出現於一些高頻詞，絕大多數帶有 *ma- 反映的動詞還是靜態動詞。因為 *pa- 只能構擬成使動前綴，且在功能上與 *ma- 的任何功能都不相容。這些 *ma- 最不尋常之處在於他們屬於少數不參與 *p/m* 配對的 *m-* 起始動詞前綴。菲律賓和婆羅洲有很多語言有跟數詞共用的 *ma- 反映，意義為「百」和「千」，如阿古塔語（Agta）的 *mə-gətut*、亞塔語（Atta）的 *ma-gatuʔ*、博托蘭撒姆巴爾（Botolan Sambal）的 *ma-gato*、科羅納達爾比拉安語（Koronadal Bilaan）的 *m-latuh*、輪八望語的 *mə-ratu*、吉布語（Kiput）的 *ma-lataw*、美里語（Miri）的 *marataw*、午馬巴望加燕語的 *m-atuh*「百」，或阿古塔語的 *mə-hibu*、阿達語（Atta）的 *ma-ribu*、科羅納達爾比拉安語的 *m-libu*、輪八望

語的 *mə-ribu*、吉布語的 *ma-libo*、美里語的 *ma-ribuh*「千」。在菲律賓和北蘇拉威西，*ma-puluq 的反映也出現在「十」的意義中，如阿古塔語的 *mə-pulu*、阿達語的 *ma-pulu*、Botolan 撒姆巴爾的 *mapoʔ*、桑伊爾語（Sangir）的 *ma-pulo*「十」，但顯然婆羅洲並沒有。這些 *ma- 的用法是否應視為靜態並不清楚。

　　許多語言允許某些靜態動詞以光桿詞根的形式出現。例如，在北砂勞越的輪八望語，多數靜態動詞的引用形式都帶有 *mə-*，因為與名詞和動態動詞常見的雙音節標準形式不同而顯得特殊：*məlutak*「髒」、*məlauʔ*「熱」、*mətənəb*「冷」、*məkəriŋ*「乾」、*məbaaʔ*「濕」、*məbərat*「重」、*məraan*「輕」、*məbudaʔ*「白」、*məsiaʔ*「紅」、*məbirar*「黃」、*məbataʔ*「綠」等。然而，有少數的靜態動詞以光桿詞基的形式出現，如 *suut*「小」、*rayəh*「大」、*doʔ*「好」，以及 *daat*「壞」。這讓人聯想起法語所謂的「baby adjectives」這個語意範疇，這些詞根據其分佈自成一個次類。Evans & Ross（2001）指出大洋洲語言有類似的例子存在，事實上，許多南島語有一些靜態動詞是零標記的，儘管所給的語意範疇未必完全對應。

　　菲律賓有些語言靜態前綴完成形式 *m<in>a- 的反映已縮減為 *na-，如本督語的 *na-*「與完結語態標記詞綴結合的靜態前綴」（Reid 1976: 203）。其他語言 *m<in>a- 的減縮反映則成為動貌上無標的靜態標記，如 Itawis 的 *dámmat*「重量」：*na-dámmat*「種」、*mit*「甜度」：*na-mit*「甜」、或 *dapíŋ*「灰塵」：*na-dapíŋ*「髒」。此一發展似乎未見於菲律賓以外的語言。少數西印尼語言的 *ma- 被截短為 *a-，如古爪哇語的 *putih*：*a-putih*「白」、*səlat*「出現在其中；中斷」：*a-səlat*「間隔開、穿插著」、或是在望加錫語，根據 Cense（1979:

429）*ma-* 在比較古老的形式中是「形容詞」前綴，在在十七、十八世紀的文獻中為 *a-*。

6.3.1.4　*maka-「能力範圍之內／能力（aptative）」

　　*maka- 大多數的反映出現在菲律賓類型的語言，包含一些不屬於菲律賓群的語言，如伊洛卡諾語 *maka-*「不及物能力前綴，對應及物表示可能、能力範圍、或偶然、巧合的行為」、比可語的 *maka-*「動詞前綴，可能的行為，不定－命令形式」、馬彭語的 *maka-*「表示能力或周邊行為的動詞前綴」、馬拉加斯語的 *maha-*「可能前綴；表達執行動作的能力或力量，或者實踐」。*maka- 像 *ma- 一樣，顯然不參與 *p/m* 配對，因為唯一的 *p-* 起首對應為 *pa-ka-*「靜態動詞的使動」。可能是 *maka- 反映的前綴亦見於台灣南島語，如邵語的 *maka-* 具有多重功能，但無一功能跟其他非南島語言相似，此外還有卑南語的 *maka-*「在旁邊」。這些呼應最好視為趨同現象，儘管從台灣南島和馬波語言預先出現的趨同詞綴數量來看，這些是否出現於原始南島語以及功能是否已經分歧是值得懷疑的。

6.3.1.5　*maki/paki-「請願式」

　　這個詞綴清楚的反映僅見於中、南菲律賓以及一些北婆羅洲和蘇拉威西的菲律賓類型語言，如 塔加洛語的 *maki-*「請求、要求；加入；模仿」、*paki-*「形成表示所提出的要求或請求的名詞前綴」、或是比可語的 *maki-*「喜歡、偏好」、*paki-*「動詞詞綴、社會行為…」，此前綴加 *i-* 也可以作為請求，而不需要伴同動詞詞基：*i-pakí mo na lang iyán diyán*「請在那邊提出請求」（Mintz & Britanico 1985: 409）、地母公畝路特語的 *maki-*「請願式，主語焦點（＝語態）、未來時」、

paki-「請願式、不受時間限制的」、丁達爾都孫（Tindal Dusun）、加達山都孫（Kadazan Dusun）、博朗蒙貢多的 *moki-*「請願式前綴、主動者焦點」、*poki-*「請願式前綴、命令語氣」、以及通達諾語的 *maki/paki-*「請願式」。塔加洛語的 *maki-* 是多重意義的還是同音的前綴並不清楚，採用第一個詮釋的話，北菲律賓語言對應的形式，如伊洛卡諾語的 *maki-*「（社會）參與不及物動詞前綴」、*paki-*「表工具目的 *maki-* 動詞的名物化前綴」可以包含在這個集合。否則，*maki/paki-* 的證據在地理分布上較限制。

6.3.1.6　*maŋ-*「主事者語態」/*paŋ-*「工具名詞」

　　maŋ- 的反映在菲律賓與西印尼幾乎無所不在，並出現在馬拉加斯語、帛琉語與查莫洛語；*paŋ-* 的反映則不那麼普及。兩個詞綴都會觸發鼻音替換。如 Blust（2004a）所說，*maŋ-* 在某些語言反映為 *ŋ-*，明顯是受雙音節標準化壓力驅動產生的截略。

　　西印尼 *maŋ-* 的反映絕大多標示主動動詞，通常帶賓語，但有時則否，如馬來語的 *pukul*（詞基）：*mə-mukul*「打」：*dia məmukul saya*「他打我」，但，*tulis*（詞基）：*mə-nulis*「寫」：*dia sədaŋ mənulis*「他忙著寫」。有些語言，*maŋ-* 與 *-um-* 的反映分別標示同一動詞的及物與不及物形式，如克拉比語（Kelabit）的 *turun*（詞基）：*t<əm>urun*「往下（階梯）」，但是，*nurun*「降低（如階梯從長屋的陽台延伸到地面）」，如 6.1.1 所述，在部份中菲律賓語，*maŋ-* 的反映與標示主事者語態的 *maR-* 和 *-um-* 反映互相競爭，導致其功能範圍變窄。上面已經用塔加洛語說明，類似的功能窄化也見於其他菲律賓或菲律賓類型的語言，例如在比可語，「*mang-* 動詞通常呈現

不及物的用法，表達比用 *mag-* 標記的動詞還要包羅廣泛的動作：
mag-bakal『買』：*maŋ-bakal*『採購』」（Mintz 1971: 182ff）。Sneddon
（1975: 219）提到，北蘇拉威西通達諾語 *maŋ-* 的反映通常取代
-um-，而「未能感受到語意改變」。然而，前一個詞綴常常「與反
覆貌一起」出現，因此指向中菲律賓語，如塔加洛語的 *maŋ-*、*mag-*
與 *-um-* 保留了其他區域已經丟失的古老功能對比。普遍來說，*paŋ-*
的反映用來衍生名詞，更精確點，是工具名詞。這些名詞可能與對
應的 *maŋ-* 動詞有關，但常常並非如此。儘管基於分布普及的 *p/m* 對
應可以假定 *maŋ-* 源自 *p<um>aŋ-*，但 *maŋ-* 的反映似乎比 *paŋ-*
的反映分布更廣，這個觀察暗示著 *paŋ-* 可能是後起的創新。

6.3.1.7 *maR-*「主事者語態」/*paR-*「工具名詞」

　　maR- 和 *paR-* 的反映普遍於菲律賓語和北婆羅洲，也出現在
西印尼的其他地方。塔加洛語 *mag-* 的功能已經談過，其他語言的同
源形式據說用來標示一種不及物動詞。比如說，根據 Antworth
（1979: 15），在博托蘭撒姆巴爾語「詞綴 *-om-* 與 *ma-* 都形成不及物
的靜態改變動詞，其起首的主語語意上是受事者…，前綴 *mag-* 藉由
動詞化名詞形成不及物動詞」。他提供的例子是 *ganda*「漂亮」：
g<om>anda「變漂亮」、*bitil*「餓」：*b<om>itil*「變餓」，除了 *mag-*
baskitbol「打籃球」、以及 *mag-tagalog*「說塔加洛語」。儘管 *mag-*
的來源似乎是借自中菲律賓，卻缺乏 Ramos（1971）報導的塔加洛
語相關詞綴的及物標記功能。在沙巴的頂達都孫（Tindal Dusun），
mag/mog- 幾乎永遠標示不及物動詞，如 *mag-asu*「用狗打獵」、*mog-*
gidu「逃家」、*mog-inum*「喝（酒）」、*mog-odow*「陽光照耀」、*mog-*

onsok「煮食物；燒水」、或是 *mogontoluw*「下蛋」。*-um-* 的反映也標示不及物動詞，如 *k<um>auh*「游泳」、*m-odop*「睡」、或 *r<um>ikot*「來」，兩個詞綴間的功能區分並不清楚。相對的，*maŋ-* 有時必須有賓語，如 *maŋ-anuh*「拿或接受」、或 *mo-moli (boli)*「買」，有時不允許賓語出現，如 *moŋ-ipih*「作夢」、或 *ma-manaw (panaw)*「走路」。有些情況，*mog-* 和 *moŋ-* 可以各自加到詞基，產生具獨特意義的不及物動詞，如 *mog-inum*「喝（酒）」相對於 *moŋ-inum*「喝（水）」。在馬來語，以 *meŋ-* 標示的動詞通常，但未必都會需要賓語，而以 *bər-*（< *maR-*）標示的動詞則罕見帶賓語：*bər-jalan*「走路」、*bər-layar*「航海」、*bər-lari*「跑」、*bər-mimpi*「作夢」、*bər-aŋkat*「離開；啟程」，還有在北蘇門答臘的多峇巴塔克語 *maŋ-* 據說可以形成及物與不及物動詞，而 *mar-* 則用來形成不及物動詞以及反身動詞、或簡單被動、指複數的東西具備某特質，還有當來源是模仿突發聲音的嘆詞時，則用來形成表示發出該聲音的動詞。整體而言，看起來是 *maR-* 標示一類的不及物動詞（另一類以 *-um-* 標示），而 *maŋ-* 的功能則比較難以及物性來描述。*maR-X*「X子關係」（X = 親屬稱謂）的反映可能代表另一個不同的前綴。

　　paR- 的功能較不明確，但菲律賓的語言跟馬來語的一致性暗示這個詞綴以前用來形成對應於 *maR-* 動詞的工具名詞，正如同 *paŋ-* 是用來形成 *maŋ-* 動詞工具名詞的前綴。

6.3.1.8　*mu-*「移動」

　　此一詞綴見於台灣的南島語言，且滋生力很強。例子包含邵語的 *taipak*「臺北」：*mu-taipak*「去台北」、*fafaw*「上面」：*mu-fafaw*「往

上」、qualh「近」：mu-qualh「靠近」、tantu「那裡」：mu-tantu「去那裡」，還有卑南語的 darə「地上」：mu-darə「下來」、ənai「水」：mu-ənai「下水」、ruma「屋子」：mu-ruma「進屋」、ləŋaw「聲音」：mu-ləŋaw「回聲」。儘管文獻上有人主張這個詞綴跟 *-um- 截然不同，如邵語的 tuqris「圈套陷阱」：t<m>uqris「用圈陷阱抓」，而 mu-tuqris「誤闖圈陷阱」。宿霧比薩亞語的 mu-「主事者語態、非過去」可以加到指涉地方的名詞，如 grahi「車庫」：mu-grahi「去／往車庫」、或 lawud「海」：mu-lawud「去海邊／往海邊去」可能有關連，果真如此，這是目前所知，台灣以外唯一的反映。

6.3.1.9 *pa/pa-ka-「使動」

這兩個使動形式在南島語族分布廣泛，多數語言僅有其一，很多時候較長的形式反映為單一詞素，如阿美、排灣、宿霧語、望錫加語的 paka-、加燕語的 pək-、查莫洛語的 faha-、阿羅西語（Arosi）的 haʔa-、斐濟語的 vaka- 或原始波里尼西亞語的 *faka-。然而，在區別存在之處，如 Zeitoun & Huang（2000）所說，*pa- 的反映標示動作動詞的使動，而 *paka- 的反映則標示靜態動詞的使動；Blust（2003c）進一步指出長的形式幾乎確定是 *pa-「使動」加上 *ka-「非實現的靜態動詞」。

正如許多語言的使動詞綴一樣，*pa/paka- 的反映標記主動介入以確保某種結果，以及終止以允許某種自然程序進展如：加燕語的 su「遠」：pə-su「將東西分開」、asəp「泥土」：pək-asəp「弄髒」、taŋi「哭」：pə-taŋi「弄哭」、urip「生命」：pək-urip「救活；饒命」、或 həŋəm「冷」：pə-həŋəm「冷卻，如喝咖啡之前」。一般認定的使

動前綴在不同的語言還具有許多不同的延伸意義，包含「待或視之如 X（X = 親屬名稱）」、假裝 X（X =動詞）、以及 X 次（X =數詞）。排灣語的 *pa-ka-*「覺得某物具備某種特質」（*pa-ka-sa-ŋuaq*「覺得美味」、*pa-ka-ma-djulu*「認為簡單」）、以及宿霧語的 *paka-*「認為怎麼樣、視為怎麼樣」（與直接被動後綴 *-un* 連用）指出 *pa-ka- 的功能可能取決於共現的詞綴。其他語言中，*pa-ka- 的反映顯示已發展出創新的功能，如斐濟語的 *tamata*「人」：*vaka-tamata*「像人」，或薩摩亞語的 *faʔa-sāmoa*「以薩摩亞的方式作」。

6.3.1.10　*paRi-「相互／集體動作」

這個詞綴標記集體活動或相互性，在大洋洲語言呈現最為廣泛，其反映包含布力語的 *fa-*「相互前綴」、*fa/fai*「表示動作涉及複數主語的前綴，加名詞則形成集體名詞」、以及許多大洋洲語言的相關形式，如穆紹語（Mussau）的 *ai-*「相互或集體動作」（Blust 1984c: 167）、華瓦語（Hoava）的 *vari-*「相互；集體動作標記；去受事標記」（Davis 2003: 135）、羅維雅那語的 *vari-*「相互前綴」，如 *aqa*「等待」：*vari-aqa-i*「互相等」、*manamanasa*「低聲說」：*vari-manamanasi*「彼此低聲說」、*tioko*「叫喊」：*vari-tioki*「互喊」（Waterhouse 1949: 135）、阿羅西語的 *hari-*「相互前綴，一般具有聯合而非相互動作的功效」：*daʔa*「笑」：*hari-daʔa*「一起笑」、*roho*「飛」：*hari-rohoroho*「一起飛」、*suru*「提」：*hari-suru*「兩人一起提」、*pote*「大肚子」：*hari-pote*「兩個女人將要一起生小孩」、以及斐濟語的 *vei-*「加名詞為集體複數」：*vale*「房子」：*vei-vale*「一堆房子」；加關係的名字會產生相互的意思：*taci*「弟弟妹妹」：*vei-taci-ni*「兄弟姊妹、*taci* 的

關係」。這些大洋洲語言和南哈馬黑拉─西新幾內亞（布力語）形式可能的同源詞見於加燕語 pə-「相互」，如 lura「唾沫、痰」：pə-lura「互相吐痰」、jat「拉」：pə-jat「互拉」、或 katəl「癢、搔癢」：pə-katəl「互相搔癢」。不同於典型的大洋洲語 *paRi- 反映，加燕語 pə- 顯然不指涉集體動作。此外，這個前綴還可以加在不及物動詞，如 apir「相連兩物其一」：p-apir「黏在一起、融合，如香蕉長在一起」。鑒於差異與形式的簡短，可能加燕語 pə-「相互」和語意相似的 大洋洲語詞綴，其相似是偶然趨同的結果。

6.3.1.11　*qali/kali-「與靈界的關係」

　　*qali/kali- 這組前綴對歷史構詞構成非比尋常的挑戰。首先，這組前綴幾乎都是僵化的詞綴，其次是，找不到語言上透明的語意或功能的連貫性，第三是，形式上有極大的差異（Blust 2001d）。這些詞綴幾乎普遍的僵化創造了典型長達四個或更多個音節表示某些語義範疇的詞基，因此與大多數南島語言中的實詞詞素以雙音節為主導明顯不同。說明這一點的例子包含布農語的 bulikuan、泰安卑南語的 Halivaŋvaŋ，排灣語的 qulʲipepe，伊洛卡諾語的 kulibaŋbán，巴拉灣巴塔克語的 alibaŋbaŋ，加燕語的 kələbavah，伊班語的 kələbumbu、kələlawai、kələmambaŋ，Gorontalo 的 alinua「蝴蝶」，以及南王卑南語的 Haripusapus、排灣語的 vulilʲawlʲaw、卡西古蘭阿埃塔語的 alibúno、本督語的 alipospos/dalipospos、比可語的 aliwúswús、宿霧語的 alilúyuk、米南佳保語的 alimbubu、馬來語的 kələmbubu/sələmbubu，以及拉卡萊語（Lakalai）的 kalivuru「漩渦／旋風」。

以上材料顯示出獨特類的形式。首先，許多其他語言中表徵語義範疇「蝴蝶」和「旋風／漩渦」的詞和非同源形式比大多數基本詞素主流的雙音節標準形式長得多。其次是，其中許多的前兩個音節包含 -ali- 這個序列或其相對的音韻變體。其他呈現類似形式的語義範疇包括水蛭（兩個不同的詞基）、螞蟻、蝙蝠、甲蟲、大黃蜂、毛蟲、蜈蚣、螃蟹、蜻蜓、蚯蚓、螢火蟲、壁虎、蚱蜢、蜜蜂、馬陸（千足蟲）、光環（月球或太陽光環）、困惑（視覺、聲音、頭腦）、頭暈、空氣中的灰塵、迴聲、頭髮螺旋、彩虹、不安、沙沙聲、陰影／反射、火花、風暴、太陽雨、濃煙或蒸汽、混濁、鎖骨、顎、眼睛的瞳孔、肩胛骨、以及各種鳥類、魚類和植物。Blust（2001d）主張 * qali/kali- 前綴最容易被理解為用來使詞彙在規範上顯著的策略，用於指涉對象與文化規範禁忌有關的詞彙，特別是那些與靈界有關的。

6.3.1.12　*Sa-「工具語態」

這個詞綴許多台灣的南島語言（巴則海、魯凱、阿美語）跟馬達加斯加都有報導用來標記工具語態，很像其他語言 *Si- 的反映。在巴則海中，Ca- 重疊和 *sa-* 都用來形成工具名詞，但前者僅用於此功能，而帶 *sa-* 的詞基通常可以有動詞和名詞的用法。因此，*Sa- 最可能構擬出來的功能是作為標記工具語態的動詞詞綴，儘管這似乎與 *Si- 的功能沒有實質性上的差異。由於 *Sa- 在所出現的四個語言中未見任何一個以之標記受惠關係，原始南島語可能分別將 *Sa- 和 *Si- 區分為工具語態和受惠語態，而 *Si- 的工具意義是後續獲得的。

6.3.1.13　*Si-「工具語態」

　　如 *Sa- 一樣，*Si- 反映在許多台灣語南島語中，如泰雅語的 *s-*、布農語的 *is-* 和排灣語的 *si-*「工具語態」。在菲律賓語，其反映為 *i-*（伊巴亞頓語、伊洛卡諾語、本督語、班詩蘭語、塔加洛語、比可語、宿霧語的 *i-*），單獨或與其他詞綴組合標記工具語態、受惠語態、或其他關係。在中菲律賓，原始南島語 *Si- 預期的反映是 **hi-，但正如 *Sika-「序數前綴」和其他高頻詞素（原始南島語 *Sepat、原始馬波語 *epat「四」），這個詞綴呈現不規則地丟失預期的 *h-*。這個前綴在其他地方的反映很少或沒有出現。斐濟語的 *i-* 標記用來執行動作的工具，如 *i-sele*「刀子」：*sele-va*「切」可能是同源的，但這一點尚不清楚，因為趨同對短詞素間的相似性扮演重要的角色，這個前綴也可以產生標記動作場景、動作結果、動作方法、動作執行者或者動作執行對象的名詞。

6.3.1.14　*Sika-「序數」

　　這個詞綴的反映從基數衍生序數，範圍從南台灣到吉里巴斯。排灣語的 *sika-*「序數前綴」，如 *ḍusa*「二」：*sika-ḍusa*「第二」，是唯一已知的台灣南島語反映，但許多菲律賓語言反映了原始馬來-波里尼西亞語 的 *ika-*（預期的 **hika）。馬來語的 *kə-*「序數標記」，如 *dua*「二」：*kə-dua*「第二」，可以規律反映原始馬波語的 *ika-*，但大洋洲語言的反映，如斐濟、波那配語、馬紹爾語（Marshallese）、吉里巴斯語（Gilbertese）的 *ka-*「數詞的序數」則不規則地被截略，並指向原始大洋洲語的 *ka-*。

6.3.1.15　*ta/taR-「突然、不預期或偶發動作」

　　*ta- 或 *taR- 反映為活躍或僵化的前綴，範圍至少從菲律賓中部到波里尼西亞的語言中，一般而言，在語法上較不具顯著性。Pawley（1972: 45）引用波里尼西亞、斐濟、萬那杜 和索羅門群島的 *ta/tapa-「靜態衍生綴」的反映，指出「跟某些動詞共用時，這個前綴標記一種自發的條件」。例子包含斐濟語的 *ta-*「表達自發性動詞所加的前綴」，如 *sere*「鬆開；解開」：*ta-sere*「自己鬆開」（不是很具滋生力，語義上相當漂白）、瓦燕語（Wayan）的 *ta-*「衍生靜態動詞，偶發或自發的動作或過程，無刻意的主事者」，如 *ceve*「被抬起、翻倒」：*taceve*「剝（皮）；脫落」（Pawley & Sayaba 2003），以及 Arosi 的 *a-*「自發性前綴」（Fox 1970）。更往西到東印尼，Klamer（1998: 265-267）描述了乾伯拉語的 *ta-* 為標記「非故意、非自願、偶然、突然或意外的衍生成就動詞」，如 *binu*「剝皮」：*ta-binu*「被剝皮」，或 *luŋgur*「擦或刮東西」：*ta-luŋgur*「（皮膚）刮傷／疼痛」。*ta- 在西印尼的反映包括伊班語的 *tə-*「表示單次完全出現，通常是突然的前綴」，如 *tərap*「跌跌撞撞地走」：*tə-tərap*「絆倒」、*pilok*「彎曲、扭曲；跛腳」：*tə-pilok*「扭傷腳踝」、以及 *gaŋgaʔ*「雷聲」：*tə-gaŋgaʔ*「雷聲大作」、還有很明顯的塔加洛語 *pilók*、*tapilók*「扭曲，指肘或腳部」中的僵化成分 *ta-*。

　　有一小撮語言反映了 *taR-。Macdonald & Soenjono（1967: 96 頁起）描述了 *tər-* 在印尼語中六個與動詞有關的功能以及一個形容詞功能。跟現在討論最相關的功能是：1）在不及物動詞中，*tər-* 取代 *məŋ-* 或 *bər-*，形成去動詞化的形容詞或帶有「缺乏控制或為環境受害者」隱含的動詞，如 *mə-layaŋ*「飛翔；翱翔」：*tər-layaŋ*「漂浮，

漫無目的地遊蕩」、或 *bər-batuk*「咳嗽」：*tər-batuk-batuk*「反覆咳嗽（無法控制地）」，和 2）*tər-*「包含行為是偶發的，所以不是由主事者刻意執行的暗示」，如 *məniŋal-kan*「遺留」：*tər-tiŋal*「不小心被遺忘」、或 *məmbawa*「拿取」：*tər-bawa*「誤拿」。儘管馬來語的 *tər-* 與上面所引述的其他形式（包括密切相關的伊班語的 *te-*）並未顯示規律的語音對應關係，但這些詞綴似乎很可能是相關的。此一推論的佐證有：望加錫語的 *ta?-* 表「被帶入某一狀態、偶然或突然被影響意涵的及物和不及物動詞之形成綴」（在某些以元音起始的詞基僵化為 *tar-*）、以及根據推測，拉阿魯哇唯一反映 *taR- + utaq* 的形式 *taruta*「嘔吐」（Ferrell 1969: 324）。這個詞綴不尋常之處在於其以兩個截然不同的形式出現，但卻非以音韻條件為前提的同位詞。

6.3.2　中綴

　　有兩個構擬的中綴尤其重要，且至今仍是當代許多南島語言動詞系統的關鍵：*-um-*「主動者語態」，以及 *-in-*「完成貌」。第三個中綴 *-ar-*「複數主動者」雖然具有廣泛而分散的地理分佈，但其例證較少。

6.3.2.1　*-um-*「主動者語態」

　　這是具有菲律賓類型語態或「焦點」系統語言最重要的中綴。在台灣南島語言中，它幾乎承擔標示主動者語態的所有工作，而在台灣以外的菲律賓類型語言中，它與反映原始馬波語 *maŋ-* 和 *maR-* 的前綴共同分擔這項工作。

及物性

　　南島語言的及物性問題將在第七章更加詳細地討論。現階段，概念上的定義足矣。可初步以表層的賓語存在與否作為動詞及物或不及物的證據（儘管未必是決定性的證據。）原始南島語帶有 *-um- 的構擬幾乎都是不及物，如 *Caŋis「在哭泣、在哭」：*C<um>aŋis「哭、哭泣」、*kaen「在吃」：*k<um>aen「吃」、*Naŋuy「在游泳」：*N<um>aŋuy「游泳」、或氣象動詞，其中最佳證明的例子是 *quzan「雨」：*q<um>uzan「下雨」。這個模式在某些現代語言中仍然存在，但顯然不出現在其他語言。即使在同一種語言中，*maŋ- 和 *-um- 反映的功能對比也絕非完全清晰。例如，在砂勞越北部的克拉比語，*maŋ- 的反映常常標記及物動詞，而 *-um- 的反映所標記的動詞幾乎都是不及物動詞，因此，kiluʔ「彎曲、轉彎，如路徑」：ŋiluʔ「拗彎，如電線」：k<əm>iluʔ「迂迴、蜿蜒，如路徑或河流」，riər「轉彎、滾動」：ŋə-riər「轉向或滾動某物，如木材」：r<əm>iər「滾動，指無人為干預的滾動，如圓木滾下斜坡」，turun「下降或降低的動作或舉止」：nurun「降低某物的高度」：t<əm>urun「往下降，如梯子」。然而，在其他動詞中，這種區別不那麼明確，如 k<um>an「吃」，可以帶賓語，或不帶賓語，還有 araŋ「舞蹈」：ŋ-araŋ「跳舞」、taŋe「在哭泣」：naŋe「哭泣；哭」、dalan「路徑」：nalan「走路」、或從 linuh「思想」加/ŋ/-（< *maŋ-）的 ŋə-linuh「想」，但卻是不及物。

其他功能

　　*-um- 的反映在距離遙遠的西馬波語中形成起始動詞，如本督

語的 *bikas*「精力充沛」：*b<um>ikas*「他正變得精力充沛」、塔加洛語 *sakit*「痛苦」：*s<um>akit*「變痛苦」、頂達都孫 *gayo*「大」：*g<um>ayo*「變（較）大」、或木膠語 *gaduŋ*「綠」：*mə-gaduŋ*「變綠、把東西變綠色」。在查莫洛語，*-um- 的反映可以跟另一個詞綴共同出現，標記靜態動詞的起始，但是詞素邊界有重新調整，如 *ma-hetok*「硬」：*mu<ma>hetok*（<* m<um>a-hetok）「變硬」。

功能負荷

　　*-um- 的反映在大多數台灣南島語言和許多菲律賓語言中仍然是動詞系統的核心，但在菲律賓語言因為與 *maŋ- 或 *maR 的反映分擔標示主動者語態的工作，其功能負荷已然減低，在保留菲律賓類型動詞系統的其他語言中，*-um- 的功能負荷更進一步降低，如馬拉加斯語通常用 *man-* 標記主動者語態，只有少數動詞用 -om-，如 *h<om>ana*「吃」（比較 *han-ina*「食物」）、以及 *tany*「哭；淚」：*t<om>any*「哭」。在馬來語／印尼語中可以看到一種不同類型的功能負荷減少：*-um- 僅保留在半僵化的形式中，通常是具有強烈視覺或聽覺象徵的詞：*getak-getuk*「牙齒打顫的聲音」：*gələtuk*「因為冷而打顫」：*gəmələtuk*「因為冷而牙齒發出打顫的聲音」、*gəməntam*「隆隆聲，指大砲」（<*g<em>entam?）、*gəmələtap*「跑步時腳發出的踩地聲」（<*g<əm><əl>ətap?）、*gilaŋgəmilaŋ*「閃耀、閃爍」、*guruh*「雷」：*gəmuruh*/ *guruh-gəmuruh*「隆隆響，指雷聲」。

同位詞現象

　　有些語言有一個 -um- 的同位詞素，若詞基以輔音起首則為中綴，若以元音起首時則為前綴，如伊斯聶格語的 *sáŋit*「在哭」：

s\<um\>áŋit「哭泣」和 *inúm*「喝」：*um-inúm*「喝」、或塔加洛語的 *datíŋ*「到達（名詞）」：*d\<um\>atíŋ*「到達」、以及 *ulán*「雨」：*um-ulán*「下雨」。在許多其他語言，*-um 在輔音起首的詞基中反映為 -VC-，而在以元音開頭的詞基中則反映為 C-：巴丹語、Siocon Subanun 的 *k\<um\>an*「吃」，但 *m-inum*「喝」、克拉比語的 *turun*「下降的方式」：*t\<əm\>urun*「往下，如階梯；跳下來」，但是 *udan*「雨」：*m-udan*「下雨」、多峇巴塔克語的 *taŋis*「哭」：*t\<um\>a-taŋis*「哭泣」，但是 *inum*「喝」：*m-inum*「喝」。[60]

　　儘管多數語言只有兩個 *-um-* 的同位詞素，有些語言卻有更多個。比如說，博朗蒙貢多語的 *-um-* 在元音起首的詞基表徵為[m]-（*aŋoy*「來」：*ma\<m\>aŋoy*「即將來或去」、加中綴後 CV- 重疊）、唇音起首的詞基則為準鼻音替換（PNS，*mo-patuʔ*「暖、熱」：*u-matuʔ* 來自 *p\<um\>atuʔ*「覺得暖」、*bonu*「內部」：*u-monu* 來自 *b\<um\>onu*「把自己擠進去」），若詞基以輔音起首，當第一元音為前高元音時，其體現為 *-im-*（*kilat*「閃電」：*k-im-ilat*「閃，指閃電」、*siup*「房子底下的空間」：*s-im-iup*「到房子底下」）、其他情況則為 *-um-*（*kuduŋ*「彎曲」：*k\<um\>uduŋ*「彎曲」、*tapaŋ*「尿」：*t\<um\>apaŋ*「小便」）。蘇拉威西東南的 Muna 呈現更豐富的同位詞素現象，*-um-* 至少有五個音韻變體：1）多數輔音起首的詞基維持不變，如 *gaa*：*g\<um\>aa*

---

60 根據某些分析，菲律賓語言，如伊斯聶格語或塔加洛沒有元音起首的詞基，因為元音前會自動加上喉塞音，且加綴後仍保留著。然而，此現象在排灣、伊巴亞頓語、或卡達山卻不然，同樣的加綴形式可見於這些語言：排灣語的 *m-alap*「拿；撿起」：*in-alap*「打獵所獲」、Itbayaten 的 *ma-axap*「被抓到」：*in-axap*「被拿」、Kadazan 的 *azak*「有趣」：*in-azak*「歡鬧」。

「結婚」、2）詞基以元音起首則為 *m*，如 *ala : m-ala*「拿」、3）詞基以唇音起首則為 PNS 如 *poŋko : moŋko*（< p<um>oŋko）「殺」、4）詞基以 *b*、*bh*、鼻音或前鼻音化輔音起首則為零標記、5）若第一個元音為 *i* 則為 *-im-*，如 *limba : l<im>imba*「出去」、*hiri : h<im>iri*「剝皮」、或 *sikola*「學校」：*s<im>ikola*「上學」。因為 Van den Berg（1989: 29）指出最後的這個同位詞素僅限於單一區域的少數部落，顯然這跟往北數百英哩的博朗蒙貢多語相似的創新是獨立的發展。[61]

此一中綴同位詞素最為豐富的見於中台灣的邵語，其 *-um-* 有十個表面形式：1）*-m-*：*canit/c<m>anit*「哭」、2）*m-*：*zai/m-zai*「說、建議」、3）零形式：*fariw/fariw*「買」、4）準鼻音替換：*patqal/matqal*（< p<um>atqal）「做標記」、5）*-um-*：*cpiq/c<um>piq*「打稻稈脫粒」、6）*-[om]-*：*qpit/q<um>pit* [qompɪt]「夾在腋下；用剪刀剪」、7）*-un-*：*ktir/k<un>tir*「捏」、8）*-[on]-*：*qtut/q<un>tut* [qontut]「放屁」、9）*-[oN]-*：*tqir/t<un>qir* [toNqer]「抗議，憤而離開」、10）*-u-*：*shnara/sh<u>nara*「燒」（Blust 1998b, 2003a）。有些缺乏準鼻音替換的語言會在詞基以唇音起首時，以另一個詞綴替換 *-um-* 來避免 *pVm* 或 *bVm* 音串。例如 Sabah 的 Tindal 都孫語唇音起首的詞基很明顯從來不用 *-um-*，而用 *moŋ-*。最後，由於 *-um-* 的反映對唇塞音起首的詞基會引發準鼻音替換，因此出現在許多基底形式以 *p-* 開始的主動者語態前綴，如 *maR-* < *p<um>aR*，以及 *maŋ-* < *p<um>aŋ-*（Wolff 1973: 72ff）。

---

61 根據 Jason Lobel（個人通訊），十七世紀比可語和比薩亞語（Bisayan）的 *-um-* 也有同位詞素 *-im-* 記錄在西班牙語的文件中，但現代語言卻轉為 *-um-*。

6.3.2.2　*-in-「完成；名物化」

此一中綴至少有兩個重要的面向與 *-um- 不同。首先，在原始南島語及其傳承下來的語言中，*-in- 標記完成貌（或在中菲律賓語言標記新事態）而不是四個語態或動詞「焦點」之一。其次，除非加 *-um- 中綴的動作動詞透過格位或結構標記名物化，如塔加洛語的 *aŋ s<um>úlat*（主格 寫 =「寫的人」），或與其他構詞結合，如班詩蘭語的 *láko*「貨物」：*l<om>a-láko*「商人」，*-um- 的反映幾乎總是只具備動詞的功能，*-in- 或其他語態則不然，其他語態常單獨與詞基形成動詞與動詞名物化名詞。

功能負荷

如上所述，儘管 *-um- 的功能跨語言傾向相當一致，但其功能負荷在新創其他方式來標示主動者語態的語言中變異顯著。相對的，*-in- 的反映顯示比較多的功能變異，但功能負荷則相對恆常或一致。

同位詞素

*-in- 的反映通常比 *-um- 的反映呈現更少的同位詞素。如上所示，*-um- 通常在元音起始的詞基之前反映為 *m-*。在某些語言中，*-in- 的反映在這種環境中仍保留其元音，即使相對應的 *-um- 反映沒有：邵語的 *utaq*「嘔吐」：*m-utaq*「嘔吐」：*in-utaq-an*「被吐出來的（東西）」、排灣語的 *m-alap*「拿、撿起」：*in-alap*「狩獵所獲」。然而，在其他語言中，當加到元音起始的雙音節詞時，-um- 與 -in- 都丟失元音，如吉布語的 *m-abit*（</um-abit/）「握」：*n-abit*（</in-abit/）「被握著」，或者 *m-itoy*（</um-itoy/）「推鞦韆上的人」：*n-itoy*

（< /in-itoy/）「在鞦韆上被推」。邵語還允許 -in- 的鼻音跟後面的塞音同化或在鼻音之前刪略，如 cpiq「打穀」：c<im>piq（</ c<in>piq/）「脫殼」、或者 ta-tnun-an「織布機」：t<u>nan（</t<um>nan/）「編織」：t<i>-nan（</t<in>nan/）「由某人所編織」。如同 *-um-，除了作為一個獨立的詞綴使用之外，*-in- 亦是從較長的基底形式減縮的主動者語態詞綴之一部分，如塔加洛語的 nag-（<p<um><in>aR-）、naŋ-（<p<um><in>aŋ-）、或 naka-（<*m<in>aka-）。

完成貌

　　原始南島語標示完成貌的 *-in- 在台灣南島語和菲律賓語言，以及某些西印尼語中很普遍：

　　泰雅語（北台灣）：Rau（1992）把泰雅語的 -in- 註解為「過去式」：m-agal「拿」：m<in>agal「拿（過去式）」、mita?「看」：m<n>ita?「看（過去式）」、m-ariŋ「開始」：m<in>ariŋ/n-ariŋ「開始（過去式）」。根據 Rau（1992: 48），「過去式被用來表示所報導的事件時間在說話時間或另一事件之前」。

　　伊洛卡諾語（北菲律賓）：Rubino（2000）稱伊洛卡諾語的 -in- 為「完成貌」標記：m-apán「去」：n-apán「去（完成）」、surát-en「寫」：s<in>úrat「寫（完成）」、punás-an「擦」：p<in>unás-an「擦（完成）」。

　　克拉比語（北砂勞越）：Blust（1993a）表示原始南島語 *-in- 在克拉比語反映為過去式或完成貌標記：arak「竹欄杆扶手」：ŋ-arak「以手攪扶，對盲人」、in-arak「被以手攪扶」、bulat「張大眼睛」：mulat「注視」：b<in>ulat「被注視」、dadaŋ「火的熱度」：nadaŋ「用

火加熱」：*s<in>adaŋ*「被以火加熱」、*pətad*「分開」：*mətad*「與某物分開」：*pitad*「被與某物分開」、*tabun*「一堆或一疊」：*nabun*「堆或疊」：*s<in>abun*「被堆或被疊」。

邵語的「逆轉完成貌（reversed perfective）」（Blust 2003a）：儘管 *-in-* 作為動貌標記反映通常被註解為「完成貌」，但在某些語言中還是形成微妙的差異。邵語的許多例子似乎都涉及直接標記完成貌，如 *m-apa*「背」：*m<in>ap*「背（完成）」：*'in-apa*「被背」、*m-iup*「吹」：*m<in>iup*「吹（完成）」：*'in-iup*「被吹」、*i-tana-utu*「在那邊」：*in-i-tana-utu*「在那邊（過去）」、*duruk*「刺」：*d<in>uruk*「被刺」、*fariw*「買」：*f<in>ariw*「被買了」、*kan*「吃」：*k<m>an*「吃」：*k<m><in>an*「吃（完成）」：*k<in>an*「被吃」、*qpit*「夾，如在腋下」：*q<um>pit*「夾在腋下」：*q<m><im>pit*「把東西夾在腋下」：*q-im-pit*「被夾在腋下」、*tash*「複製、模仿」：*t<m>ash*「複製或模仿」：*t<m><in>ash*「複製或模仿（完成）」：*t<in>ash*「被複製或被模仿」。然而，在其他示例中，*-in-* 標記了由過去動作引起但不復存在的狀況。這可以用句子（16）-（18）來說明：

16. *nak   a   hulus shu-liqliq-in   cumay*
    1sg   連語   衣服 shu- 撕-受事語態   熊
    我的衣服被熊撕破（而且還破破爛爛）

17. *nak a   hulus   sh<in>u-liqliq-in   cumay*
    1sg 連語   衣服   shu<完成>撕-受事語態   熊
    我的衣服被熊撕破（但已經補好了）

18. *cicu*　　　*p<in>an-shiz-an,*　　　　*ma-qitan*　　　*iza,*

　　3sg　　　**pan<完成>生病 -an,**　　　**靜態-好**　　　已經，

　　mu-qca　　*pan-shiz-an*

　　恢復　　　生病

他生病、好了、又再生病。

在句子（16）和（17）中，焦點不在於熊的動作，而在於衣服的結果，因此（17）中的完成貌用來「解除」撕破這件事。這在（18）句中更加清楚，因為患者已經病了兩次，但只有在復原已經發生的情況下才用完成貌標記來描述。這種「逆向完成貌」的其他例子在邵語可以找到記錄，但是諸如 *iniup* 或 *k<m><in>an* 之類的用法似乎不適用於這種解釋。

中菲律賓語的新事態中綴： 雖然 *-in-* 在塔加洛語的反映有時被描述為完成貌標記（Schachter & Otanes 1972: 366 頁起），但在大部中菲律賓語言中，最好將之註解為新事態標記，描述已經開始但尚未完成的動作。因此邵語和中菲律賓語 *-in-* 反映所見的語意變異，是達成類似效果的兩種不同方式，即過去行為缺乏可見的後果。在邵語，軌跡是開始－完成－逆轉（因此返回到開始），而在中菲律賓語言則是開始（但未必完成）。*-in-* 的反映功能上細微的差異可能出現於其他菲律賓語言，但還有待描述。

名物化詞綴

除了動貌標記之功用外，原始南島語 *-in-* 的反映在許多南島語言也用來從動詞衍生名詞。在大多數菲律賓類型的語言中，這個中綴具有動詞和名物化功能，但在某些大洋洲語群的語言中，其功能

只有名物化詞綴：

邵語：在邵語，-in- 的名物化功能不常見，但出現少數例子中，如：*m-acay*「死、死的」：*m<in>acay*「埋葬處、墓園」和 *saran*「路徑、路」：*s<in>aran-an*「走過之處」。

伊洛卡諾語：Rubino（2000）列舉了許多伊洛卡諾語名物化的例子。其中有些是去動詞化，如 *bayu-en*「磨米；粉碎；瘀傷」：*b<in>áyo*「磨好的米」、或者 *mátay*「死」：*m<in>átay*「屍體」，其他則是去名詞化，如：*búŋa*「水果」：*b<in>úŋa*「小孩、後代」、*burbór*「毛皮、粗毛」：*b<in>urbúr-an*「一種棉布；毛巾」、*butáy*「糙米」：*b<in>utáy*「碾碎或磨成粉的米」、*giliŋen*「研磨」：*g<in>iliŋ*「碎肉」、或 *súrat*「信；書寫」：*s<in>úrat*「文章；散文；文件」。在大多數情況下，伊洛卡諾語的名物化名詞是動詞所指動作之產物。

塔加洛語：塔加洛語作為名物化詞綴的 -in- 通常形成表示動詞動作結果的去動詞化名詞，如 *sáʔiŋ*「煮飯」：*s<in>áʔiŋ*「煮熟的米」、或者 *tápa*「切成薄片，如肉」：*t<in>ápa*「切成薄片的肉」。

在許多西索羅門群島的大洋洲語群語言中，*-in- 被反映為名物化的詞綴，沒有任何動詞功能的跡象：

羅維雅那語：（Waterhouse 1949: 228 頁起）：*ene*「走路」：*in-ene*「旅程」、*avoso*「聽到」：*inavoso*「新聞；聽力」、*tavete*「工作（動詞）」：*t<in>avete*「工作（名詞）」、*zama*「說」：*z<in>ama*「話、詞」、*via*「清潔」：*v<in>ia*「純淨」、*salaŋa*「治療」：*s<in>alaŋa*「療法；治療」、*gila*「知道」：*va-gila*「展現」：*v<in>a-gila-gila*「信號」。

華瓦語：根據 Davis（2003: 39），在索羅門群島的新喬治亞島上的華瓦語，「這個詞綴滋生力極強，實質上可與任何動作動詞或靜

態動詞並用產生名詞。」她列舉來做說明的例子有 1）動作的結果：如 *asa*「磨碎」：*in-asa*「用磨碎的樹薯做的布丁」、*guzala*「纏繞樹皮做繩子」：*g<in>uzala*「用樹皮纏繞做的繩子」、*bukulu*「排便」：*b<in>ukulu*「糞便」，2）經歷動作的物體：*babana*「拖」：*b<in>abana*「被拖之物」、*gerigeri*「收集建材」：*g<in>erigeri*「建房子所需的木頭、木棍、藤等」、*mae*「來」：*m<in>ae*「來者」，3）描述動作的抽象名詞：*dumi*「用拳猛擊」：*d<in>umi*「猛擊」、*hade*「包」：*h<in>ade*「包的動作」、*boru*「按摩」：*b<in>oru*「按摩；療法」，4）來自經驗和靜態動詞的抽象名詞：*edo*「高興」：*in-edo*「快樂」、*hiva*「想要」：*h<in>iva*「希望、欲望」、*to*「活著」：*t<in>o*「生活」。少數例子中，名詞從既存的名詞中產生，*-in-* 中插於一個衍生動詞的前綴中來名物化這個動詞，如：*va-bobe*「填滿」（加使動前綴 *va-*）：*v<in>a-bobe*「填塞物」、*vari-razae*「打架（帶相互性前綴 *vari-*）」：*v<in>ari-razae*「戰爭」、*ta-poni*「被給予」（被動前綴 *a-*）：*t<in>a-poni*「禮物」。

　　有些非大洋洲語群的語言似乎也把 *-in-* 的功能侷限在名物化。比如說，Wolff（1972: 378 頁起）就列舉了宿霧比薩亞語三個同音的中綴 *-in-*，其中沒有任何一個的功能是標示完成貌，兩個只有名物化功能，而 Woollams（1996: 89 頁起）則將卡羅巴塔克語的 *-in-* 描述為低頻的中綴，「從及物動詞詞幹衍生名詞，這些動詞詞幹幾乎都以 /t/ 開頭」。此外，儘管名物化 *-in-* 的用法未能在波里尼西亞語言存留下來，根據 Clark（1991），其僵化的痕跡可能呈現在原始波里尼西亞語的 *faŋota「補魚」：*fiŋota「貝類」（< *f<in>aŋota「捕魚之所獲」，因 *-na-* 音節規律丟失而成）。

混成語態／動貌標記（Portmanteau voice/aspect marker）

在其他語言中，*-in- 的反映已經成為受事者／目標「焦點」或被動語態的標記。多數情況下當有適切的描述存在時，-in- 或其在這些語言中對當的音素為一個混成詞素，同時標記焦點和動貌。這種雙重功能的原因在於原始南島語動詞加綴潛在的特殊性：雖然 *-in- 與其他語態共同出現，但當它附著在受事焦點的詞基時，後綴 *-en 表徵為零，如原始南島語的 *k<um>ali「挖起來（主事者語態，非完成）」：*k<um><in>ali「挖起來（完成貌主事者語態）」，*kali-en「被挖起來（受事者語態）；所挖起來的」：*k<in>ali（非 **k<in>ali-en）「被挖起來；所挖出來的」。當 *-en 表徵為零時 *-in 就不可避免地具備動貌和「語態標記」功能。這在文獻上的描述並無法完全辨識出來，但有時可以從語料中確定。例如，Topping（1973: 187 頁起）描述了查莫洛語三個同音的中綴 -in-：1）目標焦點、2）名物化、3）形容詞化。他認為 -in- 的目標焦點功能為主要功能，但他所提供的每個帶有 -in- 的目標焦點結構都被翻譯為英語的過去式。具有混成功能的 *-in- 反映在北砂勞越的語言中很常見，如在 Bintulu，-ən- 被中插於自由詞素標記許多動詞的被動語態，而 -in- 則被中插於 pa- 以標記使動動詞的被動形式，這些都指已完成的動作：g<əm>azaw/mə-gazaw「抓傷某物」：g<ən>azaw「被某人抓傷」、g<əm>utiŋ「用剪刀剪」：g<ən>utiŋ「被用剪刀剪」、p<in>atəbaʔ「把水倒在自己身上」、p<in>a-təmbəʔ「被砍伐，指樹」、p<in>a-səɓut「被咬了」。獨特的是，邵語允許 *-in- 和 *-en 的反映出現在同一詞基，但這幾乎可以肯定是歷史上的次要發展（Blust 1998c）。

其它功能

　　其他與 *-in- 反映相關的功能包括「加強」（intensive），如 Aklanon 語的 *káon*「吃」：*nag-k<in>áon*「吃了又吃」（Salas Reyes, Prado & Zorc 1969: 229）；在多數中菲律賓語言中以民族的名稱為基礎，形成語言名稱或表「說 X 語」的動詞，如宿霧語的 *bisáyaʔ*「比薩亞人」：*b<in>isáyaʔ*「比薩亞方式；比薩亞語；說比薩亞語」、或者是 *tagálug*「塔加洛人」：*t<in>agálug*「塔加洛方式；塔加洛語；說塔加洛語」（Wolff 1972）；「形容詞化」，如查莫洛語的 *palaoʔan*「女人」：*p<in>alaoʔan*「女人般的」或 *aʔpakaʔ*「白色」：*in-aʔpakaʔ*「白白的」（Topping 1973: 187）；「指方式或狀態的形容詞形成詞綴」，如希利蓋農比薩亞語的 *súgba*「烤；炙」：*aŋ s<in>úgba-ŋ ísdaʔ*「烤的魚」（Motus 1971: 147）；以及「從名詞衍生形容詞的詞綴」，如 Yakan 的 *pilak*「比索」：*p<in>ilak*「富有的」（Behrens 2002: 123）。鑑於其由來並非趨同的可能性，查莫洛語和 Yakan 用 -in- 來名詞衍生形容詞或靜態動詞可能反映了原始馬波語 *-in- 的另一個次要功能。除了 -in- 的這些滋生力高的功能之外，在兩個廣泛分佈的詞基中發現了具有相同形狀的中綴僵化反映，其功能不明確：原始南島語 *Caqi*「糞便」：* C<in>aqi*「小腸」，原始南島語 *bahi*「女人；女性」，但是馬來語的 *b<in>ahi 反映是 *bini*「妻子」、農福爾島（Numfor）是 *bin*「女人、雌性」、東加語的 *fine-*「許多指涉女人詞中的組合形式」，*ba-b<in>ahi 在桑伊爾語的反映 *babine*、帛琉語的 *babil*、莫杜語的 *hahine*、或夏威夷語的 *wahine*「女人、雌性」（Blust 1982a）。

最後，*-um- 和 *-in- 之間的某些結構或分佈差異仍然無法解釋。如前所述，元音起始的詞基，*-um- 的元音比 *-in- 的元音更可能丟失。此外，在倒數第二個元音合併為輕元音的語言，如克拉比語中，*-in- 的元音有時會被保留：*zaRami > dəramih「稻草」、*bituka > bətuəh「胃」、*qali-matek > ləmatək「叢林水蛭」，但是 layuh「枯萎」：ŋə-layuh「使之乾枯，如將之置於火附近」：l<in>ayuh「被某人弄乾枯了」（比較 l<in>ayuh「枯萎」）、riər「翻轉；滾動」：ŋə-riər「翻轉或滾動某物」：r<in>iər「被翻轉或滾動」（比較 r<əm>iər「自行滾動」）、ŋə-rudap「哄某人（如孩子）睡覺」：l<in>ayuh「被放下來睡覺」、tanəm「墳墓」：nanəm「埋」：s<in>anəm「被埋葬」。這兩個中綴的反映在其地理分佈上也形成對比：兩者在台灣、菲律賓、北婆羅洲多數地區、北蘇拉威西、蘇門答臘北部的巴塔克語、以及西麥克羅尼西亞的查莫洛語都很常見。然而，*-um- 的反映在大洋洲群的語言或任何東印尼語言皆未被發現是活耀的詞綴。

6.3.2.3　*-ar-「複數」

這個中綴能見度遠不如前兩個那麼高，*-um- 和 *-in- 的反映可以在 200 多個語言中見到，但 *-ar- 的反映只出現在少數語言中。這個詞綴的辨識也因另外兩個考慮因素而變得複雜：1）某些語言似乎反映了 *-al- 或 *-aR-，有時難以與 *-ar- 區別，2）為數不少的語言 *-ar- 的元音與詞基的下一個元音同化，致使詞素邊界難以定位。以下語言提供了 *-ar- 的證據：

巴宰語（Ferrell 1970:78）：-ar-「工具」。正如 Li & Tsuchida（2001: 18-19）所述，這個詞綴只記錄在 baranaban「甕」和 duŋuduŋ：

daruŋuduŋ「鼓」。在 *baranaban* 中並沒有中綴存在的對比證據，此外，*duŋuduŋ* 和 *daruŋuduŋ* 的註解是相同的。

排灣語（Ferrell 1982）：-ar-（加 Ca- 重疊）「各方面都做；四處」：*kim*「尋找」：*k<ar>a-kim*「到處找」、*tjəzak*「一滴液體」：*tj<ar>a-tjəzak*「不停滴；到處滴」。

哈努諾語（Conklin 1953）：-ar-「複數」：*ʔába*「長度；長」：*ʔar-ába*「長（複數）」、*ʔáni*「徒手收割稻子」：*ʔar-any-ún*「被用手收割（複數）」、*daká*「大」：*d<ar>aká*「大（複數）」、*diʔít*「小」：*d<ar>iʔít、d<ir>ʔít*「小（複數）」、*táʔid*「近」：*t<ar>áʔid*「靠近（複數），如柵欄杆、木樁等」、*tarúk*「跳舞、在跳舞」：*t<ar>arúk-an*「舞蹈，即很多舞」、*badíl*「槍、槍支」：*b<ar>adíl-a*「槍械之射擊」。

哈努諾語的語言現象在很多方面都很複雜。首先，儘管這裡提供了例子，但並非所有的 -ar- 都用來標記複數。事實上，-ar- 貢獻的語意通常是模糊的，如 *ʔugát*「排泄物、廢棄物」：*ʔur-ugát-an*「直腸；肛門；私處；廁所」、*gitíŋ*「任何由凹口、起伏或鋸齒形切口的修飾線」：*g<ar>itíŋ*「連續的凹口，如棍子側面的切割」、*hábul*「織布」：*h<ar>abl-án*「背帶織機」、*híruŋ*「戒指，飾環」：*h<ar>íruŋ*「祭祀供奉的圓珠」、*sakáy*「騎在馬上、船上或陸上交通工具」：*s<ar>aky-án*「交通工具」、*tínduk*「當地最大的芭蕉種類」：*t<ar>índuk/t<ir>índuk*「陰蒂」。其次，如以下例子所示 *kibkíb*「椰子肉」：*k<al>ibkib*「在大部分肉被刮掉後仍附著在椰子殼內部的部分」。*siŋát*「物體在劈開的木棍分岔中的位置」：*s<al>iŋát*「粘在劈開的棍子或樹樁的分岔上」、*takúp*「蓋子、頂部」：*t<al>akúp*「門；

滑動門道蓋」或 *túban*「肉體」：*t<ag>úban*「肉、肉體」、*sumá*「返回」：*s<ag>umá*「回到之前的位置或狀況」：*s<in><ag>umá*「倒退」，哈努諾語具有形式上相近的中綴 *-ar-*、*-al-*、以及 *-ag-*，且後面兩個的語意貢獻難以界定。第三，如 *d<ir>iʔít* 和 *ʔur-ugát-an* 這樣的例子中所見，*-ar-* 的元音有時會跟詞基的第一個元音同化。這種特定於中綴的同化類型，讓人聯想到 *-om-* 的同位詞素 *-im-*，在中菲律賓語言如比可語或希利蓋農語似乎相當普遍：前者有同位詞素 *-ar-*、*-ir-* 和 *-ur-*，其第一個詞基元音是 *a*、*i* 或 *u*，而後者（已將 *r 和 *1 合併）具有 *-al-*、*-il-* 和 *-ul-*。在像比可語或希利蓋農語這樣的語言中，中綴元音規律的預期同化（anticipatory assimilation）使得詞幹與中綴的界限不確定（*-ar-* 相對於 *-ra-*，*-ir-* 相對於 *-ri-* 等。）

中塔班瓦：根據 Scebold（2005: 35-36）的描述，菲律賓巴拉灣島的塔班瓦語有 -Vr- 中綴，標記「集體動貌」。此一中綴的元音與詞幹的第一個元音同化，而且，當中綴附著於以 /l/ 開始的詞幹時，*r* 和 *l* 會換位：*t<ər>əpad*「在左右、相鄰」、*nunut* : *n<ur>unut*「彼此陪同」、*anak* : *ar-anak*「某人所有後代一起」、*inəm* : *ir-inəm*「全部一起喝」、*laktu* : *r<al>aktu*（**l<ar>aktu）「全部一起跑」。

Viray（1973）主張這些中綴與 *-um-* 和 *-in-* 不同在於形式是 -CV-，他主要的證據來自中綴的重疊，如：比可語的 *pintóʔ*「門」：*piripintóʔ*「小門」、以及 *kandíŋ*「山羊」：*karokandíŋ*「小山羊」。當中的第一個呈現 *p<ir>i-pintóʔ*（具有中綴的重疊）或 *pi-ri-pintóʔ*（具有 Viray 想處理成中綴＋中綴的中綴串）的分歧，第二個似乎只能分析成包含 CV 前綴 *ro-*。然而，我們有理由質疑這個分析。首先，Viray 提供的比薩亞語例子，為數不少呈現的重疊形式，元音不是複

製詞基的第一個元音。姑且不論中綴的邊界何在，宿霧語的 *bolo-babaye*「似女人的」（*babaye*「女人」）以及希利蓋農語的 *polo-panday*「經驗淺薄的木匠」（*panday*「木匠」）這兩個例子就呈現重疊音節的元音與詞基的元音不同。這使得諸如 Samar-Leyte *saro-sakay-an*「小船」（*sakay*「船」）這樣的形式可以被分析為 *s<ar>o-sakay-an* 而非 *sa-ro-sakayan*，因為沒有獨立的證據顯示有 *ro-* 這樣的前綴。其次，相似的小稱名詞形成模式也見於北呂宋的阿古塔語，且其所呈現的機制並非加中綴，而是多重固定音段的重疊形式 *Cala-*（Healey 1960: 6 頁起）。這些構詞的形式與功能相似顯示其間似乎有可能存在歷史關係。

　　儘管 Viray 引證的形式涉及不尋常的固定音段重疊形式而非加中綴，但 *-ar-*、*-al-* 或 *-aR-* 的證據分布很廣。雖然在比可語和大多數比薩亞語的 -aC- 中綴中，元音同化是強制性的，因此導致詞素界線模糊，但這在哈努諾語卻可選的，如 *di?it*「小」：*d<ar>i?it/ d<ir>i?it*「小（複數）」，其中 *-ir-* 必須與 *-ar-* 形式相似。此外，在中菲律賓，單音節重疊的反映經常與主動或僵化的中綴 *-ag-* 或 *-al-* 一起出現，如宿霧語的 *b<ag>ukbuk*「鑽木象鼻蟲」（原始馬波語 *bukbuk*）、*bukbuk*：*b<al>ukbuk*「把東西磨成非常細小的顆粒或粉末」（詞根 *buk*「重擊；搗碎」），*dukduk*「反覆重擊」：*d<ag>ukduk*「捶；敲擊聲」（原始馬波語 *dekdek*）或 *h<al>iphip*「修補編織物的破洞」。類似的音節重疊詞加中綴的邊緣例子亦見於一些台灣的南島語言，如邵語的 *mismis*「睫毛；眨眼」：*mak-m<ar>ismis*「一直眨眼」或 *pakpak*「拍手」：*p<ar>akpak*「發出砰砰聲」（反映 *-al-* 或 *-ar-*）。

馬來語：馬來語沒有還活躍的 *-al- 或 *-ar- 反映，倒是有相當多的證據顯示有僵化的這種形式。跟大多數原始南島語一樣，絕大多數馬來語詞基都是雙音節詞。然而，很大比例以輔音開頭，後面是 -əl- 或 -ər- 的詞彙由三音節組成，馬來語（Wilkinson 1959）和印尼語（Moeliono 1989）皆然。在大多數情況下，沒有證據顯示馬來語的三音節形式 CəlVCV(C) 或 CərVCV(C) 是由雙詞素組成的，但它們與典型語素長度上的偏離暗示它們含有僵化的中綴 *-al-、*-ar-、或 *-aR-。概括更完全的統計資訊才能清楚顯示的內容，我們不會預期以 gəb-、gəd-、gən-、gəs-、或 gət- 開頭的詞基包含僵化的中綴，反之，以 gəl- 或者 gər- 起始的詞礎則有這樣的可能性。圖 6.2 顯示在 Wilkinson（1959）的馬來語－英語詞典中以這些序列開始的 1）雙音節和 2）多音節詞基數目，排除已知的借詞：

圖 6.2　馬來語帶 *gəl-* 與 *gər-* 詞基之標準偏離（canonical deviation）

	雙音節	多音節	多音節中的百分數
gəb-	7	2	22
gəd-	17	237	68.5
gən-	44	18	29
gəs-	5	0	0
gət-	17	1	5.5
gəl-	19	215	91.9
gər-	52	192	78.7

從這些數詞中清楚浮現出的是，對長度超過兩個音節的詞基，起始的 *gəl-* 和 *gər-* 之間存在統計學上的顯著相關，暗示在沒有詞形

變化對比的情況下，這些詞有許多帶有僵化的中綴 -əl- 和 -ər-。有點令人驚訝的是，同樣的測試顯示有 -əd- 中綴，而比較方面的證據未知。以 gem- 開頭的詞基，在這個樣本中被忽略，但卻顯示與二音節以上的詞有同樣強烈的關聯，支持這些詞有許多包含僵化中綴 -əm- 的推論。毋庸置疑，選 gəl- 而不選 bəl-、dəl-、jəl-、kəl-、或其他可能的起始序列是取樣的人為因素，且針對其他 Cəl 和 Cər- 起始音串，一樣可以預期類似的結果。

多峇巴塔克語：Van der Tuuk（1971: 143 頁起）描述多峇巴塔克語的中綴 -ar- 與 -al- 顯然只能與另一詞綴一起出現。他所描述的這種詞綴組合包含 1）-um- + -ar- 重音在最後音節、2）-um- + -ar- 重音在倒數第二音節、3）mar- + -ur-、4）maŋ- + -ar-、5）-um- + -al-、6）mar- + -al-、7）maŋ- + -al-，以及 8）pa- + -al-。這當中許多與複數指涉有關，且有些可與 -um- 共同出現：siŋoh-an「吞嚥時嗆到」：s<um><ar>iŋok「大聲啜泣，指許多人」。同中菲律賓許多語言一樣，多峇巴塔克語的 -ar- 呈現同位詞素的元音變異。只是，變異的程度與條件基本上不同。只有 -ar- 和 -ur-，而非三個同位詞素（或五個，在中塔班瓦語就可能如此）都出現，根據 van der Tuuk（1971: 145）後者出現在次兩個音節包含相同元音的情境中，如：ponjot：mar-p<ur>onjot「窄；緊」、或 pitik：mar-p<ur>itik「丟掉」。跟中菲律賓的語言一樣，多峇巴塔克語也有中綴 -al-，同樣的，這個中綴對其參與組成的詞貢獻了什麼語意也不清楚。

巽它語：根據 Robins（1959），-ar- 與 -al- 出現在巽它語標示「動詞複數」，亦即複數主事者、受事者、或經驗者。第二個變體「除了不能當第二音節起始音之外，用於起始輔音為 l 以及後面跟著

r 的形式」，如 *hormat*「尊崇、榮耀」：*h<al>ormat*「尊崇、榮耀（多於一人）」、*di-bawa*「被攜帶」：*di-b<ar>awa*「被攜帶，指一以上的情形」、*sare*「睡」：*s<ar>are*「睡（一以上）」。然而，不同於這裡所描述的情況，巽它語的 *-al-* 與 *-ar-* 似乎是同一中綴因流音異化而分歧產生的同位詞素。

總體而言，似乎有比較語言上的證據指向音韻相似但卻截然不同的三個中綴 *-al-*、*-ar-* 與 *-aR-*。[3] 這些中綴的相同與分歧基於幾個考量：1）儘管三者在哈努諾語（Hanunóo）或比可語有所別，但在多數中菲律賓語言中，*-al-* 與 *-ar-* 已合併，此外，*-ar-* 與 *-aR-* 則在馬來語與多峇巴塔克語中合併為一，2）許多語言中，這些詞綴已然僵化，3）同位詞素為數不少，包含元音與輔音方面的變異，有時（例如在巽它語）會產生 *-al-* 為 *-ar-* 之同位詞素的現象，4）即便這些詞素在構詞上具備強的滋生力，*-al-* 和 *-aR-* 在語意上的貢獻仍舊晦澀不明，相對的，*-ar-* 的反映在許多相隔甚遠的語言中都清楚地用來標記複數，儘管並非其所有的用法特質都可以透過這些術語來描述。此外，伊洛卡諾語的 *-an-* 標記「經常、頻繁」，以及一個形式相似但功能不明的詞綴似乎僵化呈現在原始馬波語 *kanukuh*「指甲；爪」的反映中，與原始馬波語 *kuhkuh*「指甲；爪」並列。

6.3.2.4　兩個中綴同時出現

如前所述，原始南島語完成式詞綴並不跟受事焦點 *-en* 同時出現。然而，它卻可以跟別種焦點詞綴同時出現，包括 *-um-*，因此主事焦點完成貌動詞就產生了兩個中綴連在一起的狀況。多數菲律賓型的語言都保存了這種系統，但是卻呈現兩組不同類型：（一）有的

語言反映 *-umin- 次序,(二)有的語言卻反映 *-inum- 次序。Reid
(1992)記錄了許多菲律賓語言的這兩種次序,並且有深入的討論。
表 6.7 是跨地區、跨語言的兩種不同系統,多取材於 Reid(1992),
但儘可能加上了其他地區的語言。

表 6.7　反映 *-umin- 跟 *-inum- 中綴次序語言的地理分布

	*-umin-	*-inum-	*ni-C<um>
臺灣			
泰雅語	X		
邵語	X		
拉阿魯哇			X
卡那卡那富			X
菲律賓			
伊巴亞頓語	X		
巴丹語	X		
伊巴納格語	X (> -imin-)		
伊洛卡洛語		X (> -imm-)	
Balangaw	X	X	
卡林加語	X	X	
卡西古蘭頓阿埃塔語	X	X	
伊富高語		X	
Southern Alta	X		
Yogad		X	
班詩蘭語		X	
博林瑙語		X	
邦板牙語	X		

	*-umin-	*-inum-	*ni-C\<um\>
塔加洛語	X		
阿古塔亞語	X (> -imin-)	X	
巴拉灣語	X		
阿博蘭・塔班瓦	X		
比可語	X		
索索貢	X		
瓦萊語		X	
希利該濃語		X	
Mamanwa	X		
曼薩卡語		X	
薩蘭加尼馬諾波語	X		
陶蘇格語		X (> -im-)	
婆羅洲			
地母公畝路特語	X (> -imin-)		
卡達山語	X		
蘇拉威西			
通達諾語	X	X (> -im-)	
	21	14	2

哪一種次序才是比較古老的？兩種可能都有學者採取。Wolff（1973: 73）認為原始南島語是 *-inum-。Zorc（1977: 247）則為原始比薩亞語構擬了 *-umin-，但沒有進一步討論更早期的形式。Reid（1992: 79）為臺灣以外的南島語言之原始語言（＝原始馬波語）構擬了同一次序（*-umin-），Ross（1995a, 2002a）也把 *-umin- 上推

到原始南島語。表 6.7 的數字支持這種推斷：*-umin- 的反映略高於 *-inum- 的反映。

表 6.7 有三個現象值得做簡短的評論。第一、拉阿魯哇跟卡那卡那富的反映是 *-in- 出現在 *-um- 之前，只不過前者是以前綴形式呈現，而後者是以中綴形式呈現，例如拉阿魯哇的 *t<um>aʋə*「蓋起來（主焦）」：*li-t<um>aʋə*「已蓋起來」、卡那卡那富的 *k<um>aənə*「吃（主焦）」：*ni-k<um>aənə*「吃」。[④]這種不對稱的問題將於 6.3.2.5 節討論。第二、Reid 指出，在 Balangaw 語、卡林加語（Kalinga）、卡西古蘭頓阿埃塔語（Casiguran Dumagat）、阿古塔亞語（Agutaynen）這些語言中，中綴次序有兩種，但呈現互補的情況。類似的現象也見於蘇拉威西島（Sulawesi）北部的通達諾語（Sneddon 1975: 211）。第三、伊巴納格語、阿古塔亞語、地母公畝路特語顯示 *-um-* 的後元音受到接在後面的 *-in-* 前元音的同化（而變成 *-imin-*）。這種情況很像蘇拉威西島的博朗蒙貢多跟 Muna 語：*-um-* 有同位語 *-im-*，如果詞根的元音是 *i*（請注意：這個同位語跟其他語言的情況不同，例如陶蘇格語的 *-im-*「*-um-* 的起始貌形式」，或通達諾語 *-im-*「主事焦點完成貌，語根首是輔音」，這兩者都是同個語位 *-in-* + *-um-* 的融合）。這種同化現象有趣之處在於，只限於中綴 *-um-*，因此不能視為一般元音和諧的一種類型。

Reid（1992）論述 *-umin-* 是先在第一元音前插入中綴 *-in-*，然後再插入中綴 *-um-*，而 *-inum-* 的加綴次序相反。*-umin- > -inum-* 是構詞的演變，若是音韻演變就要假設兩個音節的對調，這是前所未見的假設。Reid 對這個演變的解釋涉及 *-um-* 和 *-in-* 到底是屈折變化還是衍生造詞？菲律賓類型的語言若要做這種區分，有時候很難。

他（Reid 1992: 78）主張：「當 -in- 作為動詞的動貌愈來愈普遍，它就從衍生造詞轉變成屈折變化了。」因此，它跟動詞詞根的關係就不緊密了。他這個觀點饒有趣味，前提是要假定它們在臺灣和菲律賓語言的分布狀況顯示：（一）-in- 作為動貌功用乃是後起的演變，（二）-in- 作為屈折變化多於 -um-，然而這兩種假設卻與事實相反。

6.3.2.5 中綴或前綴？

前面已舉過很多例子，說明運用 -um- 或 -in- 的造詞所呈現的變體是 CV- 而非 -VC- 的形式。這自然引發一個問題：*-um- 和 *-in- 或它們出現在語言裡的各種反映，要當作中綴還是前綴來處理才好？表 6.8 呈現傳統上構擬為 *-um- 和 *-in- 反映的概況。一種語言如有幾個同位詞素，有的是中綴而有的是前綴，就以最典型或最常用的形式作為代表。正如過去文獻中反覆所討論，由於這些詞綴都加插在詞基第一個元音之前：詞基首若為輔音，則加插在第一個輔音之後成為中綴；詞基首若為元音，則加在元音前而成為前綴。這種分布現象遍佈整個南島語系，對於把 *-um- 和 *-in- 歸為中綴或前綴，起不了任何作用。反倒是，只有當出現在輔音起首的詞基前或是以 CV- 的形式出現在元音起始詞基首時，才會被視為前綴：

表 **6.8** 古南島語 ***-um-** 跟 ***-in-** 的中綴或前綴反映

	*-um-	*-in-
臺灣		
泰雅	-m-	-in-
賽夏	-om-	-in-
巴宰	mu-	-in-

	*-um-	*-in-
邵	-m-	-in-
卡那卡那富	-um- mu-/__p, v, m, ŋ	ni- -in-/__t, c, s
拉阿魯哇	-um- u-/__p, v, m, ŋ	ɬi-
排灣	-m-	-in-
卑南	-əm- m-/__l, r	--
菲律賓		
伊洛卡諾語	-um-	-in-
本督語	-om-	-in-
班詩蘭語	-om-	-in-
博托蘭撒姆巴爾語	-om-	-in- ni-/__l,y
塔加洛語	-um-	-in- ni-/__l, r（借詞）, w, y
比可語	-um-	-in-
哈努諾語	-um-	-in-
阿克蘭語	-um-	-in-
宿霧語	mu-	-in-
雅坎語	-um-	-in- i-/__l
陶蘇格語	-um-	-i-
婆羅洲及馬達加斯加		
卡達山	-um-	-in- ni-
Lun Dayeh	-əm-	-in-
吉布語	-əm-	-ən-

	*-um-	*-in-
民都魯語	-əm-	-ən-/-in-
木膠美拉鬧語	mə- -əm-（年長語者）	nə- -ən-
午馬加曼加燕語	-əm- mə-	-ən- nə-
馬拉加斯語	-om-（已僵化）	--
蘇門達臘島及爪哇		
卡羅巴塔克	-um-	-in-
多峇巴塔克語	-um-	-in-
熱洋語	-əm- mə-/__l, m, n, #CVC#	-ən nə-/__l, m, n, #CVC#
古爪哇語	-um-	-in-
蘇拉威西		
Toratán	-um-	-in- ni-/__V,l,r
通達諾	-um-	-in- ni-/__V
博朗盟貢多	-um-	-in- i-/h,l,r,y, 鼻音
望加錫語	-um-（已僵化）	--
麥克羅尼西亞		
帛琉語	-m- (?)	-il-
查莫洛語	-um- ~ mu-	-in-

表 6.8 顯示，古南島語的 *-um- 和 *-in- 約有百分之 76 的語言其反映為中綴（對 *-um- 的反映：43 種語言中有 34 種，對 -in- 的反映：45 種語言中有 33 種）。況且，若有音韻條件，以中綴形式出現

的幾乎都是常態的狀況，這就隱含著一個事實，即中綴才是基本形式，只在特殊狀況之下才以前綴 (C)V- 的形式出現。前綴和中綴同位詞素出現的語境有時相當複雜，不過以上跨語言資料明顯呈現一個傾向：前綴同位詞素出現在詞基的第一個輔音是響音（sonorants），尤其是流音的情況下。在卡那卡那富語 *mu-* 出現在詞基第一個輔音是唇音和 *ŋ-* 時，*-um-* 則出現在其他語境。反之，*-in-* 出現在詞基第一個輔音為 *t*、*c*、*s* 的情況，而 *ni-* 出現在其他語境。因此，卡語沒有語境限制的同位詞素，中綴而言是 *-um-*，前綴則是 *ni-*。其他語言並沒有前綴和中綴的同位詞素，反之，其中一個詞綴是前綴，另一個則是中綴，如巴宰語的 *mu-* 和 *-in-*（Blust 1999a）。塔加洛語的 *-um-*、*-in-* ~ *ni-* 或查莫洛語的 *-um-* ~ *mu-*、*-in-*。最後，砂勞越的木膠美拉鬧語和午馬加曼加燕語（Uma Juman Kayan），蘇門答臘南部的熱洋語（Rejang）都有部份取決於詞基音節素的前綴和中綴同位詞素。在熱洋語 *-əm-* 和 *-ən-* 出現在雙音節第一個輔音不是唇塞音的詞基，*m-* 和 *n-* 出現在以元音起首之詞基前，零和 *ne-* 出現在單音節以 *m-* 或 *mb-* 起首的詞基，*mə-* 和 *nə-* 出現在雙音節以響亮音起首，或單音節不是以 *m-* 或 *mb-* 起首的詞基之前（McGinn 1989: 100 頁起）。木膠美拉鬧跟午馬加曼加燕語兩種語言的單音節詞基（還不到 5%）只用前綴，而雙音節詞基則用 *mə-/nə-* 或 *-əm-/-ən-*。在午馬加曼加燕語中，雙音節詞基的前綴和中綴同位詞素顯然是自由變體，可是在木膠美拉鬧語就不是了，因為在 1955 年左右出生的人一定用前綴，而他們的祖父母輩在 1910 年左右出生的只用中綴（Blust 1988c: 184）。最後，有少數語言 *-in-* 可以換位到 *ni-*，不過中綴和前綴的變體卻有不同的語法功能。例如，卡達山語（Kadazan）的 *-in-*

意指「過去的動作」，而 *ni-* 卻指「動作的受詞，非動作本身」，如 *b<in>oos*「已說的」，*ni-boos*「所說的事」（卡達山都孫文化協會 1995: xxxviii）。

就演變史而言，顯然 *-um-* 和 *-in-* 是中綴。共時的分析若以前綴當作基底形式，在特定條件之下換位而成為中綴 *-um-* 或 *-in-*，這麼做難免違背歷史事實。我們不得不下這個結論：一種語言若同時有前綴和中綴的變體，其演變的方向是從中綴到前綴，而不是從前綴到中綴。有一些更重要的考量支持這種解釋，如下：

跨語言分布的證據：

假若表 6.8 中 79% 需環境決定的 *-um-* 反映，以及 73% 的 *-in-* 反映是中綴，要構擬這兩個詞綴為前綴 *mu-* 和 *ni-*，就得要假定許多語言湊巧都由前綴變到中綴，才能產生現在所見的狀況，然而，這缺乏動因。

兒童語言的證據：

就跨語言而言，中綴遠比前綴和後綴少見得多，因此它也是三種詞綴中最「有標的」（marked）。第一語言習得的預期是，兒童會感到有標的最難學習，而傾向將之變成「無標」（unmarked）。僅管有關中綴習得的研究報告並不多，但就現有的文獻看來，與我們的預期相符。Galang（1982）的報告顯示：習得塔加洛語言的兒童，他們學習有後綴的動詞相對的容易，可是學習有中綴 *-um-* 和 *-in-* 就困難得多。兒童和成人有時全部略去了中綴 *-um-*，只用不帶中綴的詞基（如 *káin*「吃」，而不用 *k<um>áin*）。此外，兒童把 *-in-* 換位為 *ni-* 並不少見，但成人不會如此（Galang 1982: 12）。

跨世代差異：

在木膠美拉鬧語，*-um- 和 *-in- 的前綴和中綴反映變異跟世代差異有密切的關係。如前面所述，老年人用中綴，而年輕人用前綴。

歷史紀載：

有較早期文獻紀錄的語言也顯示相同的演變方向，即由較早的中綴換位到前綴的位置，而非相反的演變方向。Lobel（年代不詳）留意到 Bermejo（1894）記錄的宿霧比薩亞語具有對比的詞綴 *mu-*「未來式」與 *-um-*，後者標記包含命令式、非限定、以及「主事者語態」或「主事焦點」等多種功能。在現代宿霧語，兩者皆為 *mu-*（Wolff 1972: 689）。Bermejo 的生卒年是 1777-1851，因此他的宿霧語語法語料應該是 19 世紀上半所做的記錄。Lobel 批註道「此一著作就某種程度是由 Bermejo 依據 Encina 原著的語法所改寫。」基於 Francisco Encina 的生卒年是 1715-1760，可能宿霧語在十八世紀與十九世紀初區分 *mu-*「未來式」與 *-um-*「命令式、主事焦點」。正如 Lobel 所說，同樣的區別也見於比利蘭（Biliran）島東北部的瓦萊（Waray）方言以及在 Jovellar & Donsol 所說的海岸米拉雅（Miraya）比可語，可以見到類似 *um-iliŋ*「看」相對於 *mu-iliŋ*「將看」或 *l<um>uwas*「出來」相對於 *mu-luwas*「將出來」的對比。

元音交替（Ablaut）：

如我們將於 6.4 所見，砂勞越許多語言從 *-um- 和 *-in- 衍生創新動詞的元音交替系統。假如這些語言的動詞變元音系統是單一歷史變化的產物，這個變化至少應該有 2,500 年的歷史，且 *-um- 與

*-in- 在當時肯定是中綴。變元音系統的分布以及形式的細緻差異指向這個創新開始於砂勞越的美拉鬧海岸區，向北擴散到峇南河（Baram River）盆地。比較構擬與內部構擬顯示 *-um-/-in- 與 u/i 變元音相同，這又接續說明從中綴換位到前綴為相當晚近的發展。

僅化形式（Fossilised forms）：

　　南島語族的多數語言對雙音節詞基有所偏好早為人所知（Blust 2007b），在這樣的傾向之下，許多經由規律音變將原始南島語 *kaen「吃」反映為單音節的語言，在這個中綴於他處已產生音位變化或不再具滋生力後，仍保留了這個詞基加中綴的形式。中婆羅洲的加燕語（Kayan）即為一例，有主動中綴 -əm-，也有 k<um>an「吃」，還有 kan-i「吃（命令）」、ma-kan「餵（人）」、以及 pa-kan「餵（動物）」；反之，自由的詞基 kan 與中綴 -um- 在這個語言都不存在。相似的，在諸如馬拉加斯的語言中，*-um- 的反映已經不再有活力，這個詞素以中綴的形式出現。

準鼻音替換（Pseudo nasal substitution, PNS）：

　　準鼻音替換這個現象出現的範圍從台灣到西麥克羅尼西亞的帛琉。發生準鼻音替換的條件是加綴的詞必須包含 *b-Vm- 或 *p-Vm- 這樣的序列。但 *mV-b- 或 *mV-p- 則不會產生同樣的效果，這可從整個南島語族為數眾多出現在 b- 或 p- 起首詞基前的 *ma-「靜態」反映獲得證實（Blust 2004a）。呈現準鼻音替換語言的地理分布見證了 *-um- 在許多語言出現為中綴的歷史，其中有些已不再活躍的使用這個語法詞素。最明顯的是 原始馬來-波里尼西亞語的 *maŋ- 與 *maR- 前綴，兩者幾乎可以肯定是源自 *p<um>aŋ- 與 *p<um>aR-

（Wolff 1973）經由 CV- 截略而成。

原始南島語的 *mu-「移動前綴」：

　　前面已經提到，原始南島語有一般用來標示移動動詞的前綴 *mu-（Blust 2003c: 451 頁起、471）。已知的 *mu- 反映只見於台灣以及中菲律賓的語言，與 *-um- 反映不相同：邵語的 *tuqris*「圈套陷阱」：*t<m>uqris*「以圈套陷阱捕捉」，但 *mu-tuqris*「誤入圈套陷阱」、*s<m>apuk*「捕捉（人等）」，但 *sazum*「水」：*mu-sazum*「入水」、*fafaw*「頂、上方」：*mu-fafaw*「往上、爬上」，但 *fariw*「買」，帶有零標記主事者焦點：卑南語的 *dirus*「在洗澡」：*d<əm>irus*「洗澡」，但 *mu-dirus*「以水浸泡，指植物」、*riwak*「在清除」：*mə-riwak*「清除」，但 *ruma*「房子」：*mu-ruma*「回家、進屋」、*tamaku*「菸草」：*t<əm>amaku*「抽菸」，但 *Talu-Talun*「森林」：*mu-Talun*「去打獵」。由於原始南島語也有 *pu-「移動的使動」，可能 *mu- 來自 *p<um>u-。然而，所產生的表面形式總是前綴，而 *-um- 的反映則是中綴。

雙重中綴：

　　如果 *-um- 和 *-in- 以及其反映被視為前綴，目前所見的雙重中綴需要不只一個，而是兩個分開的換位來產生所觀察到的 *-umin-* 或 *-inum-* 這樣的序列。若沒有明確的動因支持有單一換位，那就更不可能有雙重換位的動因了。關於此，值得注意的是，儘管 *-um- 與 *-in- 在某些語言有條件或無特殊環境地反映為 *mu-* 與 *ni-*，但並沒有發現任何 *muni-* 或 *nimu-* 的例子。當 *-um- 與 *-in- 跟其他中綴共同出現時也會出現同樣的問題，如希利該濃語／伊隆戈語 的 *púyoʔ*

「住、居住」：*p\<um>\<ul>-úyoʔ*「居民」或哈努諾語（Hanunóo）的 *sumá*「返回?」：*s\<in>\<ag>-umá*「倒退」。也因此，雙重中綴非常難與歷史上或底層的 *mu- 與 *ni- 前綴相容或一致。

　　僅管有這些支持中綴分析的實質觀察（加上 *-um- 與 *-in 被認為存在於南島以及南亞語系共同祖先的南方語系假說所提供的額外潛在證據），有些學者還是針對某一特定語言或較廣泛的南島語提出前綴的觀點。例如，Topping（1973: 170 頁起）就認為查莫洛語的 *-um-* 和 *-in-*（他提供的唯二中綴）應被視為底層是前綴 *mu-* 與 *ni-*「加上適當的換位規律」。他提出來支持這個分析的論點包含：1）*-um-* 和 *-in-* 的標準形式「正好與我們會在基本上是 CVCV 的語言預期見到的相反」，2）*-um-* 和 *mu-* 呈自由變體，特別是在 Guam 的查莫洛語，3）當「中綴 *-um-* 與前綴 *naʔ*」一起出現加上詞幹時，產生的形式一定是 *munaʔ-*」，4）*fanchinemmaʔ*「禁止的東西」這個形式是由 *fan-*「複數標記」、*chommaʔ*「禁止」與（觸發元音和諧的）*-in-* 組成的。然而，鼻音替換應該運作，產生 **fañinemmaʔ。為了解釋為何這個形式未發生鼻音替換，Topping 提出以下的衍生：*ni-chommaʔ* > *ni-chemmaʔ* > *fan-ni-chemmaʔ* > *fanchinemmaʔ*。他並結論說，「上述證據強烈指出，查莫洛語（可能還包含其他菲律賓語言？）可能實際上以前綴為基底形式。」

　　這個此分析存在許多問題。首先，「適當的換位規律」並非規律，因為查莫洛語有其它不換位的 CV- 前綴（*gi-*、*ha-*、以及三種不同類型的 *ka-* 和 *ma-*）。因此，*-um-* 和 *-in* 的底層形式為 *mu-* 與 *ni-* 缺乏理據且不規律。其次是，VC 中綴會受換位影響這樣的主張是奇怪的，因為這些形式根本就偏離標準。如果這個主張對中綴成立，

應該對 -an 或 -on 之類的後綴應該也有影響，但這些後綴卻從不換位，儘管 -CV 後綴是可以被接受的（-mu「第二人稱單數領屬者」、-ña「第三人稱單數領屬者」、-ña「比較級程度」）。雖然查莫洛語確實有少數的 VC 音節，但這是這個語言單獨演變的歷史中，滑音加插與硬音化現象（fortition）的結果，而非一般南島語言中，反映原始南島語 *-um- 與 *-in- 為前綴的語言事實（Blust 2000c）。第三，mu- 與 -um- 呈自由變體的這個主張無法告訴我們演變的方向，即便有，mu- 大多在 Guam 而不在北方島嶼出現的這個觀察指出，Guam 這裡的方言是創新的。Topping 的最後兩個論點比較實質，但分量不夠。主事焦點使動形式是 mu-naʔ 而非預期中的 **n-um-aʔ 可能的原因是類比。如 Topping 所說，相對的賓語焦點（object focus）形式是 ninaʔ，不確定是 n<in>aʔ 或 ni-naʔ。像這種高頻詞對之一呈現分歧看起來可能就是 n<um>aʔ mu-naʔ 重新分析為 mu-naʔ 的開始階段。為什麼 fanchinemmaʔ 未見到鼻音替換現象令人困惑，但這顯然僅限於此一詞彙，且正如 Topping, Ogo & Dungca（1975）所說，鼻音替換在查莫洛語並不完全一致。

　　類似的主張也出現在一般的理論文獻中，論點也一樣薄弱。Halle（2001）提供了有用的調查，將之分為 1）*-um- 與 *-in- 反映為中綴的「傳統」觀點，2）優選理論的「功能觀點」，即這些詞綴具備 VC 形式，但前綴於元音與輔音起始的詞基，加以後續的換位（儘管 Halle 避免用這個詞），以及 3）他自己的觀點，跟 Topping 對塔加洛語與查莫洛語的觀點契合。傳統（亦即專家）觀點馬上就被理論令喻駁回，Halle 費了很大的力氣說明為什麼優選理論的「功能」觀點在塔加洛語與查莫洛語沒有根據，但對多峇巴塔克語卻未必見

得。然而，以表 6.8 為據的觀察卻顯示，***任何***將 *-um-* 與 *-in-* 的反映視為前綴的觀點都是站不住腳的。[62]

6.3.3　後綴

原始南島語有一些明確的後綴，如 *-an*「處所語態」、*-en*「受事者語態」、和 *-ay*「未來式」。有些其它廣見於這個語族的後綴可能本來是介詞，在南島語族的演化歷史中，因音韻的連貫而發展出來的。如 *i*「處所介詞」> *-i*「處所及物」。這些將在第七章中討論。

6.3.3.1　*-an*「處所語態」

這可能是南島語言中最普及的後綴。它具有許多不同的功能，在菲律賓類型語言單獨或與其他詞綴組合，最常用來標記「焦點名詞組」與動作的關係是處所，如伊洛卡諾語除了 *sagád-en*「掃灰塵」（以物體為焦點）之外，還有 *sagád-an*「掃地」（焦點為處所）。Schachter & Otanes（1972: 314）列了五個塔加洛語的主事者焦點詞綴以及對應的處所焦點：1）*ma-*：*ka-X-an* 或 *pag-X-an*，2）*maka-*：*ka-X-an*，3）*-um-*：*pag-X-an*，4）*mag-*：*pag-X-an*，5）*maŋ-*：*paŋ-X-an*，如 *ma-matáy*「死」：*ka-matay-án*「死於」、*ma-túlog*「睡覺」：

---

62 此外，邵語允許通常中綴於詞基第一個元音前的 *-in-* 以前綴 *in-*（或其同位詞素）的方式出現，如：*ma-bric*「重的」：*im-bric-an*「秤重（完成）」（**b<in>ric-an)、*fari*「風」：*min-fari*「風吹」：*in-fari-n*「被風吹」（**f<in>ari-n）或 *shuqish*「還回」：*in-shuqish-ik*（**sh<in>uqish-ik）「我歸還了」。條件還不清楚，但這種同位詞素不可能起源於換位，且從中綴到前綴的變動難以與大多數的文獻所提出的觀點一致。

pag-tulúg-an「睡在~」、*maŋ-isdá?*「去釣魚」：*paŋ-isda?-án*「去~釣魚」。可減縮為三個共同元素為 *-an* 的詞綴組合。除了動詞功能之外，*-an*（通常重音在最後），在菲律賓類型語言也可以產生名詞，如塔加洛語的 *hábi*「紋理；織物上的編織圖案」：*habih-án*「織布機」、*títis*「雪茄或煙灰」：*titis-án*「菸灰缸」。在非菲律賓類型的語言中，*-an 的反映通常僅用於衍生處所名詞，如克拉比語的 *guta*「涉水過河」：*gəta-an*「涉水渡河處」、*irup*「喝」：*rup-an*「（動物飲水的）水坑」、*tələn*「吞」：*tələn-an*「喉嚨」、或者望加錫語的 *-aŋ*「處所名詞的形成綴」，如 *əntəŋ*「站立」：*əntəŋ-aŋ*「站立的地方」。在一些語言中，衍生處所名詞 *-an 的反映已僵化或罕見，如 Roviana 的 *huve*「洗澡」：*hu-huve-ana*「沐浴的地方，洗澡（名詞）」。

　　*-an 的語意呈現出一個從無爭議的處所意義到身體部位或製造的工具為處所的有趣連續體。克拉比語的 *tələn-an*「喉嚨」用 *-an 的反映來衍生身體部位的名稱（吞嚥發生的地方）、以及塔加洛語的 *tahip*「篩；搖動穀物去除外殼或穀殼」：*táhip-an*「用來篩穀的扁平籃子」使用 *-an 的反映來衍生工具名稱（在加燕語和其他中西部婆羅洲的語言中僵化為 *tapan*「篩籃」）。在原始馬波語 *tian*「腹部」：*tian-an*「懷孕」（字面意義「在肚子裡」）中可以看到更加極端偏離透明處所意義，而最顯著的是在 *waNiS-an「山豬」和 *RiNaS-an「史溫侯 Swinhoe 藍雉」在台灣南島語的反映，其詞基 *waNiS「山豬牙」和 *RiNaS「野雞的長尾羽毛」，顯然反映了將這些動物概念化為在台灣傳統文化中受到高度重視動物產品的來源（處所）（Blust 1996c）。

6.3.3.2　*-en「受事語態」

　　這個後綴，Wolff（1973: 73）稱之為「直接被動」（相對於「處所被動」和「工具被動」）通常標記受事者。它在菲律賓類型語言的動詞系統扮演著核心的句法角色，且如 *Si- 和 *-an 一樣，也經常用來衍生名詞。正如已經指出的那樣，其動詞用法，*-en 和 *-an 之間的對比可以透過伊洛卡諾語的 *sagád-en*「掃灰塵」對比 *sagád-an*「掃地」（Rubino 2000）獲得很好的說明，類似的例子也見於許多其他語言。作為名物化衍生詞綴，*-en 和 *-an 的反映也是對比的，因為前者用來衍生受事名詞，而後者則用來衍生處所名詞。由後綴 *-an 或 *-en 衍生的名詞在地理分佈上也呈現有趣的差異。如上所述，在一些缺乏菲律賓類型動詞系統的語言中，*-an 的反映被廣泛地用來衍生處所名詞。然而，一般而言，在缺乏菲律賓類型動詞系統的語言中，相形之下，用 *-en 的反映衍生名詞則少見。有一個值得注意的例外：原始南島語的 *kaen「吃」的加綴變化包含 *kaen-en「被吃」，反映這種加綴形式的名詞可見於菲律賓類型語言中（邵語的 *kan-in*「被某人吃」、*(ka)kan-in*「食物」、雅美語的 *kanən*、伊洛卡諾語的 *kanén*「食物」、卡西古蘭頓阿埃塔語的 *kanən*「吃東西；食物、飯」、博托蘭撒姆巴爾、Kalagan 的 *kanən*、卡拉棉塔班瓦 *anən*「飯」、陶蘇格語 *kaun-un*「被某人吃；飯」、馬拉加斯語的 *hánina*「被吃；食物」）、以及缺乏菲律賓類型動詞系統的語言（木膠美拉鬧 *uaʔ kanən*「特殊的食物；如一個人最喜歡的食物」、加燕語 *kanən*「飯；食物」、帛琉語 *kall*「食物」、東加語 *kano*「肉或物質」、忍耐爾語 *kano*「堅果的果仁；椰子、魚或雙殼貝類的肉」、努庫奧羅語 *gano*「肉」）。除了這個形式之外，在缺乏菲律賓型動詞系

統的語言中，經由 *-en 反映衍生的受事名詞相當罕見。

6.3.3.3　*-ay「未來」

　　*-ay 的明確反映僅限於台灣和菲律賓語言，標記未來時態或相關的概念。在巴宰語中，靜態動詞可以單獨加後綴 -ay 來標記未來，如 m-azih「成熟；煮熟」：ma-azih-ay「將成熟；將被煮熟」、ma-busuk「醉」、ka-busuk-an「受酒醉影響」：ka-busuk-ay「將酒醉」或者 hakəzəŋ「老人」：hakəzəŋ-ay「將變老」。另一方面，動態動詞的未來需要 CV 重疊加上後綴 -ay 一起來標記，如：mu-bizu「寫」：bi-bizu-ay「將要寫」、mi-kiliw「叫」：ki -kiliw-ay「將要叫」、mu-luzuk「梳」：lu-luzuk-ay「將要梳」、或者 mu-tahan「變有錢」：ta-tahan-ay「將變富有」。由於 CV 重疊在塔加洛語標記未來，兩種構詞變化可能都參與了標記原始南島語至少某些類型動詞的未來時態。

　　在魯凱語，未來時態的標誌以 ay- 前綴標記，如 ʔacay「死」：ay-ʔacay「將死」（Li 1973: 262），在一些菲律賓語言中 -ay 標誌著 Wolff（1973: 73）描述為「未來－一般動作非獨立虛擬」（future-general action dependent subjunctive）。

6.3.3.4　單輔音後綴

　　海軍部群島東部、萬那杜和麥克羅尼西亞的許多大洋洲語言丟失了早期的末元音，包含 -CV 後綴的元音。這個過程在反映原始大洋洲語 *-gu「第一人稱單數」（[ŋgu]）、*-mu「第二人稱單數」和 *-ña「第三人稱單數」的所有格代詞中最是明顯，如林德魯（海軍部群島）mada-k「我的眼睛」、mada-m「你的眼睛」、mada-n「他／她的眼睛」，歇語（萬那杜南部）ntelgu-g「我的耳朵」、ntelgo-m「你的耳

朵」、*ntelgo-n*「他／她的耳朵」，或者麥克羅尼西亞的 *siyuh-k*「我的肚子」、*siyo-m*「你的肚子」、*siyac-l*「他／她的肚子」。除了歷史上減縮的所有格後綴之外，許多核心麥克羅尼西亞語言將領屬標記 *ni 依附到前面的名詞，接著丟失了末元音。Dyen（1965b: 33）稱楚克語的這種後綴為「結構後綴」（construct suffix），而 Goodenough & Sugita（1980: xxv）則稱之為「關係助詞」（relational particle）。值得注意的是，儘管原始南島語的 *ni 只能出現在兩個以屬格關係連結的名詞之間（或者在標記非主動者語態動詞的主事者），在諸如楚克語中，*ni 的反映產生了一個必要領屬（obligatorily possession）的泛指形式：*nii*「牙齒」：*nii-y*「我的牙齒」、*nii-mw*「你的牙齒」、*nii-n*「他／她的牙齒」、*nii-n*「～的牙齒」（< 原始大洋洲語 *nipon ni），*chcha*「血」：*chchaa-y*「我的血」、*chchaa-mw*「你的血」、*chchaa-n*「他／她的血」、*chchaa-n*「～的血」（< 原始大洋洲語 *raRaq ni）等。除了這些歷史上縮短的詞素之外，南島語的後綴通常包含元音，最值得注意的例外是在東印度尼西亞的一些語言中的：1）呼格標記、以及 2）名詞後綴，其功能通常不明確。

　　南島語言呼格的構詞與其他類的詞彙衍生不同，因為它通常涉及重音轉移、甚至音素縮減。很多語言呈現由加 -ŋ 來區分的呼格形式，伴隨著重音轉移，如以下的：「父親」（*ama）的稱謂形式（address term）與「母親」（*ina）的稱謂形式：卡西古蘭頓阿埃塔語的 *áma*：*amə́ŋ*、*ína*：*inə́ŋ*，哈努諾語的 *ʔáma*：*ʔamá-ŋ*、*ʔína*：*ʔiná-ŋ*，多峇巴塔克語的 *áma*：*amá-ŋ*、*ína*：*iná-ŋ*。另一組語言藉由詞尾的喉塞音區別呼格與指涉形式：峇里奧克拉比語（Bario Kelabit）的 *tə-taməh*：*tamaʔ*、*təsinəh*：*sinaʔ*，Long Wat 的 *tamən*：*amaʔ*、*tinən*：*inaʔ*，Long

Merigam 的 *tamən*：*maʔ*、*tinən*：*naʔ*，Batu Belah 的 *tamah*：*amaʔ*、*tinah*：*inaʔ*，博朗蒙貢多語的 *ompu*「主、統治者；祖先」：*ompuʔ*「在發誓、治療等場合對高權者禱詞之正式開場」、Tae' 的 *adi*「弟弟妹妹（指涉）」：*adiʔ*「弟弟妹妹（稱呼）」。最後，還有另一組語言包含了透過後加 -*y* 來區別的親屬稱謂呼格形式：Long Atip 加燕語的 *tama-n*：*ama-y*、*hina-n*：*ina-y*，Long Dunin Kenyah 的 *tamə-n*：*ama-y*、*sinə-n*：*ina-y*，卡西古蘭頓阿埃塔語的 *ápo*「祖父（指涉）」：*bóboy*「祖父母／孫子（呼格）」（<* bubu-y）。

非典型的單輔音後綴亦見於為數不少的東印度尼西亞語言，其功能有時晦澀不明。在西帝汶的阿多泥語，必要領屬的名詞當領屬者未指明時，通常會加後綴 -*f*。跟身體部位一起出現的話，似乎標示名詞為普通或非個人的範疇：*mata-f*「眼睛（一般）；人的眼睛，每個人的眼睛」（比較 *au mata-k*「我的眼睛」、*hɔmata-m*「你的眼睛」、*in mata-n*「他／她的眼睛」<原始馬波語 *mata），*nima-f*「手」（原始馬波語 *lima）、*fufu-f*「囟門」（原始馬波語 *bubun）、*ma-f*「舌頭」（原始中東部馬來-波里尼西亞語群 *maya）、*siku-f*「手肘」（原始馬波語 *siku）、*tu-f*「膝蓋」（原始馬波語 *tuhud）。親屬名稱的泛指領屬，詞基需完全重疊：*aina-f aina-f*「母親」（比較 *au ainaʔ*「我媽媽」；原始馬波語 *ina）、*ama-f ama-f*「父親」（原始馬波語 *ama）、*oli-f oli-f*「弟弟妹妹」（原始馬波語 *huaji）。非必要領屬的名詞不能帶 -*f*，所以是 *ikaʔ*「魚」（**ika-f）、*fafi*「豬」（**fafi-f）、*afu*「灰燼；土壤」（**afu-f）。此對比可以在原始馬波語 *asu「狗」的反映中很清楚地看到，其反映在 *asu*「狗」和 *asu-f*「奴隸」的語意區分，因為傳統奴隸是重要的財產（這個後綴形式從未用來指

狗）。同樣地，帶著東印尼常見的「逆轉」領屬（reversed genitive）的 *hau nɔ-f*「一般的葉子」（字面意「樹葉」<原始馬波語 *dahun kahiw）中，*-f* 標記部分全體關係中的非特定領屬。阿多泥語和帝汶其他語言的後綴 *-f* 可以視之為兩種方式中的任何一種。一方面，它可被視為一種領屬標記，在結構上與楚克語的「構造後綴」相當。另一方面，它可能被視為一種反領屬標記，因為它僅用於必要領屬的名詞，但標記了名詞未被領屬的形式，這在大多數其他南島語言中是無標記的。無論採用哪種觀點，核心麥克羅尼西亞語言的結構後綴與諸如阿多泥東印尼語言的 *-f* 後綴之間存有重要差異。首先，結構後綴源自歷史上的領屬標記 *ni，而阿多泥語的 *-f* 沒有已知的詞源，且顯然是單輔音形式的創新，因為這些語言的末元音並未丟失。其次，採用核心麥克羅尼西亞語言結構後綴的身體部位名稱或物質名稱在阿多泥語顯然不能加 *-f*，如 *naʔ*「血液」。第三，在一些領屬的詞形變化中，*-f* 表示第一人稱單數和包括式第一人稱複數之外的所有人，如 *au nima-k*「我的手」、*hɔnima-f*「你的手」、*in naʔ nima-f*「他／她的手」、*hitaʔ nima-k*「咱們（包括式）的手」、*haiʔ nima-f*「我們（排除式）的手」、*hiʔ nima-f*「你們的手」、*sinnaʔ nima-f*「他們的手」。

帝汶中部的德頓語有後綴 *-k*、*-n*，有時還有加在 Ca- 重疊形成的工具名詞上的 *-t*：*huu*「吹」：*ha-huu-k*「吹管」、*keke*「刮」：*ka-keke-k*「耙子」、*leno*「呈現、可見的」：*la-leno-k*「鏡子」、*firu*「拋」：*fa-firu-n*「吊繩」、*kore*「解鎖；放開」：*ka-kore-n*「螺絲起子」、*sui*「梳」：*sa-sui-t*「梳子」、還有中 Moluccas 的 Asilulu 語以 *-t*、*-l*，偶爾以 *-n* 呈現類式的形式：*haʔu*「重擊」：*ha-haʔu*「打擊器具」：*ha-*

haʔu-t「一擊」、*kahi*「勾住」：*ka-kahi-t*「採果鉤」、*soʔofroot*「蓋」：*sa-soʔo-t*「蓋子」、*nunu*「以木塊支撐」：*na-nunu-l*「乾躁船塢的直立原木」、*saʔu*「剁西米椰子」：*sa-saʔu-l*「刮西米的工具」、*tati*「降低」：*ta-tati-l*「裝丁香等的籃子以繩子降低」、*hiti*「把握近身的東西舉起」：*ha-hiti-n*「雀躍」、*poro*「黃」：*paporo-n*「魚子、魚卵」。如這些例子所示，中馬波語言的單輔音後綴形成對比，且其語意貢獻通常難以確定。因此，至少自 Jonker（1906）以來，這些類型的語素一直是困惑的根源。近期一些研究者用個別語言來做註解，如 Grimes（1997）將 Buru 的 *-t* 註解為「主格」，但這並不能解釋為什麼這些詞綴只出現在某些引用形式中，也不能解釋為什麼不同的詞綴（如得頓語的 *-k*、*-n*、*-t* 或 Asilulu 語的 *-t*、*-l*、*-n*）出現在不同詞基的引用形式中。

6.3.4　詞形轉換（**Paradigmatic alternations**）

　　許多前綴和後綴與其他綴或零形式存有形式轉換關係。上面已經提起 *ka-* 在一些台灣南島語和菲律賓語言中與 *ma-*「靜態」交替出現，如阿美語的 *ma-fanaʔ kako*（知道 我）「我知道」與 *caay ka-fanaʔ kako*（否定 知道 我）「我不知道」，或者本督語的 *l-om-oto*（煮-主焦）「煮」相對於 *daan kaloto*（還沒 靜態-煮）「還沒煮熟」。儘管論證相當不同，但 Zeitoun & Huang（2000）以及 Blust（2003d）都認為原始南島語 *ka-*「靜態」肯定是出現在否定結構、未來結構和命令句中（因此在「非實現」子句中）。在呂宋島南部的比可語可以見到第二種轉換模式，Mintz（1971: 141）注意到三個不同的動詞形

式各有不同的命令詞形式轉換。這些命令式的第一種用 *-on*、*i-* 和 *-an* 標記，且出現在有外顯性代名詞之時。第二個標記為 *-a*、*-an*、*-i*，用於隱含的第二人稱代詞不出現的情況：

19a. sabíh-on   mo

說-命令   **你**

說！

20a. i-abót   mo   an   asín

命令-傳遞   你   冠   鹽

鹽巴遞過來！

21a. namít-an mo an   mánga

嚐-命令 **你 冠**   芒果

嚐一下芒果！

19b. sabíh-a

說-**命令**

說！

20b abut-án   an   asín

傳遞-命令   **冠**   **鹽**

鹽巴遞過來！

21b. namít-i   an   mánga

嚐-命令 冠 芒果

嚐一下芒果！

這個型式很重要，因其在南島語中似乎相當古老。Wolff（1973: 73）提出了一套原始南島語動詞系統，當中一般熟悉的語態詞綴 *-um-「主動」、*-en「直接被動」、*-an「處所被動」和 *i-（現在寫成 *Si -）「工具被動」分別與零、*-a、*-i 和 *-an（後者值得懷移）。他將前面四種動詞語態形式稱為「獨立」，而後者稱為「依賴」形式。比可語和其他一些語言將動詞的依賴形式保留為現今的系統。這個系統在許多其他語言中已經解體，且各自擴展原始的功能。例如，在婆羅洲的某些語言中，原始南島語四分的語態系統已被簡化為主動／被動語態對比，以 *-um- 和 *-in- 的反映來標記，命令結構以零形式來標記（因此反映了 Wolff 構擬的 *-um- 動詞依賴形式，而在中台灣的邵語則將原始南島語的四語態系統減少到三個的對比，以 *-um-、*-en 和 *-an 的反映標記，所有的命令結構都用 -i 標記（相當於 22b 中比可語的型式）。最後，最常見的一個動詞詞綴形式交替的例子來自原始南島語的受事者語態後綴 *-en，如本章其他部分所述，它在完成貌中與零詞綴轉換。

6.4　環綴

環綴（亦稱「同綴」'confixes'）為加於詞基形成新詞的前－後綴單位。由於許多南島語言，特別是菲律賓類型的語言，允許多個綴在成詞時出現在單一詞基上，因此產生這些綴到底是依序逐一加上去的，還是同時加上的問題。這個問題並非隨時能找到證據明確回答，但有些環綴似乎是可以確認的。其中一個是台灣、菲律賓、

西印尼的 *ka-X-an「逆意被動」（adversative passive），如巴宰語的 akux「熱」：ka-akux-an「熱衰竭、中暑」、lamik「冷」：ka-lamik-an「感冒」、udan「雨」：ka-udan-an「被雨淋」；馬彭語的 matay「死」：ka-matay-an「人或家庭經歷摯友或親人死亡」、paddi「痛、痠痛、疼痛」：ka-paddih-an「經歷或為疼痛所苦」、saŋom「夜晚」：ka-saŋom-an「被夜晚趕上」（如：還在做某事夜晚就降臨了）；爪哇語的 ilaŋ「不見、丟失」：kailaŋ-an「不小心失去」、turu「睡」：kə-turu-n「打瞌睡、打盹」、udan「雨」：k-odan-an「被雨淋、遇雨」；Tae'的 mate「死」：ka-mate-an「受某人之死所影響」、uai「水」：ka-uai-an「被淹」、uran「雨」：ka-uran-an「被雨淋」。在這些加綴形式（有些是同源詞，因此支持原始南島語或原始馬波語的構擬）*ka-X-an 的使用不涉及任何明確的順序，因為相關語意的詞基，不管是單獨帶 *ka- 或 *-an，一般而言都不存在。值得注意的是，這個形式與表層相似的 *ka-X-an「處所名詞或抽象特質名詞的形成綴」反映形成對比，如賽夏語的 t-om-alək「煮」：ka-talək-an「廚房」、邵語的 kalhus「睡」：ka-kalhus-an「睡覺的地方」、伊富高語的 kayu「樹、木柴」：ka-kayu-an「有木柴的地方」、比可語的 ma-asgad「鹹的」：ka-asgad-an「鹹味」、馬彭語的 batu「石頭」：ka-batu-an「岩石區」、多峇巴塔克語 mate「死、亡」：ka-mate-an「死亡；葬身之處」、或爪哇語的 lurah「村長」：ka-lurah-an「村長的住處」。許多語言中，*ka- 的反映單獨使用，功能是形成抽象名詞，而 *-an 的反映則是形成處所名詞。因此，用 *ka-X-an 形成抽象名詞，當中有許多還帶有處所意涵，似乎是循環加綴的結果。儘管這可能就歷史而言是真實的，但在許多現代的語言中，*ka-X-an 的反映就形成逆意

被動而言，跟形成抽象名詞一樣，就只是一個環綴（Blust 2003c）。

　　另一個廣泛分布的環綴，反映的是原始馬波語的 *paR-X-an。Schachter & Otanes（1972: 291）將塔加洛語的 *pag- … -an* 描述為賓語焦點（object focus），與帶 *mag-* 主動者焦點的動詞對應：*mag-áral*「學習」: *pag-arál-an*「學習」、*mag-tiʔís*、*pag-tiʔis-án*「承受、忍受」。Ramos（1971: 63）認為塔加洛語的 *pag- … -an*「比較聚焦在事件發生的處所或賓語，而非人」，但許多例子無法輕易與這個定義相容，必須論斷說 *pag- … -an* 對塔加洛語詞基的語意貢獻通常是模糊的。許多馬來語／印尼語具有同源的環綴 *pər … an*，Macdonald & Soenjono（1967: 100）將之描述為取代動詞前綴 *bər-* 的名物化詞綴，「且與後綴 *-an* 結合形成指涉動詞所指的動作程序。有時所形成的名詞指涉動作執行的處所」。這個環綴有兩個同位詞素，若詞基有 r 音，則為 *pəl … an*，其它情境則用 *pər … an*。有些形式與塔加洛語的用法完全對應，如 *bəl-ajar*「學習」: *pəl-ajar-an*「學習、課程」，有些則相當不同，如 *satu*「一」: *pər-satu-an*「單一、整體、聯合的狀態」，就如同塔加洛語的 *pag- … -an* 一樣，很難描述馬來語／印尼語的 *pər- … -an* 對詞基的語意貢獻。當兩個語言的加綴形式有完全同源關係時，也有理由懷疑接觸的影響，因為塔加洛語的 *áral* 一般被認為是借自馬來語的 *ajar*，儘管 *pag-arál-an* 的加綴過程是本來就有的。

6.5　元音交替（Ablaut）

在南島語言中，真正的元音交替是罕見的。Egerod（1965: 258）和 Li（1980a: 371）都聲稱北台灣泰雅語的 *m-blaq : liq-an*「好；做得好」、*h<m>op : hab-an*「戳、刺」、*m-ziup : iop-an*「進入」、*m-qes : qas-un*「快樂」呈現了元音交替。然而，由於所有報導出來的這種交替例子都需要共存的附著詞素，詞基的形式差異似乎取決於重音或加綴。跟英語 *sing : sang : sung* 中的交替不同在於，*sing : sang : sung* 本身即具有構詞的值，然而這些元音交替最好被視為音韻特質的交替。有很多語言運用元音的交替來標記語態的不同，類型學對這些例子的興趣日增，內部和歷史證據顯示這種元音交替衍生自早期的 *-um-* 和 *-in-* 加綴。

在砂勞越／加里曼丹邊境附近的倫巴旺－拉比特輪八望語—葛拉比（Kelabi）方言中可以見到一種非常簡單的元音交替模式。使用於長塞瑪多（Long Semado）的輪八望語呈現幾乎已經失去功能帶有三個語態的菲律賓類型動詞系統，大多數雙音節詞基以 *ŋ-* 形成主事者語態（AV）。然而，相對應的受事者語態（PV）隨著詞基的音素形式而變化。如果詞基的第一個元音是 *a*、*i* 或 *u*，那麼以元音起始詞基的 PV 是 *in-*，輔音起始的詞基的則為 *-in-*，如：*anit*「樹皮」：*ŋ-anit*「去掉樹的皮」：*in-anit*「被去除，指樹皮」，或是 *kubil*「皮膚」：*ŋubil*「剝動物，如豬的皮」：*k<in>ubil*「被剝皮」。但是，如果第一個詞基的元音是央中元音，則 PV 必須以 *i-* 元音交替來標記：*bəli-ən*「買（命令式）」：*məlih*「買（詞根）」：*bilih*「被人買」、*dərut*「縫紉的方式或方法」：*nərut*「縫紉」：*dirut*「被人縫製」、

ədʰuk「命令、要求」：ŋ-ədʰuk「要求某人做某事」、idʰuk「被要求做某事」、təbʰəŋ「砍伐樹木的方式或方法」：nəbʰəŋ「砍倒一棵樹」：tibʰəŋ「被某人砍倒了」。僅管 ə：i 元音交替很普遍，少數的形式中存有一種三向的 ə：u：i 交替模式，如 ədʰaŋ「壁鉤」：ŋ-ədʰaŋ「把東西掛在壁鉤上」：udʰaŋ「掛起來（未指出主事者）」：idʰaŋ「被某人掛起來」，或是 guta「河流的淺灘」：gita「被涉過，指河流」。在尋找這種形式起源的線索時，立即引人注目的是 i- 元音替換的混成功能與中綴 *-in- 的功能基本上相同。此外，有些動詞在歷史上具有雙重加中綴，如 bəbʰat「某東西的一部分」：məbʰat「分享」：bibʰat 和 b<in>ibʰat「被某人分享」。發音人反應顯示 bibʰat 和 b<in>ibʰat，以及其他動詞詞幹平行的詞對本質上是同義的，進一步指出較長的形式加了相同的中綴兩次。

元音交替可以透過木膠美拉鬧語獲得最充分的說明，其系統格外複雜（Blust 1997b）。在這個語言中，菲律賓類型的語態系統已經丟失，且動詞詞基以 *maŋ- 或 *-um- 的反映標記主動語態，或者以 *-in- 的反映標記被動語態，導致六種表層的型式，如表 6.9 所示：

表 6.9　木膠美拉鬧語態標記的表層型式

	詞基	主動	被動
	mə-（主動）相對於 nə-（被動）		
(1)	balas「報復」 biləm「黑的」 dipih「藏、匿」 duga「測量」 gaduŋ「綠色的」 gutiŋ「剪刀」	mə-balas mə-biləm mə-dipih mə-duga mə-gaduŋ mə-gutiŋ	nə-balas nə-biləm nə-dipih nə-duga nə-gaduŋ nə-gutiŋ

	詞基	主動	被動
(2)	m-（主動）相對於 n-（被動）		
	aŋit「生氣」 ituŋ「計算」 ulin「掌舵」	m-aŋit m-ituŋ m-ulin	n-aŋit n-ituŋ n-ulin
(3)	u- 元音替換（主動）相對於 i- 元音替換（被動）		
	gəga「趕走」 gəgət「啃；蛀」 kəkay「耙」 kəkut「挖掘」 ləpək「皺褶」 ləpəw「撿」 ñəñaʔ「咀嚼」 ŋəŋət「啃嚙」 səbət「製作」 səkəl「勒」 sələg「燒」 səpəd「劈、砍」 səput「吹箭」 səsaŋ「付錢」 səsəp「吸允」 təbək「戳」 təbəŋ「砍樹」 tətək「切」 tətəŋ「喝」	guga gugət kukay kukut lupək lupəw ñuñaʔ ŋuŋət subət sukəl suləg supəd suput susaŋ susəp tubək tubəŋ tutək tutəŋ	giga gigət kikay kikut lipək lipəw ñiñaʔ ŋiŋət sibət sikəl siləg sipəd siput sisaŋ sisəp tibək tibəŋ titək titəŋ
(4)	məŋ-（主動）相對於 n-（被動）		
	adək「嗅、聞」 añit「尖的」 apuʔ「白色」 ukur「測量」	məŋ-adək məŋ-añit məŋ-apuʔ məŋ-ukur	n-adək n-añit n-apuʔ n-ukur
(5)	mə-＋鼻音替換（主動）相對於 n- 或 nə-（被動）		
	kiap「摺疊扇」 paləy「禁忌」 sapəw「掃把」	mə-ŋiap mə-maləy mə-ñapəw	nə-kiap nə-paləy nə-sapəw

	詞基	主動	被動
(6)	-əm- ＋u- 元音替換（主動）相對於 i- 元音替換（被動）		
	bəbah「裂開（靜態）」 bəbəd「綁」 bənuʔ「殺」 pəpah「鞭、打」 pəpək「鞭子」	mubah mubəd munuʔ mupah mupək	bibah bibəd binuʔ pipah pipək

　　所有的被動形式都是被動／完成，未註解的欄因此可解讀為：*mə-balas*「報復某人」：*nə-balas*「為某人復仇的目標」、*mə-biləm*「弄黑某物」：*nə-biləm*「被某人弄黑」、*məŋ-ukur*「測量」：*n-ukur*「被某人量測」等。型式（1）適用於以濁阻音起始且第一個元音不是央中元音的詞基；型式（2）適用於以元音開頭的詞基；型式（3）適用於第一個元音是央中元音的詞基（因為木膠語沒有以央中元音起首的詞，所以這些都是以輔音起首的詞）；型式（4）類似於（2），但包含 *məŋ-* 而非 *-əm-*；型式（5）類似（1），但適用於以清阻音開始的詞基；型式（6）僅適用於以唇塞音起始，且第一個元音為央中元音的詞基，這是最有問題的，因此將在下面詳細討論。主動和被動詞綴的基底形式如圖 6.3 所示：

圖 **6.3**　木膠美拉鬧語主動和被動詞綴的底層形式

型式	主動	被動
(1)	məŋ-	-ən-
(2)	-əm-	-ən-
(3)	-u-	-i-
(4)	məŋ-	-ən-
(5)	məŋ-	-ən-
(6)	ʔ ＋ -u-	-i-

由於木膠美拉鬧語缺乏輔音串，早期的 *mam-bilem、*man-deket 等可能已經丟失去輔音前的鼻音。型式（1）包含底層的 *məŋ-* 而非 *-um-* 的跡象可見於 *mə-biləm*「弄黑」與 *məŋ-apuʔ*「漂白」的平行，且在 *dəkət : mə-dəkət : nə-dəkət* 的明顯例外情況中可見，與第一個元音是央中元音的其他詞基相比（呈現為型式（3）的元音交替構詞體系）。一旦 *məŋ-* 和 *-əm-* 的動詞詞形變化形式分離，型式（2）和（3）的互補就變得透明了。此外，*-ən-* 和 *-i-* 都展現相同的語意特性：標記<u>必要</u>的<u>完成</u>被動語態（試圖提問非完成的被動會導致猶豫、迂迴等現象）。這推論出來的是：*-əm-* 和 *-u-* < *-um-*，而 *-ən-* 和 *-i-* < *-in-*。此一發展因為兩個理由而引人注目。首先，這是藉由分離幾乎完整的同位詞素而產生的：其中一個保留了輔音但以央中元音中和了元音，而另一個保留了元音但卻丟失了輔音。其次，這導致了僅在某些語音環境才出現的元音交替系統浮現出來。由於元音交替經由條件變化產生，因此可以從底層中綴 *-um-* 和 *-in-* 衍生，而無須指涉到比較的語料。

木膠語的元音交替依序經由三個變化衍生自 *-um-* 和 *-in-：1）*e > Ø/VC__CV、2）C > Ø/__C、以及 3）V > ə/__CV(C)V(C)。其中第一種，可稱為「詞中的央中元音脫落」（schwa syncope），可見於許多南島語言。第二個顯然來自木膠語的詞素結構不允許輔音串，而第三個則見於類似 *balabaw > *bəlabaw*「老鼠」、*bituka > *bətuka*「腸」、*salimatek > *sələmatək*「大型森林水蛭」、以及 *taliŋa（> *təliŋa > tliŋa）> liŋa*「耳朵」這樣的詞源中，還有呈現在 *bəbulan*「白內障」、*dədian*「蠟燭」或 *lələŋaw*「蒼蠅」中的 CV- 重疊。

圖 6.4　木膠美拉鬧語複合元音交替歷史衍生例子

*bəbah「分裂」	*b<um>əbah	*b<in>əbah	變化
	mu-bəbah		IM
	mubbah	binbah	SS
	mubah	bibah	CR
*pəpək「鞭子」	p<um>əpək	*p<in>əpək	
	mu-pəpək		IM
	muppək	pinpək	SS
	mupək	pipək	CR
*biləm「黑色」	b<um>iləm	*b<in>iləm	
	mu-biləm		IM
	mə-biləm	b<ən>iləm	PN
		nə-biləm	IM

　　型式（6）在類型上不尋常且具分析具挑戰性。由於缺乏更好的術語，暫時稱之為「複合元音交替」（compound ablout），因為在單一型式中結合了元音交替與純粹的音韻轉換。由於型式（3）和（6）呈互補分佈，因此它們可能具有相同的起源，然而，型式（6）在元音交替之上呈現了明顯的鼻音替換。有兩個理由可以排除這些形式事實上是鼻音轉換。首先，木膠語主動動詞的鼻音轉換與 məŋ- 一起出現，如果這個詞綴被加到如 bəbah 的詞上，預期的結果將是 **məməbah，具有 mə- 以及無法說明的元音交替之雙重不一致。另一方面，如果這些詞基已經加上 *-um- 和 *-in- 中綴，那麼，一般的元音交替程序應該會產生 bubah：bibah、bubəd：bibəd 等。為了得到所呈現的形式，讓我們回想一下，偽鼻音替代的動因是連續音節中不同唇輔音間的強烈分離傾向。圖 6.4 提供衍生的例子說明複合元音交替如何在木膠美拉鬧語興起（IM = 中綴換位、SS = 詞中的央中元音脫落、CR = 音串減縮）。

許多南島語言藉由 CV- 截略來避免起自 *-um- 加綴但不被偏好的 *pVm 與 *bVm 序列，因而導致偽鼻音替代。木膠美拉鬧語中的複合元音交替顯然是源起於類似的動因，但透過不同規避策略的使用，即將 *C<um>VCVC 詞的前兩個輔音換位，其中起始輔音是唇音。既然像 *ma-「靜態」這樣的前綴經常與任何形式的詞基一起出現，類似 *ma-b- 或 *ma-p- 這樣的序列應該相當普遍，那麼經由 CV- 截略將可不留痕跡地把這個綴刪除。基於這個原因，*mVb- 和 *mVp- 的序列可被容忍，而 *b<um>V- 或 *p<um>V- 這樣的序列則有較高風險被刪除（Blust 2004a）。一旦中綴換位發生，三個依續發生的變化（詞中的央中元音脫落、音串縮減、倒數第二之前的元音合併為央中元音）將走完整個程序。儘管這種解釋假定了中綴換位在歷史上反覆出現，*mə-biləm*：*b<ən>iləm* 等例子中的構詞不對稱性或許早已為這個語言晚近的中綴轉前綴變化創造了舞台。

晚近，Lobel（2013: 183-188）指出，南菲律賓的中蘇巴農語（Central Subanen）、南蘇巴農語（Southern Subanen）、瑪冉瑙語和伊拉努語（Iranun）已獨立發展出類似的動詞元音交替系統。在兩個區域中，中綴 *-um- 和 *-in- 僅在倒數第二個音節是央中元音的詞基中被轉換為元音交替形式。然而，過程中的步驟基本上並不相同：雖然在北砂勞越語言中，央中元音先在 VC__CV 環境中被刪略，產生詞中的音串，繼而被縮減，然而在蘇巴農或達腦（Danaw）的瑪冉瑙語和伊拉努語中，詞中的央中元音刪略從未發生過。反之，中綴 *-um- 與 *-in- 元音間的鼻音被丟失，產生的高元音＋央中元音串同化產生一個帶重音或長的高元音，如 *sələd > 詞基 *sələd*「入」、*s<um><in>ələd*（> *s<um><i>ələd* > *s<um><i>iləd*）> *s<um>iləd*

（主焦過去）、*s<um>əlǝd（> *s<u>əlǝd > *s<u>ulǝd）> sūlǝd（主焦非過去）、或 *s<in>əlǝd（> *s<i>əlǝd > *s<i>ilǝd）> sīlǝd（受事焦點過去）與 *sǝlǝd-ǝn > sǝlǝr-ǝn（受事焦點非過去）並列。這不僅出現在如北砂勞越語的開放音節中，也出現在 CǝNCV（C）形式的倒數第二個閉音節中。

6.6　超音段構詞

有些南島語言使用超音段特徵來標記構詞對比。這種策略可分兩種類型：1）使用構詞重音、2）使用構詞聲調。

很多菲律賓語言不僅有詞彙重音，還運用重音來衍生詞彙。例如，在塔加洛語中，*pátid*「絆別人的腳」：*patíd*「阻斷」和 *túlog*「睡」：*tulóg*「睡著了」都是最小差異的詞對（minimal pair），但第一組是詞彙上的，而第二組則是構詞上的最小對比。現存的詞典所做的區別並非始終如一，如 Panganiban（1966）將 *túlay*、*pag-túlay*「在狹窄或微小的立足點上努力平衡自己」：*tuláy*「橋；中間人（比喻）」呈現為各自獨立的詞彙條目，儘管這兩個音段相同但韻律有別的形式之間存在著明確的語意關係。菲律賓語群外一些缺乏詞彙重音對比的語言也使用重音轉換來衍生詞彙，如查莫洛語 的 *aságwa*「配偶」：*ásagwa*「結婚、嫁娶」。滋生力最強的構詞重音使用或許可以在多峇巴塔克語找到，其詞彙重音在倒數第二音節，但向右移動可以衍生出形容詞、靜態動詞或描述性名詞：*gogo*「用力推（命令）」：*gogó*「強」、*arga*「討價還價（命令）」：*argá*「昂貴」、*hojot*

「快點（命令）」：*hojót*「快」、*dila*「舌頭」：*dilá*「大嘴巴，吹牛或誇大者」。

由於在南島語言中聲調罕見，因此形態聲調也不常見。Van der Leeden（1997）描述了印尼東北部的南哈馬拉－西新幾內亞（South Halmahera-West New Guinea）的馬亞語（Ma'ya）具有四種對比聲調，加上一種他分析為具有構詞值的聲調替換模式。然而，此一分析受到 Remijsen（2001: 51 頁起）所質疑，他提出了三個同位音調加上對比重音的系統，音調並不具有構詞值。

6.7　零形構詞：詞基為命令式

原始南島語真正的命令標記並不清楚。儘管 *-i*「處所語態動詞的命令形式」相當廣泛，其他語態的命令形式則沒有那清楚地反映在同源詞的構詞中。許多現代語言以光桿詞幹來形成命令句，如木膠美拉鬧語的 *siən mə-tud kayəw*（三單 **主事**-彎）棍子「他在彎棍子」相對於 *tud kayəw iən*（彎 棍子 那）「把那根棍子折彎！」、*kain iən n-upuk siən*（衣服 那 受事.完成-洗 三單）「他洗那些衣服」相對於 *upuk kain itəw*（洗 衣服 這）「洗這些衣服！」，或馬來語的 *dia məm-baca buku*（三單 **主事**-讀 書）「他正在讀書」相對於 *baca buku itu*（讀 書 那）「讀那本書！」。基於這種結構的動詞詞基沒有詞綴、加上以未表達出來的主事者來標記命令語氣，可以主張命令句是以零形構詞來標記。

6.8 刪減構詞（Subtractive morphology）

Stevens（1994）引發對印尼語詞基縮短這種構詞程序的注意，他將之稱為「截略現象」，並以1）綽號，或暱稱、2）頭字語、以及3）雅加達年輕人的秘密語 Prokem（參第三章）來說明。例子包含 *Sukarno > Karno*（或 *Bung Karno*）、*bapak > pak*「父親」（通常用來稱呼長輩或受敬重的男性）、*administrasi > min*「行政」、*pəmbinaan > bin*「發展、凝聚」（常見於政治言談）、以及 Prokem 秘密語的形式如 *bokap*（b-ok-ap）= *bapak*「父親」、或 *tokau*（t-ok-au）= *tahu*「知道」。然而，南島語最常見的縮減構詞見於親屬稱謂，運用起始輔音縮減來標記呼格形式（Blust 1979）：

表 6.10　親屬稱謂呼格的減縮衍生

語言	指稱稱謂	呼格	詞義
比可語	apoʔ	poʔ	祖父母、長輩
宿霧語	nánay	nay	媽媽
宿霧語	tátay	tay	爸爸、叔伯舅
馬來語	adek	dek	弟弟妹妹
馬來語	kakak	kak	哥哥姐姐
馬辰語	adiŋ	diŋ	弟弟妹妹
原始馬波語	laki	aki	祖父
原始馬波語	kaka	aka	同性別的年長手足

印尼的一些語言以類似的方式形成人名的呼格，例如，在沙巴的地母公畝路特語，起始輔音或整個第一音節的刪減可以被廣泛的使用，如 *Ohn* 為「John」的呼格（D.J. Prentice 個人通訊）。

6.9　重疊

　　重疊的分布普見全世界，但所扮演的角色在某些語系比其他的還要顯著。例如大多數的印歐語言鮮少使用此一構詞方式，而南島語言卻廣泛的運用這種構詞策略。目前沒有南島語重疊構詞的綜論，早期的研究中，Blake（1917）少見的提供對菲律賓語的說明，Gonda（1950）檢視了印尼語重疊的功能。晚近個別語言出現了一些理論方面的研究，還有兩部博士論文以一致的描述和分析系統處理一些南島語言重疊（Spaelti 1997; Kennedy 2003）。[5]比較研究才剛開始將這個語族重疊形式的數量與功能範圍。本節概述一些主要的重疊形式與功能，無意在描述上詳盡徹底、更不敢聲稱對語料提供完整的分析。

　　由於南島語的重疊構詞常與非重疊詞綴共同出現，因此可以被辨識出來的型式數量可能很大，要將之窮舉恐怕不切實際。例如，在中台灣的邵語（刪略韻尾的）完全重疊可以單獨出現，如 *fariw*「買」：*farifariw*「採購」或 *kaush*「舀水」：*kau-kaush*「反覆舀水」。只是，同樣型式的複製也可與許多非重疊詞綴共同出現，如 *acan*「類型；不同總類」：*mia-aca-acan*「豐富、什麼都有」、*m-acay*「死」：*an-m-aca-acay*「瀕臨死亡」、*apuy*「火」：*pin-apu-apuy-an*「反覆暴露於火中」、或 *ian*「難民營、避難所」：*ia-ian-an*「居住於」。因此，在計算重疊型式時，非重疊詞綴的額外因素必須排除，儘管舉例時，這些重疊型式會以有伴隨或沒有其他詞綴的例子來做說明。

　　重疊通常被視為一種加綴形式，因此在此以構詞的一部份來處理。然而，因為來自複製詞基，重疊型式處於構詞與音韻的模糊地

帶，重疊的分析也引發近年一些音韻理論上的主要主張。由於南島語言呈現豐富的重疊現象，因此對於測試這些主張具有獨特的重要性。基於此，在進入南島語重疊型式的介紹之前，有必要考慮一些主要的理論啟示。重要的主題包含：1）重疊型式與重疊結構、2）詞基-1 和詞基-2、3）重疊詞的形式限制、4）重疊詞內容的限制、5）重疊的型式（完全重疊、前綴音步重疊、重量級音節重疊、CV 重疊、固定音段、中綴式重疊、後綴式音步重疊、後綴式音節重疊、其他型式）。

6.9.1　重疊型式與重疊結構

　　重疊型式（pattern）是衍生自更抽象一致之底層結構的表層現象。因此，結構會在某種標準形式或韻律對比的情況下產生型式。在列舉重疊的類別時，型式會被引述，因為這是多數描述說明中可以見到的現象。然而，分歧的表層型式可能是同一重疊結構的變體。比如，Rehg（1981: 73-85）就記載了中麥克羅尼西亞的波那配語（Pohnpeian）以十一種表層形式來標記持續貌，並指出「可以結合其中某些型式」，儘管他沒有明確說明有哪些結合。Spaelti（1997）將這個觀察進一步條理化，說明功能類似且出現在韻律上或標準互補環境的重疊型式可以被視為單一底層結構的不同表層結構。他將共有一底層功能的單元稱為「同位重疊詞素」（alloduples），與傳統非重疊的同位詞素概念平行。例如，在中台灣的邵語，98% 的重音出現在倒數第二音節（其餘在最後音節），有三個重疊型式在詞基的語意上貢獻了動作重複的意涵。這三個型式分別為：1）完全重疊、

2）後綴音步重疊、以及 3）詞基最右邊的 CCV（C）重疊（Chang
1998）。當兩個相同的詞素或詞素片段並列時，第一個重疊的輔音
首（coda）一律會被刪略。詞素界線以分號標示（三角括弧標示中
綴）、音節以英語的句點斷開、重疊詞素粗體標示：

表 6.11　邵語重疊模板的同位重疊詞素

A. 完全重疊（full reduplication）	
ka.ri「挖起或挖出」	k<m>a.ri.-**ka.ri**「反覆／習慣性的挖」
lha.ri「閃電」	kun.-lha.ri.-**lha.ri**「一直閃電」
mi.-qi.lha「喝」	mi.-qi.lha.-**qi.lha**「反覆／習慣性的喝」
mi.-ta.lha「等」	mi.-ta.lha.-**ta.lha**「等了又等」
m.-za.i「說」	m<in.>za.i.-**za.i**「反覆說」
cpiq「鞭打」	cpi.-**cpiq**「反覆鞭打」
fi.lhaq「唾液、痰」	ma.-fi.lha.-**fi.lhaq**「將反覆吐痰」
ki.rac「光、亮」	pish.-ki.ra.-**ki.rac**「散發火花」
lhun「鼻涕」	mak.-lhu.-**lhun**「一直打噴嚏」
qbit「分配」	mi.-qbi.-**qbit**「切分、分配」

B. 後綴式音步重疊（suffixal foot reduplication）	
i.-su.huy「那裡」	pi-su.hu.-**huy**「反覆被放那裡」
ki.ka.lhi「問」	ma.-ki.ka.lhi.-**ka.lhi**「多方詢問」
pa.ti.haul「詛咒」	ma.ti.hau.-**haul**「對某人下詛咒」
shna.ra「點燃、著火」	pa.-shna.ra.-**na.ra**「反覆燒」
qri.uʔ「偷」	q<un.>ri.u-**ri.uʔ**「習慣偷、一再偷」

C. 後綴式 CCV(C)重疊	
aŋ.qtu「沉思」	m-aŋ.qtu.-**qtu**「思考、仔細考慮」
ma.-par.fu「搏鬥」	ma.-par.fu-**r.fu**「一再搏鬥」
m-ar.faz「飛」	m-ar.fa-**r.faz**「一直飛來飛去」
pa.tqal/pat.qal「記號」	pa.tqa.-**tqa.l**-an/pat.qa-t.qa.l-an「做記號」
tap.ʔan「衣服上的補丁」	t<i.n>ap.ʔa-**p.ʔ a-p.ʔ an**「衣服一補再補」

型式 A〜C 基本上具有相同的功能，且出現在可以預測但卻不
同的標準環境，因此可以說明 Spaelti 所謂的同一重疊詞素的「同位

疊詞」，這個重疊詞素最可行的分析是將之視為一個後綴音步重疊。Spaelti 透過互補來解釋單一結構的不同表層型式，將這個術語由傳統的用法擴展到指涉可由語音環境預測的語音信號生理變異。相對的，就重疊而言，表層變異通常可由詞基的標準形式或韻律因素預測，而不是透過立即的音段環境。這種差異最好將互補視為一個概括詞，包含兩種不同的音韻關係：1）前後語境的互補（contextual complementation，傳統由語音環境決定的變異，如同位音或音韻環境決定的同位詞素）、以及 2）標準互補（canonical complementation）（是導致 Spaelti 鑄造「同位疊詞」這個術語的形式變換）如下所述，重疊結構跟重疊型式幾乎一律是標準互補的產物。只是，還是有極其少見的例子中，同一個重疊詞素的同位疊詞之間關聯不是詞基的標準形式，而是相鄰的語音環境，因此是大家比較熟悉的語境互補產物。

6.9.2 詞基-1 與詞基-2

處理南島語重疊形式產生的第二個議題是如何區別詞基與重疊詞素。這個問題在完全重疊時特別嚴重，如馬來語的 *oraŋ*「個人」：*oraŋ-oraŋ*「人」、或 *kəlapa*「椰子」：*kəlapa-kəlapa*「椰子（複數）」。[63]

---

63 完全重疊的三音節很少見，很明顯三音節的名詞詞基從不會以後綴音步重疊來變成複數。根據 Uli Kozok（個人通訊），在印尼語由兩個以上的音節構成的詞基，完全重疊完全是可以被接受的（即便是 *pərpustakaan-pərpustakaan*「圖書館（複數）」，據報導都是正常的）。然而，這種表達似乎很笨拙，我們很好奇，當訊息可明確由情境推得時，多數母語使用者一般是不是不會省略兩個音節以上詞基的重疊部分？

如果完全重疊複製整個詞基而不論其究竟包含多少音節，那就真的無法區分詞基與重疊詞素。

　　區分馬來語這種語言的詞基與重疊詞素（reduplcant）的可能性之一是透過重疊與非重疊加綴的比較。馬來語有一種完全重疊是複製的部分會加 *məŋ-*，以同一發音部位的鼻音取代詞基的首輔音，如 *tawar-mənawar*「討價還價」。由於詞綴通常會加在詞基而非其他的詞綴上面，可以推得 *tawar* 是重疊詞素，而 *mənawar* 是加了綴的詞基。有一個競爭形式打亂了這個分析，就是重疊詞素的前半部帶了非重疊的詞綴。有某些詞基，兩個形式都存在，但有時意義不同，如：1）*ganti*「替代」：*ganti-bərganti*、*bərganti-ganti*「交替；輪流」，或 2）*masak*「煮」：*məmasak-masak*「做飯」：*masakməmasak*「廚具」。如果把重疊視為一種加綴，且只有詞基可以加綴，那麼在 *tawar-mənawar* 或 *masak-məmasak* 所見的型式就必須解釋為 R＋B，而 *məmasak-masak* 或 *bərganti-ganti* 所呈現的型式則必須解釋為 B＋R。然而，這些型式之間的語意關係尚待建立，且在具有非重疊詞綴的重疊詞素中，重疊的一部份必須是本身可以被加綴的詞綴，如 *kənal*「認識」：*bər-kənal-kənal-an*「彼此熟識」或 *takut*「害怕」：*mənakut-nakut-i*「威嚇」。諸如此類的例子可能支持完全複製詞基的重疊性詞綴在成詞的貢獻上，既像詞綴，同時也像詞基。

　　如以上的邵語例子所示，當「完全」重疊為後綴式音步重疊變異時，詞基重疊素的辨識問題可獲解決，類似 *patihaul*「詛咒、咒語」：*matihau-haul*「對某人下咒」、*shnara*「點燃、著火」：*pa-shnara-nara*「反覆燒」、或 *qriuʔ*「偷」：*q-un-riu-riuʔ*「習慣或反覆偷」的詞對呈現出一種沒有分歧的詞基＋重疊素型式。這種型式的存在

使得我們沒有理由主張以下的詞基有不同的順序，如：*fariw*「買」：*fari-fariw*「去購物」、*kaush*「舀」：*kau-kaush*「反覆舀水」、或 *kirac*「光、亮」：*pish-kira-kirac*「射出火花」，這些例子表面型式雖然分歧，但功能明顯一致。[64]

　　從跨語言的角度來看，這個結論很令人驚訝，理由有二。首先，McCarthy & Prince（1994）宣稱，重疊的特質是「無標浮現」（the emergence of the unmarked），最無標的音節是 CV，輔音的任何添加或刪除都是有標的增加。也就是說，重疊詞素傾向比其所複製的詞基型式無標，不管如何都不會包含詞基所沒有的有標特質。然而表 6.11 的語料卻出現詞基有韻尾刪略（因此無標），而重疊詞素則無。其次是，有一廣泛的共同假定是，重疊詞素型式的大小不可以超過所「複製」的詞基。這兩個異常現象可以透過理論調解，若我們承認「詞基」在一般音韻學文獻的使用上可以有兩個截然不同的意思：1）詞基是獨立的（Base-1）、或是 2）詞基是詞綴，包含重疊詞綴所附著的詞素（Base-2）。就重疊而言，Base-2 和重疊型式都是由 Base-1 複製而來，如 *fari-fariw*「採購」這個詞的兩個部分都是由 *fariw*「買」複製而來的，而 Base-2 產生了韻尾自動縮減。一但區分了詞基這個詞的兩個意義，重疊部份的形式比詞基（base-2 而非 base-1）長或有標的衝突就化解了。然而，如下面所見，在南島語「無標浮現」問題比這還要普遍且頑強。

---

64 中綴式重疊的假設（pish-kira<kira>c）也有可能，但不具說服力，因為真正的中綴式重疊出現在少數形式中，如 *itiza*「到達」：*i-ti-tiza*「到達、返回、回來」，複製的是倒數第二音節。

6.9.3 重疊詞素的形式限制

　　另一種廣被認同的理論立場，有時被稱為「韻律構詞假說」（Prosodic Morphology Hypothesis, PMH），主張重疊的形式受到韻律的考量限制（比較 McCarthy & Prince 1990: 209 及後續的出版），這些著作中，重疊以將模板附加到詞基的方式來說明，模板是「根據真實的韻律單位來定義的」，亦即音拍、音節、音步或韻律詞。儘管大多數的重疊詞素都是韻律單位，但顯然有些並非如此，而既然他們沒有提供唯一的反證，很重要的是，南島語言挑戰了且將持續挑戰此一觀點。McCarthy-Prince 的公式中有一模糊不清之處需澄清，即模板是以詞基還是重疊詞來定義。圖 6.5 勾勒了四個邏輯上的可能性：

圖 6.5　詞基與重疊詞素韻律單位的關係

類型	詞基	重疊詞素
1）	＋PU	＋PU
2）	－PU	＋PU
3）	＋PU	－PU
4）	－PU	－PU

　　類型 1）是四個中，結構上最簡單、類型上最常見、理論上最沒問題的。其中，詞基的一個韻律單位被複製為重疊詞素的韻律單位。這是我們在完全重疊、CV- 重疊等中所見的類型，以下將簡要介紹。

　　類型 2）見於伊洛卡諾語的 *ba.két*「老女人」：*ag.-bak.-ba.két*「變老，指女人」、或 *pú.sa*「貓」：*pus.-pú.sa*「貓（複數）」，稍具問題，

因為被複製的部分就是可被稱為「韻律嵌合體」（prosodic chimera，音節加上韻頭或 σ+o）的成分。Hayes & Abad（1989）將之稱為「重音節重疊」（heavy syllable reduplication），以符合的例子併入音韻理論中，因為重疊詞素是該語言可能的音節。

　　類型 3）和 4）最麻煩。針對類型 3），Blevins（2003, 2005）將注意力引導至大洋洲語言許多允許重疊詞素音韻減縮的前綴式音步重疊例子，如布霍圖（Bugotu）的 *ka.lu*：*kau.ka.lu*「攪拌，揉捏」、*li.ko*：*li.o.li.ko*「被弄彎」或霍瓦（Hoava）的 ɣa.sa：ɣa.sa. ɣa.sa（慢／仔細的言談）：*yas. ya.sa*（快的言談）「跳、跳躍」。由於減縮在相似的韻律條件下並不出現於非重疊構詞，因此她主張這種重疊詞素反應的例外表現反映冗贅標示的訊息允許情境刪略的一般原則（可預測的毋須完全標示）。Blevins 說明以模板來陳述這些型式會遭遇難以解決的問題，因為重疊詞的型式依第一個元音的響度不同而有變異（低－高的話為二音拍音節，但高－低則為雙音節音步）。此外，類似布霍圖的 *kau.ka.lu* 或 *li.o.li.ko* 的重疊型式包含了不存在於詞基的無韻首音節，明顯違反了「無標浮現」。

　　類型 4）所呈現的或許可以說是最明顯違反理論的預期。有兩個已知的次類：1）重疊詞素為單一輔音，以及 2）重疊詞素具備 c+σ 的形式（一個音節前加一音節韻首）。

6.9.3.1　重疊詞素為單一輔音

　　Nivens（1993）紀載了東印尼阿魯群島西塔欄干語許多方言的單輔音重疊，在北部方言，重音在首的詞基帶有著他所謂的「CVC」（= CV、VC、或 CVC），如 *ke*：*keke*「木頭」、*nc*：*ɔnɔn*「射」、

tun：*tuntun*「蚊子」、*ɔtc*：*ɔtcta*「摺疊」、或 *lɔpay*：*lɔplɔpay*「冷」。然而，重音不在首位的詞基，若緊跟在重音節前面的音節是開音節的話，會重疊單一輔音。在這種高度特定的環境，既受重音，又受音節形式影響的狀況下，重音節後的輔音在重音節前的輔音之前被複製，如 *tapúran*：*tarpúran*「中間」、*gasíra-na*「老－第三人稱單數」：*garsíra*、*dubém-na*：*dumbém*「七」、或 *ga*「親戚」＋*let*「雄性」：*gatlet*「單身漢」。

第二個單輔音重疊的例子見於北菲律賓伊富高語的芭達方言，Newell（1993: 6）指出所有伊富高方言都有音位上的雙疊輔音，且這種雙疊是一種用來表示相互性動作的語法機制，但雙疊滑音在芭達方言經歷了硬音化現象，變成 *g*ʷ 和 *d*ʲ。有許多動詞詞對呈現單數和複數主動者的區別以複製緊跟在詞基第一個元音後的輔音來標記，如：*ābak*「擊垮某人」：*abbak*「兩人互相競爭」、*awit*「摔角」：*ag*ʷ*it*「參加摔角比賽」（< *awwit）、*bāliw*「保護或拯救」：*him-ba-ballíw-an*「互相保護、救援」、或 *patoy*「人用武器殺」：*pattoy*「兩人或動物搏鬥」。有些動詞詞基用 CV- 重疊來標記同樣的語意功能，如 *gubat*「戰爭」：*muŋ-gu-gubat*「一個國家或一群士兵跟另一國家或士兵打仗（焦點在三個或多個國家或士兵對戰）」，或 *hāpit*「語言、言談、聲音」：*mun-ha-hapit*「互相談話（焦點在三或更多人交談）」。這暗示著以雙疊標記相互活性動可能是晚近來自早期 CV-型式的發展。反之，輔音雙疊在許多本質上即具相互性或集體意義的形式已經被詞彙化，暗示單輔音的雙疊或重疊在伊富高語已經有長久的歷史：*addum*「兩個人或生物一起來到」、*ahhiw*「兩人一起扛」、*ahhud*「兩個人一起用杵搗碎穀物」、*ammid*「兩個東西黏在一

起」、*delloh*「兩個伴隨而來」、*dihhul*「兩個同時做」等等。再者，前綴元音刪略的 CV- 重疊不會產生詞中的輔音雙疊音，或任何形式的元音起始詞幹雙疊音（參見上面的 *hapit*：*mun-ha-hapit*，但是 *happit*（** *hhapit*）「二或多人為自己的利益或占他人便宜而設計的詭計」）。那麼，似乎是伊富高語創新了構詞上的輔音雙疊，在詞基的意義上增加了相互性或集體行動的意義，而這種雙疊音是另一種形式的單輔音重疊。

用輔音雙疊來標示語法訊息亦見於伊洛卡諾語，以重複詞基第一個元音之後的輔音來表示某些屬人名詞的複數：*ádi > addí*「弟弟妹妹（複數）」、*amá > ammá*「父親（複數）」、*asáwa > assáwa*「配偶（複數）」、*babái > babbái*「女孩（複數）」、*iná > inná*「母親」（複數）、*laláki > lalláki*「男孩（複數）」（Rubino 2000: xlvi-xlvii）。同樣的，要從歷史上比較早的 CV- 複製衍生雙疊音重疊並非易事。

6.9.3.2 重疊詞素為「韻律嵌合體」（prosodic chimera）

Gafos（1998）使用「非模板」（a-templatic）重疊來稱呼複製範疇非韻律單位的重疊型式。他所提供的例子，就像 Nivens（1993）的例子一樣，涉及單一輔音的重疊，因此可以稱為「次模板重疊」。相對的，以下幾類非韻律重疊詞可稱為「超模板」。像類型 2）下所描述的所謂「重音節重疊」，其超模板重疊來源（詞基）為一個韻律嵌合體，因其複製了一個音節後加一個音節首。然而，重音節重疊（σ+o）的重疊詞素為該語言可能的音節，而這裡考慮的例子，複製的是音節尾加上後面的音節（c+σ），不同之處在於，不單是詞基，連重疊詞素都是韻律嵌合體。

表 6.11 邵語例子的 C 部份例示了一種 c+σ 重疊型式，跟多數南島語不一樣的是，邵語允許詞首的輔音串，如 *qnuan*「水牛」或 *tqir*「冒犯」。然而，這樣的輔音串不允許以響音起始或以喉塞音結尾。儘管 *patqal*「標誌」的音節化原則上可以是 *pa.tqal* 或 *pat.qal*，然而，*m-ar.faz*「飛」：*m-ar.fa-r.faz*「一直飛來飛去，如蒼蠅在食物上方」或 *tap.ʔan*「衣物上的補釘」：*t<i.n>ap.ʔa-p.ʔa-p.ʔan*「反覆被捕」的音節界線卻是清楚沒有分歧的。歷史上，表 6.11 中的所有的重疊型式都來自一個在三音節或以輔音串起首的雙音節中是透明的後綴式音步重疊。就 CVCVC 而言，雙音節音步和詞基是相連的，因此音步重疊和完全重疊是無法區分的。對於包含內部輔音串的詞基而言，後綴式音步重疊的表層相當於 c +σ（-CCVC），這是歷史上央中元音丟失的殘留。因此，類型上令人驚訝的重疊詞，如 *m-ar.fa-r.faz* 來自早期的 *m-arəfa-rəfaz。東台灣的中部阿美語和南排灣也有類似的 c +σ 重疊型式，如表 6.12 所示。

　　這三種語言重音都在倒數第二音節，僅有少數例外（約有 2% 的邵語形式是重音在最後音節，而阿美語的重音在引用形式落在最後音節，但在詞組中則在倒數第二音節）。然而，這些語言的輔音串模式則不盡相同。邵語允許各式各樣的輔音串出現在起始和中間位置，但是中部阿美語和排灣語只允許中間位置的輔音串。此外，儘管中部阿美允許廣泛的中間位置輔音串，但是南排灣語只允許歷史上單音節重疊的 $C_1V_1C_2C_1V_1C_2$ 形式中出現輔音串。

表 6.12　阿美語和南排灣語的 c+σ 重疊

中部阿美語（加綴的）詞基	後綴 c+σ 重疊
aŋ.rər「苦」	aŋ.rə-***ŋ.rər***「非常苦」
aŋ.saw「煙味」	aŋ.sa-***ŋ.saw***「濃厚的煙味（如衣服上）」
faq.loh「新」	faq.lo-***q.loh***「每個都是新的」
in.tər「憎恨、鄙視」	ma.in.tə-***n.tər***「每個人都憎恨」
kaq.soq「美味」	kaq.so-***q.soq***「每樣都美味」
maq.cak「煮熟」	maq.ca-***q.cak***「每樣都煮熟」
kar.təŋ「重」	kar.tə-***r.təŋ***「每個都重」
maŋ.taq「生的」	maŋ.ta-***ŋ.taq***「每個都是生的」
siq.naw「冷」	sa.-siq.na-***q.naw***「每個都是冷的」
tam.ław「人」	tam.ła-***m.ław***「每個人」

南排灣語			
詞幹	詞義	雙數	複數
A. 後綴音步重疊			
panaq	射	ma.-pa.-pa.naq	ma.-pa.-pa.na.-***pa.naq***
gətsəl	捏	ma.-ga.-gə.tsəl	ma.-ga.-gə.tsə.-***gə.tsəl***
kakəlyaŋ	知道	mar.-ʔa.-ka.kə.lyaŋ	mar.ʔa.-ka.kə.lya.-***kə.lyaŋ***
bulay	好	mar.-ʔa.-bu.lay	mar.-ʔa.-bu.la.-***bu.lay***
ləva	高興	mar.-ʔa.-lə.va	mar.-ʔa.-lə.va-***lə.va***
tjəŋəlay	愛	mar.-ʔa.-tjə.ŋə.lay	mar.-ʔa.-tjə.ŋə.la.-***ŋə.lay***
B. 後綴 c+σ 重疊			
galəmgəm	憎恨	mar.-ʔa.-ga.ləm.gəm	mar.-ʔa.-ga.ləm.gə-***m.gəm***
kinəmnəm	想	mar.-ʔa.-ki.nəm.nəm	mar.-ʔa.-ki.nəm.nə-***m.nəm***
ḍawḍaw	忘記	mar.-ʔa.-ḍaw.ḍaw	mar.-ʔa.-ḍaw.ḍa-***w.ḍaw***
gutsguts	抓；刮	ma.-ga.-guts.guts	ma.-ga.-guts.gu-***ts.guts***
tsəktsək	刺穿	ma.-tsa.-tsək.tsək	ma.-tsa.-tsək.tsə-***k.tsək***
duqduq	搖東西	ma.-da-.duq.duq	ma.-da-.duq.du-***q.duq***

Zeitoun（年代不詳）[6]描述許多台灣南島語言的相互結構，包含南排灣、卑南、和魯凱語。她的南排灣語材料呈現了以重疊標記的雙數和複數區別。南排灣語缺乏詞中輔音串的詞基，透過複製最右邊的音步形成複數的相互動詞（表 6.12，A 部分）。正如邵語以及許多其他南島語一樣，複製的詞基（詞基-2）省略了韻尾。如果這種模式在具有詞中輔音串的形式中，*galəmgəm* 與 *kinəmnəm* 預期的相互性複數應該是 **galəmgə-ləmgəm 與 **kinəmnə-nəmnəm，其中的韻尾被刪略，那麼，*marʔgaləmgəmgəm* 或 *marʔakinəmnəmnəm* 唯一可能的切分是帶有 *-m.gəm* 與 *-m.nəm* 重疊詞的詞基。同邵語一樣，南排灣語的後綴重疊在沒有詞中輔音串時複製詞基的一個音步（部份），若詞基有詞中輔音串時則複製 c+σ（部份）。然而，Zeitoun 觀察到有些使用者會透過央中元音加插把輔音串切分開來。例如，1940 年代出生的人用 *mar.-ʔa.-ga.ləm.gə.-**m.gəm***「彼此憎恨」，而1970 年左右生的則傾向使用 *mar.-ʔa.-ga.ləm.gə.-**mə.gəm*** 這個變體。因此，年輕一代的南排灣語使用者恢復了重疊詞素可以是韻律單位的條件，僅管這是否僅是去除表層輔音副附帶產生的結果一點都不明確。

　　在阿美語，相似的 c+σ 重疊出現在強調或全部包含（all-inclusive）的形式中。類型學上不尋常的相似形式出現在三個台灣南島語言，引發這個形式是否存在於原始南島語的疑問。然而，很清楚的是，事實並非如此。因為原始南島語的輔音串僅限於歷史上重疊的單音節（$C_1V_1C_2C_1V_1C_2$），後綴重疊複製 c+σ 的形式唯有在排灣語能反映原始南島語類型。更有甚者，由於邵語、排灣語和阿美語屬於南島語族三個不同的主要分群，c+σ 不可能是承襲自最近的共同祖先。

邵語跟阿美語都丟失早期非重音的元音，通常是原始南島語出現在 VC__CV 環境中 *e（央元音）的反映，產生許多非同一發音部位的輔音串。此一觀察暗示著至少這兩個語言中有一部分 c+σ 重疊的例子可能起源自一種複製 *-Ce.CV(C) 的後綴式音步重疊。只是，這對排灣語而言應該不成立，排灣語的 *e 在 VC__CV 的環境中反映為央元音，且類似 *g-ə.m-əm.gəm*「握拳」：*g-ə.m-əm.gə-m.gəm*「一直握拳」（原始南島語 *gemgem「拳；緊握住」）的形式中未曾有央元音出現。

Crowley（1998: 143）注意到南萬那杜埃若曼高（Erromango）島上，約 1,400 人所說的歌語存有一種類似的 c+σ 後綴式音步重疊型式，如 *om.ti*「打破」：*om.ti-m.ti*「殘破」或 *al.ni*「折」：*al.ni-l.ni*「折」。此一發展的歷史不明，但想必涉及了產生輔音串的詞中元音刪略。

6.9.3.3　重疊詞素為雙重標記的音節

根據 Healey（1960: 10）的陳述，呂宋島北部覓食的矮黑人（Negrito）所說的中卡加延（Central Cagayan）阿古塔語中，「若元音是 *i* 或 *u*，有些詞的第一個 -VC 會重疊。重疊的元音從 *i* 變為 *e*，或從 *u* 變為 *o*，且重疊詞素會中綴到第一個音節，因此是：CiC-eC-VC 或 CuC-oC-VC。這種重疊可能具有「小稱」意義的成分，但詞的意義經常改變很多，且變化無法預測」。中部卡加延阿古塔語的中綴式重疊與重音節重疊（σ+σ）相似之處在於串連了音節與其後的韻首。只是，在阿古塔語，只有音節的韻核與韻首連結（σn+σ），且重疊為中綴而非前綴。

然而，如以下的資料所示，Healey 對這個中綴的加綴運作模式描述並不精確。因為，如她所述，第一個元音為高元音的中綴固定加插在最後一個元音之前，而非「第一個音節之後」。這個型式最大的問題無疑是形式與語意關聯上的困難，也就是建立重疊詞素真實性方面的困難。只是，基於重疊詞素形式上的不尋常涉及了加中綴與元音降低，不無理由假定此為該語言單一的構詞變化。Healey 就是如此認定，本書將採取此一立場。表 6.13 提供了示例，並標記音節界線，此外，重疊中綴也以三角括弧加上黑體區隔出來。

表 6.13　中卡加延阿古塔語呈現為雙重標記音節的重疊詞素

詞基	重疊詞
bi.lág「太陽」	ma.-mi.l<**e.l**>ág「曬太陽」
u.muk「巢」	ma.g-u.m<**o.m**>uk「裹起擋風」
u.dán「雨」	u.d<**o.d**>án「很多雨」
ma.g-u.yuŋ「瘋狂」	ma.g-u.y<**o.y**>uŋ「瘋狂」
gi.lát「鋼製箭頭」	gi.l<**e.l**>át「小型竹製箭頭」
u.lag「蛇」	u.l<**o.l**>ag「昆蟲」
hu.tug「弓」	hu.t<**o.t**>ug「小竹弓」
la.vú.n-an「猜」	ma.ki.-l<**e.l**>a.vún「無知的」
ta.lun「森林」	i.-t<**e.t**>a.lu.n-an「森林居住者」

儘管 Healey 對於這點未發表意見，最後兩個例子暗示阿古塔語的中綴式重疊是透過標準的互補同位重疊詞素表達的。若詞基的第一個元音為高元音（表 6.6 以 *i* 呈現），則重疊詞素以下列方式形成：1）複製 V_1C（詞幹為元音起首，則 C ＝ C_1、輔音起首則為 C_2）、2）把複製的元音由高降到中、3）加中綴於詞基的最後一個元音來形成。若詞基的第一個元音為低元音（表 6.6 以 *a* 呈現），重疊詞素顯然以 1）複製 C_1V_1、將複製的元提高音由低提升到中舌位、3）

將複製的 C_1V_1 換位、以及 4）加中綴於詞基的第一個元音之前來形成。兩個例子的重疊詞素皆非可能的模板，因為 1）阿古塔語的 VC 音節從不出現在元音前的位置，還有 2）中插的運作顯然依複製元音的響度而異。同樣的，重疊詞素也違反了「無標浮現」的原理，因為 1）在類似 *ma.-mi.l<**e.l.**>ág* 或 *u.d<**o.d**>án* 的詞中，即便是從不是無韻首的音節複製而來，還是缺了韻首，且 2）重疊詞含有比其衍生來源更有標的元音。因此阿古塔語的中綴式重疊詞素相對於來源的詞基，為重複標記。

圖 6.6　阿古塔語中綴式重疊的標準同位詞素

詞基第一個元音為高	詞基第一個元音為低
$(C_1)i.C_2V_2C_3$	$(C_1)a.C_2V_2C_3$
$(C_1)i.C_2<$**e.C**$>V_2C_3$	$(C_1)<$**e.C**$_1>a.C_2V_2C_3$

6.9.4　重疊詞素的內容限制

重疊詞素除了必須是一個「韻律的真實單位」，以及不可以比詞基有標之外，還有一個廣被接受的觀點就是，重疊詞素必須跟詞基至少有某些共同的音位材料。有明顯的情況會導致複製出來的重疊詞素與詞基不相同，如部分重疊、固定音段等。然而，沒有任何理論允許重疊為零相同性（*null identity*），即詞基與重疊詞素完全沒有共同音位內涵的複製程序。僅管如此，至少有兩個南島語言呈現這種現象。

北蘇拉威西的桑伊爾和博朗蒙貢多（BM）承襲了一種以 Ca- 重疊形成工具名詞的變化，但有時卻由於音變產生了異乎尋常的變化。

BM 有兩個音韻創新對於理解 Ca- 重疊如何從一個透明的部分重疊變成呈現特殊複雜性的程序很重要：1）倒數第二音節前的 *a 變成央中元音，然後所有的央中元音，不管來源為何，都變成 o，2）*i 前面的 *t 變成 s，接著帶 ti- 的借詞產生前高元音前的 s 與 t 對比。1）的結果，Ca- 重疊變成 Co- 重疊：mo-dagum「縫」：do-dagum「針」、moliŋkop「關門」：lo-liŋkop「門」、或 dupaʔ「搥打」：do-dupaʔ「槌子」。這種變化沒有產生結構上的影響，但因為變化 2）以 *ti 開始的詞基，現在變成以 si- 開始，且重疊為 to-，如 mo-silad「切開檳榔」：to-silad「檳榔刀」、mo-simbaŋ「秤重」：to-simbaŋ「秤子」、mo-simpat「掃」：to-simpat/so-simpat「掃把」、或是 mo-siug「睡」：to-siug-an/so-siug-an「床」。在 BM 稍早的歷史中，在尚未開始 ti- 借詞時，silad 的底層為 tilad，只是包含了 [si]- 的語音序列。在 Co- 重疊階段，詞基跟重疊在音位層次保留了部分的相同性，但已開始發展出語音層次的重疊零相同性。一旦詞基與重疊詞之間的語音零相同性透過帶有 ti- 的借詞開始走向音位零相同性，to-simpat 與 to-siug-an（亦即 so-simpat 與 so-siug-an）的發音變異就開始發展出來了。

　　BM 的 so-simpat 與 so-siug-an 變異不可能是主要音變的結果，這種音變只會在前高元音前引發 t 的同位音 [s]。反之，它們是以用來形成工具名詞的主要型式 Co- 重疊為基礎的類比消弭（analogical leveling）產物。站在普通語言學的立場，值得注意的是，類比消弭的經典選擇方案，亦即規則丟失，在此並不適用，因為 t > s/__i 這規則並未丟失，而是被重新音位化，且新的音位擴展到重疊詞素。換句話說，規則丟失產生的不是 so-simpat 與 sosiug-an，而是 **to-timpat 與 **to-tiug-an。這些觀察的結果饒富趣味：因為經由類比產

生的詞形變化消弭暗示著型式的認可，這些衍生工具名詞的 *so-* 變體為重疊零相同性提供了心理真實性之證據。換句話說，若結構壓力運作在音位層次，而非同位音，蒙貢多語的使用者必然是將諸如 *to-simpat* 的音位形式視為 Co- 重疊的例子，否則 *so-* 變體缺乏語音動因的首輔音變化將不具基礎。桑伊爾語呈現了更複雜的問題，如 6.14 所示。

最顯而易見的證據是桑伊爾語的工具名詞反映了一個 Ca- 重疊程序，來自以清阻音 *k*、*p*、*s* 或 *t* 開始的詞幹。這些表現很像標準的語言如邵語、卑南語或德頓語裡形式相近的詞幹，只是在對應的主動動詞增加了同部位的鼻音替換。針對濁阻音，我們發現自己離這種構詞透明的程度更遠一步，因為詞首的 *b*、*d*、和 *g* 與相對應的連續音 *w*、*r* 和 *gh*（[ɣ]）形成轉換關係。

表 6.14　桑伊爾語的 Ca- 重疊為詞基重疊詞素零相同性

詞基	動詞	工具名詞
aki	maŋ-aki「加繩索」	la-aki「魚線延伸」
baŋgo	ma-maŋgo「打」	ba-waŋgo「棍棒」
biŋkuŋ	ma-wiŋkuŋ「以扁斧劈」	ba-wiŋkuŋ「扁斧」
dosa	mən-dosa「槌」	da-rosa「木槌」
əmmuʔ	maŋ-əmmuʔ「擦」	la-əmmuʔ「抹布」
gataʔ	meŋ-gataʔ「夾在腋下」	ga-ghataʔ「竹鉗」
himadə?	mə-himadə?「挖出」	la- himadə?「挖的器具」
iki?	maŋ-iki?「綁」	la-iki?「綁的工具」
kətuŋ	ma-ŋətuŋ「夾」	ka-kətuŋ「夾子」
lədaŋ	mə-lədaŋ「磨平牙齒」	da-lədaŋ「整齒器」
pədasə?'	ma-mədasə?「磨」	pa-pədasə?「石磨」
sapu	ma-napu「掃」	sa-sapu「掃把」
tubuŋ	ma-nubuŋ「摘下水果」	ta-tubuŋ「摘果桿」
uhasə?	maŋ-uhasə?「洗」	la-uhasə?「沖洗的水」
lau?	mə-lau?「混合」	da-lau?「攪拌器」
limasə?	limasə?「（從船中）往外舀水」	da-limasə?「汲筒」

略為模糊的是以 l 開始的 Ca- 重疊，因為詞基複製的部分異化為 d。歷史上，這種異化很顯然並不規律，由於桑伊爾語有許多詞幹包含了 *lVl* 這樣的序列，其中的第一個流音衍生自 *l 或 *y。最叫人困惑的是元音起始的詞幹，因為這些被重疊為 *la-*。如上所述，這種中插的流音按理有兩個歷史來源：*l 和 *y。假定 *la-* 的流音來自 *y 或可緩和這種重疊同位音的異常特質，因為流音中插在其他語言相當普遍。但這似乎無濟於事，因為假定的滑音並非中插來打破元音串，且在元音起始的非重疊詞也沒有發生這種中插現象。最後，*h-* 起首的詞幹被視為以元音起始，儘管 *h* 歷史上是次要的，且相對於關係很近的菲律賓南部桑伊爾語的 *r*。

　　總結起來，桑伊爾語呈現了以下 Ca- 重疊的重疊同位素。在相關之處詞基的起始音段以兩個形式呈現——獨立的詞基（Base- 1），以及重疊的詞基（Base-2），也就是 x/y：

表 **6.15**　桑伊爾的 **Ca-** 重疊同位素呈現詞基重疊詞素零相同性的程度

編號	詞基首	重疊詞素	編號	詞基首	重疊詞素
01.	a	la-	21.	kə	ka-
02.	ba/wa	ba-	22.	ki	ka-
03.	bə/wə	ba-	23.	ko	ka-
04.	bi/wi	ba-	24.	la	ka-
05.	bo/wo	ba-	25.	lə	da-
06.	bu/wu	ba-	26.	li	da-
07.	da/ra	da-	27.	lu	da-
08.	də/rə	da-	28.	pa	pa-
09.	di/ri	da-	29.	pə	pa-

編號	詞基首	重疊詞素	編號	詞基首	重疊詞素
10.	do/ro	da-	30.	pi	pa-
11.	du/ru	da-	31.	pu	pa-
12.	ə	la-	32.	sa	sa-
13.	ga/gha	ga-	33.	sə	sa-
14.	ga/ghə	ga-	34.	si	sa-
15.	ga/ghu	ga-	35.	su	sa-
16.	hə	la-	36.	ta	ta-
17.	hi	la-	37.	tə	ta-
18.	ho	la-	38.	ti	ta-
19.	hu	la-	39.	tu	ta-
20.	i	la-	40.	u	l-

　　僅管存有類似 *ma-wiŋkuŋ*「以扁斧劈」：*ba-wiŋkuŋ*「扁斧」的形式，可以主張部分的 BR 相同被保留於以濁阻音開始的詞基（*biŋkuŋ*「以扁斧劈」），但是現有的重疊理論無法明確辨識桑伊爾語的 *la-həpiŋ*「門、窗」（*mə-həpiŋ*「鬆開門或窗」）、*la-inum-aŋ*「杯子」（*maŋ-inuŋ*「喝」）、或 *da-limasə?*「獨木舟的汲水筒」（*mə-limasə?*「把水舀出獨木舟」）的前綴成份為詞基的複製。擺脫這種困境最容易的方法是將此類例子排除在桑伊爾語的 Ca- 重疊之外。此一解決方案的問題在於無法辨識這些重疊同位素功能上明顯的統一，其中直接的例子包含以清阻音起始的詞幹，以濁塞音等起始的詞幹則構成比較不直接的例子。目前已辨識出來的 Ca- 重疊工具名詞，在以 CV 序列起始定義的 76 種邏輯上可能的詞基類型中，約佔 40。在這 40 種類型中，BR 零相同性可以在具有 Base-1 的 11 種類型，並在具有

Base-2 的 22 種類型中發現。

　　桑伊爾語和博朗蒙貢多兩個語言的某些詞基都呈現了直接的 Ca-（或者 Co-）重疊。如果沒有這些例子，就再也不可能將構詞上更不透明的例子視為複製的過程，因為這個過程的表徵或多或少呈現了音韻透明度的連續漸變，且由於有明顯的證據顯示有將較差情況與最佳情況聯繫起來的模式一致性，因此似乎沒有非任意的方式排除 *da-* 為 *lu* 或 *la-* 為 *hu* 或 *i* 的重疊詞素。事實上，重疊詞素的零相同性是不容否認的，但似乎只有在同位詞素層次可行，據此，詞基與重疊詞素相同的要求必須適用於詞素層次。所有關於相同性要求的討論似乎都以同位詞素／同位重疊素層次的例子說明了 BR 的對應關係，從而避開了是否某些同位詞素可以呈現與詞基間零相同性的問題。儘管這個問題在此討論似乎牽涉太廣，但這種做法可能導因於在詞素層次重疊的表徵格式化的程度遠大於構詞音位這個事實。

6.9.5　重疊的型式

　　南島語言重疊對普通語言學理論所引發的議題已在前一節中討論，本節簡要介紹見諸於這些語言中更廣泛的重疊型式。

6.9.5.1　完全重疊

　　最透明的重疊類型是完全複製詞基，這個形式在很多語言有多樣的功能被報導出來。然而，值得注意的是，儘管部分重疊可能帶有時態的信息，完全重疊顯然從未用來標示這樣的語法功能。以下示例說明：

博托蘭撒姆巴爾（Antworth 1979: 11）：完全重疊詞基表示小或

假造的物體：*anak*「小孩」：*anak-anak*「洋娃娃」、*tawo*「人」：*tawo-tawo*「稻草人」、*bali*「房子」：*bali-bali*「玩具屋」。**馬來／印尼語**（多重文獻來源）：1）名詞的完全重疊通常表示多數，如 *anak*「小孩」：*anak-anak*「孩子們」、*rumah*「房子」：*rumah-rumah*「房子（複數）」、或 *kəlapa*「椰子」：*kəlapa-kəlapa*「椰子（複數）」；2）然而，在有些例子中可能標示相似，如 *bantal*「枕頭」：*bantal-bantal*「枕木」或 *jala*「漁網」：*jala-jala*「小網子，如髮網」；3）不及物動詞基的完全重疊有時標示悠閒或無方向的執行動詞所表示的動作：*(bər-)jalan*「走、去」：*(bər-)jalan-jalan*「漫步」、*makan*「吃」：*makan-makan*「非因飢餓而吃，而指宴會中品嚐；嚐嚐」、*tidur*「睡覺」：*tidur-tidur*「躺下休息（無意睡覺）」；4）其他動詞詞基的完全重疊則標示重複或持續的動作，如 *marah*「生氣」：*marah-marah*「一再對某人生氣」, *(bər-)cakap*「談論」：*(bər-)cakap-cakap*「喋喋不休」；5）形容詞詞基的完全重疊標示強度：*kəras*「硬；激烈」：*kəras-kəras*「強烈」、*tiŋgi*「高」：*tiŋgi-tiŋgi*「很高」；6）其他詞基的語意無法預測，如：*apa*「什麼」：*apaapa*「無論什麼」。[7]

Karo Batak 語（Woollams 1996: 92 頁起）：1）某些名詞的完全重疊標示複數，如：*tulan*「骨頭」：*tulan-tulan*「骨頭（複數）」、*sinuan*「植物」：*sinuan-sinuan*「植物（複數）」或 *kəjadin*「事件」：*kəjadin-kəjadin*「事件（複數）」；2）其他名詞的完全重疊標記模仿或相似，如 *nahe*「腿」：*nahe-nahe*「高蹺」、*nipe*「蛇」：*nipe-nipe*「蚴、毛毛蟲」、*bərku*「椰子殼」：*bərku-bərku*「頭顱」，或 *kacaŋ*「花生」：*kacaŋ-kacaŋ*「陰蒂」；顏色詞的完全重疊有近似的意義。如 *məgara*「紅色」：*məgara-məgara*「紅紅的」或 *mbiriŋ*「黑」：*mbiriŋ*

mbiriŋ「黑黑的」；有些動詞也會透過完全重疊獲得模仿的意義，如 *mədəm*「睡覺」：*mədəm-mədəm*「躺下、休息」。

6.9.5.2　完全重疊加前綴

　　許多語言的完全重疊詞基會和非重疊的前綴一起出現，由於這型式的許多例子已經提供過，在此僅增列一些：邵語的 *k<m>an*「吃」：*k<m>a-kan*「常常吃」、*patash*「寫」：*matash*「寫（主事焦點）」：*mata-tash*「寫了又寫；一直寫」、塔加洛語 *l<um>akad*「走」：*mag-lakad-lakad*「走一下」、馬來語的 *bər-jalan*「走」：*bər-jalan-jalan*「散步」、馬來語的 *mə-lihat*「看」：*mə-lihat-lihat*「花時間看（如參觀博物館時）」、或卡羅巴塔克 *suŋkun*「問」：*nuŋkun-nuŋkun*「一直問」、*tatap*「看」：*natap-natap*「環視、參觀」、*apus*「擦拭」：*ŋ-apus-ŋ-apus-i*「反覆擦拭」。針對前綴，重疊與非重疊詞綴間的互動有三種模式：1）詞的前半部加前綴（馬來語的 *məmasakmasak*「煮」）、2）詞的後半部加前綴（馬來語的 *masakməmasak*「烹調」）、3）詞的兩半都加前綴（卡羅巴塔克的 *nuŋkun-nuŋkun*「一直問」，詞基是 *suŋkun*）。馬來語雖有第一、二種型式，但顯然沒有第三種類型。此外，第一種型式沒有與鼻音替換並用的例子：*potoŋ*「砍」：*potoŋ-məmotoŋ*「互砍」（但 **məmotoŋ-potoŋ）、*surat*「寫；信」：*surat-məñurat*「寫給彼此」（但 **məñurat-surat）、*tari*「跳舞」：*tari-mənari*「在跳舞」（但 **mə-nari-tari）。然而，這種模式卻見於帛琉語，只是被音變所掩蓋（某些構擬的最後元音未知，為了視覺上的方便而被書寫為 *a*）：*tub*「唾液、口水」、*məlub*「吐口水於～之上」：*mə-ləb-tub*「一直吐口水」（< *suba：*ma-ñúba：*ma-ñubasúba）、 *kimd*「剪」：*məɲímd*「剪髮、修剪」：*mə-ŋəm-kimd*「一直修剪某人的頭髮」（< *kimat：*ma-ŋímat：*ma-ŋima-kímat）、*bálə?*「彈弓」：*o-málə?*「用彈弓射」：*o-mələ-bálə?*「玩彈弓」（< *banaq：*pa-mánaq：*pa-mana-bánaq）。

在邵語和卡羅巴塔克中，主動動詞的完全重疊通常標示頻繁或重複的動作。在某些情況下，也廣泛共有完全重疊加上詞綴這個型式，如邦板牙語（Kapampangan）、塔加洛語的 *anák-anák-an*「領養的小孩」、馬來語／印度尼西亞語的 *anak-anak-an*「洋娃娃」、*anak-anak-an məntimun*（字面意義「小黃瓜洋娃娃」）「童養媳」、古爪哇語的 *anak-anak-an*「洋娃娃、或任何被視為像嬰兒一樣疼愛或對待的東西；瞳孔」（比較馬來語的 *oraŋ*「人」：*oraŋoraŋ-an*「稻草人」、*rumah*「房子」：*rumah-rumah-an*「玩具屋」、以及其他各種用詞基-詞基 -an 這個格式形成的摹擬名詞）。

不同重疊型式可能要求元音同化或其他類型的音韻變化。然而，由於這些不會改變單詞的構詞組成，因此將被視為沒有元音變化的相似重疊模式。舉例來說，中萬那杜的帕梅斯語（Paamese）完全重疊就有反覆出現的元音往前同化，如 *muni：munu-munu*「喝」、*luhi：luhu-luhu*「植物」、以及 *uhi：uhu-uhu*「吹」（Crowley 1982：48），且在查莫洛語經由 CV- 重疊從動詞衍生的名詞呈現後元音自動往前的情況，如 *gupu*「飛」：*gi-gipu*「飛行物」（Topping 1973：181-182）。這種型式的第二個部分顯然源自出現在冠詞 *i* 後面的元音舌位往前的通則（*guma?*「房子」：*i-gima?*「房子（定指）」），然而，帕梅斯語的同化起因並不清楚，因為，在帶 *u* 元音的音節間發現了前高元音，如 *musinuni*「穿戴帽子或襯衫」（Crowley 1992）。

6.9.5.3 完全重疊減韻尾

這種模式似乎已經存在於原始南島語中，因為可見於台灣南島語和非台灣南島語。這種模式複製詞基而不帶韻尾，產生類型不尋常的狀況，即詞基（Base-2）缺乏存在於重疊詞中的成分。邵語的例子呈現於表 6.11，可清楚看出這實際上是後綴式音步重疊減去韻尾。在大多數語言中不容易找到比兩個音節長的重疊詞基例子，使得完全重疊和後綴音步重疊之間的區別變得模糊不清。

伊巴亞頓語（Yamada 1976）：*hapin*「墊子」：*h<in>api-hapin*「織的」、*koxat*「熱、暖」：*ma-ŋoxa-ŋoxat*「反覆煮沸」、*oxas*「乾淨」：*ma-wxa-wxas*「比較乾淨、整潔」、或 *takəy*「田」：*mi-takə-takəy*「農夫；種田」。

雅就達亞克語（Hardeland 1859）：*abas*「強」：*aba-abas*「相當強」、*humoŋ*「笨」：*humo-humoŋ*「相當笨」、*tiroh*「睡覺」：*ba-tiroh*「睡覺」：*ba-tiro-tiroh*「睡一下、小睡片刻」'。

博朗蒙貢多語（Dunnebier 1951）：*bayag*「光、亮」：*ko-baya-bayag-an*「變得完全光亮」、*kuntuŋ*「背」：*ko-kuntu-kuntuŋ*「被背」、*posad*「公共事務」：*ko-posa-posad*「做公共事務」。

6.9.5.4 完全重疊減最後元音

許多丟失末元音的大洋洲語言呈現此種模式的重疊。這些起源自完全重疊後續丟失末元音的 CVCV 詞基，在詞源訊息可得的情況下，此類重疊中間的元音幾乎都反映歷史上丟失的末元音（POC *kani*「吃」、*roŋoR*「聽」、*taŋis*「哭」、*inum/unum*「喝」、*paŋan*「餵食」、*manipis*「瘦、薄」等）：

西馬特（阿德米拉提群島；Blust 年代不詳 b、Smythe 年代不詳）：*aŋ*「吃」：*aŋi-aŋ*「在吃」、*hõŋ*「聽」：*hõŋo-hõŋ*「在聽」、*pak*「唱」：*paku-pak*「在唱」、*put*「落」：*puta-put*「正落下」、*taŋ*「哭」：*taŋi-taŋ*「哭」、*tele-i*「殺」：*tele-tel*「在殺」、*un*「喝」：*unu-un*「在喝」。

　　洛尼（阿德米拉提群島；Hamel 1994: 81 頁起）：*cim*「買」：*cimi-cim*「在買」、*haŋ*「餵食」：*haŋahaŋ*「收養」、*nɔh*「害怕」：*nɔhɔnɔh*「恐懼（名詞）」、*iw*「喊、叫」：*iwiʔiw*「在喊、叫」。

　　沃里愛（麥克羅尼西亞；Sohn 1975: 102）：*bis*「兄弟」：*bisibis*「兄弟關係」、*roŋ*「道聽途說；傳說」：*roŋoroŋ*「聽」、*masow*「硬」：*masowe-sow*「強」、*malif*「瘦；薄」：*malifi-lif*「瘦；薄」。

6.9.5.5　元音、輔音或兩者變化的完全重疊

　　這種模式的重疊類似英語的「flip-flop」或「zig-zag」（元音變化）、或是「hocus-pocus」以及「helter-skelter」（輔音變化）。這種現象在南島語僅有少數語言見得到。最為人所知的見於馬來語／印尼語，Macdonald & Soenjono（1967: 53）稱之為「摹擬重疊」（imitative reduplications）。這些重疊比英語的例子變化豐富，可能呈現雙音節兩個元音的差異，或（鮮少）也會展現出元音與輔音的不同。以這種方式形成的詞通常蘊含多重指涉或活動，通常還有某種程度的混亂：

　　馬來語／印尼語（Wilkinson 1959; Macdonald & Soenjono 1967: 54; Moeliono 1989）：*bolak-balik*「這樣或那樣躺著，瓶子或竹子並排放置，但方向交錯；也可指總是不一樣的故事」（＝*bolak*「出爾反

爾」＋*balik*「返回」）、*dəsas-dəsus*「謠言、耳語」（*dəsus*＝「呢喃、耳語聲」）、*joŋkat-jaŋkit*「上下輕快晃動」（*joŋkat*「墊腳尖」）、*kucar-kacir*「潰散」（*kacir*＝「因尷尬、害怕等不告而別」）、*umbaŋ-ambiŋ*「漂來漂去」（*umbaŋ*＝「漂流」）；*cərai-bərai*「分散」（*cərai*「切斷、切斷連結」）、*coreŋ-moreŋ*「滿是刮痕」（*coreŋ*＝「刮」）、*pəcah-bəlah*「粉碎」（*pəcah*「破成片」、*bəlah*「裂開」）、*sayur-mayur*「各種蔬菜」（*sayur*＝「蔬菜」）；*eraŋ-erot*「鋸齒狀」（*erot*＝「彎曲」）、*sabur-limbur*「困惑；晦暗」（*sabur*＝「模糊、昏暗的」）。

　　類似 *pəcah-bəlah* 這樣的例子引發了重疊與複合詞的界線在哪裡、該如何區分的問題，*pəcah* 與 *bəlah* 皆為獨立的詞，因此其組合符合複合詞的定義。針對像 *sayur-mayur* 的詞，情況則有所不同：只有 *sayur* 可以單獨出現，且這個詞的兩個部份很相似，因此必須假定有某種程度的重疊。歷史上，摹擬重疊可能已經存在，接著，類似 *pəcah-bəlah* 這樣的詞藉由結合發音相合、語意相近的獨立詞而加入現存的型式中，結果產生了有時像重疊、有時像複合的詞。不像英語相似的表達（*hocus, pocus, helter, skelter* 等），兩個部分都不可以單出現，馬來／印尼語的「摹擬重疊」通常至少其中之一具有意義。

　　Hamel（1994: 81）引述了一些阿德米拉提群島的洛尼語例子，其中的重疊詞呈現了無法預測的元音變化，如 *kah*「獵～」：*kɛhɛkah*「打獵」或 *sah*「雕刻（及物）」：*sɛhisah*「雕刻（不及物）」。馬來語的例子是以已經存在的詞基為基礎特意造出來的，洛尼語不同之處在於，以上這些例子似乎都是偶然的音變產生的（*sahi > sahi-sahi > sahi-sah > sɛhisah* 等）。

6.9.5.6　連續四個相同音節的完全重疊

有一種主張是重疊會避免產生連續的四個相同音節，這種傾向見於某些南島語言，但有些語言卻不然。比如卑南語的 *taina*「媽媽」重疊為 *mar-taina-ina*「母子」，但 *tamama*「爸爸」重疊為 *mar-tamama-ma*（**mar-tamama-mama）「父子」然而，阿美語卻沒問題：*wawa*「小孩」：*wawa-wawa*「小孩們」或 *aɬaɬa*「病、痛」：*aɬaɬa-ɬaɬa*「裝病」。

6.9.5.7　前綴式音步重疊／左向重疊

南島語的音步重疊多半是後綴，因此，複製 CVCV- 的重疊型式不易見到，但以下有兩組例子。

阿拉齊語是萬那杜中北部聖埃斯皮裡圖靠近南海岸一個垂死語言（François 2002: 31）有 *märahu*：**mära**-*märahu*「恐懼、害怕」、*mäcihi*：**mäci**-*mäcihi*「顏色」、*veculu*：**vecu**-*veculu*「吹口哨」、*hudara*：**huda**-*hudara*「塵土」。

帛琉語 呈現一種不常見的複雜前綴式音步重疊，Josephs（1975: 234 頁起）以符號表示為 $C_1eC_1V(C_2)$-：*mə-saul*「累」：*mə-**sesu**-saul*「有點累」、*mə-dakt*「害怕」：*mə-**dedək**-dakt*「有點怕」、*mə-saik*「懶」：*mə-**sesi**-saik*「有點懶」、*mə-riŋəl*「難」：*mə-**rerəŋə**-riŋəl*「有點難」、*mə-kar*「清醒」：*mə**kekər**-kar*「半夢半醒」。這種「具備相當滋生力」的重疊型式對 Josephs 所謂的「靜態動詞」（state verb）的語意上增添了緩和的意涵，在類型學上並不尋常。原因有二，首先，這種型式將詞基的第一個輔音複製了<u>兩次</u>，在固定的元音 /e/ 兩邊各一個；其次是，表層看起來，當詞幹形式是 CVVC 或 CVCC 時，

重疊詞是音步，若詞幹的形式是 CVCVC，則可能是一個三音節串，如 *mə-rerəyə-riŋəl*「有點難」。然而，後者的複雜主要取決於央中元音的音位地位。

　　帛琉語常用一個多餘的央中元音來分開輔音串，且詞基的底層形式或許不要將之寫出較佳。就預測 $C_1eC_1V(C_2)$- 重疊詞素的嘗試而言，顯然 Josephs 的公式對於前三個音段來說是適切的，但隨後就瓦解了：針對 *mə-saul*，公式推得的是 *ses*＋$V(C_2)$，但並未指定複製那一個元音（/a/ 或 /u/），也未明訂何種情況下會複製 C_2（*mə-saik* 同上）；針對 *mə-dakt*，公式衍生出 *ded*＋a(k)，因此是 *deda* 或 *dedak*，而實際卻是 *dedək*；針對 *mə-riŋəl* 則衍生 *rer*＋i(ŋ)，因此是 *reri* 或 *reriŋ* 而非實際的 *rerəyə*；針對 *mə-kar* 衍生的是 *kek*＋a(r)，因此是 *keka* 或 *kekar* 而非實際的 *kekər*。Josephs 試圖處理這些問題，主張重疊的音節基於語法上獨立的動因，「呈現元音縮減……以及元音串縮減」。然而，這種分析還是無法預測哪一個元音會被複製，以及 C_2 何時會被複製或刪略。相對的，一但把央中元音視為增加的，那麼就會得到一個可以解釋所有語料、又無分歧或殘留問題的複製公式。這公式可以書寫為「複製 $C_1eC_1S_3$，並加於詞基前面，S_3 代表詞基的第三個音段，可以是元音或輔音」。這公式會產生 1）*ses*＋u、2）*ded*＋k、3）*ses*＋i、4）*rer*＋ŋ、以及 5）*kek*＋r，並且在 2、4 和 5 加插央中元音打破重疊詞素以及重疊詞素和詞基間的輔音串。上面提到的這個複製型式第二個奇異的特質因此必須重述一次，但是這個陳述比原來的更令人驚訝。多數理論假定重疊模板可以透過三個主要的字母符號 V（元音）、C（輔音）和一個開放的預先標示音段（一般是單一元音）集合來陳述。然而，要描述帛琉語的 $C_1eC_1S_3$

重疊必須要加 S（音段）到字母中，因為模板的 S₃ 包含了互補音節組合條件下（加插央中元音以分開輔衍生的輔音串）的元音與輔音。類似的重疊型式也用來從及物動詞的作格形式衍生所謂的便利動詞（falicitative verbs）：*m-daŋəb*「被覆蓋」：*mə-**dedəŋə**-daŋəb*「好蓋」、*obuid*「被黏住」：*o-**bebi**-buid*「好黏」、*mə-luʔəs*「被書寫」：*mə-**leləʔə**-luʔəs*「好寫」。[65]

6.9.5.8　後綴式音步重疊／右向重疊

此一類型在南島語很普遍，但詞基須是兩個音節以上才能跟完全重疊做區分。基於此，通常只有在具有廣泛描述資料的語言才見報導，在此以台灣東南的排灣語、新幾內亞的瑪南語，以及夏威夷語為例。

　　排灣語（Ferrell 1982）：*kulalu*「笛」：*k<m>ulalu*「吹笛子」：*k<m>ulalu-**lalu***「在吹笛子」、*ɬimatjək*「水蛭」：*ɬimatjə-**matjək**-ən*「佈滿水蛭」、*qatia*「鹽巴」：*qatia-**tia***「小琉璃珠」、*saqətju*「病痛」：*p<n>a-saqətju-**qətju***「痛、引發痛的」、*saviki*「檳榔」：*saviki-**viki**-n*「檳榔園」。

---

65 Josephs（1975: 237）主張某些作格及物與便利動詞詞對，如 *məʔəsimər*「被關」：*mə-ʔe-ʔəsimər*「好關」（**mə-ʔeʔəs-ʔəsimər）、*mə-ʔəlebəd*「被打」：*mə-ʔe-ʔəlebəd*「好打」（**mə-ʔeʔəs-ʔəlebəd）、*mə-təkoi*「被攀談」：*mə-te-təkoi*「好說話」（**mə-tetk-təkoi）、以及 *mə-**sesəb***「被燒」：*mə-se-sesəb*（**mə-sess-sesəb「易燃」只呈現 Ce- 重疊）。前兩個例子是明顯的疊音脫落，第三例顯然是起因於衍生的音串 -tkt- 減縮後伴隨著雙疊音減縮，最後一個例子則是獨特的衍生音串 -sss- 減縮而成。Josephs（1975）唯一一個不符合 C₁eC₁sg₃ 的例子是 *mə-kiut*「被清除」：*mə-keki-kiut*「好清除」（預期的是 **mə-kekukiut）。感謝 Kie Zuraw（個人通訊）討論這裡的一些議題，讓呈現的結果獲得改進。

瑪南語（Lichtenberk 1983: 599）：*salaga*「長的」：*salaga-laga*「長（單數）」、*moita*「刀」：*moita-ita*「芋螺」、*Ɂarai*「一種生薑」：*Ɂarai-rai*「綠（單數）」、*sapara*「枝」：*sapara-para*「有分支的；褲子」、*malipi*「工作」：*malipi-lipi*「在工作」。Lichtenberk 將這種型式稱為「右向雙音節重疊」，並將之描述為瑪南語「目前為止最普遍的類型」。

夏威夷語（Pukui & Elbert 1971）：*aloha*「愛；情感」：*āloha-loha*「表達情意」、*kiawe* : *kīawe-awe*「輕盈流動，如雨在風中」：*kūpele* : *kūpele-pele*「揉，如麵團」、*pohole* : *pōhole-hole*「瘀青；脫皮，刮到」、*pueo*「用腳搖小孩」：*pūeo-eo*「在用腳搖小孩」。夏威夷語後綴式音步重疊的元音長度很值得一提，元音長度在這個語言是音位性的：若 Base-1 的第一個元音是短元音，則在 Base-2 會加長。

6.9.5.9　CVC- 重疊

此一重疊模式，有時稱「重音節重疊」（heavy syllable reduplication）以兩種類形出現。類型 1）出現在台灣西北的賽夏語、呂宋北部的許多語言，包含中卡加延阿古塔語、伊洛卡諾語、伊斯聶格語、伊斯耐語、本督語、班詩蘭以及許多大洋洲語系的語言。類型 2）目前只知出現在巴拉瓦若（Palawano）。在本督語中，類型 1）的重音節重疊可能伴隨著額外的喉塞音形成、換位、以及輔音雙疊等變化（E. Thurgood 1997）：

類型 1：阿古塔語（Healey 1960: 7 頁起）：阿古塔語的 CVC- 重疊呈現許多功能。有些詞基重疊後標記複數或多重指涉，如 *uffu*「大

腿」：**uf**-*uffu*「大腿（複數）」、*takki*「腳」：**tak**-*takki*「腳（複數）」、*ulu*「頭」：**ul**-*ulu-da*「他們的頭」、或 *d<um>ataŋ*「到達」：**d<um>at**-*dataŋ*「一個接一個到達」。有時則標記程度加強，如 *adánuk*「長」：**ad**-*adánuk*「很長」、*apísi*「小」：**ap**-*apísi*「很小」、*abíkan*「近」：**ab**-*abíkan*「很近」或 *ma-baŋí*「美味撲鼻」：**ma-baŋ**-*baŋí*「很美味」。有些時候標記小稱或其他語意，如 *átu*「狗」：**at**-*átu*「小狗」、*balatáŋ*「女孩」：**bal**-*balatáŋ*「小女孩」等。⑧

類型 2：巴拉瓦若語（Revel-Macdonald 1979: 187）：除了上面中卡加延阿古塔語呈現的普遍 CVC- 重疊型式之外，菲律賓中西部的巴拉瓦若透過複製詞基的第一個 CV 加上詞基的最後輔音產生小稱前綴：*kusiŋ*「貓」：**kuŋ**-*kusiŋ*「小貓」、*baju?*「衣服」：**bä?**-*baju?*「小孩衣服」、*libun*「女人」：**lin**-*libun*「女孩」、*kunit*「黃」：**kut**-*kunit*「黃腹紋霸鶲鳥」、*siak*「眼淚」：**sik**-*siak*「鱷魚眼淚」。⑨

此外，儘管重疊對應到一個韻律單元，但並不是透過韻律單位，甚或從語流中相鄰的音段來形成。除了這些菲律賓語的例子之外，類型 1）西麥克羅尼西亞的雅浦語（Jensen 1977a: 110）、新愛爾蘭的蒂加克語（Beaumont 1979: 93）、以及中麥克羅尼西亞的柯斯雷恩（Kosraean）也有 CVC- 重疊，是一種與 CV- 重疊呈自由變體的可用式重疊，用來標記反覆或分配性活動（distributive action），如 *ku.lus*「剝皮」：**kul**.*ku.lus* 或 **ku**.*ku.lus*「一點一點的剝」、*pih.srihk*「輕拍」：**pihsr**.*pih.srihk* 或 **pih**.*pih.srihk*「反覆輕拍」、*i.pihs*「捲」：**ip**.*i-pihs* 或 **i**.*i.pihs*「一點一點捲起」、以及 *la.kihn*「鋪開、展開」：**lak**.*la.kihn* or **la**.*la.kihn*「鋪開、展開」（Lee 1975: 219）。

6.9.5.10　CV- 重疊

對一般語言而言，這是普遍的複製模式，在布農標示持續貌、集體或程度加強，在塔加洛語標記未來、瑪南語標記形容詞的複數或持續、進行或某些及物動詞，當直接賓語是第三人稱複數的非高等動物時，用來標記持久貌（perseverative aspects），在東北奧巴語是完全重疊的同位詞素（功能未標示），而在班詩蘭語則標記名詞的複數。在許多語言 CV- 重疊只複製完整的音節，但在某些語言（如布農語）則複製音節首及韻核或者只複製韻核：

布農語（Blust 年代不詳 c）：*ma-asik*「掃」：*ma-a-asik*「一直掃」、*bazbaz*「講、說」：***ba**-bazbaz*「說不停」、*bicvaq-an*「打雷」：***bi**-bicvaq-an*「打很多雷、一直打雷」、*buntu*「通常」：*mal-**bu**-buntu*「一直做某事」、*cucu*「乳房」：***cu**-cucu*「餵奶」、*mu-dan*「走、去」：*mu-**da**-dan*「一直走、一直去」、*kitnus*「放屁」：***ki**-kitnus*「一直放屁」、*ma-patas*「寫」：*ma-**pa**-patas*「一直寫」、*qudan-an*「在下雨」：***qu**-qudan-an*「一直下雨」、*ma-uktic*「剪，如紙」'：*ma-**u**-uktic*「一直剪，如紙」、*ma-bulav*「熟、黃」：*ma-**bu**-bulav*「一下就熟了」、*ma-kuis*「瘦」：*ma-**ku**-kuis*「很瘦」。

塔加洛語（Ramos1971）：*b<um>ilí*「買」：***bi**-bilí*「將要買」、*um-iyák*「哭」：***i**-iyák*「將要哭」、*l<um>ákad*「走」：***la**-lákad*「將要走」、*s<um>ulát*「寫」：***su**-sulát*「將要寫」、*s<um>unód*「跟隨、遵從」：***su**-sunód*「將要跟隨、跟從」。

瑪南語（Lichtenberk 1983: 603）：*salaga*「長」：***sa**-salaga*「長（複數）」、*tumura*「冷」：***tu**-tumura*「冷（複數）」、*no?a*「成熟」：***no**-no?a*「成熟（複數）」、*gara-s*「刮」：***ga**gara-s*「正在刮」。

東北奧巴（Hyslop 2001: 45）：萬那杜奧巴島東北的羅洛沃利（Lolovoli）方言呈現一種不尋常的 CV- 重疊狀況，雙音節詞基通常都完全重疊，如 *kalo*：**kalo**-*kalo*「爬」、*mʷoso*：**mʷoso**-*mʷoso*「玩」、或 *tomu*：**tomu**-*tomu*「說故事」。然而，雙音節以上的詞基只複製第一個音節，如 *garea*：**ga**-*garea*「好」、*lague*：**la**-*lague*「大」、或 *sogagi*：**so**-*sogagi*「賣」。這種標準互補的動因並不清楚，因為有些雙音節詞基用的是 CV- 重疊，如 *maɲi*：**ma**-*maɲi*「擦」、或 *tunu*：**tu**-*tunu*「烤」，還有一些詞基 CV- 與完全重疊都允許，只是意義不同，如 *garu*：**ga**-*garu*「游泳、洗澡」、**garu**-*geru*「游泳、洗澡（強調續的動作）」。基於這些觀察，這個語言的 CV- 重疊地位是獨立的重疊結構，或是完全重疊的同位重疊素還存疑。

6.9.5.11　CV- 重疊加詞綴

跟其他重疊一樣，CV- 重疊可以跟非重疊的詞綴共同出現。以邵語為例，有些移動動詞 CV- 重疊加上非重疊前綴標記反覆的動作：

邵語（Blust 2003a: 193）：*luish*「矮、低」：*mak-**lu**-luish*「呼吸困難、沒有氣」、*iŋkmir*「握在手中」：*m-iŋkmir*「握或揉」：*miŋ\<m\>iŋkmir*「一直握或揉」、*tusi*「那裏」：*mu-tusi*「到那裏去」：*mu-**tu**-tusi*「一直或常常去那裏」。在 *miŋ\<m\>iŋkmir* 這個例子，複製的 CV- 含有前綴 *m-* 加上詞基的起始音 *i*，加上結果產生的相似元音序列減縮。

6.9.5.12　Ca- 重疊

Ca- 複製詞基的第一個輔音，後面跟著一個固定的元音 *a*，如卑南語（泰安部落）的 *kədan*「磨」：*ka-kədan*「磨石」、或 *Tiŋa*「卡在

牙縫的食物」：*Ta-Tiŋa*「牙籤」。針對元音起始的詞基，固定的元音即是重疊詞素，如邵語的 *m-iup*「吹」：*a-iup*「吹火管」。這種形式見於許多台灣和菲律賓的語言、峇里語與查莫洛語、東印度的不同地區、以及大洋洲語系的某些語言，如東南新幾內亞的莫度語有限的形式中（Blust 1998f）。

原始南島語的 Ca- 重疊至少有兩個功能：1）標記衍生的系列[+屬人]數詞 **a-esa*「一」、**da-duSa*「二」、**ta-telu*「三」等，以及 2）用來從動詞衍生工具名詞，如以上的卑南語與邵語例子。除了這些構擬的功能外，類似的重疊型式也在後代的語言中被用來標記其他功能。以下舉邵語、雅就達亞克語和峇里語為例。

邵語（Blust 2003a: 190）：1）動詞詞基的 Ca- 重疊產生工具名詞：*cpiq*「打穀、鞭打」：***ca-****cpiq*「藤條」、*duruk*「刺」：***da-****duruk*「叉子」、*finshiq*「播種」：***fa-****finshiq*「種子」、2）數詞的 Ca- 重疊用來計算 [+屬人] 指涉的數詞，如 *tusha*「二」：***ta-****tusha*「二（指人）」、*turu*「三」：***ta-****turu*「三（指人）」、*shpat*「四」：***sha-****shpat*「四（指人）」、*rima*「五」：***ra-****rima*「五（指人）」、3）也用來形成動態動詞的持續貌、以及靜態動詞的分佈含意：*m-ishur*「把某物撬起」：*ma-**a**-ishur*「基底一直前後搖動，如地震中的房子」、*mi-lhilhi*「站立」：*mi-**lha**-lhilhi*「一直站」、*lhulhuk*「咳嗽」：***lh****<m>****a****-lhulhuk*「一直咳嗽」、*c<um>piq*「重拍、猛擊」：*ca-c<um>piq*「一直打」、*ma-diplhaq*「泥濘的」：*ma-**da**-diplhaq*「整個都是泥」、*mu-luplup*「散落的，如項鍊斷掉珠子落滿地」：*pu-**la**-luplup*「潰散」、4）Ca- 重疊對某些詞基產生的語意效應無法預測，如 *apu*「祖父母」：*min-apu*「成為祖父母」：*min-**a**-apu*「成為曾祖父母」或 *tutu*「乳房」：***ta-****tutu*「平

胸，指女性」。有一個例子，Ca- 重疊鑲在非重疊前綴中：*pakin-tutuz*「疊起」：*p<in>a<ka>kin-tutuz*「將之疊起」（-*in*- 標記完成貌，-*ka*- 標記反覆動作）。

雅就達亞克語（Hardeland 1858: 67, 1859）：1）Ca- 重疊只適用於輔音起首的詞基，添加了淡化或帶有特質的意味：*hai*「大」：***ha**-hai*「有點大」、*gila*「不明智」：***ga**-gila*「有點不明智」、*ka-puti*「白色（名詞）」：*ba-puti*「白的」：*ba-**pa**-puti*「白白的」、*ka-hijaw*「綠色（名詞）」：*ba-hijaw*「綠」：***ha**-hijaw*「呈綠色的」、*henda*「薑黃」：*ba-henda*「黃的」：***ha**-henda/henda-henda*「淡黃」、*manipis*「薄，指材質」：*ma-**na**-nipis/ma-nipi-nipis*「有點薄」。最後兩個例子呈現 Ca- 重疊和完全重疊（扣掉音節尾）是為詞基增添淡化意義的替代策略。只是，Hardeland（1859）的語料暗示情況未必總是如此。如果是靜態前綴 *ba-*，*ba-* 起始的靜態詞基加 Ca- 重疊應該會產生 *ba-ba-bV*，這個形式顯然藉由使用完全重疊減去音結尾來避免了：*behat*「重量」：***ba**-behat*「重」：*beha-behat*「有點重」（**ba-ba-behat）、*ka-bilem*「黑」（名詞）：***ba**-bilem*「黑」：*bile-bilem*「黑黑的」（**ba-ba-bilem）。

峇里語（Barber 1979）：1）Ca- 重疊用來衍生工具與非工具名詞。許多單純和重疊的詞基顯然詞意相同，意味著這個衍生程序的構詞功能在流失中：*bəsah*「洗手」：***ba**-bəsah-an*「要洗的東西」、*bisik*「低聲說話」：***ba**-bisik-an*「低語」、*cunduk*「把東西放頭上」：***ca**-cunduk*「插在頭上的花」、*gitik/**ga**-gitik*「竿、棍、棍棒」、*gotol/**ga**-gotol*「板機」、*ŋəbat*「展開」：***ka**-kəbat*「西米葉盤子」、*ŋili*「清耳垢」：***ka**-kili*「耳掏」、*kuyaŋ/**ka**-kuyaŋ*「裹屍布」、*ləkas*「開始」：

la-ləkas-an「開端、起源」、*lintah/la-lintah*「水蛭」、*pirit*「將東西捲起」：*pa-pirit-an*「捲起之物；雪茄」、*sulit/sa-sulit*「牙籤」、*təkən/ta-təkən*「棒、棍」。

　　有一些語言還呈現 Ca- 重疊已經完全僵化的模式。被注意到的有阿美語的許多動植物名稱：如 *cacido?*「蜻蜓」、*cacopi*「蛆」、*dadipis*「蟑螂」、*fafikfik*「壁虎」、*fafokod*「大蚱蜢」、*kakitiw*「黃胡蜂」、*kakonah*「螞蟻」或 *rarikah*「蠍子」（Blust 1999c），摩鹿加群島東南部塔寧巴爾－蓋語（Tanimbar-Kei）的許多顏色詞也有 Ca- 重疊僵化的現象，如 *ŋaŋiar*「白」、*babul*「紅」、*tatom*「黃」、*babir*「綠」，可能還有 *ŋametan*「黑」（< *ma-qitem），非預期的起始輔音可能是基於跟 *ŋaŋiar*「白」概念相近連結而變化形式的（Blust 2001c: 27）。

　　Ca- 重疊的變體是 CaC- 重疊，見於 Bowden（2001）對南哈馬黑拉苔巴語的報導。這個型式也用來形成工具名詞，從詞基複製重音節 CVC-，但重疊詞部份的元音固定為 *a*，如 *bulay*「繞、纏；旋緊」：*bal-bulay*「纏繞繩子、繩索的裝置」、*tek*「舀水」：*tak-tek*「水瓢」、*lewit*「用扁擔扛」：*law-lewit*「扁擔」。有些例子重疊詞最後的輔音會與詞基的第一個輔音同化，進一步降低詞基和重疊詞之間的音位相似度：*pit*「用繩陷阱抓」：*pap-pit*「繩陷阱」、*tubal*「直戳」：*tat-tubal*「採水果杆」。

6.9.5.13　固定音段的擴充

　　Ca- 重疊目前是南島語最普遍的固定音段重疊模式，普通語言學文獻上，固定音段呈現的類型變異極小：幾乎都是元音預先指定

的 CV- 重疊形式。儘管在某些語言中，如博朗蒙貢多語或桑伊爾語，其演變引發棘手的理論問題，Ca- 重疊還稱得上是廣泛見諸於語言的型式。因為需要某種公式將直接複製元音的 CV- 重疊型式與元音預先標記的型式加以區分，後者可以 Cv- 標記。然而，更通盤考量南島語的固定音段現象指出，Ca- 重疊和其他語族類似的 Cv- 型式呈現最小的預先標記型式（minimal pattern of prespecification）。其他比較不是那麼普遍的固定音段跟一般典型的布局不同在於引介多重的預先標記音段，目前南島語的這種擴充固定音段都發生在菲律賓，這些語言中 Ca- 重疊本身只邊緣性地出現在 [+屬人] 數詞中。

先以最小的 Cv- 擴充為例，呂宋中西部的博托蘭撒姆巴爾語以重複詞幹第一個輔音加上固定的 -aw- 序列（因此是 Caw- 重疊）來形成非人稱名詞的複數：*lapis*「鉛筆」：**law**-*lapis*「鉛筆（複數）」、*dowih*「（植物莖上的）刺」：**daw**-*dowih*「（植物莖上的）刺（複數）」、*anak*「小孩」：**aw**-*anak*「小孩（複數）」、*otan*「蛇」：**aw**-*otan*「蛇（複數）」（Antworth 1979: 9）。這是否應視為 Ca- 的變體尚有討論空間。不管怎麼說，這些例子呈現了標準的 Cvc- 公式（C 經由複製而來、vc- 則預先標記）。博托蘭撒姆巴爾語的 Caw- 重疊跟出現在許多語族的典型 Cv- 重疊偏離，但仍然是一種音節重疊的型式。

其他菲律賓北部和中部的語言呈現了與最小 Cv- 類型偏離甚遠的固定音段模式。Healey（1960: 6 頁起）描述了呂宋北部阿古塔語一種標記小稱名詞以及相關概念的 Cala- 重疊。出現在元音起始的詞基前面的除疊詞是 *ala?-*（元音間的喉塞音是自動加插的），而輔音起始的詞基前則是 Cala-。因此以公式來表達是一種 Cvcv- 重疊的形式：*abbiŋ*「小孩」：**ala?**-*abbiŋ*「小小孩」、*báhuy*「豬」：**bala**-*báhuy*

「小豬」、*pirák*「錢」：***pala****-pirák*「小錢」、*talobag*「甲蟲」：***tala****-talobag*「瓢蟲」、*wer*「溪」：***wala****-wer*「小溪」；*assaŋ*「小」：***alaʔ****-assaŋ*「非常小」、*kwá-k*「我的」：***kwala****-kwá-k*「我的小東西」、*mag-poray*「生氣」：*mag-****pala****-poray*「大大的生氣」、*mag-simul*「吃一口」：*mag-****sala****-simul*「吃一點、蠶食」。如前所述，Viray（1973）紀錄了中菲律賓比可語和比薩亞語一些相似的例子，如（遵循其書寫）：比可語的 *kawatan*「玩具」：***karo****-kawatan*「小玩具」、*kandiŋ*「山羊」：***karo****-kandiŋ*「小山羊」或希利蓋農語的 *panday*「木匠」：***polo****-panday*「沒什麼經驗的木匠」、*akayan*「船」：***solo****-sakayan*「小船」、*maestro*「老師」：***molo****-maestro*「小老師」、*gantaŋ*「三升的量器」：***golo****-gantaŋ*「小干塘或類似的物體」、[10]*silhíg*「掃把」：***solo****-silhíg*「小掃把或像掃把的東西」。Viray 認為這些是 CV- 中綴的例子，但他的詮釋是有問題的，且阿古塔語這種重疊模式和中菲律賓的語言一致，可以當作在古菲律賓語可能已經存在著 Cvcv- 小稱重疊的證據。[66]

6.9.5.14 重疊式中綴

南島語的許多中綴式重疊已經前面討論過，重疊式中綴，如一般的中綴一樣，比前綴或後綴罕見。已知有三種類型：1）單一輔音、2）CV 或 Cv 音節、或是 3）VC 音節。第一種類型的例子見於西塔蘭干方言，Nivens（1993）所報導，進一步由 Spaelti（1997:

---

66 這種模式的形式無法從現存的反應中回推，比科爾語（Bikol）指向 *Caru，且大多數的東比薩揚語言指向 *Ca(lr)u- 或 *Cu(lr)u-，而阿古塔語顯示 *Cala- 或可能是 *Cara-。然而，即使缺乏構擬，這些型式接近的音韻和功能上的相似顯示一種罕見的重疊類型，強烈暗示歷史上的關聯。

134）分析，還有在芭達伊富高語或伊洛卡諾語看得到的中綴式雙疊音。第二種類型可見於台灣中部的邵語或新喀里多尼亞中南部的卡納克語（Xârâcùù）：

邵語（Blust 2003a）：邵語的重疊中綴有 CV 和 Ca 音節，儘管前者似乎很少見：*i.ti.za*：*i.<**ti**>.ti.za*「到達、返回、回來」、*pash.ʔu.zu*「痰」：*mash.<**ʔa**>.ʔu.zu.-ʔu.zu*「一直咳嗽」（Ca 複製出現在詞基內）、*tutuz*：*pa.kin-tu.tuz*「堆、疊起」：*p<**i.n**>a.<**ka**>.kin.-tu.tu.z-in*「被某人疊起」（Ca 複製出現在前綴 *pakin-*）。就輔音起首的形式的 CV- 複製型式而言，如 *lu.ish*「矮、低」：*mak.-**lu**-.lu.ish*「呼吸急促」或 *ma.-lhi.lhnit*「微笑」：*pi.a.-**lhi**-.lhi.lhnit*「因某人而帶上笑臉」，*i.<**ti**>.ti.za* 裏的中綴最好視為 CV- 重疊的同位重疊素。

卡納克語（Moyse-Faurie 1995: 180）描述新喀里多尼亞中南部卡納克語，稱之為「第二音節的重疊」，但加插的運作模式並不清楚。如果需要在第一個元音後加插，所有的情況都是加中綴，若需要在第二元音後加插，雙音節產生的是 -CV 重疊，三音節則是 -CV- 重疊。在此任意假定有一致的中綴：*pù.tù*「放一起」：*pù.<**tù**>.tù*「同一等級」、*xwâ.sé*「很多」：*xwâ.<**sé**>.sé*「非常多」、*a.tî.rî*「依賴」：*a.tî.<**tî**>.rî*「有信心」、*ji.ki.è*「富有」：*ji.<**ki**>.ki.è*「非常富有」、*xu.tu.è*「長期」：*xu.<**tu**>.tu.è*「非常長的時間」。Elbert（1988: 204）描述忍耐爾語類似的型式，沒有論證就直接認定中綴式重疊加插在第二個元音之後：*ka.i.ti.ʔi*：*ka.i.<**ti**>.ti.ʔi*「默默地乞求」、*ma.sa.ki*：*ma.sa.<**sa**>.ki*「生病；軟弱」、*ma.ta.ku*：*ma.ta.<**ta**>.ku*「恐懼」。

此外，Crowley（1998: 143）提供了三個明顯的南萬那杜的歇語元音變化中綴式重疊例子：*e.lwo*「吐」：*e.l<**i.l**>wo*「排出噁心的分

泌物」、*e.tur*「站」：*e.t<**e.t**>ur*「很多人站」以及 *o.rut*「（指塊莖）過了其巔峰期」：*o.r<**u.r**>.ut*「（水果）被曬乾」。第一個和最後一個例子一致複製 V_1C_1，將元音提升，並將剩餘的音串加插在 V_2 前。若第二個例子也遵循此一模式，應該是 ***et<**it**>ur*，鑒於田野材料這種重疊形式出現的或然率很低，很可能 *et<et>ur* 是轉寫錯誤。

6.9.5.15　後綴式音節重疊

　　CV- 重疊可以跟 CVC- 重疊區別（因為前者是 Base-1 的一個音節，而後者不是），但 -CV 與 -CVC 重疊都是後綴式音節重疊，因此可以一起討論。儘管歷史上的例子可以見於原始馬波語 *bekaŋ「把彎曲的弄直」> 塔加洛語 *bikaŋkáŋ*「從一端（強行）打開」（Blust 1970a）、或原始菲律賓語的 *bujak > 博托蘭撒姆巴爾語 *bolaklak*、卡西古蘭頓阿埃塔語 *bulaklak*「花」，後綴式音節重疊無論在歷時或共時都很罕見。已知的例子包含以下來自查莫洛語以及西麥克羅尼西亞的雅浦語、新幾內亞西北的瑪南語、以及南萬那杜的歇語：

　　查莫洛語（Topping 1973: 183）：*ña.laŋ*「餓」：*ñá.la.-**laŋ***「非常餓」、*dán.ko.lo*「大」：*dán.ko.lo.-**lo***「非常大」、*met.got*「強」：*mét.go.-**got***「非常強」、*bu.ni.ta*「漂亮」：*bu.ní.ta.-**ta***「非常漂亮」（加綴後的詞基丟失音節尾）。

　　雅浦語（Jensen 1977a: 110-111）：*qa.thib*：*qa.thib.-**thib***「甜」、*qa.thuk-*「混合」：*ma-q.thuk.-**thuk***「混在一起」。

　　瑪南語（Lichtenberk 1983: 600-602）：*ra.go.go*「暖和」：*ra.go.go.-**go***「暖」、*ʔo.ʔo*「豐富、充足」：*ʔo.ʔo.-**ʔo***「多」、*re.re*：*re.re.-**re***「像」、*ma.la.boŋ*「狐蝠（泛稱）」：*ma.la.bom.-**boŋ***「一種狐蝠」、*ʔ.ulan*「欲望」：*ʔu.lan.-**laŋ***「想要的、渴望的」。

歌語（Crowley 1998: 143）：*a.cum.su*「黑」：*a.cum.su.-su*「漆黑」、*o.u.rup*「抛」：*o.u.ruv.-rup*「抛」、*o.wa.top*「迎面走向某人」：*o.wa.tov.-top*「躡手躡腳尋找獵物」。

　　儘管瑪南語的型式在當代可以分析為後綴式音節重疊，歷史來源可能是後綴式音步重疊，由於在鼻音後的末元音丟失，早期類似 *ragogo-gogo 的形式可能藉由類音刪略減縮（hapology）以避免不受偏好的四個連續相同音節序列。

6.9.5.16　其他類型的重疊

　　儘管理論語言學者不遺餘力地尋找重疊在形式上的主要限制，新的語言卻持續呈現出看似無窮無盡的新穎型式。南島語言中不太容易被包含在以上所提的重疊類型的包含：

虛無重疊（Vacuous reduplication）

　　Crowley（1982: 49）用這個術語來描述帕馬語（Paamese）一種由詞素結構限制解除的重疊過程，明確的說就是預防複製產生連續三個或更多元音序列的程序。由於存有見於 *sii + itee > siitee*「影響力」或 *mee + ene > meene*「在小便」的獨立要求「同部位音的元音刪略」程序，VV- 或 -VV 重疊會產生同樣的序列，無法看出重疊的跡象，只能由零衍生詞之語意來推測否為重疊。

完全重疊減去起始的元音

　　Lynch（2000: 82 頁起）注意到南萬那杜的阿耐用語在完全重疊時會截略一些元音起始的詞基：*aces*「咬」：*ces-ces*「嚐、小口咬」、*aged*「寫」：*ged-ged*「塗鴉、亂寫」、*ahedej*「尖聲吹哨」：*hedej-*

hedej「持續吹口哨」、*ahen*「烤」：*hen-hen*「溫熱」。這種變化無法預測，因為其他詞基允許重疊的形式出現相同的元音：*acal*「彎曲的」：*acal-acal*「扭、轉」、*adiat*「白天」：*adiat-adiat*「中午、光亮且晴朗」、*avak*「彎下來」：*avak-avak*「彎腰行走」。

完全重疊加上起始滑音

Lee（1975: 216-217）指出當科斯雷恩語的 VC 結詞基重疊時，「滑音 *y* 會出現在某些詞的第二個音節前」。例子包含 *af*「雨」：*af-yaf*「多雨的」、*ef*「褪色」：*ef-yef*「顏色褪去的」、*eŋ*「風」：*eŋ-yeŋ*「有風的」、以及 *ek*「改變」：*ek-yek*「一直變」。他進一步說明共時層面沒有基礎可以預測滑音何時會加插，因為同一元音起始，甚至同音詞都可能在這個屬性上不同：*an*「躺下」：*an-an*「坐得很不舒服」、*ek*「摩擦」：*ek-ek*「反覆摩擦」。他所給的例子都是以 *a* 或 *e* 開始的單音節詞。這個型式引發普遍的興趣，因為它暗示著重疊詞比詞基長。

部分重疊減起始喉塞音

Elbert（1988: 203）注意到忍耐爾語的一種重疊模式，帶喉塞音的詞基重疊第一個輔音，而遺漏了起始的輔音，如 *ʔaga*：*a-ʔaga*「叫醒」、*ʔagoha*：*a-ʔagoha*「可憐」或 *ʔaua*：*a-ʔaua*「漂流」。他所重疊提供的例子都是以 *ʔa-* 開始的詞基，奇怪的是，他也注意到一種型式是將喉塞音加到元音起始的重疊詞基，如 *aku*：*a-ʔaku*「我（a-類）」、*o-ʔoku*「我的（o- 類）」、*ana*：*a-ʔana*「他的；她的（a- 類）」或 *ona*：*o-ʔona*「他的；她的（o- 類）」。

真正的 CV- 重疊：巴雅西南語，分布於呂宋島中北部，呈現一

種一般 CV- 重疊的有趣變化（Benton 1971: 99）。多數語言若詞基以元音起始，CV- 重疊的複製公式是僅複製元音，如布農語的 *ma-a-asik* 或 *ma-u-uktic*（類似塔加洛語的 *i-iyák* 包含了詞首和元音間的自動喉塞音（automatic glottal stop），因此可以主張在此複製的部分是 CV-）。然而，巴雅西南語的 CV 重疊複製不管是輔音起首或元音起首都複製第一個 CV-。前者的複製型式是前綴，而後者則是中綴：*kuya*「哥哥或同輩的男人」：*ku-kúya*「兄長或同輩的男人（複數）」，但 *amigo*「（男性）朋友」：*a<mi>migo*「（男性）朋友（複數）」。由於這種重疊模式也可以用另一種方式陳述為「複製 C＋重音的元音」，可以主張巴雅西南語這種 CV- 重疊模板包含了音段和韻律訊息。

　　這個例子引發 CV- 模板意義為何的問題，因為可能產生一個以上的表層複製型式。實際上，通常一般理解的 CV- 複製允許 C 為零，而這在巴雅西南語卻不被允許。因此，或許一般所稱的 CV- 重疊，比較適切的稱呼應該是 (C)V- 重疊，而 CV- 重疊則應保留給見諸於巴雅西南語這種比較罕見的複製模式。同樣的規定也適用於 Ca- 重疊與 CVC- 重疊，儘管截至目前為止，沒有「真正的 Ca- 重疊」或「真正的 CVC- 重疊」例子被報導出來。如果這種例子真的存在，前者的實際形式應該如：*itin* : *i<ta>tin*（不是 **a-itin），而後者則應該是 *alutap* : *a<lut>lutap*（非 **al-alutap）。

瑪南語的右向三音節重疊

　　Lichtenberk（1983: 600）描述瑪南語的一種後綴式重疊模式，「限於最後三個音節是 Coa(C)V#，亦即倒數第三個音節的元音必須是 *o*，且倒數第二音節的元音必須是 *a*」：*goaza*「乾淨」：*goaza-*

goaza「乾淨（單數）」、*boadu*「足以、可能」：*boadu-**boadu**「強而有力的」、*raboaʔa*「黑板樹」：*raboaʔa-**boaʔa**「雞蛋花」。就音韻變化而言，這是種很奇怪的限制，且解釋幾乎必定繞著 Coa(C)V 序列的語音。Lichtenberk 另外還指出（1983: 21 頁起）當此序列的 *o* 沒有重音時，會導致 Cwa(C)V，如 *damoa* > [dámwa]「額頭」。他為瑪南語的五個輔音（雙唇、齒音、軟顎、小舌／喉音）辨別出序列，其中最後兩個是方言對應，但他並未涵蓋唇軟顎音序列。然而，其他研究者，如 Ross（1988: 128）認為 *b*ʷ 和 *m*ʷ 為單元音位（unit phonemes）。由於瑪南語有後綴式音步重疊，唇軟顎音可以消除了這種標準上特殊的「右向三音節重疊」陳述。

雙疊

Sohn（1975: 103）描述了沃里愛語一種可稱之為「雙疊」的重疊前綴模式，例子有 *shal*「水」：***che-ch**al*「澆水」、*raŋ*「黃色粉末」：***che-ch**aŋ*「擦黃色的粉」、*liuwanee(-y)*「想」：***niu-n**iuwan*「思考」。

根據 Sohn（1975: 103），「*l*、*sh*、*r*、*g* 和 *b* 的雙疊導致輔音音質的變化，如：*n*、*ch*、*ch*、*k* 與 *bb*（塞音 *bb* 與擦音 *b* 對比）。」要解釋這些重疊詞的形式，有兩個不相關的變化需要提一下，一個是其他語言常見的音節尾刪略，一個是把連著兩音節出現的低元音中第一個舌位提高的低元音異化（Lynch 2003a）。由於（歷史上）輔音雙疊在沃里愛語也是一種獨立存在的重疊，如 *bug(-a)*「煮沸」：*bbug*「水煮的」，類似 *chechal* 這樣的形式似乎來自兩個歷史上接續發生但相連結的重疊變化：1）起始輔音雙疊（可能開始是 CV- 重疊，緊接著元音刪略），以及 2）詞基的第一個音步重疊（*iu* 是高中

圓唇元音）。這三個詞的重疊詞似乎是 *che-ch*、*che-ch* 與 *niu-n*，但包含了具備構詞意義的內部輔音雙疊。由於同一個變化影響重疊詞的兩個部分，很清楚至少歷史上輔音雙疊發生在起始音步複製之前。

從一個觀點看，沃里愛語的雙疊只是前綴音節重疊，從另一觀點看，則是單一輔音重疊（雙疊音）。事實上，似乎兩者都是：在類似 *che-chal* 或 *che-chaŋ* 的詞中，有歷史上雙層的重疊構詞，很像呈現於荷蘭語 *schoen*「鞋子」（< *schoe＋複數 -en）：*schoen-en*「鞋子（複數）」（*schoe＋複數 -en＋複數 -en）的歷史雙層的非重疊構詞或呈現於英語「all alone」（< all + all + one）的句法雙疊。這種模式在共時層次如何分析是另一個問題，但如果將重疊詞等同於前綴和雙疊音，就無法對應到「真實的韻律單位」。

6.10 三疊

三疊是一種罕見的構詞機制，目前的報導只有中台灣的邵語有（Blust 2001b）。[11]邵語用三疊形成的詞都反覆使用單一的重疊型式，或將兩個不同的重疊型式組合。例子包含 *m-apa*「背」：*apa-apa-apa-n* [apapápan]「被背」、（完全重疊兩次）、*tapʔan*「衣服的補丁」：*t<in>apʔa-pʔa-pʔan*「指破爛的衣服，不斷補丁」（後綴音步重疊兩次，音節尾自動減縮），*pashʔuzu*「痰」：*mash<ʔa>ʔuzu-ʔuzu*「一直咳嗽」（後綴音步重疊＋中綴 Ca- 重疊），*ma-shimzaw*「冷」：*muk-sha-sha-shimzaw*「打冷顫，如得瘧疾」（前綴式 Ca- 重疊反覆），*untal*「跟從」：*m-un-ta-ta-tal*「緊緊跟著某人動作；模仿」（反覆中

綴式 Ca- 重疊）、*zumzum*「含在嘴裡」：*za-za-zumzum*「一直含在嘴裡」（前綴式 Ca- 重疊反覆施用）。

連續重疊

邵語的動詞詞基三疊後會造成程度的加強，實際上，不管重疊貢獻的語意為何，都會透過三疊被放大或加強。類似的變化亦可以在數詞詞基見到，但卻存有明顯的功能區別：*tusha*「二」：*ta-tusha*「二（指人）」：*ta-ta-tusha*「一次兩個（人）」、*turu*「三」：*ta-turu*「三（指人）」：*ta-ta-turu*「一次三個（人）」、*rima*「五」：*ra-rima*「五（指人）」：*ra-ra-rima*「一次五個（人）」。儘管分佈數詞如 *ta-ta-tusha* 結構上與 *qa-qaqucquc*「牢牢緊緊地綁住」之類的三疊動詞相似，仍存有重要的衍生差異。三疊動詞起源於對重疊與三疊型式語意貢獻本質相同的單一變化程序，但分佈數詞則是兩個截然不同的程序所造成的結果，第一個變化對詞基增加〔＋屬人〕的語意，第二個則對整個詞增加了〔＋分佈〕的語意。基於這些差異，邵語用來形成分佈數詞的變化應該稱為「連續重疊」（Blust 2001b）比較理想。需注意的是，三疊與連續重疊都與沃里愛語的「雙疊」不同，雙疊這個型式共時上的複雜幾乎可以肯定是來自歷史上功能相同的重疊接續發生。

6.11 複合

複合很少在台灣南島語和菲律賓語的文法被提起，這裡的語言

可以用來成詞的構詞資源相當廣泛，複合可增加的衍生能力有限。然而，東印尼和太平洋的語言，典型上擁有比較不是那麼發達的構詞，因而複合顯得相當普遍。根據 Fox（1979: 34）的陳述，萬那度中北的大南巴斯語「只有一種複合名詞，由名詞加動詞詞幹組成」，如：*pət m'iel*（頭 紅）「山紅頭」（一種鳥，也是「警察」的另一種稱呼）或 *nep' kris*（火 刮）「火柴」。Crowley（1982: 87），在書寫萬那杜中部的帕馬語時，指出複合是「帕馬語滋生力非常強的名詞衍生程序」。複合詞與類似未形成複合詞的自由詞素序列至少有三點區別：1）名詞複合詞的組成部分句法上是不能分開的、2）複合詞的組成成分無法向左移位、以及 3）複合詞的語意通常無法由組成成分的語意預測。Elbert & Pukui（1979: 123 頁起）列出夏威夷語的許多名詞加名詞形成的複合詞，如 *huaʔōlelo*「詞」（字面意「口語的果實」）、動詞以及名詞－動詞複合詞，如 *hanu-ā-puaʔa*「喘息」（字面意「像豬一樣呼吸」）、以及複合專有名詞等。西印尼有些語言有複合名詞，如馬來語的 *papan*「寬」＋*tulis*「寫」＝ *papan tulis*「黑板」、或多峇巴塔克語的 *ujuŋ*「末端、盡頭」＋*hosa*「呼吸、生命」＝ *ujuk-kosa*「生命末期、死亡時間」，但一般而言，複合詞在構詞豐富的語言顯然不那麼發達。

6.12 構詞變化

第九章將花一些篇幅討論音變，但在此對構詞變化稍作評論是需要的。構詞變化主要透過三個變化產生：1）詞綴僵化、2）詞界

的僵化，以及 3）功能重新分析。第一個變化影響構詞界線的分布，因此可能產生標準形式的變異。然而，對結構的普遍屬性通常影響微乎其微。第二種變化可能會產生比較深遠的影響，因為它涉及從孤立到黏著到屈折再回到孤立的「類型循環」。最後一個變化對語言的結構屬性具有類似的重要影響。這裡只討論第一個變化，因為最後兩個變化將在第七章「語法」進行更恰當的討論。

6.12.1　詞綴僵化

　　詞綴僵化見於許多語族，但有關詞的界限為何消失，原因卻很少受到注意。在荷蘭語如 *schoen*「鞋子」（< *schoe「鞋」＋-en「複數」）的例子中，構詞界限消失可能是一種頻率效應：因為鞋子通常成雙，因此常常以複數的形式被提及，基於此，很可能複數形式變成無標形式。西班牙語的複數名詞 *sapato-s*「鞋子」或 *arco-s*「拱門」以單一詞素的形式被借入塔加洛語（*sapatos*「鞋子」、*alakos*「拱門」），借入複數而非單數形式的動因不明，但因為沒有借入對應的單數形式，詞素自然界線隨著消失。如其他語族一樣，極少有人注意到為何詞綴僵化發生在南島語言。然而，語料中有些線索值得在此一提。

　　也許最重要的觀察是一些詞綴表現出比其他詞綴更大的僵化傾向，尤其是 *ma-「靜態」、以及 *qali/kali- 前綴。僵化通常指無法解析。原始馬波語的 *ma- 在夏威語的 *makaʔu*（PMP *ma-takut）「害怕、恐懼」、*malino*（原始馬波語 *ma-linaw）「風平浪靜，指海」、或 *maʔi*「病人、患者；疾病；生病，月經」（原始馬波語 *ma-sakit

「生病、痛」）等詞彙中，因為語意相關的形式 **kaʔu、**lino、和 **aʔi 並未出現，還有類似的例子可以從其他許多語言援引。[67]這樣的例子與鮮少僵化，即便有，也只有在特殊情況下如此的「語態」詞綴 *Si-、*-um-、*-an、*-en 或完成／名物化 *-in- 形成強烈的對比。

　　詞綴僵化頻率不同最可能的解釋是，早期詞基可否無須加這些詞綴而出現的自由度不同。由於語態標記詞綴在句法的形態變化內進行替換，因此詞基可以帶有或不帶有其中何一個，從而確保其對比地位以及可分離性：*kaen：*k<um>aen、*k<um>in-aen、*kaen-en、*k<in>aen、*kaen-an 等等「吃」的不同形式）。然而，有些詞綴好像幾乎是必要的，在北砂勞越的輪八望語，靜態動詞的引用格式通常伴隨著前綴 mə-，很像其他類型的單詞素詞基。有些詞基可以與其他詞綴共同出現，如 *-um-「起動貌」顏色詞一起使用，但整體而言，靜態動詞跟詞綴的可替代性比對應的動態動詞低。在詞綴可替代性較低的情況下，基詞和詞綴之間的聯繫勢必比具有較高可替代性的加綴詞更強，因為詞素的關聯和詞素間邊界的弱化是透過反覆共現而發展出來的。這種印象獲得 *qali/kali- 詞彙反映的支持，這些反映經常失去詞素界線，可能是因為加綴之所以必要是為了使這些單詞具有典型的獨特性（Blust 2001d）。

　　雖然具有高度可替換性的詞綴比較不可能僵化，但在某些情況

---

67 Pukui & Elbert（1971: 125）提議 makaʔu 與 kaʔukaʔu「慢下來、拖延、延遲、遲疑、盤桓；被壓制、受阻；勉為其難」之間有構詞的關聯，但這充其量只是邊緣的例子。

下，這些詞彙在共時的系統中會變得難以分析。例如，在中婆羅洲的加燕語，「吃」的形式變化包含 1）*kuman*「吃（主動）」、2）*kani*「吃（命令）」、3）*makan*「餵（人）」與 4）*pakan*「餵（動物）」。從僵化的形式變化以及比較證據來看，這些形式顯然曾經包含附著於詞基 *kan* 之上滋生力強的詞綴，加燕語仍具有反映 *-um-「主事者語態」與 *pa-、*paka-「使動」等滋生力強的詞綴，但是形式是 -əm-（單音節時必須換位為 *mə-*，多音節時則換位可有可無）與 *pə-*（輔音前）、*pək-*（元音前）。因此，可以說，儘管要辨識 *k<um>an*、*kan-i*、*ma-kan* 與 *pa-kan* 的構詞界線明顯有問題，然而這些詞形呈現的是形式的僵化，而不是完全失去構詞界線。這樣的例子暗示僵化是一種程度的問題，而不是非黑即白構詞界線有無的問題。不管是 -i「命令」或 *ma-*「主動動詞」，在加燕語的規律構詞中似乎都找不到對應，因此這些詞綴可以說是比 -um- 與 *pa-* 呈現更強程度的僵化，但相較於附加在共時層面已經形式固定的歷史詞基上面的那些詞綴，如夏威夷語的 *makaʔu*、*malino* 或 *maʔi*，僵化程度則比較小。值得注意的是，「吃」動詞形態變化的詞素邊界弱化始於原始南島語的 *kaen 經過規則音變減縮為單音節詞基。由於單音節實詞詞素在許多南島語言非常不受歡迎，因此 *kan* 的加綴形式（為雙音節）逐漸成為獨立的自由形式，從而保留了一些詞綴的早期音素形狀，這些詞綴在加燕語中繼續具有滋生力，並且延緩了其他詞綴從這個語言中消失。

先前大略提過一些僵化的重疊模式，如阿美語動植物詞彙以及塔寧巴爾－蓋語顏色詞的 Ca- 重疊殘餘。此外，如 Blust（2001c）所述，許多大洋洲語系語言的基本顏色詞似乎只出現在重疊形式

中，如莫度語的 *kakakaka*「紅色」、*gadokagadoka*「淺綠，如嫩葉；藍色」、*laboralabora*「黃色」、*vaiurivaiuri*「藍色」、*uriuri*「咖啡色、莫度人的膚色」、科斯雷恩語的 *sroalsroal*「黑色」、*raŋraŋ*「黃色」或斐濟語的 *karakarawa*「藍、綠」、*dromodromoa*「黃色、髒髒的顏色」。儘管這些語言每個都有詞典（Lister-Turner & Clark 1930; Lee 1976; Capell 1968），這些詞沒有一個是以單純的形式呈現。然而，其他的例子中，重疊顏色詞或者對應到一個可以做為較長詞彙透明來源未重疊的名詞，或者對應到明顯意義相同的單純詞基。第一種類型的詞對見於波那配語的 *pwe:t*「由珊瑚制成的石灰」：*pʷetepʷet*「白色、灰色的頭髮」、*nta*「血」：*wei-ta:ta*「紅色」、*ɔ:ŋ*「薑黃」：*ɔ:ŋ-ɔ:ŋ*「黃色」、*pe:s*「灰燼」：*pe:se:s*「灰色、灰灰的」或是 *mpʷul*「火焰」：*mpʷulapʷul*「粉紅」。第二種類型見於夏威夷語的 *ʔele*「黑色」（較不普遍）：*ʔeleʔele*「黑」（通用的詞）、*keʔo/keʔokeʔo*「白、乾淨」、*ʔula*「紅、深紅、粽色，如夏威夷人的膚色」：*ʔulaʔula*「栗色，如馬；各種笛鯛；各式各樣紅色或紫色葉柄的芋頭」、*ʔōmaʔo/ʔōmaʔomaʔo*「綠色」或 *mele/melemele*「黃色」。從活躍使用重疊於顏色詞的語言比較證據可發現，這種單詞素重疊顏色詞可能反映了以前對詞基附加程度增強或減弱語意（真的紅，紅紅的）的構詞，後來又因為反覆使用而語意「漂白」，留下無標的重疊形式。

第二種普見於南島語族的僵化重疊，可以在重疊單音節中見到，如宿霧比薩亞語的 *budbud*「纏繞的線、鐵線、長帶子」、*supsup*「吸允」或 *tiktik*「輕敲硬的表面」。這些以及許多其他語言的同源形式反映了原始南島語雙音節詞基（*bejbej、*sepsep、*tiktik），顯然這些詞基是在前原始南島語階段經由重疊形成的。南島語的詞彙化

單音節重疊將在討論構擬與變化時深入討論。

　　最後，有些共時無法分析的詞顯然是衍生自語意相關詞基的重疊，明確的例子見於原始馬波語 *saŋa-saŋa「海星」的反映，顯然是衍生自 *saŋa「分叉，樹枝的分叉」（海星這種動物被視為一種輻射分叉的物種），但是，當馬來－波里尼西亞語言開始偏離語言統一的語言社群時，顯然已經存在一個獨立的詞。

----

① 台灣南島語的泰雅語系有很豐富的這種詞音位轉換，如泰雅語除了 z ~y 之外，還有 r ~y 與 g~w 的轉換，詳細討論可以參考李壬癸（Li 1980）、賽德克語的部份有楊秀芳（1976）、賽德克語太魯閣方言有李佩容（Lee. 2010）。

② Chang（1997）的博士論文對賽德克語以及噶瑪蘭語的附著式代名詞是依附詞或詞綴有深入的討論。詳參：

Chang, Henry Yungli. 1997. Voice, case, and agreement in Seediq and Kavalan. Ph.D. Dissertation. Hsinchu: National Tsing Hua University.

③ Li & Tsuchida（2009）根據多數的台灣南島語言以及塔加洛語與爪哇語的反應，贊同 *-al- 與 *-aR-，但對-*ar 持保留態度，主張構擬為 *-aN-，證據是多數台灣南島語可見其反映，西部南島語至少見於兩個語言（塔加洛語和望加錫語）。針對這些中綴的功能，他們贊成 Reid（1994）的主張，認為 *-aR- 可能表達「分佈、複數」，而認為 *-aN 如卑南語和排灣語反映的，比較像是「具備某種聲音或特質」。

④ 此處作者應舉卡語的 *-in- 以中綴呈現的例子，如 c<in-m>əʔəra「已看見（主焦）」。

⑤ 這段期間也有一些以重疊為主題的碩博士論文，有些語言處理個別語言，也有處理跨語言的，如 Amy Lee (2007)。詳參：

Lee, Amy Pee-jung. 2007. A typological study on reduplication in Formosan languages. PhD dissertation. University of Essex.

⑥ Zeitoun, Elizabeth. 2011. Towards the reconstruction of reciprocal prefixes in PAn based on a comparative study of Formosan languages. Keynote Speaker at the Workshop on the Typology of Languages in China, Hong Kong, University of Hong Kong, July 21, 2011.

Zeitoun, Elizabeth. 2002. Reciprocals in Formosan languages. ICAL 9. Canberra.

⑦ 「無論什麼」與「什麼」的差異，基本上是一種強調，從這個觀點來看，其意義與形容詞重疊表強調並無太大不同，非無法完全預測。

⑧ 台灣的南島語中，賽夏語最常見的部分重疊形式之一即是 CVC- 重疊，功能相當豐富，有興趣的讀者可以參考 M. Yeh (2003)、Zeitoun & Wu (2005)、葉美利（2006）、高清菊（2009）。

⑨ 台灣的南島語中，呈現 CVCV- 重疊的有阿美語、排灣語、卑南語等，相關的著作，排灣語有 Tseng (2003)、阿美語 S. Yeh (2003)、Lee (2005, 2007)、Lu (2003)、Zeitoun & Wu (2005）則是跨語言的研究。

⑩ 干塘= 1 Gallon

⑪ 近期有研究報導了布農語的三疊。詳參林蕙珊. 2018.〈郡社布農語的「三疊式」〉。《臺灣語文研究》13.1: 125-157。DOI10.6710/jtll.201804_13(1).0004

第 7 章

句法

7.0　導論

　　試圖對南島語言進行廣泛性的句法描述，勢必得面對如下所述的雙重挑戰。第一個挑戰是，南島語的語言數量龐大、與其他語言的接觸頻繁，其句法的紛雜變異性並不難想像。事實上，Dempwolff（1934）在他的《南島語言音韻和詞彙構擬》一書一開頭就指出，「這些語言和閃族語系、班圖語系不同，沒有一致性的語法結構，但卻有數百個共同的詞彙。」再者，句法和其他語言面向的層次有所不同，因為句法的描述很難完全不牽涉到理論觀點。然而，句法理論千百種，並不是選定一理論，信奉其他理論的學者就能接受。因此，像這樣一本介紹性的專書，其目的並非在宣揚特定的理論，而是在呈現新舊、好壞、對錯的差異性，以幫助讀者熟悉各式各樣已出版的文獻。這一向是我在處理音韻構擬、語言親屬關係等相關議題所採取的方式，而本章也將運用類似的方式來進行。

　　本章主題的選定受限於版面以及主題之間相互關係呈現之複雜性。因此，某些已具完備理論架構的主題，例如複雜句結構、關係子句化、移位現象、依附詞等，本章只能割捨，無法介紹。本章涵蓋的主題包括：1）語態系統（含格位標記系統）、2）詞序、3）否定、4）領屬、5）詞類、6）方位、7）命令句、和8）疑問句。在進入介紹之前，有必要簡要回顧語言類型的目的，因為這些目的與句法議題息息相關。

7.1 語態系統

　　語態系統，在所謂的「菲律賓型」的語言裡，又稱「焦點系統」，大概是南島語言最廣為人知的語法特色。由於名稱上的不統一，我們有必要針對術語向非語言學背景出身之讀者作簡單的介紹。

　　早期的文獻就已經注意到，在菲律賓型的語言裡，一個論元可以透過在動詞上的標記來彰顯其與動詞的特殊關係。種種特殊的關係在文獻上有許多不同的稱呼，有些稱呼只限用於歷史語言學上。在描述塔加洛語時，Schachter & Otanes（1972: 69）把這種特殊的關係稱為「焦點」，而「焦點則是一種動詞的屬性，可以決定動詞和動詞主題之間的語意關係」；另一方面，就結構和塔加洛語相似的馬拉加斯語，Keenan（1976: 249）則把這種特殊的關係稱為「語態」，他認為馬拉加斯語有四種語態，而且把具有特別標記的論元稱為「主語」，雖然他也同時注意到馬拉加斯語的主語比英語的主語更主題化；Schachter（1976）則主張，在菲律賓型的語言（如塔加洛語）裡，有關主語的特性分散在不同的句子成分上，包含主題、主事者以及主事者主題，並指出，塔加洛語並沒有真正的主語。相反地，Kroeger（1993）主張，塔加洛語（以及其他菲律賓型的語言）具有真正的主語，他同時也指出，主張沒有主語的分析通常是把語法和語意判準混為一談的結果。對於伊洛卡諾語（Ilokano），Rubino（2000: lxi）主張「焦點」是一種「形式上的標記，反映絕對格名詞獨特有的句法地位」，言下之意就是，該系統為作格系統。

　　[1]Ross & Teng（2005）則指出，「菲律賓語言」描述語態的模式採用特殊的術語，例如用「主題」取代主語、用言談的概念如「焦

點」（來取代語態）等，讓我們無法精確掌握重要的通則，也讓南島語言的研究自外於一般語言學的研究。針對此一現象，Blust（2002）從 67 件已發表的文獻（包含 Adriani 1893 年的 Sangi 語法到 Wouk & Ross（2002）所收錄的文章）整理出以下的術語使用情況：語態（28）、焦點（25）、格位（7）、格位／主題化（1）、主題化（2）、客體（1）、動詞類別（1）、重回中心（1）、驅動者（1）。有些學者在不同的階段使用不同的名稱，例如 Frank Blake 在 1906 年用「格位」，在 1925 年和 1970 年卻用「客體」；Paul Kroeger 在 1988 年用「焦點」，在 1993 年卻用「語態」。有些作者則是兩種名稱交互使用，例如 Sneddon（1970），他在描述北蘇拉威西的通通達諾語時，使用「主事焦點」、「賓語焦點」等名稱，但是在註解裡，他又稱這些詞綴為「語態詞綴」。術語使用的趨勢不容易預測，不過 1990 年後的文獻，使用「語態」一詞佔 12 筆、使用「焦點」一詞佔 9 筆（如果把 Rubino（2000）算進來就佔 10 筆）。這樣在名稱的使用上搖擺不定，主要是因為菲律賓型的動詞系統無法與世界上其他語言的動詞系統做明確的對應，此一現象 Himmelmann（1991）稱為普遍語法的菲律賓挑戰。語態這個名稱有許多質疑聲浪，其中最大的質疑是，怎麼會有三個「被動[2]」。「焦點」這個名稱也有許多反對的意見，其中最為人詬病的是，焦點這個名稱在一般語言學已經有其他行之有年固定的用法，一個名稱如果有兩個截然不同的指涉只會引發混亂。[68]

---

68 一般語言學文獻如 Matthews（1997）將「焦點」定義為「利用語調或其他方式所凸顯的片段或句法成分」，大體而言就是要對比或強調的地方，或是區分新舊訊息。

雖然許多學者都已經表示「語態」這名稱比較好（Shibatani 1988;
Mithun 1994; Wouk & Ross 2002; Arka & Ross 2002），但是在某些方
面，「焦點」一詞還是比較便利，因為這個名稱很清楚地把南島語言
獨特性區分出來，可以避開必須使用冗長的名稱「菲律賓型語言」。
基於這個原因，本章會交替使用「焦點」和「語態」兩種名稱，以
反映文獻上多元的聲音。Klamer（2002: 374）指出，許多小巽它以
及一些南蘇拉維西的語言都沒有真正的被動結構，同樣的觀察也適
用於波里尼西亞以外的大洋洲語言（Lynch, Ross, & Crowley 2002）。
在欠缺主動和被動語態對比的情況下，我們或許可以主張，這些語
言根本沒有語態。但是，很多非菲律賓型的語言具有語態，因此
「焦點」一詞應該只適用於擁有超過一種「被動語態」的語言。
Wolff（1973）已經很清楚地指出，原始南島語應該是有四種所謂的
語態，有關這四種語態系統的構詞體現，我們在第六章已經呈現過
了，在這裡，我們再一次整理出來。表 7.1 就是 Wolff（1973）所構
擬的原始南島語的語態系統，其主要根據是北台灣的泰雅語以及菲
律賓中部的 Samar-Leyte Bisayan 語，同時也參考台灣中南部的鄒語
以及爪哇語。

表 7.1　原始南島語語態系統

	獨立		未來一般性動作	依賴	假設
	非過去時	過去時			
主動語態	-um-	-inum-	?	Ø	-a
直接被動	-en	-in-	r- -en	-a	?
處所被動	-an	-in-an	r- -an	-i	-ay
工具被動	i-	i- -in-(?)	?	-an(?)	?

Wolff（1973: 79）引用了台灣與菲律賓的語言證據，指出工具與受惠語態原始南島語標記是一樣的。此舉引發了同音詞與多義詞的詞彙經典議題，這兩個用法看似同一詞綴的互補體現，當焦點論元為無生命時是工具解讀，若為有生命時則解讀為受惠者。Wolff 提出的本質上是一個四個語態的系統，過去時形式（其他資料通常稱「完成貌」）以 *-in- 標示，在直接被動（DP）扮演一詞多用的功能，將直接被動與完成貌標示為一個不可分割的單元。如前一章所示（6.5），語態構詞的這個特質在一些已將原來系統簡化為單純的主被動對立的語言中仍保留著。表 7.1 的某些空格完全無法被填入，有些只是暫時填入。此外，現在所知的是，工具被動前綴是 *Si-，這個詞綴在塔加洛語和其他菲律賓中部的語言呈現不規則的 *S > Ø（預期的 **h）。[69]表 7.2 呈現原始南島語 *kaen「吃」獨立非過去式（根據 Wolff 的系統，過去式是：主動語態（AV）*k<in><um>aen、直接被動（DP）*k<in>aen、處所被動（LP）*k<in>aen-an、工具被動（IP）*Si-k<in>aen，但如第六章所述，許多語言在主動語態（AV）反映 *k<um><in>aen）可能的詞綴以及推論的句法。直接被

---

69 Tausug hi-「標示被傳送或被理解成被傳送的事物（語意上是受事者）」是語法上的焦點」（Hassan, Ashley and Ashley 1994: 173）。一起的還有如 Samar-Leyte Bisayan 的複雜綴 mahi-「持續工具語態偶發的完成貌」（Zorc 1977: 118），指向 PAN *Si- > PMP *hi- 的發展，匯集了菲律賓中部語言 *h 的流失，這個推論可由南島古語的 *Sika- 發展成塔加洛語的 ika- 以及 Tausug 的 hika-「序數前綴」獲得支持。然而，須注意的是，整個中部菲律賓語的簡單工具焦點（IF）形式是 qi-。此外，Tausug 的「傳送語態」是否反映 *Si- 工具被動也不明確，因為 *s 有時變成 Tausug 的 h（*sa > ha「處所 NP 標記」、*sa-ŋa-puluq > haŋ-pu?「10」），因此這個語態也有可能源自 *si-。

動跟其他語態的不同在完成貌有零形式的同位詞。名詞組的標記只有一部分有構擬，因此那些未知的在此以 F（＝焦點）以及 NF（＝非焦點）來呈現，用來代表無法以音韻標明的詞素。每一個語態／焦點都以一個普通名詞組、人稱名詞組以及單數和複數代名詞各一來做示例。Adan 是假想的名字，Wolff 的術語都依照原來的，未做更改。

表 7.2　原始南島語 *kaen「吃」語態變化構擬

AV: a）k\<um>aen　　　　Semay　　　　　Cau
　　　吃-**主動語**　　　非語態.飯　　　**語態**.人
　　　那個人正在吃飯

　　b）k\<um>aen　　　　Semay　　　　　si　　　　Adan
　　　吃-**主動語**　　　非語態.飯　　　**語態**　　Adan
　　　Adan 正在吃飯

　　c）k\<um>aen　　　　Semay　　　　　si-á
　　　吃-**主動語**　　　非語態.飯　　　**語態-3 單**
　　　他正在吃飯

　　d）k\<um>aen　　　　Semay　　　　　si-dá
　　　吃-**主動語**　　　非語態.飯　　　**語態-3 複**
　　　他們正在吃飯

DP: a）kaen-en　　　　　nu　　　　　　Cau　　　　Semay
　　　吃-**直接被**　　　**屬格**　　　　人　　　　**語態**-飯
　　　有／那個人正在吃飯

b）kaen-en　　　　ni　　　　adan　　　Semay

吃-直接被　　屬格　　Adan　　語態-飯

dan 正在吃飯

c）kaen-en　　　　ni-á　　　Semay

吃-直接被　　屬格-3 單　語態-飯

他正在吃飯

d）kaen-en　　　　na-ida　　Semay

吃-直接被　　屬格-3 複　語態-飯

他們正在吃飯

LP：a）kaen-an　　　nu　　　Cau　　　Semay　　　Rumaq

吃-處所被　　屬格　　人　　非語態-飯　　語態-屋子

那個人正在屋子裡吃飯

b）kaen-an　　　ni　　　adan　　　Semay　　　Rumaq

吃-處所被　　屬格　　Adan　　非語態-飯　　語態-屋子

Adan 正在屋子裡吃飯

c）kaen-an　　　ni-á　　　Semay　　　Rumaq

吃-處所被　　屬格-3 單　非語態-飯　　語態-屋子

他正在屋子裡吃飯

d）kaen-an　　　Na-ida　　Semay　　　Rumaq

吃-處所被　　屬格-3 複　非語態-飯　　語態-屋子

他們正在屋子裡吃飯

IP: a）Si-kaen   nu Cau Semay   lima-ni-á

   吃-工具被 **屬格** 人 **非語態**-飯 **語態**-手-**屬格-3 單**

   那個人正在用手吃飯

  b）Si-kaen   ni   adan Semay   lima-ni-á

   吃-工具被 **屬格** Adan **非語態**-飯 **語態**-手-**屬格-3 單**

   Adan 正在用手吃飯

  c）Si-kaen   ni-á   Semay   lima-ni-á

   吃-工具被 **屬格-3 單** **非語態**-飯 **語態**-手-**屬格-3 單**

   他正在用手吃飯

  d）Si-kaen   na-ida Semay   lima-na-ida

   吃-工具被 **屬格-3 複** **非語態**-飯 **語態**-手-**屬格-3 複**

   他們正在用手吃飯

  源自類似於以上構擬之結構的動詞系統，存在於一些台灣的南島語、幾乎所有的菲律賓語言、婆羅洲北部語言、蘇拉威西島北部語言、馬拉加斯語和查莫洛語中。這些系統的樣本可以用來說明何謂「菲律賓型語言」。av = 主事語態、pv = 受事語態（亦稱「賓語焦點」或「目標焦點」）、lv = 處所語態（亦稱「指涉語態／焦點」）、iv = 工具語態、bv = 受惠語態（有時一起歸為「傳送語態」）。語法術語粗體、用法與出處略有變異：

  汶水泰雅（北台灣）：以下例子出自 Huang（2001），作者用「焦點」這個詞，將加綴動詞與所標記名詞組之間的關係描述為「主語（亦即焦點名詞組）與動詞之間的一種呼應系統，雖則呼應的並非人

稱、詞性、與數」。在作者早期有關泰雅語其他方言的文獻，如 Huang（1993）中，則將同樣的關係描述為語態系統（*m-/-um-* ＝ 主事語態、*-un* ＝ 達標語態（culminitative voice）、*-an* ＝ 途經語態（transversal voice）、和 *s-* ＝ 周邊語態）。Huang（2001: 61）指出除了處所這個角色之外，「處所焦點結構的焦點論元，可以是接受者……目標……或來源。」

表 **7.3** 汶水泰雅語的焦點／語態

主事語態：

　a）h<um>aka9y　　　　ku?　　　　　?ulaqi?

　　走-**主事語**　　　**主格.指焦**　　小孩

　　小孩正在走路／小孩走路

　b）t<um>aqu?　　　cku?　　　nabakis　　ku?　　　　?ulaqi?

　　推倒-**主事語**　　**賓格.指焦**　老人　　**主格.指焦**　小孩

　　小孩推倒老人

受事語態：

　a）tutiŋ-un=mu　　　　　ku?　　　　xuil

　　打-**受事語=1 單.屬格**　　**主格.指焦**　狗

　　我打小狗

處所語態：

　a）qilap-an　　　ni?　　yaya?　　ku?　　　　paɣa?=su?

　　睡-**處所語**　　**屬格**　媽媽　　**主格.指焦**　床=**2 單.屬格**

　　媽媽睡你的床

工具語態：

a）si-culh=miʔ[70]　　　cuʔ　　　siyam　kuʔ　　　batah

烤-工具語=1 單.屬格　**賓格.非指焦**　豬肉　**主格.指焦**　煤炭

我用煤炭烤豬肉

受惠語態：

a）si-cabuʔ　　　cuʔ　　　qulih nkuʔ　　　nabakis

包-受惠語　　**賓格.非指焦**　魚　　　　　**屬格.指焦**

ʔiʔ　　　　yumin

老人　　　**主格** Yumin

老人包魚給 Yumin

　　塔加洛語（中菲律賓）：以下例句（以音位書寫）本出自 Foley（1976），經由廖秀娟與七位馬尼拉的塔加洛語母語人士確認，詞素註解反映出對 aŋ 詞組最常見的功能詮釋。Acc= 賓格、nom = 主格（許多作者稱「主題」）、perf = 完成、gen = 屬格。處所語態涵蓋來源、目標與處所。在此只呈現來源的例句：

表 7.4　塔加洛語的焦點／語態

主事語態：

a）b\<um>ilí　　　naŋ　　　kotse　　　aŋ　　　lalake

買-主事語　　**屬格**　車　　**主格**　人

那個人買車

---

70 所引來源並未說明為何 =mu 和 =miʔ 兩者皆標示為第一人稱屬格。

b）b<um>ilí　　　naŋ　　　kotse　　　si　　　　Juan

買-主事語　　**屬格**　車　　　　**主格**　John

John 買車

c）b<um>ilí　　　siyá　　　　　naŋ　　　kotse

買-主事語　　**3 單.主格**　　**屬格**　車

他買車

d）b<um>ilí　　　silá　　　　　naŋ　　　kotse

買-主事語　　**3 複.主格**　　**屬格**　車

他們買車

受事語態：

a）b<in>i-bilí　　　　　　naŋ　　lalake　　aŋ　　　kotse

重疊-受事語.完成-買　　**屬格**　人　　　**主格**　車

某人在買車

b）b<in>i-bilí　　　　　　ni　　Juan　　aŋ　　　kotse

重疊-受事語.完成-買　　**屬格**　John　　**主格**　車

John 在買車

c）b<in>i-bilí　　　　　　niyá　　　　aŋ　　　kotse

重疊-受事語.完成-買　　**3 單.屬格**　　**主格**　車

他在買車

d）b<in>i-bilí　　　　　　nilá　　　　aŋ　　　kotse

重疊-受事語.完成-買　　**3 複.屬格**　　**主格**　車

他們在買車

受事語態：

a）b<in>ilí　　　　　naŋ　　　lalake　　aŋ　　　kotse
　　買-受事語.完成　　**屬格**　人　　**主格**　車
　　有人買車

b）b<in>ilí　　　　　ni　　　Juan　　　aŋ　　　kotse
　　買-受事語.完成　　**屬格**　John　　**主格**　車
　　John 買車

c）b<in>ilí　　　　　niyá　　　　　aŋ　　　　　kotse
　　買-受事語.完成　　**3 複.屬格**　**主格**　　車
　　他買車

d）b<in>ilí　　　　　nilá　　　　　aŋ　　　　　kotse
　　買-受事語.完成　　**3 複.屬格**　**主格**　　車
　　他們買車

處所語態：

a）b<in>i-bilh-án　　　　naŋ　laláke　naŋ　isdáʔ　aŋ　bátaʔ
　　重疊-完成-買-處所語　**屬格**　人　　**屬格**　魚　　**主格**　小孩
　　某人在跟小孩買魚

b）b<in>i-bilh-án　　　　ni　Juan　naŋ　isdáʔ　aŋ　bátaʔ
　　重疊-完成-買-處所語　**屬格** John　**屬格**　魚　　**主格**　小孩
　　John 在跟小孩買魚

c）b<in>i-bilh-án　　　　niyá　　naŋ　isdáʔ　aŋ　bátaʔ
　　重疊-完成-買-處所語　**3 單.屬格**　**屬格**　魚　　**主格**　小孩
　　他在跟小孩買魚

d）b<in>i-bilh-án　　　　nilá　　　naŋ　isdáʔ　aŋ　bátaʔ

重疊-完成-買-處所語　3複.屬格　屬格　魚　主格　小孩

他們跟小孩買魚

受惠語態：

a）i-b<in>ilí　　　　naŋ　lalake　naŋ　isdáʔ　aŋ　bátaʔ

受惠語-買-完成　屬格　人　屬格　魚　主格　小孩

某人幫小孩買一些魚

b）i-b<in>ilí　　　　ni　Juan　naŋ　isdáʔ　aŋ　bátaʔ

受惠語-買-完成　屬格　John　屬格　魚　主格　小孩

John 幫小孩買一些魚

c）i-b<in>ilí　　　　niyá　　　naŋ　isdáʔ　aŋ　bátaʔ

受惠語-買-完成　3單.屬格　屬格　魚　主格　小孩

他幫小孩買一些魚

d）i-b<in>ilí　　　　nilá　　　naŋ　isdáʔ　aŋ　bátaʔ

受惠語-買-完成　3複.屬格　屬格　魚　主格　小孩

他們幫小孩買一些魚

工具語態：

a）(i-)p<in>am-bilí　　naŋ　lalake　naŋ　isdáʔ　aŋ　peraʔ

工具語-完成-買　屬格　人　屬格　魚　主格　錢

人用那筆錢買一些魚

b）(i-)p<in>am-bilí　　ni　Juan　naŋ　isdáʔ　aŋ　peraʔ

工具語-完成-買　**屬格　John　屬格　魚　主格　錢**

John 用那筆錢買一些魚

c）(i-)p\<in\>am-bilí　　niyá　　　　naŋ　isdáʔ　aŋ　　pera?

工具語-完成-買　　3複.屬格　屬格　魚　　主格　錢

他用那筆錢買一些魚

d）(i-)p\<in\>am-bilí　　nilá　　　　naŋ　isdáʔ　aŋ　　pera?

工具語-完成-買　　3複.屬格　屬格　魚　　主格　錢

他們用那筆錢買一些魚

　　有些外地的塔加洛語言使用者據說會區分 *i-b\<in\>ili* 和 *b\<in\>ilh-án* 所標示的受惠語意。首先，歷史上一般的受惠用法窄化到施動者為接受者執行動作，省去後者自己執行。其次，接受者以某種實質有形的方式獲益。在像 *John bought flowers for his wife*「約翰幫太太買花」的句子中，第一個解讀是約翰的太太需幫另一個人買花，而約翰替他做了這件事，第二個解讀是約翰的太太得到了花。儘管這種受惠結構的動詞形式與處所語態相同，兩個意思據稱可以透過論元的詞序來區分：*b\<in\>i-bilh-án naŋ laláke naŋ isdáʔ aŋ bátaʔ* 是「某人跟小孩買魚」，*b\<in\>i-bilh-án naŋ laláke aŋ bátaʔ naŋ isdáʔ* 則是「某人幫小孩買魚」。馬尼拉方言的 *b\<in\>ili* 也有受惠的用法，但這被視為是 *i-b\<in\>ili* 的口語減縮。用 -an 來標示受惠據說塔加洛語區域以南的菲律賓語言越來越普遍（廖秀娟，個人通訊）。

　　塔加洛語態最出人意表的或許是，用中綴 -in- 來標示進行或未完成貌。這樣的轉變起因於語意創新，在許多中部菲律賓語裡，原始南島語的完成樣貌標記中綴 -in- 常用來標示起動貌。不過值得注意的是，這樣的語意創新通常是伴隨 CV- 重疊，如果沒有重疊，中綴 -in- 仍只有完成貌用法：*b\<in\>i-bilí naŋ lalake aŋ kotse*「一個人

／那個人正在買車」對比於 *b<in>ilí naŋ lalake aŋ kotse*「一個人／那個人買了車」，*b<in>i-bilh-án naŋ laláke naŋ isdáʔ aŋ báta?*「一個人／那個人正在向小孩買魚」對比於 *b<in>ilh-án naŋ laláke naŋ isdáʔ aŋ báta?*「一個人／那個人向小孩買了魚」。

　　馬拉加斯語（馬達加斯加）：以下的文獻取自許多不同的作者，包含 Garvey（1964）、Keenan（1976）、Dahl（1978）和 Dahl（198）。其中最後一筆文獻紀錄五個語態系統（主事語態、賓語語態、指稱語態、工具語態、周邊語態）

表 **7.5**　馬拉加斯語的焦點／語態

主　焦：a）(mi)-t<om>ány　　　　　ízy
　　　　　主事語-哭-（主事語）　3 單
　　　　　他正在哭泣

　　　b）mi-sótro　　　ny　　　dite　　áho
　　　　　主事語-喝　　**冠**　茶　　　1 單
　　　　　我正在喝茶

　　　c）ni-sótro　　　　　　ny　　　dite　　áho
　　　　　主事語.過去-喝　　**冠**　　茶　　**1 單**
　　　　　我喝了茶

　　　d）ma-nótotra　　　tány　　ny　　lávaka　　ízy
　　　　　主事語-填　　地　　**冠**　坑　　　**3 單**
　　　　　他正在用土填洞

賓　焦：a）tehen-ína-ko　　　　　ny　　lákana

　　　　　punt-**賓語語態-1 單**　**冠**　　獨木舟

　　　　　我在划獨木舟

指　焦：a）totof-ána　　　　ny　　tány　　ny　　lávaka

　　　　　填-**指語-3 單**　**冠**　地　**冠**　坑

　　　　　他正在用土填洞

工具焦：a）a-tápaka　　　　ny　　tády　　ny　　ántsy

　　　　　工具語-切　**冠**　繩子　**冠**　刀

　　　　　刀用來割繩子

使　焦：a）i-vidi-ána-ko　　　　mófo　　ny　　ankízy

　　　　　周語-買-周語-1 單　麵包　**冠**　孩子

　　　　　我為孩子買了麵包

通達諾語（北蘇拉維西）：Sneddon（1970: 13）提供該語言的語料，他把動詞上標記語法角色的機制稱為「主題－語態（焦點）系統」，並且區分四種「焦點」──主事焦點、受事焦點、指涉焦點、工具焦點：

表 7.6　通達諾語的焦點／語態

　　那個男人用繩子將推車拉向市場。

主事焦點：

　a）si tuama　　k<um>eoŋ　　roda　　　wo　　tali

　　人：**主題**　　**主焦**-將-拉　　推車：**賓語**　和　繩子：**工具**

waki	pasar
去	市場：**指涉**

受事焦點：

b）roda	keoŋ-en	ni tuama	wo	tali
推車：**主題**	**受事**-將-拉	人：**主事者**	和	繩子：**工具**
waki	pasar			
去	市場：**指涉**			

指涉焦點：

c）pasar	keoŋ-an	ni tuama	roda
市場：**主題**	**指涉**-將-拉	人：**主事者**	推車：**賓語**
wo	tali		
和	繩子：**工具**		

工具焦點：

d）tali	i-keoŋ	ni tuama	roda
繩子：**主題**	**工具**-將-拉	人：**主事者**	推車：**賓語**
waki	pasar		
和	市場：**指涉**		

查莫洛語（西麥克羅尼西亞）表 7.7 的例句取自 Topping（1973：第 243 頁起），他把動詞標註的論元稱為「主旨（theme）」[3]並且區分五種「焦點」結構，即主事焦點、目標焦點、使動焦點[4]、指涉焦點及受惠焦點：

表 7.7　查莫洛語的焦點／語態

主事焦點：

a）guahu　　　l<um>iʔeʔ　　i　　palaoʔan
　　1 單　　　看-**主焦**　　　**冠**　　女人
　　我是那個看見那個女人的人

目標焦點：

a）l<in>iʔeʔ　　　i　　palaoʔan　　an　　ni　　　lahi
　　看-**目標焦**　　**冠**　　女人　　　　an　　**關係詞**　　男人
　　那個男人看見那個女人

b）l<in>iʔeʔ　　　si　　Maria　　　as　　Pedro
　　看-**目標焦**　　**冠**　　Maria　　**冠**　　Pedro
　　Pedro 看到 Maria

使動焦點：

a）i　　maŋga　　ha　　naʔ-malaŋu　　i　　patgon
　　冠　芒果　　**3 單**　　**使焦**-病　　**冠**　　小孩
　　芒果使那個孩子生病

指涉焦點：

a）hu　　　toʔlaʔ-i　　　hao
　　1 單　　吐口水-**指焦**　　**2 單**
　　我向你吐口水

b）hu　　　faʔtinas-i　　　hao　　kafe
　　1 單　　做-**指焦**　　**2 單**　　咖啡
　　我為你煮咖啡

受惠焦點：

a）hu　　 saŋan-iyi　 si　 Pedro　 ni　　 estoria

　　1 單　 說-**受惠焦**　 **冠**　 Pedro　 **非焦點**　 故事

　　我為 Pedro 說故事

　　Topping 把大部分的焦點類型和他所謂的「非焦點」做對比。這樣的解讀把焦點等同是對焦點名詞組的強調，把焦點當作是類似一種主題化的機制。表 7.8 列出以上語言附著於動詞上的語態詞綴：

表 7.8　五個「菲律賓型」語言的語態／焦點詞綴

	泰雅語	塔加洛語	馬拉加斯語	通達諾語	查莫洛語
主事	-um-	-um- maŋ-	(-um-) man, mi-	-um-	-um- man-
受事	-un	-in	-ina	-ən	-in-
受事（完成）	-in-	-in-	n(i)-	-in-	-in-
處所	-an	-an	-ana	-an	-i
工具	si-	i-	a-	i-	—
受惠	si-	i-	i-⋯-ana	—	-iyi

　　表 7.8 有幾點值得我們注意。首先，幾乎所有具有菲律賓型語態系統的語言都用 -um- 標示主事語態。在這一類裡大部分的馬波語言在主事語態區隔 *-um- 和 *maŋ- 或是 *-um-、*maŋ- 和 *maR-。這是一個很明顯的創新，一個台灣以外南島語的共同創新。如第六章所述，在某些語言裡，前綴 *maŋ- 的反映完全或近乎完全取代了古南島語的中綴。Dahl（1986）的觀察是，在馬拉加斯語裡，*-um- 的反映只出現在少許的詞素裡，大部分的主事語態結構都是以 man- 或

mi- 標示。Richardson（1885）並列 *t<om>ány* 和 *mi-t<om>ány*，顯示在十九世紀晚期，*t<om>ány* 就已經開始經歷重新分析，成為一個單詞素的詞；Keenan（1976: 267）則只列舉較長的形態，這顯示大約一個世紀，該項重新分析的過程已經完成；類似 **-um-* 的消退也常見於中部菲律賓語言（Lobel 2004）。

第二，幾乎所有具有 **-en* 受事語態反映的語言都有個零詞素變體的完成貌標記，因而完成貌 **-in-* 的反映成為一個單一詞素多重用途的不可分割的單位。[71]第三，幾乎所有具有處所語態結構的語言都以 **-an* 的反映來體現。查莫洛語是一個例外，該語沿用 **-i* 反映來體現處所語態，這顯然是古南島語通用處所標記 **-i* 的反映，而在許多語言裡，該標記已經依附到動詞上（例如馬來語，動詞詞根 *tanam*「種」可以加綴成為 *mə-nanam-kan*「種東西」或是 *mə-nanam-i*「把東西種在某處」）。如同上述塔加洛語，處所語態可以體現處所、來源、目標等，這樣的觀察也適用於很多其他的語言。我們已在6.3.3.1 小節指出，**-an* 的有些用法很難以語態或處所的概念來解釋，例如 PMP **tahep-an*「去穀殼的籃子」（< **tahep*「去穀殼」）；PAN **RiNaS-an*「Swinhoe 之藍雉名」（< **RiNaS*「長尾羽毛」）；PAN **waNiS-an*「山豬」（< **waNiS*「山豬牙」），PWMP **bulu-an*「長毛水果、紅毛丹」（< **bulu* 體毛）以及 PMP **tian-an*「懷孕」（<

---

71 在些許語言中 **-in-* 已喪失此多重功能。Akamine（2002: 360）指出，Sinama（Sama-Bajaw）的 *-in-* 僅標註目標焦點而不帶有動貌，甚至還能用在表達未來時間的結構中；Costenoble（1940: 383）與 Topping（1973: 245）對於查莫洛語的 *-in-* 也持有類似的主張，雖說 Safford（1909: 91）將該中綴描述為一般過去或過去時制。

*tian「肚子」）。

最後，工具語態或受惠語態在大部分的語言都以一樣的方式標記。然而，通達諾語和查莫洛語是以介詞來標示受惠和工具的格位關係；馬拉加斯語則以不同的詞綴來區分受惠語態和工具語態，這些詞綴反映古南島語「去動詞化工具名詞之標記」*Sa-，或是工具語態標記及去動詞化的工具名詞標記 *Si-（Blust 2003c）。

塔加洛語語態系統還有一個面向需要進一步討論，那就是，詞素 aŋ、naŋ、si、ni 等的句法地位，這些詞素引導名詞組像是 aŋ lalake、naŋ kotse、si Juan 或 ni Juan。Reid（2002）已經討論過這一個問題，指出在過去百年裡，菲律賓語言相關的學者使用超過二十五種不同的名稱意圖來掌握這些詞素的功能。Reid 自己也不遑多讓，不同時期給不同的名稱：結構標記（Reid 1978）、名詞（Reid 2002）以及詞組標記（Reid 2006）。不過，就如 Reid（2002: 297）所指出，「對於這類標記最常見的分析應該是格位標記分析」，這樣的分析也見於台灣的南島語的文獻（Huang, Zeitoun, Yeh, Chang, & Wu 1998）。然而，如果「格位」用於連結論旨角色，aŋ 事實上不能分析為格位標記，因為它的唯一功能是標示名詞組與動詞具有特殊的關係，而該關係的實際內涵卻完全由動詞上的詞素所揭示。Himmelmann（1991: 95）甚至聲稱 aŋ 根本沒有標示任何語法功能。他用「述謂基礎」一詞來描繪 aŋ 詞組與謂語之間的述謂關係，並且主張 aŋ 既沒有標示述謂基礎也沒有標示主題。儘管有這些問題，我們似乎仍應採用最廣為學者接受的術語，把這些語法成分稱為「格位標記」。

如上塔加洛語的例句所示，位於焦點的代詞性名詞組是由代名詞選擇所標示。Ross（2002: 36）追隨早期學者如 Blust（1977）的

腳步，構擬了以下的原始南島語言的代名詞系統；他的構擬主要是根據台灣南島語言的證據：

表 7.9　原始南島語人稱代詞（Ross 2002a）

	自由	自由.禮貌	樞紐.屬格一	屬格二	屬格三
1 單	[i-]aku	—	=ku	maku	n-aku
2 單	[i-]Su	[i-]ka-Su	=Su	miSu	ni-Su
3 單	s(i)-ia	—	(=ia)	—	n(i)-ia
1 複（排除）	i-ami	[i-]ka-ami	=mi	mami	n(i)-ami
1 複（包括）	([i])ita	[i-]ka-ita	=ta	mita	n-ita
2 複	i-amu	[i-]ka-amu	=mu	mamu	n(i)-amu
3 複	si-da	—	(=da)	—	ni-da

　　Ross（2006）修改了這個系統，把每一套人稱代詞擴張為七個類別，即「中性格」、「主格一」、「主格二」、「賓格」、「屬格一」、「屬格二」、「屬格三」。該系統完整的面貌，在這裡我們不會呈現，不過為了讓讀者對於該系統日益增加的複雜性有基本的了解，我們僅以第一人稱代名詞為例：1. 中性格 *i-aku、2. 主格一 *aku、3. 主格二 *=ku、*=[S]aku、4. 賓格 *i-ak-ən、5. 屬格一 *=[a]ku、6. 屬格二 *(=)m-aku、7. 屬格三 *n-aku。Ross（2006: 532）注意到「上述的系統很明顯地構擬了太多套的代名詞」，他並且試圖用分群來解釋這一現象：如果在南島語言族裡有高於預期的階層，那很可能是上述有些代名詞的形式是在從原始南島語言分裂出來之際才產生的創新，但它們仍處於該語系歷史很早期的階段。

　　就如 Blust（1977）所指出，「長形」代名詞如 *aku 和其「短形」

代名詞 *-ku 的替換關係基本上相當規律，但在第三人稱單數的代名詞就完全無法預測了。為了解釋此一不規則現象，我們可以說，廣為學者接受的第三人稱單數屬格短形代名詞 *-ña 應該是由屬格人稱標記 *ni 加上對比形 *a，如塔加洛語的 siyá（第三人稱主格）所組成：niyá（第三人稱主格）因此應該是反映了 *si（人稱主格）和 *a（非主語主事者）。因為類似的現象在許多南島語言的主格和屬格代名詞都可以發現，原始南島語裡的代名詞論元應該有標示格位。在許多丟失語態系統的語言裡，這些成分可能會淡化，例如馬來語的 si 就標示各種人名和稱號，不管其句法位置。

前面的評論主要涉及菲律賓型語言中的語態或「焦點」系統中的形態表現。但是，關於表 7.2-7.8 中的例子還有幾點值得注意。首先，很明顯在一般類型上與這裡所描述類似的系統可以在原始南島語重構。由此可見，語言不能純粹基於共同擁有菲律賓型語態系統而歸類在一起，因為這是原始南島語的存古現象，而不是後起的創新。其次，語料並不完全，許多文獻只提供部分例子，通常只有非主事焦點語態的一般名詞組主事者，沒有人稱名詞或代詞性主事者。第三，許多學者主張塔加洛語和其他一些菲律賓型的語言中的「焦點」名詞必須是定指，儘管 Himmelmann（1991: 15）認為決定因素應該是指涉性。第四，許多台灣和菲律賓南島語言使用格位標記區分「焦點」和「非焦點」名詞組。這其中很少是同源詞，並且已經有證據顯示，要構擬其原始南島語的系統並不是一件容易的事。儘管如此，有鑑於在許多經過證實的系統中都已經發現格位標記的存在，原始南島語言似乎很有可能已經有格位標記系統。Ross（2002a: 35, 51）提出了以下他所謂的原始南島語和 PMP 中的「詞組

標記」系統：

表 7.10　早期南島語詞組標記（**Ross 2002a**）

原始南島語	主題	殊指	屬格	非樞紐
一般（存在）	*a	*ka	*na	*Ca, *sa
一般（不存在）	*u	*ku	*nu	*Cu, *su
個人	-	（*i, *ti, *si）	*ni	-

原始馬－波語	殊指	屬格	非樞紐	處所格
一般（預設）	*i	*ni	*si	*di, *i
一般（存在）	*a,（*sa）	*na	*ta, *sa	*da, *ka, *sa
一般（不存在）	*u,（*su）	*nu	*tu, *su	*du（?）
個人	*si	*ni	-	*ka[n]i

　　最近 Ross（2006: 529）修改了對原始南島語的構擬，改稱這些
成分為「格位標記」，如表 7.11 所示：

表 7.11　原始南島語格位標記（**Ross 2002a**）

	一般名詞	一般名詞	單數人稱名詞	複數人稱名詞
中性格	*[y]a	*u	*i	-
主格	*k-a	*k-u	*k-i	-
屬格	*n-a	*n-u	*n-i	*n-i-a
賓格	*C-a	*C-u	*C-i	-
斜格	*s-a	*s-u	-	-
處所格	*d-a	-	-	-

　　雖然這是迄今為止原始南島語格位標記系統最完整的構擬，但

這一構擬仍有許多有待斟酌之處。就以表 7.10 和表 7.11 出現的一個明顯問題為例，Ross 對屬格功能的構擬無法解釋阿美語與東部和西部 Miraya Bikol 共通之處：阿美語的 *nu*「一般名詞屬格」，*ni*「單數人稱名詞屬格」，*na*「複數人稱名詞屬格」（Huang 1998: 33）；西部和東部 Miraya Bikol 的 *nu*「一般名詞屬格」，+指稱～+過去，*ni*「單數人稱名詞屬格」，*na*「複數人稱名詞屬格」（Jason Lobel，個人通訊）。由於這些語言一般被分為南島語族的不同主要分群，最簡單解釋這樣一個三分對比的共通點的方法就是為原始南島語構擬一組類似的語意／功能區別（Reid 1978; Blust 2005b）。[72]

　　在馬拉加斯語和其他一些語言中，詞序取代了大多數台灣南島語言和菲律賓型語言中的格位標記所扮演的功能。在這些語言中，最後一個名詞論元就是所謂的「焦點」。值得注意的是，雖然在像塔加洛語這樣有名詞組標記的語言中，名詞論元的順序原則上可以是自由的，但仍有人指出，塔加洛語使用者傾向將 *aŋ* 詞組放在最後，除非另有一個 *sa-* 詞組標記位置補語（廖秀娟，個人通訊）。這個現象和馬拉加斯語將「焦點」名詞組放在最後的情況是一致的，這也促使一些學者認定許多菲律賓型語言都是屬於 VOS 的詞序類型。許多學者（如 Naylor 1986）已注意到焦點或語態的選擇（說話者在對

---

72 Reid（2006）對這樣的解釋提出質疑，他認為由於斜格與處所介詞中「元音音類」的一個初始系統被類推延伸到其他形式，致使重構複雜化，因為該過程可能也已廣泛造成並行發展。儘管如此，他在文章註腳 4 中也指出，在他自己早期的發表（Reid 1978）中，他提出「na 作為與人稱標記相關的複數詞素…可能也需要納入原始菲律賓語重構的考量中，因為該情形亦見於菲律賓以外的語言，如阿美語以 na 作為複數人稱屬格標記。」

話／敘述中某個時間點決定使用何種焦點／語態）是由名詞的有定性或指涉性決定的，因此是和語境密切相關的。許多相同學者也已注意到使用頻率較高的「基本」語態似乎是受事語態，因此以特殊性而言，很難將菲律賓型語言的受事者語態／焦點對比成如英語等語言的被動語態，由於這個原因和其他一些原因，某些學者傾向避免使用「被動」一詞來描述菲律賓型語言。

　　另一個與菲律賓型語言和一些印尼西部的非菲律賓型語言的語態系統相關的廣泛特徵是，在菲律賓型語言和印尼西部語言中，不定補語都必須以被動型式出現，如下列台灣中部的邵語、沙巴的 Tindal 都孫語和馬來語的例子所示：

邵語

（7.1）yaku　　a　　ma-sas　　afu　　a　　kan-in　　ihu
　　　　1單　**未來**　**未來**-帶　飯　**未來**　吃-**受事語**　**2單**
　　　　我會帶飯餵你（字面：我會帶飯來被你吃）

（7.2）haya　　wa　　fatu　ma-qitan　　tamuku-n,　　ma-zaŋqaw
　　　　那　　**繫**　石頭　好、容易　舉起-**受事語**　**靜**-輕
　　　　那塊石頭很容易舉起；它很輕（字面：那塊石頭很容易被舉起；它很輕）

Tindal 都孫語

（7.3）korot-oʔ　　　loʔ　　manuk　a-kan-on　　　tokoʔ
　　　　切喉嚨-**命令**　**定指**　雞　　a- 吃-**受事語**　**1複.包括**
　　　　殺雞讓我們吃（字面：殺雞讓牠被我們吃）

馬來語

（7.4）buku　　itu　　susah　　di-təmu-kan

　　　書　　　那　　　難　　　**被動語-找-及物**

　　　那本書很難找（字面：那本書很難被找到）

　　　菲律賓型的語言佔所有南島語言的比例不超過 15-18%。這些語言在語法上是相對保守的，不像大多數的南島語言都已不再維持原來的四語態系統。Blust（2002e：第 69 頁起）已注意到台灣和印尼西部南島語在構詞方面的語態區分有逐步減少的趨勢。有一些菲律賓型的語言把原來的系統減少到三個語態，如台灣東部的噶瑪蘭語：主事語態 = -um-、mə-，受事語態 = -an，受惠語態／工具語態 =tə-（Y.L. Chang 1997: 第 35 頁起）。同樣地，邵語的工具焦點／受惠焦點已由介詞取代，現在系統只有三種語態，儘管受事語態（用 -in 標記）和處所語態（用 -an 標記）的語意有時很難區分，如 kupur「體毛、羽毛」、kupur-an「長出羽毛、長成成鳥」、kupur-in「體毛多的」：

（7.5）inay　　　a　　　rumfaz　　　niwan　　　tu　　　kupur-an

　　　這　　　繫　　　鳥　　　　尚未　　　*tu*　　羽毛-**處所焦**

　　　這隻鳥還沒長羽毛

（7.6）nak　　　　a　　　　rima　　　kupur-in

　　　1 單.屬格　繫　　　手臂　　　毛-**受事焦**

　　　我手臂上的毛很多

　　　在砂勞越北部的 Lun Dayeh 中，處所語態已經丟失，系統只剩下以 -um- 和 ŋ- 標記的主事焦點，以 -ən 標記的受事焦點，以及即將消失的以 i- 標記的工具焦點／受惠焦點（Clayre 1988, 1991）。現存

語料顯示語態減少的方式各不相同：四語態系統似乎可以通過各種方式簡化為三語態系統，可能用介詞標記取代非主事焦點（NAF），或者將兩種非主事焦點合併成一種。用邏輯來推理，我們可以預期可能會出現三語態系統又進一步減少一個原有的語態的情況，其結果將是一個簡單的主動－被動語態系統。對於印尼西部的許多語言來說，這個推測似乎是正確的，如馬來語，但原來的四語態系統減少成雙語態系統在其他語言則有更複雜的演變情況。有學者指出呂宋島東北部的 Casiguran Dumagat 有一個只有二分的語態系統：「動詞謂語會加綴來標示主語焦點或賓語焦點，且在主語或賓語之前會有一個對應的主題標記成分」（Headland and Headland 1974: xxxv）：

（7.7）mag-buno　　ək　　ta　　　manok

　　　主焦-殺　　**1 單**　斜格　　雞

　　　我會殺雞

（7.8）bunu-ən　　ko　　tu　　　manok

　　　殺-**賓焦**　　**1 單**　**主題**　雞

　　　這隻雞我會殺

　　　然而，有學者注意到，焦點系統（突顯出其中一個名詞論元）會和另一個也是突顯子句論元的「導向」機制同時出現。在 Casiguran Dumagat 的四導向系統，其中第三個導向以「位置、終點或動作接受者」為其賓語，由原始南島語 *-an 的現代反映來標記：*mə-ginan-an du anak to baybay*（跑 主題 孩子 斜格 海灘）「孩子們正沿著海灘賽跑」。因此，就焦點／語態系統的可能數量的問題而言，導向系統如何界定相當程度上取決於我們該如何在語法中處理「導

向」這個機制。

在多個海岸砂勞越語言裡，原始南島語的四語態系統已經簡化成為一個主動－被動對比，但不同於英語甚至馬來語等語言的是，這些語言主動和被動語態的對比仍遺留部分原來系統的特性。例如，在 Mukah Melanau 中，*-en（受事焦點），*-an（處所焦點）和 *Si-（工具焦點／受惠焦點）都已式微，原來構詞型態豐富的系統只剩下一個雙語態系統，-əm-（< *-um-）標記主動語態，-ən-（< *-in-）標記被動語態；然而，被動語態須與完成貌一起出現，如（7.9）－（7.12）所示：

（7.9）akəw   mə-lasuʔ   nasiʔ

　　　1 單　　主動語-熱　　飯

　　　我在把飯加熱

（7.10）akəw   mə-lasuʔ   nasiʔ   mabəy

　　　1 單　　主動語-熱　　飯　　　　昨天

　　　我昨天把飯加熱了

（7.11）akəw   ŋaʔ   mə-lasuʔ   nasiʔ   səmunih

　　　1 單　　未來　　　主動語-熱　　飯　　　明天

　　　我明天會把飯加熱

（7.12）nasiʔ   nə-lasuʔ   kəw

　　　飯　　　被動語.完成-熱　　1 單

　　　飯已經被我加熱了

如（7.10）和（7.11）合語法的句子所示，動貌在主動語態中並無標記且可以自由變化。然而，在被動語態中，唯一可能的解讀是

完成貌：任何想要強迫以非完成貌來解讀（7.12）等句子的企圖都會導致說話者採用其他方式陳述相同的命題內容。語態和動貌的不可分離性在一些母音交替的形式中也可見到，如 *asəw subut ləŋən kəw／ləŋən kəw sibut asəw*「一條狗咬我的手臂」，其中 *u-* 母音交替（< *-um-*）標記的主動語態具有中性動貌，但 *i-* 母音交替（< *-in-*）標記的被動語態只能解讀為完成貌（Blust 1997b）。這與印尼西部的語言，如馬來語不同；在馬來語裡，主動和被動句子，如 *dia mə-manas-kan nasi*（他 主動語態-熱-及物 飯）或 *nasi di-panas-kan dia*（飯 被動語態-熱-及物 他）「他／她正在把飯加熱」都可用表示過去或未來的時間副詞（*dia mə-manas-kan nasi kəmarin/nasi di-panas-kan dia kəmarin* 他／她昨天把飯加熱了，*die akan mə-manas-kan nasi besok/ nasi akan di-panas-kan dia besok*「他／她明天會把飯加熱」。馬來語將原來的四語態系統簡化成一個反映 PMP *maŋ-*（AF）和 *-in-*（> *ni-> di-*）的主動／被動對比，另一方面，Mukah Melanau 和海岸砂勞越的其他語言也簡化成一個表面上相似的雙語態系統，但卻保留了原始南島語 *-in-* 同時標記被動語態和完成貌的雙重功能。

　　哥倫打洛地區以南的蘇拉威西島的大多數語言也由原來的四語態系統減少為雙語態系統，但保留了一些早期系統結構上的特性。對於原始 Celebic（被推定為除了南蘇拉威西群島的范登伯格之外，蘇拉威西島所有非菲律賓型語言的祖先），一些學者，例如 Van den Berg（1996b: 91）指出：「原始 Celebic 有一個雙焦點系統（主事焦點和目標焦點）。正如仍然有這兩個焦點的現代語言一樣，焦點的選擇在很大程度上是由語境決定的。具體而言，目標焦點的使用時機是主事者已知，而目標為定指、且通常在句子中扮演故事的骨幹

（主題）。」

　　許多南島語言都有一個與菲律賓型語言相當不同的動詞系統。這對於中部和東部馬來波里尼西亞語族的語言尤其是如此，它們顯然很早就與菲律賓型語言有了歧異。目前可以確定的是，原始大洋洲語已失去了所有 *-um-, *-en, *-an, *Si-, *-in- 等動詞標記，雖然在一些大洋洲語言中，我們可以發現後三個詞綴明顯還保留在名物化的功能裡。原始大洋洲語及其許多後代語言使用兩個及物後綴來代替這套丟失的動詞詞綴，以 *-i 和 *aki（ni）來標記主事者、施事者、經驗者、工具、原因、受事者、處所和目標等格位關係。Pawley（1973: 119）指出，菲律賓語中的「主語」和斐濟語等大洋洲語言和波里尼西亞語言中的直接賓語具有某些共同特性，這些特性證明了它們的歷史演變關係。首先，菲律賓語言中的「主語」一定是定指或是特定的，許多大洋洲語言中的直接賓語也是如此。其次，在菲律賓語言中，佔據「主語」位置的名詞組可以是各種語意角色，許多大洋洲語言中的直接賓語同樣也是如此。第三，根據 Pawley 所說，詞綴之間的功能區分大致可分為兩種，其中一個詞綴標記工具、原因、伴隨者或受益者，另一個標記受事者、經驗者和目標。Pawley 總結指出「在大洋洲語言歷史的某個時間點，似乎非主事者的主語成為了直接賓語，複雜的主語選擇系統成為了一個複雜的直接賓語選擇系統。」基於這些觀察，有些學者一直試圖鏈結菲律賓語言和原始大洋洲語言的動詞系統，最著名的如 Starosta, Pawley, & Reid（1982）以及 Ross（2002a）。他們都觀察到原始南島語的直述句的語態標記和命令句、從屬子句中的語態標記的差異，而且也都注意到原始大洋洲語動詞系統的主要特點是採用了源於馬來－波里

尼西亞語只限於從屬子句和命令句使用的動詞詞綴。例如，Starosta, Pawley, & Reid 認為原始大洋洲語的「近及物」*-i* 是源自於「達成」處所標記 *i*；另一方面，Ross 則認為 *-i* 是從原始馬來－波里尼西亞語從屬子句和命令句的被動後綴 *-i* 演變來的。

　　婆羅洲、蘇門答臘、爪哇和東南亞大陸的大多數語言也都從原來四語態對比的系統簡化了他們整體的形態系統。儘管菲律賓型語言不少有 200 到 300 個不同的詞綴或詞綴組合，印尼西部語言的黏著詞素的數量卻相對稀少得多。[73]在蘇拉威西島 Mongondow 以南的區域，菲律賓語態系統已經丟失，但不像西部語言的情況，這些語言出現了一個相當豐富的創新形態統。這些創新的系統有一個重要特徵，van den Berg（1996b）將之稱為「詞形變化動詞」——在動詞上使用前附代名詞或詞綴來標記人稱和數量。van den Berg（1989）列出了蘇拉威西東南的 Muna 中包括重疊詞在內大約 54 個詞綴。其中一些保留了原來的型態，其餘則是創新，這顯示他們從原來語態系統來的轉變與婆羅洲的語言截然不同。在印尼東部可以看到更大的差異，Klamer（2002）指出，幾乎所有語言都是動詞居中，原始的語態系統幾乎已消失得不留痕跡，完整的名詞組通常沒有標記格位，有些語言（如松巴東部的 Kambera）沒有被動語態，而其他語

---

73 白樂思（2003a）記載了 201 筆邵語（分布於台灣中心區域）的詞綴或詞綴組合，Rubino（2000: xviii）則列舉超過 400 筆伊洛卡諾語（分布於菲律賓北部）的語料，雖說這些語料當中有一些很明顯是同位語。相反地，Macdonald & Soenjono（1967）僅給出不到二十個印尼語詞綴，而這些詞綴在大多數北部砂勞越語皆存在，如吉布語，白樂思（2003b）僅記錄了 12 個該語言的詞綴（包含重疊）。

言（如弗洛雷斯西部的 Manggarai）則根本沒有詞綴。

　　雖然幾乎所有其他語言都丟失了菲律賓型的語態系統（如果我們將之定義為一個擁有至少兩種被動語態的動詞形態系統），主動語態和該統已經僵化的部分仍然相當很普遍。這在蘇門答臘北部的巴塔克語和古爪哇語最為明顯，兩者都有許多「菲律賓型」的特色。此外，許多其他語言都保留一個或多個源自原始南島語的語態詞綴，有些為僵化詞素，有些表示非動詞功能，如在馬來語中，原始南島語的 *-um- 僵化為 -əm-，如 gilaŋ g<əm>ilaŋ「閃閃發光、閃閃發亮」，或 guruh g<əm>uruh「隆隆聲、雷聲」，或在砂勞越北部的 Kelabit，原始南島語 *-um-、*-en 和 *-in- 的反映用來標記主動語態和被動語態（最後一個標記被動完成貌），而 *-an 顯然只用在處所名詞中：dalan「小徑、道路」：dəlan-an「通過在同一個路徑反覆行走而產生的小徑」，irup「喝的東西、喝的方式」：rup-an「供叢林動物喝水的孔洞」，tələn「吞嚥」：tələn-an「喉嚨內部」。

　　最近，Himmelmann（2005）提出了一種新的類型學分類，根據此分類，所有「西部南島語」（亞洲和馬拉加斯語言）都可歸類為以下三種類型其中之一：1. 對稱語態語言、2. 擁有者居前語言、3. 過渡語言（無法歸類為前兩種類型者）。他將對稱語態語言（2005: 12）定義為「動詞上具有至少兩個語態變化，且兩者明顯都不是基本形式」的語言，將擁有者居前語言定義為「擁有者通常出現在擁有物之前」的語言，過渡語言則是「不遵守共同類型核心的語言」。因此，很明顯，「過渡語言」是一個殘餘類型，而不是一個定義明確的類型，我們只須評論對稱語態語言和擁有者居前語言。

表 7.12 對稱語態語言和擁有者居前語言的特徵

對稱語態語言	擁有者居前語言
對稱的語態變化	沒有語態變化或語態變化不對稱
擁有者居後	擁有者居前
沒有 可分割／不可分割 的差別	具有 可分割／不可分割 的差別
描述子句和等同子句一樣或幾乎一樣	描述子句和等同子句明顯不同
只偶爾有人稱標記	主語／主事者論元前有詞綴或依附詞的人稱標記
數量詞／量詞在中心語之前	數量詞／量詞在中心語之後
否定詞在述語之前	否定詞在句末
動詞居首或在主語之後	動詞在第二位置或居末

　　為了支持這個分類，Himmelmann（2005: 175）列出八個對稱語態語言的類型特徵和八個擁有者居前語言相對的類型特徵，如表 7.12 所示。

　　雖然他沒有明確列出代表每種類型的語言，但他主張對稱語態語言包括菲律賓型語言和除了蘇拉威西語的大多數印尼西部語言。因此，他認為馬來語符合「動詞上具有至少兩個語態變化，且兩者明顯都不是基本形式」的類型判準，因為像 *lihat*（基本形式）「看」這樣的動詞可以加前綴表示主動和被動語態：*mə-lihat*（主動）、*di-lihat*（被動）。Himmelmann（2005: 113）指出，「菲律賓型」語言屬於對稱語態語言，具有 a）至少兩個形式和語意不同的*經歷者語態*，b）至少一個非局部性的依附代名詞，以及 c）次位依附代名詞。根據這個定義，他將馬拉加斯語、查莫羅語、Palauan、文萊和砂勞越的語言、Tomini-Tolitoli、Gorontalo-Mongondic、Sama-Bajau 和 Bilic

等語言排除在「菲律賓型語言」之外。雖然大體說來，這樣的分析並沒有錯，但對於馬拉加斯語、查莫羅語和 Mongondow 這些語言來說，這樣的分析就明顯不妥，因為這些語言通常與馬來語一起被歸類為非菲律賓型語言的對稱語態語言。

　　雖然 Himmelmann 清楚區分了類型學和親屬關係上分類的不同，他的類型學上的分類卻和語言的歷史發展息息相關。首先，他把較完整保留了原始南島語語態系統的語言和印尼西部的語言歸成一類（後者已簡化原始系統為主動／被動的雙分分別，可能是導因於整體詞綴數量減少的緣故）。兩者都保留了主動語態和被動語態形態。印尼西部語言，如馬來語、爪哇語和 Toba Batak 語，在本質上仍是菲律賓型語言，但形態變化減少，而形態變化上的減少也許會對語法產生影響，但對其親屬關係則影響不大。另一方面，擁有者居前語言多為印尼東部語言，Brandes（1884）認為這類語言具有「倒轉的屬格」，而這些語言許多類型特徵可能都是底層影響的結果。雖然我們可以說馬來語等印尼西部語言可是菲律賓型語言的「縮小版」，但我們卻不能把擁有者居前語言歸為菲律賓型語言，因為這些語言很多都有與原始南島語或原始馬來－波里尼西亞語完全不同的形態句法結構。Himmelmann 的第三類「過渡語言」主要包括蘇拉威西島的語言。其中很多語言似乎是菲律賓型語言的「縮小」版本，如馬來語、爪哇語和 Toba Batak 語，這些語言後來經歷相對完整的形態重整，其中大部分是創新，涉及 van den Berg（1996）所說的「形態變化動詞的擴散」。

　　Himmelmann 的分析有原創性，在很多方面很有見地，但他的分析並非沒有問題。事實上，他提到的對稱語態語言和擁有者居前

語言這兩種類型的特徵之間並沒有緊密的相關性。舉例來說，像塔加洛語等語言雖然是動詞居首，擁有者卻居前，而馬來語等語言雖然動詞居中，但擁有者卻居後、數量詞／量詞在中心語之前，且否定詞在述語之前。此外，對於一個雙語態對比系統裡，哪個語態是基本形式或較為重要的衡量標準有哪幾種，我們目前還不清楚。或許使用頻率是重要關鍵，但目前仍缺乏相關的數據。最後，我們仍不明瞭為何基於同源語言的基本類型分類會和一個沒有明顯關係的標準有連動關係。Himmelmann（2005: 113-114）認為對稱語態與擁有者居前的對比與其他的常用的類型學特徵吻合，並進一步指出這兩種類型是對立的，因為在對稱語態變化的語言中，擁有者通常都是居後，而擁有者居前語言則根本沒有語態變化，或者語態變化不對稱。不過，這樣說法的真實性還有待進一步的研究來證實。

7.1.1　動詞還是名詞？

語態詞綴的名詞功能是語態或「焦點」系統的另一個重要議題。大多數菲律賓型語言的主事者和擁有者都使用相同的標記，這讓一個相同的加綴詞可以充當動詞或者作為名詞，實際情況由句法因素決定。如下列台灣中部的邵語和沙巴的 Tindal 都孫語的例子所示：

邵語

　　apa「揹」；*in-apa*「被揹（受事焦點）；被揹的東西；乘載、負擔」

（7.13）wazish　　in-apa　　　　　　sa　　　suma

　　　　野豬　　**受事語.完成-揹**　　**sa**　　某人

　　　　某人揹著豬

（7.14）inay　　nak　　a　　in-apa　　　　wa　　aniamin
　　　　這　　我的　　**繫**　**受事語.完成-揹**　**繫**　東西
　　　　這是我揹的東西

Tindal 都孫語
　　ligod「丟石頭」；*ligod-on*「被丟石頭；丟石頭的地方」
（7.15）isio　　ligod-on　　　dokow
　　　　3單　　**丟-受事語**　　**3複**
　　　　他們向他丟石頭
（7.16）ligod-on　　　　　　　tulun　　ti
　　　　丟石頭的地方-**受事語**　　人　　　這
　　　　這是人們丟石頭的地方

　　鑒於廣泛出現有語態或「焦點」形態的詞根都具有名詞語意，Starosta, Pawley & Reid（1982）認為在原始南島語中，這些詞綴只有名物化的功能，而在其後代語言中，透過等同結構的句法對比，發展出了動詞功能。這個觀點現今看來似乎言過其實。因為，第一，此觀點假設這些詞綴從名詞轉變成動詞，然而幾乎所有菲律賓型語言的語態詞綴都有動詞和名物化功能，且動詞功能顯然比較重要（例如源自 *-um-* 的詞綴很少有名物化的功能）。[74]第二，有些原

---

74 可參見 Ross（2002a: 41）。該文章提供相同語態標記詞綴在 13 種台灣南島語中動詞性與名詞性用法的實用概要資訊，如下（EV ＝ 僅作動詞性使用、VN ＝ 動詞性與名詞性兼具、EN ＝ 僅作名詞性使用。有些語言僅反映部分的重構系統）：*-um-*、EV ＝ 10、VN ＝ 2、EN ＝ 0；*-en*、EV ＝ 2、VN ＝ 6、EN ＝ 2；*-an*、EV ＝ 0、VN ＝ 8、EN ＝ 5；*Si-*、EV ＝ 2、VN ＝ 3、EN ＝ 3；*-in-*、EV ＝ 3、VN ＝ 6、EN ＝ 1。該資料顯示出 *-um-* 的反映鮮少帶有名詞化的功能，而 *-an* 則經常是絕對的名詞化。

始南島語主格標記的現代反映，如馬來語 *si*「人身名詞標記」，顯示原本完整的語態系統已經瓦解，只留一些沒有語法功能的殘餘成分。我們很難把馬來語這樣的語言看成比塔加洛語更存古，因為這樣等於說，原本無意義的詞素在沒有明顯動機下產生創新，後來和那些語態詞素一樣，獲得完整的句法功能。第三，如果原始南島語的 *Si-* 僅用於引介工具名詞，則很難解釋為什 Ca- 重疊也用於同一目的，這也就說，跨語言比較的證據顯示，原始南島語的「焦點」詞綴該是既有動詞功能，也有名物化功能，不會僅僅只有名物化功能，原始南島語的語態系統應該就如同菲律賓型語言的語態系統一樣。

7.2 作格語言變賓格語言還是賓格語言變作格語言？

另一個引起爭論的問題是，現在的作格語言是否由原來的賓格語言演變而來，或是反過來，現在的賓格語言從原來的作格演變而來。這個問題一開始是有關波里尼西亞語言，因為即使在這個相對關係密切的語群裡，也有一些語言是作格語言（例如 Tongan），有些則是賓格語言（例如毛利語和夏威夷語）。Hale（1968）已注意到澳洲和波里尼西亞語言在賓格語言和作格語言的分佈上有平行現象：在澳洲，賓格和作格語言的類型分別很明顯跟他們的親屬關係脫鉤，他認為波里尼西亞的情況也是如此。Hohepa（1969）詳細闡述了 Hale 有關波里尼西亞語言賓格／作格對比的論點，他和 Hale

一樣，主張轉變方向應該是由賓格語言演變為作格語言。他將已經
經歷這個演變過程的語言（如 Niue）歸類為「作格語言」，尚未開
始這個過程的語言（如東波里尼西亞語）歸類為「賓格語言」，和在
這個過程中處於初期階段的語言（如 Tongan, Samoan, Pukapukan 等）
歸類為「賓格－作格語言」。Hohepac 和 Hale 的觀點引發了許多關
於波里尼西亞賓格和作格語言歷史的論戰，比較值得注意的是，有
些著名學者甚至採取截然相反的立場。其中最主要的有 Clark（1973）
（他認為證據顯示，轉變應該是由作格語言演變為賓格語言）、Chung
（1978）（他比較贊成 Hale（1968）和 Hohepa（1969）的分析），以
及 Kikusawa（2002）（他根據代名詞形式而非名詞組的格位標記，
主張中部太平洋的語言（羅圖曼－斐濟－波里尼西亞）整體上應該
是由作格語言轉變為賓格語言）。最近，Otsuka（2011）認為，過去
對波里尼西亞語言的類型分析並不正確，他主張，應該採用 Foley
（2012b: 914）的分析，把東波里尼西亞語言界定為對稱型語言，也
就是說，及物動詞可以出現在兩種基本句型，而且一樣常用。如果
我們同意此觀點，Otsuka 的分析提供了一種新的視角，許多早期的
賓格變作格還是作格變賓格的爭論就顯得不那麼重要，儘管從一種
類型轉變到另一種類型的演變方向性仍然是一個熱門課題。

　　雖然作格／賓格相關的議題源自波里尼西亞語言，但隨後也擴
散到菲律賓型語言。Donna Gerdts 於 1980 年的一篇未出版的關於伊
洛卡諾語的論文似乎是第一篇將菲律賓語言分析為作格語言的文
章，他在 1988 年發表的文章中進一步陳述他的論點。De Guzman
（1988）也提出類似的觀點。然而，這類分析最全面的則是 Starosta,
Pawley & Reid（1982）和 Starosta（1986）。相對於波里尼西亞語言

文獻一般都採用及物性來定義作格性的傳統，菲律賓型語言作格分析的文獻則通常都採取 Hopper & Thompson（1980）所倡導的及物性分析以及由 Dixon & Aikhenvald（2000）所提出的價數和及物性的分析。在這一方面，Liao（2004）也許是處理菲律賓型語言最完整的文獻。

　　Liao（2004: 8）採用了 Dixon & Aikhenvald（2000）的許多概念，包括核心論元和周邊論元的區別，以及價數和及物性之間的區別。她區分了四個核心論元（S、A、O 和 E），並定義如下：「A 是一般及物動詞相對較主動的核心論元；O 是一般及物動詞相對較不主動的核心論元；S 是一般不及物動詞的唯一論元，或是和一般不及物動詞的唯一論元有相同形態標記的雙價不及物動詞的唯一核心論元；E（代表「核心的延伸」）是雙價不及物動詞的第二個核心論元，而且和一般不及物動詞的唯一論元沒有同樣的形態標記。」同樣地，植基於 Dixon & Aikhenvald（2000）的分析，Liao 進一步區分了價數（動詞所帶的核心論元數量）和及物性（這些論元是否包括 S、A、O、和／或 E）之間的差異。因此，不及物結構可以是單價（一般情況或簡單不及物）或雙價（延伸性的不及物）。她闡述了雙價及物與雙價不及物之間的對比，以英文為例，*Harry hit the ball* 是雙價及物，而 *Harry hit at the ball* 是雙價不及物。許多 Liao 所提出的論點無法在此討論，但以上所述就是她用於分析菲律賓型語言的基本看法。Liao 採用 Gibson & Starosta（1990）所提出的形態測試，指出伊洛卡諾語的不及物動詞，無論是單價還是雙價，都使用 *-um-*、*ag-* 或 *maŋ-* 等詞綴，而及物動詞則使用 *-en*、*-an* 和 *i-* 等詞綴。根據這個分析，伊洛卡諾語雙價句（7.17）是不及物的，而雙價句（7.18）

是及物的（*-ek* 據稱是標示句子論元 A 的呼應標記）：

（7.17）um-inúm=ak　　　ití　　　danúm
　　　　喝=**主格.1 單**　　iti　　　水
　　　　我喝水（任意種類的水）

（7.18）inum=ek　　　　　ti　　　danúm
　　　　喝=**?1 單**　　　**冠**　　水
　　　　我喝那杯水（非任意種類的水）

　　　正如這些例子和 Liao（2004）中的其他例子所示，將菲律賓型語言歸類為作格語言的分析將「主事語態」解讀為不及物動詞的標記、將所有其他語態視為及物動詞的標記。這樣的分析有幾點合理的考量，比如說，與主事語態相比，受事語態在語料中出現的頻率就比較高；（7.17）和（7.18）例句中的的單詞解釋中的差異也表顯示，與雙價不及物句相比，雙價及物句中的論元更直接、完全或特別地受到動作的影響；同樣地，定指性或特指性的差異似乎也出現在一些已失去菲律賓型的語態系統的印尼西部語言的主動和被動語態裡。例如，在 Sebop（一個砂勞越北部的 Kenyah 語）定指標記 *inah* 在主動語態中不一定要出現，但卻必須與被動語態完成貌一起出現：

（7.19）iah　　　　　m-ui　　　　saŋəp
　　　　3 單.主格　　**主動語**-洗　　衣服
　　　　她在洗衣服

（7.20）iah　　　　　tipo　　　m-ui　　　　saŋəp
　　　　3 單.主格　　已經　　**主動語**-洗　　衣服
　　　　她已經洗了衣服了

（7.21）saŋəp　　inah　　n-ui　　　　　　　nah

衣服　　**定指**　　**被動語.完成-洗**　　**3 單.屬格**

這些／那些衣服她洗了

（7.22）**saŋəp n-ui nah

她洗了衣服了

　　將菲律賓型語言分析為作格語言在描述上有一些優點。首先，可以構擬到原始南島語之所有帶 *-um* 的動詞不是單價，就是可以作單價用：*Caŋis*「哭泣」：*C <um>aŋis*「哭泣」、*laŋuy*「游泳」：*l<um>aŋuy*「游泳」、*aRi*「來吧！」：*um-aRi*「會來」、*quzaN*「下雨」：*q <um> uzaN*「下雨」、*utaq*「嘔吐」：*um-utaq*「嘔吐」等等。因此，至少 *-um-* 在某些動詞詞幹中是一個不及物詞綴。其次，在南島語言中，被動結構通常用作命令句，但主動結構則並非如此，這與先前的受事語態比主事語態使用頻率高的觀察相當一致。第三，在一些菲律賓語言中，受事者在被動結構受動詞作用的影響比其在主動結構受到的影響更深，這表示前者在 Hopper & Thompson 所提的及物性上較高。在某些情況下，在命題內容大致相同的主動語態和被動語態中，語意的區別是很細微的，且很容易在翻譯中被忽略，如以下沙巴的 Tindal Dusun 語所示，兩句都使用動詞詞根 *kawin*「結婚」（馬來語借詞）：

（7.23）k<um>awin　　i　　Wendell　　om　　i　　Trixie　　koniab

結婚-**主動語**　　**定指**　Wendell　和　**定指**　Trixie　昨天

Wendell 和 Trixie 昨天結婚了（正常婚禮）

（7.24）noko-kawin　　　i　　　Wendell　om　i　　Trixie　koniab

　　　　結婚-**被動語.完成**　**定指** Wendell　和　**定指** Trixie　昨天

　　　　Wendell 和 Trixie 昨天結婚了（受到壓力，如婚前懷孕）

　　儘管能夠成功解釋這些，但作格分析仍有其他的問題。在原始馬來波里尼西亞語中，主動語態在標記上有兩種形式：使用中綴 *-um-* 或使用前綴 *-maŋ-*，後者常常會簡化以相同發音部位的鼻音替代（Blust 2004a）。在一般的作格分析裡，對應原始南島言 *-um-* 和 *-maŋ-* 的現代詞綴都被分析為不及物，但在某些語言裡，這些現代詞綴卻在及物性方面有明顯的區分，如以下砂勞越北部的 Bario Kelabit 語的 *turun*「下降」的加綴形態所示，其中 *-um 成為 -əm-，*maŋ 成為 ŋ-（以阻礙音起首的詞根改由鼻音替代）：

（7.25）iəh　　　t<əm>urun　　　　ədʰan

　　　　3 單　　下降-**主動語.不及物**　　梯子

　　　　他爬下梯子

（7.26）iəh　　　nurun　　　　　　ədʰan

　　　　3 單　　下降-**主動語.及物**　　梯子

　　　　他把梯子放更低一點

　　Liao 用來檢驗雙價動詞及物性的一個主要判準是 Gibson & Starosta（1990: 199）稱之為「形態識別」的判準，這個判準有以下預測：「如果一個語言有三種動詞句型（一個單價句和兩個雙價句）且三種句型中的動詞都是形態複雜的話，那麼和不及物句型具有相同形態的雙價句算作是不及物句，而另一個雙價句算作是及物句。」然而，Liao（2004: 第 31 頁起）指出，許多結構類型中，源於 *-en*

的現代詞綴都出現在單價動詞上，最常見的模式是 *X-en*「受到 X 的折磨」（其中 X 可以是健康狀況、害蟲、惡劣的天氣等等）：如原始馬來－波里尼西亞語 *quban*「灰髮」：*quban-en*「變白髮」，*anay*「白蟻」：*anay-en*「被白蟻破壞、被白蟻吃掉」，*quzan*「雨」：*quzan-en*「陷入雨中」。她指出，如果以這些負面被動結構為比較標的，我們得到一個結論，那就是，源於 *-um-* 的詞綴標記為及物動詞，而源於 *-en* 的詞綴和其他非主事焦點的詞綴標記為不及物動詞。然而由於這個結論與她其他的證據相矛盾，所以她認為形態識別的判準並不可靠。

長期以來，語言學家一直相當關注語言分類。這是可以理解的，因為這樣的關注源自對分門別類歸納的追求：相對於將每一個語言視作一個獨特的個體，尋找一個語言類型的共同特徵有其必要。早期分類語言的標準大多是有關形態方面：如「黏著語」、「屈折語」、「孤立語」或「複式綜合語」等。隨著過去半個世紀以來句法理論長足的進步，語言分類的標準也從形態標準逐漸擴張為以句法標準為主。

近年來，最常用於類型學分類的標準是格位的使用模式，如「作格－絕對格」與「主格－賓格」的二分法。雖然這種分類背後的動機很明顯，但是分類的結果卻往往意義不大。我們可以合理的提問，確定一個特定的波里尼西亞語言是作格語言而非賓格語言的意義何在。這是否意味著，這些作格性的南島語在結構上比較接近其他語族的語言（澳大利亞語、Kartvelian 語、東北高加索語、巴斯克語等），而不是比較接近與其系出同門的賓格性南島語言呢？答案顯然是否定的。事實上，Dixon（1994: 219）曾說，一個語言是作格語

言並不一定意味著這個語言具備所有其他的類型特徵。作為一般類型學的理論，這種作格／賓格語言的區別顯然並不夠完整，更重要的是尋求一種與其他類型之間盡可能有較多相關性的分類標準。

7.3　詞序

　　常見的類型分類是按照主要句子成分（即主語（S）、動詞（V）和賓語（O））的排序將語言分類。對於某些學者來說，這種分類方法用在作格語言並不恰當。為了盡可能避免這類質疑，筆者會將南島語言歸類為「動詞居首」、「動詞居中」或「動詞居末」。南島語言這三種類型都有，但在地理分布上有明顯的區隔。除非額外說明，否則這裡有關詞序的敘述都是聚焦於 Schachter & Otanes（1972: 60）所說的「基本句」，即直述句：

表 7.13　動詞居首、動詞居中與動詞居末南島語的地理分布

地區	動詞居首	動詞居中	動詞居末
台灣	大部分語言	一或兩個	無
菲律賓	全部或幾乎全部	無？[75]	無
婆羅洲	北部某些	其餘大部分	無
馬達加斯加	所有方言	無	無
東南亞大陸	無	全部	無

---

75 在塔加洛語與一些其他菲律賓語言中，有些類型的結構也可選擇使用 SVO 詞序，但動詞居首仍為無標的基本詞序。

地區	動詞居首	動詞居中	動詞居末
蘇門答臘	北部少數	其餘大部分	無
爪哇-峇里-龍目	無	全部	無
蘇拉威西島	北部少數	其餘大部分	無
小巽它群島	少數	幾乎全部	無
摩鹿加群島	幾乎沒有或無	全部或幾乎全部	無
新幾內亞	無	許多	許多
俾斯麥群島	無	全部	無
索羅門群島	少數	大部分	少數
萬那杜	無	全部	無
新喀里多尼亞	無	全部	無
麥可羅尼西亞	一或兩個	大部分	無
斐濟-波里尼西亞	全部	無	無

7.3.1. 動詞居首語言

　　動詞居首語言佔據兩個主要區塊，只有部分語言零散分布在其他地方。第一個區塊大致對應菲律賓型語言的分布，涵蓋台灣、菲律賓和婆羅洲北部，但不包含蘇拉威西島北部的所有語言，如通達諾語。這些蘇拉威西島北部的語言有菲律賓型語言的四語態動詞系統，但卻是動詞居中的語言。其他幾乎所有菲律賓型語言都是動詞居首，或者更確切地說，是謂語居首（主要的例外可能是查莫羅語）。如以下台灣的布農語和阿美語、菲律賓的伊洛卡諾語和Maranao 語、婆羅洲北部的 Timugon Murut 語和馬拉加斯語所示（無法翻譯的詞素以斜體字表示）：

布農語

（7.27）uka　　*an*　　*ca*　　puaq　　di　　is-duli
　　　　沒有　　*an*　　*ca*　　花　　　這　　**工具語**-刺
　　　　這朵花沒有刺

（7.28）ma-asik　　　　lumaq　　azak
　　　　主事語-打掃　　房子　　**1 單**
　　　　我在打掃房子

（7.29）muŋ-qanu　　　*ca*　　lukic
　　　　主事語-漂流　　*ca*　　木頭
　　　　木頭漂走了

（7.30）pataz-un　　　bunun　　acu
　　　　殺-**受事語**　　人　　　狗
　　　　那個人把狗殺了

阿美語

（7.31）ma-fanaq　　kaku　　cima　　ciŋra
　　　　主事語-知道　　**1 單**　　誰　　**3 單**
　　　　我知道他是誰

（7.32）ci-sołaq　　to　　　kasiʔnaw-an
　　　　有-雪　　已經　　冬天
　　　　冬天會下雪

（7.33）koh-te-tiŋ　　kina　　paliłin　　maʔmin
　　　　黑-**重疊**　　那些　　車　　　全部
　　　　那些車都是黑色的

（7.34）fətək-un　　　no　　　mako　　ko　　　mata

閉-受事語　　**屬格**　　**1 單**　　**銜接**　　眼睛

我閉上眼睛

伊洛卡諾語

（7.35）nag-sáŋit　　　　　ti　　　ubíŋ

主動.過去-哭　　**冠**　　小孩

小孩哭了

（7.36）saán-ko　　　　　　a　　　ma-awát-an

否定-我.作格　　**繫**　　了解

我不了解

（7.37）kukuá-da　　　　　ti　　　baláy

物品-3 複　　**冠**　　房子

房子是他們的

（7.38）Insík　　　　da　　　Wei　　ken　　Yi

中國人　　**3 複**　　Wei　　和　　Yi

Wei 和 Yi 是中國人

Maranao

（7.39）t<om>abas　　so　　　bəbai　　sa　　dinis　　ko　　　gəlat

剪-**主動語**　　**焦名組**　　女人　　**賓**　　衣服　　**指焦**　　刀子

女人會用刀子剪衣服

（7.40）ma-dakəl　　a　　　tao　　sa　　　masgit

靜-很多　　**繫**　　人　　**處所格**　　清真寺

清真寺裡人很多

（7.41） m\<i>anik　　　　　si　　　　　Anak

主動語-完成-爬　　**焦名組**　　Anak

Anak 爬了上來

（7.42） mia-ilai　　　　　i　　　　Anak　　　so　　　kambiŋ

被動語-看　　**人標**　　Anak　　**焦名組**　　山羊

Anak 看到了山羊

Timugon Murut

（7.43） tataŋ-on　　　　mu　　　　korojo-mu-no

離開-**賓語態**　　**2 單.屬格**　　工作-**2 單.屬格-冠**

你會離開你的工作

（7.44） ma-riuq　　　　io　　　ra　　　suŋoy

主動語-洗澡　　**3 單**　　**處所格**　　河

他在河裡洗澡

（7.45） nag-anak　　　　　karabaw　　raitio

主動語.過去-小孩　　水牛　　　這

這頭水牛生了

（7.46） na-kito　　　　min　　aku

主動語.過去-看　　**2 單**　　**1 單**

你看到我了

馬拉加斯語

（7.47） lavitra　　　ny　　lalana

長　　　**冠**　　路

這條路很長

（7.48）ni-vidy　　　　maŋga　telo　aho

　　　　主動語.過去-買　芒果　　三　　**1單**

　　　　我買了三顆芒果

（7.49）manana　　　boky　　aho

　　　　有　　　　　書　　　**1單**

　　　　我有書

（7.50）mi-tady　　　　raharaha　　i　　　Koto

　　　　主動語-找　工作　　　　**人標**　Koto

　　　　Koto 在找工作

　　當然，我們並不能輕易認定以上語言和來自同一地區的其他語言都是動詞居首的語言。在大多數主動直述句中，謂語是句子第一個成分，無論此謂語是一個主動動詞、靜態動詞／形容詞、名詞或是其他詞類。然而，在謂語中，其他成分可能出現在動詞之前，在某些情況，也可能會有移位的現象。在 Timugon Murut（Prentice 1971: 218）中，否定詞位於句首動詞之前，但不影響主要詞序（7.52）。另一方面，動詞性助動詞和修飾句子的副詞，包括一些時間詞等，則會改變主事者和動詞的語序（7.54、7.56）：

（7.51）inum-on　　　　takaw　　　gitio

　　　　喝-賓焦.未來　**1複.包括**　這

　　　　我們會喝這個

（7.52）kalo　　inum-on　　　　takaw　　　gitio

　　　　否定　喝-**賓焦.未來**　**1複.包括**　這

　　　　我們不會喝這個

（7.53）tataŋ-on　　　mu　　　　korojo-mu-no

離開-**賓焦**　　**2 單.屬格**　　工作-**2 單.屬格-冠**

你會離開你的工作

（7.54）ma-buli　　mu　　　　tataŋ-on　　　korojo-mu-no

助動　　　**2 單.屬格**　　**賓焦**-離開　　工作-**2 單.屬格-冠**

你可能會離開你的工作

（7.55）mɑ-riuq　　　io　　　ra　　　suŋoy

主焦-洗澡　　**3 單**　　**處所格**　　河

他在河裡洗澡

（7.56）monsoŋ-orow　　io　　　mɑ-riuq　　　ra　　　suŋoy

整天　　　　　**3 單**　　**主焦**-洗澡　　**處所格**　　河

他整天都在河裡洗澡

　　同樣地，名詞性謂語也是出現在句首，如以下伊洛卡諾語例句所示：

（7.57）na-pán-ak　　　　idiáy　　Tagudin

可能.完成-去-**1 單**　　那裡　　Tagudin

我去了 Tagudin

（7.58）si-ák　　　ti　　na-pán　　　idiáy　　Tagudin

人標-1 單　　**冠**　　**可能.完成**-去　　那裡　　Tagudin

我是去 Tagudin 的人

　　某些語言的詞序似乎正從動詞居首轉變為動詞居中，但並非所有類型的結構都有類似的變化。砂勞越北部的 Bario Kelabit 正是處在沙巴的動詞居首的菲律賓型語言以及馬來語等動詞居中的印尼西

部語言之間的過渡階段。可以預期的是，它同時擁有兩方的典型特徵。特別是原始南島語的四語態系統已簡化為主動－被動語態，有點像許多印尼西部語言那樣，且主動及物動詞現已在句中位置，但被動和不及物動詞仍然位於句首：

（7.59）iəh   ŋə-lanit   bərək   inəh

       3 單   **主動語**-剝皮   豬   **定指**

       他正在把豬剝皮

（7.60）l\<in\>anit   iəh   bərək   inəh

       剝皮-**被動語.完成**   **3 單**   豬   **定指**

       他把豬剝了皮

（7.61）ŋi   iəh   k\<um\>an   kərid

       強調   **3 單**   吃-**主動語**   蔬菜

       他正在吃蔬菜

（7.62）k\<in\>an   iəh   kərid   inəh

       吃-**被動語.完成**   **3 單**   蔬菜   **定指**

       他吃了那些蔬菜

（7.63）ŋi   iəh   ŋə-linuh   idih

       強調   **3 單**   **主動語**-想   **定指**

       他正在考慮

（7.64）l\<in\>inuh   iəh   idih

       想-**被動語.完成**   **3 單**   **定指**

       他（已經）考慮好了

（7.65）riər   bataŋ

       轉   木料

       木料正在（自己）轉向

（7.66）iəh　　ŋə-riər　　bataŋ
　　　　3 單　　主動語-轉　　木料
　　　　他正在將木料轉個方向

　　正在經歷從動詞居首到動詞居中的類型轉變或是已經完全轉變為動詞居中的語言也有類似的句法創新。在砂勞越北部有一個和 Kelabit 語同語群但關係不那麼密切的民都魯語，在這個語言裡，主動和不及物結構都已成為動詞居中，只有被動動詞還維持句首位置：

（7.67）batəw　　iəʔ　　pə-laləg　　buʔay　　mətid
　　　　石頭　　指示　　主動語-滾　　下　　　山坡
　　　　這塊石頭正滾下山坡

（7.68）isa　　mə-lakaw
　　　　3 單　　主動語-走路
　　　　他在走路

（7.69）isa　　m-itip　　　　　　pəñaʔ　　njen　　inəh
　　　　3 單　　主動語-一點一點咬　　吃　　　魚　　　指示
　　　　他正在一點一點地吃那條魚

（7.70）n-itip　　　　　　　　　ña　　pəñaʔ　　njen　　inəh
　　　　被動語.完成-一點一點咬　　3 單　　吃　　　魚　　　指示
　　　　他一點一點地吃了那條魚

（7.71）isa　　lupək　　bajəw　　inəh
　　　　3 單　　摺-主動語　　襯衫　　指示
　　　　他正在摺那件襯衫

（7.72）lipək　　　　　ña　　　bajəw　　inəh

摺-被動語.完成　**3 單**　襯衫　　**指示**

他摺起那件襯衫

（7.73）n-atəb　　　　　ña　　　mata　　anak　　inəh

被動語.完成-閉　**3 單**　眼睛　　小孩　　**指示**

她把小孩的眼睛閉上

　　然而，Bintulu 語中也有被動動詞出現在句中位置的句子：

（7.74）agəm-ña　　　sibut　　　　　　ñipa

手-3 單.屬格　咬-**被動語.完成**　蛇

他的手被蛇咬了

（7.75）isa　　　n-upuʔ　　　　　　　tama-ña

3 單　**被動語.完成-擁抱**　父親-**3 單.屬格**

他父親擁抱了他

　　Bintulu 語的使用地區比 Kelabit 語更南邊，因此更遠離菲律賓型語言和印尼西部語言之間的「邊界」，且似乎已快要完全失去動詞居首結構的特徵。Huang & Tanangkingsing（2005）指出台灣西北部的賽夏語也有類似的情況；且從第九至第十五世紀間書面文件的古爪哇語和現代爪哇語的比較可以發現，在語序變化上，被動動詞是最後失去句首位置特徵的成分（Poedjosoedarmo 2002）。

　　Cumming（1991）已證實了十七世紀古典馬來文與現代馬來語和印尼語之間同樣有從動詞居首到動詞居中的類似語序變化。她認為雖然這兩種語序在古馬來文和現代馬來語都同時存在，但兩者的使用頻率或使用功能的分布已經發生了變化。對於此馬來語的歷史

演變，她提出一個很不一樣的解釋，在她引用的例子中，被動語態（她稱之為「受事者驅動」）和動詞居首有高度關聯，主動語態（稱之為「主事者驅動」）則和動詞居中高度關聯。雖然她的解釋顯然過於簡化，且依循的證據過於零碎，但此一致性說明歷史演變的過程是從（1）完全動詞居首到（2）動詞居首（受事語態）／動詞居中（主事語態），到（3）完全動詞居中。不過為何在從動詞居首到動詞居中的變化中，主動動詞比被動動詞更早發生改變，原因尚不清楚。Blust（2002d: 72）提出可能的原因是，因為在大多數菲律賓型語言中，主事語態的使用頻率似乎在統計上不如被動語態來得頻繁，因此詞序改變的較早。

就目前所知，幾乎所有其他動詞居首的南島語言都是大洋洲的語言。相對較少的動詞居首南島語包括索羅門群島西部語言、斐濟語和大部分的波里尼西亞語言。雖然一般普遍認為原始波里尼西亞語是動詞居首，但已有許多特別的波里尼西亞語言成為動詞居中，顯然是透過將主題化結構重新解釋為一般句子類型而來，而主題化結構的頻繁使用可能是與美拉尼西亞 SVO 語言接觸的結果。動詞居首的波里尼西亞語言似乎在所有句型都很一致，但在其他地方如太平洋的動詞居首語言，詞序就沒有那麼一致了。例如在索羅門群島西部的 Roviana 語中，許多句子是動詞居首，但也有動詞居中的句子（Corston-Oliver 2002）：

（7.76）kote　　sage　　la　　si　　　goi
　　　　未來　　上升　　走　　絕對格　2 單
　　　　你會走上去

（7.77）ke　　turu　　mo　　　sari　　ka-ŋeta

所以　　站　　**緩和詞**　3複　基數-三

所以他們三個就站在那裡

（7.78）raro-a　　gami　　　sa　　talo

煮-3單　　1複.排除　定指　芋頭

我們煮了那塊芋頭

（7.79）kote　　la　　sa　　igana　　gan-i-u

未來　　完成　定指　魚　　　吃-及物-1單

那條魚會把我吃了

7.3.2　動詞居中語言

　　沙巴南部印尼—馬來西亞和東南亞大陸的所有南島語言幾乎都是動詞居中的語言。除了新幾內亞地區的數十種語言之外，大多數的大洋洲語言也是動詞居中的。粗估起來，大約有 80% 的南島語言都是動詞居中。以下例句 7.80-7.83 是砂勞越北部 Kenyah 的 Long Anap 方言，例句 7.84-7.87 是蘇拉威西島東南部的 Wolio 語，例句 7.88-7.91 是帝汶中部得頓語的 Fehan 方言，例句 7.92-7.95 是美拉尼西亞西部海軍部群島的 Titan 語，例句 7.96-7.99 是萬那杜的 Naman 語：

Long Anap Kenyah（Blust 無出版年 a）

（7.80）akeʔ　　ŋə-lidəp　　sapay　　ia　　kaʔ　　ndiŋ

1單　　**主動語**-掛　襯衫　　**3單**　上　　牆壁

我把他的襯衫掛在牆上

（7.81）ləto　　　ina　　　ñəbutiŋ　　　　　　kain

女人　　　那　　　**主動語**-用剪刀剪　　　衣服

那個女人在用剪刀剪衣服

（7.82）laki　　　ina　　　pə-tira?　　　　　ma　　　me?

男人　　　那　　　**使動**-說話　　　　**受惠**　　**1複.包括**

那個男人在為（代表）我們說話

（7.83）anak　　　ina　　　ŋə-təmbu　　　tabat　　ina

小孩　　　那　　　**主動語**-吐出　　　藥　　　那

那小孩把那個藥吐了出來

Wolio（Anceaux 1952）

（7.84）maŋa　mia　i　Wolio　a-kande　talu　mpearo　sa-eo

複　　人　　在　　Wolio　**3複**-吃　三　　次　　　一天

Wolio 的人一天吃三次

（7.85）o　　malo-malo　a-kande　　jepe

冠　早上　　　　**3複**-吃　　稀飯

早上他們吃稀飯

（7.86）maŋa　　mia　　a-aso　　sagala　giu

複　　　人　　3複-賣　各種　　種類

人們賣各種種類（的東西）

（7.87）a-poili-mo　　　　　i　　taliku-na

3單-看後面-**過去**　向　背後-他的

他往後看

Fehan Tetun（van Klinken 1999）

（7.88）ita tau　　　　musan　　há-hát　　lima-lima

1 複.包括 放　　種子　　**重疊**-四　　**重疊**-五

我們一次種四五顆種子

（7.89）ita ruas　　　　bá　　harís　　lai

1 複.包括 二　去　　洗澡　　先

我們兩個現在去洗澡吧

（7.90）sira　　　bá　　hotu　　toʔos

3 複　去　　全部　　花園

他們都去花園了

（7.91）ó　　　m-alo　　sá

2 單　**2 單**-做　　什麼

你在做什麼?

Titan（Blust 無出版年 b）

（7.92）John　　pa-ki-ani　　　　ni

John　　**未來-3 單**-吃　　魚

John 會吃魚

（7.93）yo　　lis-i　　　John　　ti　　len

1 單　看-**及物**　John　　**處所格**　海灘

我看到 John 在海灘

（7.94）yo　　pa-ku-caliti-i　　　　key

1 單　**未來-1 單**-切-**及物**　木頭

我要切木頭

（7.95）o-po　　　ni　　　ceh

2 單-抓　　魚　　多少

你抓到幾條魚？

Naman（Crowley 2006c）

（7.96）në-luolu　　　usër　　khën　　melëkh

1 單.實現-吐　　原因　　**斜格**　　卡瓦醉椒

我因為卡瓦醉椒吐了

（7.97）ai　　　Ø-leg　　　　raŋan　　nevet

3 單　　**3 單.實現**-坐　　**處所格**　　石頭

她坐在石頭上

（7.98）Ø-ve　　　　　nelag　　nakha-n

3 單.實現-製作　　布丁　　**受惠-3 單**

她為他做布丁

（7.99）get　　　　ne　　attët-khan　　　　　net

1 複.包括　　只　　**主題.1 複.包括.實現**-吃　　**指示**

只有我們吃了那個

7.3.3　動詞居末語言

　　正如 Capell（1971）所觀察的，新幾內亞地區的許多南島語言都是 SOV，類型上與巴布亞 700 多種語言中的大部分都一致。Capell 區分他所謂的「第一類南島語」（SVO）和「第二類南島語」（SOV），其中第二類大多分布在新幾內亞東南部和馬西姆地區，少數則位於新幾內亞北海岸以及索羅門群島西端附近的布羅維爾島東海岸的

Torau-Uruava。他引用了 14 個列為第二類南島語語言的詞彙語料
（Mekeo、Motu、Sinaugoro、Suau、Dobu、Misima、Wedau、Mukawa、
Laukanu、Labu?、Kawa?、Yabem、Wampar、Adzera），但沒有確切
指出動詞居末南島語言的總數。Ross（1988）更明確地列出了巴布
亞末端語言群中的 48 個語言，這些語言顯然都繼承了他們直接共同
祖先的 SOV 類型。由於這些語言已代表了大多數動詞居末的南島語
言，所以動詞居末南島語的總數可能在 60-70 之間。以一般類型學
的角度思考，我們可以預料，既然這些語言是 SOV 的詞序，那麼在
這些語言應該也會有如後置詞和前置關係句的結構特徵。Capell
（1971: 243）以 Motu 語言裡，「那個男人在花園中央種了一棵樹」
的句子將會表徵其詞序的類型特性：

（7.100）tau　　ese　　au-na　　imea　　bogaragi-na-i　　vada

　　　　男人　**定指**　樹-定冠　花園　中間-它的-在　**完成貌**

　　　　e　　hado

　　　　動助　種

　　在許多 Motu 的句子中，動詞上通常要有賓語標記，如

（7.101）hahine　　ese　　natu-na　　e　　ubu-a

　　　　女人　**定指**　小孩-她的　**動助**　餵-**3 單**

　　　　那個女人餵她的孩子吃東西

（7.101）hahine　　ese　　natu-na　　e　　ubu-dia

　　　　女人　**定指**　小孩-她的　**動助**　餵-**3 複**

　　　　那個女人餵她的孩子們吃東西

　　Capell 所標記的「動助詞」是 Lister-Turner & Clark（1930）所

謂的「用於現在和過去時態並帶有第三人稱」的動助詞。這也就是說，位於句末的複雜動詞事實上內含一個 SVO 詞序，保存了轉變為動詞居末前的動詞居中的詞序。

雖然幾乎所有的動詞居末南島語言都被歸類為 SOV，但有一個值得注意的例外。Donohue（2002）已觀察到，位於印尼新幾內亞查亞普拉市附近的尤特法灣，有一個大洋洲語言 Tobati，其正常詞序是 OSV，如：

（7.103） hony-o　　for-o　　　rom-i
　　　　　狗 -o　　　豬 -o　　　 **看-3 單**
　　　　　豬看到了狗

Donohue 指出，這句話不能解讀成「狗看到了豬」，而 OSV 這樣的基本詞序是最近創新的結果，因為五十年前的記錄顯示其詞序為 SOV。這個案例非常特別，促使許多學者深入探索其改變的原因。我們稍後會提到，很多新幾內亞南島語言的 SOV 類型幾乎都是和巴布亞地區語言接觸的結果，但據目前所知，巴布亞地區沒有任何語言是 OSV 詞序，因此我們不能完全排除這個特殊詞序是受某種語言接觸影響的結果。

涉及句子主要成分間詞序變化的類型可歸納如下。原始南島語幾乎肯定是動詞居首，大多數擁有菲律賓型語態系統的語言都維持這種詞序（主要的例外是通達諾語和蘇拉威西島北部的某些語言）。在已經開始失去原有語態系統的婆羅洲語言中，詞序改變似乎分兩階段進行，在主事語態成為動詞居中之後，受事語態和不及物結構仍然維持動詞居首。其他語言的歷史中同樣也出現了像這樣的語態

或及物性的區別，如古爪哇語和現代爪哇語的變化（Poedjosoedarmo 2002），以及古典馬來語和現代馬來語（Cumming 1991）。蘇拉威西、印尼東部和原始大洋洲語也從原來原始南島語的動詞居首類型發展成動詞居中類型，但其中詞序轉變的歷程目前仍不無法清楚界定。在新幾內亞地區，受到與 SOV 詞序的巴布亞地區語言接觸的影響，導致許多大洋洲語言成為動詞居末語言，並發展出與動詞居末類型普遍相關的其他結構特徵（如後置詞等）。我們尚無法確定動詞居末南島語總共含括哪些語言。在南島語群的最東邊處，索羅門群島西部的部分地區和原始中部太平洋（原來應該是動詞居中語言）都獨立發展出動詞居首類型。不過，我們目前還不清楚這種轉變的原因和機轉。

7.4　否定詞

雖然否定詞在某些語言中可能不容易區分，但否定詞可由單一詞項表達，如英語中的 *no*、*not*、*never*、*nothing* 和 *none*，或是和其他詞搭配使用，如 *not have*、*is／was not*、*not want* 和 *not yet*。在不同語言裡，否定詞使用的方式可能都不同。例如，相對於英語使用單一詞素「*never*」（至少現代英語如此），印尼語使用否定+副詞：*tidak pərnah*（否定詞+曾經）；相對於印尼語使用單一詞素 *bəlum*，英語使用否定副詞 *not yet*「還沒有」。

只要對南島語言的語法有基本認識，就能知道其在否定詞的用法有很多不同的變化。因此，我們在研究時要面臨的挑戰就是尋找

能夠揭示多樣模式表面下的統一性質。迄今為止最努力嘗試要做到這一點的是 Hovdhaugen & Mosel（1999）。他們的出發點是某場研討會議，在該會議廣泛且豐富的主題中，其中有一項是對七個大洋洲語言否定詞的深入研究，以及對其他大洋洲語言群的評論。他們僅關注某個有明確地位的南島語言分群。在某種程度上，與這七項研究相關的還有 Lynch, Ross & Crowley（2002）裡的短文，雖然這些文章的內容都非常簡短。Mosel（1999）和 Lynch, Ross & Crowley（2002: 51-52）的著作都提供了有關大洋洲語言否定詞使用情況的概述，這些初步嘗試或許可作為後續研究的參考。

　　Lynch, Ross & Crowley（2002）以不到一頁的內容列出一些大洋洲語言否定標記有趣的普遍特徵，然而這些特徵在 Mosel（1999）較長篇幅的內容中卻未出現，此結果我們完全能想見，因為後者所根據的語料較少。首先，Lynch, Ross & Crowley 認為在擁有自由形式的時制、動貌和語氣（TAM）的語言中，否定標記也往往是自由形式，而在具有豐富屈折前綴的語言，否定標記也傾向於用前綴標記。因此，否定標記的形態表現往往與 TAM 標記的形態表現一致。第二，Lynch, Ross & Crowley（2002: 51）指出「大洋洲語言中經常使用不連續的否定標記」，兩個否定成分出現在動詞兩側。由於這種雙重否定標記通常在跨語言比較上並不常見，我們可以合理假設它們是藉由平行發展產生的創新。這個發現值得注意，因為這種不連續的否定標記在大洋洲語言群以外的南島語言相當罕見，而在萬那杜中部的一個語言 Lewo 甚至還具有三重否定標記（Lynch, Ross & Crowley 2002: 52）：

（7.104）Pe　　　wii　　re　　　poli

否定 1　　水　　否定 2　　否定 3

沒有水了

　　雖然 Mosel（1999）強調她研究的這些語言中的否定標記的使用模式相當不同，但她仍試圖概括出一些共同性質。相關的要點可參考表 7.14:

表 7.14　十二個大洋洲語言的否定形式

	1 不！	2 否定－ 存在	3 否定－ 非動詞	4 否定－ 動詞	5 否定－ 命令式
Loniu	pʷa	?	pʷa	pʷa	topu
Manam	tágo	tágo	tágo	tágo	moaʔi
Saliba	nige(le)	nige	nige	nige	tapu
Tolai	pata	pata, vakir	pata, vakir	pa, vakir	koko
Teop	ahiki	ahiki	saka ... haa	saka ... haa	(goe)
Nêlêmwa	ai, ayai	kia	kio	kio	a, axo
斐濟語	seŋa	seŋa	seŋa	seŋa	ʔua, waaʔua
東加語	ʔikai	ʔikai	ʔikai	ʔikai	ʔoua
東部 Futunan	(l)eʔai	leʔai leʔe	leʔaise leʔese, se	leʔaise leʔaiʔaise leʔaiʔokise leʔese, se	auana auase
Tokelauan	hēai	hēai	hē	hē	nahe, nā, iā, inā, einā
薩摩亞語	leai	leai	lē	lē, leai	ʔaua
Tahitian	ʔaita ASP-ʔore ʔeita, eʔore	ʔaita ASP-ʔore	ʔaita ASP-ʔore eʔere ʔeiaha	ʔaita ASP-ʔore ʔeita, eʔore	ʔeiaha

Mosel 稱第 1 類否定形式為「代句式」：它們是傳統上稱為「是非問句」或「正反問句」的否定回答之一；第 2 類是否定存在句「沒有」；第 3 類和第 4 類分別是非動詞成分和動詞成分的否定，而第 5 類是命令式或禁止式的否定。雖然她強調她的樣本數太小而無法得出明確的結論，不過她概述了四個普遍趨勢：1）大洋洲語言的否定詞通常區分三種功能：存在結構、謂語和命令式的否定，2）如果一個語言具有否定動詞和語助詞，那麼否定動詞會用於存在結構，語助詞會用於謂語，3）否定代句往往與否定存在句具有相同的形式，4）當使用分裂句表達焦點名詞組時，分裂的名詞組能以否定謂語的否定形式來否定。

　　如果與非大洋洲語的南島語言的否定標記比較，我們可以看到一些不太相同的形式。雖然 Mosel 提到，有些大洋洲語言用於動詞和用於非動詞的否定形式不同，但差異其實很小（Tolai *pata, vakir* 相對於 *pa, vakir*，東部 Futunan *leʔaise, leʔese, se* 相對於 *leʔese, se, leʔaiʔaise, leʔaiʔokise*，薩摩亞語 *leai* 相對於 *lē, leai*，Tahitian *ʔaita*, 動貌 *-ʔore, eʔerev* 相對於 *ʔaita*, 動貌 *-ʔore, ʔeita, eʔore*）。在每個情況下，這兩種子句類型的否定都至少有一個相同的形式，且就算是不同形式，它們在語音和形態方面也有很大程度的相似性。東南亞島嶼的南島語言的否定標記方式與大洋洲語言的方式大相逕庭，在許多東南亞島嶼的語言中，名詞性成分和動詞性成分的否定標記在形態上是完全不相關的形式。

　　在印尼語中，「是非」問句的否定回答取決於被疑問的謂語是名詞性還是動詞性，因此 *apa dia guru?*「他是老師嗎？」可以用單詞回答 *bukan* 或者用完整句回答 *bukan, dia bukan guru*，但 *apa dia* pərgi「他去了嗎？」用 *tidak* 回答或者用較不常見的完整句回答 *tidak, dia tidak pərgi*。可能有人認為英語也有同樣類似的區別，因為英語的 *no* 和 *not* 都可以用來否定名詞（前者用於光桿名詞，後者用於限定詞加名詞的組合），但是只有 *not* 能否定動詞。然而，在非大洋洲的南島語言中，名詞性和非名詞性的否定詞之間的分工往往更為完整，且彼此所使用的詞彙通常沒有明顯的形態演變關聯。McFarland（1977）提供了一個菲律賓北部語言否定詞的相當有用的概述，其中分為四類：1. 名詞相對於非名詞、2. 動詞相對於非動詞、3. 無對比、4. 名詞相對於未來動詞相對於現在式動詞。表 7.15 列舉了一些使用不同標記來否定名詞和動詞的南島語言：

表 7.15　南島語中的名詞否定詞與動詞否定詞

語言	名詞否定詞	動詞否定詞
泰雅語	*(i)yat*	*iniʔ*
伊洛卡諾語	*saán, (di)*	*saán, di*
Bontok	*bakən*	*adi, əgʔay*
Gaddang	*bəkkən*	*əmme*
Kalinga	*bokon*	*adi*
Botolan Sambal	*alwa*	*aheʔ, ag-*
中部 Tagbanwa	*bèlagiŋ ／ bèlahiŋ*	*data*
Tboli	*sundu, (laʔ)*	*laʔ*
Yakan	*dumaʔin*	*gaʔ, gaʔ-i*
馬來語／印尼語	*bukan*	*tidak*
Lampung	*lain*	*maʔ*
Muna	*suano*	*miina, pa ／ pae ／ paise, pata ／ tapa*

然而像這樣的表格過於簡化事實，因此有進一步討論的必要。雖然基本上許多南島語言都區分名詞否定詞與動詞否定詞，但其中區別的方式依不同語言而異。例如，在烏來泰雅語中，如 Rau（1992: 第 169 頁起）所述，*iniʔ* 否定動詞謂語，（*i*）*yat* 否定名詞謂語：

（7.105）iniʔ　　ku　　nbuw　　　　qwaw
　　　　否定　　我　　主動.從屬.喝　　酒
　　　　我沒喝酒

（7.106）yat　　libuʔ　naʔ　ŋtaʔ　sa, libuʔ　naʔ　yuŋay　sa
　　　　否定　　籠子　屬格　雞　那　籠子　屬格　猴子　那
　　　　那不是雞的籠子，是猴子的籠子

　　因此，*iniʔ* 和 *yat* 之間的類型區別似乎與馬來語／印尼語的 *tidak* 和 *bukan* 的對比很類似。然而，在印尼語中，*tidak* 也可以否定形容詞（*tidak bəsar*「不大」）、副詞（*tidak besok*「不是明天」、*tidak di sini*「不在這裡」）、數字（*tidak dua*「不是兩個」）、以及某些其他詞性（*apa*「什麼」，*tidak apa*「沒什麼、別在意」）。Macdonald & Soenjono（1967: 159）稱 *tidak* 為「謂語否定詞」，但等同句卻並不使用 *tidak*，因為等同句的謂語可能是名詞性的。至於伊洛卡諾語，Rubino（2000: lxxix）認為 *saán* 和 *di* 都可以用於否定動詞或名詞，但「在否定名詞組時，*saán* 比 *di* 較為常見」。Porter（1977: 33）對菲律賓南部的 Tboli 也有類似的觀察，Porter 指出 *sundu*「只能夠否定名詞或代名詞」，而 *laʔ* 最常用於動詞和靜態詞，但也可以否定名詞。因此，在泰雅語或馬來語／印尼語等語言中，兩種類型的否定詞是完全互斥的，而在伊洛卡諾語或 Tboli 等語言中，兩種類型似乎

可以有重疊的用法。另外也有比單純名詞性與動詞性差異更為複雜的情況，如 Bontok、Reid（1976）稱 *bakən* 為「名詞的否定詞」、*adi* 為「動詞和形容詞的否定詞」、*əgʔay* 為「完整貌的否定詞」，也就是說，除了動詞性和名詞性的區分外，動詞性還進一步區分動貌。至於 Muna，van den Berg（1989：第 203 頁起）列了五個否定詞：1. *miina*，否定涉及過去或現在事件的動詞性子句、2. *pa*/*pae*/*paise*，否定涉及未來事件的動詞性子句、3. *pata*/*tapa*，否定「主動和被動助詞以及 *ka-*/-*ha-* 原因句」、4. *suano*，否定名詞組、以及 5. *ko*/*koe*/*koise*，用於否定命令式。結論是，在名詞和動詞否定之間的對比上，雖然大多數語言似乎在詞彙上都區別名詞與非名詞，卻似乎很少語言會區別動詞與非動詞。例如，Antworth（1979: 50-52）指出 Botolan Sambal 有四種否定標記：*ahəʔ*、*ag-*、*alwa* 和 *ayin*。前兩個是用來否定句法上作為補語的動詞性句子。至於 *alwa* 則用於否定大多數非動詞性句子，而 *ayin* 用於否定存在句，且是處所形容詞 *anti* 和 *anto*（意思差不多是「這裡」和「那裡」）的否定形式：

（7.107）ahəʔ　　p\<in>ati　　　　　nin　　tawo　ya　domowag　ko
　　　　　否定　　殺-受事語.完成　屬格　人　　主格　水牛　　　我的
　　　　　那個人沒有殺我的水牛

（7.108）ag-ko　　　naka-ka-toloy　　　na-yabi
　　　　　否定-我　　能力.完成 -*ka*- 睡　昨晚
　　　　　我昨晚睡不著

（7.109）alwa-n　　ma-hipəg　　　ya　　tatay　ko
　　　　　否定-**繫**　**靜**-有抱負的　主格　父親　我的
　　　　　我父親不是一個有抱負的人

（7.110）alwa-n　　hiko　　ya　　naŋ-gawaʔ　　nin　　habayto
　　　　否定-繫　**1 單**　**主格**　做-完成　屬格　那
　　　　做了那件事的人不是我

　　　過去也有學者已注意到在一些東南亞島嶼的南島語言中有另一項否定標記的特徵：時態與否定標記的融合。不同時態的否定標記有時會擁有隱含歷史上詞素邊界的語音相似性，如 Yakan 語 *gaʔ*「過去式否定標記」：*gaʔi*「未來式否定標記」（Brainard & Behrens 2002: 123）。然而，在大多數語言中，這些標記彼此之間沒有形態關係，因此從歷史上看可能並不是由於時態與否定標記融合而產生的，如以上 Bontok 的否定標記 *adi* 與 *əgʔay* 所示。另一個明顯形態無關的時態否定標記的例子是菲律賓南部的 Sarangani Manobo，這個語言的否定標記沒有名詞／動詞區別，但區分 *wədaʔ*「過去式否定」和 *əkəd*「未來式否定」（Dubois 1976: 20）：

（7.111）t-im-ədogi　　sə　　bayi
　　　　睡-主焦.完成　**焦名組**　女人
　　　　那個女人睡了

（7.112）t-om-ədogi　　sə　　bayi
　　　　睡-主焦　**焦名組**　女人
　　　　那個女人要睡了

（7.113）wədaʔ　　tədogi　　sə　　bayi
　　　　否定.過去　睡　**焦名組**　女人
　　　　那個女人沒睡

（7.114）əkəd　　　　tədogi　　　sə　　　　bayi

否定.未來　　睡　　　**焦名組**　　女人

那個女人不去睡覺

　　Dubois（1976: 132）認為 Sarangani Manobo 有四種時態，分別為「過去」、「未來」、「中性」和「反覆」。在例句 7.111 和 7.112 中，時態以動詞加綴的方式來表達主語焦點的過去式和未來式。在例句 7.113 和 7.114 中，動詞本身是中性式，時態的區分是透過不同的否定標記來表示。根據現有的語料，還不清楚現在式是如何表達的。同樣使用類似時態否定標記的還有宿霧比薩亞語，其中 *dili?* 否定一個未來事件，而 *walá?* 否定一個過去事件（Wolff 1966: 43），以及台灣北部的賽夏語（Yeh, Huang, Zeitoun, Chang & Wu 1998）。

　　為了更明確地顯示東南亞島嶼的南島語言的否定標記使用模式與大洋洲語言不同，表 7.16 採用 Mosel（1999）的格式，並將其用於台灣、菲律賓和印尼西部的十三個語言（其中 Sambal = Botolan Sambal）：

表 7.16　十三個非大洋洲語言的否定形式

	1 不！	2 否定－ 存在	3 否定－ 非動詞	4 否定－ 動詞	5 否定－ 命令式
泰雅語	*(i)yat, ini?*	*iŋat*	*(i)yat*	*ini?*	*laxi*
邵語	*ani*	*uka*	*ani, antu*	*ani, antu*	*ata*
Ifugaw	*adí, bokon, ugge*	*maid*	*bokon*	*adí, ugge*	*???*
Sambal	*ahə?, alwa*	*ayin*	*alwa*	*ahə?, ag-*	*ag-mo*
塔加洛語	*hindí?*	*walá?*	*hindí?*	*hindí?*	*huwág*

	1 不！	2 否定- 存在	3 否定- 非動詞	4 否定- 動詞	5 否定- 命令式
宿霧語	*díliʔ, waláʔ*	*waláy*	*díliʔ*	*díliʔ, waláʔ*	*ayáw*
Yakan	*gaʔ / gāʔ*	*gaʔ*	*dumaʔin*	*gaʔ, gaʔi*	*daʔa*
Urak Lawoi'	*hoy, bukat tet*	*hoy*	*bukat*	*tet*	*jaŋan*
印尼語	*tidak, bukan*	*tidak ada*	*bukan*	*tidak*	*jaŋan*
Muna	*miina, paise*	*miina*	*suano*	*miina, pa, pae, paise*	*ko, koe, koise*
Kambera	*nda*	*nda niŋu*	*nda*	*nda*	*àmbu*
Taba	*te*	*te*	*te*	*te*	*oik*
帕勞語	*diak*	*diak*	*diak*	*diak*	*lak*

　　從表 7.14 和表 7.16 可看出兩類型語言否定標記使用的明顯差異。相對於表 7.14 中超過一半的語言都是 A：A：A：A：B 的模式（只有禁止式不同），表 7.16 中的語言就比較少屬於這個模式。造成這種差異的主要原因有兩個因素。首先，雖然就目前所知，只有一個大洋洲語言（Nêlêmwa）具有一個特別的否定存在式標記，但台灣、菲律賓和印尼西部的南島語言普遍都有一個特定的形式表達否定存在，通常是 *wada 的體現，在不同語言中表示「有（存在、擁有）」和「沒有（存在、擁有）」（例如伊洛卡諾語的 *wadá*「有（存在、擁有）」和塔加洛語 *waláʔ*「沒有（存在、擁有）」）。其次，如前所述，儘管有些大洋洲語言否定名詞和否定動詞的方式不同，但在這些語言中都有一個共同的形式同時可以用來否定名詞和動詞。而且，在大洋洲語言中，名詞和動詞否定的差異似乎只是形態上的。相比之下，表 7.16 中的一半語言顯示名詞成分的否定和動詞成

分的否定是使用不同的方式，而且往往是使用不同的詞彙來表達。將這個差異說成是名詞成分和動詞成分的否定可能會讓人誤解。就目前已發表的文獻中的語料例句顯示，名詞成分的否定往往是對比否定。例如，Brainard & Behrens（2002: 121）將 Yakan 語的 *dumaʔin* 描述成「去伊莎貝拉的人不是 Sadda'alun，是 Toto」或者「她要買的不是魚，是蔬菜」，其他語言也有類似的例子。

目前尚未有已知的證據支持原始南島語有不同的否定標記區分名詞和動詞成分。大部分的否定標記的歷史來源都非常模糊，除了兩個例外。Lampung 語的 *lain*「名詞否定詞」顯然是馬來語的 *lain*「其他的、不同的」以及其他語言中類似非否定形式的同源詞。同樣的，*beken* 也反映在許多語言中，意思為「其他的、不同的」（Bontok 語的 *bakən* 和馬來語／印尼語的 *bukan* 似乎都維持這個形式，只是第一個母音變化的原因不明）：Isneg 語的 *bak-bakkán*「另一種；不同的」，Aborlan、Tagbanwa 和 Kelabit 語的 *bəkən*，Kapuas 語的 *beken*「其他的、不同的」，Ngaju Dayak 語的 *beken*「不同的、不同於；另一個」），在另一些語言中，*beken* 也反映為泛稱否定或名詞否定（如 Gaddang 語的 *bəkkən*「泛稱否定」、Isneg 語的 *bakkán*「沒有、不是」、Ifugaw 語的 *bokón*「限定否定」；或作為動詞表示「拒絕、不想要、反對」等、Hanunóo 語的 *bukún*「強調否定通常用於拒絕或矛盾的陳述」、Tiruray 語的 *bəkən*「不是」、以及 Tausug 語的 *bukun*「名詞否定」）。很明顯，這裡的演變似乎是從一個最初語意為「其他的、不同的」的詞素轉變成一個名詞否定詞。相同的語意演變似乎也發生在詞源較不清楚的中部 Tagbanwa 語的 *bèlagiŋ* / *bèlahiŋ* 上，根據 Scebold（2003: 82），「*bèlagiŋ* 這個詞實際上是

bèlag 和 *iŋ* 這兩個詞的組合。*bèlag* 的確切語意尚不清楚。但它的意思似乎是「不同於」或「不是」。」由於中東部馬來－波里尼西亞語言在否定詞使用上極少有名詞／動詞否定的對比，似乎 *beken* 在菲律賓和印尼西部語言中的否定語意是一個相對較新的發展，可能是歷史演變中常見並行的變化（移變）的結果。目前尚不清楚的是，為何這個從表示「其他的、不同的」的單詞轉變成名詞否定詞的趨勢通常在東南亞島嶼偏西部的地區發生，而很少證據顯示大洋洲語言也有這樣的變化，且（就現有證據顯示）印尼東部也沒有這樣的變化。

7.4.1　雙重否定

在南島語言中，使用雙重否定或同時使用兩個否定詞的情況並不常見，但仍有一些語言具有雙重否定。Klamer（1998: 143）觀察到松巴島東部的 Kambera 語有兩種雙重否定結構。

（7.115）àmbu　　　　bobar　　ndoku　-ma　　-ya

否定.未實現　宣揚　　**否定**　　**強調**　**3 單.賓格**

不要談論那件事！

（7.116）nda　　　niŋu　　　ndoku

否定　　有　　　**否定**

沒有東西／我沒有

Klamer 稱 *nda* 為泛稱否定標記，稱 àmbu 為未實現式否定標記（譯為「不會」）或禁止式標記（譯為「不要」）。Onvlee（1984）將 *ndoku* 標作「錯誤；誤會」。此外，Mosel & Spriggs（1999: 46）指

出，在索羅門群島西部的布干維爾島上，有一個大洋洲語言 Teop 具有雙重否定 *saka ... haa*，他們稱之為「否定動詞和非動詞謂語以及分裂的名詞組的雙重助詞」。這種結構的歷史由來尚不清楚。至今為止，在印尼東部和太平洋地區的南島語言都發現有雙重否定的結構，但台灣、菲律賓及印尼西部等地區的語言卻沒有。

7.4.2　強調否定

Kambera 語的「不要談論那件事！」一句，乍看之下能夠證明雙重否定是在強調，但事實並非如此，因為否定標記的強調意涵顯然是來自後接依附詞的強調標記 *-ma*。其他一些語言也可看到類似的強調否定，如瓦努阿圖南部的 Sye，其中「我沒有走路」和「我根本沒有走路」或「我不認識你」和「我根本不認識你」的句子之間的對比是透過強調後綴 *-hai* 表示（Crowley 1998: 106），或者在 Pohnpeian 語中，「那個人不是老師」（使用 *kaide:n*「否定」）和「那個人不是老師！」（使用 *kaide:nte*「強調否定」）的對比是由句子副詞 *-te* 表示（Rehg 1981: 326）。然而，在有些語言中，單純否定和強調否定的對比是透過否定標記本身表示，如呂宋島北部的 Bontok 語，Reid（1976）將此語言中的 *adi* 解釋為「沒有；不；動詞和形容詞的否定」，將 *adʔi* 解釋為「動詞和形容詞的強調否定」。雖然 Reid 本身沒有明確指出這一點，但很可能 Isnegadí 等語言也有明顯的同義詞 *adi*、*addí*「不表示（或曾經表示）類似的對比」。

7.4.3　否定動詞

　　在許多南島語言中，否定標記可以如動詞般有屈折變化。這似乎在菲律賓型語言中特別常見。例如，台灣中部的邵語在許多情況下都可出現功能重疊的泛稱否定標記 *ani* 和 *antu*：

（7.117）ani／antu　　yaku　　tu　　　Caw
　　　　　否定　　　　我　　　tu　　　邵族
　　　　　我不是邵族人

（7.118）ani　　yaku　　sa　　Shput
　　　　　否定　　我　　　sa　　中國
　　　　　我不想要中國人（當同伴等）

（7.119）antu　　yaku　　Shput
　　　　　否定　　我　　　中國
　　　　　我不是中國人

　　雖然 *ani* 和 *antu* 在分布上有重疊的情況，但是 *ani* 可以加接許多不同的詞綴形成否定動詞，然而，根據文獻所述，對於 *antu* 這是不可能的，因為 *antu* 不能加綴：

（7.120）ani-wak　　　tu　　a　　　m-untal
　　　　　否定-我　　　tu　　未來　　主事語-跟隨
　　　　　我不想跟你走（**antu-wak）

（7.121）maka-ani　　cicu,　　numa　　m-usha
　　　　　maka- 否定　他　　　因此　　主事語-走
　　　　　他不喜歡，所以他離開了（**maka-antu）

（7.122）minu　　　　cicu　　pish-ani

　　　　　為什麼　　　她　　pish- 否定

　　　　　她為什麼排斥？（**pish-antu）

　　　許多菲律賓語言和一些印尼西部語言也可以找到類似形態表現的否定標記，如 Isneg 語的 *adí, addí*「不、不是」；*max-adí*「分開、離婚」；*um-addí*「拒絕、不喜歡」，Itawis 語 *awán*「不！；不存在、沒有」；*m-aw-áwan*（<*ma-awa-awan*）「迷路」；*maŋ-aw-áwan*「失去東西」，Tiruray 語 *ʔəndaʔ*「沒有、不是」；*fə-ʔəndaʔ-əndaʔ-ən*「完全不信、完全放棄希望」，或 Tae 語（蘇拉威西島中南部）的 *taeʔ*「不、不是；沒有」；*maʔ-taeʔ*「告訴別人沒有」；*ka-tae-ran*「缺少或缺乏的東西」。

7.4.4　否定人稱代詞

　　　Mosel（1999: 4-5）注意到大洋洲語言有否定限定詞、否定介詞和否定連接詞，因此主張將這些詞類添加到一般類型學文獻認為可以被否定的詞類裡（如動詞、助動詞、語助詞、詞綴、名詞、量詞和副詞等）。有些菲律賓語言也有所謂的否定人稱代詞。據文獻所述，這些語言包括呂宋島中部的 Pangasinan 語，以及菲律賓中部巴拉灣島的中部 Tagbanwa 語。根據 Benton（1971），Pangasinan 語的句子可以透過在動詞、主語或是動前的代名詞上加上前綴 *ag-*，來否定。如以下肯定句（a）及其否定形式（b）所示：

（7.123）(a) antá　　　nən　　Pedro　　ya　　　wadiá　　ka

　　　　　　　 知道　　屬格　 Pedro　　繫　　 這裡　　你

　　　　　　　 Pedro 知道你在這裡

(b) ag-antá　　　　nən　　Pedro　　ya　　wadiá　　ka

否定-知道　　屬格　　Pedro　　繫　　這裡　　你

Pedro 不知道你在這裡

（7.124）(a) táwag-ən　　　ko　　　ra

叫-受事語　　我　　他們

我會叫他們

(b) ag-ko　　　ra　　　táwag-ən

否定-我　　他們　　叫-受事語

我不會叫他們

（7.125）(a) maŋ-asawá　　　ak　　la

主事語-結婚　　我　　已經

我要（已經）結婚了

(b) ag-ák　　　ni　　maŋ-asawá

否定-我　　還沒　　主事語-結婚

我還沒要結婚

　　呂宋島北部的 Ifugaw 語區分動詞否定詞（*adí, ugge*）以及名詞和代名詞否定詞（*bokon*）；後者有時也被稱為「排除」或「限定」否定。在這個語言中，限定和非限定否定標記都可以加依附代名詞，表示動詞否定的主事者或名詞否定的受事者：

（7.126）adí-m　　　　　　i-ad-ʔadí

否定-你　　　　　i- 重疊-否定

別（總是）禁止做那件事

（7.127）ugge-ak　　　　im-m-ali

否定.過去-我　　　完成貌-主事語-來

我沒來

（7.128）bokón-ak

否定-我

不是我

　　中部 Tagbanwa 語的一般否定標記是 *data*。當 *data* 後面接 *na*「最近完成的動作」時，這兩個詞素會融合形成 *dana*「不再」。當 *data* 後面接 *ako*「我」時，兩者會融合形成 *dako*，且其後會接 *na*（Scebold 2003）：

（7.129）dako　　　na　　　man-luak　　　kaito　　ka　　　patag

否定-我　　現在　　主事語-種植　　這裡　　斜格　　平地

我已不在這塊平地種東西了

7.4.5　正反問句的回答

　　有些南島語言的語法書會討論正反問句的回答，在大多數情況下，南島語的回答形式似乎與英語等語言的回答相反。在英語等語言中，否定問句需要以肯定回答。例如，英語的 *Are you hungry?* 和 *Aren't you hungry?* 都以肯定形式回答 *Yes, I'm hungry*，然而在印尼語或 Pohnpeian 等語言中，當命題是肯定的時候，肯定問句須回答「是」而否定問句須回答「不」，然而當命題是否定的時候，肯定問句須回答「不」而否定問句須回答「是」，如表 7.17 所示：

表 7.17　英語和一些南島語中的正反問句的回答

	肯定問句	否定問句
英語	+=是	+=是
	=不	=不
南島語	+=是	+=不
	=不	=是

　　如表 7.17 所示，對於肯定疑問句，南島語言的回答方式和英語一樣，但對於否定疑問句，卻恰恰相反：英語使用者用「是」肯定一個否定問句並用「不」否定一個否定問句，然而至少有一些南島語言的使用者用「不」來肯定一個否定問句並用「是」來否定一個否定問句。Macdonald & Soenjono（1967: 251）提供以下印尼語的例子：

（7.130）Q: Siti tidak pulaŋ?（Siti 否定 回家）Didn't Siti go home?

　　　　　A: Ia「是」=「No, she didn't.」（亦即「是，Siti 真的沒回家」）

　　　　　Tidak「不」=「Yes, she did」（亦即「不，Siti 並非沒回家」）

　　Rehg（1981: 329）提供 Pohnpeian 語的以下例子，可以看到兩個回覆都表示說話者很餓。然而，肯定問句是用肯定回答而否定問句是用否定回答。因此，相對於英語需要以肯定方式回覆否定問句，Pohnpeian 語和印尼語一樣，都是以否定方式回答否定問句以表達肯定的陳述命題：

（7.131）Q: Ke menmweŋe?　　　你很餓嗎？

　　　　　A: Ei, i menmweŋe　　　是，我很餓

　　　　　Q: Ke sou menmweŋe?　　你不餓嗎？

　　　　　A: Sou, i menmweŋe　　　不，我很餓

7.4.6　否定肯定句

這裡提到否定結構的最後一個特徵，不是因為它是典型的，而是因為它很特殊，可能是南島語言否定結構的特殊現象。Durie（1985: 269）觀察到在蘇門答臘北部的亞齊語中「使用否定感嘆句來表達肯定語意的情況……很常見」，如：

（7.132）kön　　bit　　　baŋay=keuh　　that

　　　　　否定　　真的　　笨=你　　　　　很

　　　　　你真的很笨！（lit. 你真的不笨！）

（7.133）bôh　　h'an　　ka=pumuntah　　dilee

　　　　　做　　　否定　　你=沒煮熟　　　　現在

　　　　　你這樣做沒有辦法煮熟！（你不會煮不熟的，就這樣做！）

Durie 稱這些句子為「否定肯定句」，但它們也可稱為「諷刺否定句」，因為它們似乎利用諷刺方式來達到更大的效果。

7.5　領屬結構

在台灣、菲律賓和印尼西部的南島語言中，領屬的關係通常很簡單且無趣，但大洋洲語言卻是完全不同的情況，因為大洋洲語言通常會區分強制性或不可分割的領屬物和可分割的領屬物。此外，可分割的領屬結構類別往往帶有隱含預期用途的概念。如以下Schütz（1985）所描述的標準（Bauan）斐濟語的對比。其中領屬結構 1 至 4 是不可分割的，5 至 9 是可分割的，10 兩者皆可：

表 **7.18** 標準斐濟語的所有標記

1) na   tama-na
      冠詞   父親-他／她
      他／她的父親

2) na   luve-na
      冠詞   後代-他／她
      他／她的後代

3) na   ulu-na
      冠詞   頭-他／她
      他／她的頭   它的底部

4) na   boto-na
      冠詞   底部-它

5) na   no-na   vale
      冠詞   所有.gnr- 他／她   房子
      他／她的房子

6) na   ke-na   dalo
      冠詞   所有.ed- 他／她   芋頭
      他／她的芋頭

7) na   me-na   moli
      冠詞   所有.dr- 他／她   柑橘
      他／她的柑橘

8) na   vale   ne-i
      冠詞   房子   所有.gnr- 人物標記
      Jone
      John
      John 的房子

9) na   dalo   ke-i
      冠詞   芋頭   所有.ed- 人物標記
      Jone
      John
      John 的芋頭

10) na   vale   ni   kana[76]
      冠詞   房子   屬格   吃
      餐廳（字面語義：吃飯的房子）

       對大洋洲語言的領屬結構整理最完整的是 Lichtenberk（1985），他指出「領屬結構可能會也可能不會表達真正的擁有關係」。除了表達所有權（我的車）之外，相同類型的結構也可以表達部分整體或親屬關係（我的手、我的父親），或甚至涉及一個事件（約翰的到來）。Lichtenberk 詳細地區分用於辨別領屬結構的形式標準以及用於描述擁有者與擁有物之間關係類型的語意標準。在他的分類下，大洋洲語言有三種領屬結構的類型：直接領屬結構、間接領屬結構

---

76 Lichtenberk（1985）稱此為「聯繫結構」，該結構為一種去除可轉讓性／不可轉讓性分野的型態。

與介詞領屬結構。

7.5.1　直接領屬

在大多數大洋洲語言中，直接領屬用於身體部位和親屬稱謂、表達「名字」和「影子／精神」的詞語（被視為個人身份的一部分）、以及絕大多數被視為整體關係一部分的任何事物，包括生理意義（如身體部位、樹的葉子、枝幹或果實等）、社會意義（親屬稱謂）、以及一般關係意義（箭枝的飛行）。屬於這些語意類別的名詞往往不會單獨使用，而會額外附加一個所有格代名詞（通常是第三人稱單數）。某些語言的母語人士在聽到像「眼睛」或「手」這樣的名詞單獨出現時，會以為指稱的人物是肢體殘缺的。同樣地，母語人士顯然通常也不會將親屬稱謂單獨使用，但與身體部位不同，母語人士在聽到親屬稱謂單獨使用時不會有清楚的視覺意象。由於直接領屬結構所表達的擁有者和擁有物之間的關係是緊密連結且不容易分開的，因此直接領屬也常常被稱為「不可分割的領屬結構」。

雖然幾乎所有大洋洲語言普遍都有可分割相對於不可分割的區別，但這兩種類別各自包含哪些名詞卻因語言而異。Lichtenberk（1983: 第 278 頁起）指出，Manam 的不可分割的領屬關係（如 *matá-gu*「我的眼睛」等）包含身體部位（包括體液和排泄物）、整體的一部分（樹的枝幹、芒果的果汁等）、親屬稱謂，包括朋友和生意夥伴的稱謂、心理狀態（「我很害怕」＝「我的恐懼很不好」、「我很生氣」＝「我內心感覺很不好」）、表達事件或狀態的動詞性名詞、以及表達物體的屬性或特徵的（通常是動詞性的）名詞，包括行使

一件事的習慣方式等。然而，其他語言的不可分割的所有包含的名詞可能只和 Manam 語部分重疊。例如，Hamel（1994: 29）列舉阿得米拉提群島的 Loniu 語例子包括 *ŋah*「石灰」：*ŋaha + w = ŋoho*「我的石灰」、*ŋaha-m*「你的石灰」、*ŋaha-n*「他／她的石灰」，*pwahacan*「路線」：*pwahacala + w = pwahacɔlɔ*「我的路線」、*pwahacala-m*「你的路線」、*pwahacala-n*「他／她的路線」，和 *cim*「購買」：*cima + w = cimɔ*「我的購買」、*cima-m*「你的購買」、*cima-n*「他／她的購買」，這些名詞先前通常不會被認為是屬於不可分割的所有類型。某些情況下，如果我們了解當中的文化背景，我們可以合理解釋（嚼檳榔在阿得米拉提群島是常見行為，且形成咀嚼檳榔不可分割的一部分的石灰通常貯存於葫蘆容器的其中一側），但其他情況可能就很難解釋，像是「路線」和「購買」為何也屬於不可分割的所有。在麥可羅尼西亞聯邦的 Kosraean 語中幾乎所有的身體部位名詞都是不可分割的。Lee（1976）詳盡地列出所有的名詞所有類別，他將 *fohk*「糞便」列為不可分割所有，但將 *kof*「尿液」、*acni*「唾液」、*fiyoh*「汗」和 *uswacnwen*「膿」列為可分割所有。這表示在 Kosraean 語中身體分泌物和身體部位通常是使用不同形式的所有格標記。其他有些語言會區分不加所有格後綴而以詞根單獨出現的強制性所有名詞和不可分割的所有名詞。例如，在阿得米拉提群島東部的一些語言中，大部分的身體部位名詞必須帶有所有格後綴，但表示體液的名詞則不一定需要所有格後綴。表 7.19 列舉了洛烏島的洛烏語以及 Rambutjo 島的 Lenkau 語中的九個名詞的自由及單數領屬物形式：

表 7.19 洛烏語與 Lenkau 語中的九個名詞的自由及單數領屬物形式

自由詞根	洛烏語	詞義
（無）	moro-ŋ : moro-m : mara-n	眼睛
（無）	tio-ŋ : tio-m : tia-n	肚子
（無）	tino-ŋ : tino-m : tina-n	母親
（無）	noru-ŋ : noru-m : noru-n	孩子
tur	ture-ŋ : turɪ-m : turɪ-n	血液
mimiya	?	尿液
te	?	糞便
porak	?	膿
roŋus	?	鼻涕
mara-n	moro-ŋ : moro-m : mara-ni	眼睛
tria-n	trio-ŋ : trio-m : tria-ni	肚子
?	trino-ŋ : trino-m : trina-ni	母親
notr	notra-ŋ : notro : notri	孩子
troh	troh heno-ŋ : troh heno, troh heni	血液
mimiya	?	尿液
tre	?	糞便
pohoan	?	膿
trow	?	鼻涕

　　雖然表 7.19 中的材料是基於有限的田野調查筆記，且包含一些空缺，但我們還是可以觀察到某個合理清晰的表現模式。在洛烏語中，身體部位和親屬稱謂不能單獨使用，但體液可以。就現有語料所示，如「血液」這個詞，很明顯，體液也帶有標記不可分割所有的代名詞後綴，但它們似乎不像身體部位或親屬稱謂在認知上是不

可分離的，因為我們可以在現實生活中看到體液單獨存在。Lenkau
語的情況則不相同，因為有些身體部位名詞有自由形式，但其實這
些形式在歷史上是由第三人稱單數的領屬物形式演變而來（如
mara-n < **mata-ña* 等），而現代語言中的第三人稱單數領屬物形式已
由創新的後綴 *-ni* 取代。此外，在我們檢視的語料中，有些親屬稱
謂，包括孩子（*notr*）、祖父（*pʷapʷaw*）、祖母（*pʷepʷew*）和舅舅
（*caca*）沒有歷史上的第三人稱單數後綴，有兩個詞（*troh*：*troh
heno-ŋ*：*troh heno*、*troh heni*，*caca*：*cacaraŋ*：*caca ro*：*caca ri*）是
帶有不可分割所有標記的自由形式，但這些詞是附著在領屬物名詞
之後的一個單獨的單詞上。目前還沒有相關訊息可以提供這些單獨
單詞的涵義以及它們在領屬結構中有什麼樣的功能。最後，如上所
述，有些阿得米拉提群島的語言允許一些可分割的名詞是直接領屬
結構，如 Loniu 語的 *puriya-n*「他／她的工作」（Hamel 1994: 94），
這個現象與其他大多數大洋洲語言看到的表現行為很不一樣。

　　不可分割所有的基本概念就是部分和整體的關係是不可分離
的，其中的一部分如果脫離生理、心理抑或社會層面而單獨解讀的
話是幾乎沒有語用意義的。雖然不可分割所有幾乎都是以在領屬物
名詞上直接加接後綴來標記，但有些語言會以前置所有格代名詞來
表示（至少在某些特定的人稱和數量），如 Wayan（西斐濟語）*ŋgu-
ulu*「我的頭」、*mu-ulu*「你的頭」、*ulu-ya*「他／她／它的頭」、*dra-
lima*「他們的手」、*o tama-dra*「他們的父親」。在許多麥可羅尼西亞
語言中，強制性的領屬物名詞可以在沒有所有格代名詞的情況下單
獨出現，但在這種情況下，這些領屬物名詞會加接我們一般所稱的
「構造」後綴，這個後綴是原始大洋洲語 **ni* 屬格的反映，如

Chuukese 語的 *masa-n*「他的眼睛」（< POC *mata-ña*），及 *mese-n*「眼睛」（<POC *mata ni*）。因此，這個構造形式的使用證實了直接或不可分割所有是部分整體關係的觀點，因為如果沒有明確指示部分與整體關係的標記，就會出現一個通用的屬格標記表示這個名詞是較大整體的一部分。

7.5.2 間接領屬

　　如本節開頭所示，斐濟語中表達「他／她的房子」、「他／她的芋頭」和「他／她的柑橘」的所有格形式不同於直接所有的形式且彼此之間也不同。首先，相對於不可分割所有是透過在領屬物名詞上直接加所有格代名詞後綴表示，可分割所有是在領屬物名詞前的所有關係標記加所有格代名詞後綴。在文獻中，這些關係標記具有多種名稱。Milner（1967）將斐濟語這組所有關係標記稱為「性別」系統，分別標記為中性、可食用、可飲用及熟悉的「性別」。Schütz（1985: 446）將整個系統視為一個「所有系統」，稱 *no-na*、*ke-na* 和 *me-na* 等形式為「定語領屬者」，至於斐濟西部的 Wayan 語，Pawley & Sayaba（2003）將這些成分稱為「代名詞性助詞」或「所有標記」。在大多數麥可羅尼西亞語言中，這些前置成分被稱為「領屬類別」，這是 Lichtenberk（1985）首先提出的一個術語，目的是強調這些成分與許多語系中在類型上更為人熟知的數量分類詞之間的對比。也許標準斐濟語這個系統最引人注目的特點是可分割領屬結構必須區分中性／一般、可食用和可飲用。由於大多數領屬物名詞既不可食用也不可飲用，因此中性領屬標記 *no-* 在列表中出現的頻率高於 *ke-*

可食用領屬標記和 *me-* 可飲用領屬標記。我們不知在列表中的出現頻率高低是否與文本中的使用頻率高低一致，但很明顯，可食用和可飲用的所有關係在斐濟語口語使用中是很常見的。

在許多語言中，某些名詞可以有不止一種所有關係類型的標記。例如，Hamel（1994: 48）注意到在馬努斯東部的 Loniu 語中，詞根 *pihin*、*pihine-*「雌性、女人」可以標記為不可分割所有 *pihine-n*（雌性 牠）「牠的雌性（物種）」，或者標記為可分割所有 *hetow pihin yo*（第三人稱微數 女人 所有格 我）「我的女人」，她指出「相對更為可變的關係會使用可分割所有，不能夠改變的關係會使用不可分割所有」。另一方面，斐濟語及許多其他大洋洲語言中的可分割的領屬物名詞會使用中性、可食用或可飲用等所有標記表明領屬者與領屬物之間關係的細微差別：*na no-dra dalo*「他們的芋頭」（例如商品）：*na ke-dra dalo* 他們的芋頭（食物）、*na no-daru dovu* 我們的（兩根）甘蔗（例如商品）：*na me-daru dovu* 我們用於飲用的甘蔗（因為我們會吸莖裡的甘蔗汁並把渣吐出來）。大多數美拉尼西亞西部的語言通常只有中性與可食用的區別，但 Lynch（1996: 109）構擬了原始大洋洲語的六個領屬類別，分別為 **ka-*「食物」、**ma-*「飲品」、**na／a*「一般（定指？）」和 **ta／sa*「一般（非定指？）」[77]，並認為它們是從冠詞發展而來的。根據目前所知，對於這六個領屬類別，沒有任何語言擁有其中超過一半的這些形式的反映，有些語言

---

77 反之，Palmer & Brown（2007）則主張大洋洲語言的領屬分類詞就是作為間接領屬結構的中心語的直接被領屬名詞。Lichtenberk（2009）提出了強而有力的證據反駁其分析，指出這些句法成分「形成自己獨有的類別」（Lichtenberk 2009: 379）。

只有一個領屬分類詞，如索羅門群島東南的 Kwaio 語，這個語言區分不可分割和可分割領屬結構，但後者是透過在領屬類別 *a-* 上加所有格代名詞後綴表示：*nima-na*「他的手」、*susu-na*「她的乳房」相對於 *ʔifia-na*「他的房子」、*susu a-na*「他／她的乳房（即嬰兒吸吮的乳房）」。

相對於有些語言將領屬類別系統簡化到只剩一個，有些語言則將系統擴大。例如，萬那杜的東北 Ambae 語言的中的分類詞 *ga-* 食物所有、*me-* 飲品所有和 *no-* 一般領屬在功能上與斐濟語的 *ke-*、*me-* 和 *no-* 類似，且很明顯和斐濟語的是同源詞。然而，Lolovoli 方言又在系統中增加 *bula-* 天然或貴重物品領屬，Hyslop（2001: 178）將之描述為主要對象是動植物的擁有關係。萬那杜北部的其他語言也有創新的標記珍貴財產（豬、雞、以及最近的汽車和收音機等）的分類詞。至今為止，麥可羅尼西亞的語言也未將這組領屬分類詞系統繼續擴展。在麥可羅尼西亞的語言中，許多獨立名詞也可以用作領屬結構的分類詞。Harrison（1976: 130）列了以下 Mokilese 語的十四個第三人稱形式「最常見的領屬分類詞」：*ah* 他的東西、*nah* 他的小孩、寵物、寶物、*kanah* 他的食物、*nimah* 他的飲料、*ŋidah* 他的咀嚼物、*warah* 他的車、*imʷah* 他的房子、*mʷarah* 他的花環、*dapah* 他的耳飾、*siah* 他的耳環、*kiah* 他的墊子、*japʷah* 他的土地、*upah* 他的床單和 *wiliŋah* 他的枕頭。這個特別的系統讓人聯想到萬那杜北部的「貴重物品領屬」標記：

（7.134）oai　　　　　　wusso

我.所有格　　香蕉樹

我的香蕉樹

（7.135）noai　　　　　　wusso

我.所有格　　香蕉樹

我那特別珍貴的香蕉樹

　　許多其他的麥可羅尼西亞語言也有大量類似的領屬類別，但它們的類別所表示的意義與「食物」、「飲品」、「房子」、「車輛」和「一般」等的核心概念有相當大的差異。

7.5.3　介詞領屬結構

　　Lichtenberk（1985）所列的第三種領屬結構是以介詞表達領屬關係，如以下索羅門群島西部的 Babatana 語的例子所示：

（7.136）pade　　　ta　　　　mamalata

房子　　屬於　　叔叔

（我）叔叔的房子

　　他指出，雖然這種結構可以表達可分割和不可分割兩種領屬關係，但通常是表達可分割領屬關係。目前還不清楚這種類型的結構是否在原始大洋洲語中表達領屬關係，雖然它可以表達部分整體關係是確定的，如 *raqan ni kayu*「樹的分枝」。

7.5.4　原始波里尼西亞語的創新

　　在原始波里尼西亞語中，原本大洋洲語言的所有系統經歷了一個基本重組。許多個別語言的語法書都描述了所有系統的特徵，但對波里尼西亞語言的所有標記提供最完整的有關歷史和類型上描述

的是 Wilson（1982）。Wilson（1982: 第 35 頁起）指出，在一些波里尼西亞語言中，領屬關係是透過在少數親屬稱謂上直接加後綴表示。從幾個不同角度來看，這種方式很有趣。第一，它只發生在域外波里尼西亞語言 Mae、Rennellese、Pileni、Mele-Fila、Tikopia 和西部 Futunan。第二，使用這個方式的僅限於單數所有格後綴。第三，只有大約六個親屬稱謂使用這個方式，至於身體部位名詞及其他部分整體關係是否使用這個方式仍不清楚。第四，Rennellese 語只有兩個所有格標記後綴：-u「我、你」和 -na「他」。第五，對於大多數 Rennellese 語的親屬稱謂，-na 須強制附加在大多數親屬稱謂的獨立形式，如 te tama-na（冠詞 父親-他）「那位父親」（te tama-u「我的父親／你的父親」），及 te tina-na（冠詞 母親-他）「那位母親」（te tina-u「我的母親／你的母親」）。但是，母親的兄弟（由 tuʔaa + tina 母親而來）這個詞有一個沒有 -na 的獨立形式：te tuʔaatina「舅舅」：te tuʔaatina-u「我的舅舅／你的舅舅」、te tuʔaatina-na「他的舅舅」。根據這些語料，Pawley（1967: 262）和 Wilson（1982: 35）得出的結論是原始波里尼西亞語在一些親屬稱謂中會使用有限的所有格後綴，但這些後綴在麥可羅尼西亞的域外波里尼西亞語言和波里尼西亞三角的所有語言中發生了僵化：*tina-na > Kapingamarangi 語 dinana「母親」、*tama-na > damana「父親、叔叔」、*tahi-na > 夏威夷語 kaina「弟弟、妹妹」、*tuaka-na > kuaʔan「哥哥、姊姊」、*makupu-na > moʔopuna「孫子」，*tupu-na > kupuna「祖父母；祖先」。這個分布顯示原本原始大洋洲語以直接加接後綴標記所有關係的系統正逐漸簡化，而可能並非偶然的，只剩下美拉尼西亞的語言是唯一還保留這種系統痕跡的波里尼西亞語言，這些語言普遍還維

持在親屬稱謂上直接加所有格標記。

　　至於波里尼西亞的其他所有地方，以及 Rennellese 語等域外波里尼西亞語言以外的其他所有語言中，原本原始大洋洲語的領屬標記系統都被一個創新的系統所取代，這個系統被稱為「支配」對「從屬」的所有或「A」對「O」的所有。「A」類的所有格代名詞表示領屬者是支配者／主控者或是作為發起者的角色，而「O」類的所有格代名詞表示領屬者是從屬者／非主控者或非作為發起者的角色。Elbert & Pukui（1979: 139-140）用以下的例子說明夏威夷語中的這個對比：

（7.137）ka　　leo　　　　a　　　　　　Pua

　　　　　冠　　聲音　　　**支配所有**　　Pua

　　　　　Pua 作的曲；Pua 的命令

（7.138）a　　　leo　　　　o　　　　　　Pua

　　　　　冠　　聲音　　　**從屬所有**　　Pua

　　　　　Pua 的聲音

（7.139）ka　　iʔa　　　　a　　　　　　kākou

　　　　　冠　　魚　　　　**支配所有**　　我們.包括

　　　　　我們的魚

（7.140）ka　　iʔa　　　　o　　　　　　keia　　　wahi

　　　　　冠　　魚　　　　**從屬所有**　　這　　　　地方

　　　　　這個地方的魚

（7.141）ka　　wahine　　a　　　　　　ke　　　aliʔi

　　　　　冠　　女人　　　**支配所有**　　**冠**　　族長

　　　　　族長的妻子

（7.142）ka　　wahine　　o　　　　ka　　　lua

冠　　女人　　　從屬所有　　冠　　　火山口

火山口之女（火山女神 Pele）

我們還不完全清楚這個 *a／o* 的所有關係類型對比的歷史由來。雖然最完整使用這個系統的是波里尼西亞語言，但其他一些大洋洲語言也有類似語意相同的區別。在新不列顛西部的 Kove 語中，名詞可能有以下三種方式中的任何一種領屬物形式：1. 直接使用所有格代名詞、2. 在從屬分類詞 *a* 上加所有格代名詞後綴並將整個詞放在領屬物之前、或者 3. 在從屬分類詞 *le* 上加所有格代名詞後綴並將整個詞放在領屬物之前。Sato 認為後兩個類型的語意對比為經歷者（*a* 類領屬者）與主事者（*le* 類領屬者）：

（7.143）a-ghu　　　　　ninipuŋa

類-1 單　　　故事

我的故事（關於我的故事）

（7.144）le-ghu　　　　　ninipuŋa

類-1 單　　　故事

我的故事（我說的故事）

有一些證據顯示在其他南島語言中也有類似的所有格標記區別，只是遠不如典型大洋洲語言的所有標記系統般發達。大多數的中部馬來－波里尼西亞語言都區分有時被稱作「不可分割」和「可分割」領屬結構。然而，正如 Laidig（1993）所言，許多名詞兩種標記都可以用，使得區分不像大多數的大洋洲語言那麼嚴格。通常相同的所有格詞素會用於標記兩種類型的所有關係，但會以位置區

分，如 Paulohi 語 *nife-u*「我的牙齒」：*nife-mu*「你的牙齒」：*nife-ni*
「他／她的牙齒」相對於 *u-utu*「我的蝨子」：*mu-utu*「你的蝨子」：
ni-utu「他／她的蝨子」（Laidig 1993: 317），或 Kaitetu 語 *mata*「眼
睛」：*au mata-u*「我的眼睛」：*ale mata-m*「你的眼睛」：*ini mata-ñ*「他
／她的眼睛」相對於 *au luma*「我的房子」：*ale-m luma*「你的房子」：
ini-ñ luma「他／她的房子」（Collins 1983a: 28）。許多婆羅洲中西部
的語言只使用一種所有標記模式，但身體部位和親屬稱謂如果不是
明確具有領屬關係的話，通常都會強制以後綴 *-n* 標記，如加燕語
tama-n「父親」：*tama-k*「我的父親」：*tama-m*「你的父親」、*tama-n naʔ*
「他／她的父親」，或 *bulu-n*「羽毛、魚鱗、體毛」：*bulu-k*「我的體
毛」：*bulu-m*「你的體毛」：*bulun naʔ*「他／她的體毛」。

　　大多數加燕語方言都在歷史演變的過程中丟失了詞尾的喉塞
音，並在詞尾母音後增加喉塞音（Blust 2002a）。這裡所列的所有格
形式僅出現在原本以母音結尾的詞根上，原本以子音結尾的詞根上
有不同的所有格形式。表面上看起來，並沒有可分割／不可分割的
差異：**zelaq > jəlakuy*「我的舌頭」、**bulu > bulu-k*「我的體毛」、
*buaq niuR > bua ñuh kuy「我的椰子」、和 **asu > asu-k*「我的狗」。
但可分割／不可分割的區別是可分割的領屬物名詞常常可以不出現
-n：*asuʔ*「狗」，然而不可分割的名詞 *buluʔ*「體毛」不加 *-n* 的情況
就比較少見了，通常聽到的形式是 *bulu-n*，除非是要表示特定的所
有關係才會不加後綴。另外還有兩個跡象顯示，在這些語言中，身
體部位名稱和親屬稱謂在歷史上一直都近乎強制性地有 *-n* 的標記。
第一，在加燕語的 Uma Juman 方言中（Blust 1977c），有些最初以
*-n 結尾的詞被重新分析為以 *-ʔ* 結尾（反映早期的詞尾母音）：

*qutin > uti-k「我的陰莖」（而非 **utin kuy），*ipen > ipə-k「我的牙齒」（而非 **ipənkuy）。這些例子都可以很簡單的以對比的逆向構詞方式來解釋，最初以母音結尾的身體部位名稱需要後綴 *-n。第二，在其他婆羅洲語言中，親屬稱謂不需加綴，但有些與親屬稱謂同個詞源的非親屬稱謂會出現僵化的 *-n，如 Bario Kelabit 語的 *t-ama > tə-taməh「父親（指涉）」、tamaʔ「父親（稱呼）」，對比 taman「一群動物的首領」，或者 *t-ina > tə-sinəh「母親（指涉）」、sinaʔ「母親（稱呼）」，對比 sinan「雌性動物」。因此，不同於典型的大洋洲語言中，可分割與不可分割的區分是藉由完全不同的所有格形式的對比，在婆羅洲中西部，唯一表達不可分割的所有關係的是後綴 -n，讓人聯想到如 Chuukese 語等麥可羅尼西亞語言的「構造」後綴。

我們還不清楚婆羅洲和中部馬來－波里尼西亞語言中的不可分割領屬結構的類型之內的區分，但確實少數南哈馬黑拉-西新幾內亞語言有不可分割所有的類型內細分，如哈馬黑拉島東南部的布力語會用從屬分類詞 ni- 標記一般的所有關係，而用 na- 標記可食用或與食物有關的所有關係。目前尚不清楚一個相同的可分割名詞（如 pira「西米麵包」）是否一般和食物兩種領屬類別都可以使用：

（7.145）ya-　　ŋahñ-k

1 單　　名字-1 單

我的名字

（7.146）ya-　　ni-k　　　　　ebai

1 單　　領屬類別-1 單　　房子

我的房子

（7.147）ya-　　　na-k　　　　　　pira

1 單　　　領屬類別-1 單　　　西米麵包

我的西米麵包

7.6　詞類

　　傳統而言，在許多南島語言中，詞類問題一直是個很麻煩的議題。Dempwolff（1934: 28）主張塔加洛語、烏羽巴塔克語和爪哇語中的未加綴的詞根絕大多數是名詞。同樣地，Schachter & Otanes（1972: 62）認為「塔加洛語的動詞和動詞詞組……相對於英語的動詞和動詞詞組來說更像是名詞」，Himmelmann & Wolff（1999: 17）注意到蘇拉威西島北部的 Toratán 語的情況，「Toratán 語的常見名詞和動詞之間的區別……與歐洲語言相比不太明顯（較少明顯的語法化）。也就是說，所有的開放詞類都可以出現在屬於開放詞類的幾乎每個形態句法位置上」。過去研究常提到造成難以區分塔加洛語等語言的名詞和動詞的原因有兩個。第一，正如 Himmelmann（1991: 17）在塔加洛語中所觀察的（並意涵許多其他菲律賓型語言也如此），每個完整的單詞都可以具有每個主要的形態句法功能。因此，以分布的行為而言，沒有堅實的立論基礎去區分詞類，且因為這個原因，有些學者如 Lemaréchal（1982）聲稱塔加洛語完全沒有詞類的區別。第二，有些語言具有明顯的繫詞，因此可以較容易區分名詞和動詞，但大多數的南島語言沒有繫詞。此外，在許多南島語言中，非主語的主事者和領屬者具有相同的標記，所以像塔加洛語

inum-in ni Juan 的例子可能指的是「*John* 喝了什麼」或「*John* 喝的東西」。由於將名詞與動詞明確分開是一件困難的事，因此 Starosta, Pawley & Reid（1982）聲稱原始南島語的語態系統只有名詞功能。

在菲律賓語言中，名詞與動詞難以區分的問題在有加綴和未加綴的詞根上都有。在印尼西部一些非菲律賓型的語言中，詞類似乎可以較清楚地區分，許多原先可能被視為是動詞的詞根都因為分布的緣故最終被劃分為名詞，且加綴通常毫無疑問會衍生動詞。例如，在砂勞越北部的一些包括 Kelabit 語和 Kenyah 語等語言中，未加綴的動詞詞幹常常像是從詞綴系統中獲得動詞特徵的名詞。下列例句可說明有些 Kelabit 語的動詞是透過加綴的名詞詞根衍伸而來，雖然它們固有的語意可能暗示詞根本身其實是動詞：

（7.148）bəkən　　　təh　　　siʔər　　　laʔih　　inəh
　　　　　不同　　　強調　　　看法　　　男人　　那
　　　　　那個男人的看法很不一樣

（7.149）bəkən　　　təh　　　uit　　　laʔih　　inəh　　laʔal
　　　　　不同　　　強調　　　攜帶方式　男人　　那　　雞
　　　　　那個男人攜帶雞的方式很不一樣

雖然在 Kelabit 語中，有些單價動詞和突發命令式是不加詞綴的，但主動雙價動詞會帶有前綴 ŋ-，母音開頭的詞幹前是同位詞素 ŋ-，流音和鼻音前是同位詞素 ŋə-，以阻礙音開頭的詞幹前則會以發音位置相同的鼻音替代。被動動詞會加後綴 -ən（通常僅出現在問原因的問句中）或 -in- ～ -ən-：

（7.150）ŋi　　iəh　　niʔər　　　　uih

　　　　ŋi 他　　主動語-看　　我

　　　　他在看我

（7.151）sir-ən　　　　muh　　kənun　　ukuʔ　　nəh　　inəh

　　　　看-被動語 你　　為什麼　狗　　已經　　那

　　　　你為什麼看那條狗？

（7.152）s<ən>iʔər　　　　　iəh　　uih

　　　　看-被動語.完成　　他　　我

　　　　他看見了我

　　　上列句子中的詞根 *siʔər* 和 *uit* 不可能是動詞 1. 因為它們沒有動詞詞綴，且 2. 因為它們可以為名詞組 *laʔih inəh* 所屬。許多其他看似本身為動詞概念的領屬物名詞詞根的例子都可以以類似的句法形式出現，包括 *bukut*「猛擊」（主動語態：*mukut*）、*diŋər*「聽」（主動語態：*niŋər*）、*linuh*「思考」（主動語態：*ŋə-linuh*）、*pəpag*「掌摑」（主動語態：*məpag*）、*pudik*「游泳」（主動語態：*mudik*），及 *pupuʔ*「洗」（主動語態：*mupuʔ*）、*pupuʔ*「打」（主動語態：*mupuʔ*）。有一些領屬物名詞的例子可以加後綴 *-ən*，如 *bəkən təh ligət-ən iəh*（不同 強調 轉換方式 他）「他的轉換方式很不同」；比較 *ligət-ligət təh iəh*（轉換-重疊 強調 他）「他正在轉換方式」。

　　　在 Long Anap 的高地 Kenyah 方言中，領屬結構也可以表示加綴動詞的詞根其本身是名詞：

（7.153）akeʔ　　　tay　　m-asat

　　　　我　　　　去　　主動語-走路

　　　　我在走路

（7.154）salun　　　asat-ia

　　　　慢　　　　走路-她

　　　　她走路很慢

　　Klamer（1998: 91-144）在印尼東部語言少數完整語法書之一中，廣泛討論了詞類的問題。雖然她指出 Kambera 語的名詞和動詞的分布不同，因此可以清楚地劃分，但她的分析有很大部分都在說明名詞和動詞形態大量的重疊區域。簡而言之，難以區分名詞和動詞的分布可能是原始南島語的特徵，而這個特徵在形態句法較保守的菲律賓型語言中明顯保留了下來，在較保守的菲律賓型語言中，名詞和動詞都可以出現在大多數的相同形態句法位置上，且缺乏一個顯性的繫詞或可供判斷的否定標記。至於 Kambera 語等語言以及其他印尼西部和菲律賓語言則使用不同的否定標記區分名詞和非名詞或動詞和非動詞，因此名詞－動詞的區別較為清楚，儘管也許不像典型的歐洲語言那麼清晰。

　　既然要建立可以說是最基本的詞類區別（名詞與動詞）都有問題，那要建立其他詞類區別也會碰到問題應該不讓人驚訝。Ross（1998a）已注意到許多大洋洲語言都有如何劃分「形容詞」類別的問題，並指出存在所有已知的可能性，即不同語言可能具有 1. 開放詞類的形容詞、2. 無形容詞、3. 少量封閉詞類的形容詞。後面兩個類型的語言會用動詞或名詞來表示其他語言中的開放詞類的形容詞所具備的功能。在南島語言中，普遍來說像是形容詞的詞似乎都是靜態動詞，但在某些美拉尼西亞西北的語言中，定語形容詞常常像領屬物名詞般可以加綴，如以下新愛爾蘭的 Tolai 語和新幾內亞東南

部的 Tawala 語的例子所示（Ross 1998b）：

Tolai

（7.155） a　　　mapi　　　na　　　davai

　　　　　冠　　　葉子　　　繫　　　樹

　　　　　樹的葉子

（7.156） a　　　mamat　　　na　　　vat

　　　　　冠　　　重　　　繫　　　石頭

　　　　　很重的石頭（＝石頭中很重的一個）

Tawala

（7.157） koida　　　poha-na

　　　　　山藥　　　籃子-它

　　　　　山藥的籃子

（7.158） tahaya　　　bigabiga-na

　　　　　小徑　　　泥濘-它

　　　　　泥濘的小徑（＝小徑中泥濘的一個）

　　建立南島語言的詞類還有許多其他問題。如第六章所述，許多南島語言的處所介詞形態都很複雜，包含一個泛用的處所標記（通常為 *i 或 *di 的反映），其後接一個指示詞，通常是一個獨立名詞，如印尼語 di-atas「在上面」、di-bawah「在下面」、di-muka「在前面」（muka「臉、前面」）、di-bəlakaŋ「在後面」（bəlakaŋ「背；後面；後面部分」）、di-dalam「在裡面」（dalam「深；深度」）、或 di-luar「在外面」。在這些語言中，整個複合詞在共時上可以分析為介詞，

但在歷史上似乎並非如此，且在許多現代語言中，可能最好將前面泛用的處所標記視為介詞並將其後的成分視為名詞。

　　即使我們確立不同語言之間具有相同的詞類，這個詞類其成員也隨語言不同。例如，Ross（1998a）指出有 19 個語言擁有具完整記錄的一小部分形容詞。他將這「小部分」語言中的形容詞分為維度類別（大、小、長／高、短／矮、薄／瘦、遠）、年齡類別（新、舊／老、成熟）、價值類別（好、壞、真實／真正、美麗）和「其他類別」（強壯）。這十四個含義中有八個在四個或四個以上的語言中是以形容詞表示：大（16）、小（16）、新（9）、長／高（6）、舊／老（5）、好（5）、短／矮（4）和壞（4）。在大多數菲律賓型語言中，類似形容詞的詞被歸類為靜態動詞，以原始南島語 *ma- 的反映標記，如 Lun Dayeh 語（砂勞越北部）的 *mə-lauʔ*「熱」、*mə-tənəb*「冷」、*mə-kəriŋ*「乾」、*mə-baaʔ*「溼」、*mə-səlud*「平滑」、*mə-bərat*「重」、和 *mə-raan*「輕」。然而，一小部分類似形容詞的詞會單獨以詞幹的形式出現，如 Lun Dayeh 語 *rayəh*「大」、*suut*「小」、*dooʔ*「好」、*daat*「壞」。表 7.20 列出 Ross 在 Lun Dayeh 語等「小部分」語言中歸類為形容詞的語意類別。括號中的數字表示此語意類別在 Ross 的語料中形態句法屬於形容詞的語言數量：

表 7.20　**Lun Dayeh** 語的「小類」形容詞標記

大	（16）	rayəh
小	（16）	suut
新	（9）	mə-bəruh
長／高	（6）	mə-kadaŋ, mə-ditaʔ
好	（5）	dooʔ

舊／老	（5）	mə-ŋərəd（人）
壞	（4）	daat
短／矮	（4）	mə-bənəh（高度）, mə-kəməʔ（長度）
真實／真正	（2）	mə-tuʔuh
美麗	（1）	mə-taga
遠	（1）	mado（＜ *ma-zauq）
成熟	（1）	mə-laak
強壯	（1）	mə-tuəh
薄／瘦	（1）	mə-ruguʔ（人）, mə-lipi（物質）

　　許多其他以原始南島語 *ma 的反映來標記靜態動詞或形容詞的語言在某些語意類別也同樣不使用一般的加綴方式。在 Reid（1971）中很容易可以看到有大量的語言有這樣的情況。這裡只提供一個例子，例如，西部 Bukidnon Manobo 語用 mə- 標記大多數靜態動詞：mə-ʔitəm「黑」、mə-rigaʔ「紅」、mə-ʔiləm「綠／藍」、mə-laŋkəw「高（形容人）」、mə-vəgat「重」、mə-guraŋ「老（形容人）」、mə-layat「長」、mə-ʔupia「好」、mə-zaʔat「壞」、mə-vavaʔ「短」。然而，有些靜態動詞是零標記，如 dəkəl-aʔ「大」（但 mə-zakəl「很多」，都來自詞根 dakəl）、dəʔisək「小」、bəgu「新」、daʔan「舊；之前」、nipis「薄（物質）」和 putiʔ「白」。雖然各類別的成員有無法解釋的語言特殊性（為什麼在西部 Bukidnon Manobo 語中除了「白」之外的所有顏色詞都要接 mə- ？），但似乎有一個明顯趨向，這些分布歧異的靜態動詞或形容詞都表示表 7.20 中的語意類別（特別是靠近列表頂部的那些）。由於這些靜態動詞與法語和其他拉丁語系語言有時

被稱為的「嬰兒形容詞」（大、小、好、壞等）有高度的對應，我們認為這其中似乎有某種普遍存在的決定因素在運作（Dixon 1977；Croft 2003）。

　　許多南島語言中的名詞類別也需要做區分。不像有些語系的語法會明顯區分有生命／無生命的差別，在南島語言中，具語法標記的名詞類別普遍區分有生命名詞與無生命名詞。在塔加洛語中，焦點論元會區分 si（單數）或 sina（複數）＋焦點名詞，對比 aŋ ＋焦點名詞：k <um> ain si Maria「Maria 在吃東西」相對於 k<um>ain aŋ babaʔe「女人在吃東西」。非焦點名詞的對應標記則是 ni（單數）或 nina（複數）相對於 naŋ（標記動詞的主事者、目的或工具補語）、kay（單數）或 kina（複數）相對於 sa（標記單數處所補語），以及 para kay（單數）、para kina（複數）相對於 para sa（標記受惠者補語）。表 7.21 所列為十二個菲律賓語言中焦點名詞的人名／普通名詞對比。有些語言，如伊洛卡諾語，會區分普通名詞中的單數／複數區別，但這樣的情況似乎很少見（語料來自 Yamada & Tsuchida 1983，增加了一些補充）：

表 7.21　十二個菲律賓語言的人名與普通焦點名詞標記

	人名名詞		普通名詞
	單數	複數	
Ivatan	si	sira	o
Ibanag	si	ra	in
伊洛卡諾語	ni	da	ti（單數）, dagití（複數）
Tingguian	si		din
Kankanaey	si		nan

	人名名詞		普通名詞
	單數	複數	
Gaddang	i	da	na ／ yo
Pangasinan	Ø	irá di	so
Botolan Sambal	hi	hili	hay ／ ya
Kapampangan	i	reŋ	iŋ
塔加洛語	si	sina	aŋ
Bikol	si	sa	an
Maranao	si		so

　　在許多大洋洲語言中也發現有類似人名／普通名詞的區別，其中 *na* 的反映為普通名詞的冠詞，*qa* 的反映為人稱名詞的冠詞（Pawley 1972: 58）。雖然人名／普通名詞的區別可能比其他任何區分名詞次類別的方式都還要普遍，但有些語言的數量詞會區分人類與非人類指涉（如邵語 *tusha wa fafuy*「兩隻豬」相對於 *ta-tusha wa azazak*「兩個孩子」），或有生命與無生命指涉（如早期二十世紀的查莫羅語 *lima*「五個（無生命）」、*la-lima*「五個（有生命）」。

　　由於大多數菲律賓型語言有著複雜（僅部分規則）的形態，我們可以預見，有些學者會以可否加綴來區分動詞類別。最徹底進行這種類型研究之一的是 McFarland（1976）。同樣地，也有學者認為，蘇拉威西島的許多具有複雜形態系統的非菲律賓型語言也會依照可否加綴而劃分不同的動詞類別。

7.7　趨向詞

　　許多大洋洲語言動詞系統的一個特點是使用趨向詞素作為動詞詞組的必要組成，表示朝向或遠離說話者的移動。在某些語言中，這些趨向詞是一個包括其中成分表達「上」和「下」等意思的較大集合的一部分，如夏威夷語的 *mai*「對我；靠近或朝向說話者」、*iho*「向下、自己；反身、不久的將來」、*aʔe*「上面、附近、相鄰、毗鄰、空間或時間概念的下一個」、*aku*「離開、未來」（Elbert & Pukui 1979: 91）。在諸如 *hele mai*「過來！」或 *hele aku*「走開！」等句子中，動詞是相同的，大多數語言都以動詞的固有語意區分這兩句的語意差異，但夏威夷語則使用趨向詞等成分表達。其他相隔遙遠的大洋洲語言也有類似的例子，如 Mussau 語 *kasu-a mai*「帶來」：*kasu-a laa*「帶走」（*mai* =「到這裡、朝向說話者」、laa =「去、走」）、Rennellese 語 *taiʔi mai*「買」：*tauʔi atu*「賣」、或以下阿得米拉提群島 Seimat 語的例子，其中前來後綴 –(V)*ma* 和朝向後綴 –(V)*wa* 表示方向性，但作為介詞動詞 *hani*「到」的後綴時也可以表示受惠者或接受者的意思（Wozna & Wilson 2005: 第 50 頁起）：

（7.159）
i	nahi	sohot-uma	leil-i	iŋ
他	走	出去-前來	裡面-屬格	房子

他走出房子（說話者在房子外面）

（7.160）
i	nahi	sohot-ua	leil-i	iŋ
他	走	出去-朝向	裡面-屬格	房子

他走出房子（說話者在房子裡面）

　　值得注意的是，在許多大洋洲語言的語法中，這些可以翻譯為

「到這裡」和「到那裡」的趨向詞的使用是這麼樣的廣泛，取代了在世界上大多數語言中由不同詞性表達的語法功能。Elbert & Pukui（1979: 91-95）注意到趨向詞就如代名詞、所有格和指示詞般，表達說話者和聽話者之間在空間和／或時間的相對距離，包括許多不同的形式：1）它們可以表達時間距離的程度；趨向詞加 *nei* 表示過去的時間：*aku nei*「遙遠的過去」、*aʔe nei, iho nei*「不久前的過去」、*aʔe*「接近現在、*iho*「不久的將來」、*aku*「遙遠的未來」，2）與述說動詞一起使用表示說話訊息的方向性（ts =「朝向說話者」、as =「遠離說話者」）：*ʔī ma mai-la ʔoia*（說 ts- 那裡 他）「他對我說」、*ʔī aʔe-la ʔoia*（說 上-那裡 他）「他對附近的人說」、*ʔī aku-la ʔoia*（說 as- 那裡 他）「他對其他人說」，3）與直接引用 *ʔī aku* 一起使用表示「對別人說」，而 *ʔī mai* 似乎表示「對第一個說話者說」，4）*aʔe* 也用來表達比較程度，如 *maikaʔi*「好」：*maikaʔi aʔe*「更好」，5）*mai* 可以當作主要動詞，但沒有任何動詞標記，如 *Mai! Mai e ʔai*「來！快來吃吧！」，6）*mai* 可以出現在不定冠詞 *he* 後面，顯然當作一個動詞，如 *He mai! E kipa i kauhale*（冠詞 來 命令式 參觀 間接賓語 住宅區）「來吧！來參觀房子！」，7）*iho* 也可以出現在 *ʔai*「吃」、*aloha*「愛」、*inu*「喝」、*makaʔu*「害怕」，以及 *manaʔo* 和 *noʔonoʔo*「想」等動詞後面，如 *ʔai iho-la ʔoia i ka puaka*（吃 下-那裡 他 間接賓語 冠詞 豬肉）「他吃了豬肉」，8）在代名詞和處所詞之後，*iho* 可以當作名詞表示「自己」，9）相反語意的趨向詞可以與地名一起出現，如 *mai Honolulu mai*「從檀香山這裡」、或 *mai Honolulu aku*「從檀香山離開」，10）趨向詞可以與許多類型的動詞一起出現，包括靜態動詞，如 *Aloha mai!*「歡迎你來到這裡！你好！」或者 *nahā aku-*

la ka hale（破 as- 那裡 冠詞 房子）「房子裂了」，11）在沒有動詞的句子中，它們表示來或去的意思，如 *I Maui aku nei au*（處所 茂宜島 as 過去式 我）「我在茂宜島」。Besnier（2000: 525）發現吐瓦魯語的 *mai*「到這裡」、*atu*「到那裡」、*aka*「上」和 *ifo*「下」等趨向詞有更多的功能。他指出，在這些其他用法中，1）*mai* 和 *atu* 可以「出現在沒有第一人稱也沒有第二人稱參與的語境中。在這種情況下，說話者會選擇與他或她最密切關聯的參與者作為指涉的指示框架」，2）從睡眠到醒來、從童年到成年、從無生命到有生命、從黑暗到光明、從貧困到健康、從少到多，其中 *mai* 表示較正面的狀態，而 *atu* 表示相反意義，3）*aka*「上」和 *ifo*「下」也分別用來表示「向陸」和「向海」，4）*ifo* 可以表示尺寸、強度或顯著程度降低，*aka* 標示程度增加，5）和 *mai* 一樣，*aka* 也可以表示從黑暗到光明或從童年到成年的變化，但是在功能重疊的地方，*mai* 和 *atu* 表示牽涉影響的程度較高，*aka* 和 *ifo* 表示程度較低。Besnier 用以下對比說明其看法：

（7.161）Te   mataŋi   koo   tuku   mai
　　　　冠   風   起始   讓   朝說話者
　　　　風在變強（會影響我們）

（7.161）Te   mataŋi   koo   tuku   aka
　　　　冠   風   起始   讓   上
　　　　風在變強（可能會或可能不會影響我們）

　　這個研究的篇幅雖然簡短，但也清楚顯示了趨向詞在大洋洲語言語法中的普遍存在。而且，其出現的自由度引發了在詞類上該如何對它們進行分類的許多討論，這個問題清楚地反映在過去已發表

的文獻中，有各式各樣用於描述它們的術語。表 7.22 總結了許多已出版的語法書對這些成分進行分類所用的名稱：

表 7.22　大洋洲語言中的趨向助詞名稱

語言	文獻	名稱
Woleaian	Sohn（1975）	趨向詞
Mokilese	Harrison（1976）	趨向後綴
夏威夷語	Elbert & Pukui（1979）	趨向詞
斐濟語	Milner（1967）	語助詞
斐濟語	Schütz（1985）	趨向詞
Sye	Crowley（1998）	趨向後綴
吐瓦魯語	Besnier（2000）	指向詞
東北 Ambae	Hyslop（2001）	趨向詞
Araki	François（2002）	趨向副詞
Hoava	Davis（2003）	趨向動詞

　　這個列表最值得注意的是過去文獻普遍都避免使用一個既定的名稱來對這些成分進行分類，這些成分通常被稱為「趨向詞」，或者在有些語言中，這些成分在語音上會附加在前面的動詞上，因此稱為「趨向後綴」。但對於建立一個特定的詞類來稱呼他們，卻幾乎沒有共識（指向詞、趨向副詞、趨向動詞）。儘管進行這種高度概括的跨語言比較是有風險的（不同語言之間的同源形式甚至可能具有相當不同的分布），然而很明顯地，在大多數情況下，大洋洲語言的趨向系統有很多共同的特徵，其中之一是難以將這些成分歸類於任何傳統的詞類當中。

　　雖然大洋洲語言大部分或可能所有的趨向系統最終都可能可以

追溯到一個共同的原始類型，但有些語言與較為人所知的波里尼西亞類型差異很大。例如，新喀里多尼亞的 Tinrin 語（Osumi 1995: 第133 頁起）有各種趨向後綴，表示向上、更高一點、向下、等高、分開或遠離、散布各處等移動。據文獻所述，相對於夏威夷語的 *aku* 和 *mai*，Tinrin 語有動作動詞 *fi* 表示「離開—遠離說話者的移動」和 *mê* 表示「來、接近—朝向說話者的移動」。據文獻所述，這些動詞是獨立存在的，「但是它們經常與其他動詞結合形成連動結構……以表明動作與說話者相關的方向和地點」（1995: 76）。同樣，Crowley（1982: 第 157 頁起）指出，萬那杜中部的 Paamese 語的 *mai*「來」、*maa*「上來」、*miitaa*「下來」、*haa*「去」、*hinaa*「上去」和 *hiitaa*「下去」等是完整動詞。

像這樣的一個系統引發了許多有關大洋洲語言趨向詞的歷史來源的相關問題。眾所周知，大洋洲語言趨向系統中普遍存在的 *mai* 反映了原始馬來－波里尼西亞語的 **um-aRi*「來」。同樣，原始馬來－波里尼西亞語的 **sakay*「登上、提升」也反映在許多大洋洲語言表示向上移動的趨向詞。其他趨向詞的歷史來源就不太清楚，但我們知道這兩者在原始大洋洲語之前的歷史來源，至少這兩者的歷史來源是一個獨立動詞。有關這兩個獨立動詞是以什麼方式轉為從屬於其他動詞尚不清楚，可能是在早期發生了某種類型的連動結構變化。Topping（1973: 115）指出，查莫羅語有一組類似的「移動處所詞」，值得注意的是，查莫羅語用於表達這些含義的詞素與原始波里尼西亞語的 **mai* 和 **atu* 同源：查莫羅語 *magi*「這裡—朝向說話者」、*gʷatu*「那裡—遠離說話者」。雖然查莫羅語的趨向詞系統似乎並不如大多數大洋洲語言中發展得那般完整，但查莫羅語和原始波

里尼西亞語表達「到這裡」和「到那裡」的詞素是同源詞這項事實，表明這些系統的歷史早於原始大洋洲語之前。或者另一個可能是，查莫羅語的移動處所詞是早期與某個或某些大洋洲語言接觸的結果，儘管 *magi* 這個詞本身是原生的（*atu* 的反映並無除了「遠離說話者」之外的其他已知含義，且有關他們的最終來源是獨立動詞的說法仍然純粹只是推測）。

7.8 命令式

南島語的命令式動詞有許多不同的結構，且很多語言有多種命令形式。在某些情況，有跡象顯示這些形式與唐突與否或禮貌的程度有關，但在其他某些情況似乎只是句法的差異。

許多南島語言使用 *-i* 的反映來標記命令式。在台灣中部的邵語中，這是最常見的形式：

（7.163）kaiza   ihu   pa-kan ranaw

什麼時候 **2 單**   **使動**-吃   雞

你什麼時候餵雞的？

（7.164）pa-kan-i   uan   ranaw

使動-吃-**命令**   請   雞

請餵雞

一些彼此距離遙遠的語言，包括台灣北部的泰雅語和菲律賓中部的 Bikol 語，都反映了 *-an* 用於陳述語氣，但 *-i* 用於命令語氣。這些詞綴似乎與 Wolff（1973: 73）所稱的「獨立處所被動」和「從

屬處所被動」語態標記相同。表 7.23 所列為直述和命令式動詞的詞綴形式，其中原始南島語為 Wolff（1973）所構擬，並為 Ross（2002a: 49）採用，泰雅語來取自 Rau（1992），Bikol 語則取自 Mintz & Britanico（1985）。Rau 討論了泰雅語的獨立、虛擬和從屬形式的對比，其中從屬形式用於否定、強調和命令句。Mintz & Britanico 討論 Bikol 語的「與不定式動詞形式相同的命令式常規組」和「替代命令形式」的對比。Bikol 語的常規命令形式 *mag-* 和替代形式 *-um-* 之間的分工很明顯，因為在塔加洛語等語言中，這兩個詞綴都標記直述句的主事語態，但是在現代 Bikol 語中，*mag-* 在這功能上幾乎完全取代了 *-um-*，造成 *-um-* 只用於命令式中，這樣的情況在類型上相當特殊，因為南島語言中的 *-um-* 的反映很少有這樣的功能。

表 7.23　原始南島語、泰雅語與 **Bikol** 語的直述及命令動詞形式之間的形態對應

	直述式	命令式
原始南島語		
主事	*-um-	Ø
受事	*-en	*-a
處所	*-an	*-i
工具	*Si-	*-an
泰雅語		
主事	m- ／ -m-	Ø
受事	-un	-i
處所	-an	-i
工具	s-	s-

	直述式	命令式	
Bikol 語		常規	替代
主事	mag- ／ -um-	mag-	-um-
受事	-on	-on	-a
處所	-an	-an	-i
工具	i-	i-	-an

　　此表中的語料顯示為何許多南島語言具有多種形式的命令標記：命令式，就如同直述式，必須標記某個特定語態，由於菲律賓型語言通常具有四個語態，因此可以預期這種類型語言中的命令式標記比起世界上許多語言更加複雜。儘管有重疊之處，泰雅語和 Bikol 語的命令式系統在許多方面都有所不同。首先，Mintz & Britanico（1985: 41）區分與動詞直述式形態相同的「命令式常規組」（*mag-*、*-on-*、*-an*、*i-*）以及一組「替代命令形式」。據其所述，替代命令形式 *-a*、*-an* 和 *-i* 與常規命令形式不同之處在於替代命令形式缺少一個表示被命令去執行一項動作的顯性代名詞，以下的對比結構可看出部分情況（但請注意，例句 7.168 確實包含了一個表示被命令去執行一項動作的顯性代名詞）：

（7.165）isíp-isíp-on　　　　mo　　pa

　　　　想-**重疊-命令**　　　**2 單**　仍然

　　　　你再多想一下

（7.166）hapot-á　　　man　　tábiʔ　　siyá

　　　　問-**命令**　　　也　　　請　　　**3 單**

　　　　請問他

（7.167）hugás-hugás-an　　mo　　na　　laŋ　　an　　máŋa　　pláto

洗-**重疊-命令**　　**2單**　　已經　　就　　**主題**　　**複**　　盤子

你就把那些盤子洗一洗

（7.168）bayáʔ-i　　na　　ŋáni　　an　　pig-gi-gíbo　　mo

停止-**命令**　　已經　　請　　**主題**　　在做的事　　**2單**

請停止你在做的事

　　正如許多語言保留了有時已失去部分語法功能（如馬來語的 *si* 人名標記）的原始南島語的語態系統片段，許多語言仍保有原始南島語的命令式標記系統的部分片段。零標記命令式在婆羅洲中西部以及印尼西部一些部分地區的語言中很常見，如 Mukah Melanau 語 *upuk kain itəw*（洗 衣服 這些）「洗這些衣服」（詞根：*upuk*、主事語態：*m-upuk*）。在爪哇語中，不及物動詞與非命令形式不加綴的主動及物動詞的命令式通常以 *-a* 標記，而被動及物動詞的命令式以 *-ən* 標記（Robson 2002: 82）。如前所述，邵語最常見的命令式標記是 *-i*，與語態沒有明顯的對應關係。在加燕語中，主動動詞的命令式通常是零標記，如（*im*）*jat ue anih*（你 拉 藤 這）「拉一下這條藤枝」（主事語態：*mə-jat*），但「吃」這個動詞（詞根：*kan*），其在婆羅洲語言中通常是僵化的形態，有兩個命令形式，一個對應主動動詞（*k <um> an*），另一個對應被動動詞（*kan-i*）。在某些具有多種類型的命令式的語言中，除非加入一些修飾成分，否則零標記的命令式會被認為是魯莽的，如邵語 *k <m> an*（主事語態）「吃」：*kan afu*（吃 飯）「吃你的飯」（例如對不吃飯的小孩說）：*kan uan afu*（吃 請 飯）「請用餐」。在印尼語中，帶有主動前綴 *məŋ-* 的及物動詞在命令結

構中必須將前綴去掉，但不及物動詞會保留前綴（Macdonald &
Soenjono 1967: 261）：*baca buku ini*（讀 書 這）「讀這本書」（主事
語態：*məm-baca*），對比 *məm-buŋkuk-lah*（主事語態.彎下-強調）「彎
下腰！」。雖然使用單獨的動詞詞幹本身不會被認為是魯莽或不禮貌
的，但光桿命令式可以與 *toloŋ*「幫助」、*coba*「嘗試」和 *silahkan*「為
你自己的利益而做」等動詞一起出現，表達一種同情心或加以修飾：
coba baca buku ini（嘗試 讀 書 這）「讀下這本書」。

7.8.1　代名詞的有無

　　在許多語言中，代名詞不會顯性出現於命令式中。南島語言在
這方面差異很大：有些語言不允許出現顯性代名詞，有些語言需要
顯性代名詞，還有一些語言區分具有顯性代名詞與沒有顯性代名詞
的結構。

　　Lee（1975: 333）指出，Kosraean 語的命令句一定沒有顯性的主
語（由主語標記 *el* 表示），因此是區分命令句和直述句最可靠的方
式。另一方面，在萬那杜南部的 Anejom 語中，主語代名詞很少遭
到刪略（Lynch 2000: 136）：

（7.169）lep　　elad-se-sjak　　ajourau
　　　　　再　　看-下-**禮貌**　　你們兩位
　　　　　你們兩位再往下看一下！

　　根據 Rehg（1981: 第 304 頁起），麥可羅尼西亞中部的 Pohnpeian
語的肯定命令式沒有顯性代名詞，但否定命令式有：

（7.170）m^{w}o:ndi

坐下

坐下！

（7.171）ke　　　de:r　　　m^{w}o:ndi

**2 單　　禁 止　　**坐下

別坐下！

　　在菲律賓南部的 Sarangani Manobo 語中，命令式中的聽話者由代名詞 *ka*「你」和 *kaw*「你們」表示。兩個代名詞都可以表層出現在主語焦點的肯定命令句中。但是，在非主語焦點中，單數代名詞 *ka* 會被省略，在否定命令句中，單數代名詞 *ka* 會被省略而複數代名詞會變為 *niyo*（Dubois 1976: 88）。因此，在命令式結構中，否定結構與顯性代名詞的有無之間的相關性似乎因語言而異。

　　還有其他許多差異，但礙於篇幅，這邊僅再提出一個。Woollams（1996: 234）指出，Karo Batak 語的命令式可能會也可能不會出現顯性的聽話者，會隨著情緒口氣的不同做選擇：「包含聽話者的命令式通常意味著緩和命令的直接性並為正在發出的呼籲傳達更有說服力的語氣。」這與英語形成鮮明的對比，在英語中，使用第二人稱代名詞通常伴隨著更強硬的語調，因此會讓聽者覺得命令的強度增加（*Come here* 相對於 *You come here!*）。

7.8.2　命令式的言談效力

　　上一節中的例子涉及到這種結構的另一個面向。因為命令句的固有涵義牽涉到身體行動的需求和社會凝聚力的需求之間的張力，

因此必須要有一些方法以緩和命令的強度。是故，大多數語言的命令式都有粗魯和禮貌形式，前者通常用於兒童或社會底層，後者則用於「正常」的社交環境中。

南島語言使用許多不同方式來讓命令變得較有禮貌。其中一個方式就如剛剛的 Karo Batak 語所示——加入一個表示聽話者的顯性代名詞以緩和命令的強度。另一種實現此目的的方法是加入緩和的詞語，表示聽話者在執行所請求的行動時擁有較大的控制權，例子如印尼語，在印尼語中，命令句可以和 *coba*「嘗試」或 *toloŋ*「幫助」一起出現。如果一名獄警在命令一名囚犯工作，那麼 *aŋkat batu*「把石頭搬起來！」這句話可能是合適的，但是一名建築工人要求另一名工人執行相同的動作的話，如果他自己並沒有參與，他較可能使用 *coba ŋkat batu*，如果他也共同執行工作，那麼會使用 *toloŋ aŋkat batu*。萬那杜南部的 Sye 語也有類似緩和命令的手段（Crowley 1998: 89）：

（7.172）tapmi　　　m-etehep

　　　　　嘗試　　　**回響主**-坐

　　　　　請坐！

另一種「禮貌」命令式的形式是用於聽話者被要求執行一個表面上是為了他自己的利益而採取的動作。這種結構類型在其他亞洲語言（如日語）中可見，但在南島語言中似乎僅限於東南亞島嶼的語言，甚至更精確地說，僅限於受到印度幾個世紀的接觸影響的那些語言。以馬來語／印尼語為例，相當於以上 Sye 語命令句的是 *silahkan duduk*，而非 *coba duduk*；兩者都表示禮貌，但前者用於如邀請家中的客人坐下等語境中，而後者用於聽話者坐下來將有利於

提出命令／請求者的情況，如在電影院中要求站立者坐下以免擋到後面觀眾的視線。

Lynch（2000: 137）指出，Anejom 語會透過在句首加入規勸助詞 *mu* 或強化助詞 *fi* 以緩和或強化命令的強度：

（7.173）adia　　　aak

走開　　　**2 單**

走開！

（7.174）Mu　　　adia　　　　aak

規勸　　　走開　　　　**2 單**

請離開！／可否請您離開？

（7.175）fi　　　adia　　　　aak

強化　　　走開　　　　**2 單**

滾開！

在一些語言中，被動動詞的形式被用來作為禮貌的命令式，如以下馬來語／印尼語的例子：

（7.176）jaŋan　　　gaŋgu　　　　　guru-mu

禁止　　　打擾　　　　　老師-**2 單**

不要打擾老師！（例如感覺到困擾）

（7.177）jaŋan　　　di-gaŋgu　　　　guru-mu

禁止　　　**被動**-打擾　　　老師-**2 單**

不要打擾老師！（例如用作溫和的建議）

然而，有些其他語言的母語人士認為使用被動形式是更直接的命令形式，如以下 Lun Dayeh 語的對比結構所示，Lun Dayeh 語是

砂勞越北部的一個邊緣的菲律賓型語言：

（7.178）məlih　　　　kuyuʔ　　　inəh

　　　　主事語-買　　襯衫　　　　**指示**

　　　　買那件襯衫（請求）

（7.179）bəli-ən　　　　kuyuʔ　　　inəh

　　　　買-受事語　　襯衫　　　　**指示**

　　　　買那件襯衫（讓人感覺是強制的）

　　這樣的情緒口氣的差異與一般認為菲律賓型語言的主事語態標記不及物動詞，而受事語態表示動作對受事者的影響更為徹底或重大的觀點是一致的。

　　在松巴島東部的 Kambera 語中，命令句的禮貌差異由聽話者的格位標記表示（Klamer 1998: 164）。具體來說，據其所述，聽話者使用賓格標記表示語氣上較為坦率或直接，而使用主格標記在意義上較接近請求的意味。Klamer 認為主格的使用較為尊重，因為它意味著聽話者對事件有較大的掌控能力（因此有較大的意願去執行）。雖然 Kambera 語缺乏真正的被動形式，但 Kambera 語的主格／賓格對比顯然就如菲律賓型語言的主動／被動區別般傳達了一些相同的情緒語調，在菲律賓型語言中，與主事語態相比，受事語態意味著受事者受到影響的程度較大（因此掌控能力較小）。

　　最後，在許多語言中，最直接傳達命令式的情感語氣的是通過語調。雖然爪哇語有許多種標記命令式的方式，然而，就如 Robson 指出（2002: 81），在「口語爪哇語中，命令式往往不是藉用任何特定的詞綴標記，而是藉由一個人說話的語調。」

7.8.3　直接命令式與間接命令式

　　雖然剛才提到的緩和的命令式的類型可以被稱為間接命令式，但其實直接／間接的區別必須保留給另外一種類型的命令式。Lee（1975: 334）觀察到，Kosraean 語區分直接命令式與間接命令式，在直接命令式中，聽話者被期待去執行所要求或請求的動作，而在間接命令式中，聽話者是發出命令的人以及目標對象之間的媒介。或者，間接命令式也可以被稱為「第三人稱命令式」：

Kosraean

（7.180）
orek	ma	lututɛŋ
工作	*ma*	清晨

明天早上工作！（直接命令式）

（7.181）
ɛl-an	uniyɛ	pik	soko	æ
3 單-讓	殺	豬	一	**限定**

讓（使、叫）他殺那隻豬（間接命令式）

7.8.4　單數命令式與複數命令式

　　雖然大多數的命令式都包含或隱含一個第二人稱單數的指涉者，但也有複數的命令式。複數命令式可用於對兩個或兩個以上的人發布命令，或是邀請（勸告）一個或多個人加入說話者一起執行一項行動。在阿得米拉提群島的 Loniu 語中，規勸命令式以第一人稱雙數包括式代名詞標記：

Loniu

（7.182）tɔʔu   kɛɣɛni   ɛ

1 雙.包括   pot.ns.吃   **強調**

我們現在來吃飯吧！

　　雖然雙數包括式代名詞是表達規勸式的一個很自然的手段，但它們也可以用於對單一指涉者發出命令的情況。例如，蘇拉威西島東南部的 Muna 語會在表面上是為了說話者和聽話者兩者利益的命令式中使用代名詞後綴 -kaeta。因此加上代名詞後綴 -kaeta 可能是規勸式的形式，如 *fumaa-kaeta*（吃-命令）「我們吃飯吧」，但是加上代名詞後綴同樣可以用於對一名單獨執行行動的聽話者發出命令，如以下 van den Berg（1989: 68）的例子所示：

Muna

（7.183）me-gholi-kaeta   kenta   naewine

命令-買-為我們   魚   明天

明天買一些魚（為我們，所以我們才可以吃）

　　因此，Muna 語的 -kaeta 命令式似乎介於真正的規勸式，以及像是馬來語／印尼語的 *silahkan* 之類的邀請命令式這兩者之間。

7.8.5　來去命令式

　　有些南島語言也使用來去動詞，抑或它們的歷史延續，以形成一些特定類型的命令式。例如，在得頓語中，*mai ita*（來 我們.包括）會被置於謂語之前作為規勸命令式。這與馬來語／印尼語的 *mari kita* 在結構上一致且同源，如下列例句所示：

得頓語

（7.184）
mai	ita	bá	ne-bá
來	**我們.包括**	去	那裡

我們去那裡吧！

印尼語

（7.185）
mari	kita	pərgi	kə-sana
讓我們	**我們.包括**	去	到-那裡

我們去那裡吧！

　　不同的地方是，雖然馬來語／印尼語的 *mari* 反映了原始馬來－波里尼西亞語的 **um-aRi*「來」，但是它在現代馬來語／印尼語中唯一的功能是表示規勸式（cf. *dataŋ*「來」＜原始馬來－波里尼西亞語 **dateŋ*「到達」）。然而，就歷史演變而言，馬來語和得頓語的這個句型似乎來自原始馬來－波里尼西亞語 **um-aRi kita X*（來 我們.包括 X）「我們 X 吧！」，其中 X 可能是一個沒有加綴的動詞詞幹。

　　得頓語區分以 *mai ita* 標記的規勸式與說話者不參與其中的命令式。後者由命令式標記 *bá* 表示，雖然在功能上不同，但此標記很明顯是由 *bá*「去」演變而來（van Klinken 1999: 244）：

（7.186）
em	bá	bá-n	té	haʔu	ha	ulu-n	moras
2複	去	**命令-立即**	因為	**1單**	**1單**	頭-**屬格**	病

你們先走（不用管我），因為我頭痛

　　因此，在 Tetun 語歷史中，來去動詞被用來區分包括式或規勸

式以及排除式的命令式。倘若將排除式命令式視為常見的無標結構，那麼在得頓語中，表示來的動詞用於有標命令句，表示去的動詞用於無標命令句。然而，在其他一些南島語言中，表示去的動詞通常用於看起來似乎是有標的命令句中。

Wozna & Wilson（2005: 76）描述到，在阿得米拉提群島的 Seimat 語中，肯定命令句一定要由前來後綴 -(V)*ma*「朝向說話者的行動」，或由 -(V)*wa*「遠離說話者的行動」標記。他們指出，第二人稱代名詞不一定要出現；當第二人稱代名詞出現時，命令句和直述句結構是相同的，區別由語調表示：

（7.187）ke-ma

傳遞-命令.前來

把它傳（給我）一下

（7.188）ke-wa

傳遞-命令.向格

把它傳（給他、她、或他們）一下

因此，這些命令句會根據該語言以及許多其他大洋洲語言動詞系統的一般特性標記動作的方向性。然而，在一些語言中，在命令句中區分方向性的訊息意味著區分在字面上聽話者是否需要更改其位置以完成被要求的動作。Blust（2003e）使用「流動命令式」此一名稱區分索羅門群島西部 Buka 島的 Selau 語中的兩種命令句結構：

（7.189）ase-i   moni

數-命令　　錢

把錢算一下！

（7.190）(na)　　　ase-ia　　　moni

　　　去　　　**數-命令**　　　錢

　　　去把錢算一下！

（7.191）ss-i

　　　餵奶-命令

　　　餵他（例如在哭的嬰兒）喝奶！

（7.192）na　　　ss-ia　　　aksə

　　　去　　　**餵奶-命令**　　　小孩

　　　去餵小孩喝奶！

　　例句（189）和（191）是無標記的命令句，（190）和（192）暗示被命令執行某項動作的人無法在收到命令的所在地點執行這項動作。由於流動命令式的完整表達是由功能重覆的 *na*「去（做某事）」及後綴 *-ia* 共同標記，因此 *na* 這個動詞在某些記錄的例句中會被刪除（故也可說：*ase-ia moni*）。與馬來語／印尼語 *mari kita* 和得頓語 *mai ita* 之間的關係不同，Selau 語和得頓語中的由動詞「去」標記的命令式彼此之間沒有明顯的歷史關聯。儘管如此，這兩個語言中的命令句結構的相似性表明了來去動詞可能常常被用作區分命令句結構的不同類型，可能是規勸式／非規勸式之間的區分，或是動作是在命令當下的現場執行或是在遠離命令當下的現場執行之間的區分。

7.8.6　命令句的時態與動貌

　　在大部分的語言中，命令式動詞通常是沒有時態的，大多數的南島語言也是如此。然而，在帕勞語、查莫羅語以及美拉尼西亞的

許多語言中，命令句會由未來、虛擬或未實現等動詞形式表達，這種情況在其他語言中極為罕見。例如，阿得米拉提群島的 Loniu 語會使用動詞的可能形標記命令式（Hamel 1994: 147），新幾內亞的 Manam 語會使用特定的未實現語氣來表達任何類型的義務、必要性、需求、命令或勸誡（Lichtenberk 1983: 417），以及萬那杜中部的 Araki 語會使用未實現語氣來表達所有的命令句，「就定義來說，因為它們指的是虛擬的事件」（François 2002: 168）。在帕勞語中，表達非完成貌動詞的命令式的方式是用第二人稱虛擬代名詞前綴 *mo-* 取代對應的非完成貌動詞的前綴 *mə-*（Josephs 1975: 394）：*mə-lim*「喝」：*mo-lim a kərum*（你們.虛擬 a 藥）「吃藥！」。查莫羅語的命令式有未來時態的標記（Topping 1973: 264）：

（7.193）para　　bai　　u　　falagu

未來　　未來　　1 單　　跑

我會跑走

（7.194）falagu　快跑！（cf. malagu「跑」）

　　像這樣命令式帶有時態的特徵的分布顯然具有區域特徵，但是關於它可能是如何藉由語言接觸而產生的目前尚不清楚。如果一個命令式動詞形式帶有任何類型的時態或動貌標記，那麼很自然的，正如 François 對於 Araki 語所指出的，這個標記應該是未實現或未來式，因為在說話的時機點，被要求執行的動作僅存在於說話者的意願中。然而，令人驚訝的是，有些南島語言會使用完成貌動詞形式來標記某些類型的命令式。雖然帕勞語表達命令句結構的方式基本上是透過第二人稱虛擬代名詞 *ʔomo-*，縮寫為 *mo-*，但 Josephs

（1975: 110）指出，這樣的命令式可以用完成貌表達（命令一個動作被完成），在這種情況下，前綴會縮短為 *m-*：

（7.195）m-ŋilmii　　　a　　iməl-əm

　　　　主事語-喝　　*a*　　飲料-**2 單**

　　　　把你的飲料喝完！

　　使用完成貌是帕勞語使用者表達命令式的多種選擇之一，另一方面，Lee（1975: 335）指出，在麥可羅尼西亞中部的 Kosraean 語中，「命令句的動詞通常以完整貌的形式出現」，例如：

（7.196）ise-ɛk　　　　tutpes　　　　æ

　　　　擠-**完成**　　牙膏　　　**指示**

　　　　擠這條牙膏

　　他對這個特點的解釋是，*-ɛk* 的主要用法是作為趨向後綴。在直述句中，趨向後綴的使用可以消除歧義，例如區分「*John* 正在把盒子挖出來」及「*John* 正在把盒子埋起來」。此外，他們指出，「某個動作已結束且已達成某個結果」。在那些原本是歧義的命令句（「把盒子挖出來」和「把盒子埋起來」）中，趨向後綴並非表達一個動作的完成，而是表明某個動作的結果。因此，Kosraean 語的命令句通常是完成貌這項事實其實是趨向後綴的多種功能所導致的偶然的副產品。

　　沿海砂勞越的 Mukah Melanau 語有著完成貌命令式動詞形式最有趣的用法之一。在這語言中，原始南島語 *-um-* 和 *-in-* 的反映分別成為主動和被動動詞的標記。這些詞綴有許多不同表層形式，其中之一是一個母音交替形式，詞根中的倒數第二個央元音在主動形

式交替為 -u-，在被動形式交替為 -i-，如 *ləpək*「折疊」：*lupək*「折疊」：*lipək*「被某人折疊」。和這個地區的其他許多語言一樣，被動動詞一定要以完成貌的形式出現。命令式可以以各種不同的方式表達，其中一種方式是使用被動／完成貌動詞：

（7.197）iən   dudut   kayəw   iən

　　　　他　　　拔-**主動語**　　樹　　　**指示**

　　　　他在拔那棵樹

（7.198）ayəw   iən   didut   siən

　　　　樹　　　**指示**　　拔-**被動語.完成**　　**3 單**

　　　　他拔了那棵樹

（7.199）didut   kayəw   iən

　　　　拔-**被動語.完成**　　樹　　　**指示**

　　　　把那棵樹拔了！

　　然而，禁止式的動詞形式必須是主動／非完成貌：

（7.200）kaʔ   dudut   kayəw   iən

　　　　禁止　　拔-**主動語**　　樹　　　**指示**

　　　　別拔那棵樹！

　　透過前綴表達語態區別的動詞也有同樣的現象，如 *siən mə-biləm kain iən*（她 主動語態-黑 布料 指示詞）、*kain iən nə-biləm siən*（布料 指示詞 被動語態.完成-黑 她）「她把布料染黑」，對比命令句 *nə-biləm kain iən*「把布料染黑！」、*kaʔ mə-biləm kain iən*「別把布料染黑！」，*biləm kain iən* 也可以接受但不是首選，而 ***mə-biləm kain iən* 是不可能出現的說法。因此，雖然大多數在命令式中區分時制和

動貌的語言會在命令句中使用未來式或未實現動詞，然而 Mukah Melanau 語更傾向使用完成貌動詞，除了否定命令句外。與帕勞語的完成貌命令式不同的地方是，帕勞語的完成貌命令式是區分命令一個動作開始和命令一個動作完成，而 Mukah Melanau 語的命令式似乎在本質上就是完成貌，除了否定句外。這個類型上的特殊情況可能源自於早先對被動命令式的偏好，因為 Mukah 語的被動語態一定要是完成貌，因此這個不太合適的動貌就隨著被動語態一起用於命令句中。然而，在禁止式中，使用完成貌動詞形式會造成雙重不合適的情況，因此會嚴格避免使用完成貌。

7.8.7 禁止式重音轉移

在邵語中，帶有命令式後綴 *-i* 的動詞所表示的禁止式有一種不尋常的重音轉移現象。雖然重音通常在倒數第二個音節，但是在帶有後綴 *-i* 的無賓語禁止式結構中，重音會向右轉移：

（7.201）ata　　（tu）　karí　　　（詞根：kari、主事語態：k<m>ari）

　　　　別　　　tu　　挖-**命令**

　　　　別挖！

（7.202）ata　　（tu）　fariw-í　（詞根：fariw、主事語態：fariw）

　　　　別　　　tu　　買-**命令**

　　　　別買（那個）！

但是當命令式後綴 *-i* 是標記有賓語出現的否定命令句時，重音轉移不會發生：

（7.203）ata　　(tu)　　cpiq-i　　　　　sa　　shaqish
　　　　別　　**禮貌**　打耳光-**命令**　sa　　臉
　　　　別打（他）耳光！

7.9　疑問句

　　形成南島語言是非或正反問句的方法有很多。一個常見的方法
是在與其對應直述句結構相同的句子上使用不同的語調。在帕勞語
這是常見將陳述句轉化為問句的方法：*kə mle smeʔər*（低平調、結尾
稍微下降）「你病了」：*kə mle smeʔər*（穩定上升語調、結尾維持高調）
「你生病了嗎？」（Josephs 1975: 409）。許多其他語言也有類似的方
法，包括鄒語（Zeitoun 2005: 282）、Bikol 語（Mintz 1971: 104）、
Sarangani Manobo 語（Dubois 1976: 13）、Hawu 語（Walker 1982:
40）、Seimat 語（Wozna & Wilson（2005: 77）、以及萬那杜的大部
分語言（Lynch, Ross & Crowley 2002）。在幾乎所有的例句中，正反
問句都以結尾上升語調的方式與直述句區分。

　　另一個形成問句的方法是在直述句的開頭加上一個疑問詞，如
馬來語 *apa*「什麼；疑問標記」或查莫羅語 *kao*「一般問句標記」：
馬來語 *dia bəraŋkat*（他 離開）「他離開了」：*apa dia bəraŋkat*（疑問
標記 他 離開）「他離開了嗎？」、查莫羅語 *g<um>u-gupu i páharu*
（重疊-主事語態-飛 定指 鳥）「那隻鳥正在飛」：*kao g<um>u-gupu i
páharu*（疑問標記 主事語態-飛 定指 鳥）「那隻鳥正在飛嗎？」等。
雖然這些語言形成問句的方式在結構上很類似，但值得注意的是，

馬來語的 *apa* 也可以當作一般的疑問詞「什麼？」，而查莫羅語的 *kao* 則沒有獨立的功能。在許多大洋洲語言中，包括新幾內亞的 Sobei 語、Takia 語、Yabem 語和 Gapapaiwa 語，俾斯麥群島的 Bali-Vitu 語、Kaulong 語和 Siar 語、索羅門群島的 Nggela 語、Longgu 語和 Arosi 語以及萬那杜的 Lamenu 語、Ifira-Mele（Mele-Fila）語和 Anejom 語，正反問句藉由句尾的附加問句或一般疑問標記表示（Lynch, Ross & Crowley 2002）。

在大多數菲律賓語言中，形成正反問句的方式是在謂語之後緊接一個疑問標記，如塔加洛語 *Amerikano si Jorge*（美國人 主題 *George*）「*George* 是美國人」；*Amerikano ba si Jorge*（美國人 疑問標記 主題 *George*）「*George* 是美國人嗎？」，以及中部 Tagbanwa 語 *ma-intidi-an mo layan*（理解 你 那）「你理解那件事」；*ma-intidi-an mo va layan*（理解 你 疑問標記 那）「你理解那件事嗎？」。根據 Ramos（1971: 118），塔加洛語的疑問標記 *ba* 通常在句子的第一個完整單詞之後。然而，當主題是代名詞 *ka* 時，*ba* 會出現在其之後：*Amerikano ka*（美國 你）「你是美國人」；*Amerikano ka ba*（美國 你 疑問標記）「你是美國人嗎？」。上述中部 Tagbanwa 語的單一例句也有類似的現象。

有些語言的正反問句有其他的複雜之處。例如，Healey（1960: 92）指出，在中部 Cagayan Agta 語中，後副詞 *hud* 和 *de* 兩者都有其他的功能，但是當預期的答覆是否定（*hud*）或肯定（*de*）時，這兩個詞可以用來標記是非問句。」這些疑問標記的用法很特殊，因為這種問句形式會預設問題的答案是肯定或否定。

（7.204）ittá　　　　hud　　　ya　　　danum

　　　　　存在　　　**疑標**　**繫**　　水

　　　　　有水嗎？（期待否定回答）

（7.205）ittá　　　　de　　　　ya　　　danum

　　　　　存在　　　**疑標**　**繫**　　水

　　　　　有水嗎？（期待肯定回答）

　　　形成詞組成分問句的方式是藉由少數疑問詞所組成，這些疑問詞的形態差異在歷史上具有明顯相關性，即便它們在共時上可能並不相關。有一個詞組成分問句的普遍特徵尤其值得注意。在南島語族的許多語言中，「你叫什麼名字？」這個問句並不使用一般所用的疑問詞素「什麼？」，而是使用人稱疑問詞「誰？」：巴宰語 *assay*「什麼？」、*ima*「誰？」：*ima laŋat pai siw*（誰 名字 疑問標記 你），Mansaka 語 *nana*「什麼？」、*sini*「誰？」：*sini-ŋ ŋaran-mo*（誰-繫 名字-你），Ngaju Dayak 語 *naray*「什麼？」、*eweh*「誰？」：*eweh ara-m*（誰 名字-你），印尼語 *apa*「什麼？」：*siapa*「誰？」：*siapa nama anda*（誰 名字 你），Manggarai 語 *apa*「什麼？」、*cei*「誰？」：*cei ŋasaŋ de hau*（誰 名字 的 你），查莫羅語 *hafa*「什麼？」、*hayi*「誰？」：*hayi naʔan-mu*（誰 名字-你），Roviana 語 *sa*「什麼？」、*esei*「誰？」：*esei poza-mu si agoi*（誰 名字-你 焦點 你.焦點）「你叫什麼名字？」，Kosraean 語 *meœ*「什麼？」：*sə*「誰？」：*sə ine-l an*（誰 名字-他 指示詞）「他／她叫什麼名字？」。在少數語言中，用來詢問個人姓名的疑問詞是一般的疑問詞素，如塔加洛語 *ano*「什麼？」、*síno*「誰？」：*anó aŋ paŋalan-mo*（什麼 主題 名字-你）「你

叫什麼名字？」。造成「誰 名字 你」這種說法的原因幾乎可以肯定是因為結構的關係，以下觀察似乎可以解釋這種說法可能是如何形成的。首先，原始南島語和原始馬來－波里尼西亞語的一般和人稱疑問詞如圖 7.1 所示：

圖 **7.1** 原始南島語和原始馬來－波里尼西亞語的一般和人稱疑問詞

	什麼？	誰？
原始南島語	*anu	*ima
原始馬來-波里尼西亞語	*apa	*i-sai

原始馬來－波里尼西亞語的疑問標記的構擬尚有一些複雜之處沒有顯示在圖 7.1 當中。例如，一些零星的語言有 *anu「什麼？」的反映，但在比較上整體顯示 *anu 其實是一個無定疑問詞，英語最好的說法是 whatchamacallit：Bontok 語 ano-ka「代替任何正常的說法不合適或無法稱呼的一個空泛形式；那個什麼」、Aborlan Tagbanwa 語和 Sama 語 anu「那個什麼什麼來著」、民都魯語 anəw「提到的東西、那個什麼什麼來著」、Ngaju Dayak 語 anu「某某（人等等）」、Karo Batak 語 anu「表示一個不知道或不想說他的名字的無定代詞」、爪哇語 anu「代替一個想不起來的詞」。有一些菲律賓和婆羅洲的語言也有 *inu「什麼？」的反映，但比較證據顯示，*inu 在原始南島語中，或是可能在原始馬來－波里尼西亞語中，其實是表示「什麼時候」。

值得注意的是，在比較這些構擬的詞與現代語言之後，我們可以發現這些語言的疑問詞「誰」有大量的取代創新現象，許多疑問詞「誰」的內部當中都包含了 *si「人類名詞的焦點／主語標記」的

反映。

表 7.24　疑問詞「誰」當中的人類名詞的焦點／主語標記

語言	詞根	來源
邵語	tima	*si ima（＝si＋誰？）
布農語	sima	*si ima
阿美語	cima	*si ima
排灣語	tima	*si ima
達悟語	sinu	*si inu（＝si＋什麼？）
塔加洛語	sino	*si inu
Subanen 語	sinu	*si inu
Itneg 語	siʔanu	*si anu（＝si＋什麼？）
Pangasinan 語	siopá	*si＋Pangasinan 語 opá「什麼？」
Ibaloy 語	sipa	
Kalagan 語	siŋan	
巴拉灣巴達克語	siʔu	
Mansaka 語	sini	
Sarangani 比拉安語	sinto	
馬來語	siapa	*si apa（＝si＋什麼？）
峇里語	sira	

　　至少就那些具有詞根 *ima*、*inu*、*anu*、*opá* 或 *apa* 的形式可證明，很明顯人稱疑問詞包含了 *si* 的反映。其他常見的以 si- 開頭表達「誰？」的疑問詞也隱含一個無法追溯的類似歷史來源。然而，即使這些形式是同源詞，如台灣南島語 *si ima* 的反映，它們與已經建立的子群邊界不對應的情況顯示有移變的現象。

語言移變的現象是由於語言分裂後，持續產生結構壓力所造成的結果。由於 *si* 標記第三人稱代名詞（原始南島語 *i-aku*「我」、*i-kaSu*「你」、對比 *si-ia*「他」），可以推測，人稱疑問詞中的 *si* 大概原本是指涉第三人稱，隨後藉由以下步驟被推廣到用作所有的人稱：

步驟 1）

Q: ima ia	他是誰？
A: si Adan	（他是）Adan
Q: anu ŋajan ni-á	他叫什麼名字？
A: si Adan	（他叫）Adan

步驟 2）

Q: si ima ia	他是誰？（期待回答的人稱標記）
A: si Adan	（他是）Adan
Q: si anu ŋajan ni-á	他叫什麼名字？（期待回答的人稱標記）
A: si Adan	（他叫）Adan

　　雖然「他是誰？」的回答可以是一個普通名詞，但是回答人稱名詞的概率更為常見。因此，階段 1）和階段 2）之間的轉變可能是受到形態壓力的影響；由於「他是誰？」這個問句的回答通常會以 *si* 的反映開頭，久而久之，藉由期待回答的人稱標記，這個成分開始被結合到問句本身。同樣地，在「他叫什麼名字？」這個問句中，一般疑問詞「什麼？」也因為相同原因（期待回答的人稱標記），加入了 *si* 的反映。隨著時間的推移，這將導致許多新的以 *si* 的反映

開頭的人稱疑問詞產生，且一開始這些詞與一般疑問詞「什麼？」有明顯的形態相關性。除了 Subanen 語的 *sima*「誰？」可能是一個與台灣南島語類似的形式無關的融合發展以外，台灣島以外地區的語言都沒有明顯的 *ima* 的反映，所以階段 1）和階段 2）不能各自對應為原始南島語和原始馬來－波里尼西亞語。然而，階段 1）和階段 2）確實代表一個發展的大方向，有助於解釋為何人稱疑問詞「誰？」經常包含 *si* 的反映，以及為何在這麼多廣泛分布的南島語言中，詢問個人身份的問句必須以某種令人驚訝的形式表達「你的名字是誰？」。

----

① 在「作格系統」（ergative system）中，不及物動詞的主語與及物動詞的賓語共享同一種標記，是為「絕對格」（或稱「通格」），與標為「作格」的及物動詞主語有所區別。相對於作格系統為「賓格系統」（accusative system）。詳細討論可參考 Dixon（1994）。

② 菲律賓型南島語言之語態表面上看起來有四個，其實是二分，即主事語態相對於非主是語態，而非主事語態再細分為一般的受事語態、處所施用及工具或受惠施用，詳參 Chang（1999, 2015）、Aldridge（2004）和 Wu（2007）。

③ Topping 的主旨（theme）與功能語法（Halliday 1973, 1985）以訊息結構為核心的主為不同，也與衍生語法（Chomsky 1981）以論元結構為導向的客體相異。

④ 使動為引進使動者的機制，並非語態系統的一環。

南島語言The Austronesian Languages II

2022年6月初版　　　　　　　　　　　　　　　定價：新臺幣650元

有著作權・翻印必究

Printed in Taiwan.

著　　者	白　樂　思	
	（Robert Blust）	
譯　　者	李壬癸、張永利	
	李佩容、葉美利	
	黃慧娟、鄧芳青	
特約編輯	李　　　　芃	
內文排版	菩　薩　蠻	
校　　對	陳　羿　君	
封面設計	江　宜　蔚	

出　版　者　聯經出版事業股份有限公司　　副總編輯　陳　逸　華
地　　　址　新北市汐止區大同路一段369號1樓　總編輯　涂　豐　恩
叢書編輯電話　(02)86925588轉5319　　總經理　陳　芝　宇
台北聯經書房　台北市新生南路三段94號　　社　長　羅　國　俊
電　　　話　(0 2) 2 3 6 2 0 3 0 8　　發行人　林　載　爵
台中辦事處　(0 4) 2 2 3 1 2 0 2 3
台中電子信箱　e-mail：linking2@ms42.hinet.net
印　刷　者　世和印製企業有限公司
總　經　銷　聯合發行股份有限公司
發　行　所　新北市新店區寶橋路235巷6弄6號2樓
電　　　話　(0 2) 2 9 1 7 8 0 2 2

行政院新聞局出版事業登記證局版臺業字第0130號

本書如有缺頁，破損，倒裝請寄回台北聯經書房更換。　　ISBN　978-957-08-6391-8 (平裝)
聯經網址：www.linkingbooks.com.tw
電子信箱：linking@udngroup.com

國家圖書館出版品預行編目資料

南島語言The Austronesian Languages II /白樂思（Robert Blust）著 . 李壬癸、張永利、李佩容、葉美利、黃慧娟、鄧芳青譯 . 初版 . 新北市 . 聯經 . 2022年6月 . 680面 . 17×23公分

譯自：The Austronesian languages

ISBN　978-957-08-6391-8（平裝）

1.CST：南島語系　2.CST：語言學

803.9　　　　　　　　　　　　　　　　　111009057